UN HOMME TROP CHARMANT

DU MÊME AUTEUR

Les Vacances de Rachel, Belfond, 2000 ; Pocket, 2002
Le Club de la dernière chance, Belfond, 2001 ; Pocket, 2003
Une vie de rêve, Belfond, 2003 ; Pocket, 2005
Chez les anges, Belfond, 2004 ; Pocket, 2006
Réponds, si tu m'entends, Belfond, 2008 ; Pocket, 2009

Vous pouvez consulter le site de l'auteur à l'adresse suivante :
www.mariankeyes.com

MARIAN KEYES

UN HOMME TROP CHARMANT

Traduit de l'anglais (Irlande)
par Valérie Dariot

belfond
12, avenue d'Italie
75013 Paris

Titre original :
THIS CHARMING MAN
publié par Michael Joseph, an imprint of Penguin Books, Londres

Ce livre est une œuvre de fiction. Les noms, les personnages, les lieux et les événements sont le fruit de l'imagination de l'auteur ou utilisés fictivement, et toute ressemblance avec des personnes réelles, vivantes ou mortes, des établissements d'affaires, des événements ou des lieux serait pure coïncidence.

Si vous souhaitez recevoir notre catalogue
et être tenu au courant de nos publications,
vous pouvez consulter notre site internet,
www.belfond.fr
ou envoyer vos nom et adresse
aux Éditions Belfond,
12, avenue d'Italie, 75013 Paris.
Et, pour le Canada,
à Interforum Canada Inc.,
1055, bd René-Lévesque-Est,
Bureau 1100,
Montréal, Québec, H2L 4S5.

ISBN : 978-2-7144-4511-7

À Caitriona Keyes,
l'être le plus drôle qu'il m'ait été
donné de rencontrer.

Comment ? Toi aussi ? Je croyais être la seule.
C. S. Lewis

Chacune se souvient de l'endroit où elle se trouvait lorsqu'elle a appris la nouvelle du mariage de Paddy de Courcy. J'ai été la première informée – l'avantage de travailler dans la presse. Lorsque David Thornberry, notre journaliste politique (et l'homme le plus grand de Dublin), a annoncé que de Courcy rentrait dans le rang, j'ai été soufflée. Nous l'étions tous. Mais la surprise était plus grande pour moi, même avant que j'entende le nom de l'heureuse élue. Pourtant, je ne devais rien laisser paraître de mon trouble. Non qu'il y ait une chance qu'on le remarque. Je pourrais tomber raide morte dans la rue que les gens continueraient à me demander de les conduire à la gare. C'est le sort auquel il faut s'attendre quand de deux sœurs jumelles vous êtes la plus solide. Bref, Jacinta Kinsella, mon boss, avait besoin d'un court papier sur cette histoire de fiançailles. J'ai donc dû mettre de côté mes sentiments perso et agir en professionnelle.

Grace Gildee

J'aurais apprécié que tu me consultes d'abord.
Alicia Thornton

Je surfais sur le Net à la recherche d'un sac hibou (pas le tout-venant du sac hibou, mais bien le seul, l'unique de Stella McCartney) qu'une cliente devait porter à un gala de bienfaisance au profit d'une association de défense de la nature quand le gros titre m'est tombé sous les yeux. De Courcy se marie. J'ai immédiatement pensé à un canular. Les médias inventent sans cesse des histoires. Ils affligent de cellulite des filles qui n'en ont pas et offrent des liposuccions à celles qui en sont pleines. Lorsque j'ai compris que c'était vrai, j'ai été assommée. J'ai même cru que mon cœur allait lâcher. J'avais envie d'appeler une ambulance, mais je n'arrivais plus à me rappeler le numéro des urgences. Au lieu de 999, je pensais 666, le chiffre du diable.

Fionnola « Lola » Daly

Ne te réjouis pas trop vite, mon salaud. C'est la première pensée qui m'est venue à l'esprit quand j'ai appris la nouvelle. Les hommes comme toi n'ont pas droit au bonheur.

Marnie Hunter

De Courcy se marie

Dans tout le pays, les femmes vont arborer un brassard noir en signe de deuil quand la nouvelle se répandra. Eh oui, mesdames, le politicien le plus convoité d'Irlande, j'ai nommé Paddy de Courcy, est sur le point de raccrocher les gants et de convoler. Plus connu sous son sobriquet de Vif-argent, « Quicksilver » de Courcy était depuis dix ans une figure bien connue dans tous les salons VIP des lieux les plus branchés de notre capitale. Si l'on en croit la rumeur, cet homme à qui l'on trouve souvent une certaine ressemblance avec feu John John Kennedy aurait entretenu des liaisons avec les femmes les plus en vue, de la top model et actrice Zara Kaletski à l'alpiniste Selma Telley, championne de l'Everest. Mais, jusqu'à ce jour, il n'avait guère montré d'empressement à s'engager durablement.

On sait peu de chose de celle qui a ravi ce cœur volage. Ni mannequin ni sportive de haut niveau, Alicia Thornton, jeune veuve de trente-cinq ans, serait plutôt une passionnée d'ascension sociale. Celle qui encore récemment travaillait pour une agence immobilière réputée déclare aujourd'hui vouloir renoncer à son emploi dès qu'elle sera mariée afin, dit-elle, de se consacrer à la carrière politique de son futur mari, promis à un brillant avenir. En tant qu'épouse de l'ambitieux Quicksilver, elle risque de ne pas chômer.

À trente-sept ans, de Courcy est le numéro deux du New Ireland, le parti fondé il y a trois ans par Dee Rossini avec d'autres députés écœurés par la corruption et le copinage qui gangrènent les principales formations politiques de notre pays. Contrairement à une opinion largement répandue, de Courcy n'est pas un membre fondateur ; il s'est rallié au New Ireland huit mois après son lancement, quand il est devenu clair que ce nouveau parti avait le vent en poupe.

Lola

Jour zéro. Lundi 25 août, 14h25.

Le jour le plus cauchemardesque de ma vie. La première vague de stupeur passée, je n'ai pas pu m'empêcher de noter que Paddy n'avait pas appelé. Mauvais présage. J'étais sa petite amie, les médias ne parlaient plus que de son futur mariage avec une autre femme que moi, et lui ne m'avait pas appelée. Inquiétant.

J'ai composé le numéro de son portable privé. Pas son numéro privé ordinaire, mais son privé privé, celui que j'étais la seule à connaître, avec son entraîneur personnel. Au bout de quatre sonneries, quand sa messagerie s'est enclenchée, j'ai su que c'était vrai.

Le ciel m'est tombé sur la tête.

J'ai appelé son bureau, j'ai appelé chez lui, j'ai appelé et rappelé sans cesse son portable. Je lui ai laissé cinquante et un messages. Je les ai comptés.

18h01.

Mon téléphone sonne. C'est lui !

Il me dit :

— Tu as lu les journaux ?

— Je surfais sur le Web, je ne lis jamais les journaux.

(Pas très pertinent comme réponse, mais les gens sortent des trucs bizarres quand ils sont en état de choc.)

— Je suis désolé que tu aies appris la nouvelle de façon si brutale. J'aurais voulu t'en parler moi-même, mais un crétin de journaliste…

— Quoi ? Tu veux dire que c'est vrai ? hurlé-je dans le combiné.

— Je suis désolé, Lola. Je ne pensais pas que tu prenais notre histoire au sérieux. Entre nous, ça n'a jamais été que pour le fun.

— Pour le fun ?

— Eh bien, oui, juste une rigolade de quelques mois.

— Seize longs mois, tu appelles ça une partie de rigolade ? Seize mois, Paddy. Tu as réellement l'intention d'épouser cette femme ?

— Oui.

— Pourquoi ? Tu l'aimes ?

— Évidemment. Tu crois que je l'épouserais si je ne l'aimais pas ?

— Mais je croyais que tu m'aimais.

D'une voix chagrine il me répond :

— Je ne t'ai jamais rien promis, Lola. Mais tu es une fille géniale. Il n'y en a pas deux comme toi. Prends bien soin de toi.

— Attends, ne raccroche pas. Il faut que je te voie, Paddy. Cinq minutes, je t'en supplie.

(Pas très digne, j'en conviens, mais c'était plus fort que moi. J'étais salement secouée.)

— Ne m'en veux pas trop. Je garderai un tendre souvenir de toi et du temps que nous avons passé ensemble. Oh, et encore une chose…

— Oui ? articulé-je d'une voix étranglée.

J'ai besoin d'entendre une parole capable d'atténuer la douleur insupportable qui m'envahit.

— Pas un mot à la presse.

De 18h05 à minuit.

J'ai appelé tout le monde, y compris lui. Je ne me souviens pas combien de fois, mais c'était beaucoup. Je suis sûre de ça, au moins. Plusieurs dizaines d'appels, peut-être une centaine.

Entre-temps, mon téléphone n'a pas arrêté de sonner. Bridie, Treese et Jem, les vrais amis, qui voulaient me réconforter, bien qu'ils n'aient pas pu blairer Paddy. (Ils ne me l'avaient jamais avoué, mais je le savais.) Et puis les faux jetons, les curieux qui appelaient juste pour se délecter du malheur des autres. Petit condensé pour vous donner une idée : « C'est vrai que de Courcy se marie avec une autre ? Oh, ma pauvre chatte. C'est horrible.

C'est un sale coup pour toi. Quelle humiliation ! Quelle honte ! Quelle… »

Très digne, je répondais : « Merci pour ton coup de fil, mais faut que j'y aille. »

Bridie s'est déplacée en personne.

— Tu n'as jamais été taillée pour être une femme de politicien. Regarde-toi, ta dégaine est beaucoup trop cool et tu te fais des mèches violettes.

— Pas violettes, prune. Nuance, ai-je protesté. Quand tu dis violettes, j'ai l'impression d'être une ado en pleine rébellion.

— Ce type contrôlait tout. On ne te voyait plus, surtout ces derniers mois.

— On vivait une histoire d'amour. Tu sais ce que c'est d'être amoureux ?

Bridie s'est mariée l'an dernier, mais ça ne l'a pas rendue plus sentimentale.

— Oui, je sais, c'est très mignon. Mais c'est pas une raison pour rester scotchés l'un à l'autre en permanence. Tu n'arrêtais pas d'annuler tous nos rendez-vous.

— Le temps de Paddy est précieux. C'est un homme très occupé. Je devais profiter de chaque instant qu'il m'accordait.

— En plus, a ajouté Bridie, je te ferai remarquer que tu n'ouvres jamais un journal, tu n'es jamais au courant de ce qui se passe dans le monde politique.

J'aurais pu apprendre. J'aurais pu changer.

Mardi 26 août.

J'ai l'impression que tout le pays a les yeux braqués sur moi et que les gens se gondolent en me montrant du doigt. Je m'étais tellement vantée de ma relation avec Paddy devant mes amis et mes clientes, et voilà qu'il se marie avec une autre. Je suis déstabilisée. Pendant un shooting à Wicklow Hills pour le catalogue de Noël d'Harvey Nichols, j'ai voulu repasser une robe du soir de chez Chloé (coupe en biais, soie grège, vous voyez de quoi je parle ?), mais le fer était trop chaud et j'ai brûlé l'étoffe. Une marque roussie en forme de semelle de fer à repasser est apparue pile sous la ceinture. Une robe de créateur hors de prix (deux mille trente-cinq euros en boutique) complètement fichue.

Et elle devait être l'élément central de cette séance de prise de vue. J'ai eu du bol qu'ils ne me mettent pas ça sur le dos. (Ils auraient pu me demander de la rembourser ou bien me faire arrêter, et pourquoi pas les deux, quand j'y pense.)

Nkechi a pris la situation en main – cette fille est l'assistante dont tout le monde rêve, si compétente que les gens la prennent généralement pour ma patronne – parce que j'avais la tremblote, la tête à l'envers et un besoin pressant d'aller toutes les cinq minutes vomir dans les toilettes préfabriquées. Sans parler de l'état de mes boyaux. Je vous épargne le tableau.

20h30 à 0h34.

Visite de Bridie et Treese. Elles ont dû s'y mettre à deux pour me retenir quand j'ai déclaré mon intention d'aller à l'appartement de Paddy afin d'exiger une audience.

3 heures du matin.

J'ouvre les yeux en pensant « Maintenant je peux y aller ! », et c'est là que mon regard se pose sur Treese, qui dort à côté de moi. Le pire, c'est que je suis parfaitement éveillée et d'humeur combative.

Mercredi 27 août, 11h05.

Ça tourne en boucle dans ma tête. Il épouse une autre femme, il épouse une autre femme, il épouse une autre femme. Au bout de plusieurs heures, je m'interroge soudain. Quoi ? Il épouse une autre femme, qu'est-ce que ça veut dire ? Comme si je venais de l'apprendre et que je n'arrivais toujours pas à digérer la nouvelle. Aussitôt, je suis irrésistiblement attirée vers le téléphone, je veux appeler Paddy et le pousser à revenir sur sa décision, mais jamais il ne décroche.

Alors le cycle infernal reprend : l'instant d'incrédulité, le désir irrépressible de l'appeler, et lui qui ne répond jamais. Et ça recommence, encore et encore.

J'ai aperçu une photo de son Alicia Thornton. (J'achetais une barre chocolatée chez le marchand de journaux quand je l'ai vue, à la une de l'Independent.) Un paparazzi l'avait surprise à sa sortie de ses bureaux de Ballsbridge. Difficile de se prononcer avec certitude, mais il m'a semblé qu'elle portait du Louise Kennedy. Ça en disait long sur le personnage. Louise Kennedy est sage. Élégante, mais sage.

Puis j'ai réalisé que je reconnaissais cette Alicia Thornton. Au cours des derniers mois, elle avait été photographiée à quatre reprises au côté de Paddy dans la rubrique Gotha de divers magazines. Et chaque fois la légende disait : « Paddy de Courcy et son amie. » À la parution de la troisième photo, rassemblant tout mon courage, j'avais questionné Paddy. Il s'agissait d'une amie de la famille, m'avait-il répondu, sur quoi il m'avait reproché de ne pas lui faire confiance. Je l'avais cru. Mais quelle famille ? Paddy n'a pas de famille !

12h11.

Appel de Bridie.

— Nous sortons, ce soir.

— Non ! Je ne peux voir personne en ce moment !

— Si, tu peux. Tu vas sortir, et la tête haute.

Bridie est d'un tempérament autoritaire. Ce n'est pas pour rien que dans son entourage on la surnomme le Sergent-major.

— Je suis vraiment mal. Je tremble de partout. Tu ne peux pas m'obliger à sortir dans cet état. Sois charitable.

— C'est pour ton bien. Nous veillerons sur toi.

— Pourquoi tu ne passes pas plutôt à la maison ?

— C'est hors de question.

Long silence. Inutile de résister. Bridie est la pire tête de mule que j'aie jamais rencontrée. Je lâche un gros soupir.

— Qui sera là ?

— Nous quatre. Toi, moi, Treese, Jem.

— Jem aussi ? Il a l'autorisation de Claudia ?

Claudia est la fiancée de Jem. Une fille canon, mince, et pourtant atrocement possessive.

— Oui, me répond Bridie. Je me suis occupée de Claudia.

Je précise que Bridie et Claudia se détestent cordialement.

Jem est notre super copain, mais, aussi curieux que ça puisse paraître, il n'est pas gay. Il n'est même pas métrosexuel. (La preuve, c'est qu'un jour il s'est acheté un jean chez Marks & Spencer. Il ne voyait pas où était le problème jusqu'à ce que gentiment je lui démontre qu'il avait tout faux.) Quand nous étions ados, lui et moi habitions la même rue. Emmitouflés dans nos duffle-coats dans le petit matin pluvieux, nous sommes devenus copains en nous gelant à l'arrêt de bus, sur le chemin de la fac. Lui, la grosse tête qui se destinait à devenir ingénieur, et moi, qui préparais un diplôme de styliste. (Petite précision : mon duffle-coat à l'époque était bleu électrique.)

20h35, café Albatros.

J'ai les jambes en coton. J'ai été à deux doigts de me ramasser dans les escaliers du restaurant. J'ai dévalé les trois dernières marches et failli faire mon entrée en glissant sur les genoux, comme Chuck Berry. Le pire, c'est que je m'en contrefiche. Quelle différence ça peut bien faire, vu que je suis déjà la risée de toute la ville ?

Bridie et Treese sont déjà là à m'attendre.

Égale à elle-même, Bridie s'est concocté un look lunaire. Ses cheveux raides, couleur blond-roux, sont ramenés en un chignon bas de mamie. En prime, elle s'est affublée d'un pull rétréci, un machin vert, informe, avec de petits jockeys brodés dessus. Je lui ai toujours connu des goûts douteux, depuis son premier jour d'école, à l'âge de quatre ans, quand elle a fait une comédie pour porter un collant couleur sang caillé. Bridie est imperméable à la mode.

Treese, dont le travail consiste à collecter des fonds pour une organisation caritative, est nettement plus chic. Vêtue d'une robe et d'une veste coordonnées, elle a gaufré sa chevelure blonde à la manière d'une star des années 1940. (Son ensemble en jette autant qu'un Prada. Mais c'est tout l'art de Treese de faire des merveilles avec des fringues dénichées dans une enseigne à bas prix.) Vu qu'elle officie dans l'humanitaire, on s'attendrait à la voir débarquer en pantalon de velours côtelé et sweat à capuche, mais on aurait tort. Car Treese travaille pour le compte d'une très grosse organisation qui mène des projets dans plusieurs pays en voie de développement (et non pays du tiers-monde, expression à proscrire, car politiquement incorrecte).

Dans le cadre de ses fonctions, il lui arrive de rencontrer des ministres et même parfois de pousser jusqu'à La Haye pour soutirer du cash aux instances européennes.

— Où est Jem ?

Je suis sûre qu'il a annulé, parce qu'il est exceptionnel que nous arrivions à nous voir tous les quatre ensemble, même en s'y prenant plusieurs semaines à l'avance. Alors vous pensez, aujourd'hui, une rencontre impromptue, organisée en quelques heures à peine. (Je dois cependant reconnaître que, depuis plusieurs mois, j'ai été la principale responsable de ces ratés.)

— Le voilà, annonce Bridie.

Jem débarque, tout essoufflé, avec attaché-case, gabardine et visage poupin.

Nous commandons du vin. Dès que nous avons vidé nos verres, les langues se délient. Comme je l'ai toujours soupçonné, mes amis n'ont jamais pu encadrer Paddy. Maintenant que ce type m'a publiquement humiliée, ils peuvent se lâcher.

— Je ne lui ai jamais fait confiance, avoue Jem. Trop enjôleur.

— Comment tu peux dire ça ? protesté-je. On n'est jamais trop charmant. Le charme est une chose merveilleuse. Comme la crème glacée, on n'en a jamais assez.

— Permets-moi de te détromper, me rétorque Jem. Enfile-toi un litre de Chunky Monkey à la banane avec pépites de chocolat, puis un autre de Cherry Garcia au yaourt, et, crois-moi, tu vomiras le surplus.

— C'est que tu ne me connais pas. De toute façon, je me rappelle parfaitement cette soirée-là. Ce qui t'a rendu malade, ce n'était pas la glace, mais le pétard que tu avais fumé.

— Il était beaucoup trop beau.

Là encore, j'exprime mon incrédulité :

— Trop beau ? Comment peut-on être trop beau ? C'est impossible. C'est contraire aux lois de la physique. (Et puis cette remarque est insultante.) Tu veux dire qu'il était trop beau pour moi ?

— Non ! s'exclament-ils en chœur. Absolument pas !

— Tu es mignonne comme un cœur, me déclare Jem. Largement aussi belle que lui.

— Plus belle, renchérit Treese.

— Oui, plus belle, ajoute Bridie. Mais dans un autre genre. Lui a une beauté trop tapageuse. Dès qu'on pose les yeux sur lui, on se dit : « Voilà un grand et beau brun. » Ce type est too much. Mais, quand on te voit, on pense : « Voilà un joli brin de femme, avec son air juvénile, ses cheveux châtains, sa coupe courte éclairée de quelques reflets violets. »

— Prune, rectifié-je.

— Et une agréable silhouette pour une fille qui ne fume pas. L'œil pétillant – les deux yeux, même – et un petit nez parfaitement symétrique. (Convaincue que le sien dévie légèrement vers la gauche, Bridie envie tous les gens dont le nez paraît tout droit sur leur visage.) Plus on te regarde et plus on te trouve séduisante. Avec Paddy de Courcy, c'est exactement l'inverse.

Elle se tourne vers Treese et Jem.

— C'est bon, je n'ai rien oublié ?

— Son sourire est lumineux, ajoute Jem.

— Oui, reprend Bridie, ton sourire est lumineux. On ne peut pas en dire autant de lui.

— Le sourire de Paddy de Courcy est aussi faux que celui du Joker dans Batman, tient à préciser Jem.

— Oui, c'est exactement ça. Comme le Joker dans Batman !

Là, je m'insurge :

— Paddy ne ressemble pas au Joker !

Mais Bridie ne veut pas en démordre.

— Si, il lui ressemble.

21h55.

Le portable de Bridie se met à sonner. Elle lit le numéro et nous annonce :

— Il faut que je prenne cet appel.

Elle se lève pour s'éloigner, mais nous la retenons. Nous voulons écouter la conversation. C'est son patron, un gros banquier. Apparemment, il projette de se rendre à Milan et veut que Bridie s'occupe de réserver les vols et l'hôtel. Celle-ci tire un agenda de son sac (un superbe Mulberry. Un sac de cette classe avec une tenue aussi abracadabrante, ça n'a aucun sens !)

— Non, répond Bridie à son boss. Vous ne pouvez pas aller à Milan, votre femme fête son anniversaire demain soir. Non, je ne vous réserverai pas ces billets d'avion. Oui, je m'y oppose. Vous me remercierez un jour de vous avoir sauvé du divorce.

Elle écoute la réponse de son correspondant, puis laisse éclater un rire dédaigneux.

— Me virer ? Vous n'êtes pas sérieux !

Sur ce, elle raccroche.

— Bon, où on en était ?

Treese lui dit d'une voix anxieuse :

— Tu as tort de refuser de réserver ces billets d'avion. Ce voyage est peut-être important pour ton patron.

Mais Bridie balaie ses scrupules d'un geste de la main.

— Je ne suis pas idiote. Aucune affaire pressante ne le réclame à Milan. Mais je le soupçonne d'en pincer pour une certaine Italienne et je n'ai aucune intention de faciliter ses projets d'adultère.

22h43.

Arrivée des desserts. J'ai commandé un gâteau à la banane et au caramel. Les bananes ont une consistance visqueuse, genre feuilles d'automne détrempées. Je repose ma cuillère et recrache les morceaux dans ma serviette. Bridie goûte mon gâteau et déclare qu'il n'est absolument pas pâteux. Treese goûte à son tour et confirme le verdict de Bridie. Puis Jem goûte et confirme la confirmation du verdict. Le gâteau n'est pas gluant et pour preuve Jem l'engloutit jusqu'à la dernière bouchée. En guise de compensation, il m'offre sa part de gâteau au chocolat froid. Mais je lui trouve un arrière-goût de saindoux parfumé au chocolat. Bridie goûte un morceau et déclare qu'il ne sent pas du tout le saindoux. Treese confirme, puis Jem.

Bridie m'offre sa part de tarte aux pommes, mais la pâte a un goût de carton mouillé, et les lamelles de pommes sont toutes flasques. Les autres ne sont pas d'accord.

Treese ne m'offre pas son dessert, parce qu'elle n'en a pas commandé. C'est une ancienne boulimique et maintenant elle évite le sucre. Elle veut bien manger celui des autres, mais il n'est pas question qu'elle se commande un dessert.

Sa boulimie est aujourd'hui maîtrisée, mais Treese a parfois des rechutes. Par exemple, si elle est stressée par son boulot parce que l'Union européenne lui a refusé une dotation pour des latrines à Addis-Abeba, elle est capable d'engloutir jusqu'à vingt barres Mars d'un seul coup. (En réalité, elle peut même en avaler plus, mais la femme qui tient le magasin à côté de son bureau refuse de les lui vendre. « Tu as ton compte, ma grande, lui dit-elle gentiment, comme un patron de pub à un client torché. Tu en as bavé pour perdre tous ces kilos. Allons, Treese, tu ne veux plus ressembler à une truie. Pense à ton gentil mari. Il ne t'a jamais connue grosse, ou je me trompe ? »)

Je décide de renoncer au dessert et commande un porto.

— Quel goût il a ? me demande Bridie. La vieille godasse décomposée ? L'œil de larve ?

— Non, il a un goût d'alcool. Tout simplement.

Je rince le porto avec un verre d'amaretto. L'amaretto avec un Cointreau.

23h30.

Je me suis préparée à me laisser entraîner en discothèque, pour que là aussi je puisse me montrer la tête haute.

Mais non. Personne ne parle de sortir en boîte. Il est plutôt question d'attraper un taxi et de rentrer, parce que tout le monde travaille demain. Ils vont tous retrouver l'élu de leur cœur : Bridie, mariée depuis un an ; Treese depuis quelques mois ; et Jem, qui partage sa vie avec Claudia la Possessive. Pourquoi sortir manger un steak quand on a tout le hamburger à la maison ?

Jem me dépose chez moi en taxi et me déclare que, si j'ai envie de passer du temps avec lui et Claudia, je serai toujours la bienvenue. Gentil Jem, adorable Jem.

Mais gros hypocrite. Claudia ne peut pas m'encaisser. Je ne lui suis pas aussi antipathique que Bridie, mais pas loin.

Petite digression : vous vous rappelez qu'au dire de mes amis Paddy était bien trop canon pour moi. Eh bien, on peut affirmer la même chose à propos de Claudia et Jem. Claudia est blonde, avec des jambes de gazelle, un bronzage très années 1960 et des prothèses mammaires. C'est la seule personne que je connaisse qui se soit effectivement fait gonfler les seins. Pour être juste, ce n'est pas encore Lolo Ferrari, mais sa poitrine est assez grosse pour qu'on ne puisse pas la rater. Je la soupçonne aussi de se faire poser des extensions capillaires. Un jour je la croise avec les cheveux jusqu'aux épaules et la semaine suivante ils ont poussé de près de cinquante centimètres. Mais c'est peut-être qu'elle a pris beaucoup de sélénium.

Cette fille ressemble à un top. D'ailleurs, elle a travaillé comme mannequin, même si son rôle se limitait à poser en bikini sur le capot d'une voiture. Elle a ensuite tenté une carrière dans la chanson, puis passé une audition pour une émission de téléréalité. Elle s'est aussi essayée à la danse, pour une autre émission du même tonneau. Après quoi elle a voulu être actrice. (Elle a dépensé une fortune pour un book, mais s'est fait dégager pour cause de nullité absolue.) J'ajouterai que la rumeur prétend qu'on l'aurait vue au casting de Big Brother, mais Claudia dément formellement.

Cela dit, je ne porte aucun jugement. J'en suis arrivée à faire le métier que je fais aujourd'hui par tâtonnements successifs, à force de me planter partout ailleurs. Je lui tire mon chapeau. Il faut lui reconnaître qu'elle n'hésite pas à se lancer, quitte à se ramasser.

Non, si cette fille me débecte, c'est uniquement parce qu'elle est désagréable. Elle ne fait aucun effort pour engager la conversation avec Bridie, Treese ou moi-même. Son langage corporel semble nous crier haut et fort qu'il lui insupporte de traîner avec une bande de nullardes comme nous et qu'elle préférerait être dans un lieu branché à sniffer un rail de coke sur la cuisse d'un présentateur télé.

Elle semble penser que nous attendons de lui piquer son Jem si elle nous en laisse la moindre occasion. Mais elle n'a vraiment pas à s'en faire de ce côté-là, pour la bonne et simple raison que nous sommes toutes sorties avec lui quand nous étions ados. (À l'époque, il n'avait pas encore sa bouille ronde et rassurante. Il possédait même un côté mauvais garçon assez séduisant.)

Si vous voulez mon avis, il m'arrive parfois de penser que Claudia n'apprécie même pas Jem. Elle le traite comme un débile, comme un chien indiscipliné qui mâchonnerait les chaussures et éventrerait les coussins si on ne le tenait pas à l'œil.

Jem est un garçon adorable et mérite une copine adorable.

Enfin, dernier élément d'information : notre ami Jem gagne très bien sa vie. Je ne sous-entends rien. C'est une simple observation que je fais en passant.

23h48.

De retour à mon petit appartement, j'embrasse du regard une vie qui se résume au néant et songe que je suis seule au monde, que je le serai jusqu'à la fin de mes jours.

Non, je ne m'apitoie pas sur mon sort. Je suis lucide, voilà tout.

Je me réveille dans un état de peur panique. J'ai rêvé que Paddy se mariait avec une autre femme. Puis je me rappelle que ce cauchemar est bien réel. J'enfile les vêtements qui me tombent sous la main, grimpe dans ma voiture et roule jusque chez lui. Je ne peux supporter de vivre une minute de plus sans Paddy. Nous allons avoir une conversation, et tout s'arrangera.

Je conduis comme un chauffard en faisant crisser mes pneus dans les virages. Je pousse au maximum ma Mini rouge flamboyant. (Je suis très fière de ma voiture même si sa couleur jure avec mes cheveux.)

Je tape le code d'entrée du portail et constate avec soulagement qu'il n'a pas changé. Je pile devant l'immeuble, à cheval sur l'accotement, presque en travers de l'allée. Je me suis déjà garée mieux. Sans couper le moteur, je saute de la voiture, cours jusqu'à la porte et sonne. Pas de réponse. Je sonne encore. Pas de réponse. Je sonne. Pas de réponse.

Impossible ! Il est forcément là. Parce que, s'il n'est pas là, je vais devenir dingue.

Je continue à sonner. Cette fois, je garde carrément mon doigt sur le bouton. Il ne répond toujours pas.

Peut-être qu'il est chez elle. Cette pensée me fait l'effet d'un direct à l'estomac. Pliée en deux, je pars vomir sur la bordure de gazon un mélange infâme de porto, d'amaretto et de Cointreau.

J'accepte ma défaite et rentre au bercail.

Jeudi 28 août, 9 heures.

Mon téléphone sonne. Une voix de femme me lance d'un ton très amical :

— Bonjour, Lola !

Prudente, je réponds :

— Bonjour.

Prudente, parce qu'il pourrait s'agir d'une cliente. Or je dois faire semblant de toujours reconnaître leur voix au téléphone. Chacune doit croire qu'elle est unique. (N'avons-nous pas tous ce fantasme ?)

— Bonjour, Lola ! répète la femme du même ton primesautier. Je m'appelle Grace, Grace Gildee. J'aimerais échanger quelques mots avec vous.

— Volontiers, lui dis-je, croyant toujours parler à une cliente.

— C'est à propos d'un de mes bons amis, enchaîne mon interlocutrice. Paddy de Courcy.

— Oui, dis-je, prudente encore, parce que je ne vois toujours pas où elle veut en venir.

Et puis, soudain, ça fait tilt.

— Vous êtes journaliste ?

— Oui, répond-elle, pas gênée le moins du monde. Et j'aimerais beaucoup m'entretenir avec vous de votre relation avec Paddy de Courcy.

Paddy a bien insisté. Pas un mot à la presse.

— Vous serez généreusement rémunérée, cela va de soi, continue la femme. Je crois savoir que vous avez perdu deux clientes récemment. Cet argent pourrait être providentiel.

Quoi ? J'ai perdu des clientes ? Première nouvelle !

— Je vous offre une chance de donner votre version de l'affaire. Je sais que vous vous sentez trahie.

— Non, je...

Je meurs de trouille. Je n'ai aucune envie de voir mon histoire avec Paddy étalée à la une des journaux. Je n'aurais même pas dû admettre que je le connais.

— Je ne veux pas en parler.

— Mais vous avez bien eu une liaison avec de Courcy ? insiste-t-elle.

— Non, euh... aucun commentaire.

Aucun commentaire. Je n'aurais jamais imaginé pouvoir dire ça un jour dans une conversation.

— Je prends ça pour un oui, dit la femme en ricanant.

— Non, ce n'est pas un oui. Je dois raccrocher, maintenant.

— Si vous changez d'avis, faites-moi signe. Grace Gildee, rédactrice au Spokesman. Je vous promets un beau papier.

9h23.

Appel de Marcia Fitzgibbons, capitaine d'industrie et cliente importante. Elle attaque d'entrée de jeu :

— Il paraît qu'à la séance photo d'Harvey Nichols vous présentiez tous les symptômes d'une droguée en manque.

Je suis à deux doigts de m'étrangler.

— Quoi ? Mais qu'est-ce que c'est que cette histoire ?

— Eh bien, les tremblements, les suées, les vomissements. D'après ce qu'on m'a rapporté, vous n'avez même pas réussi à repasser une robe sans la brûler.

— Non, vous vous trompez, Marcia, pardon, madame Fitzgibbons. Je n'étais pas en manque. C'était un problème de cœur. J'avais une liaison avec Paddy de Courcy et je venais d'apprendre qu'il allait épouser une autre femme.

— Oui, je suis au courant. C'est l'histoire que vous servez à tout le monde. Mais, franchement, vous voyez Paddy de Courcy sortir avec quelqu'un comme vous ? Enfin, soyez sérieuse, vous avez les cheveux violets !

— Prune, lui hurlé-je. Mes cheveux sont prune.

— Je suis navrée, dit-elle pour conclure. Je n'ai aucune indulgence pour les toxicomanes. Vous êtes une excellente styliste, mais je me suis fixé certaines règles.

C'est sûrement pour ça qu'elle est capitaine d'industrie.

Toutes mes tentatives pour me défendre sont vaines, puisqu'elle me raccroche au nez. Pour une Marcia Fitzgibbons, le temps c'est de l'argent.

9h26.

Maman me manque. Elle me serait bien utile en ce moment. Je me rappelle quand elle est morte. (Même si je ne comprenais pas ce qui se passait. Personne ne m'avait rien expliqué clairement, et je pensais qu'elle avait seulement besoin de beaucoup de repos.) L'après-midi, quand je rentrais de l'école, sans prendre le temps de quitter mon uniforme, je venais la retrouver dans sa chambre. Je glissais ma main dans la sienne, et nous regardions ensemble les épisodes rediffusés de EastEnders. Voilà ce que j'aimerais faire en ce moment. Me blottir contre elle dans son lit, lui prendre la main et m'endormir pour toujours.

Si au moins je possédais une grande famille, je serais entourée et consolée. On me dirait : « On t'aime quand même, et tant pis si tu n'entends rien à la politique. »

Mais je n'ai personne au monde. Lola, la petite orpheline. Ce qui est horrible de ma part, puisque mon père est toujours en vie. Je pourrais aller lui rendre visite à Birmingham, mais ce serait trop pénible pour moi. Comme après la mort de maman, quand nous vivions côte à côte dans une maison silencieuse. Tous les deux sous antidépresseurs, incapables de faire fonctionner un lave-linge ou de rôtir un poulet.

Je sais que ça ne me sera d'aucun réconfort, mais je l'appelle.

— Bonjour, papa. Mon petit ami en épouse une autre.

— Le butor !

Là-dessus, il pousse un gros soupir et dit :

— Je ne souhaite que ton bonheur, Lola. Si seulement tu pouvais être heureuse, je le serais aussi.

Je regrette aussitôt d'avoir appelé. Il prend tout tellement à cœur. Rien qu'à sa voix j'entends qu'il est totalement déprimé. Moi aussi j'ai souffert de dépression, mais j'ai fini par m'en sortir. Et puis il ment quand il dit qu'il serait heureux si je l'étais aussi. La seule chose qui pourrait le rendre heureux, ce serait que maman revienne.

— Quoi de neuf à Birmingham ?

Au moins, après le décès de maman, j'ai continué ma vie. Au moins je ne me suis pas enterrée à Birmingham. Et quand je dis Birmingham, je ne parle pas du centre-ville, avec ses boutiques, dont un magasin Harvey Nichols, mais d'une banlieue où il ne se passe jamais rien. Mon père était si impatient de partir. Dès que j'ai eu vingt et un ans, il a filé en prétextant que son frère aîné avait besoin de lui. En réalité, je crois qu'il est parti parce qu'il ne supportait plus notre vie ensemble. (De mon côté, je songeais à l'époque à m'envoler pour New York, mais en prenant le large mon père m'a épargné le déménagement.)

— Plein de choses.

— Je vois.

Silence interminable.

— Bon, je dois y aller. Je t'embrasse, papa.

— Tu es une bonne fille, me dit-il. Oui, une bonne fille.

— Et tu m'embrasses aussi, papa.

18h01.

Je refuse d'écouter mon instinct et m'installe devant le journal télévisé en espérant entrapercevoir des images de Paddy au Dail, la Chambre des députés. Je dois me coltiner un reportage accablant sur dix-sept immigrés nigérians qui vont être expulsés alors qu'ils ont des enfants nés en Irlande, puis un autre sur les montagnes d'ordures déversées par l'Europe dans les pays du tiers-monde (et, si vous voulez savoir, ils ont bien dit « tiers-monde » et non « pays en voie de développement »).

Je continue d'attendre le compte rendu des débats parlementaires. D'une seconde à l'autre, je devrais voir apparaître à l'écran des bonshommes bedonnants, à la face rougeaude et à l'air corrompu, tout occupés à se chahuter dans une vaste salle à moquette bleu turquoise. Mais rien n'arrive.

À retardement, il me revient que ce sont les vacances d'été et que la prochaine session parlementaire ne débutera qu'une quinzaine de jours avant Noël. Après quoi les débats seront de nouveau suspendus pendant les fêtes de fin d'année. Quel boulot de fainéants !

Je suis sur le point d'éteindre ma télé quand une information capte mon attention : la route entre Cavan et Dublin vient d'être fermée à la circulation à cause d'un accident. Un camion transportant six mille poules s'est retourné, et tous les volatiles se sont égaillés dans la nature. Mon écran est rempli de poules, au point que je me demande si le chagrin ne me donne pas la berlue. Je détache mon regard du téléviseur, ferme les yeux très fort, puis les rouvre. Rien à faire, l'écran est toujours rempli de poules. Certaines partent en bandes le long de la route, mais le plus gros des troupes court vers la liberté et disparaît derrière le sommet d'une colline. Les gens du coin les emportent en les tenant par les pattes. Un type armé d'un micro essaie de s'adresser à la caméra, les jambes immergées jusqu'aux genoux dans une marée de plumes rousses.

18h55.

J'appelle Paddy sans arrêt, impossible de me raisonner. C'est comme la manie de se laver les mains. Comme les noix de cajou. Quand on commence, on ne peut plus s'arrêter.

Il ne répond jamais et ne rappelle pas davantage. J'ai bien conscience de m'avilir, mais c'est plus fort que moi. Il me manque, c'est atroce.

Si seulement j'arrivais à lui parler. Certes, je n'arriverais peut-être pas à le faire revenir sur sa décision, mais je pourrais au moins espérer obtenir des réponses à mes questions, savoir pourquoi il m'a laissée croire que je comptais pour lui, pourquoi il se montrait si possessif avec moi, alors que pendant tout ce temps il y avait une autre femme.

Je suis taraudée par le sentiment que tout est ma faute. Comment ai-je pu croire qu'un homme avec le charisme de Paddy s'intéressait sérieusement à une fille comme moi ? Je me sens complètement idiote. Pourtant je ne suis pas stupide. Superficielle, oui, mais pas stupide. La différence est de taille. Aimer les fringues et la mode ne fait pas nécessairement de vous une demeurée. J'ignore peut-être le nom du président de la Bolivie, mais j'ai un fort potentiel d'intelligence émotionnelle. Ou, du moins, je l'ai cru jusqu'à présent. Quand il s'agit de la vie des autres, je peux être d'excellent conseil (à condition qu'on m'y invite, naturellement, sinon ce serait déplacé). Mais, à l'évidence, je ne suis pas bonne pour juger de ma propre vie. Vous connaissez le proverbe, les cordonniers sont toujours les plus mal chaussés.

Vendredi 29 août.

Cette semaine épouvantable semble sans fin.

Pour une séance photo de l'écrivain Petra McGillis, je débarque au studio chargée de trois grosses valises de fringues que j'ai choisies sur instruction de l'intéressée. Mais, quand j'ouvre les valises, Petra me lâche, tout offusquée : « Pas de couleurs vives, j'ai dit. Des tons neutres, du beige, du sable. » Sur ce, elle se tourne vers une femme, dont je comprendrai plus tard qu'elle est son éditrice, et fulmine : « Gwendoline, en quoi essayez-vous de me transformer ? En pistache ? Je ne suis pas un auteur à porter du pistache ! »

La pauvre éditrice se défend comme elle peut. Elle ne cherche nullement à la transformer en quoi que ce soit, mais lui rappelle qu'elle, Petra, a personnellement parlé avec la styliste (moi, donc), qu'elle lui a donné ses instructions et que personne ne s'est mêlé de ses choix.

Mais Petra insiste :

— J'ai pourtant bien précisé que je ne voulais pas de teintes vives. J'ai été très claire sur ce point. Je suis un écrivain sérieux et je ne porte jamais de teintes vives.

Tous les regards se tournent vers moi. Ils sont tous là à me zieuter, le photographe, la maquilleuse, le directeur artistique, le traiteur, le facteur qui vient livrer un colis. C'est sa faute, semble dire leur air accusateur. La faute de cette styliste qui a voulu la transformer en un auteur couleur pistache.

Et ils ont raison de m'accabler. Je ne peux en aucun cas faire porter le chapeau à Nkechi. C'est moi qui ai pris l'appel et, quand Petra a précisé qu'elle ne voulait pas de couleurs vives, mon cerveau embrumé a dû comprendre qu'elle les adorait.

Il ne m'est jamais rien arrivé de pareil. D'habitude, je sais si bien comprendre les attentes de mes clientes qu'elles essaient ensuite de piquer les tenues des séances photo et me créent toutes sortes de problèmes avec les services de presse.

— Puisque c'est comme ça, je porterai ce que j'ai sur le dos, finit par déclarer sèchement Petra.

Toujours pleine de ressources, Nkechi passe de nombreux coups de fil à la recherche d'un kit d'urgence de vêtements aux tons neutres, mais sans succès.

Au moins elle essaie, expriment silencieusement tous les visages hostiles. Elle a beau n'être qu'une assistante, cette Nkechi fait preuve de bien plus d'initiative que la styliste en chef.

Puisque je ne suis utile à personne, je ferais mieux de m'éclipser. Mais, pendant les trois longues heures que dure la séance, je reste plantée là, l'air faussement enjoué, essayant de calmer le tremblement de mes lèvres. De temps en temps, pour donner le change, je m'avance et remets en place le col de Petra. Mais, il faut bien l'admettre, le fiasco est complet.

Il m'a fallu du temps pour bâtir ma carrière. Est-ce que tous mes efforts vont être ruinés en l'espace de quelques jours, tout ça par la faute de Paddy de Courcy ?

Pourtant, tout m'est indifférent. Je ne me soucie que de savoir comment je vais le récupérer. Et, dans l'éventualité d'un échec, comment je vais pouvoir passer le reste de ma vie sans lui. Je sais, tout cela est très mélodramatique, mais c'est parce que vous ne le connaissez pas. De près, il est encore plus beau, plus séduisant qu'à la télé. Il vous donne l'impression que vous êtes la seule femme au monde et sent si bon qu'après notre première rencontre je suis allée acheter un flacon de son eau de toilette (Baldessini). Même si Paddy a une manière unique de porter ce parfum, il me suffit d'en respirer quelques effluves pour me sentir défaillir.

15h15.

Nouvel appel de Grace Gildee. Toujours aussi insistante. Comment s'est-elle procuré mon numéro ? Comment a-t-elle su que Marcia Fitzgibbons allait me retirer sa clientèle ? Je suis tentée de demander à cette journaliste qui d'autre a l'intention de me virer, mais je préfère m'abstenir.

Voyant que j'hésite, elle me propose cinq mille euros pour mon histoire. Une coquette somme. Le stylisme est une profession incertaine. On croule sous le boulot une semaine, et plus une seule commande le reste du mois. Pourtant, je ne me laisse pas tenter.

Même si je me sens complètement idiote, il me reste un peu de bon sens. Je compose donc le numéro de Paddy et laisse un message.

— Une journaliste qui se fait appeler Grace Gildee vient de m'offrir un joli paquet de fric pour que je lui parle de notre aventure. Je ne sais pas quoi faire, tu as une idée ?

J'ai à peine raccroché qu'il me rappelle.

— N'y songe même pas, me balance-t-il. Je suis un personnage public. Je dois protéger ma carrière.

Lui et sa carrière, il ne pense qu'à ça.

— J'ai une carrière moi aussi, lui fais-je remarquer. Et je suis en train de la ruiner à cause d'un chagrin d'amour.

— Je n'en vaux pas la peine, me répond-il d'un ton plus affectueux.

— Cette fille m'a offert cinq mille euros.

— Ne vends pas ton âme pour un peu d'argent, me dit-il d'une voix vibrante. Ça ne te ressemble pas. Toi et moi, nous avons connu de bons moments ensemble. Préserve ces souvenirs. Et, si tu as des problèmes d'argent, tu peux toujours t'adresser à moi. Je ne te refuserai jamais un peu d'aide.

Je ne trouve rien à répondre. Sous son discours de bon copain plein de sollicitude, n'est-il pas en train de proposer d'acheter mon silence ?

— J'en aurais beaucoup à raconter à cette journaliste, rétorqué-je d'un air bravache.

D'une voix glaciale, il me demande :

— Comme quoi, par exemple ?

— Les trucs que tu m'as achetés, dis-je, moins agressive. Les petits jeux auxquels nous nous amusions ensemble...

Il enchaîne d'un ton franchement réfrigérant :

— Que ce soit bien clair, Lola. Pas un mot à personne, et surtout pas à cette Grace Gildee.

Puis il ajoute :

— Je dois filer, j'étais en plein milieu d'un truc important. Prends soin de toi.

Et pfuit ! il est parti.

20h30.

Soirée dans la vaste demeure de Treese, à Howth. Bridie est également là. Vincent, l'homme que Treese a récemment épousé, est en voyage. Je m'en réjouis secrètement, car je ne me sens jamais la bienvenue chez eux en sa présence. J'ai perpétuellement l'impression qu'il se demande ce que ces étrangères viennent faire chez lui.

Il ne se joint jamais à nous. Il entre dans la pièce où nous sommes, nous adresse un petit salut de la tête, mais seulement s'il veut demander à Treese où sont les vêtements qu'elle a récupérés au pressing, sur quoi il s'éclipse pour se livrer à des activités beaucoup plus importantes que de passer du temps avec les copines de sa femme.

Il appelle Treese par son véritable prénom, « Teresa », comme si la femme qu'il a épousée n'était pas celle que nous connaissons en tant qu'amie.

Il n'est plus de la première jeunesse, puisqu'il a treize ans de plus que Treese, qui est sa seconde femme. L'ex et les trois enfants qu'il a eus d'elle sont remisés quelque part. Ce type est une grosse légume au sein de la fédération irlandaise de rugby. Il a autrefois joué dans l'équipe nationale. Avec lui, aucune discussion n'est possible. Il a un avis sur tout et, dès qu'il l'ouvre, la conversation tourne court.

Il a bien sûr le physique d'un rugbyman. Les muscles, la carrure et des cuisses balèzes qui lui donnent la démarche du cow-boy qui vient de descendre de son cheval. Beaucoup de femmes – y compris Treese, puisqu'elle l'a épousé – apprécient ce genre de physique. Pas moi. Je le trouve trop mastoc. Il engloutit des quantités de nourriture impressionnantes et doit bien peser dans les deux cent cinquante kilos. Mais, rendons-lui justice, il n'est pas gros. Juste compact. Extra-dense, comme s'il avait passé toute sa vie dans un trou noir. Son cou a la circonférence d'une barrique, et sa tête énorme est surmontée d'une épaisse toison. Beurk !

21h15.

Le dîner est délicieux. Treese a pris des cours de cuisine française. Elle peut donc préparer de bons plats comme Vincent et ses copains les aiment. Je prends deux bouchées, mais mon estomac se contracte, et je sens un affreux goût de bile me monter à la bouche.

Bridie a revêtu pour l'occasion son étrange pull vert. Et, bien que focalisée sur mon chagrin, je n'arrive pas à en détacher mes yeux. Faut-il lui en toucher deux mots ? Le hic, c'est que visiblement Bridie l'adore, autrement elle ne le porterait pas. Dans ce cas, qui suis-je pour lui ôter ses illusions ?

23h59.

Beaucoup de bouteilles de vin plus tard, mais bien sûr pas celles de la cuvée spéciale de Vincent, qui serait très contrarié s'il apprenait que nous lui avons sifflé sa cave.

— Tu n'as qu'à dormir ici, me propose Treese.

Je précise que la maison compte quatre chambres d'amis.

— Tu as une existence de rêve, s'exclame alors Bridie. Un mari riche, une superbe demeure, une garde-robe fabuleuse…

— Et une ex-femme qui réclame toujours plus d'argent, ses sales gosses qui me font une vie d'enfer et de grosses inquiétudes concernant…

— Quoi ?

— Ma boulimie. J'ai peur qu'elle revienne, que je grimpe à plus de cent kilos et qu'il faille me transporter loin d'ici sur un semi-remorque. Vincent cesserait de m'aimer.

— Tu te fais des idées. Vincent t'aimera toujours, quoi qu'il arrive.

Mais dans un sombre recoin de mon cœur, dans cette chambre secrète où je garde mes pensées les plus sombres, je ne suis pas si sûre de ce que j'avance. Vincent n'a pas abandonné femme et enfants pour s'envoyer en l'air avec Piggy la cochonne.

0h27.

Confortablement installée dans la chambre d'amis numéro un. Oreiller moelleux à souhait, superbe lit ouvragé (une antiquité française), fauteuils tapissés de brocart avec pieds arqués, miroirs en verre de Murano, lourds rideaux à rayures cousus dans une étoffe luxueuse et papier peint du genre qu'on ne voit que dans les hôtels.

— Regarde, Treese. La moquette est exactement de la même couleur que tes cheveux. C'est magnifique, tout est proprement magnifique !

Je suis décidément très éméchée.

Treese me souhaite bonne nuit.

— Dors bien et fais de beaux rêves. Je t'interdis de te réveiller à 4h36 et de filer chez Paddy pour lancer des cailloux sur ses fenêtres et hurler des injures visant sa promise.

4h36.

Comme je suis réveillée, je décide de filer chez Paddy pour jeter des cailloux sur ses fenêtres et injurier sa promise (« La mère d'Alicia Thornton suce le curé du village ! », « Alicia Thornton ne se lave pas le derrière ! », « Le père d'Alicia Thornton maltraite le cocker de la famille ! ») Mais, quand j'ouvre la porte d'entrée, une alarme assourdissante se déclenche, des projecteurs s'allument et les chiens du quartier se mettent à hurler à la mort. Je m'attends à voir apparaître un hélicoptère dans le ciel quand je vois Treese descendre l'escalier dans une chemise de nuit en soie rose pâle et déshabillé assorti. La lumière des projecteurs peint des reflets argentés sur sa coiffure vaporeuse.

Elle me réprimande sans colère.

— Tu m'avais pourtant promis. Te voilà bien attrapée. Retourne te coucher.

Sur ce, elle réenclenche l'alarme et d'un pas gracieux remonte dans sa chambre.

Samedi 30 août, 12h10, chez moi.

Appel de Bridie. Elle me demande comment je vais, puis marque une pause. Et là, de but en blanc, elle me fait :

— Qu'est-ce que tu penses du pull vert que je portais hier soir ? Tu aimes ?

Je ne peux tout de même pas lui répondre que je n'ai rien vu d'aussi bizarroïde depuis très longtemps, alors je dis :

— Ravissant.

Puis j'ajoute :

— Il est nouveau ?

— Oui.

Alors, comme on lâche un grand secret, elle m'annonce :

— Moschino !

Moschino ? Je suis soufflée. Je m'étais imaginé qu'elle avait trouvé ce machin à la vente de charité d'un asile d'aliénés. J'ai bien fait de me taire. De toute façon, ma mère m'a enseigné que, lorsqu'on n'a rien de gentil à dire, il vaut mieux la fermer.

— Où l'as-tu acheté ?

Je me demande comment, avec ma connaissance encyclopédique de la mode, j'ai pu rater cette merveille.

— Sur eBay.

Aïe ! Une contrefaçon !

— Il m'a coûté une petite fortune, mais ça le valait, tu ne trouves pas ?

— Oh oui, les jockeys sont très... branchés cette année.

— J'avais bien remarqué ta façon de le regarder.

Oui, effectivement, j'étais subjuguée.

Dimanche 31 août.

Une flopée d'articles consacrés à Paddy dans la presse aujourd'hui. J'ai acheté plusieurs journaux. (J'ai été agréablement surprise de constater qu'ils sont nettement moins chers que les magazines. On en a pour son argent. C'est drôle les trucs qui nous passent par la tête, même aux pires moments de notre vie.) Mais les articles ne disent rien d'intéressant. Juste qu'il est le beau gosse de la politique irlandaise.

Pas un mot sur moi. Je devrais être soulagée. Au moins, Paddy ne sera pas remonté contre moi. Mais, au contraire, je me sens niée.

Lundi 1er septembre, 10h07.

Appel du magazine Irish Tatler pour annuler un job prévu la semaine prochaine. Dans le milieu de la mode, on n'aime pas trop qu'une styliste s'amuse à saccager les collections. La rumeur a circulé très vite.

10h22.

Mon portable sonne. Je crois reconnaître le numéro, mais je ne suis pas très sûre, et puis je percute. C'est encore cette journaliste. Elle ne me lâche plus d'une semelle ! Je ne décroche pas, mais j'écoute son message. Elle insiste pour me rencontrer en tête à tête et me propose une somme encore plus rondelette. Sept mille euros. En riant, elle me reproche de faire monter la mise. Mais je ne joue pas, je veux juste qu'on me fiche la paix.

Mardi 2 septembre.

Je viens d'encaisser un coup vicieux. Alicia Thornton en couverture de VIP. « Comment j'ai conquis le cœur de Quicksilver », disait la légende.

Le marchand de journaux, un brave homme, m'a offert un verre d'eau et m'a laissé son tabouret jusqu'à ce que je recouvre mes esprits.

Douze pages de reportage photo. Paddy était maquillé pour

l'occasion. Sous-couche siliconée sur base siliconée. Au final, il avait le teint plastifié. On aurait dit Ken.

J'ignore qui était la styliste, mais la mise en scène était affligeante. Alicia (grande, maigre, cheveux blonds coupés court, assez chevaline, mais pas sexy comme Sarah Jessica Parker, plutôt dans le genre Céline Dion. Ouille !) dans un ensemble Chanel, veste sur robe en tweed crème. Paddy dans un costume d'homme d'État (Zegna ? Ford ? je n'ai pas réussi à trancher), assis derrière un bureau en acajou, un stylo à la main, comme s'il s'apprêtait à signer un important traité. Alicia, debout derrière lui, une main posée sur son épaule, dans la pose de l'épouse qui soutient son politicien de mari. Puis Paddy et Alicia en tenue de soirée. Nœud papillon noir pour lui et longue robe décolletée sur les épaules, signée Max Mara, pour elle. Le rouge n'est décidément pas sa couleur. Léger duvet sous les aisselles du plus mauvais effet.

Mais la cerise sur le gâteau était le portrait en pied de Paddy et Alicia en jean chambray, polo au col relevé, pull en maille noué autour du cou et, tenez-vous bien, une raquette de tennis à la main. On se serait cru dans un catalogue de VPC bas de gamme.

Paddy est le plus bel homme que la terre ait jamais porté, mais ces photos lui donnaient l'air d'un mannequin sur le retour.

L'interview qui accompagnait les clichés disait qu'ils se connaissaient depuis l'adolescence, mais qu'ils ne se « fréquentaient en secret » que depuis sept mois. Sept mois ! Et moi ? Je le « fréquentais en secret » depuis seize mois. Pas étonnant qu'il ait tant insisté pour que notre liaison reste clandestine. Ma vie deviendrait un enfer si j'apparaissais à ses côtés à une quelconque cérémonie officielle, disait-il. Les journalistes ne me lâcheraient plus, et je serais obligée de porter une tartine de maquillage en permanence, même pendant mon sommeil, pour éviter les photos aux légendes désobligeantes, du style « Paddy s'affiche avec un thon ». (Pendant l'été, les rubriques mondaines avaient cité mon nom à deux reprises, mais le service de presse de Paddy avait précisé que je l'assistais dans le choix de ses tenues vestimentaires, et tout le monde avait paru gober ce mensonge.) Je croyais sincèrement qu'il ne pensait qu'à me préserver. Mais, en réalité, il s'assurait qu'Alicia, son âme sœur (c'est ainsi qu'il parlait d'elle dans l'interview), n'apprendrait pas mon existence. Je suis vraiment la reine des gourdes !

Mardi, un peu plus tard.

Le reportage dans VIP m'a achevée. J'ai passé la journée à analyser ces photos et à ruminer. Qu'est-ce qu'elle peut bien avoir que je n'ai pas ? J'ai feuilleté les pages, j'ai étudié leurs portraits à la recherche d'un indice. J'ai essayé de me convaincre que tout ça était bien réel. Mais à force de regarder sa photo, encore et encore, la ressemblance avec Paddy s'est effacée, comme lorsqu'on observe trop longtemps son propre reflet dans un miroir. À la fin, notre visage devient étrange, presque flippant, et finit par ne plus nous ressembler.

Mardi, encore plus tard.

Je suis fumasse. Je rumine des idées noires. Mon cœur est plein d'amertume. Je suffoque. Soudain, je jette par terre mon exemplaire de VIP et pense : j'ai droit à des réponses !

Je prends ma voiture pour aller chez Paddy. Je sonne, encore et encore. Personne ne répond, mais je suis déterminée. Je ne bougerai plus, je resterai là jusqu'à ce qu'il revienne. Même si je dois attendre des jours. Voire des semaines. Il faudra bien qu'il finisse par rentrer chez lui tôt ou tard.

Ma colère me tient chaud, et je me sens prête à patienter éternellement si nécessaire.

J'ai échafaudé un plan. J'appelle Bridie pour lui demander de m'apporter un sac de couchage, des sandwichs et de la soupe. Mais je précise : « Pas du minestrone, j'aime pas les morceaux qui flottent à la surface. »

— Tu as l'intention de tenir un siège devant la porte de Paddy ? me demande Bridie, incrédule.

— N'exagère pas. J'attends juste qu'il rentre chez lui. Mais, comme ça risque de prendre plusieurs jours, j'aurai besoin, comme je t'ai dit, d'un duvet, de sandwichs et d'une soupe. Mais sans morceaux, n'oublie pas.

Comme elle se met à brailler qu'elle se fait du souci pour moi, je dois raccrocher. J'ai pas la patience. Le temps passe. Ma colère m'aide à tenir bon, elle me fait oublier l'inconfort, le froid et mon envie de faire pipi. Je suis un moine bouddhiste.

De temps en temps, histoire de m'occuper, je sonne à la porte. Puis, peu à peu, je sens que ma colère faiblit, parce que je commence à trouver tout ça très ennuyeux. Je rappelle Bridie pour lui demander de m'apporter le dernier numéro de InStyle, mon livre de sudoku et ma biographie de Coco Chanel.

— Pas question, me répond-elle. Lola, je t'en conjure, arrête ce cirque, tu déraillles.

— Au contraire, je n'ai jamais eu les idées aussi claires.

— Lola, est-ce que tu réalises ? C'est du harcèlement. Paddy est un personnage public, tu pourrais avoir de sérieux ennuis. Tu risques…

Encore une fois, je suis contrainte de raccrocher. C'est impoli, mais je n'ai pas le choix.

Pour m'occuper, je continue de sonner à la porte de Paddy. Puis j'entends qu'on m'appelle sur mon portable.

C'est Bridie. Elle est au portail. Elle ne peut pas entrer : elle n'a pas le code.

— Tu as le sac de couchage que je t'ai demandé ? Et ma soupe ?

— Non.

— Barry est avec toi ?

(Barry est son mari.)

— Oui, il est là. Tu aimes bien Barry, n'est-ce pas ?

Oui, mais je viens d'avoir la vision de Bridie et Barry me chargeant manu militari dans leur voiture. Je ne vais pas tomber dans le panneau.

— Lola, je t'en prie, laisse-nous entrer.

— Non, désolée.

Sur ce, j'éteins mon portable.

Je continue à sonner chez Paddy, sans grand espoir, quand soudain la silhouette d'un homme se dessine derrière la porte en verre dépoli.

C'est lui ! Dire qu'il était là pendant tout ce temps. Je me sens soulagée et tout excitée. Mais aussitôt les idées noires refont surface. Pourquoi n'est-il pas descendu plus tôt ? Pourquoi continue-t-il à m'humilier ?

Mais ce n'est pas lui, c'est son chauffeur, Spanish John. Je le connais bien, parce qu'il m'a souvent conduite chez Paddy. Il s'est toujours montré très cordial avec moi, mais il me fait un peu peur. C'est un grand costaud qui donne l'impression de pouvoir vous briser le cou comme une vulgaire aile de poulet.

— Spanish John, laisse-moi entrer, je t'en supplie. Il faut que je voie Paddy.

Il secoue la tête.

— Rentrez chez vous, Lola, prononce-t-il de sa grosse voix.

— Elle est là-haut avec lui ? C'est ça ?

Spanish John est la discrétion incarnée. Pour toute réponse, il me dit :

— Venez, Lola, je vais vous reconduire chez vous.

— Elle est là-haut, je le sais !

D'un geste tendre, il m'éloigne de la porte et me pousse vers la Saab de Paddy.

— C'est bon, j'ai ma voiture. Je suis encore capable de rentrer chez moi toute seule.

— Alors bonne chance, me lâche-t-il d'un ton sans appel.

Ce ton me donne la hardiesse de lui poser une question dont j'ai toujours voulu connaître la réponse.

— Je me suis toujours demandé. Pourquoi est-ce qu'ils t'appellent tous Spanish John, alors que tu n'es même pas espagnol ?

Pendant un bref instant, je crois qu'il va me mettre au sol d'une prise de karaté. Puis il semble se calmer.

— Regardez-moi.

Il me montre sa crinière rousse, sa peau d'une blancheur laiteuse et ses taches de son.

— Est-ce que j'ai l'air d'un Espagnol ?

— Ah, je vois, alors c'est de l'ironie.

Ou peut-être du sarcasme. J'ai jamais su faire la distinction.

Mardi, encore plus tard dans la soirée.

Voilà, je viens de toucher le fond. J'ai été chassée du paillasson de Paddy tel un chien galeux.

Comme si je venais de recevoir un seau d'eau glacée en pleine poire, je recouvre mes esprits. En prenant conscience de mon comportement, je crois mourir de honte. J'ai agi comme une psychopathe. Bridie a raison. J'ai harcelé Paddy.

Je suis honteuse de la façon dont j'ai traité Bridie. Quand je pense que j'ai exigé de la soupe ! Où aurait-elle trouvé de la soupe, je vous le demande ? Et ensuite j'ai refusé de lui donner le code du portail et je lui ai raccroché au nez. Alors qu'elle est mon amie et qu'elle se fait du souci pour moi.

J'ai complètement disjoncté, et le pire c'est que j'étais persuadée d'être parfaitement lucide.

Cette fois la coupe est pleine. Je ne peux pas continuer comme ça. J'ai perdu l'appétit et le sommeil, je suis en train de ruiner ma carrière, je traite mes meilleures amies comme des domestiques et je suis un vrai danger public au volant.

Je m'arrête chez Bridie. Je la trouve en pyjama. Elle est contente de me voir, et je lui présente platement mes excuses pour mon délire.

Elle les accepte et me demande :

— Alors, où tu en es ?

— J'ai pris une décision. Je vais faire mes valises et m'exiler au bout du monde, dans un endroit où rien ne me rappellera Paddy. Tu as un globe terrestre ?

— Euh, oui...

(Elle garde cet objet depuis l'époque de l'école primaire. Bridie ne jette jamais rien.)

Sur le globe de Bridie, l'antipode de l'Irlande se situe en Nouvelle-Zélande. Parfait, je suis partante. Pour ce que j'en sais, les paysages y sont merveilleux. Je pourrai même faire le périple complet des lieux de tournage du Seigneur des anneaux.

Mais Bridie me raisonne :

— Le voyage va te coûter une fortune. La Nouvelle-Zélande est à des milliers de kilomètres.

— C'est justement le but recherché. Je ne veux plus voir la tronche d'Alicia Thornton chaque fois que j'entre acheter une barre chocolatée chez mon marchand de journaux, je ne veux plus entendre prononcer le nom de Paddy au journal télévisé. Bon sang, ce truc est tellement déprimant, à part l'histoire avec les poules. Tu l'as vue ?

— Et pourquoi pas la case de l'oncle Tom ? suggère Barry, en pyjama lui aussi.

Le lieu qu'ils surnomment ainsi est une maison de vacances que possède Tom, l'oncle de Bridie, dans le comté de Clare. J'y ai passé un week-end pour l'enterrement de vie de jeune fille de Treese. Beaucoup de choses ont été cassées pendant ces deux jours. (Je n'étais pas la seule fautive, tout le monde a participé.)

— C'est au bout du monde, ajoute Barry.

— Y a même pas la télé, renchérit Bridie. Le côté positif, c'est que, si la solitude te rend zinzin, tu peux être rentrée à la maison en trois heures, par la rocade de Kildare qui est ouverte maintenant.

(Cette nouvelle route a été une bénédiction pour Bridie et sa très nombreuse famille. Car ils vivent pour la plupart à Dublin, mais adorent passer leurs vacances à la case de l'oncle Tom. La rocade leur fait gagner trois quarts d'heure sur le trajet, estime le père de Bridie. Mais franchement je m'en fiche. À trente et un ans, j'ai encore quelque quarante années à vivre, si je ne me suicide pas avant, alors même si je me trouve coincée dans un embouteillage à la sortie de Kildare, ça ne changera pas grand-chose pour moi.)

— Merci, c'est très gentil, mais je ne peux pas m'installer là-bas pour toujours. Quelqu'un dans votre famille voudra sûrement y séjourner.

— Non, t'inquiète pas, c'est la fin de l'été, me dit Bridie. Écoute, tu as le cœur brisé et le sentiment que tu ne t'en remettras jamais. Mais tu t'en sortiras et ce jour-là tu regretteras d'avoir émigré en Nouvelle-Zélande et liquidé ton entreprise ici. Pourquoi n'irais-tu pas passer une ou deux semaines là-bas ? Confie les clés de la boutique à Nkechi en attendant. Où tu en es question boulot ? Tu as un emploi du temps chargé ?

— Non, dis-je.

Non pas parce que mes clientes me lâchent les unes après les autres, mais parce que cette période de l'année est traditionnellement calme. J'ai terminé les garde-robes automne-hiver pour mes clientes privées – des femmes overbookées et pleines aux as qui n'ont pas le temps de faire les boutiques, mais dont la position sociale impose qu'elles soient tirées à quatre épingles. Les affaires reprennent en général à l'approche de Noël, c'est-à-dire dès le lendemain d'Halloween. Ce qui me laisse deux semaines de tranquillité avant de m'y remettre. D'un autre côté, il y a toujours du pain sur la planche. Je pourrais inviter à déjeuner les responsables des achats chez Brown Thomas, Costume et d'autres bonnes adresses, afin qu'ils me réservent leurs meilleures pièces. Le stylisme est un marché de tueurs, et ses acteurs sont prêts à tous les coups bas. Les fringues valables sont rares, et la compétition est féroce. Les gens s'imaginent une bande de filles en fanfreluches hors de prix, dont la mission sur terre est de revêtir leurs clients des plus beaux atours. Or ils sont très loin du compte.

— Quand tu rentreras, si ça ne va pas mieux, tu pourras toujours partir en Nouvelle-Zélande, me fait remarquer Bridie.

— Je sais que tu te moques, Bridie. Mais tu rigoleras moins quand je serai installée dans une jolie petite maison à Rotorua. Toutefois, j'accepte ton offre si généreuse.

Sur la route pour rentrer chez moi, encore beaucoup plus tard.

Soudaine révélation. Le pyjama de Bridie n'est pas un pyjama, mais un de ces pantalons d'intérieur pour paresser dans son salon. Je vous parie qu'elle l'a acheté sur catalogue. Dans des circonstances normales, le choc m'aurait fait quitter la route et précipitée tout droit dans un poteau. Pourtant, même dans mon état d'abattement, cette nouvelle ne manque pas de me perturber. Si je la laisse faire, Bridie portera bientôt cette affreuse chose en public. Il faut réagir. Barry devrait lui parler, mais, maintenant que j'y pense, lui aussi s'était affublé d'un de ces pantalons. Il l'incite au vice. Elle n'aura jamais la volonté de s'en sortir tant qu'il continuera à l'encourager.

Mercredi 3 septembre, 10 heures.

Je passe au bureau (la pâtisserie Chez Martine). J'aurais préféré travailler à la maison, mais l'espace me manquait. C'est le prix à payer pour habiter au centre-ville. (L'autre prix étant les bagarres d'ivrognes sous vos fenêtres à 4 heures du matin.) Je commande un chocolat chaud et un chausson à l'abricot. En temps normal, j'adore les chaussons à l'abricot et je dois me surveiller, car je suis capable d'en engloutir dix d'un coup. Mais aujourd'hui la gelée a un aspect écœurant, et l'oreillon d'abricot dans son lit de pâte feuilletée semble me fixer comme l'œil de Caïn. Je repousse mon assiette, avale une gorgée de chocolat et sens monter un haut-le-cœur.

Le carillon retentit. Nkechi fait son entrée. Tous les regards convergent sur sa personne. Il faut dire que mon assistante nigériane est spectaculaire, avec ses longues tresses qui lui descendent jusqu'aux reins, son port de tête majestueux et ses jambes interminables, surmontées d'une paire de fesses monumentale. Nkechi ne cherche jamais à cacher son derrière. Au contraire, elle en est très fière. Je trouve ça fascinant, parce que nous autres Irlandaises sommes perpétuellement à la recherche de tactiques pour dissimuler notre popotin. Il y a tant à apprendre au contact d'autres cultures.

Bien que jeune (elle n'a que vingt-trois ans), Nkechi est un génie. Un soir, Rosalind Croft (l'épouse de Maxwell Croft, une fortune aux origines douteuses) devait assister à un dîner dans un restaurant ultrachic. Son décolleté était si avant-gardiste qu'aucun de ses bijoux n'allait avec sa robe. Nous les avons tous essayés. Un cauchemar ! Rosalind Croft était sur le point d'annuler sa soirée quand Nkechi a arraché de son cou l'écharpe qu'elle portait (achetée trois euros dans une boutique de bienfaisance), l'a enroulée autour du cou de Rosalind et nous a sauvé la mise.

J'annonce à Nkechi que je vais prendre deux semaines de vacances et partir me reposer à la case de l'oncle Tom. Nkechi connaît l'endroit, puisqu'elle était avec nous quand nous avons enterré la vie de jeune fille de Treese. Il me revient soudain qu'elle a bousillé le grille-pain en essayant d'y fourrer un bagel tout entier. L'appareil a lâché un gros nuage de fumée noire avant de s'enflammer. C'était impressionnant à voir. Mais Nkechi ne s'est pas arrêtée en si bon chemin : elle a aussi brisé un dauphin en céramique qui était dans la famille de Bridie depuis trente-huit ans. Mais ce sont des choses qui arrivent quand on célèbre la fin d'un célibat. Encore heureux que personne n'ait terminé à l'hôpital. Pas comme le soir où nous avons enterré la vie de jeune fille de Bridie.

— Je sais, Nkechi. Ça peut paraître un peu mélodramatique de partir comme ça, mais regarde dans quel état je suis. Je ne dors plus, je n'arrive plus à travailler, et mon appareil digestif est déglingué.

Nkechi me répond :

— Je trouve que c'est une très bonne idée de sortir momentanément du circuit avant de t'être complètement grillée.

Silence embarrassé.

Encore une précision concernant Nkechi : c'est une excellente styliste, et je pèse mes mots, mais son quotient émotionnel est déplorable. Par exemple, notre job consiste à faire en sorte que nos clientes ne repartent pas fagotées comme l'as de pique. Nous sommes là pour les protéger contre les commentaires blessants de la presse. Pour une gorge ridée, nous éviterons les décolletés plongeants. Pour les genoux cagneux, nous suggérerons des robes longues. Mais toujours avec subtilité et tact.

Nkechi ne se montre pas toujours aussi diplomate que je le voudrais. Il y a eu ce jour où nous devions habiller Sarah Jane Hutchinson. La pauvre, son mari l'avait quittée pour un jeune Philippin. Terrible humiliation publique. Cette soirée de bienfaisance était la première à laquelle elle se rendait depuis qu'elle avait été abandonnée. Il était donc important qu'elle se montre à son avantage. Elle a d'abord essayé une robe à bustier de Matthew Williamson, mais, quand j'ai vu le résultat, j'ai compris qu'il lui fallait quelque chose qui la gaine pour remonter tout ce qui dégringolait. Je suggérais une robe de Roland Mouret avec corset discrètement intégré, quand Nkechi s'est exclamée : « Vous ne pouvez pas sortir avec cette peau flasque qui remue de partout. Oubliez le bustier, il vous faut des manches, ma grande ! »

— J'apprécierais que tu prennes le relais pendant mon absence, dis-je à mon assistante.

— Bien sûr, pas de problème.

Je fais taire mes angoisses. Tout est sous contrôle. Nkechi s'en sortira très bien, peut-être trop bien. Son empressement à me remplacer me chiffonne quand même un peu.

— Tu es un génie, Nkechi. Tu deviendras une grande styliste, peut-être la plus grande. Mais, pour le moment, je te demande seulement de continuer à faire tourner la boutique. Alors, pendant mon absence, pas de coup d'État. Je te supplie de ne pas t'établir à ton compte en me piquant mes plus riches clients. Conduis-toi en amie et n'oublie pas qu'en langue yoruba ton prénom signifie « loyauté ».

10h47.

D'humeur maussade, je rentre chez moi préparer mes valises et trouve une femme qui fait le pied de grue en bas de mon immeuble. Grande, blonde, cheveux courts coiffés à la diable, jean, boots et sweat à capuche. Appuyée contre la rambarde, elle fume une cigarette. Deux hommes lâchent un commentaire en passant à sa hauteur, et la réponse de la fille fuse jusqu'à moi : « Allez vous faire foutre ! »

Qui ça peut bien être ? Et puis ça fait tilt. C'est cette journaliste, Grace Gildee. Je suis traquée jusque chez moi, comme un baron de la drogue… comme un pédophile.

Je stoppe net. Il faut fuir, mais où ? J'ai quand même le droit de rentrer chez moi. C'est là que je vis, après tout.

Trop tard, elle m'a repérée.

Elle écrase sa cigarette d'un élégant mouvement de la cheville et s'avance vers moi, le sourire aux lèvres.

— Vous êtes Lola ?

Elle me tend sa main.

— Grace Gildee, ravie de vous rencontrer.

Sa paume douce et chaude se trouve dans la mienne avant que j'aie le temps de l'arrêter. J'écarte ma main d'un geste vif.

— Laissez-moi tranquille, je refuse de vous parler.

— Mais pourquoi ?

Je m'abstiens de répondre et fouille dans mon sac à la recherche de mes clés. J'évite tout contact visuel, mais malgré moi je relève la tête et me trouve nez à nez avec elle.

Elle ne porte pas de maquillage, c'est pas commun. Mais il est vrai qu'elle n'en a pas besoin, car Grace Gildee est très jolie dans son genre garçon manqué. Ses yeux sont noisette, et son nez est piqueté de petites taches de son. C'est le genre de fille qui ne se laisse jamais prendre au dépourvu. Le jour où elle s'aperçoit que son flacon de shampoing est vide, ni une ni deux elle se lave les cheveux avec du liquide vaisselle.

— Vous pouvez me faire confiance, Lola.
— Épargnez-moi les clichés, par pitié.
Il y a pourtant chez elle une force persuasive. D'une voix douce, elle répète :
— Vous pouvez me faire confiance, croyez-moi. Je ne suis pas comme les autres journalistes. Je sais qui il est.
Je cesse de chercher mes clés dans les profondeurs de mon sac. Je suis comme hypnotisée.
— Je le connais depuis très longtemps, ajoute-t-elle.
Je suis soudain prise d'une envie irrépressible de coucher mon front sur l'épaule de cette femme, de laisser couler mes larmes et d'offrir ma tête à ses caresses de réconfort.
Mais c'est exactement ce qu'elle attend. C'est leur technique, à ces journalistes. Ils vous jouent la comédie de l'amitié. Comme le jour où Sarah Jane Hutchinson a été interviewée lors d'un gala de bienfaisance au profit de l'enfance maltraitée. Une journaliste tout ce qu'il y a de sympathique lui a demandé où elle avait trouvé sa superbe robe, ainsi que ses somptueux bijoux, et qui lui avait confectionné cette magnifique coiffure. Aie confiance, oui, crois en moi. Mais, le lendemain, l'article disait :

Comment faire du neuf avec du vieux

L'épouse délaissée n'a plus aucune retenue. À quarante ans passés, habillée comme une midinette, elle court la ville à la poursuite de sa jeunesse perdue. À moins qu'il ne s'agisse d'une pathétique tentative de reconquérir un mari volage. Laisse tomber, ma poule, t'as trop d'heures au compteur.

Ma main se referme enfin sur mon trousseau de clés. Merci, mon Dieu. Il faut que j'entre dans mon appartement, que j'échappe à Grace Gildee.

17h07.

Arrivée à Knockavoy. La case de l'oncle Tom se dresse dans un champ, à la sortie de la ville.
Je cahote le long d'un chemin de terre et me gare sur les graviers, devant la porte d'entrée. Façade chaulée, épais murs de

pierre, fenêtres étroites à larges rebords, porte sang-de-bœuf fermée par un loquet. Charmant endroit.

En descendant de ma voiture, je manque d'être emportée par une bourrasque. Pendant un court instant, je me vois voler dans un tourbillon au-dessus de la baie, puis exécuter un plongeon fatal dans les flots de l'Atlantique. Paddy serait au désespoir et maudirait le jour de sa rencontre avec Alicia Thornton.

Souffle, vent, supplié-je. Prends-moi.

Les yeux clos, les bras déployés façon Victoire de Samothrace, je m'offre à ses rafales, mais rien ne se passe. Rageant.

Pliée en deux dans la tourmente, je bataille pour atteindre la porte d'entrée. L'air est gorgé de sel marin. Ma coiffure va en prendre un coup. Je suis très fière de mes reflets prune, mais il faut bien admettre que la couleur rend les cheveux ternes et cassants. Il reste à espérer que la pharmacie du patelin aura un après-shampoing efficace. Oups ! Et s'il n'y a pas de pharmacie ? De ma dernière visite, je n'ai gardé que le souvenir des très nombreux pubs et d'une boîte de nuit ringarde à en mourir de rire.

Je déverrouille la mignonne porte rouge. La force du vent propulse le battant contre le mur avec fracas. Je traîne mes sacs sur le dallage en pierre. Est-ce un effet de mon imagination ou bien flotte-t-il encore à l'intérieur de la maison une odeur de brûlé datant du week-end, il y a plusieurs mois, où Nkechi a fait cramer le grille-pain ?

Il y a un vaste séjour avec des canapés et des tapis, et des fauteuils à bascule devant l'âtre de la grande cheminée. À l'arrière de la maison, les fenêtres donnent sur des champs et, au-delà, sur l'océan Atlantique, à une centaine de mètres. Pour la distance, j'invente, parce qu'il n'y a que les hommes pour vous estimer ça à vue d'œil, indiquer des directions et tous ces trucs. En ce qui me concerne, je suis capable de vous donner au jugé la taille de bonnet que porte une femme, mais je n'ai pas la plus petite idée de la distance qui sépare la case de l'oncle Tom de l'Océan, je sais seulement que je n'aimerais pas faire ce chemin avec des talons.

Dans la cuisine, derrière le (nouveau) grille-pain, le mur porte encore des traces de roussi. Six chaises sont disposées autour d'une table recouverte d'une toile cirée ornée de cerises. Les placards jaunes me font penser à une cuisine des années 1950. La vaisselle en faïence, à motifs floraux effacés par l'usage, est toute dépareillée. Les fenêtres de la cuisine donnent sur la mer. Je ferme mon œil gauche et plisse mon œil droit, mais là encore impossible d'évaluer la distance.

Mon portable se met à sonner.

— Comment s'est passé le voyage ? s'enquiert Bridie.

— Bien, lui dis-je sans enthousiasme.

— Ça t'a pris combien de temps ?

Je n'y ai pas fait attention. Mais je me souviens maintenant que Bridie a insisté pour que je chronomètre mon trajet. Alors, au pif, je lance :

— Deux heures et quarante minutes.

Sifflement admiratif au bout du fil.

— Chapeau ! Personne n'a jamais fait aussi vite. Il faut que j'informe papa tout de suite. Il a établi son record de deux heures et cinquante minutes en juillet dernier, mais c'était à 5 heures du matin. Il va être furax d'avoir été battu, surtout par une fille.

— Alors ne lui dis pas. Pourquoi le contrarier ? Il y a déjà assez de problèmes dans le monde.

À l'étage, il y a trois chambres, une grande, une petite, une moyenne. Je choisis la moyenne. Je ne suis pas gonflée à bloc au point de prendre la plus grande, mais pas encore tombée assez bas pour m'installer dans la plus petite. (Ce qui est plutôt bon signe.) La chambre est meublée d'un lit double, plutôt étroit. Comment les gens faisaient-ils autrefois ? Je ne suis pas ce qu'on appelle une grosse (même si je préférerais que mon popotin soit plus menu), mais, franchement, dans ce lit il n'y a de la place que pour moi. Son cadre est en fer, le couvre-lit en patchwork. Je trouve ça charmant, mais, en y regardant de plus près, je constate qu'en fait de patchwork j'ai affaire à une de ces imitations qu'on trouve en grande surface pour une dizaine d'euros. Dommage, de loin il en jetait.

Comme au rez-de-chaussée, les murs de pierre sont à nu et la chambre est éclairée par deux petites fenêtres au châssis sang-de-bœuf. Des rideaux à fleurs donnent à la pièce une ambiance tout à fait accueillante.

J'ouvre ma valise et là j'ai un choc. Les vêtements que j'ai emportés attestent de mon état mental perturbé. Pas de jean, pas de chaussures pour la campagne, rien de pratique. Où avais-je la tête ? Je n'ai pris que des robes légères, des machins à paillettes et un boa en plumes d'autruche. Le seul truc utile est une paire de bottes en caoutchouc. Roses, je vous l'accorde, mais commodes tout de même.

Je suspends ma garde-robe dans une solide armoire à glace en acajou ouvragé, une véritable antiquité. Elle se vendrait une fortune à Dublin.

18h23.

De retour en bas, j'aperçois un téléviseur dans un coin. Fumasse, j'appelle Bridie.

— Il y a une télé, tu m'avais dit qu'il n'y aurait pas de télé.

— Ce n'est pas une télé, me répond Bridie.

— Elle m'en a pourtant tout l'air.

Intriguée, je m'approche pour vérifier. Dans mon état d'aliénation, aurais-je confondu un micro-ondes avec un poste de télévision ?

— Oui, finit par admettre Bridie. C'est bien une télé, mais elle ne capte rien.

— À quoi elle sert, alors ?

— À regarder des DVD.

— Où je trouve des DVD ?

— Au magasin de DVD.

— Un magasin de DVD, dans ce trou perdu !

— Parfaitement, dans la grande rue, le supermarché a une bonne sélection de films récents.

— Noté. Alors... euh... quelles sont les nouvelles ?

J'attends évidemment des nouvelles de Paddy.

— Tu n'es partie que depuis quelques heures, me rétorque Bridie.

Je crois pourtant avoir perçu une légère hésitation dans sa réponse.

— Il y a des nouvelles. Dis-moi tout, je t'en supplie !

— Pas question. Tu es partie là-bas pour te couper des nouvelles.

— Pitié ! Maintenant que je sais qu'il s'est passé quelque chose, je dois savoir. Sinon, j'en mourrai. Je te promets de ne plus jamais te poser la question, mais dis-moi tout, je t'en conjure.

Elle pousse un gros soupir.

— D'accord, c'était dans l'édition du soir. La date est arrêtée. Le mariage aura lieu en mars, et la réception se tiendra à Kildare, dans un cinq-étoiles, le K Club.

Deux pensées me viennent immédiatement à l'esprit. Un, mars est encore loin, Paddy peut encore changer d'avis. Deux, le K Club est un endroit pour les gens de la haute. Paddy n'appartient pas à ce milieu. Alors c'est elle.

— Eh bien, c'est vrai qu'à voir son air chevalin on pourrait la prendre pour une fin de race, me concède Bridie, la loyauté faite femme. Pourtant, je ne pense pas qu'elle soit du gotha.

— Et tout le monde sait qu'on ne célèbre pas son mariage au K Club si on n'appartient pas à la grande bourgeoisie de Kildare, fais-je remarquer.

— C'est plouc, décrète Bridie.

— Oui, résolument plouc.

18h37.

Jolie petite bourgade. Beaucoup de gens dans les rues, grande activité. Plus que dans mon souvenir. Un hôtel (petit). Des pubs en quantité. Un supermarché. Une boutique de mode (des trucs hideux pour les touristes, pulls de marin en laine d'Aran, pèlerines de tweed, bonnets tricotés au crochet). Fish and chips, un. Magasin d'articles de surf, deux. Café Internet, un (surprenant, je sais). Bazar de bord de mer vendant livres de Jackie Collins et souvenirs kitsch, comme ce cendrier en forme de cuvette de W.-C. portant l'inscription « Pet à tes cendres », un.

Je décide de dîner au pub. Je n'aurai personne à qui parler, mais je prendrai un magazine derrière lequel me cacher. Tous les pubs servent à manger, alors j'en choisis un au hasard en espérant que ce n'est pas celui dont nous sommes interdites de séjour depuis l'enterrement de vie de jeune fille de Treese. Ces célébrations devraient être condamnées par la loi. On y est presque sûr de faire des choses honteuses dont on aura à se repentir le lendemain matin. Je n'ai gardé qu'un souvenir assez confus de celui de Treese, sauf que toutes les dix (toutes les huit, en réalité – Treese n'ayant pas pu nous accompagner en ville parce qu'elle avait tourné de l'œil avant de quitter le cottage et Jill étant déjà vautrée dans les toilettes du pub), nous nous sommes jetées sur le barman en lui disant des trucs salaces.

Je crois vaguement me rappeler que le pauvre garçon nous a priées d'arrêter. « Calmez-vous, les filles, vous êtes dans un pub familial. Je vous le demande gentiment. » Je crois aussi me rappeler qu'il était au bord des larmes.

Je pousse la porte d'un endroit baptisé le Dungeon. Aussitôt, des hommes au visage hostile lèvent le nez de leur verre et me lorgnent méchamment. Yeux rouges, mentons pointus et odeur de soufre. Pour un peu, je me croirais dans un vieux clip de Queen. Je bats en retraite.

Le suivant s'appelle le Oak. Éclairages vifs, banquettes capitonnées et clientèle familiale dégustant des nuggets de poulet. Meilleure ambiance. Personne pour me dévisager.

Je m'installe. Le gars derrière le bar me demande ce que je prends. Teint caramel, cheveux noirs, il n'a pas l'air irlandais. Ses grands yeux sombres me font penser à des pruneaux. Mais la comparaison n'est pas heureuse, car l'image évoque une maison de retraite avec de vieux pépés soumis à un régime de pruneaux et de crème anglaise censé faciliter le transit. Pourtant, maintenant que cette idée m'est venue, je ne peux plus m'empêcher de penser à ce type autrement que comme « l'homme aux yeux de pruneaux ».

Je lui demande :

— C'est quoi, la soupe du jour ?

— Velouté de champignons.

— Y a des grumeaux ?

— Non.

— Alors, servez-m'en une assiette avec un verre de vin rouge.

— Du merlot ?

— Super.

20h29, au supermarché.

Large sélection de DVD. Derrière le comptoir, une fille et un garçon (Kelly et Brandon, d'après leurs badges) essaient de me venir en aide.

— Serial noceurs, c'est un bon film, me conseille Kelly.

Kelly est une fille bien en chair qui a l'air d'aimer les frites (mais qui ne les aime pas ?). Cheveux blonds, raides comme des baguettes de tambour, pantalon de sport rose taille ultrabasse, bourrelet dépassant de la ceinture, bijou en or dans le nombril et french manucure acrylique sur les ongles. Pas du meilleur goût, mais l'assurance de cette fille me laisse pantoise.

— Non, pas ce film, lui dis-je.

— J'adore vos reflets.

— Merci.

— Vous les faites vous-même ?

— Non, euh... chez le coiffeur...

— Elle est trop cool, votre veste. Où vous l'avez achetée ? Topshop ?

— Non... je l'ai eue par quelqu'un de mon travail.

— Où vous travaillez ?

— Je suis free-lance.

— Combien vous l'avez payée ?

— Euh... on m'a fait un prix.

— Combien elle coûtait avant la ristourne ?

— Eh bien... j'en sais trop rien...

Je sais parfaitement, mais son prix était si astronomique que j'ai honte de l'annoncer.

— Ferme-la un peu, lui lance son copain Brandon.

Comme Kelly, ce garçon semble accorder beaucoup de soin à son apparence. Chaînes argentées autour du cou, bagues aux doigts, cheveux blonds avec houppette à la Tintin tirant légèrement sur le jaune (sûrement le résultat d'une décoloration maison). Quoi qu'il en soit, des efforts louables à mes yeux.

— Pourquoi pas Le Seigneur des anneaux ? me suggère-t-il. Nous avons la version intégrale, sans les coupes.

— Non, c'est un super film, je ne dis pas, mais...

— Quel genre de film vous ferait plaisir ?

— Un film qui me remonterait le moral.

— Pourquoi ? me questionne Kelly.

Je rêve, cette fille est d'une indiscrétion ! Mais tout à coup je meurs d'envie de parler de Paddy.

— Mon fiancé va se marier avec une autre femme.

Kelly ne saisit pas la perche que je lui tends.

— Dans ce cas, je vous propose *Nuits blanches à Seattle*. C'est bon pour le moral.

Je me sens frustrée. Je m'en tape, de discuter du prix de ma veste. Je veux juste me répandre en longs discours sur Paddy.

— Ou pourquoi pas *Un beau jour*, avec George Clooney ? C'est de la pure romance. Vous allez chialer.

— Non, objecte son copain. Il lui faut un film de vengeance. *Kill Bill*, par exemple. Ou bien *L'Inspecteur Harry*.

— *L'Inspecteur Harry*. Parfait, pile ce qu'il me faut, lui dis-je.

23h08.

L'Inspecteur Harry est un excellent film. Exactement ce qu'il me fallait. Il y a une scène formidable au moment où il se venge.

Pendant le film, je détache mon regard de Clint Eastwood et jette un coup d'œil à travers la fenêtre qui ouvre sur l'arrière de la maison. Pendant un court instant, je crois voir un comprimé de vitamine C effervescent dans le ciel. Le coucher du soleil ! Soudain, je me sens tout heureuse d'être venue dans cet endroit. J'apprends enfin à apprécier la beauté de la nature.

Belle soirée. Je ne cesse pas un instant de penser à Paddy, mais ne décroche mon téléphone que quatre fois pour l'appeler.

23h31.

L'heure de se mettre au lit. J'ai peur de ne pas dormir, alors j'avale deux comprimés de passiflore avant d'éteindre la lumière.

23h32.

Je rallume, prends la moitié d'un cachet de Zimovane (un somnifère, un vrai, avec des molécules chimiques, pas un de ces machins aux plantes bidon). La perspective de ne pas dormir m'angoisse. Je ne vois pas l'utilité de prendre un tel risque. J'éteins de nouveau la lumière.

23h33.

Je rallume, prends l'autre moitié du cachet de Zimovane. Je ne peux pas me permettre de ne pas dormir. J'éteins la lumière, remonte la courtepointe en faux patchwork sous mon menton et enlace mon oreiller. Maintenant que je suis dopée jusqu'aux yeux, je me prépare à une longue et douce nuit.

23h34.

La campagne est très silencieuse. C'est agréable et tranquillisant.

23h35.

Réconfortant et pas lugubre.

23h36.

Apaisant et pas du tout flippant.

23h37.

Si, ce silence est flippant ! Lourd de menaces, comme si les champs allaient m'avaler pendant mon sommeil. Je rallume. Mon cœur bat la chamade. J'ai besoin d'un truc à lire, mais j'ai trop les jetons pour descendre au rez-de-chaussée chercher mon numéro de InStyle. Il y a dans la chambre des étagères remplies de vieux livres de poche. Des romans policiers signés d'une certaine Margery Allingham. J'en prends un qui s'intitule La mode est aux suaires, l'histoire d'une styliste dans les années 1930. Le bouquin est légèrement humide, mais je m'y plonge avec délice. Là-dedans, tout le monde porte des chapeaux. De nos jours, plus personne n'en porte. Une tragédie de notre marche vers la modernité.

Jeudi 4 septembre, 9h07.

Je suis réveillée par le silence. Sensation bizarre. Je n'aurais jamais pensé regretter un jour les bagarres de poivrots sous mes fenêtres. La vie nous réserve bien des surprises.

Le matelas semble rembourré avec des balles de tennis. Comment les gens faisaient-ils dans le temps ? Ils avaient d'autres valeurs. Le sens de la communauté, le port de couvre-chefs, des enfants qu'ils pouvaient laisser marcher seuls jusqu'à l'école. On se fichait des matelas grand confort, des draps satinés et des oreillers moelleux.

Je me penche hors du lit, ramasse par terre mon numéro de VIP et admire pour la énième fois la photo de Paddy, son sourire, sa raquette de tennis. Et pour la énième fois je suis surprise par l'image saine qu'il renvoie au monde. Si les gens savaient...

Petit voyage au pays des souvenirs...

L'an dernier, par un dimanche d'avril froid et venteux, j'allais rendre visite à ma mère sur sa tombe. Perchée sur une petite bordure, je lui racontais ma vie, mes histoires de boulot, et lui donnais des nouvelles de papa. Bref, je la mettais au courant des derniers événements. Drôle de coïncidence, j'étais en train de lui avouer que je n'avais toujours pas de copain, pas depuis que j'avais largué Malachy qui insistait pour que je perde du poids (un photographe qui passait trop de temps avec des tops), quand j'ai remarqué à quelques rangées de là un homme qui me regardait. Pas mon type. Trop grand, trop mûr. Il était sobrement vêtu d'un pardessus bleu marine de coupe droite dans un mélange de laine et cachemire (à première vue) et portait dans les bras une botte de narcisses. Ses cheveux noirs étaient légèrement bouffants (mais c'était sans doute à mettre sur le compte de la tempête qui soufflait ce jour-là).

Je me suis tout de suite sentie agressée. Bon sang, j'étais dans un cimetière. Et s'il y a un endroit au monde où chacun a le droit de bavarder avec sa mère décédée, c'est bien un cimetière.

— Maman, ai-je dit, il y a là-bas un bonhomme malpoli qui m'observe.

Dans ma tête, je l'ai entendue me répondre :

— Peut-être qu'il ne te regarde pas, peut-être regarde-t-il dans le vague. Sois plus indulgente.

J'ai jeté un autre coup d'œil dans sa direction. Aucun doute, ce type m'observait. Soudain, j'ai eu la vision très nette de sa chevelure collée à son front en nage à la suite d'un corps à corps amoureux avec moi.

Pensée ô combien sacrilège dans un cimetière. Mais supposons que tout ça ait un sens. Le sexe, la mort.

— Eh bien ? m'a demandé maman.

— Euh… tout va bien.

Je lui ai dit au revoir et me suis dirigée vers la sortie. Pour rejoindre l'allée principale, il fallait que je passe devant l'homme au pardessus. Si d'ordinaire je ne suis pas du genre à me confronter aux gens, cette fois j'ai tenu à mettre les choses au point. En arrivant à sa hauteur, je me suis arrêtée et j'ai dit :

— Si je parle à une stèle de marbre, c'est que je n'ai pas le choix. Je préférerais qu'elle soit encore en vie, vous savez.

— Votre mère ?

— Oui.

— La mienne aussi.

Ma colère s'est soudain envolée, et je me suis sentie triste pour nous deux.

— Je n'avais pas l'intention de vous embarrasser, m'a dit l'homme au pardessus.

— Le résultat est là, vous l'avez fait.

Il avait parsemé de narcisses la tombe de sa mère, et je ne sais pas pourquoi ce geste m'a touchée. À en juger par la qualité de son pardessus, j'imaginais qu'un homme comme lui avait les moyens d'acheter un énorme bouquet de fleurs exotiques – orchidées, lis blancs et tutti quanti –, mais d'humbles narcisses…

— En vous voyant, j'ai pensé que c'était bien… que vous puissiez parler si librement…

Il s'est tu, a regardé par terre puis levé vers moi ses yeux d'un bleu profond.

— Je vous ai enviée, m'a-t-il dit.

11h08.

J'ouvre la porte d'entrée et avale une grande goulée d'air pur de la campagne. Mes narines sont frappées par un relent de bouse de vache. Dans un champ voisin, je repère les coupables. Cinq belles laitières blanc et roux qui balancent paresseusement leur queue sous mon nez.

Je marche jusqu'à l'arrière de la maison et admire le spectacle des flots impétueux de l'Atlantique. La houle, l'écume blanche et le reflet du soleil dansant sur les vagues. Il flotte dans le vent une odeur de sel, d'ozone et de tout ça. J'embrasse du regard la beauté de la nature et songe que les boutiques vont me manquer.

J'ai fait une grosse erreur en venant m'exiler dans ce trou, sans personne à qui parler, sans télévision à regarder. J'ai trop de temps pour penser à Paddy.

J'aurais dû partir pour une destination exaltante, un endroit animé. New York, par exemple. Mais les hôtels à New York sont hors de prix, alors que la case de l'oncle Tom ne me coûte pas un sou.

J'envoie un texto à Bridie.

« SEULE, J VE RENTRER »

Je reçois la réponse suivante :

« 1er JR LE + DUR. KRAMPON TOI »

11h40.

Je passe la matinée à appeler mes clientes pour leur annoncer que je vais « m'absenter » pendant deux semaines et que je les laisse « entre les mains expertes » de Nkechi. Certaines paraissent contentes, mais d'autres n'ont pas confiance en mon assistante. Sarah Jane Hutchinson refuse tout contact avec elle.

Je marche jusqu'au patelin. Je pourrais utiliser ma voiture, mais à pied il ne faut que cinq minutes. J'aurais honte de prendre le volant pour un trajet si court.

Je me rappelle ce que me disait mon psy après la mort de maman. Le meilleur moyen de combattre la dépression est de sortir et de faire de courtes promenades. C'est assez drôle quand on y pense. Parce que quand on est déprimé la dernière chose dont on a envie, c'est de sortir faire des balades. Les cachets sont nettement plus efficaces.

11h42.

Il vient de m'arriver une chose étrange et très belle. Je marchais d'un bon pas en direction de la ville dans mes bottes en caoutchouc rose pastel quand, en passant devant chez le voisin, à travers une mansarde ouverte sur le côté de la maison, mon œil a capté un reflet brillant.

J'ai stoppé, tourné la tête. La fenêtre donnait directement sur l'Océan, il était peu probable qu'un passant puisse regarder à l'intérieur. Mais le hasard avait fait que je me trouvais à un angle qui me permettait de voir dans la maison.

Une femme virevoltait en robe de mariée de satin blanc. Le bustier était ajusté, la jupe large, mais sans ressembler à une meringue ridicule, plutôt évasée, comme une sorte de cône. J'aurais parié que c'était une création de Vera Wang. Le spectacle m'a subjuguée. Malgré mon chagrin, je n'ai pas pu m'empêcher de me sentir heureuse pour la beauté et la joie évidente de cette femme.

Elle portait des gants vénitiens du même blanc que sa robe et un collier ras du cou en strass, peut-être de chez Swarovski, mais à cette distance il était difficile de se prononcer avec certitude. La mariée avait une épaisse chevelure noire et lisse qui dansait en épousant ses mouvements, et sa tête était ceinte d'un petit diadème.

Elle s'est approchée de la fenêtre. Ses lèvres remuaient, et j'ai pensé qu'elle répétait ses vœux ou bien qu'elle bavardait toute seule, puis soudain elle a eu ce geste que les gens ont dans les films quand ils réalisent qu'ils ont marché sur un crocodile. Elle s'est figée, a laissé glisser très lentement son regard vers le bas jusqu'à ce qu'il se trouve à mon niveau. Puis elle m'a fixée. J'étais plantée sur la route, les yeux levés vers elle dans une posture d'adoration. Même si je me trouvais toujours trop loin pour dire si son collier était bien un Swarovski, je n'ai pas pu m'empêcher de remarquer l'expression de surprise horrifiée qui s'était peinte sur les traits de l'inconnue. Elle s'est éloignée de la fenêtre en glissant, comme si elle était montée sur roulettes. Pourquoi tout ce mystère ? Que voulait-elle cacher ?

Je suis restée figée sur place, à me demander si elle allait réapparaître, jusqu'à ce que j'entende le teuf-teuf d'un tracteur qui approchait dans un nuage de fumée noire. « Bouge-toi de là », m'a crié le fermier, qui a foncé sur moi pour m'obliger à dégager la route.

11h49, café Internet.

J'ai sur moi mon portable BlackBerry. Je n'ai donc aucun besoin d'aller dans un café Internet, mais, pour être franche, j'espère trouver quelqu'un à qui parler.

Dans tous mes messages, un seul est digne d'intérêt. Il est de Nkechi. Elle a réussi à persuader la fille qui importe Roberto Cavalli en Irlande de nous le vendre en exclusivité. Excellente nouvelle. Toutes les fans de Cavalli qui vivent dans ce pays vont insister pour me prendre comme styliste attitrée, ou plutôt nous prendre comme stylistes, ainsi que l'a souligné Nkechi. Incroyable ! Je ne suis pas partie depuis vingt-quatre heures que déjà elle veut occuper tout le terrain.

12h16, le Oak.

Derrière le bar officie le même type qu'hier. L'homme aux yeux en pruneaux. Je lui demande :

— C'est quoi, la soupe du jour ?

— Velouté de champignons.

— Je prendrai ça, avec un café.

— Latte ? Cappuccino ? Espresso ?

— Euh... latte.

— Lait de soja, lait écrémé ?

— Euh... écrémé.

Je ne m'attendais pas à avoir autant de choix.

— Vous venez d'où ? demandé-je au barman.

Oh non, c'est pas vrai, voilà que je suis devenue une de ces agaçantes créatures qui tentent d'engager la conversation avec tous les gens qu'elles croisent. Tout le contraire de moi. À Dublin, j'avais pour principe de parler au minimum de gens possible. Tout particulièrement quand je faisais des emplettes. Avez-vous remarqué comme les vendeurs, ces derniers temps, semblent avoir reçu pour consigne de vous sortir un petit mot sur votre achat pendant qu'ils vous font votre paquet ? Dans le genre « le coloris est superbe », « excellent choix ». Chaque fois, ça me titille de leur rétorquer : « En fait, je déteste cette teinte, elle me fait gerber. » Enfin, est-ce que j'irais acheter un machin dont je déteste la couleur ? Mais ils ne font que leur travail. Ce n'est pas leur faute.

— D'Égypte, me répond M. Pruneau.

D'Égypte ? Impressionnant, le casting international d'un épisode de Lost, ici même, à Knockavoy.

— Vous êtes loin de chez vous, lui dis-je.

Quelle observation débile ! Je parle comme le loup au Petit Chaperon rouge !

Là-dessus j'ajoute :

— Le beau temps doit vous manquer.

Encore plus débile, et en plus je suis sûre qu'il a entendu cent fois cette remarque.

— Oui, c'est ce que tout le monde me dit. Mais il n'y a pas que le beau temps dans la vie.

Ma curiosité est piquée.

— Quoi d'autre ?

Il rit.

— Trois repas par jour, par exemple. La liberté d'échapper aux persécutions politiques et la chance de gagner de l'argent pour sa famille.

— Je comprends.

Je me sens un peu mieux maintenant que j'ai réussi à établir le contact avec un autre être humain.

Ce doux instant de communion est interrompu par un type débraillé à l'autre bout du bar.

— Assez bavassé, Oussama, où est ma bière ?

— Vous vous appelez vraiment Oussama ? lui demandé-je.

La vache, ce serait dur à porter, beaucoup plus dur que M. Pruneau. Pas étonnant qu'il ait subi des persécutions politiques.

— Non, Oussama est le surnom que m'ont donné les gens d'ici. En réalité, je m'appelle Ibrahim.

Fin de l'après-midi.

Je rentre à pied chez moi en longeant la côte et passe devant une drôle de vieille baraque. Des deux côtés de la route, toutes les façades sont repeintes et équipées de fenêtres en PVC, mais celle-ci montre les attaques du temps et des éléments. Sur la porte d'entrée, la peinture bleue s'écaille par plaques entières, et l'image me rappelle mon dernier peeling. Sur les rebords des fenêtres, je vois des anémones de mer, des galets, du sable et des bigorneaux. Pas de rideaux : de la rue on aperçoit l'intérieur de la pièce principale. Des filets de pêche, des étoiles de mer, des coquillages, des pièces de bois de flottage sont suspendus au plafond comme des sculptures. Ce lieu magique porte un nom. Le récif. J'aimerais pouvoir entrer.

Mon portable sonne. Je reconnais le numéro de Grace Gildee, la journaliste enjôleuse. Cette femme ne me lâche plus. Je jette mon téléphone dans mon sac comme si je venais de me brûler. Dix secondes plus tard, un double bip m'indique que j'ai un message. Vade retro !

J'efface le message sans l'écouter. J'ai peur. Personne ne peut obliger à parler celui qui ne veut pas parler, mais quand même j'ai la trouille. Cette Grace Gildee est déterminée et persuasive. Et peut-être sympa, en plus.

20h08, au supermarché, rayon DVD.

Brandon et Kelly, fidèles au poste. Sur les conseils de Brandon j'ai pris Le Parrain. Mais Kelly tient à m'orienter vers Starsky et Hutch avec des arguments convaincants :

— Ces deux gars-là vont vous faire oublier votre fiancé qui veut en épouser une autre. Dites, est-ce qu'il vous l'a annoncé en face ?

Elle est tout ouïe, et j'ai besoin d'épancher mon cœur. Dès que j'ai prononcé le nom de Paddy de Courcy, elle s'exclame :

— Je le connais ! Un politicien, c'est ça ? Je l'ai vu dans VIP. Va nous en chercher un numéro.

Elle pousse Brandon vers le présentoir de presse.

— Allez, magne.

Kelly se jette sur les photos et y va de ses commentaires. Paddy est canon pour un type de son âge, et Alicia trop moche. Brandon décrète qu'Alicia Thornton est une face de fion, un terme que je découvre et dont je ne peux qu'admirer la poésie. Je suis en train d'enrichir mon vocabulaire. Tous les deux sont épatés que mon ex soit une célébrité, même si sa tête n'est connue que dans la presse irlandaise.

— Y a quelque chose sur lui dans Heat ? demande Kelly. Ou dans Closer ?

— Non, rien.
— Ouais, normal, oublie. (Elle se tourne vers moi.) Alors comme ça, vous saviez pas qu'il en avait une autre ? Aucun indice ?
Je fais non de la tête.
— Vous pourriez vous asseoir sur lui, me suggère Brandon dans un accès de méchanceté inattendu. Ça serait trop drôle. Avec un cul comme le vôtre, aucun homme n'y survivrait.
Kelly lui répond avec un grand sens de la repartie :
— Toi, t'aurais qu'à lui souffler dessus, personne ne survivrait à ton haleine.
Du coup, je révise mon jugement. Kelly et Brandon ne sortent sûrement pas ensemble. Ils sont plus probablement frère et sœur.
— Et vous êtes venue vous réfugier chez Tom Twoomey pour soigner votre cœur brisé.
— On en a vu défiler dans le coin, souligne Brandon. Des femmes qui débarquent ici, le cœur en miettes. Je sais pas pourquoi. Peut-être qu'elles croient que la mer va les requinquer. Vingt fois par jour, elles traversent la plage de long en large. Y en a même qui vont explorer les dunes sans savoir qu'elles appartiennent au club de golf. Tout d'un coup, elles se retrouvent sur le parcours, avec des balles qui leur sifflent aux oreilles. Il faut les évacuer en golfette, et elles se prennent les boules de leur vie.
Court silence embarrassé, puis Kelly et Brandon pouffent de rire.
— Désolé, articule Brandon en se tordant. C'est juste que…
— Elles pensent communier avec la nature, reprend Kelly, hilare. Elles se croient au-dessus des basses considérations matérielles et puis… et puis… d'un coup elles manquent d'être assommées par une balle de golf.
— Je n'avais pas l'intention de marcher sur la plage ni sur les dunes, leur fais-je froidement remarquer.
Il n'est pas charitable de se moquer des femmes au cœur meurtri.
Leur hilarité cesse tout net. Kelly s'éclaircit la voix et me dit :
— Vous pourriez vous mettre à la peinture pour exprimer tout le chagrin qu'il y a en vous.
— Vous croyez ?

— Oh oui, la peinture, ça marche souvent.

— Ou bien la poésie, ajoute Brandon.

— Ou la poterie. Mais surtout la peinture. Faut reconnaître que c'est quand même moins violent que de dégommer son ex avec un couteau de cuisine, déclare Brandon en jetant à Kelly un regard lourd de sous-entendus.

Celle-ci tourne vivement la tête vers lui et se met à hurler :

— Tu vas pas recommencer avec ça, c'était un accident !

Puis elle s'adresse à moi :

— Nous avons des pastels et des blocs de papier à dessin, mais, si vous avez besoin de peinture, il y a un magasin spécialisé à Ennistymon.

Je n'ai aucune intention de me mettre à la peinture. Ni à la poésie, encore moins à la poterie. Je suis déjà assez mal barrée comme ça.

23h59.

Le Parrain est un merveilleux film de vengeance. Je trouve Al Pacino absolument craquant. Bon signe. Pendant toute la soirée, je n'ai décroché mon téléphone que trois fois pour appeler Paddy.

0h37.

Pieutée, comme on dit. Drôle d'expression quand j'y pense, d'où ça peut venir ? Mais toutes les expressions sont drôles. Prenez par exemple « Ne t'aventure pas sur ce terrain », c'est assez obscur, sauf si on parle de l'Afghanistan ou de H&M, un samedi après-midi avant Noël.

2h01.

Je me réveille en sursaut, en proie à une terreur absolue. Un sentiment irrépressible me pousse à grimper dans ma voiture et à traverser tout le pays jusqu'à Dublin pour supplier Paddy de ne pas m'abandonner. Je commence à jeter mes affaires pêle-mêle dans un sac, le cœur battant, la bouche sèche. Je vis un cauchemar tout éveillée. Il va en épouser une autre. Impossible, inconcevable.

Prendre une douche ? non. M'habiller ? non. Mais, si je le trouve chez lui, de quoi j'aurai l'air dans mon pyjama ? D'une échappée de l'asile ? Oui, mais quoi mettre ? Impossible de me décider. Vaseuse, à cause des somnifères, et en même temps l'esprit extraordinairement alerte. Les pensées fusent à toute berzingue sans que j'aie le temps d'en intercepter une seule.

Je pousse un premier sac au bas de l'escalier. Je dois encore passer à la salle de bains rassembler mes affaires de toilette. Non, je les laisse. On s'en fout. Ce ne sont que des choses matérielles. J'ouvre la porte d'entrée et sors dans l'air froid de la nuit. Je balance mon premier sac dans le coffre de la voiture et retourne prendre le second à l'intérieur.

Mais, le temps que je porte ce second sac dans l'escalier, les battements de mon cœur se sont calmés. L'ordre est revenu dans mon esprit, et je prends conscience de ma folie. Inutile de rouler jusqu'à Dublin, puisqu'il refusera de me voir.

En pyjama, je m'assois sur les marches du porche et regarde fixement l'obscurité. Quelque part devant moi, il y a des champs, mais il m'est impossible de les voir.

Le plus drôle, c'est que, quand j'ai fait la connaissance de Paddy de Courcy dans un cimetière, je n'imaginais pas que je tomberais follement amoureuse de lui. Il n'était tellement pas mon type. Mon précédent petit ami, Malachy le photographe, était tout son contraire : petit, très cool, charme facétieux. Il adorait les femmes, et elles le lui rendaient bien. Il avait séduit Zara Kaletski et d'autres mannequins qu'il avait convaincus d'accepter pour lui des poses dingues. (C'est d'ailleurs comme ça que je l'avais rencontré, parce qu'à l'époque j'étais la styliste de Zara, jusqu'à ce qu'elle quitte l'Irlande sur un coup de tête.) Malachy n'était pas très poilu. Or ce jour-là, au cimetière, sous les assauts d'un vent glacial, rien qu'en regardant son pardessus j'ai deviné que Paddy de Courcy avait le torse velu. Je m'étais fiée à d'infimes détails pour arriver à ce diagnostic. Une légère ombre sur le menton, quelques poils noirs sur le dos de sa main. (Mais rien d'un gorille, quand même.)

— Vous venez souvent ici ? m'a-t-il demandé.

J'ai laissé errer mon regard sur les monuments funéraires qui s'alignaient à perte de vue. Comme quoi on peut faire des rencontres dans les endroits les plus inattendus.

— Environ une fois par mois, ai-je répondu.

— Ce n'est pas très orthodoxe, dans un cimetière... Mais, si je reviens ici dans un mois, est-ce que je peux espérer vous revoir... à moins que vous n'acceptiez de prendre un chocolat chaud avec moi dès maintenant ?

Malin. Le chocolat était la seule offre que je ne pouvais qu'accepter. Le chocolat vous met d'emblée en confiance. C'est pas comme s'il m'avait invitée à prendre un verre. Ni même une tasse de thé. L'alcool aurait révélé en lui l'obsédé, le débauché. La tasse de thé, le bonnet de nuit qui fait une fixette sur sa mère.

Nous avons traversé la rue jusqu'au pub le plus proche (le bien nommé Gravediggers Arms, le rendez-vous des fossoyeurs). Nous avons pris un chocolat et dégusté des marshmallows tout en évoquant nos mères respectives.

— Chaque fois qu'il m'arrive une bonne chose, m'a-t-il dit, j'ai envie de lui en parler. Et chaque fois qu'il m'arrive une mauvaise chose, je voudrais qu'elle soit là pour me consoler.

Je savais exactement ce qu'il pouvait ressentir. Nous avions l'un et l'autre perdu notre mère à l'âge de quinze ans. C'était pour moi un sentiment réconfortant de rencontrer quelqu'un qui comprenait ce que j'avais traversé. Nous avons parlé à cœur ouvert. Si j'ai ressenti une attirance pour lui ce jour-là, elle n'était pas physique. En réalité, j'avais l'impression de lui faire une faveur en acceptant de passer un peu de temps en sa compagnie et en lui permettant de parler de sa défunte mère.

— J'admets que c'est sans doute un peu déplacé, compte tenu de l'endroit où nous nous sommes rencontrés, mais aurai-je la chance de vous revoir ? m'a-t-il demandé. Je vous promets que la prochaine fois je ne vous parlerai pas de ma mère.

Je me suis recroquevillée sur mon siège, assaillie par la vision de cet homme sur moi, nu, velu, la main refermée sur son sexe en érection. Mon estomac s'est noué. Était-ce de l'excitation ? Non, plutôt un haut-le-cœur. Il ne me plaisait pas. Il me semblait trop vieux et – je sais, je vais vous paraître superficielle – je n'aimais pas sa façon de s'habiller. Trop guindé, trop classique. Mais après tout pourquoi pas ? J'ai noté mon numéro de téléphone au dos d'un vieux ticket de cinéma.

Il l'a regardé et m'a demandé :

— Vous êtes allée voir Mission impossible ?

Sa question m'a déconcertée.

— Oui, pourquoi ? Vous n'aimez pas ce film ?

— Je ne l'ai pas vu.

— Quel est le dernier film que vous ayez vu ?

— Je ne m'en souviens pas. Je n'ai jamais le temps d'aller au cinéma.

— Pourquoi ?

— Parce que je suis dans la politique. Entre ma fonction de député et mes responsabilités à la tête du New Ireland, je suis très pris.

Je me suis dit que je ferais bien de lui demander son nom – c'est généralement ce qu'on fait quand les gens se présentent comme des écrivains, des acteurs ou... des politiciens. Comme s'ils vous tendaient la perche.

— Paddy de Courcy, m'a-t-il répondu.

J'ai hoché la tête et lâché un « hum » pour dissimuler le fait que je n'avais jamais entendu parler de lui.

L'air ravi, il m'a regardée partir dans ma Mini rouge. Je l'ai observé dans mon rétro. Même à cette distance, je pouvais encore voir le bleu de ses yeux. Lentilles de contact teintées ? Non. Les lentilles de contact vous donnent un regard fixe, genre visiteur d'une autre planète. Certaines de mes clientes se mettent parfois en tête d'en porter pour un événement important (« J'adorerais avoir des yeux émeraude, ce soir »). Je les en dissuade toujours : « Laissez ça à Mariah Carey. » Je me demandais si Paddy de Courcy allait appeler. Rien n'était moins sûr. Je soupçonnais que ce type était marié. En plus, en apparence, nous n'étions pas très assortis. Je conduisais une Mini rouge et lui une Saab bleu nuit. Je portais une veste vintage à col pelle à tarte et lui un pardessus en cachemire bleu marine. Mes cheveux coupés au carré façon Louise Brooks avaient des reflets auburn (c'était avant que j'adopte le prune) et lui avait sur la tête une touffe choucroutée.

Je ne l'ai même pas recherché dans Google, c'est dire comme j'étais intéressée.

Le lendemain matin, mon téléphone a sonné aux aurores. Je n'ai pas reconnu le numéro, mais j'ai répondu quand même parce que ça pouvait être une nouvelle cliente. Une voix de femme m'a annoncé :

— J'appelle de la part de Paddy de Courcy. M. de Courcy voudrait savoir si vous êtes libre ce soir. Il passera vous chercher à 19 heures. J'aurais besoin de connaître votre adresse.

Je suis d'abord restée interloquée, puis je me suis esclaffée.

— Non, ai-je dit.

— Non, quoi ?

— Non, je ne donne pas mon adresse. Pour qui se prend-il ?

C'était au tour de la bonne femme d'être estomaquée.

— Mais il s'agit de Paddy de Courcy !

— Si M. de Courcy veut passer la soirée avec moi, M. de Courcy n'a qu'à prendre son téléphone et m'appeler lui-même.

— Oui, je comprends, mademoiselle Daly, mais M. de Courcy est un homme très occupé.

Les gens occupés, je connais, c'est mon rayon. Toutes mes clientes le sont. En général, elles chargent leur assistante de m'appeler pour prendre rendez-vous. Mais il s'agit de travail. Or, en l'occurrence, nous n'étions pas en train de parler boulot.

— Je dois raccrocher, ai-je dit. Merci bien, j'ai eu plaisir à vous parler. Au revoir.

(Ça ne mange pas de pain de rester poli. On ne sait jamais, un jour prochain cette femme pourrait avoir besoin d'une bonne styliste.)

Le sentiment qui dominait chez moi n'était pas l'indignation. Cet appel ne faisait que me conforter dans l'idée que ce type n'était pas fait pour moi. Dans certaines sphères, il était peut-être courant de confier à sa secrétaire le soin d'organiser vos rendez-vous galants. Et personne n'y trouvait rien à redire.

Je ne m'attendais pas à ce qu'il rappelle et, franchement, je m'en balançais. Quand je pense maintenant au risque que j'ai pris ce jour-là, j'en ai des sueurs froides. J'aurais pu inconsidérément tuer notre histoire dans l'œuf. D'un autre côté, vu que tout est fini aujourd'hui, j'aurais aussi bien pu m'épargner toute cette peine. Mais je suis incapable d'imaginer à quoi ressemblerait ma vie si je ne l'avais pas connu. Lui, l'homme le plus passionné, le plus beau, le plus sensuel...

Bref, quelques minutes s'étaient à peine écoulées qu'il a rappelé. Il riait et m'a dit qu'il était désolé de s'être comporté comme un trou du cul arrogant.

— Vous autres politiciens, vous avez perdu le contact avec la réalité, ai-je répondu sur le ton de la plaisanterie.

— Pas moi.

— Tiens donc. Dans ce cas, dites-moi combien coûte un litre de lait.

(Un jour, j'étais tombée sur une émission à la télé dans laquelle un ministre de je ne sais quoi avait été tourné en ridicule parce qu'il ignorait la réponse à cette question. En fait, j'étais désolée pour ce pauvre homme, d'autant plus que je ne connaissais pas vraiment la réponse moi-même. En revanche, je pourrais vous énoncer à un euro près le prix de toute la dernière collection de Chloé. Prix de gros, de demi-gros et de détail. À chacun ses talents.)

— Je ne sais pas, m'a répondu Paddy de Courcy. Je ne bois pas de lait.

— Pourquoi ? Parce que vous êtes trop occupé ? (Il a ri encore. Le badinage entre nous marchait bien.) Vous ne buvez pas de lait avec vos céréales ?

— Je n'en mange jamais.

— Alors, qu'est-ce que vous prenez au petit déjeuner ?

Après un court silence, il a répliqué :

— Vous voulez le découvrir ?

Lourdingue ! Je me suis rappelé son brushing bouffant, et ça m'a coupé l'envie de badiner.

Il s'est excusé et a enchaîné :

— Vous êtes libre, ce soir ?

— Non.

(En réalité je l'étais.)

— Et demain... euh, pas demain, je ne peux pas. Pourquoi pas mercredi ? Une minute, s'il vous plaît. (Il a appelé quelqu'un.) Stéphanie, vous pouvez m'annuler mon rendez-vous avec les Brésiliens, jeudi soir ?

Puis il est revenu vers moi.

— Que diriez-vous de jeudi ?
— Laissez-moi consulter mon agenda.
Ce que j'ai fait, puis j'ai dit :
— D'accord pour jeudi soir.
— Jeudi, parfait. Je passe vous prendre à 19 heures.
Pourquoi cette fixation sur 19 heures ? Pourquoi si tôt ?
— Je réserverai dans plusieurs endroits, et vous n'aurez qu'à choisir.
Au début, j'ai été un peu refroidie par sa façon de décider de tout, et puis… je ne sais pas… j'ai commencé à apprécier.
— Encore une chose, lui ai-je dit. Vous êtes marié ?
— Pourquoi ? C'est une proposition ?
Encore plus lourdingue !
— Vous n'avez pas répondu. C'est oui ou c'est non ?
— C'est non.
— Bien.
— Je suis très impatient de vous revoir, m'a-t-il dit.
— Oui, moi aussi.
Mais je n'étais plus très sûre. Quand je suis montée dans sa voiture et que je l'ai vu avec son costume et son attaché-case, j'ai aussitôt pensé que je venais de commettre une énorme erreur. J'ai de nouveau ressenti cette nausée étrange, et les choses n'ont fait qu'empirer par la suite. Mais plus tard, quand je me suis déshabillée pour lui, tout a changé. J'ai été conquise et je n'ai plus jamais douté.

Vendredi 5 septembre, 13h19.

Réveil. Je me suis finalement recouchée vers 6 heures, avec le lever du soleil. Après mon accès de désespoir de la nuit, j'ai vraiment le sentiment d'être une pauvre fille. À ses yeux, aux yeux du monde entier.

13h53.

Virée en ville. En route, l'air chargé d'embruns me ruine ma coiffure. Quand j'atteins le tournant de la veille, je m'arrête et lève les yeux vers la mansarde en espérant revoir la femme en robe de mariée. Plus qu'intriguée, je suis folle de curiosité. Mais elle s'est volatilisée. Zut !

14h01, le Oak.

Soupe du jour, velouté de champignons. À se demander s'il leur arrive de servir autre chose. Pareil pour le dessert du jour, gâteau au fromage blanc et à la fraise.

15h05, café Internet.

J'espérais surfer sur quelques sites distrayants, Net-a-porter, La Redoute. Le spectacle des jolies choses aurait peut-être redonné un peu de piment à ma triste vie. Mais le café est fermé. Sur la porte, un écriteau, avec deux mots maladroitement écrits à la main, annonce : « Pause déjeuner ». Contrariée, je reviens vers la maison par le chemin côtier, histoire de revoir la maison magique.

19h57.

En quête d'un nouveau pub. Je ne supporterai pas une fois de plus le velouté de champignons du Oak. En plus, je ne veux pas créer de dépendance. Imaginons que le Oak brûle et disparaisse, que deviendrais-je ? La dernière fois que j'ai dépendu de quelqu'un (Paddy), ça n'a rien donné de bon. Je passe la tête à l'intérieur d'un endroit baptisé Hole in One, un bar de golfeurs. Bondé, rien que des hommes (et une ou deux femmes qui feraient mieux de fréquenter un autre endroit) qui s'insultent et critiquent le jeu des autres sur un ton snobinard. (Vous savez comment sont les hommes. Ils ne peuvent communiquer qu'en se conduisant comme des brutes.) Bruyants, braillards, on dirait des députés à la Chambre. Et attifés, faut voir. Pulls jaunes, guêtres et visières (je vous demande un peu, en Irlande, le pays où le soleil ne brille jamais !). Quelle faute de goût !

J'entre un peu plus loin chez Mme Butterly. Un endroit minuscule, de la taille d'une salle de séjour. Sol en dallage de pierre, trois tabourets devant un comptoir en bois, petit téléviseur suspendu en hauteur. Derrière le bar se tient une vieille femme « avenante comme tout » (une expression de Margery Allingham). À part elle, l'endroit est désert. Je songe à faire marche arrière en disant un truc du genre : « Désolée, je cherchais la pharmacie. » Mais je suis trop polie. Je prends un léger élan et d'un bond, façon perchiste, je me hisse sur un tabouret du bar. (Je déteste ces sièges. Ils sont beaucoup trop hauts et n'offrent rien à quoi s'accrocher, rien pour vous soutenir le dos, rien où poser les pieds. Des instruments de torture !)

Le bar de Mme Butterly est l'endroit le plus insolite que j'aie jamais vu. Il sert une curieuse sélection de liqueurs sucrées et sirupeuses, et propose à la vente des articles disparates : conserves de pois carrés, boîtes d'allumettes, sachets de préparation instantanée pour crème anglaise. Un peu comme lorsque je jouais à la marchande étant enfant. (En attendant, ça pourrait s'avérer utile. Imaginons qu'un soir j'aie une envie soudaine de crème anglaise. Je saurais où en trouver.)

La vieille dame derrière le comptoir n'est autre que Mme Butterly en personne. Bavarde comme une pie. Elle me dit que ce bar est son salon et qu'elle l'ouvre seulement quand elle a envie de compagnie.

Sans grand espoir, je lui demande si elle sert à manger. Elle me montre son étrange assortiment derrière le bar.

— Vous n'avez rien à manger maintenant ?

Pendant un effroyable instant, je crois qu'elle va me proposer de réchauffer une boîte de pois carrés. Je les ai en horreur, leur seule vue me donne des envies de suicide.

— Je peux vous préparer un sandwich. Je vais voir ce que j'ai dans mon frigo.

Sur ce, elle disparaît dans une autre pièce qui doit être la cuisine. Elle revient un instant plus tard avec une tranche de jambon reconstitué coincée entre deux morceaux de pain blanc industriel. Dans son style rétro, ce menu me convient. Quand je termine mon sandwich, la propriétaire des lieux nous sert une tasse de thé avec des biscuits secs. Je veux commander un verre de vin, mais elle me répond qu'elle n'en a pas.

— Que diriez-vous d'un doigt de Tia Maria ? Voyons voir ce que nous avons ici ? Du Cointreau ?

Un verre de Southern Comfort, c'est ce que je réussis à obtenir de plus proche d'une boisson normale. Comme il n'y a pas de glaçons, je le bois mélangé à du Sprite tiré d'une bouteille de deux litres qui doit se trouver sur l'étagère depuis une soixantaine d'années. Il n'a plus une seule bulle.

Je persuade Mme Butterly de se joindre à moi.

Décidément, cet endroit m'a conquise. J'adore par-dessus tout une affichette d'un vert électrique qui annonce : « La maison n'accepte pas les groupes. »

C'est surréaliste, vu la taille des lieux. Il faudrait refuser les groupes par délégations de deux ou trois. Les premiers une fois jetés, les autres pourraient venir se faire interdire l'accès.

Mme Butterly repousse l'argent que je lui propose pour mon repas.

— Pour quelques malheureux biscuits, vous plaisantez.

— Mais mon sandwich…

— Vous n'allez pas faire toute une histoire pour une tranche de jambon.

C'est très généreux de sa part, mais à ce rythme son affaire ne tiendra pas longtemps.

21h59, supermarché, rayon des DVD.

J'ai bien envie d'interroger Kelly à propos de l'affaire du couteau de cuisine, mais le magasin est bondé. Des touristes venus pour le week-end trimballent des paniers pleins à craquer de pizzas surgelées et de packs de bière. Maintenant que je fais partie des habitants permanents, je vis leur présence comme une intrusion.

Brandon a la tête ailleurs, mais il me recommande quand même Les Affranchis.

0h57.

J'ai apprécié le film, je ne dirais pas que je n'ai pas aimé. Je ne voudrais pas avoir l'air de pinailler, mais, en dépit de toute sa violence, l'histoire ne parle pas vraiment de vengeance.

1h01.

Je viens d'avoir une révélation. J'ai compris pourquoi Mme Butterly a sur moi une influence tellement réconfortante. C'est le Sprite sans gaz. Une boisson pour convalescents. Maman m'en donnait quand j'étais malade. Elle le faisait chauffer pour en chasser toutes les bulles afin que je puisse le boire sans que cela irrite ma gorge enflammée. Le Sprite sans gaz est un symbole d'amour. Un remède que je m'administre moi-même désormais, puisqu'il n'y a plus personne pour me le donner.

Samedi 6 septembre, 8h01.

Je suis tirée du sommeil par le claquement de la porte du voisin. Je bondis de mon lit et cours jusqu'à l'autre chambre pour jeter un coup d'œil par la fenêtre en façade. J'espère voir ma mariée en vêtements civils, mais pas de fille, juste un type seul, son fiancé, je suppose. Je l'examine attentivement, curieuse de savoir quel genre d'homme a séduit la beauté en robe Vera Wang. À première vue, pas du genre soigné. Il va lui falloir une bonne coupe de cheveux avant le mariage. À part ça, la tenue habituelle pour battre la campagne : jean et grosse laine polaire North Pole couleur bleu marine. Aux pieds, des chaussures de sport anthracite. Dans le milieu de la mode, l'anthracite est connu pour être le noir de ceux qui aiment prendre des risques. Le type grimpe dans une voiture de modèle non identifié. Dès qu'il a démarré, je retourne me coucher.

13h10.

Grande activité en ville à cause des touristes qui viennent ici pour la journée. Ciel bleu, temps ensoleillé, température clémente pour un mois de septembre si on omet le vent incessant, une vraie calamité pour les cheveux.

Mon regard est attiré par une femme qui marche seule sur la plage. Je l'ai déjà vaguement remarquée il y a quelques jours et j'ai tout de suite su qu'elle faisait partie du club des cœurs brisés, adeptes de peinture, de poésie et de poterie. De là où je me tiens, je peux voir qu'elle a les traits rigides des amoureuses désespérées. Curieux phénomène, excellent sujet d'étude pour les scientifiques du monde entier. Pourquoi les amants éconduits ont-ils le visage figé ? Parce qu'ils n'ont aucune raison de se réjouir ou parce que leur organisme sécrète une enzyme qui les empêche de sourire ? Une telle découverte mériterait largement un prix.

20h10, rayon DVD.

Brandon me conseille Kill Bill. Très bon choix. 10 sur 10 pour la vengeance.

Dimanche 7 septembre.

M. Pruneau est musulman ! Je me demande bien pourquoi cette nouvelle me surprend. Il vient d'Égypte, un pays musulman si je ne m'abuse. Je suppose que je ne m'attendais pas à ce qu'un musulman pratiquant travaille dans un pub, l'antre de l'alcoolisme.

Il vient de mentionner en passant qu'il fait ses prières en se tournant vers La Mecque et je lui ai demandé :

— Vous êtes musulman ?

Alors il m'a répondu :

— Oui.

C'est idiot, mais maintenant j'ai un peu honte de lui commander un verre de vin. Je suis sûre qu'il me prend pour une débauchée et une mécréante.

J'ai également honte de mes reflets prune. Non seulement je ne me couvre pas le crâne, mais en plus j'attire l'attention sur ma chevelure. M. Pruneau est sympathique – très sympathique, même –, mais je crains que ce ne soit qu'une façade et qu'en réalité il pense sur moi des choses affreuses. Aperçu :

Moi : Bonjour, Ibrahim !

Lui : Bonjour, Lola, chienne d'infidèle. Comment ça va, aujourd'hui ?

Moi : Très bien, et vous ?

Lui : La grande forme, puisque je suis certain de monter au paradis alors que toi, tu n'as aucune chance. Qu'est-ce que je vous sers ?

Moi : Un verre de merlot, s'il vous plaît.

Lui (avec un grand sourire) : Un verre de merlot, tout de suite ! Sale chienne décadente, rebut de l'Occident. Tu brûleras en enfer, toi l'incroyante qui bois de l'alcool, manges du porc et aguiches les hommes en te montrant tête nue.

J'ai déjà voyagé dans des pays musulmans. Tunisie. Dubaï. Partout j'ai eu l'impression que, quand leur bouche disait « Hello, Welcome ! Viens prendre un thé à la menthe, amuse-toi à marchander un bijou au souk », leur esprit pensait tout autre chose. « Nous vous méprisons, porcs que vous êtes, avec vos boissons alcoolisées, vos toasts au jambon et votre impiété. Bientôt sonnera l'heure du Jugement dernier. Et nous piaffons d'impatience en attendant l'instant où vous serez tous anéantis. »

Est-ce que je suis raciste ? Ou bien est-ce que je dis tout haut ce que les autres pensent tout bas ? Comme à l'époque où les gens voyaient un terroriste de l'IRA en chaque Irlandais. « Salut, O'Brien, entre donc boire une tasse de thé. Dis-moi, tu étais bon en chimie à l'école ? »

Je refuse d'être raciste. Mais il faut bien admettre que ces gens et moi ne partageons pas les mêmes valeurs. J'aime le merlot, or les musulmans réprouvent le vin. Je ne refuserais pas un boulot à quelqu'un parce qu'il n'aime pas le merlot. Je ne lui refuserais pas non plus un titre de séjour. Mais je veux pouvoir apprécier mon merlot en toute quiétude, sans craindre de brûler en enfer si j'en déguste un verre avec mon déjeuner.

Est-ce que je devrais reconnaître qu'Ibrahim me met dans l'embarras ? Ou vaut-il mieux faire comme s'il n'y avait aucune différence entre lui et moi ? Quelle est la meilleure façon de se comporter dans une société multiculturelle ? Nkechi et son gros popotin, Ibrahim et l'enfer des incroyants. Tout est si compliqué. Je ne sais plus. Toute cette histoire m'épuise.

Petit voyage au pays des souvenirs…

Mon premier rendez-vous avec Paddy. Spanish John est passé me prendre à mon appartement. Paddy était assis à l'arrière de la voiture. En costume, son attaché-case sur les genoux.

— Qu'avez-vous envie de faire ? m'a-t-il demandé. Vous avez faim ?

— Non, pas vraiment. Il est encore tôt.

(Il n'était que 19 heures, un peu tôt pour débuter la soirée.)

— D'accord, dans ce cas, allons faire du shopping, a-t-il proposé.

— Pour acheter quoi ?

— Des vêtements.

— Pour vous ou pour moi ?

Je commençais à le soupçonner d'essayer de s'offrir mes conseils de styliste à bas prix. Voire carrément gratis.

— Pour vous.

Je n'ai rien trouvé à dire. Tout cela commençait très

bizarrement. D'habitude, je n'aurais jamais pu convaincre un homme de faire les boutiques avec moi, même avec un revolver sur la tempe. Mais, je ne sais pas pourquoi, j'avais l'impression que ce shopping n'aurait rien d'ordinaire.

Nous nous sommes arrêtés. Spanish John a ouvert la portière. Une main dans mon dos, Paddy m'a poussée vers une volée de marches. Nous avons franchi une discrète porte en verre, foulé une moquette épaisse. D'une voix douce, une femme nous a invités à entrer. Jusque-là je croyais connaître toutes les boutiques de Dublin. Je me trompais.

Des spots éclairaient des matières luisantes aux couleurs sombres. En y regardant de plus près, j'ai reconnu un vibromasseur, un bandeau de satin noir, un fouet et des objets en onyx que j'ai d'abord pris pour des boutons de manchette avant de réaliser qu'il s'agissait de pinces à tétons.

Culottes, soutiens-gorge, porte-jarretelles, satin, soie, dentelle, cuir, latex, noir, rouge, rose, blanc, bleu, uni ou à motifs...

J'ai essayé de réagir en femme aguerrie. Ce n'était pas la première fois que j'entrais dans un magasin de ce genre, même si celui-là était d'un tout autre standing. Après tout, j'avais déjà organisé deux enterrements de vie de jeune fille. Pourtant, je me sentais mal à l'aise. Ce n'était pas ce qu'on attend d'un premier rendez-vous.

J'ai passé ma main sur une sélection de sous-vêtements. Je m'attendais à recevoir une décharge d'électricité statique, mais les matières n'étaient pas synthétiques. De la vraie soie, du vrai satin. Pour être honnête, il y avait quelques jolies pièces, comme on dit dans le milieu de la mode (un commentaire qui pourrait laisser à penser que j'étais détendue, alors qu'en fait je ne l'étais pas du tout). Broderies en forme de papillons sur un ensemble bleu pétrole orné de plumes et de strass. Culotte de soie couleur framboise écrasée à pois noirs et rubans sur les côtés. Modeste parure incarnate, avec de vraies roses cousues sur les bonnets du soutien-gorge et à l'entrejambe. Effet garanti sous des vêtements. Des bosses partout.

Surprise à la vue d'un slip noir tout ce qu'il y a d'ordinaire, avant de remarquer qu'il était fendu. Mouvement instinctif de recul. Soutien-gorge pigeonnant si riquiqui qu'il devait à peine cacher les tétons. Puis choc en comprenant que c'était précisément le but recherché.

La voix de Paddy à mon oreille.

— Un essayage, ça vous tente ?

Effroi. Estomac révulsé. Ce type était un sale pervers. Un satyre qui me traitait comme un objet sexuel. Dans quoi je m'étais embarquée ?

Ça m'apprendrait à ramasser des hommes dans les cimetières. À quoi je m'attendais ? À une pizza suivie d'une séance de ciné ?

— Lola, tout va bien ?

Transpercée par son regard bleu. Mélange de sollicitude et de défi dans son expression.

Je n'ai pas baissé les yeux. Moment décisif. Soit je m'abandonnais, soit je déguerpissais. J'ai laissé errer mon regard vers la porte. Je pouvais encore partir et m'en sortir sans dommage. Je ne le reverrais jamais. Bon sang, un sex-shop pour un premier rendez-vous ! J'étais scandalisée… mais émoustillée aussi. Si je partais maintenant, qu'est-ce que j'allais rater ?

Le menton légèrement relevé dans une attitude frondeuse, j'ai dit :

— D'accord.

Une vendeuse pas très affriolante est venue à notre rencontre. Elle a regardé mes seins.

— 90B ?

— Oui.

— Lequel vous plaît ?

J'ai montré la parure le plus sobre possible (bleu pâle, bien couvrante et solide entrejambe).

Paddy a jeté son dévolu sur un modèle nettement plus coquin.

— Pourquoi pas celui-là ?

J'ai voulu me défiler, mais la terne vendeuse, les bras chargés de lingerie, s'est avancée jusqu'à la cabine et m'a dit :

— Pourquoi ne pas essayer ?

La cabine en question était spacieuse, presque aussi grande que ma chambre. Éclairage rosé, fauteuil de brocart à pieds arqués, tapisserie à motifs de cerisiers du Japon et mur percé d'une ouverture à claire-voie rappelant un confessionnal. À quoi cela pouvait-il servir ?

— Souhaitez-vous que votre ami attende dans l'antichambre ? m'a demandé la vendeuse.

Elle m'a montré une petite pièce adjacente à la cabine, meublée d'une chaise et présentant la même grille au mur.

— D'où il pourra vous regarder, a-t-elle ajouté.

Quoi ? Paddy de Courcy allait s'asseoir sur cette chaise et me regarder essayer de la lingerie ? Il m'observerait pendant que j'ôterais mes vêtements, me materait quand je serais nue, comme dans un vulgaire peep-show ! L'horreur ! Je suis restée tétanisée pendant un temps qui m'a semblé interminable, puis j'ai cédé. À la guerre comme à la guerre !

Motifs de ma capitulation :

1. J'étais impeccablement épilée. Sous la ceinture, il ne me restait plus, au niveau du pubis, qu'un minuscule carré de poils qui n'était pas sans rappeler la moustache d'Adolf Hitler.
2. L'éclairage rose était des plus flatteurs.
3. Je ne voulais pas passer pour une bégueule.
4. J'étais incontestablement excitée. Méfiante, mais excitée.

Plaquée contre le mur, hors du champ de l'ouverture grillagée, j'ai commencé à retirer mes vêtements. Je ne savais pas très bien quoi faire. J'étais trop gênée pour danser, et en plus il n'y avait pas de musique. J'ai pensé à marcher en long et en large, mais je me suis retenue de peur de ressembler à une bête en cage.

Pourtant, dès que j'ai glissé mes pieds dans une paire de mules blanches à talons hauts et enfilé un ensemble coordonné culotte et soutien-gorge noir extrêmement flatteur, je me suis senti une autre personne. J'avais oublié que Paddy de Courcy m'observait à travers son judas. J'ai fait comme si j'étais seule. (Mais, si j'avais été seule, jamais je ne me serais penchée en avant ni n'aurais fait bouger mes seins en les glissant dans les bonnets du soutien-gorge. Jamais je n'aurais humecté mon doigt et tracé un cercle autour de mes mamelons dressés au garde-à-vous. Si j'avais essayé normalement une culotte, jamais je n'aurais promené ma main de haut en bas sur mon bassin pour m'assurer qu'elle épousait parfaitement mes courbes.)

Avec des gestes lascifs, j'ai défait l'agrafe du soutien-gorge et laissé glisser les bretelles sur mes épaules. L'ensemble suivant était en satin, dans le style années 1950. Le balconnet faisait remonter mes seins et laissait entrevoir mes mamelons quand je me penchais. La culotte gainante partait de la taille et descendait jusqu'en haut des cuisses, arrondissant le galbe des hanches. Le reflet légèrement rosé du tissu donnait à la peau de mes cuisses un aspect crémeux et lisse. Je me suis assise dans le fauteuil de brocart et j'ai ressenti avec délice le contact rugueux du tissu contre mes fesses dénudées. Lentement, j'ai fait glisser les bas sur mes jambes et je les ai fixés aux attaches du porte-jarretelles.

J'avais une conscience aiguë de la présence de Paddy derrière la grille.

C'était follement excitant.

De temps en temps, la vendeuse passait la tête à l'intérieur de la cabine.

— Que pensez-vous de cette guêpière ? me disait-elle. Ne serait-elle pas fabuleuse avec des cuissardes ?

Ou encore :

— J'ai aussi une combinaison moulante en latex rouge à votre taille. Elle serait fabuleuse avec des cuissardes.

Elle cassait l'ambiance, et j'avais hâte qu'elle s'en aille.

J'étais hyper excitée par ma propre personne. Un truc dingue.

J'ai essayé un joli petit soutien-gorge fait de fines couches de tulle transparent, pareilles à des pétales de fleur. J'ai défait un petit bouton sur le bonnet et effeuillé chaque pétale jusqu'à ce que le bout de mon sein soit exposé aux regards. Quand il est apparu, j'ai laissé échapper un « oh » de surprise et j'ai tourné la tête vers la grille. Quand j'ai distingué dans la pièce sombre l'éclat de deux yeux posés sur moi, je n'ai pu me contenir plus longtemps. En proie à un désir insupportable, j'ai soudain mis fin à cette comédie. Les mains tremblantes, je me suis rhabillée en me demandant combien de temps il me faudrait patienter avant qu'il me fasse l'amour.

Quand je suis sortie en trombe de la cabine, il m'a demandé :

— Lequel choisissez-vous ?

J'ai secoué la tête. Les prix étaient largement au-dessus de mes moyens.

— Permettez-moi, m'a-t-il dit.

— Non !

Je n'étais pas une femme entretenue, une prostituée.

— J'insiste. Je vous en prie, je serai le premier à en profiter.

— Eh bien, vous êtes très sûr de vous.

Contrit, il s'est excusé platement, mais n'en a pas moins réitéré son offre.

— Pour vous, a-t-il dit. Pas pour moi. Qu'en dites-vous ?

J'étais toujours très mal à l'aise. La situation me déplaisait autant qu'elle me plaisait.

Alors je l'ai laissé payer.

Plus tard (au lit), je lui ai dit :

— Ce que tu as fait était risqué. J'aurais pu prendre la mouche.

— Dans ce cas, tu n'aurais pas été celle que je croyais.

— C'est-à-dire ?

— Une vilaine petite fille.

Je n'étais pas certaine d'en être une. Je m'étais toujours cru assez prude, mais c'était gentil à lui de me dire ça.

Lundi 8 septembre.

Le hasard fait souvent bien les choses. À 19h25, alors que je passe chez Mme Butterly pour y ingurgiter ma dose thérapeutique de Sprite sans gaz, elle me demande :

— Ça vous embête si j'allume la télé ?

Aussitôt apparaît à l'écran le générique de Coronation Street, mon soap préféré. À la fin de l'épisode, à 20 heures, Mme Butterly change de chaîne pour regarder EastEnders, autre soap préféré. Après ça, à 20h30, elle met Holby City, troisième soap. Celui-là se déroule dans un hôpital. Je ne l'ai jamais regardé, mais je suis déjà certaine d'adorer.

Une orgie de soaps que je fais passer avec ma mixture de Southern Comfort et de Sprite. Je suis aux anges. On pourrait croire que j'ai été privée de feuilletons pendant des mois.

Mme Butterly me fait savoir qu'elle m'a prise en affection et qu'elle m'invite à venir regarder la télé avec elle quand j'en aurai envie. Sur quoi, elle me prie de partir parce qu'elle veut se mettre au lit.

— Il y a autre chose que vous voudriez avant que je ferme ? me demande-t-elle.

Pour lui faire plaisir, je réponds :

— Oh oui, je vais vous prendre un sachet de crème anglaise.

21h03.

J'erre sans but à travers la bourgade, mon sachet de crème anglaise à la main, puis je m'assois sur un muret, face à l'Océan. Je suis à Knockavoy depuis près d'une semaine et je n'ai pas encore mis le pied sur la plage. J'en suis assez fière, j'y vois le signe d'une certaine retenue.

Un homme qui promène son chien passe devant moi et me lance :

— Bonsoir. Beau coucher de soleil, n'est-ce pas ?

— Oui, très beau.

Je n'y ai pas prêté attention, mais, maintenant que je le regarde, le soleil nous rejoue son numéro du cachet de vitamine C effervescent. Le ciel est tout teinté d'orange.

Oh non ! La femme que j'ai vue errer seule sur la plage. Elle marche vers moi. Le teint grisâtre, l'œil cave, son pull trop large pendant le long de ses flancs amaigris. À en juger par l'état de sa coiffure, elle doit se trouver à Knockavoy depuis un bon bout de temps.

Mon instinct me souffle de prendre la fuite. Mais la promeneuse est déjà arrivée à ma hauteur. Nos regards se croisent. Elle me fonce dessus, tel un missile à tête chercheuse, puis se plante devant moi et tente d'engager la conversation en me parlant du coucher de soleil.

— C'est beau, non ?

— Euh… oui.

Je ne sais pas trop quoi dire. Je ne discute jamais de ces choses – la nature, le coucher de soleil et tutti quanti. Maintenant, si elle me parlait du tailleur blanc de Stella McCartney…

La femme pousse un gros soupir.

— Le soleil continue de se coucher tous les soirs et de se lever tous les matins. Difficile à croire, non ?

— Euh… oui, mais il faut que je file…

J'ai comme l'impression que Brandon et Kelly lui ont raconté mon histoire et qu'elle me sonde afin de savoir si elle peut me compter au nombre des membres de son club des cœurs brisés. Je n'ai aucune envie d'y adhérer, merci bien. Qu'elles fassent de la peinture, de la poésie et de la poterie si ça leur chante, mais très peu pour moi.

Je me suis fait le serment de ne plus jamais aimer, mais je ne veux pas pour autant devenir une femme aigrie. Ou créative.

Milieu de la nuit.

Réveillée par... quelque chose. Quoi ? Je distingue vaguement une lueur rouge derrière la fenêtre. Le lever du soleil ? Non, il est encore trop tôt.

Je regarde dehors. Derrière la maison voisine, j'aperçois un cercle rouge. Des flammes. Un incendie !

Je devrais appeler les pompiers, mais je préfère voir d'abord ce qui se passe. Ma parole, je deviens une vraie commère. C'est le danger quand on est privé de télé. À Dublin, je n'aurais jamais l'idée de mettre mon nez dans les affaires des autres.

J'enfile mes bottes en caoutchouc et un gros pull par-dessus mon pyjama, puis je sors, une torche à la main, dans la nuit frisquette.

Je franchis par en dessous une clôture de fil barbelé et j'avance à travers champs. La lumière de la lune qui se reflète sur la mer éclaire la campagne. Ça sent bon l'herbe. Les vaches sont couchées. L'incendie n'en est pas un, juste un feu de camp laissé sans surveillance. Bizarre. Je m'approche. Et là, j'ai le choc de ma vie. Ce sont des vêtements qui brûlent. Tulle noir, taffetas bleu et... horreur ! satin blanc. La robe de mariée. Oh non ! pas la robe de mariée. Je tente de l'arracher aux flammes, mais une gerbe de flammèches s'abat sur moi. La chaleur est trop intense.

Je suis peinée de voir un tel traitement infligé à des habits. (Je vous rassure, les mauvais traitements infligés aux enfants et aux animaux me peinent aussi. Je ne suis pas totalement superficielle. Je me soucie énormément du sort des enfants et des animaux, tellement qu'il faut que je change de chaîne quand des informations trop tristes sont diffusées à la télé.)

Une pensée dérangeante me tarabuste cependant. Quand un tableau est attaqué par un fou armé d'un cutter, le monde entier s'en offusque. Des experts sont invités à la télé pour exprimer leur indignation. Mais, si une création de mode – qui est aussi une œuvre d'art – est endommagée, personne ne s'émeut. J'appelle ça de la discrimination. Parce que la mode est un truc de filles, tandis que les toiles de maître sont une affaire sérieuse, une affaire d'hommes, même quand elles sont peintes par des femmes.

J'entends des pas qui s'approchent. Une silhouette se dessine dans la lueur dansante du feu. Les battements de mon cœur s'accélèrent quand je reconnais l'amoureux éconduit de la future mariée. Il a les bras chargés de vêtements. Est-ce le reflet des flammes que je vois briller dans ses yeux ou bien… horreur… des larmes !

Pour signaler ma présence, je prononce d'une voix hésitante :

— Euh… coucou !

Sous l'effet de la surprise, le type manque de lâcher tout ce qu'il a dans les bras.

— Bon sang, mais qu'est-ce que vous fichez là ?

— Désolée, j'ai vu un feu. J'ai cru que c'était un incendie.

Il me regarde fixement, d'un air pensif, une question peinte sur les traits : « Si un homme ne peut pas brûler des fringues au milieu de la nuit, alors quand peut-il le faire ? »

— Je m'appelle Lola Daly et j'occupe en ce moment la maison de Tom Twoomey.

Après un silence peu engageant, le type se présente :

— Rossa Considine. J'espère que je ne vous ai pas fait peur. J'aurais dû vous prévenir, mais j'ai décidé d'allumer ce feu sur un coup de tête.

Piètres excuses.

— Vous pouvez m'expliquer ce qui se passe ? lui dis-je. Il y avait une femme ici, en robe de…

— Elle est partie, me coupe-t-il.

— Elle va revenir ?

(Question idiote : je ne vois pas comment elle peut revenir quand sa robe de mariée est maintenant réduite en cendres.)

Il secoue la tête et répond d'un air sombre :

— Non, elle ne reviendra pas.

Silence embarrassé. Il remonte dans ses bras son chargement de vêtements et semble impatient de retourner à son feu de joie.
— Bon, ben… je vais retourner me coucher.
— Ouais, bonne nuit.
Je repars à travers champs. Je ne suis pas seule à vivre une tragédie. Ce pauvre homme aussi souffre. En attendant, ça ne lui aurait pas écorché la bouche d'être un peu plus aimable.

Mardi 9 septembre, 8 heures.
Réveillée par le claquement d'une porte (pas la mienne). Je saute du lit et cours jusqu'à la chambre du devant. Par la fenêtre, je vois mon incendiaire, chaussé de ses baskets anthracite, qui part travailler. Rien, pas une marque de roussi, pas une trace de suie sur son visage n'indique que quelques heures plus tôt cet homme a allumé un brasier.
Je n'arrive toujours pas à identifier le modèle de sa voiture.

18h47.
Kelly et Brandon sortent ensemble. J'en ai reçu confirmation. J'aurais pourtant juré que ces deux-là se détestaient. J'ai rassemblé tout mon courage pour leur demander ce qui s'était passé avec le couteau de cuisine.
Ils venaient de faire l'amour, m'a expliqué Kelly, et une dispute est partie. Brandon était affalé sur le canapé, son sexe à l'air prenant un repos post-coïtal bien mérité.
— Quel canapé ? ai-je demandé.
— Celui de mes parents, m'a répondu Kelly.
— Et eux, où ils étaient ?
— Assis à côté de nous dans leurs fauteuils à regarder La Roue de la fortune.
— Ah bon ?
— Je vous ai bien eue ! Bien sûr que non ! Ils dormaient dans leur chambre à l'étage. On n'allait tout de même pas s'envoyer en l'air avec mes vieux à côté. S'ils nous surprenaient ensemble, mon père tuerait Brandon. Bref, pour rigoler, j'ai pris le couteau à pain dans la cuisine et je me suis amenée comme si je voulais lui trancher le zizi.
Morte de rire, ai-je pensé.

— Mais j'ai trébuché en entrant dans le salon et accidentellement je lui ai fait une minuscule entaille sur la queue. Je l'ai à peine égratigné, mais l'autre, là, il a complètement pété les plombs. Il disait qu'il allait se vider de son sang, qu'il attraperait la gangrène et perdrait son bazar. Il voulait appeler une ambulance, et moi j'en faisais pipi dans ma culotte tellement je rigolais. Je lui ai mis un sparadrap Barbie. C'était trop marrant.

Brandon a souri.

— Ouais, avec le recul, c'était hyper drôle.

Ah, les jeunes. Je leur envie leur amour sans complication.

Mercredi 10 septembre, 13h28, le Oak.

— Salut, Ibrahim.

— Ah, Lola ! Salut, sale chienne d'infidèle.

Impossible de me sortir ces idées de la tête. M. Pruneau est adorable, mignon, charmant, chaleureux, serviable et bavard sans jamais devenir lourdingue. Pourtant, je suis sûre qu'il me juge. Je symbolise tout ce que les musulmans détestent. Je suis une femme indépendante (jusqu'à un certain point, du moins), qui montre son visage, ses cheveux et parfois ses jambes ; qui boit de l'alcool et mange des chips au bacon. En tant que musulman, il est de son devoir de me condamner.

20h15.

Trois femmes entrent chez Mme Butterly à l'heure où nous regardons EastEnders. Sans détacher ses yeux de l'écran, la propriétaire des lieux leur lance :

— On est fermés.

Les clientes veulent protester, mais Mme Butterly leur cloue le bec.

Quand les intruses finissent par partir, elle me dit :

— À quoi ça sert d'avoir son pub, si on peut pas de temps en temps ficher quelqu'un à la porte.

22h08.

Coucher du soleil. Je regagne mon chez-moi après une orgie de télé en compagnie de Mme Butterly quand je remarque la voiture de l'incendiaire garée devant sa porte. Sur la pointe des pieds, je m'avance sur le chemin de terre pour mieux voir. La voiture est une Toyota Prius, un modèle qu'on ne voit pas à tous les coins de rue. Je crois vaguement me souvenir qu'il s'agit d'un véhicule écolo qui roule à l'électricité. Mon pyromane serait donc un type bien.

Vendredi 12 septembre, 13h45, le Oak.

Inauguration de la nouvelle soupe du jour… aux légumes ! C'est plein de morceaux, mon estomac se révulse. Quand même, une journée à marquer d'une pierre blanche.

16h33.

Encore un appel de Grace Gildee. Je pensais qu'elle m'avait oubliée. Évidemment, je ne réponds pas. Il me faut rassembler tout mon courage pour seulement écouter son message.

« Bonjour, Lola, c'est encore moi, Grace Gildee. Avez-vous réfléchi à ma proposition d'interview ? Vous pouvez me faire confiance, j'ai très bien connu Paddy (rire). Je sais très exactement dans quels placards il garde enfermés tous ses cadavres. »

Si ce qu'elle dit est vrai, elle n'a qu'à s'interviewer elle-même !

18h04.

Trou d'air émotionnel. Je ne suis pas assez bien pour lui. Mais pourquoi ? Parce que je ne me suis jamais suffisamment intéressée à son travail ?

Quand il arrivait, il s'affalait sur le canapé et commençait à maugréer à propos de tel ou tel ministre. Il se lançait dans une violente diatribe, et puis soudain il me regardait et disait : « Tu n'y comprends rien, avoue ? » Je pensais que c'était ce qui lui plaisait chez moi. Je pensais lui offrir une évasion. Et puis, de son côté, que savait-il de la dernière collection de Roland Mouret, hein ?

Mais, avec le recul, il est clair que j'aurais dû lui masser les tempes, tout en complotant avec lui le renversement du ministre de la Santé ou l'implication du Premier Ministre dans un scandale sexuel à caractère zoophile.

Toute ma vie, ma pire crainte a toujours été d'être abandonnée, et le plus drôle, c'est que je me retrouve toujours dans cette situation. Quand j'étais petite, je demandais sans cesse à mes parents s'il était possible que nous mourions tous ensemble. Maman m'avait juré que oui, mais elle m'a menti. Elle est partie toute seule quand j'avais quinze ans. À sa décharge, elle n'y pouvait rien. Environ une semaine avant sa mort, elle m'a confié : « Ça me crève le cœur de te laisser, ma Lola. Mon plus grand regret sera de ne pas être là pour te voir grandir et veiller sur toi. Je suis triste de ne pas savoir ce qui va t'arriver. »

C'est à ce moment-là que j'ai compris qu'elle allait nous quitter. Personne ne m'en avait rien dit.

19h12.

J'ai besoin de réconfort. J'appelle mon père.

— Tu te mets toujours la rate au court-bouillon pour ce saligaud ? me demande-t-il.

— Oui.

— Ça t'apprendra. À l'avenir, tu sauras qu'il ne faut jamais croire un politicien.

— Merci du conseil, papa. Au revoir.

Lundi 15 septembre, 20h16.

Deux hommes entrent chez Mme Butterly dans l'intention de prendre un verre.

— On est fermés, leur annonce-t-elle.

— Mais non, vous n'êtes pas fermés, insistent ces deux grossiers personnages.

— Vous êtes un groupe ? leur demande-t-elle.

— Non.

— Hollandais ?

— Non.

— Golfeurs ?

— Euh, oui, en fait.

— Je peux pas vous servir. Je sers pas les golfeurs. J'ai déjà eu des problèmes avec des gens de votre espèce.

— Vous refusez de nous servir ?

— Tout juste.

— Mais c'est...

— Ordre de la direction. Mais vous pouvez emporter ? Que

diriez-vous d'une boîte de pois carrés ? Ou d'un sachet de crème anglaise ?

Mardi 16 septembre.

Je suis prête à retourner à Dublin. J'ai l'impression d'être en vacances, ici. Les premiers temps, je ne tenais pas en place, mais ensuite je me suis calmée. J'ai commencé à apprécier ma petite routine, puis, les jours passant, l'impatience est revenue et aujourd'hui elle me démange carrément.

La douleur s'est un peu endormie, je dois reconnaître. Je n'éprouve plus le désir ardent de le voir, ni même d'indignation à l'idée qu'il m'ait larguée comme il l'a fait.

Je ne suis pas guérie pour autant. Par certains côtés, c'est même pire qu'avant. Quand j'étais sous le choc, ballottée entre l'espoir, l'incrédulité et la douleur, je pouvais encore me bercer d'illusions. Mais maintenant je me sens nulle et abandonnée. Je n'ai plus aucune confiance en moi. Paddy était le grand amour de ma vie, il n'y en aura plus jamais d'autre. Je sais que c'est ce que disent tous les cœurs brisés. Quand ils vous voient vous apitoyer ainsi sur votre sort, les amis se font un devoir de lever les yeux au ciel et de vous détromper : « Allons, ne dis pas de bêtises ! » Mais il faut être lucide. Paddy était unique. On n'en rencontre pas deux comme lui dans une vie.

C'est ma croix, et je l'accepte. Seul mon travail peut encore me sauver. Je vais consacrer le reste de mon existence à ce qui sera désormais ma mission : donner à la femme irlandaise l'élégance d'une reine pour un prix parfaitement raisonnable.

Mercredi 17 septembre, 10h13 à 11h53, départ.

Je rends une dernière visite à tous mes nouveaux amis de Knockavoy. M. Pruneau, Mme Butterly, Kelly et Brandon.

11h55.

Tandis que je remonte la colline, je vois Knockavoy rapetisser puis disparaître dans mon rétroviseur et je me demande si j'y reviendrai un jour.

18h30, chez moi.

J'ai un mal fou à m'introduire dans mon appart. Il est plein à craquer de valises, de portants et de fringues. Rien de tout ça n'est à moi. Nkechi a visiblement été débordée. Elle a commandé énormément de choses, qui ont fini stockées chez moi.

Le téléphone sonne. C'est Bridie.

— Tu as fait la route en combien de temps ?

— En trois heures vingt, dis-je au pif, vu que je ne me suis toujours pas chronométrée.

— Je vois, je vois. Trois heures vingt ? T'es dans la bonne moyenne.

J'entends un cliquetis, comme si elle était en train de saisir ces données dans une machine.

— Bridie, rassure-moi, tu n'enregistres pas ces chiffres ?

— Mais si, j'ai un logiciel d'enfer pour ça. Il suffit que j'entre tout dans un tableau et j'obtiens de jolis graphiques en forme de camembert ou de gratte-ciel. C'est fou, ce qu'on arrive à faire avec un ordinateur.

Jeudi 18 septembre, 9 heures, pâtisserie Chez Martine.

Debout de très bonne heure, prête pour un nouveau départ. Réunion au « bureau » avec Nkechi. Nkechi en retard, comme d'hab.

9h14.

Nkechi s'amène tranquillement. Ses tresses empilées au sommet du crâne dégagent son cou gracieux de cygne. Nkechi a la démarche élégante d'une reine. D'un mouvement nonchalant, elle dépose son postérieur sur une chaise.

— C'était bien, ces vacances ? me demande-t-elle.

— Oui, oui.

Cette funeste histoire (encore une expression empruntée à Margery Allingham) est maintenant derrière moi. Je suis redevenue moi-même, au top de ma forme.

— Alors ? dis-je avec enthousiasme. (Je claque même des mains pour faire de l'effet.) Quoi de neuf ?

Nkechi consulte l'écran de son BlackBerry.

— Ce soir, dîner de gala chez Rosalind Croft. Conférence

internationale à Dublin. Dette des pays africains. Très beau linge. Kofi Annan, le président sud-africain... Bref, que des huiles. Rosalind en perd la boule. Elle m'a appelée au milieu de la nuit parce qu'elle voulait une robe Versace qu'elle avait vue dans Vogue. Impossible de la dégoter – une création unique confectionnée juste pour le défilé. Elle m'a dit de sauter dans un avion et d'aller la chercher à Miami. J'ai réussi à lui faire changer d'avis et à réduire le choix à trois tenues : Balenciaga, Chanel et Burberry Prorsum. Je les ai fait venir de Londres par avion. J'ai les chaussures et tous les accessoires assortis. Tout est fin prêt et stocké chez toi.

— Parfait.

— Demain, séance photo pour Woman's World. Collection sports d'hiver. Les conneries habituelles. Bottes fourrées, protège-oreilles en fausse fourrure, pulls hideux. Après-demain, essayage de robes du soir pour Tess Bickers.

— Qui ça ?

— Une nouvelle cliente, l'épouse d'un magnat de l'industrie. Bling-bling à mort. Elle veut renouveler sa garde-robe pour la prochaine saison. J'ai fait venir dix-huit créations et j'ai comme l'impression qu'elle va les prendre toutes.

— Tu as beaucoup bossé. Je vais prendre le relais, maintenant. Je m'occuperai de Rosalind Croft ce soir.

Il est temps de reprendre les choses en main et de lui montrer qui est la patronne.

Nkechi ne se laisse pas impressionner. Elle a développé une relation particulière avec Rosalind Croft depuis le jour où elle lui a sauvé la mise grâce à son écharpe à deux balles. Rosalind Croft est une faiseuse de tendances. Personne ne sait mieux qu'elle ce qui est in et ce qui est out. C'est le genre de femme qu'il faut avoir dans son camp.

J'insiste :

— Vraiment, Nkechi. Je peux le faire.

— Bon, d'accord. Coup d'envoi chez elle à 18h30. C'est moi qu'elle a demandée, mais puisque tu y tiens...

Elle m'en veut, ça se voit comme le nez au milieu de la figure. Elle a la rage, pour emprunter l'une de ses expressions. En général, je n'aime pas les conflits, mais je ne peux pas faire autrement, il est pour moi impératif de lui montrer qui est la chef.

17h08, fin d'une réunion informelle avec l'acheteur de chez Brown Thomas.

Je ferais mieux de mettre le turbo. Il faut que je récupère les fringues pour Rosalind afin d'être à Kiliney à 18h30. J'ai traînassé toute la journée. J'étais encore au rythme pépère de Knockavoy.

17h15.

Je fonce au milieu de la foule qui circule le long de South William Street. Des voitures garées en double file devant l'hôtel Westbury provoquent des embouteillages. Soudain, j'ai un drôle de pressentiment. Peut-être qu'inconsciemment j'ai reconnu la voiture, je ne sais pas.

C'est Paddy. Plein de sollicitude, il tient la portière à une femme (la jument, qui d'autre ?) qui grimpe à bord d'un des véhicules stationnés en double file.

Je les regarde, tétanisée. Il y a peu, j'étais à la place de cette femme à l'arrière de la voiture. Mais depuis j'ai été mise au rebut.

Je sens que je vais vomir. Mon Dieu, pourvu que ce ne soit pas dans la rue !

17h18, pub Hogan's.

Je fonce vers les toilettes pour dames en tanguant comme un marin qui retrouve la terre ferme. Des taches noires dansent devant mes yeux. J'ai juste le temps d'atteindre le lavabo avant de rendre mon déjeuner. Ensuite, je me laisse tomber à genoux. D'une voix d'outre-tombe, je murmure des excuses à deux filles horrifiées qui se remettaient du rouge à lèvres devant la glace. Quand elles comprennent que je ne suis pas ivre morte, elles sont aux petits soins pour moi. La première me donne un mouchoir en papier, l'autre me tend un chewing-gum à la menthe en me disant : « Tous les hommes sont des salauds. » Elles restent avec moi le temps que mes jambes cessent de trembler. Quand je suis enfin en état de me tenir debout, elles m'escortent dehors et hèlent un taxi. La main tendue de deux étrangères, c'est beau.

Juste avant que la voiture démarre, je leur glisse la date des soldes privés qu'organise Lainey Keogh à son show-room.

17h47, chez moi.

À peine entrée, je fonce à la salle de bains me brosser les dents. Puis, à toute berzingue, je me charge comme une mule et cours retrouver mon taxi. En me voyant avec tous mes sacs, le chauffeur me dit :

— Vous vous tirez ?

— Pardon ?

— Ma femme m'a plaqué. Un jour, en rentrant chez moi, j'ai vu qu'elle avait emporté tout ce qui lui appartenait. Je ne veux rien avoir à faire avec une femme qui se barre en cachette de son mari.

— Ah ça ? Non, non, c'est juste pour le travail.

Puis j'ajoute :

— Je suis désolée pour votre femme.

18h05.

Coincée dans un embouteillage monstre. C'est l'heure de pointe, et je suis prise en sandwich entre une Nissan Sunny (devant), une Toyota (derrière), une Opel Corsa (à ma gauche) et une Skoda Skoda – je ne crois pas qu'il existe plusieurs modèles de Skoda – (en sens inverse).

18h13.

Nous n'avons pas avancé depuis dix minutes. Je vais être en retard. Sans doute très en retard. Je ne suis jamais en retard. Je pense un instant à baisser ma vitre et à engager la conversation avec le type assis au volant de l'Opel Corsa. Ça me calmerait peut-être les nerfs.

J'ai fait l'erreur de raconter mes peines de cœur au chauffeur du taxi. Il déteste Paddy. Il dit qu'il le trouve sans scrupules. Mais c'est l'avis d'un homme aigri qui n'a jamais pu pardonner à sa moitié et jure ses grands dieux qu'il ne fera plus jamais confiance à une femme, même pour rendre correctement la monnaie sur un euro. Je ne peux pas lui donner tort.

18h28.

Aucune amélioration. Officiellement, je suis presque en retard. Je n'aurais pas dû partir après 17h30. Le spectacle de Paddy en compagnie de la Jument a bousculé tout mon planning. Si je n'avais pas eu besoin d'aller vomir dans les toilettes de ce pub, je serais dans les temps. Je ne supporte pas d'être en retard.

18h35.

Je suis officiellement en retard et à des kilomètres de ma destination finale. Je me mords la main d'angoisse.

18h48.

J'ai une empreinte de morsure sur la main.

19h03.

Ma main saigne.

19h14.

Enfin, je suis arrivée ! Nous franchissons le portail électronique, remontons l'allée bordée de torches. La porte d'entrée s'ouvre sur la gouvernante dans tous ses états.

— Vite, Mme Croft est en train de devenir folle !

Je me retrouve au beau milieu d'une ruche, encerclée de canapés sur plateaux, de coupes de champagne et de serveurs en uniforme.

Je monte l'escalier quatre à quatre, ma grosse valise à la main. La gouvernante et un serviteur non identifié sur mes talons portent le reste de mes affaires. Assise devant un miroir dans son dressing, Mme Croft, en négligé de soie, n'est plus qu'une boule de nerfs. Son coiffeur arpente la pièce en tapotant son fer à friser dans le creux de sa main. En me voyant, Mme Croft s'exclame :

— Vous voilà enfin ! Où étiez-vous passée ?

— Je suis désolée. J'étais coincée dans les bouchons.

— Où est Nkechi ?

— Elle ne viendra pas. Elle a pris sa soirée, et je la remplace.

— Oh…

Je déboucle mes valises, fais glisser la fermeture éclair de mes sacs, tandis que la gouvernante et son comparse non identifié commencent à accrocher les vêtements sur des cintres.

Mme Croft ramasse un chandail blanc en angora et me demande :

— Qu'est-ce que c'est ?

— Euh... je...

Elle s'empare d'un pull rouge orné de flocons de neige.

— Et ça ?

Puis elle ramasse un bonnet tricoté à rayures.

— Et ça ?

J'en suis moi-même abasourdie. Des flocons de neige ? Et puis une terrible révélation me frappe de plein fouet. C'est affreux, terrifiant, épouvantable. Une sueur glacée me coule dans le dos, et, pour la deuxième fois ce soir-là, un écœurant goût de bile me monte à la bouche. Ça ne peut pas être vrai, je ne peux pas avoir fait un truc pareil. Pourtant c'est la triste réalité, je n'ai pas apporté les bons vêtements.

Jusqu'à présent je ne l'avais pas remarqué, mais Nkechi les avait étiquetés très lisiblement : « Shooting sports d'hiver. »

— Où est ma robe ?

Mme Croft fouille frénétiquement le contenu des sacs, d'où elle extirpe, une à une, des doudounes à capuche bordée de fourrure.

— Il n'y a que des anoraks ! s'écrie le coiffeur.

Un frisson d'effroi parcourt l'assistance. Des anoraks ! Mais, dans ce cas, où est la robe haute couture de Mme Croft ? Celle qu'elle a fait venir par avion tout spécialement de Londres ?

Mme Croft me saisit par les épaules et me regarde avec l'expression tourmentée d'une âme égarée en enfer.

— Où sont mes robes ?

— Tout va bien, affirmé-je d'une voix fluette et chevrotante. Tout va bien. Il faut juste que je passe un ou deux coups de fil.

— Vous voulez dire qu'elles ne sont pas là ?

— Eh bien, pas encore tout à fait.

— Oh, mon Dieu ! Qu'est-ce qui s'est passé ? Vous n'avez pas apporté les bons vêtements ?

— Ce n'est qu'un léger contretemps, madame Croft. Je suis désolée, mais tout va s'arranger.

Elle est à deux doigts de craquer ; je m'efforce donc de garder mon calme et m'apprête à la souffleter en la sommant de se ressaisir.

— Où sont mes robes ?

— Chez moi.

— Où ça, chez vous ?

— En ville.

— En ville ! Mais c'est à quinze kilomètres d'ici !

— Avec les embouteillages, il faudra trois heures pour y retourner, fait remarquer quelqu'un.

J'ai les mains tellement moites que j'arrive à peine à tenir mon téléphone.

— Nkechi, bredouillé-je. Il m'arrive un truc horrible. J'ai apporté les mauvais sacs chez Mme Croft.

Il s'ensuit un long silence accusateur. Quelque part, j'entends la gouvernante dire :

— On pourrait peut-être emprunter l'hélicoptère de Bono.

Enfin Nkechi se décide à parler.

— J'arrive tout de suite.

Je referme mon téléphone d'un geste sec et déclare avec une joie frisant l'hystérie :

— Nkechi arrive. Vous aurez votre robe d'un instant à l'autre.

Mais Mme Croft se lève d'un bond et s'exclame :

— Mes invités aussi seront là d'un instant à l'autre ! Bono sera là. Bill Clinton sera là. Chez moi, ici même, dans ma maison, et je n'ai pas de robe à me mettre !

Elle suffoque et se martèle la poitrine.

— Un sac en papier ! s'écrie quelqu'un. Qu'on apporte un sac en papier ! Mme Croft va se trouver mal !

Le sac apparaît. Mme Croft le place devant sa bouche et prend une grande inspiration.

— C'est ça, l'encourage la gouvernante. Continuez comme ça. Respirez profondément.

Mme Croft s'assoit, écarte le sac de son visage, baisse la tête vers ses genoux, puis se redresse soudain, se tourne vers nous et lance d'une voix suraiguë :

— Mon Dieu, mon mari va me tuer !

19h43.

Nous attendons Nkechi.

19h51.

L'attente devient insupportable.

J'appelle Nkechi.

— Où tu es ?

— À deux minutes de chez Mme Croft.

— À deux minutes ! Mais comment t'as fait ?

Deux minutes plus tard.

Nkechi débarque tel le Messie. Nous sommes à deux doigts de nous prosterner. À peine entrée dans la maison, elle monte l'escalier en compagnie de sa cousine Abibi.

— Comment tu as réussi à arriver si vite ?

— Les transports en commun, me répond Nkechi. Abibi est venue me chercher à la gare.

Je suis époustouflée par son génie. Les transports en commun, en voilà une idée brillante ! Je ne serais pas plus émerveillée si elle m'annonçait qu'un ange descendu du ciel l'avait transportée jusqu'à nous sur son dos.

Elle prend aussitôt la direction des opérations.

Comme un médecin des urgences, elle distribue ses ordres avec des gestes rapides et efficaces. (La pression artérielle chute… défibrillateur… on dégage !)

Elle jette un simple coup d'œil aux cheveux de Mme Croft et rend immédiatement son verdict :

— La Balenciaga.

Sur ce, elle claque des doigts à l'intention de sa cousine :

— Abibi, la Balenciaga.

J'essaie d'émettre un autre avis :

— Mais la Chanel…

— On n'a plus le temps. Mme Croft devra changer de coiffure pour porter la Chanel.

Évidemment, elle a raison.

Nkechi cogne son index replié contre la valise et m'interpelle d'un autre claquement de doigts.

— Toi, tu t'occupes de la lingerie.

Puis elle adresse le même claquement de doigts à Abibi.

— Toi, les bijoux. Moi, je me charge des chaussures.

Et elle ajoute en se tournant vers moi :

— Dépêche ! Je peux rien faire tant qu'elle a pas mis ses dessous.

Je plonge mes mains fébriles dans une abondance de bonneterie, mot démodé pour désigner ce qui est le secret d'une allure fabuleuse dans une robe de couturier. Parce qu'il faut du maintien, de la contention. Des gaines à peine extensibles qui vous corsètent de la taille au bas des cuisses. Je ne plaisante pas. C'est épuisant quand on veut aller au petit coin, mais, croyez-moi, le jeu en vaut la chandelle.

Sans oublier la combinaison, un machin moyenâgeux à mourir de rire, mais idéal pour cacher tout ce qu'il y a à cacher.

Je lance une culotte raide comme la justice à Nkechi, qui la rattrape au vol avec l'adresse d'un sportif de haut niveau. Elle fait entrer Mme Croft dans ladite culotte, puis lui enfile sa robe par la tête. C'est une création superbe, en crêpe de soie ivoire, inspirée d'une toge antique. Elle est attachée sur une épaule par une fibule et retombe en un doux drapé sur la poitrine. Ajustée à la taille, elle descend jusqu'au sol et s'évase légèrement vers le bas. Une robe de reine.

Nous laissons tous échapper un « oh » admiratif devant sa beauté.

Puis, tels de petits elfes, nous nous affairons autour de Mme Croft. Nkechi lui glisse ses escarpins aux pieds, Abibi lui accroche un pendentif autour du cou, le coiffeur lui fait des anglaises avec son fer à friser pendant que prestement je lui colle sur la poitrine de l'adhésif remonte-doudounes. Ni vu ni connu. Voilà, elle est prête.

— C'est parti !

20h18.

Je rentre chez moi en taxi. J'ai le moral dans les chaussettes. Mme Croft ne m'appellera plus jamais. Mais elle appellera peut-être Nkechi.

Vendredi 19 septembre, 8h30.

Mon portable sonne. C'est Nkechi qui veut avoir une réunion avec moi avant de démarrer la journée.

9h30, pâtisserie Chez Martine.

Nkechi est déjà là. Je me laisse tomber dans un fauteuil et dis :

— Désolée pour hier soir.

— Tu sais que tu aurais pu provoquer un incident diplomatique ? Et si j'avais éteint mon portable ? Et si je n'avais pas pu apporter la robe à temps ? Mme Croft n'aurait pas pu recevoir ses invités. Kofi Annan et tous les autres auraient pris ça comme un affront de la part du peuple irlandais, comme un motif de rupture de leurs accords.

— Je crois que tu exagères un peu.

— La vérité, Lola, c'est que tu n'es pas encore en état de reprendre le travail.

Elle plaque ses deux mains sur la table.

— Écoute, j'ai une proposition à te faire...

Je ressens comme un malaise.

— Tu t'es montrée correcte avec moi, poursuit-elle. Tu m'as offert un salaire décent, tu m'as confié des responsabilités, j'ai appris beaucoup de choses en étant ton assistante, mais, tant que tu n'as pas récupéré de ton chagrin d'amour, tu risques à tout moment de sortir des rails.

— C'est juste parce que j'ai vu Paddy hier.

— Dublin est une petite ville. Tu peux tomber sur lui à chaque coin de rue et saccager le boulot que tu as en cours. Si tu continues à ce rythme, tu n'auras bientôt plus une seule cliente.

— C'est faux, je n'ai commis qu'une seule erreur.

— Une boulette terrible, et ce n'était pas la première.

Là-dessus, elle prend un petit air contrit.

— Écoute, Lola, j'avais prévu de m'installer à mon compte, tu le savais.

Jamais de la vie ! Certes, je m'en doutais un peu, je savais que Nkechi était ambitieuse, mais elle ne m'avait nullement fait part de son projet. Je hoche quand même la tête d'un air las.

— Je te propose de m'occuper de tes clientes jusqu'à la fin de l'année.

Pardon, est-ce que j'ai bien entendu ?

— Je fais tourner ta petite entreprise et, à la fin de l'année, je m'installe à mon compte comme prévu. Je garde les clientes qui veulent bien me suivre et toi celles qui souhaitent rester. Notre fichier ne cesse de grossir. La clientèle sera suffisante pour deux. C'est un marché gagnant-gagnant que je te propose.

J'en reste sans voix. Sur le cul, je suis. Quand je surmonte le choc, c'est à peine si j'arrive encore à parler.

— Et qu'est-ce que je fais pendant ce temps ?

— Tu te mets au vert. Tu prends des vacances, tu retournes à la case de l'oncle Tom si le cœur t'en dit. Mais... (Elle dresse son index vers le ciel.) Ne raconte à personne que tu te retires à la campagne, les gens te prendraient pour une pauvre fille. Dis que tu vas travailler à New York. Que tu pars dénicher de nouveaux talents, flairer les tendances. Tu me suis ?

J'opine derechef.

— Maintenant, il reste à régler un dernier point. (Elle frotte le bout de ses doigts l'un contre l'autre dans un geste international pour désigner l'argent.) Il est clair que je vais faire le travail d'une styliste expérimentée et par la même occasion sauver ta boîte de la faillite. Les factures continueront d'être libellées à ton nom, mais je veux une plus grosse part du gâteau. Sans compter qu'il va me falloir payer Abibi. J'ai établi vite fait une petite estimation.

Sur ce, elle m'étale sous le nez un tableau informatisé. Nkechi a oublié d'être bête.

Je lui fourre son papier entre les pattes en disant :

— D'accord, j'accepte.

— D'accord pour quoi ?

Nkechi a l'air surprise. Elle s'attendait sans doute à plus de résistance de ma part. Mais je suis défaite, brisée.

— Je suis d'accord pour tout. Maintenant, on ferait bien de se mettre en route.

— Pour aller où ?

— Mais au shooting des sports d'hiver.

— Tu n'y vas pas, Lola. Tu t'en souviens ?

Oh oui, je m'en souviens.

9h50, je rentre chez moi à pied.

Mon entretien avec Nkechi n'a pas duré plus de vingt minutes. Finalement, il ne faut pas plus de temps que ça pour réduire une vie en miettes.

Ça me rappelle un épisode terrible de ma jeunesse. J'avais vingt et un ans. Ma mère était morte, mon père à Birmingham. Le type avec qui je sortais depuis deux ans venait de me larguer pour partir à New York et devenir golden boy à Wall Street. (Il a fini accro à la coke et, quelques années plus tard, il rentrait en Irlande laminé et sans un sou en poche, ce qui m'aurait mis du baume au cœur si je l'avais su à l'époque. Mais, tout ce que je voyais, c'est qu'il m'avait jetée comme une vieille chaussette.) Le seul truc qui marchait pour moi, c'était mon job. Je travaillais pour Freddie A, un créateur de mode. Seulement trois semaines plus tard, Freddie m'a assené le coup de grâce : « Tu te débrouilles bien, Lola, mais il te manque le truc pour être vraiment bonne. »

Il n'avait fait que confirmer mes doutes. Chaque jour, je partais travailler avec la trouille au ventre à l'idée de commettre une irréparable bourde. Je rêvais que le défilé était sur le point de débuter et qu'aucune robe n'était prête, je me voyais cousant frénétiquement dans un entrepôt plein de ballots de tissu et de mannequins en petite culotte qui réclamaient à grands cris leurs vêtements.

— Je travaillerai deux fois plus dur, ai-je promis.

— Ce n'est pas une question de travail, Lola. Mais de talent. Et tu n'en as pas assez.

Il avait fait le maximum pour atténuer le coup, mais le fait est que je m'en étais pris plein la figure. La mode, c'était toute ma vie. J'avais douze ans à peine que déjà je découpais des patrons et cousais mes propres créations pour mes poupées. Mes amies Bridie, Treese et Sybil O'Sullivan (celle-là n'est plus mon amie depuis que nous avons eu une terrible dispute. J'en ai oublié la cause, mais une règle tacite nous impose de la détester et, lorsque l'une de nous la croise quelque part, elle doit dire :

« Elle se laisse complètement aller. Elle a horriblement grossi, et ses cheveux sont dans un état déplorable. »)... Bref, Bridie, Treese et Sybil O'Sullivan me demandaient de raccourcir l'ourlet de leurs jupes et de faire des retouches pour elles. Depuis ma plus tendre enfance, je n'ai eu qu'une ambition : devenir créatrice de mode.

Et maintenant je devais me rendre à l'évidence : je n'avais pas assez de talent.

Le dernier cordage qui me rattachait à la terre ferme venait de céder, et je partais à la dérive.

(Finalement tout s'est arrangé. J'ai recommencé les antidépresseurs et repris une psychothérapie. Quand j'en suis venue à me demander ce que je voulais faire de ma vie, comme par hasard j'ai choisi le stylisme. J'en connaissais un rayon sur les fringues et j'ai réussi à me dégoter des petits jobs d'assistantes sur des séances photo. J'ai bossé comme une bête de somme et exploité toutes les chances qui se présentaient. J'ai passé de longues heures à me concentrer comme une folle sur la façon de rendre une pièce plus originale, plus élégante. Le chemin était abrupt et incertain. J'étais payée au lance-pierre, je n'avais aucune sécurité de l'emploi, mais petit à petit j'ai réussi à me faire un nom, et certains disaient même de moi : « Lola Daly est une bonne styliste », comme beaucoup de gens le disent de Nkechi à présent.

19h01.

— Tu ferais mieux de retourner à Knockavoy, juste pour quelques jours, me conseille Treese.

— Ouais, tu devrais y retourner, renchérit Jem.

— Mais comment tu vas t'en sortir pour l'argent ? me demande Bridie avec son sens pratique.

— J'ai déjà travaillé dans des pubs, lui dis-je. Je sais servir une pinte et ramasser des verres. Je n'ai rien non plus contre le fait d'être femme de chambre dans un hôtel.

— Combien de temps tu comptes rester ? m'interroge Treese.

— Toute ma vie.

Puis j'ajoute :

— J'en sais trop rien, je suivrai mon instinct.

22h56.

Les derniers mots de Treese au moment de me faire ses adieux : « Oublie Paddy de Courcy. Il ne vaut pas la peine que tu détruises ta vie pour lui. Même Vincent ne peut pas le blairer. »

J'ai refermé ma porte en pensant : mais qu'est-ce qu'elle veut dire par là ? Comme si Vincent était la grandeur d'âme incarnée, une sorte de Nelson Mandela qui voit du bon en chaque homme. Vincent n'a rencontré Paddy qu'une seule fois, et cette soirée a été désastreuse.

Treese nous avait tous invités à dîner : Bridie, Jem, moi et nos partenaires respectifs. Dès notre arrivée, Vincent a pris Paddy sous son aile. J'ai d'abord pensé qu'il voulait se montrer gentil, parce que Paddy était nouveau dans la bande. Mais j'aurais dû me méfier.

Sans lui demander ce qu'il voulait boire, Vincent a servi à Paddy un fond de vin rouge dans un verre.

— Qu'est-ce que tu penses de ça ?

Avec sa carrure de rugbyman, son épaisse tignasse et son cou large comme ma taille, Vincent avait tout du taureau mal luné. Surtout en comparaison de Paddy, si beau et si diablement séduisant.

Paddy a humé, fait doucement tourner son vin au fond de son verre, trempé ses lèvres une fois, deux fois, puis s'est gargarisé comme avec un bain de bouche. Enfin, il a avalé une gorgée.

— Excellent, a-t-il dit. Oui, vraiment très bon.

Jem et Barry ont observé la scène avec une expression de convoitise, comme deux chiots attendant une caresse de leur maître, mais aucun d'eux n'a eu droit à un verre de la cuvée spéciale. (Je précise que Bridie, Treese, Claudia et moi-même n'y avons pas eu droit non plus, mais il aurait été irréaliste de simplement l'imaginer. Vincent ne fait que dans la camaraderie virile.)

— Qu'est-ce que c'est ? a demandé Vincent à Paddy.

Face au défi, Paddy a tenté d'utiliser son charme pour masquer son ignorance :

— Du vin, a-t-il répondu en riant.

— Oui, mais encore ? a insisté Vincent avec impatience.

— Du vin rouge ?

— Avoue que tu n'en sais rien, mon pote, a lâché Vincent, assez fort pour que tout le monde entende.

Jem et Barry se sont soudain sentis soulagés qu'on ne les ait pas servis.

— C'est du côte-de-machin-truc, a fanfaronné Vincent. Cuvée 1902, de la cave d'un comte machin-chose français. J'ai payé… (là il a mentionné une somme astronomique) pour cette bouteille dans une vente aux enchères. Je l'ai soufflée à Bono. La seule et unique caisse dans toute l'Irlande.

Vincent était ravi. Il venait de marquer un point contre Paddy, et la soirée ne faisait que commencer.

À peine les entrées sur la table, Vincent a lancé un nouveau missile :

— New Ireland ne remportera jamais les élections tant que ce parti sera dirigé par une femme.

— Ça n'a pas arrêté les conservateurs de Margaret Thatcher, a rétorqué Paddy, très courtois.

— C'était en Angleterre, mon pote. Et tu vas t'apercevoir qu'ici les gens ont des idées moins progressistes.

— Ce n'est plus vrai.

— Si, c'est vrai ! Les Irlandaises ne voteront jamais pour une femme. Quand elles votent, c'est toujours pour un homme.

Sur ce, il s'est pratiquement couché en travers de la table. Face à lui, Paddy a fait de même. À présent, les deux adversaires étaient presque front contre front.

— Nous avons eu deux femmes à la présidence, a contre-attaqué Paddy.

Vincent a feint de s'étrangler.

— À la présidence, précisément. À échanger des poignées de main avec des délégués chinois, mais quand il s'agit de vrai pouvoir…

L'ambiance était irrémédiablement plombée. Nous autres suivions l'échange en suant à grosses gouttes. Paddy se devait de rester aimable, parce que : a) il était politicien et à ce titre se devait de rester aimable avec tout le monde et b) il était l'invité de Vincent.

Treese ne pouvait pas refréner l'ardeur belliqueuse de son homme. Elle était à l'office, occupée à ôter le couvercle des barquettes d'aluminium que venait de livrer le traiteur (c'était avant qu'elle suive des cours de cuisine) tout en se gavant de chocolats – Jem avait apporté une grosse boîte de chez Butler. Quand elle est réapparue un instant plus tard, l'air troublé et coupable, elle portait sur un plateau des sorbets au gin tonic dans des coquetiers. S'adressant à Vincent, elle lui a demandé de changer la musique.

Celui-ci s'est exécuté, et les premières mesures d'une chanson de Phil Collins ont empli la pièce.

Quand Vincent est revenu à table, Paddy est parti d'un rire qui sonnait faux.

— Il date pas d'hier, ton CD, a-t-il lancé. Pourquoi pas Cliff Richard tant que tu y es ?

— Qu'est-ce que tu as contre Phil Collins ?

— Il est nul.

Mais Vincent ne s'est pas laissé désarçonner.

— Phil Collins est un artiste mondialement reconnu. Le plus vendu dans trente-deux pays. Plusieurs fois disque d'or. C'est quand même la preuve de son talent.

— Ça prouve seulement que des millions de gens acceptent d'acheter de la merde.

— Tu es bien placé pour le savoir.

L'air devenait irrespirable. J'avais envie de fuir, mais pas moyen. Le repas s'éternisait. Treese avait choisi le menu gastronomique, le plus cher et celui qui comptait le plus de plats. Amuse-gueule, sorbets en entremets, mini-desserts avant les vrais.

À un moment, j'ai pensé que j'étais morte et que j'avais atterri en enfer. J'allais rester emprisonnée pour l'éternité dans cette ambiance fielleuse, à regarder mon petit ami se faire insulter.

Quand j'ai compris que ce n'était pas la réalité, mais une version du purgatoire, je me suis sentie mieux.

Enfin le café est arrivé, avec les petits-fours. La délivrance n'était plus très loin.

Je m'étais réjouie trop vite, parce que tout à coup Vincent a dit à Treese :

— Si on goûtait les chocolats que Jim a apportés ?

(Vincent appelle toujours Jem « Jim ». Il connaît parfaitement son prénom, mais il fait ça juste pour être désagréable.)

— Non ! nous sommes-nous exclamés en chœur, Bridie, Jem et moi. (Et même Claudia, qui, pour une fois, se rangeait dans notre camp au lieu de jouer contre nous.) On a trop mangé, on ne pourrait plus rien avaler.

— Un chocolat de plus et je meurs, a déclaré Bridie.

— Moi aussi.

Nous savions que Treese avait englouti presque toute la boîte.

— Va les chercher, a insisté Vincent.

— Je m'en occupe, ai-je dit.

Mais je suis tout simplement allée prendre mon blouson et le manteau de Paddy. J'en avais eu plus que ma dose.

— Ce fut une merveilleuse soirée, ai-je prononcé d'une voix que même moi j'ai trouvée hystérique. Mais il se fait tard, et nous devons rentrer. Tu viens, Paddy ?

Paddy n'a pas cessé de sourire pendant les embrassades, mais, dès que la porte s'est refermée derrière nous, il s'est métamorphosé. Droit comme un i, il a foncé devant moi jusqu'à la voiture, s'est installé au volant et a claqué violemment la portière. Je me suis assise à côté avec appréhension. Il a démarré sur les chapeaux de roues, en soulevant une gerbe de gravillons. (Spanish John avait eu droit à l'une de ses rares soirées de congé.) Nous avons roulé en silence. Paddy gardait les yeux fixés sur la route.

J'ai commencé à bredouiller des paroles d'excuse, mais il ne m'a pas laissée finir. D'une voix sourde et pleine de rage, il m'a lâché :

— Ne me refais plus jamais un coup pareil.

Dimanche 21 septembre.

Retour à Knockavoy. Je vais saluer les amis. « Coucou, c'est moi, je reviens parmi vous. Ah, ah, ah, la vie nous réserve bien des surprises. » Morte de honte.

Lundi 22 septembre, 15h17.

Je fais le tour des hôtels du coin à la recherche d'un travail. Beaucoup ferment à la fin du mois et m'invitent à revenir à leur réouverture, en mai. Ce n'est pas très bon pour moi, mais j'apprécie leur attitude positive. Je leur donne un 7 sur 10 pour la courtoisie.

15h30.

Au Hole in One, le rendez-vous des golfeurs. Le patron m'accueille fraîchement : « C'est la fin de la saison. En septembre, on n'embauche plus personne, on se débarrasserait plutôt de notre personnel. » Sale type arrogant. 2 sur 10 pour l'amabilité.

15h37.

Au Oak. M. Pruneau, compatissant, mais sans me laisser aucune illusion. Il y a tout juste assez de travail pour lui. Je lui mets un 9 sur 10 pour la gentillesse.

15h43.

Au café McGrory's, lieu peuplé de surfeurs qui y engloutissent des petits déjeuners à longueur de journée. Un jeune mec au regard dans le vague me dit qu'ils ont peut-être un job pour moi. Il me laisse poireauter pendant un quart d'heure pendant qu'il va interroger un certain Mika, mais le Mika en question me fait répondre qu'il n'embauche personne avant avril prochain. Je leur accorde un 7 sur 10 pour avoir au moins essayé.

16h03.

Au Dungeon, endroit sombre et sans charme fréquenté par des piliers de bar. Rien que des hommes qui s'esclaffent bruyamment quand je demande du travail puis m'invitent à boire un verre. Je veux d'abord décliner leur offre et puis finalement j'accepte. Je grimpe sur un tabouret à côté de trois gars dont j'apprendrai plus tard qu'ils sont connus dans le coin sous le surnom de Club des pochetrons.

Ils me laissent à peine le temps de m'asseoir avant de me bombarder de questions très personnelles : comment je m'appelle ? qu'est-ce que je fais à Knockavoy ?

Je commence par faire ma timide, mais, quand je leur balance l'histoire de Paddy, ils m'avouent qu'ils sont déjà au courant. Dans une bourgade de cette taille, il ne faut pas espérer garder un secret. L'interrogateur en chef, un certain Boss, le nez rougi par la couperose et la tête couronnée d'une toison grise, genre Garfunkel en nettement plus hirsute, est le père de Kelly, qui travaille au rayon DVD du supermarché. C'est comme ça qu'il est au courant.

— J'étais impatient de te rencontrer, me fait-il. Je suis désolé de ce qui t'est arrivé, mais reconnais qu'il faut pas avoir beaucoup de jugeote. Qu'est-ce qu'on peut attendre d'un foutu démocrate-chrétien ?

— Paddy de Courcy n'est pas démocrate-chrétien, il fait partie du New Ireland.

— Il l'était avant d'entrer au New Ireland. Et démocrate-chrétien tu es, démocrate-chrétien tu resteras. C'est un truc dont on ne se débarrasse pas si facilement.

— Tu l'as dit, ça vous colle à la peau, approuve un homme assis à côté de Boss.

Obèse, crâne rasé, tee-shirt marqué du sigle d'une radio de Dublin. Celui-là répond au nom de Moss.

— Le savon qui enlèvera l'odeur de la démocratie-chrétienne n'est pas encore inventé, renchérit le dernier du trio.

C'est un freluquet au regard intense qui dégage un relent de renfermé et porte un veston noir lustré par l'usure.

— Il puera le démocrate-chrétien jusqu'à la fin de ses jours.

— Même dans sa tombe, il restera une saleté de démocrate-chrétien.

— Ça se serait passé autrement si Paddy de Courcy avait appartenu au parti nationaliste d'Irlande.

Approbation du chœur.

— Il t'aurait pas laissée tomber, s'il avait été nationaliste.

Je sais pas pourquoi, mais quelque chose me dit que ces trois-là soutiennent le parti nationaliste d'Irlande, « PANADE » en abrégé.

— Mais le parti nationaliste est très corrompu, non ? objecté-je avec le peu d'arguments appris de Paddy.

— On fait rien dans ce pays sans un peu de corruption. C'est la graisse qui permet à la mécanique de tourner.

Mais j'ai encore un scoop pour eux.

— Je me suis laissé dire que Teddy Tuff, notre Premier ministre et leader du Panade, ne change pas de sous-vêtements tous les jours. Paddy m'a raconté qu'il se contentait de les retourner pour les faire durer plus longtemps.

Boss descend de son tabouret pour me réprimander.

— Ne prononce pas ce nom de « Panade », c'est un affront à tous les nationalistes !

Sur ce, tous trois lèvent leurs verres et s'écrient en chœur :

— Vive De Valera !

(De Valera, ancien président mort depuis trente ans. Les Irlandais ont la mémoire longue.)

Plus tard, j'apprendrai qu'ils accomplissent ce petit rituel à la mémoire de De Valera tous les jours, sur le coup de 16h30.

Leur sortie a provoqué un début d'esclandre. À l'autre bout du bar, un homme a sauté de son tabouret et marche sur nous. Mes trois nouveaux copains se poussent du coude.

— Mais regardez qui s'amène, disent-ils en ricanant.

Le nouveau venu pointe vers nous un doigt tremblant et d'une voix chevrotante proclame :

— De Valera était le fils illégitime d'une vieille maquerelle espagnole.

Il était espagnol ? Je l'ignorais totalement. C'est vrai que son patronyme aurait dû me mettre sur la voie.

Là-dessus, les insultes se mettent à pleuvoir.

— Traître à la nation !

— Vendu aux Anglais !

La cause de toute cette antipathie ? Leurs aïeuls ont combattu dans des camps opposés pendant la Guerre civile.

Quelques invectives sont encore échangées, après quoi chacun reprend sa place, et Boss glisse au barman :

— Sers-lui donc un verre à ma santé.

Entre-temps, une autre pinte est apparue devant moi. J'ai prévu de partir, mais quand la bière est tirée…

— Raconte-nous la suite, insiste Boss, le regard brillant à cause de l'excès de boisson et du reflet de sa face rougeaude.

À vrai dire, je suis soulagée de m'épancher. Un autre verre apparaît devant moi quand j'en suis à leur exposer ma situation financière. Mes nouveaux copains semblent désapprouver Nkechi.

— Ce qui t'appartient m'appartient et ce qui m'appartient m'appartient, résume le plus petit des trois avec une grande sagesse.

— Ça, c'est bien vrai !

(Ils surnomment le petit qui fleure le renfermé le « Maître ». Pas parce qu'il pratique les arts martiaux ou s'y connaît en spiritualité orientale, mais tout bonnement parce qu'il a été directeur d'une école de garçons.)

Soudain, Boss s'écrie :

— Pendant que tu cherches du boulot, tu peux toujours toucher le chômedu.

C'est vrai que je n'y avais pas pensé. J'ai bien pointé au chômage pendant une brève période, il y a dix ans, après avoir été virée par Freddie parce que je n'étais pas à la hauteur, et avant de m'établir comme styliste free-lance. Mais je gagnais ma vie depuis si longtemps, j'en avais oublié qu'il existait un État providence.

— T'as cherché du travail et t'en as pas trouvé, poursuit Boss. Pourquoi que t'aurais pas droit au chômage ?

Après trois pintes, je trouve cette idée lumineuse.

— C'est vrai, ça, pourquoi j'aurais pas droit au chômage ?

— T'as travaillé dur, non ? T'as payé tes impôts ?

— Fiche-lui la paix, maintenant, lui dit Moss.

— Mais oui, j'ai payé mes impôts.

— T'as payé tes impôts ?

Les trois types sont abasourdis, pour ne pas dire scandalisés par cette nouvelle. Ils insistent pour me payer une autre tournée.

Ils sont tous d'avis que je devrais toucher le chômage.

— On va pointer demain matin. Si tu veux, on passe te prendre avec la camionnette.

Oui, génial ! excellente idée !

Mardi 23 septembre, 8h30.

Je suis tirée du sommeil par un bruit. Qu'est-ce que ça pouvait bien être ? Couchée dans mon lit, je tends l'oreille. Quelqu'un marche au rez-de-chaussée. Ils sont plusieurs. J'entends parler.

Des cambrioleurs !

Je n'ose plus bouger. Je ne peux pas croire que ça m'arrive, à moi. J'entends… une bouilloire en marche. Des cambrioleurs qui se font du thé, c'est pas banal. Nouveaux murmures, cliquetis de cuillère dans une tasse, puis quelqu'un qui boit avec un bruit de ventouse. Oui, je l'ai bien entendu, le pire son qui soit au monde. Quand je l'entends, je suis prise de folie meurtrière.

J'enfile un pull sur mon pyjama et je trouve Boss et Moss buvant du thé à la cuisine.

— Ah, la voilà, fait Boss en me voyant.

— On vient de faire du thé, me dit Moss. Je t'en sers une tasse ?

Tout me revient d'un coup. Ce sont mes nouveaux potes, et nous avons prévu d'aller à Ennistymon aujourd'hui pointer au chômage.

La lumière du jour ne leur fait pas de cadeau, ils ont l'air encore plus flétris qu'hier. La tignasse de Boss n'a sans doute pas vu un peigne depuis 2003, et le tee-shirt de Moss est plus que douteux. Mais, à en juger par leurs sourires, ils sont tout contents de me revoir.

— Où est votre copain le Maître ?

— Il vient pas. Problèmes de dos. Il touche une pension d'invalidité.

Je n'ai rien remarqué d'anormal avec son dos hier soir. Tout compte fait, mes nouveaux copains ne sont peut-être pas d'une moralité irréprochable.

— Je vais m'habiller.

9h51.

La camionnette n'en est pas vraiment une. C'est plutôt une voiture dont on aurait retiré la banquette arrière. On me fait monter à l'avant, à côté de Boss, tandis que Moss se recroqueville à l'arrière, les bras autour de ses jambes repliées. L'intérieur de la fourgonnette est une vraie poubelle. Il y règne une odeur de tabac froid et de vieux chien, masquée par un désodorisant à la cannelle. Je baisse ma vitre au cas où j'aurais soudain envie de vomir.

10h17, Ennistymon.

L'endroit est à peine plus grand que Knockavoy, mais c'est une vraie ville, pas une station balnéaire. Un magasin vend de la nourriture et des vaccins pour animaux, un autre semble ne proposer que des cordages. Je suis frappée par le nombre de pharmacies.

Les habitants d'Ennistymon auraient-ils une santé fragile ? (J'adore les pharmacies, je pourrais peut-être y faire un petit tour.)

Dans un nuage de poussière soulevé par les roues de la camionnette, nous nous garons sur une place réservée aux handicapés, sur le parking du bureau d'aide sociale. Boss promène sa main sur le sol jonché de détritus et ramasse une vignette pour personne à mobilité réduite, qu'il colle sur le pare-brise.

Je n'ai aucune envie d'entrer dans ce bureau. Hier soir, tout cela m'a semblé très logique parce que j'étais soûle. Mais plus maintenant que je suis dégrisée. Non que je me sente au-dessus de tout ça, mais je suis déjà épuisée à la pensée du parcours du combattant qui m'attend.

Réclamer une allocation, c'est comme les travaux d'Hercule. Ça devrait être simple. J'ai payé mes cotisations, perdu mon emploi, essayé sans succès d'en trouver un autre, et je suis fauchée. Pourtant, c'est une course d'obstacles. Il faut remplir des tonnes de formulaires, fournir toutes sortes de papiers. Derniers bulletins de salaire, factures de gaz et d'électricité, preuve de ma nationalité irlandaise, lettre de mon dernier employeur, et j'en passe.

Si jamais je parviens à réunir tout ce qu'ils me demandent, ce sera encore insuffisant. Petit à petit, leurs exigences augmenteront. Photo de mon premier animal de compagnie. Trois truffes blanches. Un autographe de Tom Cruise. La version originale de Jingle Bells. Un dessin au fusain des fessiers de Zinedine Zidane. Une reproduction en macramé de la basilique Saint-Pierre, à Rome. Un échantillon d'ADN de Marilyn Monroe. Si, par le plus grand des miracles, j'arrive à rassembler toutes ces choses, je recevrai une lettre me disant que je n'ai pas droit au chômage, que je n'y aurai jamais droit, mais que, si je leur apporte dix grammes de poudre de perlimpinpin dans un écrin en peau de dragon, ils me feront peut-être un versement à titre exceptionnel.

Si les gens arrivent à obtenir une allocation, ce n'est pas parce qu'ils y ont droit, mais parce que c'est une récompense pour leur ténacité, pour leur opiniâtreté sans borne, pour leur capacité à endurer le traitement kafkaïen de leur dossier sans avoir jamais pété une durit et hurlé au guichet : « Vous pouvez vous foutre votre pognon où je pense, j'aime encore mieux crever de faim. »

10h45.

Comme je m'y attendais, je me fais éconduire.

— C'est votre première demande ?

— Oui.

— Il vous faut un bilan de compétences.

— Très bien, où je m'adresse ?

— Vous ne pouvez pas débarquer comme ça et demander un bilan. Vous devez prendre rendez-vous.

— Très bien, où je m'adresse ?

(J'aurais laissé tomber si Boss et Moss n'avaient pas été autour de moi à me pousser : « Vas-y, Lola, insiste. T'y as droit. »)

— Justement, j'ai un créneau ce matin.

— À quelle heure ?

— Maintenant.

10h46.

Je me retrouve dans un bureau lugubre, face à l'employé chargé d'évaluer mes compétences. Je ne voudrais pas paraître cruelle, mais je comprends pourquoi ce type n'a pas été affecté à l'accueil. Il est tout... pointu, une vraie tête de renard. Nez pointu, menton pointu et petit air chafouin. Ses cheveux rouquins sont attachés en catogan à la base de sa nuque. Il porte ces lunettes très particulières que semblent affectionner les interrogateurs de tout poil, celles avec une fine monture en métal argenté et des verres légèrement fumés destinés à mieux déstabiliser l'adversaire.

— Vous êtes styliste, lâche-t-il avec dédain. Ça consiste en quoi, au juste ?

— Je fais du coaching vestimentaire.

— Du coaching vestimentaire, répète-t-il d'un air ironique. Vous pouvez être plus explicite ?

— Eh bien, je trouve des tenues vestimentaires pour les gens. Si quelqu'un doit se rendre à un pince-fesses officiel, j'appelle des créateurs et je me fais envoyer une sélection de robes. Ou bien si les gens sont trop occupés pour faire les magasins, j'organise des essayages chez eux pour leur faire gagner du temps.

Le type me lance un drôle de regard.

— Écoutez, dis-je. Je sais que ce n'est pas une profession très utile à la société, pas comme infirmière ou travailleur humanitaire au Bangladesh. Pourtant, croyez-moi, il y a de la demande, et quelqu'un doit bien se charger du boulot. Or, comme j'aime faire ça, autant que ce soit moi qui le fasse.

— Y a pas énormément de demande dans le coin, me fait le type.

— J'en suis consciente, c'est justement pour ça que je suis là. J'ai cherché du travail dans tous les pubs de Knockavoy, mais c'est la fin de la saison, et ils n'embauchent pas.

— Pourquoi êtes-vous venue vivre à Knockavoy ?

— C'est personnel, dis-je.

Je m'efforce de contrôler ma voix ainsi que le soubresaut nerveux qui secoue ma lèvre supérieure, comme si elle essayait d'envoyer un message en morse.

— Vous allez devoir me répondre. Ici, on n'a pas le droit de garder des secrets.

Je décide de tout lui déballer.

— Mon fiancé épouse une autre femme. La nouvelle m'a terriblement affectée. J'ai commis de grosses fautes professionnelles et du coup j'ai été, comme qui dirait, exilée ici pour m'empêcher de conduire mon entreprise à la faillite. Il faut que je paie mon assistante et sa cousine pendant mon absence, et je reste sans un radis en poche.

Il couche tout ce que je viens de dire sur le papier et me fait :

— Bien, nous reprendrons contact avec vous.

Ça me titille de savoir quel prétexte ils vont pouvoir trouver pour rejeter ma demande. Mon statut de travailleur indépendant ? Ma domiciliation à Dublin ? Ou bien vont-ils m'annoncer que mon problème est d'ordre médical et que je dois prétendre à une pension d'invalidité plutôt qu'aux allocations chômage ? Je connais toutes leurs ficelles.

19h22.

Je me rends chez Mme Butterly pour une séance de feuilletons télévisés. Alors que je passe devant le Dungeon, quelqu'un m'interpelle, et je vois les trognes hilares de Boss, de Moss et du Maître. À l'évidence, ils me guettaient.

Je leur crie de la rue :

— Je vais regarder Coronation Street chez Mme Butterly !

— Entre une minute prendre un verre.

— Allez, vite fait.

— Je repasserai plus tard, après les feuilletons.

Ils ont l'air déçus.

19h57.

Pendant que nous attendons le générique d'EastEnders, je demande à Mme Butterly :

— Vous connaissez mon voisin ?

— Rossa Considine ? Un chic type. Pourquoi vous vous intéressez à lui ?

— Vous saviez qu'il était sur le point de se marier ?

— Avec qui ?

— Il se marie plus, mais il allait le faire.

— C'est pas vrai !

Mme Butterly est on ne peut plus catégorique.

— Ça fait huit mois qu'il est libre comme l'air, depuis qu'il a brisé le cœur de cette pauvre Gillian Kilbert. Une gentille fille, mais vilaine avec sa face de fouine.

— Oui… mais…

J'hésite. Devrais-je interroger Mme Butterly à propos de la femme en robe de mariée ? Je me tâte encore un peu et puis j'en ai marre de tergiverser. La tergiversation n'est pas un loisir amusant. (Je crois que je n'en ferai jamais un passe-temps. Imaginez qu'on note ça sur le formulaire d'un site de rencontres ou sur un C.V. « Centres d'intérêt : la mode, les films de Billy Wilder, le yoga, la tergiversation. »)

Mais je m'égare (par contre, la digression, ça j'adore). EastEnders vient de commencer, et Mme Butterly est une vieille femme probablement sénile. J'évacue de mes pensées la mystérieuse fiancée de Rossa Considine.

21h40, le Dungeon.

Je suis accueillie comme une reine de retour au pays. On me trouve un tabouret, on l'époussette, on pose devant moi un verre plein et une barre chocolatée. Je découvre que le Dungeon abrite deux clubs des pochetrons qui se vouent une haine farouche. L'autre possède un chien. Celui de Boss m'a, moi.

Je leur demande de me parler du couple qui vit dans la maison voisine de la mienne.

— C'est pas un couple, me répond Boss. Y a juste Rossa Considine, et il est célibataire.

— Quoique personne y trouve à redire, intervient le Maître. Pas comme dans le temps. Un homme qui prenait pas femme, on disait de lui qu'il était de la jaquette. On peut parler d'évolution sociologique.

Mais je persiste :

— Il y a encore quinze jours, il avait une amie. Ils allaient même se marier.

À leur façon de s'esclaffer, je comprends que je suis à côté de la plaque.

— Pourtant, j'ai bien vu une femme dans la maison !

— Et alors ? Un homme a bien le droit de se payer du bon temps.

— Elle était comment, cette femme ? s'enquiert le Maître. Petite, blonde, avec une tête de fouine ? C'était sans doute Gillian Kilbert. Tous les Kilbert ont cette face-là, ils tiennent ça de leur mère.

Après un instant de réflexion, je réponds :

— Non, elle n'avait rien d'une fouine. Mais elle portait une robe de mariée. Elle se tenait derrière une fenêtre, à l'étage, et elle m'observait.

Les trois hommes échangent un regard soucieux. Boss blêmit, ce qui n'est pas un mince exploit avec le réseau de petits vaisseaux éclatés qui parcourt le relief de son visage. Enfin, ils tournent vers moi leurs grands yeux effarés.

— Quoi ? Qu'est-ce que vous avez à me lorgner de cette façon ?

Ils continuent à me fixer sans mot dire.

— Tu as le don, me déclare Boss.

— Quoi ? Quel don ? Vous voulez quand même pas insinuer que la femme que j'ai vue était un fantôme !

Je réprime un frisson au souvenir de sa robe blanche, de sa longue chevelure noire. Mais aussitôt je me ressaisis. Ce n'est pas la robe d'un fantôme que mon voisin a jetée au bûcher. Mais, je ne sais pourquoi, je n'ai pas envie de parler de ce détail aux membres du Club des pochetrons. J'ai le sentiment, comment dire… que ce sont les affaires privées de Rossa Considine.

Boss fronce les sourcils.

— Est-ce que par hasard cette femme avait une ressemblance avec Notre Dame ?

— Quelle dame ?

— Mais la mère de Dieu ! Vous n'êtes qu'une bande de mécréants, là-bas, à Dublin.

— Non, rien à voir avec la Vierge Marie.

Mais il me semble savoir où Boss veut en venir. Ce type ne perd pas le nord. S'il arrive à me convaincre que j'ai eu une vision de la Sainte Vierge, il pourra faire de Knockavoy un nouveau Lourdes, un lieu de pèlerinage pour tous les catholiques du monde.

— Concentre-toi, insiste-t-il. Une tunique bleu pâle, une auréole, un enfant au creux des bras ?

— Non, j'en suis sûre et certaine.

— Laisse tomber, lui dit le Maître. Y avait pas de témoins. Rome ne gobera jamais cette histoire.

— Foutus rigoristes, marmonne Boss. À part ça, Considine est un brave gars, sauf qu'il passe son temps à escalader le flanc des rochers et à se balancer au bout d'une corde au fond des grottes. Il travaille pour le ministère de l'Environnement. Il fait partie d'une espèce de groupe d'experts sur le recyclage. Un vrai travail. Je me rappelle l'époque où les gens avaient un vrai travail. Dans une banque ou dans une administration. Maintenant, ils sont tous infographistes, webmestres, psychothérapeutes ou ton machin… stylistes. Des boulots de branleurs qui servent à rien.

Je reste coite, mais je suis vexée, et l'envie ne me manque pas de lui répondre que moi, au moins, j'ai un boulot. Ces trois sacs à bière ne peuvent pas en dire autant.

Puis je me rappelle qu'en réalité je n'ai plus de boulot.

Soudain, changement d'ambiance. Un type de l'autre Club des pochetrons interpelle le Maître.

— Récite-nous quelque chose !

Il s'avère que le Maître connaît par cœur des recueils entiers de poésie. Sans se faire prier davantage, il s'éclaircit la voix, prend un air pénétré et commence à déclamer un truc qui s'intitule L'Œuf vert du petit dieu jaune. Et ça n'en finit pas.

Mercredi 24 septembre, 8h01.

Je suis réveillée par un claquement de porte (pas la mienne). Je saute du lit et cours jusqu'à la chambre du devant pour voir Rossa Considine partir travailler.

Toute cette histoire est quand même bien curieuse. Que mon voisin pyromane reçoive une femme chez lui, je veux bien. Mais pourquoi en robe de mariée ? En ville, personne n'est au courant qu'il allait se marier. Et puis voilà qu'il allume un grand feu et brûle la robe.

Une pensée terrifiante me vient à l'esprit. Peut-être a-t-il séquestré et tué cette femme. Mais ça n'a pas de sens. Une femme kidnappée ne virevolte pas dans une robe de Vera Wang. En me voyant sur la route, elle aurait articulé à travers la fenêtre : « Au secours, je suis retenue contre ma volonté par un fonctionnaire de l'environnement. »

Mystère et boule de gomme.

Jeudi 25 septembre, 11h27.

Mon portable sonne, et je vois s'afficher un numéro local. C'est le type du bureau d'aide sociale, l'homme au regard chafouin. Il veut me rencontrer.

Mais avant je m'informe :

— Quelle nouvelle paperasse allez-vous me demander ?

— Aucune, je veux vous rencontrer hors du contexte professionnel.

Face anguleuse en pince pour moi. Sapristi, maintenant il faut coucher pour avoir le chômage ! À bien y réfléchir, l'idée ne me dérange pas outre mesure, tant que je n'ai qu'à m'allonger.

— Écoutez, monsieur…

— Noel, appelez-moi Noel.

— Écoutez, Noel. Je sors tout juste d'une histoire très douloureuse et je n'ai pas envie...

— Ce n'est pas pour ça que je veux vous voir.

— Ah bon ?

— Je vous expliquerai. En attendant, je vous demande la plus grande discrétion. Nous ne pouvons pas nous rencontrer à Ennistymon. Ici, les murs ont des oreilles.

— Venez à Knockavoy.

— Non.

— Les murs ont des oreilles ici aussi ?

Je voulais rigoler un peu, mais il me fait :

— Vous connaissez Miltown Malbay ?

Miltown Malbay est une petite ville située sur la côte, à quelques kilomètres de Knockavoy.

— Retrouvez-moi là-bas demain, à 22 heures, au Lenihan's. Et n'appelez pas ce numéro.

Sur ce, il raccroche.

Vendredi 26 septembre, 8h08.

Réveillée par le klaxon d'une voiture. Je me propulse hors du lit et file jusqu'à l'autre chambre. Un 4 x 4 boueux est arrêté devant la maison voisine. Son moteur tourne encore, et je crois distinguer plusieurs hommes à l'intérieur. Difficile à dire à cause des vitres maculées, mais il me semble que ça chahute là-dedans.

J'entends une porte claquer, puis je vois apparaître Rossa Considine en croquenots et laine polaire noire North Face. Il porte un sac à dos ainsi qu'une corde enroulée à son épaule, d'où pendent de petits crochets métalliques.

Il marche jusqu'à la voiture crottée et lance un salut viril dans le genre : « Eh, les filles, je m'attendais pas à vous voir debout de si bon matin après tout ce que vous avez éclusé hier soir. » Je n'entends pas chaque mot distinctement, mais je capte l'essentiel du message.

Tout à coup, comme s'il avait senti qu'on l'espionnait, il tourne la tête et, par-dessus son épaule, regarde en direction de la case de l'oncle Tom. Je sursaute et recule d'un mouvement vif. Trop tard, il m'a repérée. Un sourire narquois aux lèvres, Rossa

Considine m'adresse un signe de la main, puis grimpe à bord du 4 x 4, qui démarre en projetant un jet de boue.

22h12, pub Lenihan's, Miltown Malbay.

Noel des allocs est déjà assis dans un box, ses genoux pointus croisés l'un sur l'autre, ses coudes pointus posés sur la table. Il scrute la salle et tourne vers moi sa face anguleuse. Il ne faudrait pas que je trébuche : je risquerais de m'embrocher sur son menton acéré.

Il se lève d'un bond, m'invite à m'asseoir et me glisse discrètement :

— Quelqu'un vous a vue entrer ?

— J'en sais rien, j'ignorais que je devais me cacher.

— Oui, c'est vrai, mais c'est une affaire ultra-confidentielle.

J'attends.

— C'est à propos de votre travail, poursuit-il. Est-ce qu'il vous est déjà arrivé de devoir trouver des vêtements dans des tailles inhabituelles ?

Nous y voilà.

— Si, évidemment. C'est d'ailleurs ma spécialité. J'ai travaillé pour l'épouse d'un banquier d'affaires qui devait assister à d'innombrables dîners de gala. Or, fait peu courant pour une femme de banquier, cette dame faisait un bon 42.

— Et les accessoires ?

— Chaussures, sac à main, bijoux, lingerie, je m'occupe de tout.

— J'ai une amie... commence l'homme d'une voix hésitante.

Puis, tout à trac, il m'annonce qu'il est marié et qu'il fréquente une autre femme.

Comme quoi le physique n'est pas tout. Ce type a peut-être un talent caché pour raconter des histoires drôles.

— Il se trouve que je lui achète de très jolies choses, mais mon amie a du mal à trouver des chaussures à sa taille. Pensez-vous pouvoir nous aider ?

— Bien sûr, elle chausse du combien ?

Après une longue pause, il me répond :

— Du 45.

Du 45, mais c'est gigantesque, même pour la plupart des hommes !

— Ce n'est pas une taille courante, mais je vais voir ce que je peux faire…

— Et des vêtements, vous pourriez lui en trouver ?

— Dans quelle taille ?

Il me regarde fixement pendant un temps interminable.

— Alors ? Quelle taille ?

Ce type commence à me flanquer la trouille.

Il pousse un gros soupir de résignation, puis lâche d'une voix angoissée :

— Vous pensez pouvoir garder un secret ?

— Oh, mon Dieu, mon Dieu, gémit-il entre ses mains jointes.

Il lève son regard vers elle. Surprise, elle voit que ses joues sont baignées de larmes.

— Je suis désolé, tu n'imagines pas à quel point je m'en veux. Tu es la meilleure chose qui me soit arrivée. Pardonne-moi, pour l'amour de Dieu, dis-moi que tu me pardonnes. Ça ne se reproduira plus jamais. Je ne sais pas ce qui m'a pris. Le stress au travail, ça fait trop longtemps que j'encaisse. Mais m'en prendre à toi, à toi !

Ses épaules sont secouées de gros sanglots.

— Quel genre d'animal suis-je donc ? se lamente-t-il.

— Allons, calme-toi, ça va aller, lui dit-elle.

Elle approche sa main de lui. Elle ne peut pas supporter de le voir dans cet état.

— Merci, merci, mon Dieu.

Il l'enlace de toutes ses forces et l'embrasse avec fougue. Même si sa lèvre fendue la fait souffrir, elle se laisse faire.

Grace

C'est papa qui est venu ouvrir.

— Qu'est-ce que tu as au visage ? Où sont tes clés ?

— Dans ma voiture.

J'ai descendu les escaliers derrière lui et l'ai suivi jusqu'à la cuisine.

— Dans ma voiture, qui se trouve en ce moment sur la rocade de Tallaght, complètement calcinée.

— On te l'a volée ?

— Non, c'est moi. Pour m'amuser. Y avait rien d'intéressant à la télé hier soir. Bien sûr, qu'on me l'a fauchée !

— Pauvres de nous ! « Quand viennent les malheurs, ils ne viennent pas seuls, en éclaireurs, mais par bataillons. »

C'est ce que papa dit toujours, parce que papa est un intellectuel.

— *Hamlet*, acte IV, scène V, a-t-il cru bon de préciser.

— Où est maman ?

— Avec Bid.

Bid, la sœur de ma mère, vit avec mes parents depuis bien avant ma naissance.

— Elle est partie la chercher à sa séance de chimio.

J'ai tressailli. On avait diagnostiqué le cancer de Bid dix jours plus tôt, et je n'avais encore pas pu me faire à cette idée.

— Bon sang, il fait un froid de canard, ici.

Bien trop grande et dépourvue de chauffage central, cette vieille bâtisse était une glacière, même en plein été.

Dans la cuisine, je me suis blottie contre le fourneau. Je me serais bien assise dessus si je n'avais pas craint de me brûler le derrière. (Une cuisinière Aga, en ville ! Franchement !)

— Tu veux connaître les autres malheurs qui nous frappent ? m'a demandé mon père.

— Tu veux dire qu'il y en a d'autres ?

— Ta mère a décrété que nous devions arrêter de fumer, tous autant que nous sommes.

Il a pris un air indigné.

— Pas seulement Bid, mais toute la famille. Et j'y étais attaché, moi, à mes clopes, a-t-il ajouté avec un regard empreint de nostalgie.

Je comprenais ce qu'il pouvait ressentir. Je n'imaginais pas ma vie sans sa dose quotidienne de nicotine.

J'ai regardé par la fenêtre, perdue dans une rêverie tabagique. Dans le jardin, Bingo pourchassait une abeille d'arrière-saison. Il bondissait, batifolait, s'emmêlait les pattes comme un gros pataud. Avec ses oreilles rousses qui flottaient au vent, il avait l'air complètement zinzin.

Papa a surpris mon regard.

— Je sais, ce n'est pas un cadeau. Mais, que veux-tu, nous l'aimons.

— Moi aussi, je l'aime. Et ça fait un moment qu'il ne s'est plus débiné.

En tout cas, s'il avait encore fugué, mes parents n'avaient plus fait appel à moi pour retrouver sa trace.

— Eh bien, tu t'es drôlement amochée, m'a dit mon père. Avoue, tu t'es encore castagnée à la sortie du pub.

Je me suis abstenue de répondre. Mon coquard avait fini par s'estomper, et j'en avais plus que marre d'en parler.

— C'est une histoire tellement idiote...

— Attends un peu...

Il semblait avoir soudain remarqué quelque chose.

— Grace ! Est-ce que tu as encore grandi ?

— Quoi ? Non !

Je mesure un peu moins d'un mètre soixante-quinze, mais à les entendre j'ai tout du phénomène de foire.

— Tu as forcément grandi ! Regarde, tu m'as rattrapé. Nous mesurons la même taille, à présent. Regarde, je te dis !

Il m'a fait signe de venir me placer à côté de lui et, de sa main, a tracé une ligne droite entre le sommet de nos deux têtes.

— Tu vois ?

Il avait raison.

— Papa, je n'ai pas grandi, je fais toujours la même taille, ai-je répondu avec un geste de découragement. Je ne sais pas quoi dire. C'est sans doute toi qui as rapetissé.

— Ô vieillesse ennemie !

Mon père est un homme de mince constitution au nez épais, au regard expressif. Quand il a une cigarette aux lèvres, on pourrait le prendre pour un Français. En vacances, une fois en Italie et une autre fois en Bulgarie, il est arrivé que des gens le confondent effectivement avec un Français. Rien n'aurait pu lui faire plus plaisir. Mon père pense que les Français sont le peuple le plus civilisé au monde. Il idolâtre Jean-Paul Sartre et voue une admiration sans borne à Thierry Henry.

J'ai entendu la porte d'entrée s'ouvrir et se refermer. Maman venait de rentrer avec tante Bid.

— Nous sommes à la cuisine ! leur a crié mon père.

Les deux femmes ont descendu l'escalier d'un pas léger tout en ôtant leurs gants et déboutonnant leurs manteaux. Poursuivant visiblement une conversation amorcée dans la voiture, elles se plaignaient de la taille des nouvelles pièces de dix centimes. Aussi menues l'une que l'autre, elles se ressemblaient comme deux gouttes d'eau, sauf que tante Bid, maintenant à moitié chauve, avait le teint couleur d'urine.

— Bid ? l'ai-je appelée d'une voix désemparée.

D'un geste de la main, elle a balayé mes inquiétudes.

— Je vais bien, t'en fais pas pour moi. Mais n'essaie pas de m'embrasser, je crois que je vais dégobiller.

Maman était ravie de me voir.

— Grace ! Mais je n'ai pas vu ta voiture dehors ?

Puis elle a pris un air soucieux.

— Qu'est-ce qui est arrivé à ton visage ?

— Sa voiture a été volée et réduite en cendres sur la rocade de Tallaght, a répondu papa. Et moi, je me tasse.

— Oh, ma pauvre Grace ! s'est exclamée ma mère. « Quand

viennent les malheurs, ils ne viennent pas seuls, en éclaireurs, mais par bataillons. »

(Maman aussi est une intellectuelle.)

Elle a touché ma joue du bout des doigts.

— Qu'est-il arrivé ? J'espère que ce n'est pas Damien.

Je n'ai pas pu m'empêcher de rire.

— Damien est un bel homme, a déclaré Bid de sa voix rauque.

— Quel est le rapport ?

— Il n'y en a pas, c'était une simple observation. Mais ne vous occupez pas de moi. Je ne suis pas dans mon état normal, aujourd'hui. Je crois que je vais m'asseoir un peu.

Nous nous sommes tous précipités pour l'aider à s'installer dans un fauteuil, d'où elle a continué à tenir des propos incongrus.

— J'ai toujours aimé les garçons bien charpentés. Quand il est nu, j'imagine que Damien a de belles cuisses fermes. Je me trompe ? Je me trompe ? a-t-elle répété devant mon silence.

Je n'ai rien trouvé à répondre à une remarque si déplacée. Est-ce que son cancer lui aurait déjà atteint le cerveau ?

— Eh bien, euh… oui, je suppose.

— Et ombrageux, en plus. Il n'y a rien de plus attirant chez un homme.

Elle a laissé échapper un soupir de regret.

— Son intelligence, sa sensibilité, son air mystérieux.

Elle racontait vraiment n'importe quoi. Les cuisses, passe encore, mais l'air ombrageux, je n'étais pas d'accord.

J'ai tenté de reprendre le contrôle de la conversation :

— Si Damien ose un jour lever la main sur moi, je ne me laisserai pas faire, et il le sait parfaitement.

— Ma chérie, si par malheur cela arrivait, tu sais qu'il y aura toujours un lit pour toi ici.

Ma mère adore défendre la veuve et l'orphelin.

— Merci, maman, mais je risquerais de mourir de froid.

Maman et Bid ont hérité de cette maison quand leur grand-oncle Padraig, le seul membre de la famille à s'être fait une belle situation, « a quitté le tourbillon de vivre[1] ». Le 39 Yeoman Road est un magnifique spécimen du patrimoine architectural georgien, avec ses hauts plafonds qui laissent librement circuler l'air chargé d'une humidité glaciale, avec ses fenêtres d'origine par où s'infiltrent les vents coulis et dont les petits carreaux vibrent comme un tiroir à couverts dès qu'un camion passe dans la rue.

Dans Yeoman Road, tous les autres habitants – gynécologues replets et agents immobiliers – ont acheté leur maison avec leurs propres deniers. Après ce premier investissement, ils ont encore dû dépenser des fortunes à installer le chauffage central et des cuisines ergonomiques allemandes, ainsi qu'à repeindre leur porte d'entrée dans une laque qui brille avec l'éclat et l'assurance d'un sourire de politicien.

Papa et maman, aristocrates déchus dans leur palais des courants d'air, ne sont jamais invités aux réunions de l'association des habitants de Yeoman Road. Et pour cause, on n'y parle que d'eux et du fait que leur façade n'a pas été ravalée depuis quatorze ans.

— Une tasse de thé, Bid ? a proposé papa, la bouilloire à la main.

Ma tante a secoué sa petite tête déplumée.

— Je crois que je vais plutôt monter vomir un peu.

— Comme tu voudras.

Dès que Bid a quitté la pièce, j'ai demandé à ma mère :

— Qu'est-ce qu'ils lui donnent pour qu'elle déraille à ce point ? Tu as entendu ce qu'elle a dit à propos de Damien ?

— Elle a lu beaucoup de romans à l'eau de rose, ces derniers temps. Elle est trop malade pour se concentrer sur autre chose. Ces bluettes sont un vrai poison, elles vous détruisent les neurones.

— Papa dit que vous arrêtez de fumer.

— Oui, dès demain. Nous devons montrer à Bid que nous la soutenons. D'ailleurs, je suis sûre qu'elle apprécierait d'apprendre que toi aussi tu renonces à la cigarette.

---

1. Citation extraite d'*Hamlet*, traduction française de Jean-Michel Déprats, Folioplus classiques, Gallimard, Paris, 2002. *(N.d.T.)*

— Euh…
— Demande à Damien aussi.
— Eh bien, je ne suis pas sûre…
— C'est une question de solidarité. Tu n'as rien à craindre, cet homme tremble devant toi.
— C'est faux.
— Tout le monde tremble devant toi.
— Écoute, maman…
— Dis-moi ce qui est arrivé à ta voiture.
— Il n'y a rien à dire, ai-je soupiré. Elle était garée devant la maison quand je suis allée me coucher hier soir. Et elle n'était plus là ce matin. J'ai appelé les flics. Ils ont retrouvé sa carcasse calcinée sur la rocade de Tallaght. Rien que de très banal. Mais c'est foutrement emmerdant.
— Tu étais assurée ? m'a demandé maman, déclenchant instantanément l'ire de mon père.
— Assurée ? Comme si ça pouvait changer quelque chose. Relis les petits caractères sur ta police, Grace, je ne serais pas surpris si tu découvrais que tu es couverte pour tout, sauf une crémation sur la rocade de Tallaght, les jeudis de septembre. Les assureurs sont une bande d'escrocs sans vergogne. Des grandes compagnies qui rançonnent les manants que nous sommes en leur instillant la peur. Comme des sangsues, ils nous ponctionnent des milliards sur nos maigres revenus sans avoir la moindre intention d'honorer leur part du contrat…
Voyant que papa était lancé pour un moment, j'ai répondu à ma mère :
— J'étais assurée, mais, comme papa vient de le dire, ils vont me sortir un truc de leur chapeau pour ne pas me rembourser, et je n'aurai pas de quoi la remplacer.
La douleur de cette perte m'a transpercée. J'adorais cette petite voiture rapide, sexy, et qui n'appartenait qu'à moi. La première voiture que j'aie jamais possédée, et je ne l'avais que depuis quatre mois.
— Il va sans doute falloir que je prenne un crédit.
Cette remarque a eu pour effet de couper le sifflet à mon père. Maman et lui m'ont aussitôt déclamé d'une même voix angoissée : « N'emprunte ni ne prête, car le prêt souvent se perd

avec l'ami, et l'emprunt émousse le tranchant de l'économie. » Shakespeare, encore.

— Je ne vous demanderai rien, ai-je rétorqué.

— Et c'est heureux, car nous n'avons même pas un pot de chambre où pisser, m'a répondu mon père.

— Bon, faut que j'y aille.

— Où ça ?

— Chez le coiffeur. J'ai besoin de refaire ma couleur.

Ma mère désapprouvait. Ses cheveux gris étaient coiffés au bol, et elle se les taillait elle-même avec des ciseaux à ongles. Même mon père soignait davantage son apparence. À soixante-six ans, il arborait encore une épaisse toison argentée. Une fois par mois, il se rendait chez le barbier pour retrouver sa tête d'intellectuel de la rive gauche, grâce à une coupe remontant au début des années 1950.

Dans le silence a retenti le bruit de Bid vomissant ses tripes dans les (seules) toilettes qui se trouvaient à l'étage.

— As-tu une petite idée de ce que les Irlandaises laissent chaque année chez le coiffeur ? m'a demandé ma mère. De l'argent qui pourrait être plus utilement dépensé.

— Arrête, maman, c'est juste une couleur.

J'ai procédé à un rapide examen de ma tenue, du pantalon de mon tailleur noir à mes bottines sans talon.

— Je n'ai rien d'une poupée Barbie.

J'ai eu un mouvement de recul quand, par mégarde, la coiffeuse a touché ma joue tuméfiée.

— T'as dû le mettre salement en rogne, m'a dit Carol. Qu'est-ce que t'avais fait ? T'avais laissé brûler son dîner ? Oublié de laver ses caleçons ?

J'ai été tentée d'imiter ma mère et de lui rétorquer sèchement :

— La violence conjugale n'est pas un sujet de plaisanterie !

Mais je me suis abstenue. Il faudrait être tombé sur la tête pour se brouiller avec sa coiffeuse.

— Je suis journaliste, ai-je préféré répondre. C'est un risque du métier.

— Toi ? Mais tu écris des articles sur l'allaitement maternel et l'alcoolisme chez les adolescents. Ce n'est pas vraiment Beyrouth.

Depuis des années que je fréquentais son salon, Carol me connaissait bien et elle était aussi dépourvue d'imagination que moi. J'attendais seulement d'elle qu'elle teigne mes racines. Je ne voulais ni balayage, ni mèches dégradées, ni rien de trop compliqué, et par chance Carol ne savait pas faire ce genre de choses. Nous avions donc conclu un arrangement qui nous satisfaisait l'une et l'autre.

— Raconte-moi ce qui t'est arrivé, m'a-t-elle demandé.

— Tu refuseras de me croire.

— Raconte quand même.

— Je suis tombée dans la rue. J'ai buté contre un pavé descellé devant Trinity College et je me suis étalée devant tous les gens qui attendaient le bus. Beaucoup ont rigolé.

Carol pensait que je ne lui disais pas tout, alors elle a laissé la teinture poser trop longtemps et m'a brûlé le cuir chevelu.

Dehors, il pleuvait, et c'était la cohue à l'arrêt de bus. Il a fallu que je joue des coudes avec une horde de collégiens pour tenter de grimper à bord et quand j'ai été repoussée, parce que le bus était plein à craquer, mon moral en a pris un coup. Je me suis sentie triste pour tante Bid, même si elle n'était qu'une vieille tête de mule, triste aussi pour ma voiture et terrifiée à l'idée de devoir renoncer à fumer.

En plus, j'étais prodigieusement agacée, parce que, dans la mêlée, un des ados m'avait pincé les fesses, et je n'avais pas réussi à identifier le coupable afin d'avoir une petite explication avec lui.

Même s'ils étaient nombreux à être montés – dans mon bus, à ma place –, il en restait un nombre impressionnant à l'arrêt. J'ai zieuté d'un air revêche ces créatures qui s'envoyaient des coups de sacs à dos et faisaient circuler entre eux leur unique clope. J'ai compris alors que je détestais les adolescents, leur acné juvénile, leurs montées d'hormones et leurs disproportions. Non mais, fallait les voir. Certains ne mesuraient pas plus d'un mètre trente, tandis que d'autres culminaient à plus d'un mètre quatre-vingts et balançaient de longs bras de gibbon qui touchaient presque le sol. Le spectacle de ce petit monde disparate était d'un ridicule achevé.

Mon regard affligé a rencontré un groupe de filles qui reluquaient les garçons par-dessous une rangée de cils lustrés. J'ai aussitôt pris en grippe leurs fous rires exagérés, leur parfum de fraise artificielle et leur épaisse couche de brillant qui dégoulinait littéralement de leurs lèvres boudeuses. Je détestais leur mépris pour moi parce que j'avais trente-cinq ans et qu'elles me reléguaient déjà parmi les vieilles, parce que je portais des talons plats et que je n'étais pas maquillée. « Si un jour je ressemble à cette nana, achevez-moi. » J'avais un jour entendu cette remarque dans la bouche d'une de ces jouvencelles. (Sur le moment, je l'avais trouvée d'autant plus injuste que je venais de passer quarante-neuf heures à me geler dans un champ boueux, sans salle de bains ni bouilloire pour se préparer un thé, et tout ça pour décrocher une bonne histoire. C'est la raison pour laquelle je ne fais plus dans le journalisme d'investigation. Trop de temps passé en planque dans un fossé, sous une pluie battante.)

D'humeur maussade, j'ai envoyé un texto à Damien :

« TU FÉ LA BOUF CE SR ? »

« NON É TOI ? »

J'ai soupiré, rangé mon téléphone dans ma poche. On irait dîner chez l'Indien.

Un autre bus est apparu au coin de la rue, et la foule s'est agglutinée de plus belle. Quel stress ! J'ai serré les mâchoires avec détermination. Je monterais à bord de ce bus, Dieu m'en était témoin. (En réalité, il n'était probablement témoin de rien, pas si j'en croyais les courriers de nombreux lecteurs qui voulaient m'envoyer brûler en enfer.) Et si l'un de ces mômes boutonneux essayait encore de me pincer les fesses, il pouvait s'attendre à recevoir mon coude dans la rate. Une fois, passe encore, mais deux fois, je ne pourrais pas tolérer cet affront. Il en allait de ma dignité.

Ouf, j'ai réussi à entrer. J'ai même trouvé une place assise et essayé de me plonger dans mon roman de Dennis Lehane. Mais le trajet n'en finissait plus. On aurait dit que toute la population de l'Irlande montait et descendait de ce bus à chaque arrêt. Si bien que, de temps en temps, je me sentais obligée de poser mon livre sur mes genoux et de soupirer pour exprimer à tous mon exaspération.

Le côté positif, c'est que j'avais la matière de ma prochaine chronique. Mais ça n'était qu'un piètre réconfort. Ce n'est pas tous les jours qu'on vous crame votre voiture, et même si cet acte de vandalisme n'avait rien d'une vengeance personnelle – du moins, je l'espérais. J'avais certes froissé des gens au fil des ans, mais certainement pas au point de les pousser à une telle extrémité –, je me sentais un peu parano. Je découvrais que le monde n'est pas joli-joli. À vrai dire, je l'avais toujours su, mais la plupart du temps je m'en fichais.

Et puis je crevais la dalle. J'ignorais comment j'avais pu en arriver là. Je redoutais les plages de temps sans absorption de nourriture ; aussi, pour les éviter, je pratiquais l'alimentation préventive, ce qui consistait à manger même quand je n'avais pas faim.

Ma poche s'est mise à vibrer. Quand j'ai sorti mon téléphone, mon coude a failli envoyer au tapis la bonne femme assise à côté de moi.

C'était Hannah Leary, dite « Pisse-froid », une secrétaire de rédaction du journal.

— Ça ne va pas te plaire, mais Grand-papa ne veut pas de ta chronique. Pas assez polémique, d'après lui. Ne t'en prends pas à moi, je ne suis que la messagère. Tu peux nous envoyer autre chose ?

— Quand ?

Je connaissais parfaitement la réponse, mais j'étais d'humeur joueuse.

— Dans une petite demi-heure.

En refermant mon téléphone d'un geste rageur, j'ai aussitôt ressenti une douleur dans la main. Chaque fois qu'il m'arrivait d'oublier un instant, j'avais droit à une désagréable piqûre de rappel. Avec des mouvements plus mesurés, j'ai extrait mon ordinateur portable de sa sacoche, présenté mes excuses à ma voisine, dont j'envahissais l'espace vital avec mes coudes, et commencé à taper mon papier.

Ah, ils voulaient de la controverse ? Eh bien, ils allaient en avoir.

Il était presque 20 heures quand je suis finalement arrivée chez moi. Mon chez-moi étant une maison de briques rouges, dans une enfilade de bâtisses identiques située à Donnybrook, une « banlieue très recherchée », nous avait dit le type de l'agence immobilière. Une jolie maison avec beaucoup de caractère, mais vraiment pas très grande.

Bien sûr, elle ne se trouvait pas en plein cœur de ce quartier huppé, sinon elle nous aurait coûté une petite fortune, et je n'aurais pas dû marcher trente bornes depuis l'arrêt de bus, devant la pharmacie de Donnybrook. Pour être franche, près de chez nous, aucune boutique ne portait le nom de Donnybrook. Ce n'était pas bon signe. Peut-être que nous nous étions fait avoir par l'agence immobilière. Peut-être que nous n'habitions pas du tout à Donnybrook, mais à Ranelagh, ce qui était nettement moins chic.

Damien – l'homme bien charpenté et aux cuisses fermes – se tenait devant le plan de travail de la cuisine. Un journal ouvert devant lui, il s'occupait à noircir au crayon les dents de Bono. Il avait l'air vanné.

— Enfin, c'est pas trop tôt, m'a-t-il lâché.

Il s'est rembruni, comme chaque fois qu'il voyait mon visage tuméfié.

— J'allais t'envoyer un texto. Où tu étais passée ?

— C'est à cause de ce fichu bus !

J'ai jeté mon sac et commencé à déboutonner ma veste.

— Il restait des plombes à chaque arrêt.

— Excuse-moi si je ne t'ai pas rappelée aujourd'hui, mais un petit scandale a secoué la Chambre des députés. On était tous sur le pont, t'imagines.

D'un geste de la main, j'ai balayé ses excuses. Damien aussi était journaliste, correspondant politique pour le *Press*. Nous vivions donc au rythme des bouclages et des coups de feu.

— Que t'a dit l'assurance ? m'a-t-il demandé.

— Ah, tu vas adorer. Si ma voiture avait simplement été endommagée, j'aurais obtenu qu'on m'en prête une autre jusqu'à ce que les réparations soient terminées. Mais, comme elle a été détruite, ça marche pas. Tu y crois ? J'ai passé toute la matinée au téléphone avec eux, j'ai pas pu travailler. Jacinta a tiré la tronche.

— Jacinta tire toujours la tronche.

— En plus je suis partie plus tôt pour aller chez le coiffeur.

— C'est très réussi, a-t-il aussitôt répondu.

J'ai ri.

— Combien de temps tu devras attendre avant qu'ils te remboursent ?

— Je n'en ai pas la moindre idée. Et, de toute façon, quel que soit le montant du chèque, ce ne sera pas assez pour racheter une autre voiture.

La mine sombre, j'ai fait glisser la fermeture éclair de mes bottes.

— Ne te déchausse pas, m'a dit Damien. Remets ta veste, et allons chez l'Indien chercher des plats à emporter.

Il m'a passé son bras autour des épaules.

— On va faire nos comptes et voir si on peut obtenir un prêt pour te racheter une voiture. En attendant, je peux te conduire au travail en moto.

Damien est d'un naturel trop impatient pour conduire une voiture. Il préfère zigzaguer dans les bouchons sur une Kawasaki noir et argent. (Maman a baptisé son engin Kamikasi, c'est dire si elle est rassurée.)

— Mais ça t'obligera à faire un immense détour.

Son journal s'est installé dans une zone industrielle, le long de la M50. C'est le genre d'endroit où l'on trouve sans problème à acheter huit mille photocopieuses, mais pas un sandwich à des kilomètres à la ronde. Alors que le *Spokesman,* pour qui je travaille, a ses bureaux en plein centre de Dublin.

— T'inquiète, tu mérites le détour. Comment va Bid ?

— Pas fort. Tu sais pas ? D'un coup, elle nous a lâché que tu avais une belle paire de cuisses.

— Nom d'un chien. Qu'est-ce qui lui a fait dire ça ?

— Rien, justement.

Il s'est tu et m'a semblé considérer la question, puis il a eu un petit rire.

— Eh bon ! Bon, comment marche la chimio ?
— Ça lui donne une sale mine. Elle a la couleur du beurre.
— Le beurre a une jolie couleur, m'a fait observer Damien.
Puis, après un instant de réflexion, il a ajouté :
— Mais peut-être pas sur tante Bid.

Environ huit mois plus tôt, Bid était allée consulter son médecin à cause d'une toux persistante qui portait sur les nerfs de mon père. Le médecin lui avait prescrit une bronchoscopie, mais elle n'avait pas pu obtenir de rendez-vous avant sept mois. Quand finalement l'examen avait pu être pratiqué, on lui avait diagnostiqué un cancer. Une opération chirurgicale avait permis d'extraire de son poumon gauche une tumeur primaire de dix centimètres, mais des examens complémentaires avaient révélé la présence de métastases dans les ganglions lymphatiques. Autrement dit, le cancer s'était propagé. Pour traiter ces métastases, tante Bid allait devoir subir six séances de chimiothérapie « agressives » à quatre semaines d'intervalle. Après quoi, il faudrait attendre février pour savoir enfin si oui ou non elle était sortie d'affaire. Si la bronchoscopie avait pu être faite lors de la première visite de Bid à son médecin, le cancer n'aurait pas eu le temps d'atteindre le système lymphatique, et ma tante serait déjà sur pied.

— Pauvre Bid, a dit Damien.

J'ai jugé le moment propice pour me lancer :

— Écoute, j'ai un truc à te dire… Je suis contente que tu compatisses, parce que j'ai à t'annoncer une nouvelle qui ne va pas t'enchanter. Mes parents ont décidé d'arrêter de fumer. Et toi et moi, nous allons faire pareil.

Il m'a regardée d'un air interdit.

— En témoignage de notre solidarité, ai-je ajouté.

— De notre solidarité, a-t-il répété à voix basse. Avec Bid, c'est comme si j'avais une seconde belle-mère. Je suis le plus malheureux des hommes.

Périodiquement, Damien et moi parlions d'arrêter de fumer. En général, nous avions cette discussion quand nous étions fauchés et que l'un de nous se mettait à calculer combien nous avions dépensé en achat de cigarettes. Nous en arrivions à la conclusion que nous devions nous sevrer, mais cette décision n'était jamais suivie d'effet.

— Je me fais du souci pour Bid. J'ai besoin de fumer.

— Bien essayé, mais il va falloir faire mieux.

— Nous allons prendre vingt kilos chacun.

— On pourrait se remettre à courir. On était plutôt doués.

— C'est plus facile en été.

Cette année-là, nous avions été irréprochables. Chaque matin, de mai à juin, nous étions sortis courir dans nos survêts assortis, comme ces couples des publicités pour crédits immobiliers. Parfois, je souriais aux gens qui rentraient chez eux après avoir acheté le journal. Une fois ou deux, j'avais même adressé un coucou au laitier. Il n'avait pas répondu à mon salut et nous avait observés d'un œil soupçonneux en se demandant sûrement si nous étions en train de nous payer sa tête. Au bout de quelques semaines, nous avions fait de gros progrès. Nous étions maintenant capables de tenir la distance. Puis, pendant nos vacances en juillet, nous avions bu et mangé comme des cochons. Et, à notre retour, nous n'avions pas repris nos joggings quotidiens.

— Rien qu'à l'idée d'arrêter, j'ai deux fois plus envie de cloper.

Sur ce, Damien s'est emparé de son paquet comme une bigote de son rosaire.

— Laisse-moi en griller une dernière pour la route.

Nous nous sommes assis dehors, sur les marches du perron, à savourer une cigarette qui nous a semblé encore meilleure que d'habitude.

Les yeux plissés, Damien a recraché longuement la fumée et m'a dit :

— Tu parlais sérieusement ?

— Maman m'a fait culpabiliser.

Elle a un don pour ça, mais attention : c'est toujours pour la bonne cause.

— Tu comprends, si Bid ne se rétablit pas et si je n'ai pas arrêté de fumer, ce sera ma faute. Et la tienne aussi, Damien Stapleton.

Puis j'ai ajouté :

— Assassin !

Extrait de la chronique de Grace Gildee *[Grace Gildee, Sans sucre ajouté]* parue dans l'édition du *Spokesman* datée du 27 septembre.

Je hais les adolescents, leur acné juvénile, leurs montées d'hormones et leur entêtement à penser que les fesses d'une femme sont faites pour être pincées. Franchement, ces créatures sont de vrais furoncles. Dès que la puberté pointe le bout de son nez, tous les adolescents devraient être rassemblés et enfermés dans un camp jusqu'à leurs dix-huit ans. Nos rues seraient plus propres.

Pendant la durée de leur incarcération, on les priverait de la lecture des magazines cochons et on les soumettrait à un régime strict de littérature féministe. Ainsi quand ils sortiraient, ils seraient devenus des adultes à la peau saine et connaissant les femmes au point de leur témoigner un minimum de respect.

Sévère, je sais, mais je suis payée pour créer de la controverse.

— Serre les cuisses, m'a lancé Damien par-dessus son épaule.

— Quoi ?

— J'ai dit serre les cuisses, plaque-les contre la moto. Et accroche-toi.

J'ai compris pourquoi quand j'ai vu qu'il allait se glisser dans un étroit passage entre une fourgonnette bleue et un monospace.

Le trajet à l'arrière de sa moto a été une épreuve, dans le plus mauvais sens du terme. Pour Damien, tout est un défi personnel. Aucun passage n'est trop étroit, aucun feu trop orange, aucun bouchon trop dense pour ne pouvoir être négocié avec un peu de slalom. Si, pour gagner quelques secondes, il se voyait offrir la possibilité de sauter par-dessus une enfilade de dix-huit bus, il le ferait sans hésiter.

Peut-être sa vie ne lui procure-t-elle pas assez de sensations fortes.

Il s'est arrêté devant l'immeuble du *Spokesman* et a ôté son casque pour m'embrasser. Le cuir de sa tenue de motard, les trépidations de sa machine entre mes cuisses, tout ça était très excitant.

— Tiens bon, lui ai-je dit en le quittant.

Je voulais bien sûr parler de notre décision d'arrêter de fumer. Maman avait surpris Bid clopant en douce dans sa chambre et recrachant la fumée par la fenêtre. « Comme une gamine, m'avait-elle rapporté au téléphone. C'est vraiment trop fort ! » Sur ce, elle avait passé le combiné à Bid, et j'avais dû expliquer à ma tante que, si j'arrivais à laisser tomber la cigarette, elle pouvait y arriver aussi.

— Sans oublier Damien, m'avait rappelé ma mère.

— Sans oublier Damien, avais-je ajouté à contrecœur, tandis que près de moi l'intéressé se prenait la tête entre les mains avec un « non ! » déchirant.

— Je tiendrai bon, a-t-il répété d'un air ironique.

— Pense que tu perds une mauvaise habitude et qu'en échange tu gagnes un corps plus sain.

Il n'a pas répondu. Il a remis son casque sur sa tête et démarré en trombe, comme un chat qui me montrerait son derrière.

Cette idée de me conduire au travail en moto n'allait pas régler mon problème. Car, pour faire correctement mon boulot, il me fallait impérativement une voiture. Pour me déplacer, mais aussi pour y ranger ma garde-robe. Dans le coffre de ma caisse, je promenais des tenues adaptées à toutes les occasions. Pour persuader une gentille dame de la classe moyenne de me parler de la mort de son bébé, j'avais un petit tailleur, des escarpins plats et même un rang de perles. Pour faire le pied de grue sur un quai de déchargement afin de savoir si l'équipage d'un chalutier en perdition avait survécu, j'avais des gants de laine, une paire de bottes et une veste en thermolactyle (mon arme secrète). Pour un reportage sur le trafic de drogue, j'avais un ensemble sportswear chic.

Youssouf s'est précipité pour m'ouvrir la porte. Ce n'était pas dans ses habitudes, mais ce matin il avait une question pour moi.

Il riait déjà, montrant deux rangées de dents blanches sur sa face noire.

— C'était toi sur cette moto ?

J'ai acquiescé. Il n'aurait servi à rien de mentir, j'avais encore mon casque sous le bras. Youssouf a jeté un coup d'œil amusé à Mme Farrell, la réceptionniste. Cette dernière est sans doute la personne la plus puissante du *Spokesman*, et gare à celui qui aura le malheur de la contrarier. Il ne lui restera plus qu'à démissionner, car Mme Farrell est capable de ne pas vous passer un appel de votre mère mourante, de donner « par mégarde » votre adresse à un déséquilibré et d'« oublier » de vous informer que l'hôpital vient de réceptionner le rein que vous attendez pour une transplantation. Même Coleman Brien, alias Grand-papa, notre rédacteur en chef, marche sur des œufs avec elle.

— Qu'est-ce qui est arrivé à votre voiture ? m'a-t-elle demandé.

— Volée et incendiée.

Inutile de mentir, là encore. Dickie McGuinness, des Faits divers, n'aurait aucun mal à retrouver l'information dans la base de données de la police. (Dickie et moi semblions nous retrouver toujours à travailler au même endroit. Nous avions bossé ensemble au *Times*, puis, quand j'en étais partie pour entrer à l'*Independent*, il m'avait rejointe un mois plus tard. De là, il était parti pour le *Spokesman*, où j'étais entrée à mon tour six mois plus tard.)

— Oh, mais c'est affreux.

Youssouf et Mme Farrell ont explosé de rire.

À son arrivée, Youssouf était un gentil Somalien, mais il avait été perverti par Mme Farrell et le cynisme qui régnait au *Spokesman*. Désormais, il se montrait aussi impitoyable que nous autres.

Mme Farrell s'est emparée de son téléphone. J'avais l'impression de rejouer la scène de ce vendredi, deux semaines plus tôt, quand le spectacle de ma tête tuméfiée et lacérée avait provoqué une agitation similaire. Rayonnante, Mme Farrell racontait ma piteuse aventure à tout le monde. J'avais été idiote de penser que l'histoire du vol de ma voiture pourrait rester un secret et, maintenant, j'étais bonne pour une journée de plaisanteries de mauvais goût avec cadeaux laissés sur mon bureau (boîtes d'allumettes, petites voitures rouges tout écrabouillées et horaires des autobus).

— Salut, Sans sucre ajouté !

J'ai reçu ce surnom parce que j'ai la réputation d'être acerbe. (Toutefois, notez bien que, si j'étais un homme, on dirait simplement de moi que j'ai un franc-parler.) Tout le monde au *Spokesman* possède un surnom. Par exemple, Hannah Leary, une des SR, se plaint tout le temps que les copies lui arrivent trop tard et ne vient jamais boire un verre avec nous le vendredi soir. On l'a donc surnommée « Hannah, pisse-froid ». Elle le sait, chacun au journal connaît son sobriquet. Une salle de rédaction est un environnement âpre, mais sans hypocrisie.

Derrière les bureaux, les téléphones n'arrêtaient pas de sonner. Chacun était déjà à son poste, hormis bien sûr Casey Kaplan, qui avait son propre horaire. Et à 9 heures, un lundi matin, Casey était probablement attablé devant un whisky-coca en compagnie de Bono. J'ai salué au passage Lorraine, Joanne, Tara et Clara. Le personnel des articles de fond est presque entièrement féminin. Les horaires y sont plus réguliers qu'aux pages d'actualité, ce qui simplifie la vie de celles qui ont des enfants. Comme je suis la seule à ne pas en avoir, c'est moi qui écope de tous les boulots imprévus qui ne garantissent pas un départ à 17h30 pétantes.

Au bureau près de moi, TC Scanlan tapait sur son clavier à toute allure. En tant que rare journaliste de sexe mâle travaillant dans notre service, il était la cible de quolibets sexistes, du genre « TC s'assoit pour pisser ». (Comme je vous le disais, une salle de rédaction est une jungle impitoyable.)

— Je suis désolé pour ta voiture, m'a-t-il dit. Je me demandais ce que tu tramais vendredi soir à passer tous ces coups de fil en douce.

Il m'a adressé un grand sourire. Maintenant il savait. Sur quoi, il s'est levé et a fouillé dans la poche de son pantalon à la recherche d'un peu de menue monnaie.

— Tiens, voilà un euro vingt pour ton bus.

Le téléphone a sonné, et la messagerie s'est aussitôt enclenchée. Nous ne prenons jamais les appels.

— Les lecteurs sont déchaînés ce matin, m'a annoncé TC. Ton papier sur les ados a soulevé presque autant de protestations que celui sur ton non-désir d'enfant.

J'avais déjà compris que j'avais franchi la ligne jaune quand j'avais reçu un appel de ma mère. Le *Spokesman* n'est pas son journal habituel, elle serait plutôt lectrice du *Guardian*, mais elle aime bien se tenir au courant de ce que j'écris.

— Grace, tu vas trop loin. Moi non plus, je ne supporte pas les adolescents. Ils sont tellement… tellement… huileux. Et pas seulement leur peau. Ils ne peuvent rien y faire, c'est à cause de leurs hormones, mais, en plus, ils se collent dans les cheveux ce machin tout gras, à moins qu'ils ne se lavent pas pendant des semaines. Toutefois, on ne doit pas plaisanter avec l'internement, même pour des adolescents.

Puis elle avait ajouté :

— Mais j'ai bien aimé ce que tu as dit à propos de la littérature féministe.

— Des menaces de mort ? ai-je demandé à TC.

— Oh, les trucs habituels.

Super.

On dit qu'on se rappelle toujours nos premières fois. Notre premier amour, notre première voiture, notre première menace de mort. Trois ans plus tôt, alors que je débutais au *Spokesman*, pour me faire ma place j'avais pondu un papier très controversé sur la tyrannie de l'allaitement maternel. Le lendemain matin, un message m'attendait sur mon répondeur : « Je vais te tuer, Grace Gildee. Sale garce féministe. Je sais de quoi tu as l'air et je sais où tu vis. » Même si la teneur du message n'avait rien de très original, je m'étais mise à trembler comme une feuille. Je n'avais encore jamais reçu de menace de mort. Pas même au début de ma carrière, quand je travaillais à la rubrique Faits divers du *Times*.

Je m'étais toujours vue comme une sorte de porte-drapeau et je n'en revenais pas d'avoir tellement la trouille. C'était à se demander comment j'aurais fait dans un pays comme l'Algérie, où celui qui écrit que la nouvelle coupe de cheveux du président lui donne un faux air d'Elton John peut s'attendre à voler en éclats la prochaine fois qu'il tournera la clé de contact de sa voiture.

J'avais parlé du message à TC, qui en avait parlé à Jacinta Kinsella. Après avoir écouté les deux premières secondes, notre chef avait levé les yeux au ciel.

— Ah, celui-là. M. Je-sais-où-tu-vis. Je croyais bien qu'on avait fini par s'en débarrasser.

De son ongle pointu, elle avait enfoncé la touche d'effacement.

— « Je sais de quoi tu as l'air. » Évidemment, pour ça il n'a qu'à regarder la photo publiée à côté de ton papier.

— Je n'ai donc aucun souci à me faire ?

— Mais non, avait-elle répondu avec impatience.

(Il était 10h35, et elle s'apprêtait à sortir déjeuner.)

Désormais, les menaces de mort font partie de mon quotidien. (C'est simple, vous n'avez qu'à appeler Mme Farrell au standard en disant que vous voulez laisser une menace de mort à l'intention de Grace Gildee, et elle vous passera mon poste sans aucun problème.) J'ai cinq ou six réguliers qui semblent se relayer. Mais aucun n'a encore mis ses menaces à exécution. J'ai donc fini par me détendre et accepter l'idée que ce ne sont que des paroles en l'air.

— Qu'est-ce que tu as pour moi, Grace ?

— Bonjour à toi.

Jacinta Kinsella venait d'entrer, un de ses sacs Birkin au bras. Son mari lui en a offert un à la naissance de chacun de leurs enfants, et franchement j'aurais encore préféré transporter mes affaires dans un sac en plastique sentant le curry.

Aujourd'hui, son sac était noir, pour s'harmoniser avec son humeur. Quand elle se pointait avec le jaune, le baromètre était au beau fixe. Nous pouvions nous attendre à ce qu'elle racle le fond de ses poches pour nous offrir des glaces.

Jacinta est une créature glamour. Chevelure noir corbeau, brushing chaque matin, elle s'habille tous les jours comme pour se rendre à un grand prix au champ de courses. Quand il faut couvrir des funérailles, c'est toujours elle qu'on envoie parce qu'elle a le plus beau manteau.

— Laisse-moi le temps de prendre mes notes.

Jacinta est ma chef de rubrique, je suis journaliste confirmée, et nous formons un bon tandem. Enfin, disons que nos rapports seraient plus harmonieux si elle ne me soupçonnait pas de lorgner sur son poste et si, de mon côté, je ne priais pas chaque jour pour qu'elle prenne une retraite anticipée ou qu'un autre journal vienne la débaucher.

Périodiquement, elle se rend coupable d'une grosse bourde, et Grand-papa essaie alors de la pousser dehors. Mais elle appelle le syndicat et distribue les coups bas avec la générosité d'un Jackson Pollock déversant des couleurs sur sa toile. En résumé, il est impossible de se débarrasser de cette femme. D'ailleurs, son petit nom au journal est Jacinta Kinsella, l'Invincible Armada.

— Jacinta, tu as un message de Casey, lui a annoncé TC. Il est sur une histoire tellement balèze, je cite : « qu'elle va ébranler le monde ».

— Il a vraiment dit ça ? me suis-je exclamée.

— À quelle heure arrive-t-il ? a sèchement demandé Jacinta.

TC a hoché la tête avec résignation.

— Pourquoi me le demander, à moi qui ne suis rien ?

Jacinta en avait ras le bol de Casey. Ce type n'en faisait qu'à sa tête. Grand-papa était allé le chercher au *Sunday Globe* parce qu'il espérait que Casey nous donnerait un angle plus people. Sur quoi il l'avait collé entre les mains de Jacinta en disant : « Tiens, un autre homme pour ton service. » (Pourtant, personne n'avait jamais dit de lui qu'il pissait assis. J'attendais le jour où ça arriverait.)

Grand-papa était très content de sa nouvelle recrue. Casey s'était fait un nom grâce à ses interviews. Ses portraits devenus cultes se divisaient en deux catégories : 1) un massacre en règle (et certes drôle) de l'interviewé par étalage de son affligeante bêtise, de ses exigences abusives envers son petit personnel et de son image peu flatteuse en gros plan et sans maquillage. 2) le récit circonstancié de ses dix-huit heures de tournée des lieux de la nuit en compagnie de rock stars et d'acteurs du box-office, tournée qui se concluait immanquablement au petit matin dans une suite d'hôtel jonchée de sachets de coke et de restes de sandwichs.

Je déteste sa prose nombriliste, mais je ne peux surtout pas le dire parce que tout le monde prendrait ça pour de l'envie. Or c'est un fait, je suis jalouse de lui.

— Eh, Grace, tu fais une pause cigarette ?

J'ai sorti de ma poche un paquet de chewing-gums à la nicotine.

J'avais décidé de mettre toutes les armes de mon côté.

— Mauvaise nouvelle, TC, j'ai décidé d'arrêter.

— Encore ? Dans ce cas, bonne chance. Moi-même j'ai essayé des dizaines de fois.

L'air lugubre, j'ai caressé mon paquet de chewing-gums tandis que je regardais TC et les autres se diriger vers la sortie de secours. Ce n'était pas seulement la nicotine qui allait me manquer, c'était le contact humain. Les fumeurs formaient une sorte de confrérie secrète – ici, comme dans les pubs. Quand nous étions parqués comme des pestiférés dans nos enclos pour intoxiqués, la cigarette tissait du lien social. J'avais déjà tenté d'arrêter, si bien que ce sentiment d'avoir perdu un bon ami parti pour l'Australie m'était déjà connu, mais ça ne l'en rendait pas moins pénible.

Dix-neuf messages étaient arrivés dans ma boîte à lettres électronique depuis que j'avais vérifié la dernière fois, moins d'une heure plus tôt. Une flopée de communiqués émanant d'agences de relations publiques, qui attendaient de nous un article sur le barbecue d'intérieur, les bienfaits de l'huile de théier, un rapport sur l'incontinence, le livre de recettes d'un célèbre chef cuisinier, le bulletin d'information d'une association féminine et j'en passe.

Y avait-il là-dedans quelque chose à exploiter ? Tandis que je faisais défiler la liste, une étude sur l'allongement du pénis a attiré mon regard. Ça pourrait être drôle.

Puis j'ai lu une nouvelle qui a fait battre mon cœur : Madonna venait en Irlande pour trois concerts. Tous les journaux du pays allaient se battre pour décrocher une interview. En quoi serais-je différente des autres ? Je savais juste que j'étais capable de faire du bon travail. Meilleur que tout le monde.

J'ai tout laissé en plan pour rédiger un laïus à l'intention de l'attaché de presse de la Ciccone, un savant dosage d'humilité, d'intelligence et d'humour par lequel j'entamais le processus complexe de séduction d'une star.

Je rentrais du magasin où j'avais acheté des bonbons acidulés, un sandwich au fromage et deux paquets de chips (j'avais déjà englouti une barre de céréales en montant l'escalier – tout était bon pour amortir ma chute du mont Nicotine), quand je me suis trouvée prise dans la frénésie de la conférence de rédaction matinale. Tous les chefs de rubrique marchaient comme un seul homme vers le bureau de Coleman Brien, dit Grand-papa (nous avions tous trop peur de lui pour lui trouver un autre sobriquet).

Jacinta a trottiné vers moi sur ses hauts talons.

— Grace, où tu étais passée ?

Je lui ai montré mon butin.

— Écoute, je ne peux pas assister à cette réunion.

Jacinta trouve toujours un prétexte. Elle doit conduire son enfant chez le dentiste, chez la diététicienne ou bien à Eurodisney.

— D'accord. Lequel de ces sujets je propose ?

Elle a parcouru mes notes.

Le lifting des yeux à l'heure du déjeuner, le cancer du sein et le surpoids chez les gosses.

J'ai déchiré l'emballage de mes bonbons et je m'en suis fourré une pleine poignée dans la bouche. Je ne pouvais pas entrer dans la salle avec le paquet, parce que Grand-papa ne supporte pas le bruit du papier froissé.

Quand je me suis discrètement faufilée à l'intérieur, la conférence avait déjà commencé. Jonno Fido, du desk, annonçait les gros titres de la journée. Adossée à une armoire de rangement, j'ai écouté d'une oreille distraite tout en suçant mes bonbons. Je les dégustais tranquillement quand soudain j'ai senti un goût âcre. Zut, j'étais tombée sur un jaune. Comment c'était possible ? Il devait être là à m'attendre, planqué parmi les rouges et les noirs. Je ne pouvais pas le recracher et me mettre à brailler comme je l'aurais fait à la maison. J'allais devoir le sucer jusqu'au bout.

Jonno avait fini son topo. La rubrique Étranger a enchaîné, suivie par le Sport et les Faits divers (et ce jour-là il y en avait un paquet).

— Politique intérieure ?

David Thornberry s'est redressé sur son siège.

— Toujours l'affaire Dee Rossini. Vendredi, la nouvelle a circulé qu'elle aurait fait repeindre sa maison à l'œil.

J'étais au courant. C'était le fameux petit scandale qui avait retenu Damien l'autre jour. J'ai mis fin à mes vagabondages mentaux au sujet de la perfidie des bonbons jaunes et me suis mise à écouter pour de bon. Dee Rossini occupait le fauteuil de ministre de l'Éducation et dirigeait le New Ireland, avec Paddy de Courcy pour bras droit.

— Une mise au point est arrivée pendant le week-end. Rossini aurait envoyé un chèque à l'entrepreneur en novembre dernier, mais celui-ci ne l'aurait jamais encaissé. De mon côté, j'ai eu vent d'une autre histoire. Exclusive, celle-là. Rossini n'a pas réglé la note de l'hôtel qui a organisé le mariage de sa fille. Elle prétend, là encore, avoir envoyé un chèque, mais à l'hôtel la direction dit lui avoir adressé plusieurs courriers de relance. Quelqu'un ment. En fouillant un peu, j'ai découvert que l'établissement en question appartient au groupe Mannix.

Thornberry a marqué une pause rhétorique avant de poursuivre :

— Or Mannix possède également R&D Decorators, l'entreprise qui aurait peint la maison de Rossini pour des clopinettes. Manifestement, elle les a à la bonne.

L'explication avancée par Thornberry était que, en tant que ministre de l'Éducation, Dee Rossini se trouvait en position de signer des contrats portant sur la construction de nouveaux établissements, et que le groupe Mannix lui accordait quelques faveurs en échange de marchés juteux. Si cette histoire était vraie, la réputation du New Ireland risquait d'en prendre un coup.

— Il peut aussi s'agir d'une machination, a fait observer

Grand-papa, fervent partisan du New Ireland. Alors on y va mollo.

Ulcéré de voir son beau scoop passer à la trappe, Thornberry a répliqué :

— Si elle est réellement coupable de ce qu'on lui reproche, on nous soupçonnera de l'avoir couverte. Et si nous n'exploitons pas ce tuyau, quelqu'un d'autre le fera. Ma source ira frapper à d'autres portes.

De sa voix de stentor, Grand-papa a répété :

— Je t'ai dit de mettre la pédale douce.

— Si nous n'y allons pas franco, quelqu'un va reprendre l'histoire, et nous passerons pour des billes. Vous imaginez l'effet désastreux pour la coalition qu'ils forment avec le parti nationaliste d'Irlande ? Le Panade associé à des politiciens corrompus ?

— Dee Rossini n'est pas corrompue, et si le Panade ne veut pas d'escrocs à la tête du pays, il devra exiger la démission de tous ses ministres.

— Mais bon sang…

— Bien, on passe aux reportages, l'a coupé Grand-papa.

Il a balayé la salle du regard, à la recherche de Jacinta, et j'ai levé la main pour signaler ma présence.

— Jacinta vous demande de l'excuser.

— Qu'est-ce qu'on a ?

— Le lifting des yeux à la pause déjeuner ?

— Pas question que Jacinta Kinsella se fasse lifter les yeux à mes frais. Ensuite ?

— Le cancer du sein. Un rapport vient d'être rendu public. Il s'avère que l'Irlande présente un pourcentage élevé de faux examens négatifs. Nous sommes largement au-dessus de la moyenne européenne dans ce domaine.

— Autre chose ?

— L'obésité chez les enfants. Les nouveaux chiffres sont alarmants.

— Non et non. J'en ai ras le bol des jeux vidéo et de la malbouffe. Restes-en au cancer du sein.

Super, c'était justement le sujet qui m'intéressait.

Mon portable s'est mis à sonner. Contrairement à ce qui se

passe ailleurs, dans une salle de rédaction, la sonnerie de votre portable au milieu d'une réunion n'est pas un crime majeur, parce que les chefs de rubrique doivent pouvoir être joints à tout moment par les journalistes partis enquêter sur le terrain.

En regardant le numéro, j'ai cru que j'hallucinais. Qu'est-ce qu'il voulait encore ? Sans hésiter, j'ai éteint mon téléphone.

— Passons au supplément du week-end, a poursuivi Grand-papa.

La parole était maintenant à Desmond Hume, un petit bonhomme ergoteur, dont la conversation avait un effet étonnamment soporifique (son petit nom au journal était Desmond Hume, « Tu dors ou tu fumes ? »). Desmond a secoué la tête. La semaine n'était pas encore assez avancée, et il n'avait rien.

— Calendrier mondain ?

Declan O'Dowd a manifesté sa présence. Il suppléait le vrai M. Calendrier mondain, j'ai nommé Roger McEliss, « le poivrot de service », qui était resté chez lui, probablement penché sur la cuvette des toilettes à rendre ses tripes. (Comme le problème de la poule et de l'œuf, nous débattions souvent afin de savoir ce qui venait en premier, du calendrier mondain ou du problème d'alcool.)

Declan O'Dowd était un pauvre garçon qui devait suer sang et eau derrière son bureau pour composer une page à partir des bribes que lui lâchait McEliss entre deux cuites.

Declan, « Je suis resté en plan », n'avait la chance de réellement tenir son rôle de chroniqueur mondain, autrement dit d'assister aux premières et aux raouts, que pendant les cures de désintox que devait subir McEliss deux fois l'an.

— La future Mme de Courcy a été vue essayant une robe de mariée.

— Des photos ?

— Oui.

Mon sevrage tabagique me rendait encore moins patiente que d'ordinaire.

— D'une source anonyme et totalement désintéressée, je parie.

Il était clair que ces photos venaient du service de presse du New Ireland. Au moment où des scandales éclaboussaient Dee

Rossini, il était important de faire diversion avec des photos de la fiancée de Paddy de Courcy dans une grosse meringue en dentelle.

Au moment où nous regagnions tous nos bureaux, Grand-papa m'a rappelée.

Bon sang, qu'est-ce qu'il me voulait encore ? Un papier élogieux sur le snack de sa belle-fille ? Un dithyrambe de deux mille mots sur la nouvelle coupe de cheveux de son petit-fils ?

Mais il m'a glissé une pièce de monnaie dans la main.

— Tiens, pour ton bus. J'ai appris pour ta voiture. Quatre mois seulement, et c'était ta première.

Il avait l'air hilare, et j'ai feint d'apprécier la blague. J'avais pas le choix. Puis j'ai jeté un coup d'œil à la pièce. Cinquante centimes !

— Quoi, c'est pas assez ?

— Non, le ticket coûte un euro vingt.

— Tant que ça ?

Il a raclé le fond de ses poches et m'a tendu une pièce d'un euro.

— Garde la monnaie, m'a-t-il dit en rigolant. Ou mieux, mets-la de côté pour ton ticket de demain.

David Thornberry piquait une grosse crise. Je l'entendais fulminer à vingt bureaux de là.

— Non mais tu peux croire ce que m'a dit ce vieux ringard ? On ne va pas gâcher un scoop parce qu'on a de la sympathie pour les gens impliqués. Qu'est-ce que c'est que cette façon de diriger un journal ?

Mais Thornberry se trompait. De tout temps les journaux ont protégé leurs amis et enfoncé leurs ennemis. Des journalistes ont emporté dans la tombe des histoires dont la révélation aurait pu faire tomber des gouvernements, et des innocents ont été contraints à la démission, voire à l'exil, à la suite d'une chasse aux sorcières orchestrée par les médias.

— Est-ce que quelqu'un a le portable de Paddy de Courcy ? a demandé David à la cantonade.

— Consulte la base de données.

— Je veux parler de son vrai numéro.

J'ai baissé les yeux. J'aurais dû le donner, qu'est-ce que ça pouvait bien faire ? Je ne lui parlerais plus jamais...

Jacinta n'était toujours pas revenue. J'ai essayé de mettre le grappin sur TC, mais il était déjà sur autre chose. Alors j'ai embauché Lorraine.

— Tiens, voilà un joli rapport avec plein de beaux graphiques. Si tu pouvais me le traduire dans une langue intelligible et m'écrire un papier de quatre cents mots sur la façon dont le cancer du sein se propage aux autres organes, avec échelles de temps, réaction aux traitements et tout le toutim.

Sur ce, j'ai décroché mon téléphone à la recherche de femmes à qui on avait faussement déclaré qu'elles n'avaient pas de cancer du sein. J'ai commencé par le Centre national du cancer, puis j'ai appelé l'hôpital St Luke, spécialisé en oncologie, et quatre autres établissements de soins. Tous ont été très aimables et ont pris mon numéro en me disant qu'ils allaient voir s'ils trouvaient une patiente acceptant de me parler.

— Il faut que ce soit aujourd'hui, ai-je insisté. L'article doit paraître dans l'édition de demain.

J'ai ensuite essayé les groupes de soutien sur le Web. Mais sans plus de succès. Puis j'ai appelé Bid en espérant qu'une femme atteinte d'un cancer du sein aurait occupé le lit voisin du sien pendant sa chimio. Mais là encore j'ai fait chou blanc. Il y avait des cancers du côlon, de la prostate, des ovaires et, bien sûr, des poumons, mais pas de cancer du sein.

— Mate un peu, le voilà, m'a glissé TC. Accroche-toi.

La composition de l'air venait de changer. À midi trente-sept, Casey Kaplan daignait enfin se montrer dans nos locaux. Santiags râpées aux pieds, il était vêtu d'un pantalon de cuir assez moulant pour que le monde entier sache que l'homme portait à gauche, d'une chemise noire à franges blanches dans le style western, d'un gilet de cuir et d'un lacet de cuir fermant son col.

Il a pointé un doigt dans ma direction.

— J'ai un message pour toi de la part de Dan Spancil.

Dan Spancil était un musicien que j'avais réussi à interviewer au prix de nombreuses tractations avec son attaché de presse. Et voilà que Casey Kaplan m'en parlait comme s'il venait de passer le week-end avec lui.

— Il dit que t'as la rock attitude.

— Comme c'est gentil, ai-je répondu. Je lui retourne le compliment.

Casey s'est attardé devant mon bureau.

— Jacinta est là ?

J'ai fait mine de lever les yeux de mes notes.

— Non.

— Où elle est ?

— Sortie.

— T'as du taf ?

— Oui.

Il a ricané.

— Brave petite.

Sur ce, il s'est éloigné de sa démarche nonchalante, et j'ai pu reprendre le cours de mes pensées. J'ai passé en revue tous les gens que j'avais pu rencontrer récemment à des réunions privées ou professionnelles. Quelqu'un m'avait-il parlé d'une infirmière en oncologie, d'une femme atteinte d'un cancer du sein ? J'en venais à regretter amèrement l'absence de nicotine dans mon organisme. J'étais sûre que, si j'avais pu fumer, ma mémoire aurait mieux fonctionné.

En tout dernier recours, je pouvais me servir des témoignages publiés sur Internet, mais ça ne marcherait pas. Il me fallait une touche d'authenticité, des détails glanés durant ma visite chez la malade (de jolis rideaux à fleurs, des photos de famille exposées sur la cheminée comme autant de témoignages d'un temps plus heureux).

Tout en réfléchissant, je faisais rebondir mon stylo sur la surface de mon bureau. Je suis en général appliquée dans mon travail. Mais, cette fois, je voulais traiter mon sujet encore mieux que d'habitude. La désinvolture et la parcimonie avec lesquelles on traitait la santé des femmes me donnaient envie de pleurer de rage. Si le même taux de faux résultats avait concerné le cancer des testicules, l'affaire aurait certainement fait beaucoup plus de bruit.

— Arrête de tripoter ce stylo, a rouspété TC.

Je pouvais simplement me pointer au centre de soins palliatifs et explorer les couloirs jusqu'à ce que j'aie trouvé une femme à interviewer parmi les malades en phase terminale, mais mes scrupules me retenaient.

La seule chose à faire était de s'introduire dans le ventre de la bête, autrement dit dans l'une des unités spécialisées citées dans le rapport. Il était inutile de les appeler, car ces gens seraient sur la défensive. Le mieux était de me présenter en personne.

J'ai rallumé mon téléphone portable et attendu le double bip, mais rien n'est venu. Il n'avait pas laissé de message.

À toute allure, j'ai fait cliquer mon stylo une bonne dizaine de fois dans l'oreille de TC et annoncé :

— Je pars sur une affaire.

— Le service des biopsies, ai-je demandé à l'accueil.

— Prenez à gauche, à gauche encore à la double porte, puis à droite au crucifix.

Arrivée dans la salle d'attente, j'ai pris un siège. À ma grande surprise, les magazines ne remontaient pas à Mathusalem. J'en ai feuilleté un. J'avais besoin d'accéder aux dossiers informatisés des malades, mais, pour ça, il me fallait l'aide d'une personne travaillant dans le service. De préférence quelqu'un qui détestait son boulot.

À l'accueil, la fille tapait sur son clavier d'un air studieux. Une employée modèle. Elle n'était pas pour moi.

Pour faire un bon journaliste, il faut de la patience et du culot. Pour le moment, je n'avais besoin que de patience. J'ai donc attendu en tambourinant du bout des doigts sur mon genou.

L'endroit était une vraie ruche. Des gens arrivaient sans cesse, s'annonçaient à la fille de l'accueil, s'installaient sur les sièges et, au bout d'un moment, étaient appelés par les infirmières.

Sous prétexte d'aller aux toilettes, j'ai fait un petit tour d'exploration. Ni vu ni connu, j'ai passé la tête à l'intérieur de plusieurs portes, mais, à part la surprise causée à un homme qui s'apprêtait à subir un examen du rectum, je n'ai rien vu d'intéressant. Je suis retournée m'asseoir à ma place. Les minutes passant, j'ai commencé à flancher. Inutile de me raconter des histoires, j'allais me planter et rentrer bredouille au journal.

Je détestais l'échec. Or rien n'est plus lamentable qu'une journaliste qui rentre les mains vides. Une folle pensée m'a traversé l'esprit. Je pouvais fabriquer mon reportage à partir de l'expérience de tante Bid et des infos glanées sur Internet.

Mais cette idée géniale est repartie comme elle était venue. La supercherie serait découverte, je me ferais virer, et plus personne ne voudrait m'embaucher.

Après tout, ce n'était pas si souvent que je n'obtenais pas d'histoire. Puis je me suis souvenue du grain de sable dans mon huître, du caillou dans ma chaussure. Cette fichue Lola Daly. Tout le monde s'était payé ma tête. Une minable styliste aux cheveux violets, et je n'étais même pas capable de la faire parler de son ex.

Mais, à la différence de Lola Daly, l'histoire d'aujourd'hui avait une réelle importance à mes yeux. Ces pauvres femmes à qui on avait dit qu'elles n'avaient rien à craindre. On les avait livrées à la maladie, qui avait colonisé leur organisme. Elles méritaient qu'on leur donne la parole. Sans compter que ce serait une occasion de mettre le ministère de la Santé face à ses responsabilités et d'obtenir son engagement que rien de tel ne se reproduirait plus.

Plongée dans mes sombres pensées, je n'ai pas tout de suite prêté attention à la furie qui passait en trombe devant moi.

La femme parlait dans sa barbe, et tout son être respirait le ressentiment. Elle a fait irruption dans un bureau situé près de l'accueil, mais, avant qu'elle referme la porte avec fracas, je l'ai entendue lâcher d'un ton acrimonieux :

— Combien de fois…

Merci, mon Dieu !

Je l'ai vue ressortir quelques minutes plus tard. Elle a traversé le couloir sans remarquer que je la suivais. Quand elle s'est arrêtée pour ouvrir une porte, j'ai tenté ma chance. J'avais été suffisamment patiente, il était temps de montrer que j'avais aussi du culot.

— Excusez-moi.

La femme a tourné vers moi un regard hostile.

— Quoi ?

J'ai affiché mon plus beau sourire.

— Bonjour, je m'appelle Grace Gildee et j'aimerais vous demander deux ou trois choses au sujet des biopsies.

— Je n'ai rien à voir avec les biopsies. Suivez ce couloir et demandez à l'accueil.

Sur ce, elle a poursuivi son chemin. Elle avait parcouru quelques mètres quand je lui ai lancé :

— En fait, c'est probablement mieux que vous n'ayez rien à voir avec les biopsies.

Elle s'est retournée, visiblement intriguée.

— Pourquoi ?

— Parce que je me demandais si vous pouviez m'aider.

Les émotions les plus diverses se sont succédé dans son regard. Après la confusion, la curiosité, puis l'éclat mauvais quand elle a compris.

— Vous êtes journaliste ? C'est au sujet du rapport ?

J'ai souri de toutes mes dents.

— Tout juste.

Le moment qui allait suivre serait décisif. Soit elle appelait la sécurité, soit elle acceptait de m'aider. Je la voyais indécise, alors j'ai tenté de l'amadouer.

— Je n'ai besoin que de quelques noms et adresses. Personne ne saura jamais que ces informations viennent de vous.

Pourtant, elle restait hésitante. Elle mourait d'envie de nuire à ses employeurs, mais il n'était pas dans sa nature d'aider qui que ce soit.

— Ça créera des problèmes au service ? m'a-t-elle demandé.

— Oui, soyez-en sûre. Je n'ai besoin que de quelques noms, trois tout au plus, peut-être quatre, et si possible de gens vivant à Dublin.

— Vous n'êtes pas très exigeante.

Refoulant une bouffée d'agressivité due au sevrage tabagique, j'ai encore élargi mon sourire.

— Je vous demande seulement de me communiquer le nom et l'adresse de cinq femmes à qui on a donné de faux résultats négatifs. Vous n'imaginez pas le service que vous me rendrez.

Elle s'est mordillé la lèvre tout en réfléchissant.

— Ce n'est pas mon domaine, mais je vais voir ce que je peux faire. Attendez-moi sur le parking, près de la grande statue blanche de Marie, au pied de la croix. Si j'arrive à dénicher quelque chose, je vous retrouverai là-bas.

J'ai été tentée de lui demander combien de temps elle allait mettre, mais je me suis dit que ce serait une mauvaise idée. Cette femme pouvait me glisser entre les doigts comme une anguille.

Je me suis assise au pied de la Vierge éplorée et j'ai attendu, attendu. J'aurais voulu pouvoir fumer. Le tabac est indispensable au travail de journaliste. Il nous occupe pendant les nombreux temps morts qu'implique le travail d'enquête. Puis, une fois que nous tenons notre histoire, la cigarette est encore une précieuse alliée quand s'engage la course contre la montre afin que l'article soit prêt pour le bouclage.

Mais, en un sens, cet exercice de mortification me procurait un plaisir un peu pervers.

Le temps passant, j'ai senti une vieille brûlure se réveiller au creux de mon estomac. La femme s'était peut-être dégonflée. Elle n'avait peut-être jamais eu l'intention de revenir. J'ai fouillé dans mon sac à la recherche d'un pansement gastrique. De nouveau, je flanchais et je m'imaginais rentrant bredouille au journal. Je me représentais très bien la scène : les railleries, la fureur de Jacinta, l'exaspération de Grand-papa devant une page vide dans son journal. Mais soudain la femme s'est matérialisée devant moi. Elle m'a fourré un papier entre les mains et m'a dit : « Ça ne vient pas de moi », puis elle a disparu.

Elle s'était bien débrouillée. J'avais là six noms et adresses. Sans perdre une seconde, j'ai arrêté un taxi et appelé l'icono pour qu'on m'envoie un photographe.

La maison et son jardin étaient à l'évidence bien entretenus. Une jeune fille est venue m'ouvrir la porte « fraîchement repeinte et ornée d'un heurtoir en cuivre bien astiqué ». J'ai souri à m'en donner des crampes. Voilà le genre de circonstance où j'aurais apprécié d'avoir mon tailleur et mon rang de perles.

— Bonjour, serait-il possible de parler à votre mère ?

— Elle est couchée.

— Je m'appelle Grace et je travaille pour le *Spokesman*. Je sais que votre mère est très malade, mais je me demandais si je pourrais avoir une brève conversation avec elle. Ça ne prendra que quelques minutes.

Impassible, la jeune fille m'a répondu :

— Je vais lui demander.

Elle est montée à l'étage, d'où elle est redescendue presque aussitôt.

— Ma mère demande ce que vous lui voulez.

J'ai pris ma voix la plus douce.

— C'est à propos des résultats de sa biopsie. Ceux qui sont revenus négatifs.

Une crispation presque imperceptible est passée sur le visage de la jeune fille. Elle a remonté l'escalier. Quand elle est réapparue un instant plus tard, elle m'a dit :

— Vous pouvez entrer.

J'ai été guidée dans l'étroit escalier (« moquette beige, affiches de Jack Vettriano ») jusqu'à une chambre à l'arrière de la maison. Les rideaux étaient tirés, il régnait dans la pièce une épouvantable odeur de maladie. Les traits las, le teint jaune, la femme allongée dans le lit était aux portes de la mort.

Je me suis avancée lentement.

— Madame Singer, je suis désolée de me présenter ainsi chez vous.

Je lui ai parlé du rapport et j'ai ajouté :

— Peut-être accepterez-vous que je raconte ce qui vous est arrivé dans mon journal ?

Elle est restée sans réaction, puis d'une voix faible elle a dit :

— D'accord.

Son histoire était tragique. Un jour, elle avait palpé une grosseur dans sa poitrine. Quand sa biopsie était revenue avec un résultat négatif, le soulagement avait été si grand que toute la famille était partie en vacances. Mais, environ six semaines plus tard, Mme Singer s'était sentie très fatiguée. La nuit, elle avait des suées qui trempaient son lit. On lui avait fait subir toutes sortes d'examens, mais le cancer du sein avait été écarté à cause des résultats de sa biopsie. Alors elle avait demandé une autre biopsie, parce que, avec l'intuition dont les gens font preuve quand il s'agit de leur propre corps, elle pensait que son problème se trouvait là. Mais on la lui avait refusée. Quand elle avait découvert une deuxième grosseur, le cancer avait déjà gagné les ganglions lymphatiques. On lui avait prescrit une chimio carabinée – j'ai pensé à Bid et senti la peur me picoter le bout des doigts –, mais il était trop tard.

Le traitement l'avait tellement affaiblie que sa voix était à peine captée par mon dictaphone. Je griffonnais dans mon calepin, essayant de ne pas perdre un seul mot, quand j'ai entendu quelqu'un remonter l'escalier quatre à quatre.

La jeune fille qui m'avait ouvert la porte a fait irruption dans la chambre.

— Maman, Susan refuse d'éplucher les patates.

— Est-ce que tu peux t'en charger à sa place, ma chérie ?

— Mais il faut que je glisse ma main à l'intérieur du poulet, c'est pire !

La jeune fille est repartie et, un instant plus tard, des éclats de voix ont retenti au rez-de-chaussée.

— Je m'inquiète pour mes filles, m'a confié Mme Singer. Elles ont quatorze et quinze ans, c'est un mauvais âge pour les abandonner.

J'ai hoché la tête. Je ne pleure jamais dans mon travail. Il a fallu que je m'endurcisse, mais il m'arrive parfois d'avoir le nez qui me gratte drôlement, et alors une immense tristesse m'envahit, comme ce jour-là devant cette femme.

La jeune fille est revenue dans la chambre.

— Il y a un homme dehors. Il dit qu'il est photographe.

J'étais gênée.

— Je suis désolée, j'aurais dû vous prévenir.

— Je suis affreuse, je ne veux pas être photographiée dans cet état.

Hélas, c'était justement l'effet que nous recherchions.

— On pourrait te maquiller, a proposé sa fille. Et on pourrait être sur la photo, nous aussi.

Nous avons patienté une vingtaine de minutes, le temps que les deux sœurs étalent sur le visage de leur mère une épaisse couche de fond de teint et du rouge à lèvres rose. Le portrait de ces jeunes filles en pleine santé posant aux côtés de leur mère agonisante aurait brisé le cœur le plus endurci.

Keith Christie, le photographe, était venu avec sa voiture. Il nous a conduits jusqu'à la deuxième adresse de ma liste, où le mari nous a dit de dégager. « Sales charognards ! a-t-il hurlé, tandis que Keith repartait en marche arrière dans l'allée en cul-de-sac.

— Où on va, maintenant ? m'a-t-il demandé.

— À Booterstown.

— Laisse tourner le moteur pendant que je vais voir, au cas où ça se passerait mal, ai-je dit à Keith quand nous sommes arrivés.

Mais, cette fois, on nous a laissés entrer. La femme avait une cinquantaine d'années, soit dix de plus que Mme Singer, et son histoire était tout aussi terrifiante.

Après l'interview, Keith et moi sommes rentrés au journal en silence. Je devais rédiger mon papier, et lui développer ses photos. Même si j'étais habituée à côtoyer des drames, cet après-midi au contact de la mort m'avait sapé le moral. Je pensais à Bid. Elle n'avait pas intérêt à mourir. Nom de Dieu, ce que j'avais envie d'une clope.

En montant à la salle de rédaction, j'ai entendu des rires et des gloussements. Quand j'ai poussé la porte, j'ai vu un attroupement. Quelqu'un tenait un document qu'il lisait à voix haute, pendant que les autres se gondolaient.

— Grace, amène-toi. Viens voir ça !

Je me suis approchée, piquée par la curiosité.

— Qu'est-ce que c'est ?

Je me suis arrêtée net quand j'ai compris. C'était une copie du rapport de police concernant le vol de ma voiture. Dickie McGuinness s'était introduit dans la base de données de la police et avait envoyé le rapport par mail à tout le journal. Pour plus de rigolade, certains passages avaient été surlignés : « une voiture de quatre mois... », « aspergée d'essence et embrasée... », « il n'en est resté que la carcasse métallique... »

J'ai terminé tard au journal. Il était rare qu'une chance me soit offerte d'améliorer le monde. Alors, pour mon article sur le cancer du sein, je devais trouver le ton juste. Indigné mais pas vindicatif, émouvant mais pas déprimant au point que les gens renoncent à le lire. L'exercice n'était pas facile. Dès que j'ai mis un point final à mon papier, j'ai eu envie de boire un verre, mais nous étions lundi soir, et personne n'allait chez Dinnegans. Alors, bien à contrecœur, vous pouvez me croire, je suis allée à la piscine pour me déstresser en pratiquant une saine activité sportive.

Quand j'en suis ressortie, l'idée d'attendre le bus m'a paru insupportable. J'ai donc marché en concevant l'ambitieux projet de le faire tous les jours jusqu'à ce que ma voiture soit réparée. Ça m'aiderait à perdre les kilos superflus que me vaudrait immanquablement mon sevrage tabagique.

En chemin, j'ai appelé Damien et je lui ai parlé de Mme Singer.

— J'étais si triste.

— C'est bien, ça prouve que tu n'es pas encore blasée.

— Merci pour tes encouragements. Passe une bonne soirée.

Le lundi, Damien passait sa soirée entre hommes. Il buvait du whisky, jouait au poker et profitait à plein d'une indépendance qu'il revendiquait souvent.

— Je rentrerai tard, m'a-t-il dit.

— Comme tu veux.

— Est-ce que j'entends une pointe d'envie dans ta voix ?

Damien se plaisait à croire que j'étais jalouse de tous les moments qu'il passait avec ses potes, et je ne faisais rien pour le détromper. L'homme n'est rien sans ses luttes.

J'ai regagné une maison vide que j'aimais avoir pour moi toute seule et ouvert la porte du frigo. J'avais grignoté toute la journée, mais j'avais encore faim. Par habitude, j'ai allumé la télévision. C'était l'heure du journal. En entendant prononcer le nom de Paddy de Courcy, je suis ressortie à toute blinde de la cuisine et, depuis la porte, j'ai regardé l'écran. Dans un luxueux costume bleu marine, Paddy marchait à grands pas dans un couloir, suivi par une femme qui serrait contre elle une planchette presse-papiers. Près du député, un journaliste tentait de lui emboîter le pas et n'arrivait qu'à sautiller d'une manière ridicule. Il tenait un micro devant la jolie bouche de Paddy dans l'espoir de recueillir toutes les perles de sagesse qui en sortiraient. Paddy souriait, mais il souriait continuellement, sauf quand une tragédie lui imposait de prendre l'expression attristée de circonstance.

Les questions portaient sur Dee Rossini.

« Dee est l'honnêteté incarnée, a déclaré Paddy. Elle a mon soutien et celui de tout le parti. »

Le téléphone a sonné, et j'ai sursauté d'un air coupable.

C'était peut-être Damien. Il lui arrivait parfois de se sentir d'humeur sentimentale après son quatrième verre.

— Grace ?

— Marnie !

— Vite, passe sur Sky TV.

J'ai attrapé la télécommande et zappé sur des images d'un homme qui avait appris à son singe à tricoter. C'était vraiment époustouflant. L'animal, prénommé Ginger, tenait les aiguilles entre ses pattes. Il a ajouté quelques mailles à une petite écharpe rouge à sa taille, et son maître a déclaré que, l'écharpe terminée, il lui apprendrait à tricoter des chaussons. Je regardais de Dublin, Marnie de Londres, et toutes les deux nous hurlions de rire.

— C'est fantastique, a dit Marnie. J'avais vraiment besoin de ça.

Mon cœur s'est serré. Je m'étais toujours fait du souci pour Marnie, mais, depuis quelque temps, mon inquiétude n'avait fait qu'empirer.

Plus que tout au monde, je désirais la voir heureuse, mais Marnie ne semblait jamais pleinement sereine. Même à la naissance de Daisy et Verity, elle gardait encore un fond de mélancolie sous sa joie d'être mère.

— Qu'est-ce qu'il y a ? ai-je demandé.

— Je m'inquiète pour Bid. Quand je lui ai parlé hier, elle avait l'air en forme, mais toi, qu'est-ce que tu en penses ?

— Difficile à dire. Nous ne serons sûrs de rien tant qu'elle ne sera pas arrivée au bout de ses six séances de chimio.

— Quoi qu'il en soit, dans trois jours je pourrai me faire ma propre opinion.

Dès que le cancer de Bid avait été diagnostiqué, Marnie avait demandé quelques jours de congé à son travail. Elle débarquerait de Londres jeudi avec Nick, son mari, et leurs deux filles.

— J'irai directement chez maman du journal, ai-je dit.

— Comment ça va, au boulot ?

Je lui avais fait part de mes déboires avec Casey Kaplan. En dehors de Damien, Marnie était la seule personne au monde à qui je pouvais tout raconter.

De nous deux, elle était la plus intelligente, mais, pour une raison inexplicable, elle avait un poste d'employée de bureau sans intérêt chez un courtier en crédits immobiliers, pendant que moi, j'interviewais des célébrités. Pourtant, Marnie ne me reprochait pas d'être plus chanceuse qu'elle.

— La journée n'a pas été géniale, ai-je répondu.

— Laisse-moi deviner, on t'a envoyée couvrir un championnat de labourage, pendant que Kaplan interviewait le pape, Johnny Depp et… souffle-moi un nom.

— J.D. Salinger, il n'a pas accordé une seule entrevue à un journaliste depuis des siècles.

— Je le croyais mort.

— Peut-être qu'il l'est.

— S'il est effectivement mort, ce serait un formidable coup médiatique. Attends, j'ai encore mieux. Marilyn Monroe a établi un contact depuis l'au-delà. Elle n'accordera qu'une seule interview et elle a choisi Casey Kaplan.

— Et, pendant cet entretien, elle révélera le nom du véritable assassin de John Fitzgerald Kennedy.

— Et pour ta voiture ?

J'ai poussé un grognement dans le combiné.

— OK, je crois que j'ai capté le message. Alors, au revoir et à jeudi.

J'étais sur le point de me coucher avec mon Michael Connolly quand le téléphone a encore sonné.

— Bonsoir, Grace, c'est Manus Gildee, ton père.
— Bonsoir, papa.
— Ta mère veut savoir à quelle heure tu vas chercher Marnie et sa troupe à l'aéroport jeudi.
— Moi ? Mais pourquoi pas vous ?
— Je n'en ai aucune envie. La dernière fois, Verity a vomi dans la voiture. Le tapis de sol est encore tout imprégné de l'odeur, et ça dérange Bingo.
— Je te rappelle que je ne suis plus motorisée.
— Tu sais à quoi ressemble ma vie, en ce moment ? Les gens me demandent si j'ai des projets pour la soirée, comme aller au théâtre, au concert, au restaurant avec des amis, et je leur réponds : ne pas fumer. Oui, toute la journée, du moment où je me lève à celui où je me couche, ma seule activité consiste à ne pas allumer de cigarette.
Bon sang, ça ne faisait qu'un jour, je n'osais imaginer dans quel état il serait au bout d'une semaine de sevrage.
— Alors, c'est toi qui vas à l'aéroport, papa ?
— Sans mes cigarettes, je me sens... comment dire... inabouti.
— Tu iras à l'aéroport ?
— Oui, oui, m'a-t-il répondu avec irritation. J'irai à cette saleté d'aéroport.

J'étais en train de m'enfoncer dans le sommeil quand j'ai entendu la porte d'entrée s'ouvrir, puis le bruit d'un attaché-case poussé d'un coup de pied sous la table du vestibule. Damien rentrait de sa soirée entre hommes.
— Grace, a-t-il appelé en grimpant l'escalier. Tu dors ?
— Non, plus maintenant. Qu'est-ce qu'il y a ? Et va droit au but, parce que je dois me lever dans quatre heures pour prendre l'avion. J'ai une interview à Londres demain.
J'ai entendu le bruit sec de la fermeture éclair de son blouson en cuir.
— D'accord, je serai bref. Que dirais-tu d'avoir un bébé ?
Je l'ai considéré d'un œil dubitatif.
— Maintenant ?
En riant, il s'est assis sur le lit pour ôter ses bottes.

En général, Damien abordait ce sujet quand il n'était pas satisfait de sa vie. Quand ce n'était pas le projet d'avoir un enfant, c'était celui de laisser tomber nos boulots respectifs et de partir en voyage.

— Qu'est-ce qui t'a fourré cette idée dans la tête ? Un des gars avec qui tu joues au poker vient d'avoir un bébé ?

— Ouais, Sean. Et, au journal, ils sont tous papas.

— Bon sang, Damien, on ne parle pas d'une voiture de fonction.

— Oui, je sais bien, mais tu devrais les entendre, tous ces gars qui se targuent de se lever trois fois par nuit pour donner le biberon.

— Ah vraiment ? ai-je dit dans un bâillement.

La seule perspective de devoir me relever trois fois par nuit avait suffi à me décourager.

— Quatre de mes collègues viennent d'avoir un bébé, et tous les matins ils débarquent avec de nouvelles histoires. C'est à celui qui aura le moins fermé l'œil. Angus Sprott ne s'est pas couché depuis juillet dernier. Tiens, maintenant c'est moi qui bâille. À côté d'eux, j'ai l'impression d'être une lopette qui a besoin de dormir ses sept heures par nuit.

— L'herbe est toujours plus verte...

— Tu n'as rien d'autre pour me convaincre ?

— Tu ferais un père exécrable, tu es trop lunatique.

Ma réponse a paru le réconforter.

— Tu le crois sincèrement ?

— Oh oui. Et puis nous devrions vendre cette maison. Elle serait trop petite, si nous avions un enfant. Il faudrait s'exiler à des kilomètres de Dublin, dans un lotissement de pavillons tous identiques.

— Finalement, on ferait mieux de s'abstenir.

— Oui, comme tu dis.

Je ne voulais pas d'enfant. De toutes les confessions honteuses qu'une femme peut être amenée à faire – s'être fait augmenter les seins ou avoir couché avec le père de son petit ami –, celle-ci était de loin la plus taboue. J'avais lu assez de magazines féminins pour savoir que, à l'approche de la trentaine, mes hormones prendraient le dessus et m'insuffleraient un irrépressible désir d'enfant. La perspective était séduisante, mais rien de tel ne s'était produit. Marnie était tout le contraire de moi, au point que je me demandais parfois s'il n'y avait pas eu une erreur à la naissance et si elle n'avait pas hérité à ce moment-là de ma part d'instinct maternel.

Bizarrement – ou peut-être pas, d'ailleurs –, je me sentais solidaire des femmes qui n'arrivaient pas à être enceintes, sans doute parce que je savais moi aussi ce que c'est que de n'avoir aucune maîtrise de son propre corps. Je voulais éprouver le désir d'enfanter, mais je n'y arrivais pas. Damien avait sur la question des sentiments plus ambivalents. Parfois, il disait que la planète était déjà surpeuplée, mais, d'autres fois, surtout quand il avait été au contact de gamins, il décrétait qu'il voulait un enfant. Puis, heureusement, au bout de quelques jours ou même de quelques heures, il changeait toujours d'avis.

Même s'il ne l'avouait pas, la véritable cause de son absence de désir d'enfant était sa famille. C'est bien sûr difficile à comprendre quand on les connaît, parce que ce sont des gens charmants, chaleureux, drôles, intelligents. Surtout intelligents. Et c'est bien là le nœud du problème. Damien occupe le troisième rang de sa fratrie. Sur les cinq enfants de la famille, trois – Brian, Hugues et Christine – sont chirurgiens. Leur père, Brian senior, était lui-même chirurgien. (Si ça vous intéresse, je vous apprendrai aussi que la mère de Damien se prénomme Christine. Autrement dit, ces gens ont baptisé leurs deux premiers enfants de leurs propres noms. Ce qui en dit long sur eux, quand on y réfléchit.)

En dehors de Damien, Deirdre est la seule qui ne soit pas chirurgien. Elle a créé son entreprise spécialisée dans l'agencement et la décoration de chambres d'enfants. Au début, elle n'y avait vu qu'un passe-temps, mais les univers qu'elle avait créés pour ses propres enfants étaient si merveilleux que bientôt tout le monde s'était battu pour les avoir. Sans comprendre comment, elle s'était donc retrouvée à la tête d'une affaire en pleine expansion. Elle n'était toutefois pas du genre à s'en vanter. La fanfaronnade n'était pas un trait de leur famille. (Autre information : Bid a les Stapleton en horreur. Elle dit d'eux qu'ils sont charmants « à vous en rendre malade ».)

Dans toute autre famille, Damien serait considéré comme un petit génie. Mais, chez les Stapleton, la profession de journaliste politique est à peine mieux considérée que celle de manutentionnaire dans un supermarché. D'accord, j'exagère un tout petit peu. Pourtant, Damien m'a confié un jour qu'il ne s'est jamais senti membre à part entière de cette famille. Pour moi, c'est là qu'il faut chercher la vraie raison de son non-désir d'enfant : il ne veut pas qu'un autre être que lui connaisse la sensation d'être un paria.

(Dernière info : je ne partagerai jamais cette analyse avec Damien, parce qu'il ne croit pas du tout à la psychanalyse. Moi non plus, du reste.)

La morale de toute cette histoire est quand même encourageante. Puisque l'un et l'autre nous ne voulons pas procréer, nous faisons l'économie d'interminables nuits de parlote sur le sujet.

De temps en temps, dans ma chronique, j'essaie de brandir l'étendard des femmes comme moi, mais c'est m'exposer au jugement péremptoire des lecteurs, dont l'abondant courrier me traite de dégénérée, de monstre et de féministe radicale.

J'ai toutefois été mise en garde (par des hommes, la plupart du temps, et je me demande bien ce qu'ils en savent) : quand j'atteindrai l'âge de la ménopause, je serai rongée par le remords, et il sera trop tard pour revenir sur mon choix égoïste. Je trouve ça un peu injuste, parce que je ne juge pas les gens qui ont des enfants, même quand, au nom de leur progéniture, ils deviennent les créatures les plus égoïstes au monde.

Qu'est-ce que ça peut me faire de savoir que leur bébé préfère l'aubergine au topinambour dans sa purée ? Je fais mine, néanmoins, de m'intéresser et pousse la conversation jusqu'au point de non-retour avec des questions sur la purée de carottes, de pommes de terre et surtout – sujet d'intense controverse – de poulet.

Est-ce que ça me dérange s'ils ouvrent la fenêtre pour que le bébé, couché bien au chaud sous une pile de couvertures, puisse respirer un peu d'air frais, alors qu'il fait déjà moins quinze dans la pièce ?

Est-ce que ça m'ennuie si, tandis que nous nous tenons devant la porte, emmitouflés dans nos manteaux et nos bonnets pour la sortie prévue au parc, bébé tombe soudain de sommeil et toute activité est suspendue sine die ?

Le plus étrange, c'est que je sais m'y prendre avec les bébés. J'adore leur odeur de lait et de talc, leur corps doux et chaud dans mes bras. Je n'ai jamais refusé de changer une couche et ne vois pas d'objection à ce qu'ils régurgitent leur biberon sur mon pull. Et, détail qui agace prodigieusement ceux qui désapprouvent mon choix de ne pas procréer, j'ai le don magique de les faire cesser de pleurer.

J'aime les bébés, mais je n'en voudrais pas pour moi.

Le lendemain soir, retour de Londres, où j'ai interviewé Antonia Allen, une starlette de second ordre dont le petit ami vient d'être surpris en galante compagnie avec un autre homme. Pour une fois, mon vol n'a pas été retardé, si bien que je suis rentrée à la maison avant Damien. J'ai mis de la musique, éteint les lumières et allumé des bougies. Il y avait des glaces dans le congélateur, des myrtilles dans le frigo (elles allaient devoir faire office de fraises) et une bouteille de vin rouge sur la table basse du salon. (Je n'avais pas préparé de repas. On nous avait servi d'infâmes paninis dans l'avion, et Damien m'avait dit qu'il avalerait quelque chose au journal.)

Impatiente, je me suis déshabillée et j'ai enfilé un peignoir par-dessus mes sous-vêtements. En me regardant dans la glace, j'ai remarqué que je portais une culotte et un soutien-gorge dépareillés. L'ensemble était de deux noirs différents. Rien de terrible à cela, mais pas ultra-sexy non plus. Est-ce que ça m'aurait tuée d'acheter de la belle lingerie ? Techniquement, non. Mais, quelque part, j'étais sans doute contre cette idée. J'étais une femme de chair et de sang, et n'avais nul besoin de m'habiller comme un fantasme masculin.

Damien disait qu'il s'en moquait, mais peut-être mentait-il. Ne risquait-il pas de me quitter un jour pour la peau soyeuse d'une fille en porte-jarretelles rouge et string en strass ?

Pendant un instant, je me suis laissée aller à considérer cette sinistre éventualité, puis je me suis ressaisie. Si Damien était ce genre d'idiot, alors il ne méritait pas mieux qu'une nana de cet acabit.

Un verre de vin à la main, je me suis allongée sur le canapé. Ça faisait si longtemps, j'en brûlais d'impatience.

Il est enfin rentré !

J'ai couru l'accueillir dans l'entrée avec un verre de vin. Telle une ménagère des années 1950, j'avais à cœur de lui faire oublier le stress de sa journée de travail pour le mettre le plus vite possible en humeur de batifoler.

Il y avait un rituel à observer, même s'il n'arrivait jamais que Damien n'ait pas la tête à ça. Je lui en étais reconnaissante, parce que j'aurais trouvé humiliant d'être repoussée dans un moment où j'avais désespérément envie de sexe. Parfois, je compatis avec les hommes (parfois seulement, parce que, la plupart du temps, je n'ai pour eux aucune pitié).

Ses cheveux ébouriffés par son casque se dressaient en touffes hirsutes sur sa tête. Il a fait glisser sa fermeture éclair. Son blouson de motard s'est ouvert sur un costume. C'était comme regarder Superman se métamorphoser, mais à l'envers.

Je l'ai attrapé par la cravate et l'ai entraîné jusqu'au salon.

— Eh, laisse-moi souffler, a-t-il tenté de protester.

Il a essayé de boire une gorgée de son vin, mais s'est cogné le genou dans la bibliothèque contre laquelle je l'avais malencontreusement poussé.

Je l'ai fait asseoir sur le canapé. À califourchon sur lui, j'ai passé ma main sous sa chemise. J'ai toujours adoré son torse.

Mais je n'en pouvais plus. Sans attendre davantage, je me suis écartée de lui et j'ai glissé ma main sous sa ceinture. Du bout des doigts, j'ai progressé doucement, en mouvements circulaires, et de mes ongles je lui ai délicatement labouré la peau.

— Et les préliminaires ? m'a demandé Damien.

— Pas le temps, j'en peux vraiment plus d'attendre.

L'effet érectile a été immédiat, comme la croissance d'une plante filmée en accéléré. Un insignifiant petit bouton qui se déplie d'un coup, puis s'allonge et grossit, jusqu'au moment de gloire où fièrement il se dresse de toute sa hauteur. J'adorais son contact rigide dans le creux de ma main.

— Soulève tes fesses, lui ai-je ordonné.

Je l'ai attrapé par les hanches pour faire glisser son pantalon. Pendant ce temps, il a déboutonné sa chemise et, dans un froissement de coton, l'a jetée dans un coin.

Il a défait l'agrafe de mon soutien-gorge. Je me suis penchée en avant, jusqu'à ce que les bonnets glissent et libèrent ma poitrine. Ni une ni deux, il m'a empoigné les seins, tout en pinçant mes tétons entre son index et son majeur. Son regard s'est brouillé, et j'ai soudain été frappée par une pensée dérangeante. Pourquoi parle-t-on d'intimité dans le sexe, alors que c'est souvent l'inverse que je ressens, comme si nous étions subitement habités par des étrangers ?

Pour tenter de rétablir le contact, j'ai murmuré à l'oreille de Damien :

— Raconte-moi tes fantasmes.

Ses fantasmes, en général, m'impliquaient moi en compagnie d'une autre femme. Un peu répétitif, mais pas dangereux. Tout bien réfléchi, je n'aurais certainement pas aimé l'entendre m'avouer qu'il rêvait de porter une couche-culotte ou de se faire fouetter.

— Passons dans la chambre, a-t-il susurré.

— Non, ça casserait toute la spontanéité.

Nous étions sur le sol du salon, moi au-dessus, le chevauchant. J'ai fermé les yeux pour me concentrer sur mes sensations.

— Grace.

— Quoi ?

— J'ai le dos en compote. Montons dans la chambre.

— D'accord.

De toute façon, je commençais à avoir mal aux genoux.

Damien a balancé un violent coup de poing dans son oreiller.

— C'est dans ces moments-là qu'elles me manquent le plus, a-t-il dit. La félicité post-coïtale n'est plus la même sans une cigarette.

— Sois fort.

— Certains d'entre nous sont des fumeurs-nés, a-t-il ajouté. C'est une composante essentielle de leur personnalité.

— Prends une myrtille.

— « Prends une myrtille », me dit-elle. (Damien a fixé du regard le plafond de notre chambre.) Un million de myrtilles ne suffiraient pas à combler le manque. J'en ai rêvé la nuit dernière.

— Tu as rêvé de myrtilles ?

— Non, de cigarettes.

— Tu devrais essayer les chewing-gums, tu sais.

— Non, ça ne marche pas.

J'ai fermé mon clapet, mais c'était dur. Damien affichait une fois de plus cette attitude machiste consistant à ne jamais compter sur une aide extérieure. Quand il avait une migraine, ce qui lui arrivait souvent, il ne prenait pas d'aspirine. Quand il attrapait une bronchite (tous les ans, en janvier), il n'allait pas chez le médecin. « À quoi bon, il va juste me prescrire des antibiotiques. » Ce comportement chez lui me rendait folle.

— N'oublie pas que, jeudi soir, Marnie, Nick et les enfants arrivent de Londres, lui ai-je dit. Maman nous invite à dîner.

— Je n'avais pas oublié, mais je te demande de ne pas me laisser seul avec Nick.

Nick, le mari de Marnie, était un enjôleur qui avait réussi à dépasser ses origines sociales pour devenir un courtier en marchandises pété de thunes. (Mes parents, socialistes de la vieille école, essayaient de désapprouver sa mentalité de capitaliste nourri aux thèses de Thatcher, mais Nick était bien trop irrésistible.)

Très m'as-tu-vu, le couple habitait une vaste demeure à Wandsworth Common, dans la banlieue de Londres. Et Marnie conduisait un 4 × 4 Porsche.

— Nick aime tout ce qui brille, disait Damien. Il va falloir que je l'écoute me vanter les avantages de la nouvelle Jaguar sur la dernière-née d'Aston Martin et se demander laquelle des deux il va s'offrir.

— Peut-être aucune. Apparemment, pour la deuxième année consécutive, son bonus va lui passer sous le nez. Le cours du chanvre s'est effondré.

Je n'ignorais rien de la situation financière du couple. Marnie me disait tout.

— Une propriétaire très soigneuse… et plusieurs autres qui l'étaient moins. Je rigole, ah, ah, ah !

Terry, le vendeur de voitures d'occasion, a planté son regard dans celui de Damien. (Autre énigme de la poule et de l'œuf. Faut-il être d'une familiarité puante pour vendre des bagnoles d'occasion, ou bien est-ce le contraire ?)

— Trêve de plaisanterie. Une seule propriétaire, une dame qui n'a jamais roulé au-dessus de soixante.

J'ai rebondi sur la pointe des pieds, dans l'espoir d'interrompre ce jeu de regards entre Terry et Damien.

— …. Impeccablement entretenue…

Il fallait que j'arrive à rediriger vers moi le rayon laser que dardaient les yeux du vendeur.

— … des pneus neufs…

Damien a fait un geste dans ma direction, mais l'autre refusait de le lâcher.

J'ai tenté de l'appeler :

— Terry !

Sans succès, il faisait la sourde oreille.

— …. Vignette et attestation de contrôle technique…

— Terry !

Je me suis éloignée d'environ un mètre et, en le visant d'un regard droit, j'ai articulé d'une voix sonore :

— La voiture est pour moi.

— Désolé, bébé.

Sur ce, il a adressé un clin d'œil à Damien.

— Écoute, bébé, lui ai-je rétorqué. Je ne t'en veux pas de faire de l'œil à mon mec. Il est craquant, non ?

Quand nous sommes repartis à bord de la voiture, Damien a fait son mea-culpa.

— J'étais comme hypnotisé, je n'arrivais plus à détacher mes yeux de lui.

— Oublie, je comprends.

C'était chouette d'être motorisés à nouveau. La voiture, une Mazda, n'était pas aussi belle que la précédente, mais après deux semaines de bus, de taxis et de moto, je n'allais pas me plaindre.

— Qu'est-ce que tu dirais d'une petite sortie pour l'étrenner ?

— On pourrait aller voir la mer à Dun Laoghaire ?

— Et, ensuite, on passera chez mes parents voir si Bid va mieux et si nous pouvons recommencer à fumer.

Damien n'a même pas hésité, ce qui prouve qu'il était d'excellente humeur. (D'ordinaire, dès qu'il est question de rendre visite à ma famille, ou à la sienne, Damien devient très hésitant. Il a beaucoup d'affection pour mes parents, insiste-t-il, et aussi pour Bid – ce qui est très magnanime de sa part, vu la façon dont elle se comporte parfois avec lui –, mais c'est le concept même de famille qui lui colle des crampes à l'estomac.)

Nous avons été accueillis par du Chostakovitch joué à plein volume. Assis, les yeux clos, papa faisait le chef d'orchestre, tandis qu'à ses pieds Bingo marchait d'avant en arrière en dansant une espèce de quadrille. On se serait cru dans une adaptation télévisée d'un roman de Jane Austen. Il ne lui manquait plus qu'un béret sur la tête. Assise à la table de la cuisine, maman lisait un ouvrage intitulé *Islamophobie : comment l'Occident a instrumentalisé l'idéologie musulmane*. Bid, coiffée d'un bonnet de laine à rayures jaunes et blanches, tournait les pages d'un roman à l'eau de rose.

Tout le monde, à l'exception de Bingo, buvait l'infecte liqueur de pissenlit de mon père.

Ma mère a été la première à remarquer notre arrivée.

— Qu'est-ce qui nous vaut l'honneur ?

— J'ai une nouvelle voiture.

Mon père a ouvert les yeux et s'est redressé dans son fauteuil.

— Ces escrocs de l'assurance ont fini par te rembourser ?

— Oui, a répondu Damien.

Nous ne toucherions pas un sou avant des mois, mais Damien préférait mentir plutôt que de subir une nouvelle diatribe de mon père.

— Comment ça va, Bid ? a demandé Damien à ma tante.

Elle a reposé son livre avant de répondre :

— Je tuerais pour une cigarette, mais merci de prendre de mes nouvelles.

— Je voulais dire en général, comment va la santé ?

— Oh, la santé, a-t-elle répété avec tristesse. Encore cinq séances de chimio, et nous pourrons tous recommencer à fumer.

Une larme a roulé le long de sa joue au teint cireux.

— Je t'en supplie, ne pleure pas ! me suis-je exclamée.

— Je n'y peux rien, c'est plus fort que moi.

Elle a caché son visage dans ses mains et s'est mise à pleurer à chaudes larmes.

— Mes cigarettes me manquent tellement.

— À moi aussi, ma chérie.

Ma mère a refermé son livre. À son tour, elle a commencé à larmoyer, après quoi mon père s'y est mis.

— C'est épuisant, a-t-il déclaré avec des sanglots dans la voix.

Bingo s'est précipité en faisant crisser ses griffes sur le lino. Il est venu poser sa gueule sur les genoux de mon père, qui lui a caressé la tête d'un mouvement quelque peu frénétique.

— C'est de la torture, a affirmé mon père. Je suis obsédé. Rester loin d'elles est une occupation de chaque instant.

Bid a écarté ses mains de son visage baigné de larmes.

— Je me fiche du cancer. C'est le manque de nicotine qui me tue à petit feu.

— J'en rêve la nuit, a avoué ma mère.

— Moi aussi, a dit Damien.

— Et moi donc, a ajouté mon père. Je n'ai jamais mangé autant de gâteaux de toute ma vie. Je ne vois pas l'utilité d'arrêter le tabac si nous devons tous périr d'un excès de cholestérol.

J'ai demandé à Bid :

— Tu lis toujours des romans d'amour ?

— Non, c'est de la littérature érotique. Susie, l'héroïne, n'arrête pas de s'envoyer en l'air. L'histoire est débile, mais je trouve les scènes coquines très réussies.

— Je vois, c'est génial !

Mon Dieu, Marnie avait tellement maigri. J'arrivais à distinguer ses côtes sous le cardigan de laine qu'elle avait emprunté à maman. Elle n'avait jamais été très grosse, mais là elle avait littéralement fondu. Les gens ne sont-ils pas censés prendre du poids quand ils avancent en âge ? Même quand ils n'ont pas arrêté de fumer ? (Ça ne faisait que quatre jours, et j'avais déjà du mal à fermer mon pantalon.)

— On gèle dans cette maison, m'a-t-elle dit. Où est Damien ?

— Il arrive. (Il avait plutôt intérêt.) Tu as minci.

— Tu trouves ? c'est bien.

Oh non, ai-je pensé, en plus de tout le reste ne me dites pas qu'elle est aussi devenue anorexique. J'avais récemment publié un papier sur cette maladie, qui touchait de plus en plus de femmes dans la quarantaine, et, même si Marnie n'avait que trente-cinq ans, elle aimait toujours être à la pointe des nouvelles tendances.

En bas, dans la cuisine, c'était le chahut. Daisy et Verity galopaient autour de la table, maman surveillait la cuisson du repas en remplissant une grille de mots croisés, et papa était plongé dans une biographie d'Henry Miller.

On aurait dit qu'une bombe rose avait explosé dans la pièce. Anoraks roses, sacs à dos roses, poupées en robe rose…

— Bonjour, ma belle. (Nick s'est penché – à dire vrai, il s'est plutôt hissé – vers moi pour me claquer la bise.) Tu es resplendissante.

Je pouvais lui retourner le compliment. Nick ne mesurait pas plus d'un mètre soixante-dix, mais il était diablement mignon avec sa coupe de cheveux branchée, son jean et son tee-shirt à manches longues qui lui donnaient l'air d'une gravure de mode (ainsi que l'a dit ma mère un peu plus tard).

— Dites bonjour à votre tante Grace, a commandé Marnie aux filles.

— On peut pas, a répondu Daisy. On est des poneys, et les poneys ne parlent pas.

Alors qu'elle filait devant moi comme une flèche, je l'ai attrapée et j'ai déposé un gros baiser sur ses joues duveteuses. Elle s'est débattue en criant :

— Tu viens d'embrasser un cheval ! Grace a embrassé un cheval !

— Elle a déjà embrassé pire, a plaisanté Damien, qui venait d'arriver.

— Contente que tu aies pu venir.

— Moi pas.

Je ne devais pas rire, ça n'aurait fait que l'encourager. Je lui ai méchamment pincé la cuisse.

— Tu ne manques pas d'air. Qui t'a laissé entrer ?

— Bid. Elle est retournée se coucher. Que fait Bingo dehors ?

La truffe collée à la fenêtre, la pauvre bête contemplait d'un air chagrin le joyeux remue-ménage qui régnait dans la cuisine.

— Verity a peur des chiens.

— Oncle Damien !

Daisy s'est élancée vers lui et a voulu grimper le long de sa jambe comme un singe à un arbre. Damien l'a attrapée par les chevilles et l'a promenée la tête en bas tandis qu'elle poussait des cris de terreur et de délice. Il l'a reposée par terre et a ouvert ses bras à Verity, qui s'était cachée derrière la table.

— Dis bonjour à Damien, lui a ordonné sa mère.

Mais Verity a continué de reculer jusqu'au mur en fixant Damien d'un air apeuré.

— T'en fais pas, Verity. C'est pas la première fois que je fais cet effet à une femme.

La pauvre Verity n'avait pas un physique très avantageux. Petite, malingre, elle était affligée d'un visage qui semblait trop vieux pour son âge. Elle souffrait d'un problème aux yeux, rien de grave, mais elle devait porter des lunettes qui lui donnaient l'expression grave d'une adulte.

Il ne devait pas être facile d'être la sœur de Daisy, si gaie et affirmée. Au contraire de Verity, Daisy était grande pour son âge, avec des yeux clairs et le teint de pêche d'un ange.

— Une bière, Damien ? a proposé Nick.

— Euh… oui, une bière, super !

Pour compenser le fait qu'il ne trouvait rien à lui dire, Damien en rajoutait toujours dans la virilité quand il s'adressait à Nick.

— Alors, comment marche le boulot ?

— Ça roule, et toi ?

— Super !

J'ai déniché une bouteille de vin rouge et je nous ai servi quatre verres.

— Pas pour moi, a dit Marnie à regret. (Elle a fait jaillir un comprimé d'une plaquette et l'a avalé avec un verre d'eau.) Je suis sous antibiotiques.

Papa a levé le nez de son bouquin, prêt à se lancer dans une tirade contre les laboratoires pharmaceutiques.

— Que quelqu'un l'arrête, a supplié Damien.

— Tais-toi donc, vieux radoteur, lui a lancé ma mère. Personne n'a envie de t'écouter.

— Qu'est-ce qui t'arrive ? ai-je demandé à Marnie.

— Une infection des reins.

Marnie avait toujours quelque chose. Personne n'avait plus mauvaise santé qu'elle.

— C'est ta faute, m'a-t-elle dit en riant. Si tu n'avais pas gardé pour toi tous les nutriments quand nous étions dans le ventre de maman...

La rengaine m'était familière et, à nous regarder aujourd'hui, on ne pouvait qu'ajouter foi à cette boutade. Toute menue et culminant à un mètre cinquante, Marnie, avec son petit minois, ses grands yeux bleus et ses longs cheveux châtains, était une vraie beauté. À côté d'elle, je me faisais l'effet d'une jument de trait.

Le galop des poneys a repris autour de la table. Les filles bousculaient les chaises, surtout celle de papa, poussaient des cris et riaient aux éclats.

Quand elles ont fait tomber son livre pour la cinquième fois, mon père a soudain perdu patience :

— Arrêtez ce cirque immédiatement, pour l'amour du ciel ! Et allez regarder la télé à côté.

— Y a rien à regarder, a protesté Daisy. T'as pas le câble.

— Alors lisez un livre, leur a suggéré ma mère.

Mais personne ne l'a écoutée.

— Dis-nous de mettre un DVD, m'a dit Daisy.

— Mettez un DVD, ai-je répété.

— On peut pas. (Daisy m'a agrippé le poignet et m'a fixée de ses grands yeux candides.) Parce qu'y a pas de lecteur.

Nous nous sommes tous regardés d'un air faussement outragé, puis papa s'est levé d'un coup.

— Je vais promener Bingo.

— Tu l'as déjà promené, lui a dit maman. Rassieds-toi. Marnie ? Où as-tu attrapé ces bleus ?

— Quels bleus ?

Les manches de son cardigan remontées jusqu'aux coudes

révélaient des marques bleuâtres sur les avant-bras de Marnie. Elle les a regardées.

— Oh ça, c'est des marques d'acupuncture.

— De l'acupuncture ? Pourquoi ?

— Pour mes désirs obsessionnels.

Par réflexe, mon regard s'est porté sur Nick, qui a détourné les yeux.

— De quelles envies parles-tu ? a interrogé ma mère.

— Oh, tu sais, mesurer un mètre soixante-dix, gagner au loto, être naturellement optimiste.

— C'est normal que des aiguilles d'acupuncteur te laissent des marques pareilles ?

— Probablement que non, mais tu me connais.

Nick est redescendu à la cuisine et nous a annoncé :

— Verity ne veut pas se coucher, elle dit que la maison est hantée.

Maman s'est offusquée.

— Mais cette maison n'est pas hantée ! C'est d'ailleurs à peu près le seul défaut qu'elle n'ait pas.

— Si elle l'était, on pourrait faire payer la visite, a fait mon père.

— Elle veut rentrer chez nous, à Londres.

Verity était plantée en haut des escaliers, son petit sac à dos rose sur les épaules, le regard obstinément rivé sur ses chaussures.

— Il n'y a aucun fantôme dans cette maison, lui ai-je affirmé.

— Ils sont tous partis à côté quand les voisins se sont abonnés au câble, a ajouté Damien, qui montait l'escalier derrière moi.

Verity s'est soudain mise à hurler.

— Je veux pas un monsieur, je veux maman !

— C'est bon, je m'en vais, a dit Damien en faisant marche arrière.

Marnie a pris en main la situation. Accroupie près de Verity, elle lui a parlé calmement, sans jamais prendre un ton condescendant, et s'est montrée d'une patience à toute épreuve. À tel point que j'ai pensé que nous allions rester là toute la nuit, mais Verity a fini par capituler.

— Excuse-moi, maman. Je t'aime.

— Je t'aime aussi, mon cœur.

Verity s'est recouchée dans son lit, et Marnie s'est allongée près d'elle.

— Juste un moment, le temps qu'elle s'endorme. Ça ne prendra pas longtemps.

Quand je suis redescendue, Damien m'a alpaguée.

— Elle dort ? On peut y aller, chef ?

— Il faut que j'aie une discussion sérieuse avec Marnie.

— Très bien, mais moi, je peux filer ? J'ai une réunion aux aurores demain matin. Et puis j'ai perdu le goût de vivre après la conversation que je viens d'avoir avec Nick. Elle m'a semblé durer des plombes. Si encore je pouvais fumer, mais ma patience n'est plus ce qu'elle était.

— Entendu, je ne vais pas te forcer, mais moi je reste.

En voyant Damien s'habiller pour sortir, papa s'est dressé sur sa chaise.

— Tu sors boire une bière au pub ?

— Non, je rentre.

— Ah bon.

L'assistance a exprimé son désappointement.

— Pourquoi pars-tu si tôt ?

Damien a souri d'un air contrit.

— J'ai une réunion très tôt demain matin.

Maman lui a caressé la joue.

— Au revoir, Damien. « J'aime la majesté des souffrances humaines. » Alfred de Vigny. *La Maison du berger.*

— Au revoir, a-t-il répondu.

Sur quoi, il s'est dépêché de filer.

Contemplant la porte derrière laquelle Damien venait de disparaître, papa a prononcé d'un air pensif :

— Le plus drôle, c'est qu'en dépit de tout c'est un chic type. Il vous donnerait sa chemise.

— Mais, avant, il vous ferait savoir que c'est sa chemise préférée et qu'elle va lui manquer, a fait observer maman.

Là-dessus, ils sont tous deux partis d'un fou rire retentissant.

— Fichez-lui la paix !

Sur ces entrefaites, Marnie est réapparue.

— Damien est parti ?

— Il avait besoin d'air.

Elle a secoué la tête.

— J'ai trop peu confiance en moi, je ne pourrais pas vivre avec un homme comme Damien. À chacune de ses sautes d'humeur, j'aurais l'impression que c'est ma faute.

— Damien est toujours de mauvais poil, a lâché mon père.

Sur quoi, ma mère et lui ont ri de plus belle.

J'ai essayé de me glisser dans la chambre sans le réveiller, mais Damien s'est assis sur son séant et a allumé la lampe.

— Qu'est-ce qui ne tourne pas rond chez Verity ? m'a-t-il demandé d'une voix pâteuse.

— J'en sais rien.

— Ces lunettes, elles lui font la tête d'une économiste.

— Ou d'une comptable. Je sais.

— Elle me fiche la trouille.

— Ce n'est qu'une petite fille.

— Elle me fait penser à Carrie, dans le film.

Je n'ai rien répondu. Je saisissais très bien l'image.

— Entrez, Grace, entrez.

Dee Rossini. La petite quarantaine, teint mat, rouge à lèvres incarnat, yeux bruns et vifs, boucles noires ramassées en chignon, pantalon large à la Katharine Hepburn, long cardigan serré par une ceinture autour d'une taille fine.

Elle m'a guidée dans un vestibule de taille modeste.

— Thé ? Café ? Macarons ? Ils sortent du four.

— Comment ? Vous faites vos propres macarons ?

— Un de mes innombrables assistants les a achetés chez Marks & Spencer et les a mis au four dix minutes avant votre arrivée. (Elle a souri pour la première fois.) Du fait maison, en quelque sorte.

Pots de basilic alignés sur le rebord de la fenêtre, étagères encombrées de boîtes rétro en fer-blanc et de bocaux remplis de riz arborio et de pâtes aux formes aberrantes (le genre de rebuts dont on penserait que les fabricants se débarrassent en les distribuant en fin de journée aux paysans du coin, mais qui curieusement se vendent plus cher que les pâtes ordinaires). Sa cuisine était un lieu accueillant, chaleureux, fleurant bon le chocolat. Quelle que soit la recette, il était certain que Dee Rossini avait ici tous les ingrédients pour la préparer. (Du ragoût à la viande de yack ? aucun problème, j'ai justement un morceau de yack dans le frigo. De la soupe de truffes fraîches ? j'en ai une petite plantation dans le jardin, je vais en déterrer quelques-unes et je reviens.) C'était réconfortant de constater que le dessus des placards aurait eu besoin d'un bon dépoussiérage.

Grand-papa avait décrété que nous devions interviewer Dee Rossini, mais Jacinta avait refusé de s'y coller, à cause d'une sombre histoire de foulard Hermès. Elle prétendait que Dee lui avait soufflé sous le nez le dernier de tout le pays. Je m'étais donc portée volontaire pour la remplacer.

Maman était ravie, parce qu'elle adorait Dee Rossini. Issue d'une famille de sept enfants, de mère irlandaise et de père italien, rescapée d'un mariage violent et mère célibataire, Dee était la première femme politique irlandaise à avoir fondé un grand parti. En général, ce genre d'expérience se termine dans les larmes, surtout en Irlande, où la politique est dirigée par un club masculin très fermé. Pourtant, en dépit de tous les pronostics, le New Ireland a survécu, et pas comme une petite formation marginale, mais comme membre de la coalition qui gouvernait le pays avec le parti nationaliste d'Irlande. Si elle devait chanter la même partition que ses collègues du Panade, Dee Rossini savait aussi faire entendre sa voix sur le sujet de la condition féminine, pour tourner en ridicule le dispositif d'aide à la petite enfance, dénoncer l'absence d'encadrement législatif de la chirurgie esthétique ou défendre le financement de refuges pour les femmes en grande difficulté.

— Je vous en prie, asseyez-vous.

— Merci. J'arrive directement du journal, mais, croyez-le ou non, j'habite à cinq minutes d'ici, sur Ledbury Road.

— Comme le monde est petit.

Je lui ai montré mon magnétophone.

— Vous ne voyez pas d'inconvénient à ce que j'enregistre ?

D'un geste, elle a balayé mes scrupules.

— Aucun. Si vous devez me citer, je préfère que vous le fassiez fidèlement. Ça ne vous gêne pas si je me vernis les ongles pendant que nous parlons ?

— De nos jours, les femmes doivent savoir tenir tous les rôles.
— S'il n'y avait que ça. Mais je dois aussi faire mes exercices d'abdominaux, réfléchir au dîner de ce soir, sans oublier de m'inquiéter de la dette du tiers-monde.

J'ai ouvert mon calepin.

— Bien, Dee, parlons des scandales qui vous touchent.

Inutile d'y aller par quatre chemins. Le but de mon article était d'offrir à Dee une tribune pour sa défense.

— À votre avis, qui aurait intérêt à vous déstabiliser ?

— Beaucoup de gens. L'opposition, évidemment. Ils ont tout à y gagner. Mais, même au sein de la coalition et du parti nationaliste, ils sont nombreux à me voir comme un fauteur de troubles.

Elle n'avait pas tort. Dee était toujours prête à monter au créneau pour dénoncer les injustices faites aux femmes, même quand le Panade était impliqué. La semaine dernière, encore, elle s'était opposée à la nomination, par ce même parti nationaliste, d'un juge de sexe masculin de préférence à une candidate, en arguant que les violeurs et les maris cogneurs n'écopaient jamais que de peines ridicules devant des tribunaux presque entièrement composés d'hommes. (Ma mère en avait dansé d'allégresse.)

— Oui, mais soupçonnez-vous plus particulièrement quelqu'un ?

Elle a ri.

— Merci bien, mais je n'ai pas envie d'être poursuivie en diffamation.

— Reprenons toute l'histoire du début, si vous voulez bien. Vous avez voulu faire repeindre votre maison. Comment avez-vous choisi l'entreprise ? Vous ont-ils contactée ?

— Bien sûr que non. J'imagine mal quelqu'un m'appeler pour me dire : « Bonjour, madame la ministre, nous vous proposons de repeindre votre maison à l'œil, ça vous tente ? »

— Je vois. Donc ils sont venus, ils ont repeint la maison, ont fait de votre vie un enfer pendant une quinzaine de jours, puis ils vous ont envoyé leur facture, c'est ça ?

— Non, ils n'en ont pas envoyé. Je les ai appelés à quatre reprises. J'ai fini par obtenir qu'ils me donnent verbalement le montant de ma note et j'ai envoyé un chèque.

— Si je comprends bien, vous n'avez pas de facture ni aucune preuve que vous les avez payés. Combien a coûté le chantier ?

— Quatre mille euros.

— La plupart des gens le remarqueraient si un chèque de quatre mille euros n'était pas débité sur leur compte.

— J'en sais quelque chose. Mais, dans le cas présent, j'avais tiré le chèque sur un compte que j'alimente une fois par mois pour les grosses réparations, du type remplacement de la chaudière ou travaux de couverture. Il n'y a pas beaucoup de mouvements dessus, alors je vérifie rarement sa position. Vous savez, je travaille dix-huit heures par jour et sept jours par semaine. Je n'arrive pas à m'occuper de tout.

Tout en me parlant, elle se vernissait les ongles avec une dextérité d'expert. Trois coups de pinceau (droit, centre et gauche) sur chaque ongle, puis elle passait au suivant. Il y avait quelque chose d'apaisant à la regarder faire. Et la couleur, un beige clair pareil à du café au lait très dilué, que la plupart des femmes (autrement dit, moi) ne remarqueraient même pas sur le présentoir, rendait sur elle un effet élégant et original. J'étais prête à parier que les gens lui demandaient sans cesse où elle avait déniché cette teinte. Dee Rossini avait une classe folle, sans doute à cause de ses origines italiennes.

— Bien, passons maintenant au mariage de votre fille.

Certes, Grand-papa avait insisté pour ne pas donner trop d'écho à l'affaire, mais le reste de la presse en avait fait des gorges chaudes.

— La quasi-totalité de la somme a été réglée avant la cérémonie. J'en ai versé quatre-vingts pour cent sous forme d'arrhes au mois de mai, et cette fois le chèque a bien été encaissé. J'admets cependant que je n'ai pas versé le solde que je leur devais, parce que leur prestation a été lamentable. Il n'y avait pas de plats végétariens, ni même assez de nourriture pour tout le monde. Sept invités n'ont pas eu de repas. Ensuite, ils ont égaré le gâteau de mariage et, à ce jour, nous ne savons toujours pas ce qu'il est devenu. Les toilettes pour femmes ne fonctionnaient pas, et la piste de danse était aussi glissante qu'une patinoire. Le père du marié a dérapé. Il s'est déboîté le genou et a fini aux urgences. Je sais que, en tant que ministre en exercice, je suis censée donner l'exemple, mais ces gens ont proprement saccagé le mariage de ma fille unique.

J'ai hoché la tête pour lui exprimer ma sympathie.

— Ça remonte à deux mois à peine. La cérémonie a eu lieu en août. Nous n'avons toujours pas trouvé de compromis. Dès que nous nous serons mis d'accord sur un montant, je les paierai, bien entendu.

Elle m'a soudain paru très abattue.

— Ça ne vous fait pas peur de penser que quelqu'un essaie de vous piéger et s'intéresse à votre vie dans ses moindres détails, au point de savoir que vous n'avez pas fini de payer le mariage de votre fille ? Et que cette personne utilise ces informations pour jeter le discrédit sur vous ?

— C'est un risque du métier quand on exerce dans la politique. (Elle a eu un sourire amer.) J'ai connu pire dans mon existence.

Je m'étais renseignée sur son passé. À huit reprises, son ex-mari l'avait envoyée à l'hôpital. Quand elle avait fini par le quitter, elle avait été rejetée par sa famille de catholiques pratiquants.

Changeant subitement de sujet, je lui ai demandé avec une curiosité sincère :

— Vous arrive-t-il de vous préparer un risotto pour vous toute seule ?

Le risotto est un plat compliqué, avec ce bouillon qu'il faut ajouter amoureusement, cuillerée par cuillerée.

— Ce n'est pas une question piège, ai-je tenu à préciser.

— Ça m'arrive, m'a-t-elle répondu après un court instant de réflexion.

Je le savais. J'avais toujours admiré ces gens qui, même quand ils meurent de faim, prennent le temps de se concocter un succulent repas. Moi, quand j'ai la dalle, je suis capable d'avaler n'importe quoi, du moment que c'est à portée de main : pain rassis, bananes noircies, pétales de maïs par poignées, directement dans la boîte.

— Maintenant, parlez-moi des hommes.

Un sourire malicieux s'est peint sur son visage.

— Que voulez-vous savoir ?

— Eh bien, fréquentez-vous quelqu'un en particulier ?

— Non, je n'en ai pas le temps. Tous les hommes que je

rencontre travaillent dans la politique, il faudrait avoir perdu le sens commun.

Pourtant, cette femme était fichtrement séduisante. Et, pour moitié au moins, elle avait le sang chaud. Je l'imaginais très bien se livrant à d'interminables ébats et dégustant des pêches en compagnie de superbes étalons – des acteurs ridiculement beaux ou encore d'arrogants millionnaires propriétaires de haras.

— Eh bien, je crois que j'ai tout ce qu'il me fallait, Dee. Merci pour les macarons, excusez-moi si je n'y ai pas touché.

— Ne vous en faites pas, Paddy et Alicia vont passer tout à l'heure, je les obligerai à les finir.

Je n'aurais pas dû poser la question et pourtant je lui ai demandé :

— C'est comment de travailler avec lui ?

— Paddy...

Elle a légèrement penché la tête sur le côté et fixé un point au plafond, un vague sourire aux lèvres.

— Avez-vous vu la taille de cette toile d'araignée ? D'ordinaire, je ne porte jamais mes lentilles de contact à la maison. Quand la saleté s'accumule, je retire mes lunettes et hop, ni vu ni connu.

Elle a tourné la tête pour me regarder.

— Paddy... Paddy est très bien.

— Oui, nous le savons tous. Est-ce que je peux utiliser vos toilettes avant de partir ?

L'espace d'un instant, j'ai vu passer une ombre d'inquiétude sur ses traits.

— Elles se trouvent à l'étage. Venez, je vous accompagne.

J'ai refermé derrière moi la porte de la salle de bains. Dee est restée à rôder sur le palier. Je comprenais ce qui la rendait si nerveuse. Les journalistes peuvent écrire des choses terribles sur les secrets intimes qu'ils découvrent dans les salles de bains. Mais je n'avais aucune intention de fureter, et c'était tant mieux parce que l'endroit était propre, sans même un rideau de douche moisi ou une seringue d'injection de Botox. Piètre récolte.

Quand je suis ressortie, Dee n'était plus là. Trois portes fermées me faisaient face. Il m'a semblé qu'elles me murmuraient : « Ouvre-nous, vas-y, Grace. » Je n'ai pas pu résister à ces voix. Je me mentais en me disant que j'étais poussée par mon instinct de journaliste en quête d'une touche d'authenticité. Pour être honnête, j'étais tout simplement curieuse.

J'ai tourné une poignée. La chambre était plongée dans l'obscurité, mais j'ai été surprise de sentir la présence d'une autre personne. La panique m'a saisie. Et si soudain je me trouvais face à un ouvrier baraqué que Dee aurait ramassé quelque part pour une partie de jambes en l'air ?

J'étais sur le point de refermer la porte quand j'ai vu que l'autre personne était en réalité une femme, une fille plutôt, couchée sur le lit. Elle s'est assise en entendant la porte s'ouvrir, et, quand la lumière venant du palier est arrivée jusqu'à elle, je suis restée frappée d'effroi par le spectacle qui s'offrait à moi. Le nez de cette femme était écrasé sur la moitié de son visage, et ses yeux étaient si tuméfiés que je doutais qu'elle pût encore y voir. Elle a ouvert la bouche, et j'ai vu qu'il lui manquait deux dents sur le devant.

J'ai battu en retraite en balbutiant des excuses.

— Dee ! a appelé la fille d'une voix terrifiée.

— Non, taisez-vous. Chut !

Dee allait me tuer.

Elle est sortie en trombe de la cuisine et a grimpé l'escalier.

— Que se passe-t-il ?

— C'est ma faute. J'ai voulu fouiner. Je n'aurais pas dû.

Elle a poussé un soupir.

— Si vous vouliez fouiller dans mon tiroir de lingerie, il suffisait de demander.

Sur ce, elle est passée devant moi pour entrer dans la chambre et a pris la fille dans ses bras. Je me sentais idiote d'avoir cédé aux appels de cette porte close. J'aurais dû sagement redescendre, comme toute personne normale.

— Elena, *pulako, pulako*, l'a réconfortée Dee dans une langue étrangère.

La jeune fille a continué de me dévisager d'un air craintif, mais a consenti à se rallonger.

Dee a refermé la porte d'un geste ferme et m'a dit :

— Vous n'avez rien vu.

— Je n'en soufflerai rien, vous pouvez me croire, me suis-je empressée de la rassurer.

Je comprenais mieux maintenant ses réticences à me laisser monter à l'étage. Ça n'avait rien à voir avec une quelconque crainte que je divulgue les secrets de sa salle de bains.

— Je suis très sérieuse, Grace. Pas un mot à qui que ce soit. Il y va de sa sécurité. Elle n'a que quinze ans.

L'espace d'un instant, j'ai cru qu'elle allait fondre en larmes.

— Dee, je vous en fais le serment sur ce que j'ai de plus cher. (Je n'étais pas certaine de savoir ce que c'était, mais je voulais qu'elle croie à ma sincérité.) Mais qu'est-ce qui lui est arrivé ? Elena, c'est son nom ?

— Son petit ami, ou son souteneur, appelez-le comme vous voudrez, voilà ce qui lui est arrivé. Il ignore où elle se cache. S'il l'apprend, il viendra la rechercher. Elle m'a été amenée il y a tout juste deux heures. Il était trop tard pour changer le lieu de notre entretien, et si vous n'aviez pas eu besoin d'utiliser les toilettes…

— Ni de fourrer mon nez là où je n'aurais pas dû. Je vous le jure, Dee, je serai muette comme une tombe.

— Pas un mot à votre compagnon. Je crois savoir qu'il est également journaliste.

— C'est promis.

« Elle confectionne ses propres macarons, elle se vernit les ongles elle-même. » Elle abrite des femmes en détresse et parle une langue aux accents slaves. Je m'étais découvert une fascination pour le personnage de Dee Rossini.

— Et en plus de ça elle est sexy, a ajouté Damien. Quand on y pense, le New Ireland est un vrai rassemblement de canons.

Mais, en dépit de toute l'admiration que je lui vouais, cette femme me renvoyait à mes propres faiblesses.

Comme je ne répondais pas, Damien a enfoncé le clou :

— Paddy de Courcy, moitié homme, moitié animal médiatique. Il est beau mec, non ?

— Je devrais en faire plus, ai-je marmonné.

— Plus de quoi ?

— Plus, c'est tout.

Elle s'est débattue pour tenter d'échapper à son étreinte, mais il était beaucoup plus fort qu'elle.

— Je ne veux pas.

Le pantalon de son pyjama était descendu sur ses genoux, ses cuisses nues se hérissaient de frissons. Il s'efforçait de la pénétrer, mais elle était sèche, et il n'y arrivait pas. Il lui faisait mal. Pourtant, il est parvenu à ses fins, et les mouvements brutaux de va-et-vient ont commencé, ponctués de grognements.

— Je t'en supplie.

— Ferme-la, a-t-il prononcé entre ses mâchoires serrées.

Aussitôt, elle a cessé de se débattre et l'a laissé aller d'avant en arrière en elle. Il s'enfonçait chaque fois plus douloureusement dans son ventre.

Les grognements sont devenus de plus en plus forts. Les poussées, de plus en plus violentes, étaient comme des coups de poignard. Au bout d'un moment, il a été secoué d'un long tremblement. Dans un dernier râle, il s'est effondré sur elle. Elle avait le visage enfoui contre son torse. Elle pouvait à peine respirer, mais ne s'est pas plainte. Elle a attendu. Au bout d'un moment, il s'est retiré d'elle et lui a souri tendrement.

— Viens, je te ramène dans ton lit.

Marnie

Inspiration « Je », expiration « meurs ».

Inspiration « Je », expiration « meurs ».

Inspiration « Je », expiration « meurs ».

Je meurs, je meurs, je meurs, je meurs, je meurs, je meurs, je meurs, je meurs, je meurs, je meurs, je meurs, je meurs. Sur l'inspiration « Je », sur l'expiration « meurs ».

Ce n'était pas le bon mantra. Il aurait fallu répéter sur l'inspiration « Je », sur l'expiration « suis bien ».

Tout va bien. Tout va bien. Tout va bien. Tout va bien. Tout va bien. Je meurs. Je meurs. Je meurs. Je meurs. Je meurs. JemeursJemeursJemeursJemeursJemeursJemeursJemeurs.

Mais elle ne mourait pas. Elle avait seulement envie de mourir.

Un léger tintement de clochettes. La voix de Poppy les rappelant dans la pièce. Elle rouvrit les yeux. Huit autres personnes, surtout des femmes, étaient assises en cercle, éclairées par la lumière vacillante des bougies.

Poppy leur avait demandé de se concentrer sur leur âme.

— Est-ce que vous l'avez sentie ? Avez-vous réussi à établir un contact ?

— Oui, murmurèrent des voix. Oui, oui.

— Je vous propose de prendre la parole à tour de rôle et de raconter votre expérience.

— Mon âme est une lumière d'argent.

— La mienne une boule d'or.

— La mienne est blanche et étincelante.

— Marnie ?

Son âme ? Elle était comme une tomate oubliée pendant

plusieurs mois au fond du réfrigérateur. Noire, nauséabonde, décomposée, au moindre contact elle tomberait en morceaux. Tout son être était contaminé par cette pourriture.

Elle ouvrit la bouche et dit :

— Mon âme...

— Oui ?

— ... mon âme est comme un soleil.

— Magnifique image, a murmuré Poppy.

Elle s'avança à pas feutrés jusqu'au plat en mosaïque, dans lequel elle déposa un billet de dix livres soigneusement plié. Elle laissait toujours plus que les autres. Assise en tailleur par terre, ses longues jambes repliées sous elle, Poppy prononça d'une voix douce :

— À la semaine prochaine.

Oui, à la semaine prochaine.

Et elle n'oublia pas de sourire.

Elle remonta l'allée à toute allure, impatiente de regagner sa voiture. Elle s'installa à l'intérieur et referma la portière un tantinet trop violemment.

Elle avait eu plus que sa dose de méditation.

Mais il lui restait la médication.

— Aucune amélioration ? l'interrogea le docteur Kay.

— Non, c'est de pire en pire.

Elle n'aurait pas dû aller à Dublin. Ce week-end à faire bonne figure devant sa famille l'avait totalement laminée. Elle se sentait plus mal que jamais.

— Dans ce cas, nous allons augmenter la prescription.

Le docteur Kay consulta le dossier de Marnie.

— Nous pouvons monter jusqu'à soixante-quinze milligrammes.

— Je préférerais... Est-ce que je peux changer de marque ?

Il était temps d'essayer un truc plus efficace.

— Je peux avoir du Prozac ?

— Du Prozac ? lâcha le docteur Kay avec étonnement. Le Prozac est dépassé, plus personne n'en prescrit. Le traitement que vous prenez actuellement appartient à la même famille, mais il est d'une nouvelle génération. Il y a moins d'effets secondaires et les performances sont meilleures.

Elle s'empara de son encyclopédie des médicaments.

— Je peux vous montrer.

Non, pas question.

— Non, ça ira, merci.

Elle n'avait pas la patience d'attendre que le docteur Kay trouve le Prozac dans son livre, lui fasse lire les contre-indications, puis cherche cet autre médicament. Toute l'affaire prendrait sans doute moins d'une minute, mais c'était déjà trop long.

— Je vous en prie, j'aimerais essayer le Prozac. J'ai le pressentiment qu'il marchera sur moi.

— Mais... euh... avez-vous envisagé une psychothérapie ?

— Je suis déjà passée par là, j'ai fait des années de thérapie. (Par intermittence.) Ça n'a pas été complètement inutile... mais je me sens toujours aussi mal. Je vous en prie, docteur Kay...

Elle était sûre d'une chose : elle ne quitterait pas ce cabinet tant qu'elle n'aurait pas obtenu son ordonnance de Prozac.

Elle jeta un bref regard en direction de la porte, histoire de rappeler au docteur que la salle d'attente était bondée de malades piaffant d'impatience. Le procédé était cruel, mais la fin justifiait les moyens. Elle ne pouvait pas continuer dans cet état. Par pitié, du Prozac.

Le docteur Kay la contempla d'un air dubitatif.

— S'il vous plaît, prescrivez-moi du Prozac.

Finalement, le médecin baissa les yeux. Elle capitulait. Marnie n'en revenait pas. C'était comme lorsqu'un régime tyrannique s'effondre soudain sur lui-même. Le soulagement était comparable avec ce qu'elle avait ressenti en apprenant que les talibans avaient été boutés hors d'Afghanistan.

— C'est bon, on fait un essai de deux mois et on voit comment vous supportez le traitement.

Le docteur Kay saisit son carnet d'ordonnances.

— Y aurait-il autre chose dont vous voudriez me parler, Marnie ?

— Non. Merci, merci infiniment.

Elle ressortit, tenant son ordonnance avec gratitude.

Le Prozac, ça marche. Tout le monde le sait.

Dès qu'elle franchit la porte d'entrée, Nick surgit de la cuisine. Devant son air abattu, elle comprit tout de suite.

— C'est ton bonus, il t'est encore passé sous le nez ?

— Quoi ?

— Tu n'as pas eu ton bonus, c'est ça ?

— Non, pas du tout. (Il l'agrippa par le bras.) Bon sang, où étais-tu passée ?

— Je te l'ai dit, j'étais chez le médecin.

— Mais il est plus de 20 heures.

— Je n'avais pas de rendez-vous, il a fallu que j'attende. Où sont les filles ?

— Dans la salle de jeux.

Elles regardaient *La Belle et la Bête*. Encore ! Daisy, avachie de tout son long sur le canapé, les jambes rejetées sur l'accoudoir. Verity, roulée en boule, qui suçait son pouce.

— Coucou, mes chéries.

— Coucou, maman.

— Comment s'est passée votre journée d'école ?

Aucune réponse. Elles étaient en transe. Marnie avait lu quelque part que, lorsque les enfants regardent la télévision, leur métabolisme est encore plus lent que pendant leur sommeil.

— Depuis combien de temps elles regardent ça ?

— Environ une heure.

— Oh, Nick, tu n'aurais pas pu jouer avec elles au lieu de les coller devant la télé ?

— Et toi, tu n'aurais pas pu rentrer plus tôt ?

Il la suivit jusqu'à la cuisine, comme une ombre sur ses talons. Comme elle ouvrait la porte du frigo, elle sentit son regard sur elle.

— Quoi ?

— Quoi, quoi ?

— Qu'est-ce que tu as à m'observer comme ça ?

— À quelle heure as-tu quitté ton travail ?

— Qu'est-ce que tu leur as donné à manger ?

— Des lasagnes. À quelle heure as-tu quitté le boulot ?

— Verity en a mangé ?

— Oui, un peu. Alors, à quelle heure ?

— À 18 heures.

— 18 heures précises ?

— J'en sais rien, soupira-t-elle. À deux ou trois minutes près, oui.

— Et de là tu es allée directement chez ton médecin ?

— Oui, je suis allée directement chez mon médecin.

— Et tu as attendu pendant tout ce temps ?

— Oui, j'ai attendu pendant tout ce temps.

— Qu'est-ce que tu as fait pendant que tu attendais ?

— J'ai lu des magazines.

— Lesquels ?

— Eh bien, attends que je me rappelle. *Maisons et jardins*, *Décoration d'intérieur* et un autre… *Cosmopolitan*, je crois.

— Et, ensuite, tu es rentrée directement ?

— Oui, je suis rentrée directement.

Il la regarda durement. Elle détourna les yeux.

Il y avait sans doute un truc dans le congélo qu'elle pouvait se faire réchauffer. Une moussaka, ça ferait l'affaire. Et des petits pois. Des protéines, il fallait en consommer en quantité suffisante. D'un coup de hanche, elle referma la porte du congélateur. Quand elle se retourna, il était juste derrière elle, si près qu'elle faillit lui rentrer dedans.

— Bon sang, Nick.

Il ne bougea pas.

— Tu me gênes, pousse-toi.

Mais il la coinça dans un coin de la cuisine, entre le congélateur et le mur, d'assez près pour qu'elle pût sentir son souffle sur elle.

— Nick, répéta-t-elle d'une voix posée. S'il te plaît, pousse-toi.

— Ça te dérange ?

Il scruta son visage avec une expression impénétrable. Marnie se sentait nerveuse. L'instant se prolongea encore un moment, puis Nick s'écarta pour la laisser passer.

Il y avait quelque chose d'un peu honteux à ne pas avoir plus de dix minutes de route pour se rendre au travail. Il fallait être un loser pour afficher moins d'un quart d'heure de trajet quotidien. Les durs, les vrais, devaient supporter des trajets d'une heure, parfois d'une heure quinze. Ils avaient de réels motifs de se plaindre.

Elle était arrêtée à un feu dans Wimbledon High Street, quand un bus passa avec, sur ses flancs, un énorme bandeau publicitaire annonçant la sortie en DVD du film *Fearless*, « Sans peur ». Ce message filant devant elle tel un étendard la toucha droit au cœur.

Aujourd'hui, je serai sans peur. Aujourd'hui, je serai sans peur. Aujourd'hui, je serai sans peur.

Mais, même après avoir répété ces mots plusieurs fois, elle restait incrédule. Quelque chose clochait. Non, ce message n'était pas le sien. Celui du prochain bus serait le sien.

Et si aucun bus n'arrivait avant que le feu passe au vert ? Il faudrait qu'elle s'abstienne de message pour la journée. Elle était dans l'angoisse. Il lui fallait des instructions.

Elle gardait les yeux fixés sur le feu tricolore et implorait : Ne change pas, ne change pas, ne change pas.

À sa droite, une tache rouge apparut entre les arbres. Un bus arrivait. Elle le suivit des yeux, le cœur battant. Qu'allait-il lui dire ? Une à une, les lettres se formèrent. Brisez. La. Glace.

Brisez la glace.

Qu'est-ce que cela pouvait bien signifier ? Qu'elle devait bouger dans sa vie ? Prendre une décision importante ? Ou bien était-ce plus terre à terre ? Peut-être lui conseillait-on littéralement de casser des glaçons ? Oui, préparer des glaçons, c'était sûrement ça.

Puis elle se rappela que ce n'était qu'une pub sur le flanc d'un bus et que ce message n'avait probablement aucune signification pour elle.

Alors qu'elle attendait que la barrière du parking souterrain se relève, Marnie remarqua qu'elle avait dix minutes de retard. Elle ne s'expliquait pas comment c'était arrivé. Elle avait pourtant eu du temps ce matin, mais le temps lui jouait de drôles de tours. Tantôt il faisait des bonds, tantôt il s'étirait en longueur. Elle n'avait sur lui aucun contrôle, et cette pensée la terrifiait.

Elle se gara entre l'Aston Martin de Rico et la LandRover d'Henry. La Jaguar de Craig, la Saab de Wen-Yi, la TransAm de

Lindka : ce parking était un hall d'exposition pour voitures de luxe. Les courtiers en prêts immobiliers gagnaient très bien leur vie, ceux-là tout au moins. Le 4 × 4 Porsche de Marnie ne déparait pas au milieu des autres ; la seule différence était que, contrairement à ses collègues, elle ne l'avait pas payé avec son salaire.

Elle regarda autour d'elle en espérant ne pas la voir. Pourtant, la Lotus était là. Guy était donc déjà dans la place. Le moment était venu pour elle d'ouvrir sa portière et d'affronter le monde. Mais elle se renversa mollement contre l'appuie-tête. Huit longues heures avec des gens, à devoir parler et prendre des décisions.

Sors de cette voiture, sors de cette voiture.

Elle était aussi impuissante à bouger qu'un papillon épinglé sur un morceau de carton, mais sa paralysie s'accompagnait de la désagréable certitude d'être en retard une fois encore et de l'être à chaque minute davantage.

Sors de cette voiture, sors de cette voiture.

Elle bougea. Elle était dehors et marchait. La boule de plomb au creux de son estomac était si lourde que c'était à peine si Marnie arrivait encore à tenir debout. Tandis qu'elle se dirigeait vers l'ascenseur, c'était comme si ses jambes flageolaient, incapables de soutenir son propre poids.

Tuez-moi, tuez-moi, tuez-moi.

Elle posa les yeux sur le bouton de l'ascenseur. Elle devait lever sa main jusqu'à lui et l'enfoncer, mais rien ne se passa.

Appuie, appuie, appuie.

Rico fut la première personne qu'elle vit quand elle poussa la porte. Il l'attendait. Ses yeux sombres la regardèrent avec chaleur.

— Comment vas-tu ?

Je suis morte, je suis morte, je suis morte.

— Très bien, et toi ?

En reconnaissant la voix de Marnie, Guy releva son visage hautain et tapota le cadran de sa montre.

— Douze minutes, Marnie.

— Je suis vraiment désolée, dit-elle en courant jusqu'à son bureau.

— Tu es désolée, c'est tout ? Tu n'as aucune explication ?

— Il y avait des travaux sur la route.

— Nous sommes tous affectés par des travaux sur la route et pourtant, tu vois, personne n'est en retard.

Henry raccrocha son téléphone.

— Nouveau dossier, annonça-t-il. Chef d'entreprise. Très haut de gamme. Plein aux as.

Henry était sûr de récolter une juteuse commission. Les courtiers percevaient un pour cent du prix de chaque opération immobilière qu'ils faisaient entrer.

— Où tu l'as déniché ? lui demanda Craig avec envie.

Un point marqué par un courtier était un point perdu pour les autres. La compétition entre eux était féroce.

— À l'enterrement du père de la femme de mon cousin, répondit Henry, l'air radieux.

— Tu as refilé ta carte à quelqu'un pendant un enterrement ? s'étonna Lindka.

Henry haussa simplement les épaules.

— On ne fait pas d'affaires avec de bons sentiments.

Lindka s'empara du *Telegraph* de Guy et l'ouvrit à la rubrique nécrologique.

— Il y en a un paquet. On se les partage ? « Toutes nos condoléances, vous n'avez pas besoin d'un prêt immobilier, par hasard ? »

Tout le bureau s'esclaffa.

Marnie parvint à esquisser un sourire hésitant. Autrefois, elle avait fait partie de leur banc de requins. Aux mariages, aux anniversaires, elle se déplaçait au milieu des invités. Le sourire aux lèvres, elle avait un mot pour chacun et n'oubliait jamais de poser des questions, d'abord générales (où vivez-vous ?), puis de plus en plus précises (avez-vous jamais pensé à déménager ?), tout en restant sourde aux voix dans sa tête, qui lui soufflaient qu'il était déplacé de prospecter dans une réunion de famille.

Une seule chose comptait à ses yeux : les appels qu'elle recevrait ensuite. Quand on touchait un pour cent du prix d'achat d'un bien, on pouvait supporter tous les regards de mépris.

Mais, même à son apogée, elle n'avait jamais rapporté autant d'argent que Guy, le gérant de la société, ou que Wen-Yi, l'homme capable de faire surgir du néant un flot intarissable d'emprunteurs potentiels. Marnie n'avait pas ce qu'il fallait pour harceler les gens jusqu'au bout. Quand elle sentait qu'elle les agaçait ou les mettait mal à l'aise, elle battait en retraite. Paradoxalement, cette qualité avait parfois joué en sa faveur. Certaines personnes appréciaient sa grâce, alors que d'autres pensaient qu'elle n'avait pas la niac pour leur trouver le meilleur crédit et préféraient le bagou d'un costaud dans le genre de Craig, voire la suffisance de ce BCBG d'Henry.

Quand elle s'était trouvée enceinte de Daisy, Marnie avait tout laissé tomber. Elle n'avait aucune raison de continuer. Nick gagnait assez pour deux, et elle voulait se consacrer à plein temps à l'éducation de ses enfants. En réalité, cette grossesse avait été son salut. Sa chance avait tourné. Elle s'était retirée avant que les autres comprennent qu'elle n'avait plus la baraka.

Elle n'avait jamais envisagé de reprendre une activité, mais, l'année précédente, Nick n'avait pas touché sa prime. Un trou terrifiant s'était soudain creusé dans leurs finances. Il avait fallu trouver de quoi rembourser le crédit de la maison et payer les frais de scolarité.

Le premier choc passé, Marnie s'était sentie plutôt emballée à l'idée de recommencer le travail. Elle comprenait tout à coup qu'elle n'était pas faite pour rester à la maison et qu'elle n'avait pas été heureuse dans son rôle de mère au foyer. Elle adorait Daisy et Verity, mais la stimulation du monde extérieur lui était indispensable.

Guy l'avait réintégrée à son poste et le jour de sa reprise, perchée sur ses hauts talons, dans son tailleur-pantalon tout neuf, elle débordait de fierté à l'idée d'être à nouveau un membre utile de la famille. Mais il ne lui avait fallu que quelques jours pour comprendre qu'elle était devenue incapable de faire ce boulot.

Elle ne ramenait pas d'affaires. En analysant sa vie, elle fut bien obligée de constater qu'elle ne sortait plus aussi souvent depuis l'arrivée des enfants ; elle n'avait donc plus autant d'occasions de rencontrer des gens. Toutefois, Nick avait une flopée de copains très grassement payés qu'elle aurait pu entreprendre si elle en avait seulement eu le désir. Mais elle ne pouvait pas s'y résoudre. Elle n'arrivait plus à parler aux gens. Elle n'arrivait plus à racoler comme avant et elle ne s'expliquait pas pourquoi. La gêne était la seule explication qui lui venait à l'esprit. Elle ne voulait pas déranger. Elle ne voulait pas attirer l'attention sur elle. Elle ne voulait rien demander, parce qu'elle ne pouvait pas supporter l'idée d'un refus.

Elle n'avait pas le choix, alors elle se forçait. Mais elle n'arrivait plus à trouver le ton juste, la désinvolture avec les hommes, le calme rassurant avec les femmes. Sa voix véritable était ensevelie sous le roc, sa bouche déloyale se refusait à prononcer les mots qu'il fallait, et, quand elle tentait un sourire, elle n'arrivait à obtenir qu'une crispation des lèvres. Les gens la percevaient comme une personnalité agressive, bizarre, désespérée, et elle les mettait mal à l'aise.

Elle avait tout d'abord pensé que ce retour au monde du travail allait la remettre sur les rails, mais c'était tout le contraire.

Au bout de quatre mois, elle n'avait pas réussi à harponner un seul client. C'était mauvais pour la boîte, mais encore plus mauvais pour elle, parce qu'elle n'avait pas touché de commission.

Guy avait fait preuve de patience. À sa place, un autre l'aurait fichue à la porte, mais Marnie savait que sa tolérance à son égard avait aussi ses limites.

Là-dessus, Bea, la responsable du secrétariat, était partie en congé de maternité, et Guy avait proposé son poste à Marnie. Cela avait été à la fois un soulagement, parce qu'elle était sûre désormais de recevoir un salaire régulier, et une humiliation. Elle avait échoué, une fois de plus.

À présent qu'elle avait été rétrogradée au simple rang de secrétaire, c'en était fini des longs déjeuners arrosés et des semaines qui se terminaient à midi le vendredi.

Elle devait être présente au bureau de 9 heures à 18 heures, tous les jours, même quand tous les autres avaient déjà filé, afin de répondre au téléphone, de réceptionner les livraisons et de calmer les clients en crise. Elle avait été au même échelon que les autres ; à présent, elle devait faire leurs photocopies. C'était une déchéance. Pourtant, elle s'estimait heureuse d'avoir un travail, et Guy la payait largement au-dessus de sa valeur. Il aurait aisément pu trouver quelqu'un de moins cher.

Sur son bureau, un dossier l'attendait, comme une accusation. L'affaire, gérée par Wen-Yi, concernait un certain M. Lee. À sa vue, Marnie se sentit accablée.

Ce dossier était maudit. Depuis le début, tout était allé de travers. Elle avait expédié l'original des pièces à la mauvaise adresse, où le pli avait été oublié pendant près de trois semaines. Puis, suprême offense, elle avait envoyé des photocopies à l'établissement de crédit à la place des documents originaux. Ensuite, elle avait tout bonnement perdu le formulaire autorisant la banque à prélever ses échéances mensuelles sur le compte de l'acheteur. Le papier aurait dû se trouver dans le dossier de M. Lee, et elle n'avait pas la moindre idée de l'endroit où elle l'avait mis. Le pire, c'est qu'elle se rappelait l'avoir vu. Elle ne pouvait donc pas rejeter la faute sur M. Lee et prétendre qu'il ne lui avait jamais remis ce document.

Ses erreurs et ses oublis avaient retardé le traitement du dossier de plusieurs semaines (elle n'osait même pas imaginer combien, mais parfois son esprit lui échappait et se mettait à totaliser les ajournements successifs, tandis qu'elle essayait vainement d'en reprendre le contrôle et de le faire taire).

— Son attestation de permis de séjour au Royaume-Uni. Où est-elle ?

La lumière qui se reflétait dans les lunettes de Wen-Yi l'empêchait de voir ses yeux, mais Marnie savait qu'il essayait de se maîtriser.

Elle le regarda et blêmit.

— J'ignorais qu'il lui en fallait une.

— Tu ne l'as pas ?

— Non, je ne savais pas qu'il lui en fallait une.

— Pour les emprunts souscrits par des ressortissants étrangers, UK Homeloans exige la preuve du permis de séjour. C'est la procédure standard.

Les courtiers travaillaient avec vingt-six établissements de crédit, qui possédaient chacun leurs propres règles. C'était la première fois qu'elle avait à monter le dossier d'un emprunteur étranger pour UK Homeloans, mais cela ne l'excusait en rien. Elle aurait dû connaître la procédure.

— Je vais tout de suite lui envoyer le formulaire. Je suis sincèrement désolée, Wen-Yi.

— Les fonds sont débloqués. On pourrait clore le dossier aujourd'hui même, mais ce papier bloque tout. Les vendeurs ont été plus que patients, mais ils parlent de remettre leur bien sur le marché. J'espère pour toi que ça n'arrivera pas.

Sur ce, il tourna les talons et s'éloigna. Les yeux rivés sur leur écran, les autres employés firent semblant de n'avoir rien entendu, sauf Rico, qui adressa à Marnie un regard d'encouragement.

Elle marcha jusqu'à l'armoire située derrière son bureau et, de ses mains tremblantes, chercha le formulaire. Il y en avait des centaines de différents types, mais Bea avait mis en place un excellent système de classement. Quand Marnie trouva enfin le document qu'elle cherchait, elle le relut plusieurs fois. Oui, il s'agissait bien du formulaire de UK Homeloans, pas UK Houseloans, pas British Homeloans. Oui, il s'intitulait bien « Attestation de permis de séjour au Royaume-Uni » et non « Attestation de citoyenneté » ou « Attestation de casier judiciaire vierge ».

Après s'être assurée qu'elle tenait le bon formulaire, Marnie entreprit de le remplir et y mit tant de soin qu'elle en sua à grosses gouttes. Que lui arrivait-il ? À quel moment avait-elle perdu confiance en elle au point de ne même plus être capable d'accomplir une tâche aussi simple ?

Guy déposa un tas d'enveloppes sur son bureau.

— Le courrier, annonça-t-il, la faisant sursauter. Désolé, je t'ai fait peur ?

Elle eut un petit rire nerveux.

— Non, tout va bien.

— Non, tu ne vas pas bien, dit-il d'un air pensif.

À ceux qui ne le connaissaient pas, son regard bleu pâle pouvait paraître froid, mais, à côtoyer Guy chaque jour, on apprenait à reconnaître la gentillesse dans ses yeux.

— Peux-tu ouvrir tout ça rapidement, s'il te plaît ? (Les ordres de Guy étaient toujours extrêmement polis.) Les formulaires signés par les Findlater devraient se trouver dans une de ces enveloppes, et j'en ai besoin tout de suite.

Guy passait avant Wen-Yi. Elle allait devoir s'occuper du

courrier en premier. Elle rangea précautionneusement le formulaire de M. Lee dans sa corbeille de documents en cours et se mit à décacheter les enveloppes en se servant de ses ongles.

Guy la regarda faire et lâcha :

— Utilise un coupe-papier.

— Oui, tu as raison.

Elle n'était même pas capable d'ouvrir le courrier correctement. En prenant son coupe-papier sur son bureau, elle songea l'espace d'un instant à s'en plonger la lame dans le cœur. Mais, au lieu de se poignarder, elle ouvrit une à une les enveloppes d'un geste mécanique et classa les lettres en plusieurs piles bien nettes.

— Je les ai trouvés, dit-elle en brandissant les formulaires qu'attendait Guy.

— Parfait. Maintenant, tu les photocopies et tu appelles un coursier pour qu'il porte les originaux à la banque.

Pendant qu'elle y était, Marnie décida de photocopier tous les documents signés qui étaient arrivés ce matin-là au courrier. Elle se concentra de toutes ses forces pour ne pas mélanger les papiers. Il fallait s'assurer qu'elle rangeait les copies dans les dossiers et envoyait les originaux aux différentes banques, et pas le contraire. C'était à la portée de n'importe qui, et pourtant, la plupart du temps, elle était incapable de s'acquitter de cette simple tâche.

Ensuite, elle retourna à son bureau avec une pile d'enveloppes et entreprit d'adresser les documents originaux aux banques concernées. Ce travail répétitif calma son angoisse. Quand elle arriva au bout de sa pile d'enveloppes, elle se sentit le cœur léger. Sans même les compter, elle avait choisi exactement le nombre d'enveloppes qu'il lui fallait. C'était de bon augure.

Je me sens beaucoup mieux, pensa-t-elle. C'est l'effet du Prozac.

Elle n'avait pas encore commencé le traitement, mais le simple fait de promener l'ordonnance dans son sac à main semblait déjà avoir sur elle un effet curatif.

Puis son regard rencontra le formulaire de M. Lee, qui l'attendait bien sagement dans sa corbeille, et toute sa joie s'envola. Elle n'avait plus d'enveloppe pour lui. L'armoire aux fournitures ne se trouvait pas à plus de cinq mètres de son bureau, mais elle était incapable de se lever et de commander à ses jambes de la porter jusque-là. Sa fatigue n'était pourtant pas physique. C'était plutôt comme si un champ de forces autour d'elle la maintenait clouée sur place. Sur le ton de la plaisanterie, elle aurait pu demander à un collègue de l'aider. Rico lui aurait volontiers rendu ce service, mais elle ne pouvait se résoudre à l'appeler. C'était trop bizarre. Et puis, à ce stade, elle n'était même plus capable de parler. Il ne lui restait plus aucune énergie.

Plus elle se répétait que cet envoi était urgent, plus il prenait une dimension effrayante.

Je vais m'en occuper, je vais m'en occuper, je vais m'en occuper.

Mais, dès que le formulaire apparaissait dans son champ de vision, elle se sentait comme écorchée vive. Pour finir, elle le prit dans la corbeille et le colla dans un tiroir du bureau, sous un flacon de vitamine B5, la « vitamine du bonheur », et une boîte de gélules de millepertuis.

— Marnie ! s'exclama sa mère. C'est drôle que tu appelles, je lisais à l'instant l'affreux tabloïd de Bid. Enfin, quand je dis lire, ça ne demande pas un gros effort intellectuel. Et je suis tombée sur une photo de Paddy de Courcy en compagnie de sa « ravissante fiancée », comme ils disent.

Il suffisait que Marnie entende prononcer son nom pour qu'instantanément son majeur se replie dans la paume de sa main droite et qu'elle sente le picotement se réveiller. Au mois d'août, quand la rumeur du mariage avait commencé à circuler, Grace l'avait appelée.

— J'ai une mauvaise nouvelle, avait-elle dit. Rien de dramatique, il n'y a pas mort d'homme. C'est Paddy, il va se marier.

Salaud. Les hommes comme toi n'ont pas droit au bonheur.

— Marnie, ça va ?

Aussitôt, la flambée de rage s'était éteinte, et rien n'avait plus compté pour elle que de rassurer Grace.

— Ça va. Je suis contente que tu m'aies mise au courant. Qui sait ce qui serait arrivé si je l'avais appris par quelqu'un d'autre.

— Maman et papa risquent de t'en parler. Je voulais que tu te prépares.

Il y avait toutes les chances que ses parents abordent la question. Ils n'approuvaient pas entièrement la politique menée par Paddy, mais continuaient à suivre sa carrière avec un intérêt très personnel.

Sa mère continuait à babiller :

— Ils disent aussi que Sheridan sera son garçon d'honneur. C'est touchant, tu ne trouves pas, de voir qu'à notre époque où rien ne dure leur amitié a résisté pendant toutes ces années. Je dois dire que, quand je vois maintenant ces photos de Paddy en costume et que je me le rappelle assis à ma table de cuisine, maigre comme un chat écorché, avec ses grands yeux affamés, je ne pensais pas qu'en grandissant il deviendrait un homme d'État, car c'est bien ce qu'il est. Certes, il brasse beaucoup de vent, et je suis agacée de voir que les gens se laissent endormir par son charme. Ton père ne l'a jamais beaucoup aimé, mais tu le connais. Il faut toujours qu'il se distingue.

— Hum.

Elle se sentait mieux, maintenant. En général, elle parvenait très vite à se reprendre.

— En un sens, Paddy me rappelle Bill Clinton quand il était jeune. Je me demande s'il a les mêmes problèmes pour garder sa queue dans son pantalon.

— Maman, tu ne dois pas dire « queue », la réprimanda Marnie.

Heureusement, ils étaient tous sortis déjeuner, et il n'y avait personne dans le bureau pour l'entendre.

— Merci de me le rappeler, mon cœur. Tu as toujours été une si gentille fille. Quel mot ai-je le droit d'employer ? Pénis ? Zizi ? Quéquette ?

— Pénis est probablement le terme le plus approprié.

— Pour revenir à ce que je disais, je me demande s'il a les mêmes problèmes pour garder son pénis dans son pantalon.

— J'imagine que oui.

— C'est aussi mon avis. Un mâle a besoin de quatre choses dans la vie : à manger, un toit au-dessus de sa tête, une chatte et la chatte du voisin. C'est de Jay McInernay, je ne me rappelle plus dans quel roman. C'est du second degré, tu l'auras compris. Je n'ai jamais pu supporter ces hommes qui invoquent les lois de la nature pour excuser leurs incartades. Alicia Thornton se prépare des lendemains difficiles.

— Elle sait dans quoi elle s'engage.

— On raconte qu'elle serait veuve. Tu sais de quoi son mari est mort ?

— Il a probablement mis fin à ses jours parce qu'il ne supportait plus d'être marié avec elle.

Cette réponse surprit sa mère.

— Pourquoi dis-tu ça ? Et puis quel âge a-t-elle ?

— Tu sais quel âge elle a. Trente-cinq ans, comme moi.

— Comment le saurais-je ?

— Parce que tu la connais, maman.

— Je te jure que non.

— J'en reviens pas. J'étais pourtant sûre que tu savais…

— Que je savais quoi, ma chérie ?

— Regarde bien sa photo et imagine-la sans son balayage blond. (Marnie entendit un froissement de papier quand sa mère reprit son journal.) Imagine-la sans maquillage, avec des cheveux plus longs et quelques années de moins.

Soudain, sa mère sembla s'étrangler.

— C'est pas vrai ! Ne me dis pas que c'est…

— Si, c'est bien elle.

Elle n'avait pas pris de vitamine B5 de toute la journée, pas étonnant qu'elle se soit sentie si vannée. Mais, quand elle ouvrit son tiroir, elle vit, tapi sous le flacon, le formulaire de M. Lee. Il était toujours là.

Le sol se mit à tanguer. Comment avait-elle pu oublier, alors que ce papier était si important ?

Mais il était trop tard maintenant, elle avait raté la dernière levée de la journée.

Elle se fit le serment solennel de le mettre au courrier à la première heure le lendemain matin. Oui, mais si Wen-Yi tombait dessus entre-temps ? S'il décidait de fouiller dans ses affaires quand elle serait partie ?

Terrifiée à cette pensée, elle reprit le papier dans le tiroir et le glissa subrepticement dans son sac.

Comme saisi par un pressentiment, Wen-Yi releva la tête à ce moment-là et lui demanda :

— Est-ce que tu as posté le formulaire de M. Lee ?

— Oui, oui.

— Marnie, tu viens prendre un verre ? lui proposa Rico. Tu viens fêter avec moi ma commission record ?

Elle réfléchit un instant. Un instant seulement, mais assez long pour éveiller en elle une terrible envie. Une évasion possible… mais non, elle ne pouvait pas. Elle devait être rentrée à la maison pour 18h15. Les filles l'attendraient et Melodie, leur nounou, serait dans les starting-blocks, prête à filer à son deuxième boulot. Et puis la dernière fois qu'elle était sortie boire un verre avec Rico, les choses n'avaient pas vraiment bien tourné.

— Non, je… (Soudain, elle se sentit observée. En tournant la tête, elle vit que Guy écoutait leur échange.) Non, Rico, je ne peux pas.

Il parut sincèrement peiné.

— Dommage.

Un beau mec comme lui. Il trouverait facilement quelqu'un d'autre.

5 heures. Trop tôt pour se lever, trop tard pour se rendormir. Elle pouvait mettre ce temps à profit pour faire du yoga, par exemple. Mais le yoga ne marchait pas sur elle. Il était censé l'apaiser, l'enrichir spirituellement et même transformer sa vie avec un peu de chance. Jennifer Aniston affirmait qu'il l'avait aidée à traverser son divorce de Brad Pitt. Alors pourquoi la plongeait-il dans un état d'agitation nerveuse et d'ennui qu'elle ne pouvait surmonter qu'en remplissant en même temps une grille de sudoku ?

Le formulaire de M. Lee, pourquoi ne l'avait-elle pas posté ? C'était une affaire de quelques secondes. Pourtant elle ne l'avait pas fait et maintenant, aux premières heures du jour, elle devait affronter les affres du remords.

Pour calmer son angoisse, elle se répétait la promesse qu'elle s'était faite de poster la lettre dès qu'elle arriverait au bureau. Jusque-là, il n'y avait rien qu'elle puisse faire. Elle laissa son esprit vagabonder à la recherche d'une pensée réconfortante à laquelle se raccrocher. Une phrase surgit dans son esprit : en ce moment précis, quelque part dans le monde, quelqu'un est soumis à la torture.

Arrêtez ça. Arrêtez ça. Arrêtez ça. Arrêtez ça.

Qui que vous soyez, où que vous soyez, accordez un répit à la victime.

Elle ne pouvait s'en prendre qu'à elle-même. La veille, au journal télévisé du soir, elle avait entendu l'histoire de deux adolescentes enlevées et atrocement mutilées par quatre hommes. Leurs bourreaux n'avaient trouvé que ce moyen de se venger pour un échange de drogue qui avait mal tourné et qui impliquait non pas ces jeunes filles, mais leurs pères.

Elle savait qu'elle n'aurait pas dû rester dans la pièce. Mais une fascination abjecte l'avait maintenue pétrifiée devant l'écran, partagée entre le désir de se boucher les oreilles et la curiosité de connaître toute l'étendue des horreurs que les êtres humains sont capables de s'infliger les uns aux autres. Elle avait imaginé si cela était arrivé aux filles, ou à Grace, et son estomac s'était révulsé.

Puis elle s'était demandé qui étaient ces tortionnaires si raffinés dans leurs sévices. Étaient-ils contraints d'agir comme ils l'avaient fait ? Certains l'étaient, ils torturaient pour ne pas l'être eux-mêmes. Mais d'autres devaient y prendre plaisir.

Et pourquoi personne ne semblait hanté comme elle l'était elle-même par ces questions ? Adolescente, quand elle avait confié ses terreurs à Grace, sa sœur lui avait répondu par une boutade : « Si ça t'arrive un jour, avoue-leur tout ce que tu sais. » C'était avant que Marnie découvre que certains torturaient par plaisir.

Plus récemment, quand elle avait voulu partager ses angoisses avec Nick, il avait ri. Pas par méchanceté, mais parce qu'il était incapable de comprendre qu'on puisse se tourmenter comme elle le faisait. Pour contenir ses angoisses derrière une porte plutôt que de les laisser se répandre partout et contaminer chaque recoin de son cerveau, Marnie tentait de se convaincre que, lorsque la douleur devenait réellement intolérable, les gens perdaient connaissance.

Puis Marnie avait lu dans un journal que l'armée américaine avait mis au point une substance qui empêchait les victimes de perdre connaissance. Dans quel monde infernal vivait-on, pour que la recherche médicale serve, non pas à sauver des vies, mais à inventer une drogue qui empêchait les gens de s'évanouir sous la torture ?

Elle prit le livre qu'elle avait posé par terre près du lit. *La Cloche de détresse* de Sylvia Plath. Pas étonnant qu'elle soit déprimée, avait déclaré Nick. Mais, quand elle essayait de lire les livres dont la quatrième de couverture promettait une « franche rigolade », elle les laissait tomber au bout de quelques pages, les jugeant trop débiles. Au moins, avec Sylvia Plath, était-elle réconfortée à la pensée que quelqu'un d'autre avait traversé tout ça. Plath ne s'en était pas remise. Elle avait fini par se suicider en se mettant la tête dans le four.

Marnie colla le livre à son visage et essaya de déchiffrer les mots dans la pénombre grise du petit jour. Nick se redressa dans le lit. Elle l'avait réveillé en tournant les pages.

— Quelle heure est-il ?

— 5h20.

— Nom de Dieu !

Il se recroquevilla en une boule de colère sous la couette et se laissa lourdement retomber sur le matelas avec l'espoir de se rendormir. On frappa à la porte. Des petits pas légers s'approchèrent. Verity.

La pauvre Verity, « le Monstre », comme la surnommaient les autres enfants, ne dormait jamais une nuit complète.

— Je peux venir dans ton lit, maman ?

Marnie fit oui de la tête, porta un doigt à ses lèvres et ouvrit un pan de la couette. Le petit corps chaud de Verity se pelotonna étroitement contre elle.

— Maman ? chuchota Verity.

— Chut, ne réveille pas papa.

— Papa est réveillé, gronda une voix pâteuse.

— Maman, qu'est-ce qui se passera si tu meurs ?

— Je ne vais pas mourir.

— Mais si tu tombes malade et que tu dois aller à l'hôpital ?

— Ne parle pas si fort, mon cœur. Je ne vais pas tomber malade.

— Qu'est-ce qui arrivera si papa perd son travail ?

— Papa ne va pas perdre son travail.

Mais il est bien possible que cette année encore il ne touche pas son bonus.

Marnie caressa les cheveux de sa fille. D'où pouvaient lui venir toutes ces angoisses ? Elles venaient forcément de quelque part.

Elle était sa mère. C'était donc forcément sa faute.

Daisy, au moins, était normale.

— Maman, tu me feras une natte ? demanda Daisy. Pas une plate, une sur le haut de la tête.

— Maman, je trouve pas mon cahier rose.

Tout en laçant à toute allure les baskets boueuses de Verity, Marnie promena un regard autour de la cuisine.

— Tiens, il est là.

— Pas celui-là, celui qui brille.

— Regarde dans ton cartable.

— Il est pas dans mon cartable.

— Regarde encore.

— S'il te plaît, maman, toi, regarde.

— Maman, bougonna Daisy. Tu peux me coiffer. Je demande jamais rien, moi.

— D'accord, laisse-moi d'abord finir ça, après je prépare vos boîtes de déjeuner et je te coiffe. Verity ! Où sont tes lunettes ?

— Je sais pas où elles sont.

— Trouve-les.

— Non, je les déteste.

Marnie sentit son cœur chavirer.

— Je sais, mon lapin. Mais tu ne seras pas obligée de les porter toute ta vie. Tiens, attrape.

Elle lança à Verity sa paire de baskets.

— Range-les dans ton sac de sport. Maintenant, Daisy, occupons-nous de tes cheveux.

— Mais tu as dit que tu chercherais mon cahier, chouina Verity.

— Tu dois d'abord t'occuper de nos boîtes de déjeuner, dit Daisy à sa mère. Ou sinon tu vas encore les oublier.

Bon sang, elle les avait oubliées une fois, une toute petite fois en combien d'années ? Mais, pour une mère, il n'y a pas d'absolution possible. Chaque manquement à son devoir lui sera rappelé jusqu'à la fin de ses jours.

— Je n'oublierai pas. Passe-moi ta brosse.

Elle tressa les cheveux de Daisy, mais, dans sa hâte, elle se trompa et fit une tresse plate.

— Nom de Dieu, c'est quoi, cette natte ? s'écria Daisy.

— On ne dit pas « nom de Dieu ».

Marnie sentit monter la panique. Le temps passait à toute allure, et elle ne pouvait pas se permettre d'être en retard au travail une fois de plus. La patience de Guy était à bout et proche du point de rupture.

— C'est comme une queue-de-cheval, et après tu fais une natte, lui expliqua Daisy.

— Compris, on y va, vite.

Elle défit et refit la tresse. Mais, dans sa précipitation, elle la rata, si bien que la natte partait sur le côté, comme si elle était articulée avec du fil de fer.

— Voilà, c'est fait. Tu es superbe.

— Non, j'ai l'air ridicule.

— Tu es bien trop jeune pour employer ce mot.

— Comment tu peux savoir ? Je suis une enfant et j'absorbe tout comme une éponge.

— Comme tu veux, mais je te dis que tu es magnifique. Allez, en route.

— Les boîtes de déjeuner !

Marnie jeta à la va-vite du raisin et des barres de céréales sans sucre dans les boîtes à l'effigie de la ballerine Angelina, sous le regard scrutateur de Daisy, qui surveillait les opérations avec la vigilance d'un inspecteur en armement des Nations unies.

Non, elle ne pouvait vraiment pas laisser sa fille sortir comme ça. Sa natte était si raide sur sa tête qu'on aurait pu croire que Daisy s'en servait d'antenne pour capter des signaux venus de l'espace.

— Viens par ici, je vais te recoiffer.

Pendant qu'elle s'évertuait à corriger la trajectoire de sa natte, elle dit à Daisy :

— Passe une bonne journée et occupe-toi de Verity.

Daisy était consciente des avantages que la nature lui avait donnés sur sa sœur. Elle était jolie, sympathique, intelligente, sportive, et n'ignorait pas que ce pouvoir s'accompagnait de certains devoirs.

Mais, au lieu de sa promesse quotidienne de veiller sur sa sœur, Daisy répondit d'un ton très posé :

— Je ne serai pas toujours là pour Verity. Elle doit apprendre à se débrouiller seule.

Marnie en resta sans voix. Elle regarda sa fille en pensant : Mais tu n'as que six ans.

Où était donc le temps de l'innocence ? À quel moment les enfants avaient-ils cessé de croire que le monde était un lieu sûr ?

Quoi qu'il en soit, elle comprenait ce que ressentait sa fille. Prendre sur elle la douleur de Verity était une responsabilité trop lourde à porter.

Elle se voyait dans un remake de sa relation avec Grace.

Daisy poussa un gros soupir de résignation.

— Je ferai mon possible, maman. Mais je ne pourrai pas toujours être là.

— Ce n'est rien, mon bébé. Ne t'inquiète pas.

Elle attira Daisy contre son cœur. À présent, elle devait porter, en plus de l'anxiété permanente de Verity, la culpabilité et le ressentiment de Daisy. Comment pouvait-elle protéger ses filles de la douleur de vivre ?

— Maman, tu me serres trop fort.

— Oh, excuse-moi, chérie.

Elle plongea son regard dans les yeux clairs de Daisy et pensa : Mon amour pour toi est une souffrance. Je vous aime si fort que je voudrais ne vous avoir jamais eues. Vous seriez mieux mortes. Il fallut un moment avant que la question prenne forme dans son esprit, sans toutefois susciter la surprise attendue : Suis-je en train de penser à tuer mes propres enfants ?

Elle les laissa à la porte de leur école. La plupart des parents accompagnaient leur progéniture jusqu'à la salle de classe et ne lâchaient pas leur main avant d'être sûrs d'avoir passé le relais à l'institutrice, mais aujourd'hui Marnie n'avait pas le temps. Dans son rétroviseur, elle regarda les filles traverser la cour au pas de course dans leur uniforme. Chaussettes aux genoux et canotier sur la tête, chacune transportait, en plus de sa boîte de déjeuner, de son sac de sport et de son cartable, son instrument de musique dans son étui : un hautbois pour Daisy et une humble flûte à bec pour Verity.

Plus que jamais rongée par la culpabilité, Marnie s'engagea dans la circulation.

Wen-Yi l'épiait. Elle le sentait observer le moindre de ses faits et gestes. Impossible de prendre le formulaire dans son sac et de le glisser dans une enveloppe, il le verrait.

À l'heure du déjeuner, elle sortit dans l'intention d'acheter une enveloppe et des timbres, puis de jeter la lettre dans une boîte quelconque. Mais il n'y avait qu'une caisse ouverte à la papeterie, et la file d'attente était interminable. Un homme achetait une énorme quantité d'articles, et il fallut une éternité pour tout emballer. Puis, quand il fut enfin sur le point de payer, la machine refusa de fonctionner. Plus aucun paiement par carte n'était accepté. Il fallut donc que l'homme aille jusqu'à un distributeur pour retirer du liquide. Quand il revint, il fallut changer le ruban de la caisse-enregistreuse. Les autres clients, un à un, déposaient leurs articles sur le comptoir et ressortaient du magasin en pestant contre cette bande de débiles. Marnie en aurait pleuré d'agacement, mais elle refusait de céder.

C'est une épreuve à laquelle on me soumet, se disait-elle.

Enfin, l'homme aux tonnes de fournitures partit, et la file progressa d'un cran. Mais le client suivant avait les bras pleins de paquets de fiches en bristol dont aucun ne portait de code-barres. L'employé dut donc quitter sa caisse et accompagner le client jusqu'au présentoir, parce que ces fiches de bristol n'étaient pas répertoriées dans leur stock informatisé. Le temps passait, et le caissier ne revenait toujours pas.

C'est une épreuve. C'est une épreuve. C'est une épreuve.

Marnie refusait de regarder sa montre. Elle ne pourrait pas supporter de voir le temps s'écouler seconde après seconde. Ça la rendrait folle. Soudain, l'homme qui se tenait devant elle dans la file s'exclama : « Putain de merde, il est plus de 2 heures ! » Elle sut alors qu'elle allait devoir renoncer, parce que, bien qu'elle eût lâchement laissé ses filles à la grille de l'école ce matin-là, elle était encore arrivée en retard au bureau.

Pendant un bref instant, elle songea à balancer le prix de l'enveloppe sur le comptoir. Mais elle n'avait pas les timbres, qu'il fallait demander à la caisse. En plus, avec sa malchance habituelle, elle serait sûrement arrêtée pour vol à l'étalage. À son grand désespoir, elle abandonna son enveloppe, et la journée se termina comme elle avait commencé, avec le formulaire de M. Lee dans son sac à main.

Nick l'attendait dans l'entrée, visiblement en proie à une grande agitation.

Elle n'était pas en retard. Elle n'avait rien fait de travers. C'était donc…

— Le bonus ? articula-t-elle sans oser prononcer le mot.

L'expression de son mari lui confirma qu'elle avait vu juste. La nouvelle était officiellement tombée : pas de bonus cette année encore.

La cata !

Les filles avaient capté l'ambiance et s'étaient claquemurées dans leur salle de jeux.

— L'année n'a pas été bonne pour les marchés, expliqua Nick d'un air penaud.

— Tu n'as pas à t'excuser. Je ne te reproche rien.

Nick était effondré. Gagner de l'argent était sa raison d'être.

— On se débrouillera, dit-elle pour le rassurer.

Un peu plus tard, après avoir couché les filles, elle le retrouva dans son bureau. Il était plongé dans des piles de relevés de compte.

— Où va l'argent ? lâcha-t-il avec découragement. Tout coûte tellement de fric de nos jours.

Leur emprunt immobilier plombait leur budget. Ils avaient emménagé dans cette maison de cinq pièces trois ans plus tôt, juste avant que Nick entre dans sa période de vaches maigres.

C'était lui qui avait insisté pour acheter une maison de cette taille. Sa femme la méritait, disait-il. Marnie n'avait rien contre l'endroit où ils avaient vécu jusqu'alors, mais, devant l'insistance de Nick, elle avait capitulé et l'avait cru quand il lui affirmait qu'ils avaient les moyens de s'offrir cette maison. En trois ans, leur taux d'intérêt avait grimpé de deux points, ce qui n'aurait pas eu trop de conséquences si leur crédit avait été d'un montant plus raisonnable.

— J'ai une idée, dit-elle. Notons tous nos postes de dépense et regardons ceux sur lesquels nous pouvons faire des économies. Pour commencer, les frais de scolarité. Nous pourrions envoyer les filles dans une école moins chère.

— Non, gronda-t-il comme sous l'effet d'une vive douleur. (Il était si fier d'envoyer ses filles dans une école privée.) Elles ont besoin de stabilité, et Verity ne survivrait pas dans une école publique. Parlons plutôt de Melodie. Tu crois que nous pourrions nous passer d'elle ?

Leur nounou était une Australienne débrouillarde qui jonglait avec plusieurs petits boulots.

— Elle travaille déjà un minimum d'heures.

Marnie se chargeait de conduire les filles à l'école, et Melodie les gardait de 14h30 à 18h15.

— Si Melodie s'en va, je devrai arrêter mon travail.

— Tu ne pourrais pas obtenir un temps partiel, le matin ?

Elle avait déjà soumis l'idée à Guy.

— Non, c'est un poste à temps plein que j'occupe.

Nick fit quelques calculs afin de voir si le salaire de Marnie était plus important que ce qu'ils versaient à Melodie. Oui, un peu tout de même.

— Mme Stevenson ? suggéra-t-il.

(Mme Stevenson était leur femme de ménage.)

— Elle est fantastique et ne nous coûte que cinquante livres par semaine. En travaillant à plein temps, je ne peux pas me passer d'elle.

— D'accord, maugréa-t-il. (Il tambourina sur son bloc du bout de son stylo.) Mais il faut pourtant bien renoncer à quelque chose. (Il leva son regard vers elle.) Tu dépenses une fortune chez le coiffeur.

Elle le fixa durement en silence. Elle avait besoin de son coiffeur encore plus que de Mme Stevenson. À la rigueur, elle aurait pu renoncer à sa coupe, mais en aucun cas à sa couleur. L'espace d'un instant, elle s'imagina avec plusieurs centimètres de racines grisonnantes. Elle n'oserait plus mettre les pieds dehors. Elle avait déjà bien du mal à affronter le monde extérieur avec un balayage impeccable.

— Et toutes ces thérapies ? Méditation, acupuncture et ce machin où tu étais l'autre soir encore… Ce truc cognitif ?

— Coaching cognitif. Rassure-toi, je n'y retournerai plus. Et j'arrête aussi tout le reste.

— De toute façon, rien ne marchait.

— Et ton abonnement au club de gym ? suggéra-t-elle. Tu pourrais te contenter d'un jogging dans le quartier.

— La gym m'est indispensable pour éliminer le stress, se défendit Nick. Et puis l'abonnement est déjà payé jusqu'à la fin de l'année, et ça ne représente jamais que mille petites livres.

— Mille livres, mais c'est une somme, répliqua-t-elle.

— Oh, tu vois très bien ce que je veux dire. Ce n'est jamais qu'une goutte d'eau par rapport au montant de mon bonus.

— D'accord. (Elle rassembla tout son courage pour aborder le point le plus douloureux.) Ta voiture.

— Ma quoi ? Non mais tu dérailles ! Tu me vois me pointer au boulot le matin dans une Ford Fiesta ? Ils me prendraient tous pour un loser. J'ai besoin de ma Jaguar, elle fait partie intégrante de mon image.

— Sans aller jusqu'à la Ford Fiesta, on pourrait…

— Parlons plutôt de ta Porsche. Pourquoi tu ne la remplacerais pas par une Ford Fiesta ?

— D'accord, je n'y vois aucun inconvénient.

Son 4 × 4 Porsche était un gros veau qui suçait des litres d'essence et faisait trop cliché de la classe moyenne m'as-tu-vu.

Face à son indifférence, Nick ne fit que s'emporter davantage.

— Les vacances, lança Marnie. Elles nous coûtent une fortune chaque année.

— Mais nous en avons besoin. Nous ne pouvons pas nous en passer, encore moins que du reste.

— Nous pouvons aussi nous passer du reste.

Nick s'était habitué à claquer mille livres dans un costume et même à en acheter trois d'un coup. De son côté, Marnie jugeait normal de dépenser sept cents livres dans un sac à main à peine assez grand pour contenir toutes ses affaires, alors qu'elle aurait pu en trouver un très convenable chez Next pour trente livres.

Mais son extravagance faisait la fierté de Nick. Que sa femme puisse se permettre de lâcher cent cinquante livres chez le coiffeur signifiait qu'il avait réussi. Il se sentait humilié de devoir restreindre leur train de vie.

— Mais au moins nous sommes ensemble, dit-il. Nous réussirons à traverser cette mauvaise passe.

Cette déclaration de sa part était si malhonnête que Marnie ne trouva rien à répondre. Nick ouvrit la bouche pour ajouter autre chose, puis renonça.

Parmi ces piles de relevés de compte témoignant de leur dispendieuse et futile quête du bonheur, il renvoyait l'image d'un homme au bout du rouleau. Marnie éprouva un immense chagrin.

— Je suis désolée, Nick, prononça-t-elle dans un mince souffle de voix. Sincèrement désolée.

— Je veux épouser un homme riche !

Leur mère avait été scandalisée.

— Marnie Gildee, je t'ai éduquée selon d'autres valeurs.

Mais Marnie n'avait pas voulu en démordre. D'un air de défi, elle avait répété :

— Oui, je veux épouser un homme riche.

Elle avait lâché ça par pure provocation, parce qu'elle se sentait mal à l'aise face à l'assurance de Grace et de Leechy. Grace, qui déclarait vouloir faire carrière dans le journalisme ; Leechy, qui disait vouloir exercer un métier dans lequel « elle s'occuperait des gens ».

— Infirmière, peut-être, avait-elle ajouté.

— Médecin, s'était empressée de corriger leur mère. Renonce à l'idée de devenir infirmière dans ce pays. Tu seras payée des clopinettes et tu devras travailler jour et nuit.

Tous les regards s'étaient ensuite tournés vers elle.

— Et toi, Marnie, qu'est-ce que tu veux faire plus tard ?

Elle n'en avait pas la moindre idée. À seize ans, elle se sentait déjà adulte et fatiguée par certains côtés. Elle n'avait d'enthousiasme pour rien. Elle n'était sûre que d'une chose : elle voulait des enfants. Mais, dans sa famille, ça ne comptait pas comme un métier. On était mère en plus du reste.

— Alors, Marnie, dis-nous ce que tu veux être plus tard.

— Heureuse.

— Mais quelle profession ? avait insisté Bid.

Embarrassée une fois de plus d'être en décalage avec tout le monde, Marnie avait envisagé un instant de répondre qu'elle voulait être hôtesse de l'air, mais ensuite elle s'était dit que femme d'un homme riche les contrarierait davantage. Ses chances d'y arriver étaient minces, elle ne se faisait guère d'illusions. Elle n'était pas assez grande. Or, comme pour rejoindre les rangs de la police ou défiler sur les podiums, une taille minimale était requise.

Puis elle s'en était prise à sa mère.

— Toi aussi tu es mariée et mère de famille !

— Oui, mais ce n'était pas ma seule ambition dans l'existence.

Sa vie durant, leur mère avait travaillé pour le mouvement syndical, et c'était dans ce cadre qu'elle avait rencontré leur père.

— Pourquoi je ferais des plans de carrière ? avait alors lâché Marnie. Puisque je ne suis bonne à rien.

— Toi, mais tu es bourrée de talents, au contraire ! avait répondu sa mère. Tu pourrais réussir dans n'importe quelle voie. Tu es bien plus brillante que Grace ou Leechy. Désolée, les filles, mais je dis ce qui est. Ce serait criminel de gâcher tous ces dons.

Marnie s'était emportée.

— Moi, talentueuse ? Tu dois confondre avec quelqu'un d'autre.

Elle et sa mère avaient échangé un regard chargé d'animosité. Puis cette dernière avait détourné les yeux. Elle ne croyait pas à la crise d'adolescence. Pour elle, le conflit entre mère et fille n'était qu'un mythe véhiculé par les feuilletons télévisés.

— Tu manques seulement de confiance en toi, avait-elle dit pour conclure.

— Je suis désolée que tu n'approuves pas mes projets

d'avenir, avait sèchement rétorqué Marnie. Mais je te demande de les respecter.

Bid s'était rempli un verre de Guinness en marmonnant dans sa barbe, et Marnie avait cru entendre le mot « traînées ». Puis, tout à coup, sa tante s'était tournée vers elle et lui avait lâché avec acrimonie :

— Tu n'es même pas blonde. Ces femmes-là sont toujours blondes.

— S'il le faut, je le deviendrai.

Elle n'était pas tout à fait sûre de ce qu'elle avançait. Elle avait essayé l'eau oxygénée sur quelques mèches, et ses cheveux avaient tourné au vert. Mais rien ne la ferait renoncer.

Quelques années plus tard, alors que Grace, devenue reporter au *Times*, parlait de corps mutilés dans ses articles, Marnie avait décroché un diplôme d'économie avec une mention assez bien et accompli sa propre prophétie en ne réussissant pas à se faire embaucher. Grâce à son CV, elle avait décroché plusieurs entretiens, mais n'avait pu convaincre aucun employeur de lui donner sa chance.

C'est alors qu'elle découvrit qu'elle ne s'était pas trompée quand elle prétendait n'avoir pas d'autre ambition que de se marier. Célibataire, elle se sentait minable. Le concubinage n'était pas non plus la solution. Elle n'était pas Grace. Elle voulait une bague à son doigt, elle voulait prendre le nom d'un homme, parce que sans un homme à ses côtés elle se sentirait toujours inaccomplie.

Sa honte la rongeait presque autant que ses désirs inassouvis. Elle était la fille d'Olwen Gildee, dressée dès le plus jeune âge à assumer une certaine part d'indépendance, et n'acceptait pas sans mauvaise conscience son désir de se rendre à l'ennemi.

Pourtant, trouver un mari ne s'avéra pas aussi facile qu'elle l'avait cru.

Les hommes se répartissaient en deux catégories : d'un côté, ceux qui étaient dépourvus du charme éblouissant d'un Paddy de Courcy et, de l'autre, les bons numéros. Or, avec ces derniers, il se produisait un phénomène comparable à ce qu'elle avait connu en cherchant un emploi. Passé l'enthousiasme du premier contact, leur attitude changeait rapidement pendant l'entretien.

Le voile tombait, ils la voyaient sous son véritable jour et battaient en retraite.

Elle était pleinement responsable de ce fiasco. Parce qu'elle s'enivrait et se mettait alors à leur parler des pensées qui la hantaient, à leur confier son horreur du monde et de la condition humaine. Un matin, en se réveillant avec une gueule de bois carabinée et la tremblote, elle s'était repassé le film de sa soirée en compagnie d'un certain Duncan, un avocat bon vivant, et s'était rappelé lui avoir dit : « Est-ce qu'il t'arrive de te demander pourquoi nous naissons avec une capacité limitée au plaisir et une aptitude illimitée à la souffrance ? Notre plafond de plaisir est bas, mais notre plancher de souffrance est sans fond. » En bon avocat, Duncan avait essayé d'argumenter, mais, face au pessimisme de Marnie, lui aussi avait capitulé. Dans un état proche de la panique, il avait fini par lui dire : « Tu as besoin de te faire aider. J'espère pour toi que tu t'en sortiras. » Il avait payé l'addition, l'avait raccompagnée chez elle, mais elle avait compris qu'elle n'aurait plus jamais de ses nouvelles.

À vingt-cinq ans, elle vivait à Londres, où elle semblait s'être installée dans une routine : elle effrayait tous les bons numéros et s'effrayait elle-même d'être incapable de corriger le tir.

Ce qu'il y avait de bien à Londres, c'est que les réserves de nouveaux hommes étaient pour ainsi dire infinies. Marnie n'avait aucun mal à les attirer. Son type de beauté mélancolique les séduisait. Elle ne voyait pas où se situait son pouvoir d'attraction, mais il existait bel et bien. Pourtant, elle s'arrangeait toujours pour saper toutes ses chances.

À vingt-sept ans, Marnie ouvrait les yeux tous les matins aux petites heures du jour avec un sentiment d'horreur. Elle s'enfonçait peu à peu dans l'isolement et ne se résumait plus qu'à la somme de ses échecs. Elle commençait à renoncer.

C'est alors qu'elle avait rencontré Nick. Beau (bien que pas très grand), dans un style un peu mal dégrossi, il affichait une assurance de jeune coq qui la faisait sourire. Son boulot exigeait des nerfs d'acier, il adorait les gosses et affichait un optimisme contagieux. Il était définitivement à ranger dans la catégorie des bons numéros.

À la minute où il la vit, Nick jeta son dévolu sur elle. Marnie connaissait cette expression, elle l'avait déjà observée sur le visage de beaucoup d'hommes, mais elle n'avait pas beaucoup d'espoir. Elle pouvait déjà prédire comment se terminerait leur histoire. En dépit de toutes les promesses qu'elle s'était faites, elle commença à boire et à se conduire bizarrement. Pourtant, contre toute attente, Nick ne se laissa pas rebuter.

Quand elle se mit à lui raconter les pensées affreuses qui lui passaient par la tête, il rit, mais avec tendresse.

— Dis-moi pourquoi tu penses ces choses, bébé ?

Il n'avait pas encore totalement réussi à la conquérir, mais ses intentions étaient claires. Le bonheur de Marnie était son objectif. Il n'avait encore jamais connu d'échec et n'allait pas commencer maintenant.

Marnie, de son côté, le trouvait extraordinaire. Sans avoir vraiment fait d'études, Nick était capable d'analyser brillamment n'importe quelle situation humaine ou politique. Débordant d'énergie et de vitalité, il était toujours à l'affût des nouvelles tendances. Que ce soit pour les vins, les vacances ou les coupes de cheveux, il était à la pointe de la mode et même légèrement en avance sur son temps.

Son flegme était rassurant, mais son sentimentalisme l'était plus encore. Toute histoire impliquant un enfant ou un animal lui tirait des larmes. Si Marnie le taquinait en le traitant de cockney hypersensible, elle appréciait chez lui ce trait de personnalité. Elle n'aurait pas pu supporter de s'engager au côté d'un homme froid.

— Pourquoi tu m'aimes ? lui demandait-elle. J'espère que ce n'est pas parce que je sors d'un milieu bourgeois. Ne me dis pas que tu comptes te servir de moi pour grimper dans l'échelle sociale.

— Foutaises, lui répondait-il. Je me fiche de savoir d'où tu viens. Je t'aime parce que tu es rase-mottes. (Il ne mesurait qu'un mètre soixante-dix.) Nous sommes parfaitement assortis par la taille.

— On se fiche de savoir pourquoi il t'aime, lâcha Grace, un jour qu'elle appelait Marnie pour savoir où ils en étaient. L'important, c'est pourquoi toi, tu l'aimes.

— Je ne sais pas si c'est de l'amour. C'est vrai qu'il me fait craquer et question sexe c'est vraiment génial, mais je ne sais pas si je l'aime.

Tout entre eux changea un soir qu'ils sortaient du restaurant et marchaient vers l'endroit où Nick avait garé sa voiture. Ils entendirent soudain un bris de verre puis le hurlement d'une alarme, et Nick s'écria : « Mais c'est ma caisse ! » (Il avait un jour prétendu qu'il reconnaîtrait à l'oreille le son de son alarme, c'était comme le pleur d'un bébé pour sa mère.) D'un rapide coup d'œil, il inspecta la rue pour s'assurer que la voie était dégagée, puis il dit à Marnie : « Tu as ton portable sur toi ? Attends-moi ici. »

Sur quoi, il fonça vers les trois types qui étaient en train de forcer sa portière. En le voyant accourir, les voyous détalèrent comme des lapins, mais, à la surprise de Marnie, Nick les prit en chasse. Le trio se dispersa dans différentes directions, et Nick continua à suivre le plus costaud du lot. Nick avait un corps nerveux et une bonne détente.

Ils disparurent bientôt dans une allée qui débouchait sur un lotissement de logements sociaux et, quelques minutes plus tard, Nick réapparut, hors d'haleine et dépité.

— Je l'ai perdu.

— Mais, Nick, c'était dangereux… tu aurais pu…

— Je sais, dit-il haletant. Désolé, bébé. J'aurais pas dû te laisser seule ici.

Ce soir-là transforma le regard qu'elle portait sur lui. Devant son courage à défendre ce qu'il croyait juste, elle tomba follement amoureuse de Nick. Désormais, elle avait foi en lui et voulait lui appartenir tout entière.

Il était temps de l'emmener à Dublin et de le présenter à sa famille. Nick passa le test haut la main. Même s'ils ne partageaient pas les mêmes points de vue sur l'économie, Nick réussit à subjuguer les parents de Marnie. Cette grincheuse de Bid (qui se moquait comme d'une guigne du socialisme) et Big Jim Larkin (le chien qui avait précédé Bingo) tombèrent sous le charme. Le verdict de Grace fut plus que favorable. « Comment ne pas l'adorer ? » déclara-t-elle. Jusqu'à Damien, qui fut séduit au point d'admettre que Nick était un « chic type ».

Nick parla sans discontinuer, paya des tournées à tout le monde et se dit conquis par l'Irlande.

— Ta traversée du désert est terminée, glissa Grace à sa sœur.

Elle disait vrai. Un homme avait eu assez de clairvoyance pour percer à jour les ténèbres qui se cachaient derrière son physique attrayant et trompeur, et il n'avait pas pris ses jambes à son cou. Pourtant, Marnie ressentait toujours le besoin de se rassurer.

— Pourquoi tu m'aimes ? lui demandait-elle, encore et encore.

— Parce que tu es le sel de la terre.

— C'est vrai ?

— Ouais, tu es la fille la plus gentille que je connaisse. La preuve, tu pleures à tout bout de champ sur des gens que tu ne connais même pas.

— Ce n'est pas de la gentillesse, mais de la névrose.

— Non, c'est de la gentillesse, insistait-il. Et puis tu es futée, tu as des guibolles d'enfer, tu sais préparer un curry bien épicé et, quand tu n'es pas déprimée par l'état de la planète, tu peux être vachement drôle. Voilà pourquoi je t'aime.

— Je ne te le demanderai plus, lui disait-elle d'un air contrit.

— Mais tu peux me poser la question autant de fois que tu voudras, bébé. Ma réponse sera toujours la même. Alors, heureuse ?

— Oui.

Non. Presque.

Marnie essayait de se faire à l'idée qu'elle possédait enfin ce qu'elle avait toujours souhaité, mais elle continuait de redouter le piège. Parce qu'il y avait toujours un piège.

C'était vendredi, et Wen-Yi était aux abois.

— Marnie, l'interpella-t-il dès qu'elle apparut. M. Lee aurait dû recevoir son formulaire hier. Il n'avait qu'à le signer et nous le retourner.

— Le courrier n'est pas encore arrivé. Dès qu'il sera là, je te préviens.

— Cet homme a le bras long, dit Wen-Yi. Il serait très fâché si cette maison lui passait sous le nez.

Elle le détestait quand il disait ce genre de trucs. Ça la rendait malade de trouille.

— Le courrier vient tout juste d'arriver, annonça Guy. Allons vérifier.

Marnie ouvrit le courrier en feignant de s'attendre à trouver le formulaire de M. Lee dans chaque enveloppe. À la moitié du tas, elle était parvenue à se convaincre que le document se trouvait réellement là. Elle y arriva si bien que, lorsque toutes les lettres furent décachetées, sa déception fut sincère.

— C'est drôle. Il n'est pas arrivé, fit-elle.

Wen-Yi laissa violemment retomber son agrafeuse sur son bureau.

— Comment ça, il n'est pas là ? Alors où est-il ?

Marnie ne put s'empêcher de laisser filer son regard vers son sac à main. Elle s'attendait presque à ce qu'il se mette à irradier une lumière intérieure.

— La poste a dû le perdre, dit-elle.

Elle avait déjà tenté cette tactique, mais Guy lui avait rétorqué que les chances qu'une lettre se perde en route étaient d'une sur dix millions.

— Appelle-le, lui ordonna Wen-Yi, au comble de l'exaspération. Trouve ce qui s'est passé.

— D'accord.

Marnie s'empara du téléphone, composa le numéro du domicile de M. Lee et laissa un message très clair demandant à celui-ci de la rappeler au plus vite. Cela fait, elle nota l'adresse de M. Lee sur un post-it et annonça à la cantonade :

— Je sors faire une course à la pharmacie.

Guy la regarda partir. Il ne dit rien, mais n'en pensait pas moins.

Elle courut à la papeterie du quartier et cette fois réussit à acheter une enveloppe et un timbre. M. Lee recevrait son formulaire lundi, il le signerait aussitôt, et Wen-Yi l'aurait dès mardi. Ils seraient encore dans les temps. Quel pataquès !

— Tu viens déjeuner avec moi ? lui proposa Rico. J'ai un truc à fêter.

Elle se figea, partagée entre la terreur et le désir.

— C'est une belle journée. Nous pourrions aller au parc.

Elle se détendit et recommença à respirer. Oui, elle pouvait accepter une promenade avec lui au parc.

— Qu'est-ce qu'on fête ?

— La vente d'un immeuble de bureaux.

— Un tout petit, brailla Craig depuis sa place.

Petit immeuble ou pas, Rico, le charmeur, le plus jeune et le plus canon des courtiers de Guy, était en train de faire une année exceptionnelle, raflant commission sur commission.

C'était une journée ensoleillée et chaude pour un 10 octobre. Ils étaient assis sur un banc, dispersant à coups de pied les feuilles rouge et or qui tapissaient le sol.

Rico lui passa un sandwich.

— L'automne est ma saison préférée, dit-il.

— Hummm.

Elle détestait l'automne. La saison de la pourriture et de la décomposition. Dieu seul savait ce qui grouillait sous ces feuilles. Mais elle détestait aussi l'été, avec ses cris de joie et son activité frénétique.

— C'est quoi, ta saison préférée ?

— Le printemps, mentit-elle.

Elle détestait aussi le printemps, sa fraîcheur et cette poussée d'espoir qui finalement retombait comme un soufflé.

La seule saison acceptable à ses yeux était l'hiver. Mais elle gardait ça pour elle. Si vous déclarez publiquement que votre saison préférée est l'hiver, vous êtes aussitôt obligé de vous extasier sur les bonshommes de neige et les laits de poule au coin du feu pour que personne ne vous soupçonne d'être fêlé.

— Champagne, madame ?

Rico sortit comme par magie une bouteille et deux flûtes.

Marnie ne s'y attendait pas. Le premier instant de surprise passé, elle retrouva sa voix et dit :

— Non, Rico, range ça. J'ai encore une tonne de travail à faire aujourd'hui.

Mais il était déjà occupé à décacheter le bouchon.

— Je pensais que tu aimais le champagne, dit-il.

— Oui, mais je t'en prie, arrête, Rico. N'ouvre pas cette bouteille.

— Tu ne veux pas faire la fête avec moi ? demanda-t-il d'une voix candide.

— Si, bien sûr, mais pas pendant ma pause de midi.

— Après le travail, alors ?

— Pas aujourd'hui.

— D'accord, je la garde pour un autre jour.

Sans rancœur, il rangea la bouteille et les flûtes dans le sac en plastique du supermarché.

— Tu es fâché ? demanda-t-elle.

— Je ne serai jamais fâché contre toi.

Sa réponse était sortie trop vite et puis elle était beaucoup trop habile, mais Marnie n'était pas en état d'approfondir le sujet. À présent, elle regrettait de l'avoir empêché d'ouvrir cette bouteille.

Rico se tourna complètement vers elle.

— Tu as des projets pour le week-end ?

— Rien de spécial, la routine. Conduire les filles à leurs diverses activités extrascolaires. Dimanche, nous irons probablement au cinéma. Et toi ?

— Quelques verres dans un bar après le boulot ce soir et un dîner demain.

— Avec une fille ?

Il opina de la tête et contempla le parc, évitant son regard.

Une drôle de sensation la piqua au vif. De la jalousie ? Pas assez fort pour marquer sa chair, mais pour une fois c'était agréable de sentir qu'elle réagissait normalement. Ça lui redonnait espoir.

— Tu es jalouse ? demanda-t-il.

— Un peu.

— Tu n'as aucune raison de l'être. Elle ne t'arrive pas à la cheville. Personne ne t'arrive à la cheville.

Bien joué, maintenant elle culpabilisait deux fois plus.

— Mais tant que tu ne seras pas libre...

Il lui caressa les doigts. Elle le laissa faire un moment, puis retira sa main.

Au multiplexe, il flottait dans l'air une odeur de beurre rance. Au milieu d'une foule de marmots qui grouillaient de partout,

Marnie pensa : Je suis la seule personne encore en vie. Tous les autres sont morts, mais ils ne le savent pas. Je suis l'unique survivante et je suis prise au piège. Pendant une fraction de seconde, elle se mit réellement à y croire et fut submergée par une terreur presque délicieuse.

Daisy et sa copine Genevieve, fonçant sur elle, vinrent s'écraser contre ses jambes.

— On a les bonbons.

Verity et Nick fermaient la marche. Nick leur avait acheté beaucoup trop de friandises, mais elle n'était pas d'humeur à le sermonner. Qu'elles se gâtent les dents, qu'est-ce que ça pouvait bien faire ? Un jour, ils seraient tous morts, et ça ne changerait rien qu'elles aient des chicots cariés dans la bouche.

C'est alors qu'elle vit la femme. Grande, mince, souriante, ses cheveux châtains ramassés en une queue-de-cheval qui se balançait sur sa nuque. Au début, elle n'arriva pas à la remettre. Puis, quand elle se rappela, la peur l'oppressa. Pourvu qu'elle ne me voie pas.

La femme – comment s'appelait-elle au fait ? Jules, c'est ça – venait de la repérer et marchait dans sa direction. Elle était sur le point de la saluer et de s'arrêter pour échanger quelques mots. Mais, quand elle aperçut Nick, elle baissa les yeux et passa son chemin, un sourire figé sur les lèvres.

Mais Nick, toujours aux aguets, avait eu le temps de la repérer. Rien ne lui échappait.

— Tu la connais ?

— Non…

— Ça suffit ! s'emporta Wen-Yi quand le courrier du lundi ne produisit pas le formulaire de M. Lee. Envoies-en un autre sur-le-champ. Prends un coursier. Donne-lui la consigne d'attendre et de porter directement le papier à la banque quand il aura été signé. (Il avait parlé aux vendeurs, pendant le week-end.) Si nous ne bouclons pas le dossier aujourd'hui, nous perdons l'affaire.

Autrement dit, Wen-Yi perdrait sa commission d'un pour cent – ce qui représentait une coquette somme –, mais, pire encore, M. Lee serait très fâché.

Le cœur battant la chamade, Marnie décrocha son téléphone.

Pour connaître l'adresse à laquelle elle devait envoyer le coursier, elle appela M. Lee sur son portable. Une femme lui répondit avec un accent chinois :

— M. Lee n'est pas là. Parti Chine. Revient dans un mois.

Un horrible goût de bile lui monta à la bouche.

— Quand est-il parti ? demanda-t-elle d'une voix affolée.

— La semaine dernière.

— Je vous rappelle...

Elle marcha jusqu'au bureau de Wen-Yi et annonça très posément :

— M. Lee est en Chine et ne rentrera pas avant un mois.

Wen-Yi n'était pas du genre à exploser. Sa colère s'exprimait par un calme terrifiant. Sa voix n'était pas plus qu'un murmure quand il articula :

— Pourquoi ne t'a-t-il pas dit qu'il partait en Chine quand tu lui as parlé ?

— Je ne sais pas.

— Tu lui as vraiment parlé ?

— Oui, répondit-elle sans même réfléchir.

Il la fixa avec dureté. Il savait qu'elle mentait.

— Tu ne lui as pas parlé. Tu ne l'as jamais appelé.

— C'est faux.

Cette fois, son ton n'était plus convaincant.

Il posa sur elle un regard plein de mépris.

— Si nous ratons cette vente, M. Lee... (Il se passa les mains sur le visage et réfléchit.) Envoie le formulaire en Chine.

— Entendu, répondit-elle avec une fausse efficacité qui lui valut un autre regard méprisant de Wen-Yi.

Au bord de l'apoplexie, elle rappela le portable de M. Lee et demanda à la femme :

— Pouvez-vous me donner l'adresse de M. Lee en Chine ?

— M. Lee à Shanghai. Pas adresse. Mais numéro téléphone.

— Pouvez-vous me donner ce numéro ?

Elle le nota d'une main tremblante, puis s'empara de l'annuaire pour chercher l'indicatif de la Chine. Quelle heure était-il en ce moment à Shanghai ?

Comme s'il avait lu dans ses pensées, Wen-Yi lâcha :

— Je me fous de savoir s'il est tôt ou tard. Appelle-le.

Les doigts de Marnie tremblaient si fort qu'il lui fallut s'y reprendre à cinq fois avant d'arriver à composer correctement le numéro. Après une série de cliquetis et de bruits bizarres, une sonnerie retentit à l'autre bout du monde.

Réponds, réponds, réponds.

Une femme décrocha et se mit à baragouiner. D'une voix suraiguë, Marnie tenta maladroitement de s'expliquer :

— Je dois envoyer un document à M. Lee. Vous connaissez M. Lee ?

Par pitié, répondez oui. Je vous en supplie.

— Oui, je connais M. Lee. (Les paroles de la femme rebondissaient comme des balles en caoutchouc.) Je vous donne adresse.

— Merci, mon Dieu, merci.

Mais l'accent de son interlocutrice n'était pas facile à comprendre. Quelque chose avait dû se perdre en cours de route, parce que UPS n'avait pas trace de l'endroit dans la banlieue de Shanghai où M. Lee était censé séjourner.

— J'ai rien qui correspond à ce nom, lui dit l'Australien enjoué qu'elle eut en ligne. Je peux rien faire sans une adresse.

— Est-ce que ce nom se rapproche d'un quartier que vous avez ?

— Non, pas du tout.

Il fallait qu'elle rappelle la femme. Mais elle n'y arrivait pas. Elle résista à l'envie de se lever et de quitter le bureau, de sortir dans la rue et de marcher, marcher, marcher, jusqu'à laisser Londres derrière elle, jusqu'à atteindre la bretelle de l'autoroute. Camions et voitures la dépasseraient en grondant, et elle continuerait de marcher. Les talons de ses chaussures s'useraient, son tailleur tomberait en loques, ses pieds ne seraient plus qu'une bouillie sanguinolente, et elle continuerait de marcher sans fin.

— Rappelle-la, lui ordonna Wen-Yi d'un ton haineux.

— D'accord, répondit-elle dans un murmure.

Cette fois, le nom épelé par la femme correspondait bien à une localité dans la banlieue de Shanghai. Marnie se vit préparer l'enveloppe, puis elle se vit attendre à la porte du bureau l'arrivée du coursier d'UPS et elle se vit placer l'enveloppe entre les mains de l'homme.

Sa détestation d'elle-même était arrivée à un tel paroxysme qu'il lui semblait avoir quitté son corps. Tôt ou tard, il lui faudrait bien le réintégrer et faire face, mais pour l'heure elle n'existait plus.

— Tu sors prendre un verre, Marnie ?

Rico se tenait devant elle. Si beau, si attentionné, si persuasif. Son seul et unique allié. Elle n'avait que trop de raisons de refuser. Elle les connaissait toutes, mais à sa surprise son cerveau l'informa qu'elle devait accepter.

Après cette journée terrible, qui avait succédé à d'autres journées terribles, toutes ses appréhensions, ses inhibitions s'étaient dissipées, et sa décision était prise. Après des semaines à se maîtriser, à endurer en serrant les dents, cet abandon lui procura un plaisir grisant. Tout d'un coup, elle se sentit joyeuse, légère et libre.

Elle était Marnie Hunter et n'avait de comptes à rendre à personne.

— Laisse-moi le temps d'appeler ma nounou, dit-elle. Si elle peut rester avec les filles, je te suis.

Même si Melodie ne pouvait pas, elle irait prendre ce verre. Elle trouverait une solution et elle irait prendre ce verre.

— Melodie, c'est Marnie. Je suis navrée, mais je vais rentrer un peu plus tard que prévu. Une grosse tuile au boulot.

Elle vit Rico sourire.

— Madame Hunter, je dois être à mon travail à 18h15, répondit Melodie, visiblement contrariée.

— Je vous paierai un supplément.

Marnie vit que, de l'autre bout du bureau, Guy écoutait sa conversation et semblait ne pas apprécier.

Eh bien, qu'il aille se faire voir. Elle sortait prendre un verre avec un collègue. Tout le monde le faisait, rien de plus normal. Elle fut même tentée de placer sa main devant l'écouteur et de gueuler à Guy : normal !

— Madame Hunter, c'est pas une question d'argent. Il faut que je sois à l'heure à mon autre travail.

— Je serai rentrée à 18h15, bon sang ! Je sors juste prendre un verre vite fait.

— Un verre, mais vous parliez d'un problème à votre bureau. M. Hunter est au courant ?

On s'en balance, de M. Hunter. Elle raccrocha et sourit à Rico.

— C'est réglé, allons-y.

.... aucun .... poids .... légère .... de plus en plus légère .... je remonte .... comme une bulle jusqu'à la surface.

Tout d'un coup elle était là. Elle n'y était plus et maintenant elle était là. Elle était passée de la non-existence à l'existence, du néant à l'être. Elle venait de renaître. Où ? Où venait-elle de renaître cette fois ?

Un plafond. Des murs. Un endroit clos, une maison probablement. Une surface molle sous elle. Un lit. Des rideaux à la fenêtre. Elle voulut fixer son regard sur eux, mais ils se dédoublèrent. Ils se soulevèrent, flottèrent, se superposèrent et finirent par se brouiller. Elle essaierait encore, un peu plus tard.

Ses dents étaient douloureuses. Ses mâchoires lui faisaient mal. Elle ressentait un élancement au niveau des orbites. La nausée attendait de se déclencher au premier mouvement.

Elle reconnaissait ce lit. C'était le sien. Était-ce mieux qu'un lit étranger ? qu'un lit d'hôpital ? Peut-être pas.

Elle était vêtue, mais que portait-elle ? Du bout des doigts, elle toucha son ventre. Puis son dos. Le contact était doux. Du coton, une chemise de nuit.

Puis elle voulut mesurer l'étendue des dégâts. Le visage, pour commencer. Mais son bras ne lui répondait plus. Il partit brusquement et heurta sa joue dans une grande claque. La douleur, le choc, la bile dans sa bouche.

Les os de la face étaient en mauvais état, mais les lèvres n'étaient pas fendues. Avec précaution, elle promena sa langue à l'intérieur de sa bouche. Quand elle sentit une dent bouger, elle fut envahie par la première vague d'effroi. Le reste peut être réparé, mais, quand on perd une dent, il n'y a plus rien à faire. Les dégâts sont irréversibles.

Elle continua à descendre. Les côtes aussi étaient en mauvais état. Et les os du bassin. Les vertèbres n'avaient pas souffert. Cette fois, c'était le devant qui avait tout pris. De la plante du pied, elle se palpa les jambes l'une après l'autre. En deux endroits, sur leur longueur, elle sentit des points douloureux qui finiraient par s'épanouir en autant de fleurs violacées.

Pour finir, elle se frotta les pieds l'un contre l'autre. Même ses pieds lui faisaient mal. Une deuxième vague d'effroi succéda à la première. Il en viendrait encore d'autres. L'intervalle entre elles irait s'amenuisant jusqu'à ce qu'il ne reste plus qu'une terreur sans fin et le désir de disparaître.

Les vivants envieront les morts. C'était une phrase de la Bible, la seule qu'elle ait jamais réussi à graver dans sa mémoire.

Comment était-ce arrivé cette fois ? Elle ne s'en souvenait plus. Pas encore. Peut-être ne s'en souviendrait-elle jamais. Les filles. Où étaient-elles ?

— Nick, appela-t-elle.

La faiblesse de sa voix ne collait pas avec la panique qui l'habitait.

— Nick !

Il était la dernière personne au monde qu'elle voulût voir, mais elle n'avait pas le choix.

Une ombre dans l'encadrement de la porte. Nick.

Immobile, il la contempla en silence.

— Où sont les filles ? Elles vont bien ?

— Elles sont chez ma mère. Je ne voulais pas qu'elles te voient dans cet état.

— Pardon, murmura-t-elle.

— Si tu en parles à qui que ce soit, je te tue. Compris ?

Elle a épongé le sang qui lui coulait sur le visage, tout étonnée qu'il y en ait tant et qu'il soit si rouge.

— Compris ? a-t-il répété en haussant le ton.

— Compris.

Lola

Vendredi 17 octobre, 11h07.

En me réveillant, je consulte mon réveil. 11h07. Excellent. Ça fera autant d'heures en moins à tuer. Depuis mon arrivée à la case de l'oncle Tom, la meilleure heure à laquelle je me sois réveillée était 12h47, mais je m'étais couchée très tard cette nuit-là : j'avais regardé Apocalypse Now. Une expérience intense. Et un très long film.

Je me prépare un café, un bol de céréales, traîne une chaise de la cuisine à l'arrière de la maison et me sustente face à l'Océan. C'est devenu un rituel quotidien, parce que, bien que nous soyons en octobre, le temps reste très clément.

L'Irlande est un pays étrange, et je dirais même curieux. En juillet, période officielle de l'été, pour autant que je sache, certaines journées peuvent être glaciales et pluvieuses. À bord de leurs autocars, les pauvres touristes américains découvrent l'Anneau du Kerry derrière des vitres embuées, et notre ciel se joue de nous. Or nous voilà maintenant à la mi-octobre, et chaque jour le soleil brille dans un ciel parfaitement dégagé.

L'Océan roule ses vagues pour le plus grand plaisir des surfeurs. Le vent souffle sur des plages immenses, désertées en semaine, sauf par les femmes au cœur brisé qui les arpentent en quête d'un bonheur perdu. Je n'ai toujours pas rejoint leur club. Je ne le ferai jamais. Question de fierté.

Nonchalamment, je verse du lait sur mes céréales. Le petit déjeuner à Knockavoy me prend en moyenne quarante-trois minutes. À Dublin, je ne consacre pas plus de neuf secondes à me fourrer une tranche de pain grillé dans la bouche pendant que je m'applique de l'anticernes, regarde d'un œil le journal télévisé du matin et rassemble mes affaires éparpillées un peu partout.

Ce matin, ils sont six ou sept surfeurs sur la plage, lisses comme des phoques dans leurs combinaisons. J'adorerais faire du surf. Non, je corrige : j'adorerais avoir la surf attitude. Nuance. J'ai comme dans l'idée que je n'aimerais pas du tout le surf. De l'eau plein le nez et les oreilles. Et les cheveux, je ne vous en parle même pas. Mais, si je disais aux gens – aux hommes, pour être honnête – que je fais du surf, ils me trouveraient diablement sexy. Bronzage intégral (en dépit de la combinaison), cordon noué à la cheville, une fille bien dans son corps. Oui, je sais, mes cheveux seraient dans un état désastreux, mais les gens n'y trouveraient rien à redire quand je leur expliquerais que je suis une surfeuse. Soudain, la tignasse tout emmêlée et les pointes cassantes deviendraient les signes d'appartenance à la tribu glamour des adeptes de la glisse. Est-ce juste ? je vous pose la question.

L'Océan est comme une mer d'huile. À plat ventre sur leurs planches, les surfeurs attendent. Le surf exige des trésors de patience. Beaucoup de temps morts qu'on ne peut même pas meubler en envoyant des SMS.

Je mange très lentement. J'ai pris l'habitude de mâcher vingt fois chaque bouchée de nourriture, à cause d'un article alarmant que je viens de lire. Il paraît que dans les pays industrialisés nous ne mâchons pas assez. Nous avalons tout rond, pour ainsi dire. C'est mauvais, parce que nos intestins n'ont pas de dents. Mâcher vingt fois chaque bouchée de nourriture est donc excellent pour la digestion.

Et ça m'aide à passer le temps.

Je mâche, mâche, mâche, et je mate les surfeurs.

Le vent vient de se lever. Une de mes céréales décolle de mon bol. Elle est emportée à travers champs jusqu'à la mer. J'ai froid dans le cou. Je rentre chercher un truc qui pourrait faire office d'écharpe. Mon boa rose traîne sur le canapé. Il fera l'affaire. Tout d'un coup je remarque que je suis en pyjama, avec des bottes de caoutchouc aux pieds et un boa rose autour du cou. C'est le danger quand on vit seul. Je dois faire attention à ne pas me transformer en vieille excentrique. Si je ne me contrôle pas, je risque de finir un jour par demander à Bridie de me prêter son pull avec les jockeys.

12h03.

J'accomplis les gestes de mon quotidien. Je lave mon bol, ma tasse et ma cuillère. J'essuie l'évier, je mets le torchon à sécher et puis je connais un bref moment pendant lequel j'hésite sur ce que je vais faire ensuite. Fatale erreur ! Pendant ce court instant d'inattention, la terreur me gagne et m'étreint la poitrine au point que je n'arrive plus à respirer. Mais qu'est-ce que je fiche dans ce trou ?

Mes crises de panique sont réglées comme du papier à musique. Chaque jour que Dieu fait, dès que je mets à sécher le torchon, ça se déclenche illico. L'envie me prend d'appeler Nkechi, ou bien Bridie, ou n'importe qui d'autre, et de supplier : « Laissez-moi rentrer à Dublin, par pitié ! Laissez-moi rentrer chez moi ! »

J'ai arrêté d'appeler parce que ça ne sert à rien. Personne ne m'autorise à rentrer à Dublin. Mais je regrette mon travail, mon joli petit travail...

Comme je n'ai ni mari, ni enfants, ni famille, ni talent exceptionnel – consistant par exemple à sculpter des carottes en forme de fleurs –, sans mon boulot je ne suis rien. Je ne peux m'empêcher de penser à Nkechi, qui complote contre moi et manigance de me souffler mon entreprise, puis je me rappelle le désastre que j'ai provoqué la dernière fois que j'ai voulu travailler et finis par admettre que je suis aussi bien à Knockavoy.

Je suis parfaitement capable de perdre mon boulot toute seule, comme une grande. Je n'ai pas besoin pour ça de l'aide de Nkechi.

Il faut quand même reconnaître que tous les appels que je reçois ne font rien pour me rassurer. « Nkechi est une perle ! », « Nkechi a fait de moi une créature fabuleuse pour le gala de la varicelle ! », « Grâce à Nkechi, je les ai toutes éclipsées au bal de la dysenterie ».

Résumons : Nkechi est merveilleuse. Toi, tu es une pauvre nullarde. Bridie a une autre opinion et prétend qu'elles veulent juste être gentilles.

Gentilles ! Ces femmes ignorent jusqu'au sens de ce mot.

En plus, argumente Bridie, Nkechi continue de développer ton entreprise pendant ton absence.

Tu parles, elles voudront toutes la suivre quand elle se mettra à son compte.

Mais non, me rassure Bridie, tu tires des conclusions trop hâtives.

Mon seul réconfort, c'est de savoir qu'Abibi n'a séduit personne.

12h46.

— Lola ?

Une voix masculine m'appelle du dehors.

Paddy vient me chercher pour me dire que tout n'était qu'un affreux malentendu. C'est faux, bien sûr, mais l'illusion persiste. Même quand je ne pense à rien en particulier, je flotte dans un bain de terreur sans réel objet, et il suffit d'un rien – par exemple, le nom de Louise Kennedy lu dans un magazine – pour qu'aussitôt je sois emportée dans un enchaînement de pensées toutes plus douloureuses les unes que les autres.

Petit aperçu : la dernière collection de Louise Kennedy = Alicia Thornton porte sur la photo une robe de Louise Kennedy = Alicia Thornton, la femme qui a ravi le cœur de Vif-argent = Paddy se marie avec une autre femme que moi = Quoi ? Paddy se marie avec une autre femme ? = Souffrance insupportable.

Tout cet enchaînement mental ne dure pas plus d'une seconde. Une lame chauffée à blanc m'a transpercée avant même que mon cerveau ait capté ce qui se passe. Chaque particule de mon pauvre corps est au courant, mais mon cerveau, lui, est le dernier averti.

Vivre sans Paddy fait désormais partie de moi. Auparavant, quand j'ai rompu avec des hommes, j'ai éprouvé du chagrin, je ne le nie pas, mais j'ai toujours gardé l'espoir d'un avenir plus heureux. Puis j'ai rencontré Paddy, l'homme de ma vie. Maintenant qu'il n'est plus là, mon futur n'est plus qu'un grand vide.

12h47.

J'ouvre la porte et me trouve nez à nez avec un type bâti comme une armoire à glace. Une fourgonnette DHL est garée le long de la route.

— Lola ? Lola Daly ? me fait l'armoire à glace.

— C'est bien moi.

— Un colis pour vous. Signez ici.

Je me demande bien ce que c'est. Sous l'intitulé « Contenu », je lis « Chaussures ». Tout s'éclaire.

L'armoire à glace retourne le paquet et lit.

— Ce sont des chaussures qu'il y a là-dedans ?

À Dublin, cette curiosité mal placée lui aurait valu un regard réfrigérant, mais à Knockavoy je suis obligée de m'appuyer au chambranle de la porte dans la pose de la fille qui a toute la journée devant elle pour bavasser.

— Ouais, des chaussures.

— C'est pour un mariage ?

— Euh, non, pas pour un mariage.

Elles ne sont même pas pour moi, mais je ne peux pas le dire. Malgré tous ses efforts pour me tirer les vers du nez, je suis tenue au secret, placée devant un dilemme, tirée à hue et à dia.

— Vous aviez juste envie d'une nouvelle paire de chaussures, c'est ça ?

— C'est exactement ça.

— Vous êtes ici en vacances ?

— Euh, oui et non.

— Oui ou non ?

— Eh bien… c'est à voir.

J'ai honte de l'existence que je mène, je ne peux quand même pas avouer à ce type que je suis coincée ici jusqu'à ce que mon associée et mes amis décident que j'ai suffisamment recouvré mes esprits pour rentrer à Dublin.

— Je vis au jour le jour, si vous voyez ce que je veux dire.

— Alors on se reverra sans doute.

— Possible.

Il me tend sa main.

— Niall.

— Enchantée, Lola.

— Oui, oui, je sais.

Dès qu'il a mis les gaz, j'ouvre la boîte pour m'assurer qu'elle contient bien ce que je pense. Sur quoi j'appelle Noel des allocs.

— Votre colis est arrivé.

— Enfin. Épatant ! (Son expression favorite.) Je vous appelle ce soir après le travail. Quelle heure vous conviendrait ?

Pas facile à dire. J'ai des soirées plus que chargées. Les fesses sur un muret, face à la mer, j'échange des amabilités avec des inconnus à propos de la beauté du coucher de soleil. Ensuite, c'est soupe sans grumeaux au Oak, séance de feuilletons télévisés chez Mme Butterly et profond débat avec Brandon et Kelly autour du choix d'un DVD. Après quoi, je dois encore aller au Dungeon retrouver Boss, Moss et le Maître, et écouter ce dernier déclamer des poèmes longs comme un jour sans pain. Un emploi du temps de ministre.

Mais aujourd'hui j'ai plus important sur mon agenda.

— Je suis désolée, mais j'ai des amis qui me rendent visite pour le week-end.

Silence décontenancé au bout du fil.

— Je vois, des amis de Dublin, je suppose, lâche-t-il d'un ton dédaigneux, comme si Dublin n'était qu'un repaire de dépravés.

Minute papillon !

— C'est vous qui avez insisté pour que notre arrangement reste confidentiel. Maintenant si vous voulez récupérer votre colis quand mes amis seront là, personnellement je m'en fiche.

Noel est du genre soupe au lait, il explose pour un rien, mais je dois reconnaître que mes allocations chômage m'ont été versées avec une célérité époustouflante, sans que j'aie à fournir de la corne de licorne ni autres fariboles. C'est un peu trop beau pour être vrai, et je m'attends à chaque instant à recevoir un courrier flippant m'annonçant que tout ça est une erreur et qu'il faut que je leur rembourse ce que j'ai touché jusqu'au dernier centime, avec les intérêts en prime.

Après un silence que je sens hostile, Noel capitule.

— C'est bon, j'attendrai. Mais pas un mot de moi à vos amis de Dublin.

— Évidemment.

Gros mensonge. Je vais tout leur raconter, mais en leur faisant promettre de garder le secret.

— Que diriez-vous de lundi ? suggère Noel.

Lundi est un avenir beaucoup trop lointain pour moi. Qui sait si d'ici là je n'aurai pas recouvré mes esprits et repris la route de Dublin. Quoique j'en doute.

— D'accord pour lundi. Passez chez moi après le travail.

13h06.

Je suis à la bourre. J'ai fait un passage express en ville pour acheter à manger, à boire et des tonnes de chocolat en prévision du débarquement prochain de Bridie, Treese et Jem. Après quoi, je suis rentrée à la maison au pas de course. J'ai remis mon pyjama, mes bottes de caoutchouc et mon boa, et passé l'après-midi le nez plongé dans un policier de Margery Allingham.

C'est drôle, quand j'y pense. Beaucoup de gens, si on leur posait la question, vous répondraient que la vie idéale ressemble à celle que je mène en ce moment. Contempler un paysage magnifique, ne pas être obligée de se lever le matin, pouvoir paresser toute la journée, avoir le temps de regarder des films en DVD jusqu'à plus soif, de lire de bons policiers et de mâcher vingt fois chaque bouchée d'aliments. Pourtant, je n'arrive pas à apprécier mon bonheur. Je suis dans un état de tension permanente et j'ai l'impression de passer à côté de la vie. Il me semble que toutes les choses pour lesquelles j'ai travaillé si dur sont en train de m'échapper.

J'ai honte de mon ingratitude. C'est bien, ça me fait une autre émotion déplaisante à gérer. Je suppose qu'un peu de variété ne peut pas me nuire. Ça me change de la peur et du chagrin.

Je me sermonne. Silencieusement, cela va sans dire. Je n'en suis pas encore à parler toute seule. Un jour, ma vie reprendra son cours trépidant et je mourrai d'envie de me retirer dans un endroit superbe. Je ferais donc bien de profiter de chaque minute que je passe ici, parce que cette existence de farniente ne durera pas éternellement.

16h27.

Je pose mon livre, ferme les yeux et songe à Paddy. Il m'arrive parfois de penser que j'ai enfin digéré cette histoire. Mais, à d'autres moments, il me manque atrocement. Je persiste à croire que ce qui nous liait ne peut pas avoir disparu juste parce qu'il épouse une autre femme que moi.

Je ne l'ai plus appelé depuis mon retour à Knockavoy. Enfin, rien qu'une toute petite fois. J'avais bu, bien sûr. Il n'y a plus que l'ébriété pour me persuader qu'il subsiste une lueur d'espoir. (Je m'étais soûlée par accident. Ce soir-là, tout le monde m'avait offert sa tournée. M. Pruneau, Mme Butterly, Boss et même le gang rival du Club des pochetrons. Il aurait été très impoli de ma part de ne pas faire honneur à l'hospitalité des gens du coin. Ils auraient pu en prendre ombrage.)

J'étais rentrée chez moi heureuse, le cœur plein d'espoir et – appelons un chat un chat – complètement torchée. C'est alors que j'avais décroché mon téléphone pour convaincre Paddy de renoncer à son mariage avec Alicia Thornton. C'était une douce et belle soirée. La lune me souriait dans un ciel noir comme le vin (je cite le Maître). Rien ne me semblait impossible.

Mais les vapeurs de l'alcool m'avaient égarée.

En composant le numéro de Paddy, je suis tombée sur sa messagerie vocale. J'aurais dû raccrocher, mais une force incoercible m'a poussée à parler :

— Paddy, c'est Lola. J'appelais juste pour dire bonjour. Euh... voilà. Euh... n'épouse pas cette femme. Bon, et ben... au revoir.

J'allais l'appeler sur son fixe, mais j'ai flanché. Trop-plein d'émotion, ou bien c'était le mélange de vin rouge, de Southern Comfort et de Guinness adoucie à la crème de cassis.

Le lendemain matin, j'ai cru que j'avais rêvé. Je l'ai espéré de toutes mes forces. J'ai vérifié mon téléphone et j'ai dû me rendre à l'évidence. Je l'avais appelé. La honte m'a envahie. Ce qui en soi était un progrès, parce que, dans les premiers temps après l'annonce de son mariage, la honte avait plutôt brillé par son absence.

17h30.

Je n'espionne pas. Pas cette fois. Je suis en train de tirer le canapé à l'intérieur du salon quand, en regardant sa maison par inadvertance, je vois mon voisin pyromane dans sa cuisine. Eh bien, en voilà un qui rentre tôt du travail, me dis-je. Puis aussitôt une deuxième pensée me traverse l'esprit : si cet homme est bien Considine, alors que fait-il dans cette tenue ?

Je regarde encore. J'ai la berlue, ou bien il porte des lunettes de plongée et un bonnet de douche ? Non, non, je ne me suis pas trompée. Décidément, il s'en passe de belles dans cette maison.

18h57, arrivée de Bridie et Barry.

Je tends l'oreille, guettant le bruit d'un moteur, comme une pauvre fille esseulée dans sa campagne. J'entends la voiture bien avant qu'elle arrive. Pas parce qu'il n'y a qu'elle sur la route – c'est l'unique voie d'accès à la nationale de Milton Malbay à partir de Knockavoy, autant dire qu'il y a de la circulation –, mais à cause de la musique d'Oasis. Les goûts musicaux de Bridie sont presque aussi détestables que ses choix vestimentaires, mais elle assume.

La voiture s'arrête près de moi, la musique stoppe net et Barry émerge du côté conducteur. Il a obtenu le droit de passer ce week-end avec nous, parce qu'il est obéissant, ne crée pas de vagues et n'exprime pas d'opinions personnelles. Contrairement à d'autres maris.

— Trois heures et quarante-neuf minutes, m'annonce Bridie sans préambule. Pour un vendredi soir, c'est un excellent temps. Attendez, je vais le noter.

19h35, arrivée de Treese et Jem.

Treese conduit une adorable petite Audi bleue, un cadeau de Vincent. A-t-il voulu se faire pardonner sa grosse tête ?

Dans le siège passager, Jem a l'air mal à l'aise. Le siège est trop bas et la voiture trop petite pour sa silhouette quelque peu enrobée. À moins qu'il ne soit gêné d'être vu dans une voiture de nana. (Claudia est partie pour un week-end d'enterrement de vie de jeune fille. D'où l'autorisation accordée à Jem de nous rejoindre.)

En tailleur moulant et talons hauts, Treese est une vraie bombe. Je lui exprime toute mon admiration :

— Tu es superbe !

« Canon pour une grosse », voilà ce que les gens disaient d'elle autrefois. En sa présence, ils se répandaient en conseils condescendants, du genre : « Tu devrais arrêter les sucreries, tu sais. Ça a marché pour ma belle-sœur, elle a perdu vingt-cinq kilos. Si tu arrêtais de te goinfrer, tu pourrais être jolie. »

Dès qu'elle a perdu du poids, Treese s'est métamorphosée en une reine d'élégance, et celles qui l'avaient incitée à maigrir en sont restées babas. Elles n'avaient plus qu'à tenir leurs copains à distance.

— Comment va Vincent ?

Par politesse, je me sens obligée de demander des nouvelles de son mari. Il était invité. Forcément, puisque Barry l'était, mais pas un mot n'a été prononcé, pas même « Vincent te remercie, mais ce week-end il est occupé à faire réduire sa grosse tête ». Tacitement, nous avons tous décidé qu'il était préférable qu'il ne vienne pas, et Treese s'est jointe au complot.

19h38 à 19h45.

Les nouveaux arrivants respirent l'air de la mer à pleins poumons. Debout face à l'Océan, les poings sur les hanches, ils se gorgent d'ozone en s'exclamant : « Bon Dieu que c'est bon ! » Tout ça nous prend entre sept et huit minutes. Après quoi Jem claque des mains et déclare : « C'est pas tout ça, mais où sont les pubs ? »

20h07, le Oak, libations pré-dînatoires.

M. Pruneau prend le temps de s'asseoir un moment avec nous. Tout sourire, l'œil pétillant, affable. Il dit à mes amis qu'il a beaucoup entendu parler d'eux. Je suis aux anges, un peu comme s'il était ma création.

Il leur raconte que je viens manger ma soupe chez lui tous les jours – ce qui n'est pas tout à fait vrai, je ne viens pas tous les jours, mais je ne vais pas le contredire au risque de casser l'ambiance.

— À chaque fois, elle me demande : « Ibrahim, est-ce qu'elle a des grumeaux ? » (Il s'esclaffe, se frappe la cuisse et répète :) « Ibrahim, est-ce qu'elle a des grumeaux ? » Et c'est comme ça chaque midi.

Conquis par sa bonne humeur, tout le monde se joint à son hilarité, quoique sans trop comprendre ce qu'il y a de drôle. (L'humour est une chose très culturelle.)

Bridie propose de lui offrir un verre.

— Non merci, je ne bois pas, lui répond-il.

— Pourquoi, vous êtes un alcoolique repenti ? insiste-t-elle lourdement.

— Non, c'est interdit par ma religion.

Bridie ouvre de grands yeux, avec l'air de se demander quelle religion peut bien interdire l'alcool. Pour un catholique, boire est pour ainsi dire une obligation.

— Vous faites partie d'une secte, ou quoi ?

— Non, je suis musulman.

— Ah oui, j'y avais pas pensé. Au temps pour moi.

Un ange passe. Là-dessus entrent deux golfeurs qui cherchent un asile après le vacarme du Hole in One, et Ibrahim reprend sa place derrière son bar.

Dès qu'il s'éloigne, Bridie se penche vers nous et nous confie :

— C'est terrible, mais, quand quelqu'un me dit qu'il est musulman, je m'imagine toujours avoir affaire à une bombe humaine.

— Ouais, approuve Jem. Et je me dis qu'il me méprise secrètement.

— Pareil pour moi.

— Quand j'étais au Maroc avec Claudia, ajoute Jem, les hommes la mataient comme une traînée.

Mais parce que Claudia est une traînée. Bridie et moi échangeons un regard entendu : je sais qu'elle pense la même chose que moi.

— Ils n'ont aucun respect pour les femmes, poursuit Jem. Ils les battent quand elles ne se couvrent pas la tête.

Treese commence à s'agiter sur sa chaise.

— C'est scan… essaie-t-elle de protester.

— Je parie qu'en privé ce sont de vrais poivrots, ajoute Bridie. Je parie qu'ils boivent comme des trous et qu'ensuite ils jouent les…

— C'est scandal…

— … vertueux et traitent de sales porcs ceux qui ont le malheur de boire un verre de vin de temps en temps.

— C'est scandaleux ! finit par placer Treese. Vous devriez avoir honte. Il y a plus de deux milliards de musulmans dans le monde, et tous ne sont pas des kamikazes. C'est du racisme pur et simple ! Dans leur très grande majorité, les musulmans sont des gens modérés.

Mes pires craintes viennent d'être confirmées. Je ne veux pas être raciste.

— Oui, bien sûr, en convient Jem.

Mais son mea-culpa arrive trop tard, et nous sommes tous dûment chapitrés sur le fait que chaque individu dans le monde, indépendamment de sa nationalité ou de sa religion, a droit au respect ainsi qu'à des latrines en parfait état de fonctionnement.

1h30, de retour à la maison.

Malgré mon degré avancé d'ébriété, je ne peux m'empêcher d'éprouver une vague inquiétude en voyant Bridie et Barry se changer et enfiler ces étranges pantalons d'intérieur que je leur ai déjà vu porter. Bouffants au niveau des cuisses et resserrés aux chevilles, ils me rappellent l'espèce de sarouel que portait MC Hammer au début des années 1990. Celui de Barry est à motifs de ballons et de cerfs-volants, celui de Bridie zébré de bandes rouges et bleues.

C'est hideux.

Une mise au point s'impose.

Samedi 18 octobre, midi.

Tout le monde est réveillé. Programme de la journée : promenade au grand air, afin d'être « en pleine forme pour ce soir », je cite Jem. Mais, d'abord, il faut aller en ville parce que nous avons fini tout le lait.

Je me propose. Après tout, c'est moi l'hôtesse et c'est donc à moi qu'incombe cette responsabilité.

— Non, j'y vais, dit Jem. Parce que c'est moi qui ai vidé la bouteille à 5 heures du matin.

— Non, moi, intervient Bridie, qui veut toujours tout contrôler.

— Pourquoi on irait pas tous ensemble ? propose Treese.

— D'accord, mais vous devriez commencer par vous changer, dis-je en zieutant avec insistance les culottes bouffantes de Bridie et Barry.

— Mais on est déjà habillés !

Saperlipopette ! C'est déjà terrible de porter un truc pareil dans l'intimité de son foyer, mais se montrer en public avec ça sur les fesses ! La honte !

12h49.

Sur le chemin du retour, alors que nous venons d'acheter du lait, nous passons devant le Dungeon. Sa porte est grande ouverte, un événement exceptionnel. La lumière du jour n'y pénètre pour ainsi dire jamais. J'ai comme dans l'idée que le Club des pochetrons guette mon passage. Gagné ! Boss m'aperçoit et m'interpelle :

— Ohé, Lola ! On n'est plus assez bien pour toi, tu fais ta crâneuse ?

Je le confesse, c'est l'exacte vérité. J'éclate de rire et passe mon chemin, mais Bridie me demande :

— C'est qui, ce type ? Comment ça se fait que tu connais tant de monde ?

Elle insiste pour rencontrer Boss. J'essaie de résister. En pure perte. Je suis poussée vers le ventre obscur du Dungeon et me vois contrainte de faire les présentations.

Boss est tout excité. Sa face rubiconde est comme éclairée de l'intérieur. On dirait un lampion.

— J'vous connais, vous savez. C'est que j'en ai entendu de belles sur vous tous. Voyons voir si je vous remets.

Il pointe son doigt vers Treese.

— Toi, tu dois être Madame-je-sais-tout.

Oh, pauvre de moi !

— Non, c'est moi, le corrige Bridie.

— Alors toi, t'es celle qui ressemblait dans le temps à un boudin, dit Boss à Treese.

Elle opine du chef.

— La vache ! fait-il, admiratif. À te voir, on le devinerait jamais. T'es comme une asperge, maintenant. C'est pas vrai, les gars ?

Tandis que Boss, Moss et le Maître examinent Treese de la tête aux pieds en exprimant haut et fort leur incrédulité, ma température corporelle atteint des sommets. Je m'en veux d'avoir parlé de mes amis aux clients du Dungeon.

— Et toi, t'es le mari de l'enquiquineuse qui croit tout savoir, fait Boss à Barry.

Celui-ci coule un regard effarouché en direction de Bridie. Doit-il répondre ?

— Oui, acquiesce-t-il quand il a reçu le feu vert de sa moitié.

— À te regarder, je devine que t'es pas l'ex-joueur de rugby à la tête aussi grosse que son ballon, dit Boss à Jem. Alors tu dois être le mec avec qui Lola est seulement amie.

Il a prononcé ces derniers mots d'un ton lourd de sous-entendus.

— Euh… oui…

— Où est ta fiancée ?

— Sortie avec ses copines.

— Dommage. J'suis bien déçu. Paraît qu'elle a des faux nichons. J'aurais bien voulu en mater une paire avant de monter au ciel.

Il persiste et signe. Si seulement il pouvait la boucler.

Je suis dans mes petits souliers. Je n'ai qu'une hâte, filer d'ici avec le reste de ma troupe, mais Boss insiste pour nous payer une tournée. Et quand Boss insiste pour vous offrir une tournée, on n'a pas d'autre choix que d'accepter. Quant à espérer commander un jus de fruits, impossible.

Jem commet l'erreur de demander un coca. Dans la salle, toutes les conversations s'arrêtent. Quelqu'un prononce à voix basse :

— J'ai les portugaises ensablées ou bien ce type en pyjama vient de demander un coca ?

— C'est pas çui en pyjama, c'est l'autre.

— Du coca ? s'étrangle Boss. Z'êtes des hommes ou des mauviettes ? Cinq pintes, commande-t-il au barman.

Nous acceptons de mauvaise grâce. Je descends ma Guinness à toute allure, impatiente de décamper. Mais nous n'avons même pas terminé nos verres que Boss a déjà commandé une autre tournée. À mi-chemin de ma seconde pinte, je me sens soudain plus détendue. Boss a visiblement capté mon message et mis fin à son embarrassant jeu de la vérité. Il semble sincèrement emballé de rencontrer mes amis, et bêtement j'en suis touchée.

— C'est chouette que Lola ait honoré not' patelin de sa présence, confie-t-il à Bridie avec chaleur. Elle nous porte chance. Depuis qu'elle est arrivée, le Maître a gagné trois cent cinquante euros avec un jeu à gratter et moi un cake à la tombola organisée par la paroisse pour remplacer le lecteur de DVD du curé. Et, comme si ça suffisait pas, mon pire ennemi vient d'apprendre qu'il est atteint d'un cancer inopérable de la prostate. Lola est une sacrée nana, et on l'adore.

Là-dessus, il baisse d'un ton, mais j'arrive encore à l'entendre.

— C'est quand même foutrement malheureux qu'elle se soit fait larguer par ce cochon de démocrate-chrétien.

— Paddy de Courcy ? Mais il est du New Ireland !

— Ils ont changé l'étiquette, mais le flacon reste le même. Un cochon de démocrate-chrétien restera un cochon de démocrate-chrétien. Peuh, que de la vermine !

Par pitié, je t'en supplie, ne crache pas par terre.

Nouvelle tournée, cette fois offerte par Barry. La conversation s'anime. Et, j'ai le regret de vous l'avouer, j'en suis le principal sujet.

— ... Trop beau pour une fille comme elle... entends-je.

— ... Sourire faux... comme celui du Joker dans Batman.

— ... elle a pris la mauvaise valise... ça a failli déclencher un incident diplomatique...

Une belle camaraderie est en train de naître autour de notre cinquième tournée quand Bridie met abruptement fin à la fête.

Un peu plus tard, elle oblige Barry à faire une balade sur la plage.

— L'air de la mer va le dessoûler.

Nous autres, nous rentrons nous coucher. Deux heures plus tard, nous émergeons avec un filet de bave au coin des lèvres.

19h25, le Oak.

Dîner léger. Sandwichs toastés et soupe du jour (velouté de champignons).

— Dites-le, insiste M. Pruneau.

— Mais je sais qu'elle l'est pas.
— Dites-le quand même.
— D'accord. Est-ce qu'il y a des grumeaux ?
J'ai jamais vu personne se marrer à ce point.
— T'as peut-être un avenir d'actrice comique en Égypte, me glisse Jem.

20h39, chez Mme Butterly.

Désagréable surprise. Deux personnes sont déjà là. C'est la première fois, je n'ai encore jamais eu à partager Honour (elle ne sait pas que je connais son prénom. C'est Boss qui me l'a dit, et c'était comme apprendre le prénom de son institutrice à l'école primaire). L'un des clients est mon voisin pyromane, Rossa Considine. Il est avec une femme.

Se serait-il rabiboché avec sa fiancée ? Un coup d'œil à la dérobée me révèle que sa compagne n'a rien à voir avec celle que j'ai vue en robe de mariée. Il y a dans ses traits quelque chose qui me rappelle une fouine. C'est peut-être la petite amie dont m'ont parlé mes copains du Dungeon. Mais, en dépit de son air de fouine, sans doute dû à ses dents, elle n'est pas vilaine. En fait, elle serait même plutôt jolie.

Alors, c'est quoi, l'histoire ? Rossa Considine a largué Tête de fouine quand il a rencontré la fille à la robe de mariée. Et maintenant que cette dernière a pris le large, il essaie de recoller les morceaux avec son ex ?

Honour Butterly est dans tous ses états.

— Je ne sais pas où je vais mettre tout ce monde. Désolée, Lola, je sais que ce sont vos amis, mais ils ne peuvent pas tous entrer. J'ai pas assez de verres.

Avec la cruauté d'une physionomiste à l'entrée d'une boîte branchée, elle désigne Treese puis Jem et dit :

— Vous, c'est bon, vous pouvez entrer. Vous aussi.

Bridie et Barry n'ont pas été retenus, et Bridie a l'air fumasse.

— Pourquoi vous les choisissez eux et pas nous ?

— N'y voyez rien de personnel, mais je ne sers pas les gens en pyjama. Ordre de la direction. De toute façon, j'ai pas la place.

— C'est bon, dit Rossa Considine. On a fini, ils peuvent prendre nos sièges.

— D'accord, je fais une exception, vu que vous êtes des amis de Lola.

En passant près de moi, Considine me glisse :

— Salut, Lola.

— Salut, Rossa.

Pour les non-initiés, cet échange pourra paraître très anodin, mais en réalité il est lourd de sens. Avec son petit air sarcastique, Rossa Considine vient de me dire : « Si tu crois que je ne te vois pas m'espionner derrière ta fenêtre, espèce de dingue. » Et moi de lui répondre : « Ça te va bien de me traiter de folle, alors que je t'ai vu brûler la robe de mariée de ta fiancée et danser dans ta cuisine avec des lunettes de plongée et un bonnet de douche sur la tête.

— Qui c'est ? me demande Treese quand ils sont sortis.

— Mon voisin.

— Il a l'air sympa.

On voit bien qu'elle est nouvelle dans le coin !

Quand même, je suis un peu vexée. Je ne lui ai jamais rien fait, à ce type. À part l'espionner un peu de temps en temps. Mais y a pas de mal à ça.

— Eh bien, on peut dire que tu t'es fait des amis dans le village, constate Bridie, tout impressionnée.

C'est pas toujours facile pour elle et les autres. Parce que je n'ai pas réellement de famille, ils se sentent obligés de veiller sur moi.

Mais Bridie a un compte à régler avec Mme Butterly.

— Ce n'est pas un pyjama. C'est un sarouel.

— Je suis une vieille femme. Je ne suis pas tombée de la dernière pluie et je sais reconnaître un pyjama quand j'en vois un.

Dimanche 19 octobre, 13h17.

Je me réveille dans un état comateux, la tête bourdonnante. Jem est le seul qui soit déjà levé. Il lit le journal à la cuisine.

— Je vais appeler mon père, dis-je. Je l'appelle tous les dimanches à cette heure-ci.

Sur ce je sors, m'assois sur les marches du perron et compose le numéro de mon père à Birmingham.

Il décroche et annonce son numéro de téléphone. Drôle d'habitude. J'ai l'impression d'être remontée dans le temps. C'est le genre de trucs que les gens font dans les romans de Margery Allingham. « Whitehall 90210. »

— Papa ?

— Oh, Lola...

— Je te dérange pas ?

— Non.

— T'es sûr ? T'as une drôle de voix.

— Drôle comment ?

— Drôle comme si j'appelais au mauvais moment, comme si tu voulais pas me parler.

— Pourquoi je ne voudrais pas te parler ?

— Euh...

Là, je prends mon courage à deux mains et lâche :

— Papa, pourquoi tu m'appelles jamais ?

— Parce que tu m'appelles tous les dimanches.

Mais je ne peux pas m'empêcher de me demander. Et si je n'appelais pas ? Combien de temps faudrait-il avant qu'il prenne son téléphone ? J'ai parfois envie de le mettre à l'épreuve, mais je ne veux pas courir le risque qu'il n'appelle jamais. Parce que alors je n'aurais même plus de père.

Il s'ensuit une conversation sans entrain. Je suis pratiquement seule à parler.

Enfin, papa me demande :

— Qu'est-ce que tu veux pour Noël ?

— Nous ne sommes qu'en octobre.

— On y sera bien assez tôt. Alors, qu'est-ce que tu veux ?

— Du parfum.

C'est le genre de cadeau que les pères font à leur fille.

— Quel genre de parfum ?

— N'importe. Fais-moi la surprise.

— Occupe-toi de l'acheter, je t'enverrai un mandat postal.

Un mandat postal, pourquoi pas un chèque ? Il a un compte en banque, pourquoi passer par un mandat ?

Quand je pense à la vie qu'ont vécue mon père et son frère Francis, lui aussi veuf et dépressif, je me la représente comme une pièce de théâtre tristounette sur fond d'Irlande rurale des années 1950. J'imagine une chaumière sinistre, une cuisine embuée, dans laquelle une énorme marmite de pommes de terre bout du matin au soir. De l'aube au crépuscule, les gens travaillent comme des bêtes de somme à labourer les champs et traire les vaches, dans des chemises blanches à longs pans et des pantalons lustrés par l'âge. Des paysans taciturnes qui se nourrissent le soir d'une douzaine de patates et puis descendent une bouteille de bière brune en écoutant la météo marine à la radio. Pour finir, ils s'agenouillent à la dure, sur le carrelage de la cuisine, les coudes appuyés sur une chaise branlante, et récitent leur rosaire. Puis ils se déshabillent et se couchent, en caleçon long et tricot de peau, à l'étroit dans un petit lit en fer. La vie passe ainsi, monotone, jusqu'au jour où l'un d'eux finit par se pendre dans l'étable.

Je sais que la réalité ne ressemble pas du tout à ça. Certes, la maison où vit oncle Francis dans la banlieue de Birmingham est petite, mais elle est équipée de l'électricité et de l'eau courante. Rien à voir avec la misérable chaumière que je vois en imagination. Ils ont chacun leur chambre. Je sais aussi que mon père possède un pyjama et une robe de chambre en tissu écossais, et qu'il ne dort jamais en caleçon long. Cela dit, ils sont généreusement pourvus en images pieuses. La perle de cette collection est une représentation du Sacré-Cœur montrant Jésus, la poitrine ouverte sur un cœur rouge sang. Cette image est un must dans beaucoup de foyers catholiques, mais oncle Francis en possède la version de luxe, avec lampe clignotante éclairant le cœur de l'intérieur. C'est une vision assez terrifiante. Une nuit où je m'étais levée pour boire un verre d'eau, quand j'ai vu ce cœur rouge flottant dans les ténèbres, j'ai bien cru que le mien allait lâcher. Ils vont à la messe tous les dimanches, mais à part ça je n'ai aucune idée de la façon dont ils occupent leur temps. Je sais qu'ils ont assisté à l'inauguration de l'Arène (la grande galerie commerciale située en plein centre de Birmingham, pas une véritable arène). Une autre fois, ils sont allés au cinéma voir le Da Vinci Code. Non sans a priori. « Vaut mieux être informé des attaques dirigées contre l'Église. C'est terrible, la façon dont ils dépeignent l'Opus Dei. Une institution pourtant si honnête et pleine de gens si droits. Et puis personne ne les oblige à porter ce machin à la jambe s'ils n'en ont pas envie. »

Finalement, notre conversation s'essouffle et s'éteint. Ma patience est à bout. Vexée, je grommelle un au revoir, referme mon téléphone d'un geste sec et rentre rejoindre Jem à la cuisine.

— Comment va ton père ?

— Affectivement indisponible pour moi. (Un truc que j'ai appris en thérapie.) Tu sais quoi, Jem ? Je ne m'étonne pas d'être si déglinguée quand je vois la famille dont je viens. Une mère morte, un père dépressif, un oncle dépressif. Tout bien considéré, je ne m'en sors pas si mal.

— Oui, approuve Jem. T'as raison.

Jem est un véritable ami.

14h12.

Bridie nous traîne de force faire une promenade. C'est la première fois depuis mon arrivée à Knockavoy que je mets un pied sur la plage. Je constate non sans satisfaction que Bridie et Barry se sont enfin décidés à adopter une tenue vestimentaire normale. Pour finir, Bridie nous pousse jusqu'au pub et nous oblige à vider quelques bières pour « bien terminer le week-end ». (Barry n'a pas le droit de boire parce que c'est lui qui conduit.)

J'ai encore l'estomac retourné de tout l'alcool que nous avons ingurgité la veille et n'ai aucune envie de remettre ça, mais Bridie finit par m'avoir au chantage : « C'est pas tous les week-ends que tu as des amis de Dublin qui viennent te rendre visite. »

17h38.

Je fais au revoir de la main à Bridie, Barry, Jem et Treese. Je suis légèrement pompette.

— Je m'en veux de te laisser ici toute seule, m'a dit Jem.

— T'inquiète pas pour moi. Pour être franche, je suis soulagée de vous voir partir. Ce week-end m'a ravagée. Je n'ai pas la constitution nécessaire pour cette vie de débauche. Je suis ravie de vous avoir vus, mais, s'il vous plaît, ne revenez pas tout de suite.

Lundi 20 octobre, 10h07.

Je me réveille beaucoup trop tôt, d'humeur vaguement chagrine. Mon rythme biologique est perturbé par un week-end passé à boire jusqu'à plus soif.

J'appelle Bridie pour bavarder.

— Pourquoi tu m'appelles ? me demande-t-elle d'emblée.

— Pour bavarder.

— Bavarder ? mais de quoi ? Je viens de passer deux jours entiers avec toi. De toute façon, faut que j'y aille.

Là-dessus, elle raccroche, et je reste plantée là à regarder mon téléphone.

C'est ça, va te faire voir.

Je laisse s'écouler un moment, le temps de récupérer de cette rebuffade, puis je compose le numéro de Treese. La voix qui me répond n'est pas celle de mon amie.

— Poste de Treese Noonan.

— Pourrais-je parler à Treese, je vous prie ?

J'ai beaucoup de mal à l'avoir au bout du fil. C'est que Treese est quelqu'un d'important.

— Qui la demande ?

— Lola Daly.

— C'est à quel sujet ?

— Les latrines.

On me la passe immédiatement. Je savais que ça marcherait dès que j'aurais prononcé le mot magique.

— Tout va bien, Lola ?

— Oh, oui, j'appelais juste pour bavarder un peu.

Mais Treese non plus n'a pas le temps de bavarder.

J'entends force cris et empoignades en bruit de fond. Le mot « latrines » revient sans cesse dans la conversation.

— Je suis désolée, Lola, mais on est en pleine crise ici.

Sur ce, elle raccroche.

Découragée, je contemple mon téléphone dans un état de profond abattement. Je songe un instant à appeler Jem, mais je ne pourrais pas supporter d'être rejetée une troisième fois. Soudain, mon téléphone se met à sonner. C'est Jem !

— Il paraît que t'as envie de bavarder.

— À vrai dire, c'est passé, j'en ai plus vraiment envie, maintenant.

Mais quand même c'est gentil.

14h08.

Je ne suis pas allée en ville. Je suis restée à traîner à la maison en espérant trouver quelque chose pour me remonter le moral. Jem m'a apporté mon courrier de Dublin. Il y a là tout un tas de catalogues de stylistes, mais ça me fait mal de les regarder. Ils ne me rappellent que trop mon statut de sans-emploi. De désespoir, je commets la terrible erreur de feuilleter les journaux que Jem a laissés. J'aurais mieux fait de m'abstenir. À la rubrique mondaine, je découvre une photo de Paddy et d'Alicia la Jument au vernissage d'une exposition.

J'en suis toute tourneboulée. J'en tremble de partout. Des mains, des genoux et des lèvres, mais aussi des parties de mon corps qui ne se voient pas comme l'estomac, la vessie ou les poumons. Le vide laissé par ma mère est plus béant que jamais. Elle me manque atrocement. Je voudrais aller sur sa tombe et parler avec elle. Impossible de prendre la voiture pour rentrer à Dublin, je tremble trop. Et puis j'y suis interdite de séjour.

Il me vient une idée. Je vais aller au cimetière de Knockavoy et trouver une tombe. Je choisirai une femme née la même année que ma mère et je me confierai à elle.

Je marche jusqu'au cimetière dans l'espoir qu'un peu d'exercice physique me requinquera. Je suis en route depuis quelques minutes à peine quand une voiture s'arrête à ma hauteur dans un cliquetis de verres entrechoqués. C'est Rossa Considine au volant de son véhicule écologique. Mauvais pressentiment. Qu'est-ce qu'il me veut ?

— Je vous dépose en ville ? Ça vous rapprochera d'environ soixante-dix mètres.

— Je ne vais pas en ville.

— Vous allez où ?

— Au cimetière, dis-je, sans m'étendre sur les détails.

— Je peux vous y accompagner. Montez.

Très mauvais pressentiment. Je ne veux pas monter dans sa bagnole. Je ne veux pas parler à un autre être humain (vivant, du moins). Je veux qu'on me laisse tranquille avec ma peine. Mais j'ai peur, si je refuse, qu'il comprenne que je le soupçonne d'enlèvement et de port illicite de lunettes de plongée. Alors je m'exécute.

Je n'ai rien à lui dire, et nous roulons dans un silence pesant.

— Pourquoi vous allez au cimetière ? me demande-t-il.

— Pour parler à ma mère.

— Elle est enterrée ici ?

— Non, à Dublin.

Je n'ai aucune envie de lui fournir plus d'explications.

— C'est une plaisanterie ?

— Non.

Nouveau silence.

— Pourquoi vous n'êtes pas au travail ?

Je me sens obligée de me montrer polie avec lui, vu qu'il m'a proposé de me conduire, bien que je n'aie rien demandé.

— C'est mon jour de congé.

Silence.

— Vous n'êtes pas très bavard.

Il hausse les épaules comme pour dire que c'est l'hôpital qui se fout de la charité.

— Vous allez où ? fais-je d'une voix sans chaleur. À moins que ce soit classé confidentiel.

— Je vais déposer du verre à la benne de recyclage. Vous voulez m'accompagner ? me répond-il avec un petit air sarcastique. Vous vous sentirez peut-être de meilleure humeur après avoir fracassé quelques bouteilles.

— Qu'est-ce que vous voulez dire ? Je ne suis pas de mauvaise humeur.

Devant nous, la route forme un embranchement, et nous ralentissons.

— Le moment est venu de vous décider. Qu'est-ce que vous choisissez ? Le cimetière ou la benne ?

— Avec des options pareilles, pas étonnant que vous cartonniez avec les filles.

Je le vois se rembrunir et très vite je réponds :

— La benne.

Après tout, pourquoi pas ? Qu'est-ce que j'ai de mieux à faire ? Je peux toujours reporter à demain ma visite au cimetière.

— Qui ne tente rien ne perd rien, dis-je.

— N'a rien.

— Pardon ?

— Qui ne tente rien n'a rien.

Non mais pour qui il se prend ?

Je reste assise toute raide. Je n'appuie même pas mon dos au siège, j'aurais l'impression de céder devant lui. Je crève d'envie de trouver un défaut à sa voiture, mais il faut reconnaître qu'un véhicule électrique fonctionne aussi bien qu'un modèle à essence.

Nous traversons un paysage sauvage et… comment dire… sauvage. À notre gauche, l'océan Atlantique bat la côte de ses flots déchaînés. À notre droite, des champs nus régurgitent des cailloux et çà et là un arbre rabougri.

15h24.

La benne de recyclage se trouve sur un site naturel d'une exceptionnelle beauté. Est-ce que c'est normal ?

Rossa Considine me passe un carton rempli de bouteilles.

— Tenez, défoulez-vous.

On peut apprendre beaucoup de choses sur les gens en étudiant le contenu de leurs poubelles. Rossa Considine boit de la bière et aussi du vin rouge, mais pas dans des quantités alarmantes, sauf si ce que je vois là représente sa consommation du week-end. Il cuisine à l'huile d'olive et à la sauce de soja, prend de la vitamine C et utilise de la lotion après-rasage senteur marine. Je ne découvre aucun indice dans ses ordures pouvant m'indiquer pourquoi il planque une mystérieuse mariée dans sa chambre à coucher ni pourquoi il porte des lunettes de plongée dans sa cuisine.

Le recyclage du verre est une activité étonnamment revigorante. D'abord, parce qu'on a la satisfaction d'agir en faveur de l'environnement, ensuite parce que casser des choses est un passe-temps des plus jouissifs. Entendre se fracasser en mille morceaux les bouteilles que je viens de balancer dans la benne me fait un bien fou. J'arrive par ce biais à mettre en pièces tous les sombres sentiments qui me hantent depuis le réveil.

— Si j'avais su, j'aurais apporté les miennes, dis-je. J'en avais des tonnes après la visite de mes amis.

— Je vous préviendrai la prochaine fois que je viendrai.
— Merci.
L'envie ne me manque pas de lâcher un truc désagréable, dans le genre « Très généreux à vous », mais je m'abstiens. En dépit des apparences, son offre de me conduire à la benne de recyclage n'a rien de sarcastique.

18h33.

La voiture est garée pratiquement devant la porte d'entrée, si bien que Noel ne peut pas ouvrir sa portière sans heurter le mur de la maison. Il arrive tant bien que mal à s'extirper et comble furtivement la distance qui le sépare de la porte. Ce type a vraiment peur d'être vu. Dès qu'il est à l'intérieur, il se redresse et me tend une bouteille de vin. Du rosé, mais c'est gentil tout de même.
— Lola, le boa que vous portez est superbe. Ce sont de vraies plumes d'autruche ? Vraiment, il est très beau.
J'en suis toute décontenancée, je ne suis pas habituée à entendre des amabilités dans sa bouche.
— Alors, où sont mes bébés ?
— Ici, dis-je en lui désignant la boîte.
Son visage s'éclaire tandis que religieusement il déballe les escarpins à talons aiguilles en peau de léopard taille 45. Il les serre sur son cœur, les frotte contre sa face chafouine.
Comme s'il avait lu dans mes pensées, il me lance avec colère :
— Je ne suis pas fétichiste. Je veux seulement les porter.
Sur ce, il se débarrasse de ses chaussures de sport et de ses chaussettes, puis roule son pantalon jusqu'à ses genoux. Il ôte sa cravate et se l'enroule autour de la tête à la manière d'un bandeau.
— Et, si vous voulez tout savoir, je ne suis pas homosexuel. J'ai une femme séduisante qui n'a à se plaindre de rien, si vous voyez ce que je veux dire.
Horreur, je refuse de l'imaginer en situation.
Avec d'infinies précautions, il pose les escarpins par terre.
— J'adore le claquement des talons, me dit-il, tout sourire. (Il s'ensuit une séance de claquement de talons.) Oh, voilà mon bus. Attendez, ne partez pas sans moi ! s'écrie-t-il. (Il se lance dans

une course comique, pliant les jambes presque au point de toucher son derrière avec ses talons.) Merci, monsieur le chauffeur, de m'avoir attendu. (D'un geste plein de coquetterie, il place une main sur sa gorge. Puis il reprend une voix mâle pour me demander :) Où je peux me changer ? (Devant mon étonnement, il tapote son attaché-case d'un geste impatient et précise :) Mettre ma robe.

— Vous voulez dire que vous avez une tenue de travelo dans cette mallette ?

— On ne parle pas de travelo, mais d'adeptes de l'habillement croisé, j'en ai plus que marre de vous l'expliquer.

Je n'ai aucune envie de le laisser enfiler sa robe. Je veux qu'il parte. Mais je ne peux rien dire parce que j'ai peur qu'il croie que je le juge. Personnellement, je me fiche qu'il soit travelo, mais ce type me débecte.

Je lui propose de se changer dans la cuisine ; je ne veux pas qu'il monte à l'étage. Il a déjà largement dépassé les bornes.

19h07.

Pendant qu'il s'enferme dans la cuisine, je reste assise sur le canapé à me demander comment j'en suis arrivée là.

Tout a commencé ce soir-là, au pub de Miltown Malbay, quand il m'a demandé si je pouvais garder un secret. Je lui ai répondu : « Non, je suis incapable de tenir ma langue et je suis connue pour mon manque de discrétion. » Des bobards, mais je n'avais aucune envie de garder le secret de ce bonhomme. Quelle qu'en soit la nature, il me lierait à lui, et cette pensée me rendait malade. Mais il n'a pas tenu compte de mon avertissement, tant il avait besoin de s'épancher.

— Je porte des habits de femme.

Ne sachant pas trop quoi répondre à ça, j'ai dit :

— Moi aussi.

— Vous, c'est normal, vous êtes une femme.

— Alors comme ça vous êtes un travelo ?

— Non, je pratique l'habillement croisé. Nuance.

Travestissement, habillement croisé, pour moi c'était du pareil au même.

— Vous n'avez pas réellement d'amie ? ai-je demandé.

— Non.

— Ces escarpins en taille 45 sont pour vous.

— Oui.

(Je savais bien qu'il ne pouvait pas avoir à la fois une épouse et une maîtresse. Avec une tête pareille, il pouvait déjà s'estimer heureux d'avoir une seule femme dans sa vie.)

Dans l'heure qui a suivi, j'ai eu droit au récit de sa vie. Il s'était découvert une passion pour les habits féminins alors qu'il n'avait pas encore vingt ans. Quand il avait la maison pour lui, ce qui n'arrivait pas souvent, il essayait le maquillage et la lingerie de sa femme. Mais pas ses vêtements. Elle se fagotait trop mal.

Au fil des ans, il s'était constitué une tenue avec accessoires, perruque, maquillage et robe, mais il lui manquait encore les chaussures. Jusqu'à présent, il s'était contenté de sandales avec bride à l'arrière du talon et bouts ouverts en taille 41, la plus grande qu'il ait pu trouver, mais ses pieds débordaient devant et derrière. C'était une torture pour marcher. Il conservait sa petite garde-robe à l'intérieur d'un sac, dans le coffre de sa voiture, et vivait dans la crainte que sa femme ne la découvre.

— Vous êtes sûr d'avoir besoin de moi ? Vous pouvez acheter des fringues de travelo sur Internet.

— Impossible, je ne peux pas consulter ces sites depuis mon lieu de travail. Mes employeurs pourraient avoir la fantaisie de contrôler mon disque dur. Et même si je me connectais à partir d'un café dans l'arrière-pays d'Ennistymon, je ne pourrais pas me faire livrer mes achats chez moi. Ma femme risquerait d'ouvrir le colis.

— Même s'il vous est adressé ?

Je la trouvais culottée.

— Eh bien, elle ne l'ouvrirait peut-être pas, mais elle ne me laisserait pas en paix avant de savoir ce qu'il contient.

Puis j'ai pensé :

— Ce serait si terrible si elle savait ?

Noel a enfoui sa tête entre ses mains d'un air consterné.

— Je ne veux même pas envisager cette éventualité. Personne, absolument personne ne doit savoir. Je suis le père de trois enfants, un pilier de la communauté. Je prends déjà un énorme risque en vous confiant tout ça.

De fil en aiguille, j'en suis arrivée à accepter de recevoir ses catalogues de travelo à mon adresse. Quand le premier est arrivé, il m'a fait commander une paire d'escarpins en léopard.

— Je ne peux pas les payer avec ma carte de crédit. Dervla le remarquerait.

(Dervla, sa femme, me fait l'effet d'une vraie mégère.)

Résultat des courses, j'ai dû régler avec ma propre carte (vu l'état de mes finances, il a eu de la chance que l'achat ne soit pas refusé) et me faire livrer la marchandise à la case de l'oncle Tom. Mais je dois reconnaître que Noel m'a tout de suite remboursée, et en espèces.

(Il m'en coûte de l'admettre, mais je ne suis pas fan des travelos. Je ne suis pas pour leur interdire de se déguiser en femme, mais je trouve ça un peu... disons que je n'aimerais pas que Paddy le fasse. L'imaginer en dessous féminins, les lèvres peinturlurées, j'en suis malade rien que d'y penser.

Horreur, voilà qu'en plus d'être raciste je nourris des préjugés contre les travelos. Je découvre sur moi des choses pas très ragoûtantes depuis mon arrivée à Knockavoy.)

19h22.

Tout fier et timide à la fois, Noel sort de la cuisine dans une robe courte en peau de léopard orange et noir, gants léopard remontés jusqu'aux coudes et, bien sûr, escarpins de léopard. À l'évidence, il cultive un certain goût pour le léopard, et j'ai remarqué que c'est assez fréquent chez les rouquins. Bas à résille, perruque à la Tina Turner, mauvais maquillage. Il en a trop fait, et le résultat est plutôt trash. Mais je m'abstiens de tout commentaire. Après tout, c'est le look qu'il s'est choisi, et je n'ai aucune envie de lui offrir une occasion de s'incruster plus longtemps.

— Bonjour, je suis Natacha, me dit-il en prenant une voix de femme. Vous avez mes nouveaux catalogues ? Que diriez-vous de prendre un verre ?

Je le regarde d'un air éberlué. Je n'ai pas la moindre envie de prendre un verre après tout ce que j'ai déjà éclusé ce week-end. Toute cette histoire est décidément en train de virer au cauchemar.

— Débouchez la bouteille que j'ai apportée, m'ordonne-t-il avec agacement.

Je croyais que c'était un cadeau, mais en fait c'était pour lui, ou plutôt pour Natacha.

Je m'exécute. Jambes croisées, il trempe les lèvres dans son verre tout en feuilletant nonchalamment ses nouveaux catalogues. On se croirait chez le coiffeur. Il a de jolies gambettes, longues, fuselées et pas très poilues. Beaucoup de femmes lui envieraient une paire de jambes comme celle-là.

Je l'observe en me demandant combien de temps il va encore rester. C'est que j'ai des projets pour la soirée. Muret face à la mer, puis télé chez Mme Butterly.

Je lui verse une grande rasade de rosé.

— Oh, comme vous y allez ! J'accepte ce verre, mais seulement si vous trinquez avec moi, me dit-il. (Sous ses paupières lourdement fardées de bleu turquoise, je vois briller une lueur coquine.) Allons, Lola, un petit verre ne va pas vous tuer.

C'est comme ça qu'il croit que les filles se comportent ?

J'accepte son petit verre. À ce stade, je crois que j'en ai besoin.

— Bon, vous allez me commander un petit négligé et deux robes très sexy. Je les ai cochés.

Le découragement me gagne. Je n'en ai pas encore terminé avec lui et, pour couronner le tout, il a vraiment un goût détestable.

— Je pourrais laisser mes chaussures ici ? Elles sont beaucoup trop belles pour s'abîmer dans le coffre de ma voiture.

Paniquée, je lui réponds :

— Mais vous allez en avoir besoin.

— Je leur rendrai visite, disons tous les vendredis soir. Ma femme me croit au pub, à vider quelques pintes après le travail.

La terreur me glace. Il n'est pas question qu'il me rende visite tous les vendredis soir.

— Mais je ne suis pas chez moi ici et je peux retourner à Dublin d'un jour à l'autre, objecté-je.

Je le vois froncer les sourcils.

— Dans ce cas, vous devrez aussitôt signaler votre

changement d'adresse, et les versements cesseront, puisque vous ne serez plus domiciliée dans le comté de Clare.

— Oui, je suis au courant.

On me l'a expliqué en long et en large.

— De toute façon, vous n'êtes pas encore en état de rentrer à Dublin. Non mais regardez votre touche.

Je suis dans ma tenue préférée. Pyjama, boa et bottes en caoutchouc. Je regrette le boa. C'est toujours mal interprété par les gens. Le boa est la marque des excentriques.

— À compter d'aujourd'hui, le vendredi sera la soirée des filles. D'accord, Lola ?

— Il faudra que j'obtienne l'assentiment de Tom Twoomey, le propriétaire.

— Quel assentiment ? Vous ne faites qu'inviter une amie à prendre un verre. Nous sommes bien d'accord, Lola ?

Je hoche la tête d'un air piteux. Je n'ai pas le choix. Il semble que ma relation avec Noel soit appelée à durer. C'est d'autant plus pénible que je ne peux vraiment pas l'encadrer.

Mais il faut reconnaître qu'il me tient sous sa coupe.

20h58.

Dès que sa voiture s'est éloignée, je décrète que je ne dois rien à ce type et j'appelle Bridie pour tout lui raconter.

— Il faut avertir l'oncle Tom, dis-je. C'est une violation de sa propriété. Il doit intervenir et interdire que des travelos pratiquent leur activité dans ses murs.

— Oncle Tom est d'une moralité très laxiste, Lola. Il en faut plus pour le scandaliser.

Mardi 21 octobre, 10h38.

Message hystérique de Sarah Jane Hutchinson sur mon téléphone. Elle s'est disputée avec Nkechi.

— Nkechi n'est pas gentille, pas autant que vous ! hurle-t-elle. Quant à cette Abibi... (Je ne peux m'empêcher de jubiler.) Je n'y arriverai pas. J'ai quatre galas de bienfaisance et je ne peux pas tout faire. Je vais me planter, et toutes ces garces des bals de charité vont se payer ma tête. (C'est hélas vrai. Cela ne relève ni de la paranoïa ni d'un égocentrisme maladif. C'est la pure vérité.)

Lola, j'ai besoin de vous. Je saute dans un avion pour New York et je viens vous rejoindre. À quel hôtel êtes-vous descendue ? Le Pierre ? Le Carlyle ?

Ah, ces riches, toujours à côté de la plaque, même quand ils sont gentils comme Sarah Jane.

Je n'aurais jamais pu m'offrir une nuit dans l'un de ces palaces, à plus forte raison un séjour.

Je rappelle Sarah Jane. Je sais que je ne devrais pas, cela fait partie du marché passé avec Nkechi. Mais la décence m'impose de répondre à son appel.

— Lola, enfin, vous me sauvez la vie ! Je n'arrive pas à travailler avec cette Nkechi et je ne peux pas trouver une autre styliste dans un délai aussi court. Je viens immédiatement vous voir.

— Je ne suis pas à New York.

— Où que vous soyez je viendrai, même s'il faut pour cela voyager jusqu'en Mongolie.

— C'est encore plus loin. Je suis dans le comté de Clare.

— En Irlande ? Mais c'est parfait ! Je prends la voiture et je vous rejoins.

— Mais c'est sur la côte ouest et vous vivez sur la côte est.

— Avec la rocade de Kildare, je n'en aurai pas pour longtemps.

Encore une fan de la rocade de Kildare ! Je devrais la présenter à Bridie. Elles pourraient fonder un club.

Sarah Jane me détaille tout ce dont elle a besoin. Robe, chaussures, bijoux, pochette de soirée. Je promets de tout lui obtenir. Je vais devoir pour cela renoncer à ma couverture, mais qu'est-ce qu'il y a de mal à être dans le comté de Clare plutôt qu'à New York ? Nkechi est parano.

12h05.

J'appelle Marilyn Holt, acheteuse chez Frock (probablement la meilleure boutique de toute l'Irlande, à mon humble avis).

— Lola, c'est vous ? s'exclame-t-elle. Je vous croyais à New York.

— Eh bien, je suis dans le comté de Clare à partir de maintenant.

Sans m'appesantir, je lui explique que je me suis installée temporairement à Knockavoy.

— Je comprends, dit-elle. Inutile de m'en dire davantage.

Marilyn Holt est un ange de délicatesse.

Tout le monde est au courant de mes déboires. C'est un petit pays. Bref moment de douleur.

Toutefois, quand je raccroche, je suis rassurée et heureuse, car Marilyn m'a promis de m'envoyer des tonnes de choses. Je suis encore capable de tirer quelques ficelles. J'ai toujours un nom dans le milieu.

13h12, cimetière de Knockavoy.

Après avoir beaucoup trébuché sur des dalles cachées par les mauvaises herbes et longuement déchiffré les inscriptions des stèles, je trouve la tombe que je cherchais. Katie Cullinan, décédée en 1897, à l'âge de trente-neuf ans, le même âge que ma mère à sa mort. Elle me conviendra parfaitement le temps que je resterai à Knockavoy. La stèle est décolorée par endroits, la pierre tombale envahie par les plantes et les mousses. J'arrache une poignée d'herbes et engage une agréable conversation avec ma mère. Dans ma tête, je précise. Il n'y a personne d'autre ici pour me voir, mais je préfère ne prendre aucun risque.

15h01, retour du cimetière.

Mon téléphone sonne. C'est Bridie.

— J'ai parlé à oncle Tom à propos de ton travelo.

— Qu'est-ce qu'il a dit ? Il a été choqué ?

— Il a dit que, tant que personne ne lui déglingue son grille-pain, il s'en fiche.

— Mais tu lui as bien expliqué que Noel était habillé comme une femme, avec du maquillage, des dessous féminins et tout le tralala ?

— Oui, mais ça ne lui fait ni chaud ni froid. Que celui qui n'a jamais péché lui jette la première pierre, voilà ce qu'il a dit ; et il a ajouté que les travelos sont de pauvres diables qui ne font de mal à personne.

— Je vois, oncle Tom est un homme très généreux.

Tout ça n'arrange pas mes affaires.

Jeudi 23 octobre, 11h08.

Je viens de réceptionner un colis livré par Niall, le grand costaud de DHL, bavard comme une pie. J'ai bien cru que je n'allais jamais pouvoir m'en dépêtrer.

Je contemple le carton, tout excitée, le cœur battant comme autrefois.

Je le déchire, et aussitôt un affreux pressentiment me gagne. Qu'est-ce que c'est que ces pelures immondes ? Marilyn Holt m'envoie ses fonds de placard. Je ne suis plus un nom dans le métier. Je ne suis qu'une styliste ratée, à qui on expédie de vieux stocks de prêt-à-porter en fibres synthétiques.

Je suis anéantie, complètement dévastée.

Après un deuxième examen, je vois que ce ne sont pas les robes de Marilyn, mais les horribles tenues de travelo commandées par Noel. Beurk !

18h38, virée en ville pour mes activités du soir.

Je passe devant le portail de Rossa Considine. Il est en train de charger quelque chose dans sa voiture écolo. Je le salue d'un signe de tête courtois. Il me répond de même.

Vendredi 24 octobre, 11h09.

Autre visite de Niall. Cette fois pour me livrer mes robes, les vraies. Ce qu'elles sont belles ! L'étoffe, la ligne, les finitions. Des mètres de soie grège, fluide comme l'eau claire. Des jupons de taffetas, des corsets de satin noir qui brillent sous la lumière. J'en pleurerais d'émotion. Décidément, mon travail m'a manqué bien plus que je ne voulais l'admettre.

16h35.

Appel de Noel. Peut-être téléphone-t-il pour annuler ? Moment de joie éphémère.

— Je serai chez vous aux environs de 19 heures, m'annonce-t-il. Installez un miroir dans la cuisine et mettez-y mes habits. J'ai une petite surprise. Je vous amène une amie.

— Une amie ?

— Oui, je l'ai rencontrée dans un forum sur Internet. Elle habite à une quinzaine de kilomètres à peine de chez moi.

— Noel, vous ne pouvez pas m'amener un autre travelo.

— Pourquoi ?

— Mais parce que je ne suis pas chez moi dans cette maison.

— C'est pourtant l'adresse que vous avez donnée pour percevoir vos allocations. De toute façon, nous ne faisons rien de répréhensible. Alors, à tout à l'heure.

Complètement affolée, je me mets à marcher de long en large comme un lion en cage. Je me tordrais les mains de détresse si seulement je savais comment on s'y prend. Je me demande si tout ça est bien légal. Est-ce qu'il faut un permis pour organiser un rassemblement de travelos ?

19h03.

Noel passe devant moi en coup de vent et se dirige tout droit vers la cuisine en entraînant sa nouvelle copine. La porte se referme dans un claquement, puis je n'entends plus que rires étouffés et pépiements.

19h19.

Noel apparaît, serré dans sa nouvelle robe fourreau en latex noir. Il est assez convaincant, mais Blanche, sa nouvelle recrue, n'a aucune chance de pouvoir passer pour une femme. Ce gros rustaud à la mâchoire large s'est peinturluré les lèvres en rouge, tartiné d'une grosse épaisseur de fond de teint et coiffé d'une perruque à la Margaret Thatcher. Son tailleur lilas en tweed est porté avec un corsage couleur sparadrap (sous lequel on devine un poitrail de taureau), dont le col cravate est maladroitement noué juste sous la pomme d'Adam protubérante.

Il me tend sa main, calleuse et large comme un battoir – une main de travailleur manuel –, et me sourit timidement.

— Merci de m'accueillir chez vous, bredouille-t-il dans un accent du terroir.

— C'est que ce n'est pas vraiment chez moi.

— Ça l'est, corrige Noel. C'est à cette adresse que sont versées les allocations de chômage.

(Je ne risque pas de l'oublier.)

Sur ce, il redresse fièrement ses épaules enveloppées de latex, offre un siège à Blanche et d'une démarche toute féminine retourne à la cuisine déboucher une bouteille.

— Vous voulez grignoter quelque chose avec votre vin ?

— Non, marmonne l'autre en regardant par terre.

Il est assis jambes écartées, ses grandes paluches pendant sur ses genoux.

Très mal à l'aise, je lui demande :

— Où avez-vous trouvé votre tailleur ?

— Il était à maman, paix à son âme.

Comme il faut bien que je dise quelque chose, j'ajoute :

— Il est d'une couleur, hum... ravissante.

Noel nous offre alors à chacun un verre de rosé. Je ne peux m'empêcher de noter que le mien est nettement moins plein que le leur. Je n'ai pas droit à un verre plein parce que je ne suis pas travelo.

— À votre santé, mes amies, dit-il en trinquant avec Blanche. Cul sec, les filles.

— Quelle jolie robe vous portez, Lola, me complimente Blanche C'est du Dior ?

En plein dans le mille, c'est bien du Dior, mais acheté d'occa sion, je vous rassure. Je n'aurais pas les moyens. Quand même, je suis impressionnée par la sagacité de Blanche.

— Oui, c'est bien du Dior. Comment avez-vous deviné ?

— Je lis beaucoup de livres sur la mode. En cachette, bien sûr.

— Ah, vraiment ? Et ça fait longtemps que vous vous habillez en femme ?

— Depuis que je suis p'tiot.

Fascinant.

— Vos parents étaient au courant ?

— Oh oui. Chaque fois qu'il me prenait sur le fait, mon père me corrigeait avec son ceinturon. Mais c'était plus fort que moi. Cent fois, j'ai essayé d'arrêter. J'étais tellement honteux.

Blanche est décidément beaucoup plus loquace que je ne l'aurais cru au premier abord.

— Vous êtes marié ?

— Oui.

— Et votre femme est au courant ?

Silence pesant.

— Quand j'ai voulu lui en parler, elle a cru que j'étais homosexuel. Devant sa réaction, j'ai préféré ne pas insister. Mais c'est dur de vivre dans le mensonge ; alors, quand Natacha m'a parlé de cet endroit, j'ai repris goût à la vie. Je ne me sentais plus capable de continuer et je songeais vraiment à me passer la corde au cou.

— Vous voulez dire que vous avez envisagé de vous suicider ?

— Je suis terriblement seul, me répond-il avec un haussement d'épaules.

Zut, je sens que je vais me mettre à pleurer.

— J'aime les belles choses et j'aime les porter, est-ce que ça fait de moi un monstre ?

— Non, pas du tout.

— Je ne suis pas un pervers. Ça n'a rien de sexuel. Je serais content si je pouvais simplement regarder la télé dans mon tailleur.

— Oui, je comprends.

— Natacha m'a dit que vous pourriez m'aider à commander des habits et des chaussures sur catalogue

Moment de pure panique. Pourtant, j'ai pitié de cette pauvre Blanche. J'ai envie de l'aider, c'est plus fort que moi.

20h40 à 22h10.

Noel feuillette bruyamment le numéro de *Vogue* et critique tous les mannequins, qu'il traite de grosses vaches. Blanche parcourt les catalogues pour travelos. Il trouve la plupart des tenues trop osées, mais finit par pointer son gros doigt calleux sur une robe chasuble bleu marine et un cardigan en lambswool très classique.

J'approuve son choix.

— C'est parfait, tout à fait votre style. Est-ce que je peux vous suggérer un tour de cou en perles pour cacher votre pomme d'Adam ? Sans vouloir vous vexer.

— Mais vous ne me vexez pas.

— Et peut-être des escarpins bleu marine à talons plats ?

— Oh oui.

— Et, encore une fois sans vouloir vous vexer, un choix de sous-vêtements adaptés.

Autrement dit, cachez-moi ces bijoux de famille pour qu'on ne devine pas leur protubérance sous la chasuble bleu marine. Blanche a parfaitement compris. Nullement froissée, elle m'est même reconnaissante.

Son choix arrêté, elle sort un crayon, dont elle humecte la mine, et fait le total de ses achats. Puis elle se coince le crayon derrière l'oreille, ouvre un sac à main qui date de Mathusalem et en sort une liasse crasseuse dont elle extrait plusieurs billets de cinquante euros. Elle me flanque l'argent dans la main, comme si nous venions de conclure la vente d'un bœuf à une foire aux bestiaux.

— C'est beaucoup trop, lui dis-je.

— Pour le dérangement.

Noel lève le nez de son magazine et me toise froidement.

— Vous devez déclarer tous vos revenus, dit-il.

— Ce n'est pas un revenu, mais un cadeau, objecte Blanche.

La peur me saisit. Blanche serait-elle en train de me corrompre pour faire plaisir à Noel ? Suis-je en train d'exercer une activité commerciale dans la case de l'oncle Tom ? Jusqu'où cette histoire va-t-elle m'entraîner ?

22h15.

Enfin, la soirée s'achève. Blanche doit rentrer. Dans le civil, Blanche est un fermier cossu qui possède pas moins de soixante têtes de bétail et doit se lever à 5 heures pour la traite.

— Je peux revenir vendredi prochain ? demande-t-elle.

— Oui, et tous les vendredis ensuite, répond Noel.

— Vous êtes une femme de cœur, me dit Blanche. Je me sentais tellement seule.

22h30, sortie en ville.

La nuit est fraîche, mais une résolution nouvelle me réchauffe le cœur. Si l'oncle Tom tolère la présence non pas d'un, mais de deux travelos sous son toit, eh bien j'ai décidé de leur apporter mon assistance. Non que j'aie envie d'aider Noel, pour lui je m'en tiendrai au minimum syndical. Mais je vais prodiguer mes conseils à cette pauvre Blanche. Je vais lui apprendre à se maquiller et à choisir ses accessoires, je vais lui donner des cours de maintien. J'ai passé ma vie à mettre les femmes en valeur. Ça ne change rien que ces femmes soient des hommes.

J'ai soudain une idée des plus charmantes. Je vais nous louer pour vendredi prochain un bon film qui parlera de mode. Ce serait un plus s'il parlait aussi de vengeance. Je vais soumettre ce nouveau défi à Brandon.

Petit voyage au pays des souvenirs...

Paddy est si différent de tous les autres hommes. D'abord il est très costaud. Nu, il le paraît encore davantage et il a beaucoup de poils sur la poitrine. Quand il fait l'amour, il est extrêmement concentré. Extrêmement inventif aussi, et il adore les accessoires.

Après notre première nuit ensemble, je ne pensais qu'à le revoir. Je ne le trouvais plus du tout moche et j'étais devenue sa chose. J'étais obsédée par lui. Dès que je fermais les yeux, je le voyais, penché sur moi, ruisselant de sueur, exactement comme je l'avais imaginé lors de notre première rencontre au cimetière. J'ai essayé de sonder maman à son sujet, mais, voyant que je n'obtiendrais pas de réponse, j'ai convoqué une réunion au sommet avec Bridie, Treese et Jem. Au restaurant où nous nous sommes retrouvés, je leur ai déballé toute mon histoire. La voiture de maître, la boutique de lingerie, la montée d'un désir impérieux et le retour précipité à mon appartement où nous avions fait l'amour comme des bêtes. Au début, mes amis ont poussé des « oh » et des « ah » étonnés et admiratifs, mais, à mesure que j'avançais dans mon récit, ils sont devenus très silencieux. Quand je suis arrivée à la fin, j'étais la seule à parler à la table, et trois paires d'yeux cherchaient à fuir mon regard. Face à leur mutisme, j'ai regretté de leur avoir parlé.

J'ai étalé mes mains sur la table et examiné le couteau à beurre.

Enfin Bridie s'est lancée.

— Je constate que ma vie est très ennuyeuse, a-t-elle lâché avec une amertume surprenante. Je dois le reconnaître, je suis jalouse de toi.

— Nom de Dieu, a fait Jem. Je suis tout excité. Désolé, mais je crois que je vais devoir rentrer.

— Si c'est ce qui arrive lors d'un premier rendez-vous avec Paddy de Courcy, m'a dit Treese, je n'ose même pas imaginer la suite.

Une lueur s'est allumée dans le regard de Jem.

— Promets-nous que tu nous raconteras.

Mais Treese m'a semblé soucieuse.

— Surtout, promets-moi de ne rien faire dont tu n'aies pas envie, Lola.

Mon deuxième rendez-vous avec Paddy a commencé assez sobrement. Spanish John est venu me chercher à mon appartement, puis, après un moment passé dans les embouteillages de Dublin, nous nous sommes arrêtés devant une maison d'architecture georgienne d'un extérieur très banal. Discrètement, il a appelé pour prévenir de notre arrivée. Une porte s'est ouverte, et un majordome à la voix feutrée m'a fait entrer dans le saint des saints. Quand j'ai vu partout des alcôves tapissées de velours rouge, j'ai compris que je me trouvais dans un club privé et non dans un restaurant ordinaire. Je me suis fait la réflexion qu'il y aurait du gibier au menu.

À mon approche, le personnel, exclusivement masculin, a discrètement baissé les yeux vers la moquette.

Paddy était déjà installé sur une banquette à haut dossier et annotait des documents à l'aide d'un feutre rouge. J'ai eu un court instant d'hésitation en apercevant sa chevelure bouffante, mais tout de suite j'ai rencontré le bleu de ses yeux et je m'y suis embrochée comme sur une pique à barbecue.

— Quel drôle d'endroit, ai-je plaisanté en m'asseyant. Je parie que ces types préféreraient s'arracher les yeux plutôt que voir quelque chose qu'ils ne sont pas censés voir.

— Oui, ils en font un peu trop, a reconnu Paddy.

— La clientèle n'est pas de la première jeunesse, ai-je ajouté en promenant un regard autour de moi.

— Oui, j'ai peur d'attraper la goutte si je passe trop de temps ici, mais au moins on peut se détendre. Aucun danger qu'on nous photographie dans cet endroit.

Personnellement, je n'aurais vu aucune objection à ce que ma photo soit publiée dans le journal, mais j'ai gardé ça pour moi. Je ne voulais pas que Paddy puisse penser que j'étais avec lui pour la gloire et la fortune.

Le menu était conforme à ce que j'avais imaginé. Gibier et venaison en tout genre.

— Tiens, du jambon fumé à l'ananas, ma mère m'en préparait quand j'étais petite. Je crois que je vais prendre ça pour me remémorer le passé.

Paddy a commandé pour moi. Attitude parfaitement

condamnable, mais, ainsi qu'il me l'a expliqué, les serveurs étaient sourds à la voix des femmes, des sortes d'eunuques de l'oreille.

— Raconte-moi ta journée, m'a-t-il dit.

J'ai commencé à lui parler de ma séance photo, comme une gosse qui raconterait sa journée d'école.

— C'est ce que tu as toujours voulu faire, le coaching vestimentaire ?

— Oh non, j'avais l'ambition de devenir créatrice de mode, mais ça n'a pas marché comme prévu.

Il s'est tu, perdu dans ses pensées. Soudain, il est revenu à la réalité et a braqué sur moi ses yeux bleus pareils à des lampes frontales.

— Tu penses que ça a modifié le cours de ta vie d'avoir perdu ta mère si jeune ?

— Je ne le saurai jamais. Je ne suis pas persuadée d'avoir jamais eu assez de talent pour créer mes propres modèles. Peut-être qu'avec ses encouragements j'aurais fait mieux. Qui sait ? Je serais peut-être plus douée pour le bonheur. Et toi ?

Son regard s'est perdu dans le vague, et lentement il a dit :

— Oui, moi aussi je serais peut-être plus doué pour le bonheur. Quand on perd ses parents si tôt, on prend conscience que le pire peut arriver. On perd son innocence et sa foi dans le bonheur. On voit le monde sous un jour beaucoup plus sinistre que les autres. Tu sais, ce qui m'agace le plus, c'est la façon dont les gens se plaignent tout le temps de leur mère.

— Oui, ils se disent harcelés. À ce qu'ils prétendent, elle est toujours sur leur dos à leur demander quand ils vont épouser quelqu'un de gentil avec un bon plan de retraite.

— Ou bien ils se moquent parce qu'elle leur cuisine des plats passés de mode. Qu'ils soient privés de leur mère pour un temps et ils seraient bien contents de retrouver son ragoût.

Nous avons découvert ce soir-là qu'en plus d'avoir perdu une mère nous avions eu des pères absents. En somme, nous étions deux orphelins.

— Le mien vit à Birmingham, ai-je dit.

— Le mien aussi, va savoir, a-t-il lâché avec amertume. C'est un raté. Je ne le vois jamais.

Paddy est un homme plein de sensibilité. Difficile de croire qu'il puisse être en même temps si dépravé.

Le dîner n'en finissait pas. C'était une interminable succession de plateaux de fromages, de porto et d'armagnac. On n'arrêtait pas de me resservir. Je commençais à perdre espoir quand enfin j'ai vu apparaître l'addition, serrée dans un étui de cuir rouge. L'homme qui nous l'apportait était si obséquieux qu'il aurait presque rampé par terre.

— C'est pour moi, ai-je dit.

Paddy m'a fait signe que non et m'a glissé à l'oreille :

— Si une femme s'avisait de régler l'addition, le choc risquerait de les tuer. Ils sont d'une autre époque. Tu viens chez moi ?

J'ai tout d'abord été désarçonnée par ce subit changement d'ambiance, puis j'ai répondu du tac au tac :

— J'habite plus près.

Quand même, j'étais curieuse de voir l'endroit où il vivait.

Mais je n'en ai pas vraiment eu le loisir. Dès que nous sommes arrivés sur place, je suis passée à la salle de bains et, quand j'en suis ressortie, Paddy m'a appelée d'une pièce voisine.

— Lola, je suis ici.

J'ai suivi la direction de sa voix et poussé une porte. Ce n'était pas le salon que j'attendais, mais la chambre à coucher.

Il était couché sur le lit, nu comme un ver, et feuilletait un magazine. Je me suis approchée. Horreur ! c'était une revue porno. Puis j'ai vu son sexe dressé, énorme et violacé, sur l'épaisse toison de poils noirs.

Je me suis sentie insultée et j'ai voulu partir.

Mais il a ri.

— Ne pars pas. Viens, ça va te plaire.

— Non, je ne crois pas.

Pourtant, j'étais curieuse et même un peu émoustillée.

Il a tapoté le lit près de lui.

— Approche.

Je n'ai pas bougé, mes jambes n'arrivaient pas à se décider.

— Allons, viens, tu vas adorer.

Une partie de moi ne pouvait s'empêcher de le croire. Timidement, je me suis assise au bord du lit.

— Regarde, a-t-il dit, regarde-la.

Le magazine était ouvert sur la photo d'une Asiatique avec de longs cheveux noirs et des seins énormes.

— Elle n'est pas belle ?

— Oui, ai-je répondu d'un ton hésitant.

Il était allongé sur le flanc, la main sur son sexe, et j'ai compris qu'il se masturbait doucement. J'étais révoltée.

— Tu aimerais lui faire l'amour ? m'a-t-il demandé.

— Non.

— Non ? Moi, j'aimerais bien.

Sa main allait et venait de plus en plus vite. Il transpirait et me fixait de ses yeux grands ouverts.

— J'aimerais te voir au lit avec elle.

Je me sentais jalouse, souillée, écœurée et malgré moi terriblement excitée.

— Je vais jouir, m'a-t-il annoncé d'une voix rauque.

— Non ! me suis-je écriée. (D'un geste vif, j'ai écarté sa main et balancé le magazine dans un coin.) Tu ne jouiras pas tant que je ne l'aurai pas dit. Où sont les capotes ?

— Là, m'a-t-il indiqué en me fixant d'un air éperdu.

J'ai ouvert en grand le tiroir, attrapé un préservatif que je lui ai enfilé en un temps record, après quoi j'ai empoigné son membre comme un levier de vitesse. Je me suis embrochée sur lui, alors que déjà montaient les premiers soubresauts du plaisir.

Samedi 25 octobre, 13h25.

J'appelle Bridie pour qu'elle prévienne oncle Tom que la population de travelos sous son toit vient de doubler.

— Je vais lui transmettre, me dit-elle, mais je doute qu'il s'en soucie.

15h30, supermarché de Knockavoy.

— J'ai un défi pour toi, Brandon. Il me faut un film qui parle à la fois de vengeance et de mode.

15h33.

Appel de Bridie.

— Oncle Tom dit que, tant que personne ne lui casse son grille-pain, il se moque de savoir ce qui se passe dans sa maison.

15h39, café Internet.

Je viens de dénicher un site formidable qui vend des cosmétiques spécialement conçus pour les hommes. Je leur passe une grosse commande. J'en ai les moyens avec l'argent que j'ai reçu de Blanche. Ils s'engagent à me livrer sous quarante-huit heures, même ici, à Knockavoy ! Je suis emballée à l'idée de transformer Peau d'âne en ravissante princesse.

Lundi 27 octobre, 9h45.

Arrivée de Sarah Jane Hutchinson.

— Dublin, et maintenant Knockavoy, dit-elle en descendant de sa Jaguar aux dimensions impressionnantes. Vous êtes tous azimuts, Lola.

Nous passons une journée épuisante à essayer robes, chaussures et accessoires, en vue de composer quatre tenues adaptées à la personnalité de Sarah Jane. Finalement, en dépit de tous les obstacles (je veux parler des genoux cagneux de ma cliente et de son attachement malsain au rose corail), je parviens à m'acquitter de ma mission. Je prodigue également quelques conseils de coiffure et de maquillage pour accompagner chaque tenue. Je lui consigne tout sur papier et la rassure en lui disant qu'elle pourra me consulter par téléphone quand viendra le grand soir.

Je me suis amusée comme une petite folle. Mon travail me manque douloureusement.

Sarah Jane me remet un énorme chèque pour couvrir l'achat des vêtements et un gros paquet de cash pour la rétribution de mes services.

— Ce sera notre petit secret. Toujours ça que le percepteur ne vous prendra pas.

Je suis maintenant cousue d'or.

19h07, chez Mme Butterly.

Rossa Considine et Face de fouine boivent un coup au comptoir. Ils ont « remis le couvert », au dire du Club des pochetrons. J'aimerais qu'ils débarrassent le plancher.

Mardi 28 octobre, 11h39.

Niall de DHL passe prendre les vêtements qu'il me reste après la séance d'essayage avec Sarah Jane et que je renvoie à cette adorable Marilyn Holt.

Mercredi 29 octobre, 11h15.

Mes cosmétiques pour hommes sont livrés par DHL.

Jeudi 30 octobre, 11h22.

Les tenues de Blanche sont livrées par DHL.

13h15.

Les nouveaux déshabillés de Noel sont livrés par DHL. Niall les avait oubliés à son premier passage, ce matin. Il a fallu qu'il fasse deux fois le trajet et n'est plus d'humeur à bavarder avec moi. À vrai dire, il serait même ronchon. Parfait !

Vendredi 31 octobre, 16h12, au supermarché.

J'achète des petites choses à grignoter pour ma soirée travelos et j'en profite pour interroger Kelly et Brandon à propos de la femme qui arpentait la plage. Ça fait maintenant un moment que je ne l'ai vue.

— Où est-elle passée ?

— Jennifer ? Elle allait mieux, elle est rentrée chez elle en laissant derrière elle toutes ses poteries de traviole, me répond Kelly.

— Elle a rencontré Frankie Kiloorie, ajoute Brandon. Ça lui a rendu le sourire.

— Qui c'est, ce Frankie ?

— Un menuisier qui vit sur la route de Miltown Malbay. Très doué de ses mains, m'explique-t-il avec un air salace.

— Jennifer ne l'aurait jamais remarqué à Dublin, parce qu'il n'a pas acheté de nouvelles fringues depuis 2001, mais il a quand même fait l'affaire.

Rires grivois de Brandon et Kelly. Personnellement, je me sens gonflée à bloc. La victoire de l'une d'entre nous est la victoire de toutes.

— C'est toujours la même histoire, précise Brandon. Les larmes, les promenades solitaires sur la plage, les prétentions artistiques, et puis elles rentrent dare-dare au bercail après un tour au paddock avec un étalon du coin.

— Tu as le DVD que je t'ai demandé ? dis-je pour changer de sujet. Le film de vengeance et de mode.

Brandon retrouve tout son sérieux et dépose un boîtier sur le comptoir. Je lis le titre : Drôle de frimousse.

— Un film de vengeance, ça ? Avec Audrey Hepburn ?

Sans un mot, il place un autre DVD sur le comptoir. Impitoyable, de Clint Eastwood.

— Deux pour le prix d'un, Impitoyable et Drôle de frimousse, c'est tout ce que je peux faire pour vous. Il n'existe aucun film qui traite à la fois de vengeance et de mode.

18h59.

Les voilà. Les travelos sont des gens ponctuels.

Ils foncent tout droit à la cuisine, où j'ai disposé leurs derniers achats.

— Blanche, dis-je de derrière la porte. Si vous avez besoin d'aide avec vos articles de lingerie, appelez-moi.

Ce n'est pas que la perspective d'aider Blanche à dissimuler ses attributs virils me sourie particulièrement, mais je suis très professionnelle.

— Et ne vous maquillez pas. J'ai quelque chose de spécial pour vous, les filles.

Je dois avouer que, contre toute attente, je passe une soirée très agréable. Blanche se plie à tous mes conseils. Elle me laisse la vêtir de jolies choses, lui vernir les ongles, lui montrer comment se maquiller avec discrétion et lui donner un cours de maintien.

— Je pense à Jackie Kennedy à la Maison-Blanche, dis-je. Je pense au Bureau ovale, Jackie penchée sur l'épaule de John, dans une robe chasuble toute simple, un rang de perles au cou. Je vois une coiffure soignée, des lèvres à peine soulignées, un cardigan en cachemire ultra-doux.

(Le genre de baratin qu'on attend d'une styliste.)

Blanche est subjuguée. Quand j'achève mon œuvre, elle est métamorphosée. En fait, elle pourrait même se faire passer pour une femme charpentée et un tantinet masculine. (Sous l'éclairage d'une ampoule de 30 watts.)

Nous buvons une bouteille de vin, partageons à trois un mini-roulé au chocolat et chantons les louanges d'Audrey Hepburn.

22h20.

Départ des travelos. Très contente de moi, je décide que je mérite un petit verre au Oak. Quand j'entre, je trouve Brandon derrière le bar. Pendant un instant, j'ai l'impression d'halluciner. Serais-je entrée au supermarché par erreur ?

— Rassurez-vous, vous êtes bien au Oak, me lance-t-il.

— Où est... ? (Zut, quel est le vrai nom de M. Pruneau ?) ... Ibrahim ?

— Oussama ? Il a pris sa soirée. Il vient de travailler quatre-vingt-douze jours d'affilée sans aucun repos.

— Quatre-vingt-douze jours ! Et pourtant il reste toujours tellement aimable.

Samedi 1er novembre, 13h15, le Oak.

Je félicite M. Pruneau pour sa première soirée de repos après quatre-vingt-douze jours de travail ininterrompu.

— Je suis allé au cinéma, à Ennis, m'explique-t-il. Il y avait une séance de deux films de Wim Wenders. J'ai pris un pied d'enfer.

— J'en suis ravie.

Soudain changement de comportement chez M. Pruneau. Il s'éclaircit la voix, baisse les yeux vers son comptoir, relève la tête et me déclare d'un ton solennel :

— Euh... Ça vous dirait peut-être de m'accompagner vendredi prochain. C'est le début du cycle Bergman.

— Vendredi. Désolée, je ne peux pas. N'importe quel autre jour de la semaine, je serais partante, mais pas le vendredi.

— Mais c'est ma seule soirée de repos. Et le vendredi suivant ?

— Le vendredi, c'est impossible, Ibrahim.

Silence embarrassé. Je me sens obligée de dire quelque chose. Je compatis à sa solitude, loin, loin, très loin de son Égypte natale, dans une contrée de mécréants affligée d'un climat détestable et d'un culte de la bouteille profondément enraciné.

Mais que dire ? Je ne peux tout de même pas lui avouer que le vendredi je reçois chez moi des travelos.

Il me vient soudain une idée.

— Si vous déplaciez votre soirée de congé le jeudi, ou le samedi, ou n'importe quel jour en dehors du vendredi ?

Il secoue la tête. Ses yeux de pruneau sont pleins de tristesse.

— Non, le vendredi est le seul soir de la semaine où Brandon peut me remplacer, parce que la mère de Kelly donne un coup de main au supermarché.

15h15.

Je vais au supermarché rendre les DVD. J'ai à peine franchi la porte que Brandon m'interpelle :

— Il paraît que vous refusez d'aller au cinéma avec le pauvre Oussama. Vous êtes raciste ?

Soufflée, je rétorque :

— Je ne suis pas raciste, j'apprécie beaucoup Oussama, mais je ne suis pas libre le vendredi soir.

— Ah ouais, et vous êtes occupée à quoi ? À mater des films de vengeance et de fringues ?

On ne peut pas avoir de vie privée dans ce patelin. C'est rigoureusement impossible.

— Pourquoi vous n'invitez pas Oussama à regarder un DVD avec vous ? C'est un mordu de cinéma.

— Désolée, mais je ne peux pas.

— Pourquoi ?

Oh, mais ça suffit !

16h03.

Comme je passe devant le Dungeon, Boss me harponne :

— Il paraît que tu refuses de sortir avec le pauvre Oussama. J'aurais jamais cru que t'étais raciste, Lola.

Mercredi 5 novembre, 17h29.

En rentrant chez moi, je trouve un mot de Rossa Considine. Niall de DHL est passé en mon absence, et Considine a réceptionné les colis.

Je vois que sa voiture écolo est garée dans son allée. Je sonne chez lui.

Je trouve mon voisin d'humeur exceptionnellement enjouée. Il pousse l'amabilité jusqu'à m'aider à porter chez moi les colis contenant les commandes de Blanche et Natacha. (Il va sans dire que je ne lui révèle pas ce que contiennent ces boîtes, mais il ne pose aucune question.)

— Je vous offrirai un verre pour le dérangement, lui dis-je quand nous avons fini.

19h29, chez Mme Butterly.

Une occasion de payer à Considine le verre promis arrive un peu plus tôt que prévu, puisque je le trouve buvant une bière au comptoir de Mme Butterly. Il est seul, pas trace de Face de fouine.

Mme Butterly me prépare un sandwich au jambon, puis me fait signe d'approcher et me chuchote haut et fort :

— C'est-y vrai que vous avez accepté d'épouser Oussama au Oak, pis que vous êtes revenue sur votre parole parce qu'il est musulman ?

— Quoi ? (Je rêve ! Mais qu'est-ce que c'est que cette histoire ?) Pas du tout, il m'a simplement demandé d'aller au cinéma avec lui, en tout bien tout honneur. Le problème, c'est que j'ai d'autres engagements le vendredi soir. Voilà tout.

— Je le savais. D'ailleurs, je voulais pas y croire. Vous êtes une gentille fille, voilà c'que je leur ai dit.

— À qui ?

— Oh, personne, juste des curieux qui viennent fourrer leur nez dans les affaires des autres.

Je dirige mon regard vers Rossa Considine, qui fixe le fond de son verre. Il lève les yeux et me contemple avec l'expression de l'innocence outragée :

— Quoi ?

— C'est vous qui avez raconté à Mme Butterly cette histoire à propos de moi et Oussama ?

Il hausse les épaules et répond :

— Bien sûr que non. (Puis il ajoute :) Ce que vous faites de votre vie ne regarde que vous.

Je suis déroutée. Qu'est-ce qu'il vient d'insinuer ? Je le regarde d'un air soupçonneux.

— C'était pas lui, marmonne Mme Butterly.

Rossa Considine finit son verre d'une longue gorgée et se lève de son tabouret.

— Restez, le retient Mme Butterly. Je ne veux pas que vous partiez fâché.

— Je ne suis pas fâché, mais je dois aller retrouver Gillian.

— Eh bien, dans ce cas, je vous souhaite une bonne soirée.

Jeudi 6 novembre, 12h11.

Appel désespéré de Sarah Jane Hutchinson.

— Lola, je viens de rencontrer un homme.

— Félicitations.

— Il m'invite à passer Noël et le nouvel an à Sandy Lane, et je n'ai rien à me mettre. Les boutiques ne vendent que des robes en lamé rouge.

— Du calme, j'ai la solution. Ce que vous voulez, c'est une collection loisirs.

— Eh bien, euh...

— En cette période de l'année, tout styliste digne de ce nom compose une collection spécialement pour ces occasions. Nous l'appelons la collection loisirs, ou encore la collection croisière. Mais, je vous rassure, il n'est pas besoin de partir en croisière pour la porter.

Je me mets aussitôt au travail. J'appelle Dublin, Londres et même Milan.

17h57, le Dungeon.

Boss et le reste de sa fine équipe viennent de découvrir le Baby Guinness (un petit verre de Kahlua rehaussé d'une larme de Baileys). Ils sont ravis et m'en paient plusieurs tournées. Ce breuvage est écœurant mais puissant.

Vendredi 7 novembre, 10h23.

Le temps dehors s'harmonise avec mon humeur. Le ciel bleu a fini par partir. Il fait gris, il tombe un crachin glacé.

La case de l'oncle Tom est équipée du chauffage central. Heureusement, je ne me serais pas vue de corvée de charbon. Pas mon truc.

14h22, au supermarché.

Brandon est survolté.

— Je vous ai dégoté un film de vengeance qui parle de fringues, et ça s'appelle… devinez comment ? La Vengeance d'une blonde.

J'ai déjà vu le film en question. C'est plus une histoire de revanche que de vengeance, à proprement parler, mais je félicite Brandon. Il faut toujours encourager les bonnes volontés.

— Ne me remerciez pas, c'est une trouvaille d'Oussama.

— Oh… alors dans ce cas… remercie-le.

— Pourquoi vous ne l'invitez pas ce soir ? Il est seul, et le cinéma est sa passion. Qu'est-ce que vous faites de si honteux le vendredi soir pour refuser de le partager avec ce pauvre Oussama ?

Je ne peux pas répondre. Je suis en plein dilemme. Je me sens atrocement coupable envers Oussama, mais je ne peux pas trahir le secret de Blanche et Natacha sans courir le risque que Noel me coupe mes allocs.

14h44, sur le chemin de la maison.

De l'autre côté de la rue, une parfaite inconnue m'interpelle :

— Pourquoi vous laissez pas Oussama venir chez vous regarder des films ? Cet homme est un réfugié, vous savez. Vous ne connaissez donc pas la charité chrétienne ?

Je tente de répliquer, sans grande conviction :

— Il n'est pas réfugié, il a un permis de travail.

Moue sceptique de la femme. Le monde entier me hait. Je me sens vraiment mal.

19h02.

Arrivée des travelos. Je les laisse revêtir leurs tenues de filles avant de leur exposer mon problème avec Oussama.

— Est-ce que nous pourrions choisir un autre soir que le vendredi ?

Elles secouent la tête. Les autres soirs, Noel doit s'occuper des devoirs des enfants, et Blanche m'explique que le samedi est le seul jour où elle ne doit pas se lever aux aurores. J'avoue que je ne comprends pas bien. Est-ce que les vaches font la grasse mat' le samedi ? La vie de fermier est pour moi un mystère.

— Dans ce cas, nous devons permettre à Oussama de se joindre à notre petit groupe.

— Pas question, lâche Noel, catégorique.

— Tout Knockavoy me prend pour une raciste. Personne ne comprend mon refus. Il serait plus simple d'accepter. En repoussant Oussama, j'attire l'attention sur moi.

— Je vous supprimerai vos allocations chômage.

— Allez-y, ne vous gênez pas. Le moment est peut-être venu pour moi de rentrer à Dublin. Je suis fatiguée de tout ça.

Blanche fond en larmes.

Noel semble lui aussi très ébranlé de voir disparaître ainsi son refuge. Je savoure l'instant avec délectation.

Silence de mort, troublé seulement par les sanglots de Blanche. Enfin, Noel prend la parole :

— Ce gars, Oussama, est-ce qu'il sait la fermer ?

— Franchement, je n'en sais rien. Il me fait l'effet d'un type réglo, mais il faut courir le risque.

Noel et Blanche ont un long tête-à-tête en aparté.

— ... je suis sûr de pouvoir le faire expulser s'il parle...

— ... je ne peux pas retourner à mon ancienne vie. J'ai besoin de cet endroit...

— ... après tout, il n'a pas besoin de nous voir dans nos vêtements de ville...

— ... toute la journée à n'avoir pour seul spectacle que le cul de mes vaches...

Enfin, ils semblent être parvenus à une décision.

— C'est bon, m'annonce Noel. Laissez-le venir, mais seulement une fois que nous aurons mis nos tenues de femmes. Il ne doit pas connaître notre véritable identité.

Samedi 8 novembre, 12h30, le Oak.

— Ibrahim, je dois avoir une conversation avec vous en privé.

— Je n'ai jamais dit que vous étiez raciste, se défend-il.

— Je n'ai jamais cru ça. Comme vous l'avez sûrement appris de Brandon, le vendredi soir, je... comment dire... je tiens chez moi une sorte de club.

— Le club du film de vengeance !

— Euh, oui, en un sens. Vous êtes le bienvenu parmi nous, mais à une condition. Vous ne devez jamais en parler à qui que ce soit et vous devez vous travestir en femme.

Après un long silence, Ibrahim me répond :

— Si j'ai bien compris, pour me joindre à votre club de cinéphiles, je dois m'habiller en femme, c'est ça ?

— Et garder le secret.

Il prend le temps de réfléchir, puis me dit :

— C'est entendu.

— Vous êtes sûr ?

— Sûr.

S'il est sûr...

Lundi 10 novembre, 11h17.

Arrivée de la collection loisirs destinée à Sarah Jane Hutchinson. Maillots de bain, paréos, cafetans de star, pantalons larges, sandales à talons compensés, chapeaux de soleil extravagants, lunettes à énormes hublots et une tonne de DVF (robes portefeuilles de Diane von Furstenberg, une valeur plus que sûre).

Certaines pièces sont véritablement adorables. Par exemple : sac de plage Prada orné d'hippocampes et – top du top – sandales avec incrustations d'hippocampes. Maillot de bain turquoise de Lisa Bruce avec paréo assorti. Lunettes de soleil framboise de chez Gucci et mules à semelles en bois et talons vertigineux dans la même teinte.

Les couleurs tape-à-l'œil sont un formidable antidote à la morosité de l'hiver.

C'est officiel depuis aujourd'hui : Niall de DHL me hait. Il me dit qu'il fait le trajet d'Ennistymon à Knockavoy si souvent qu'il en rêve la nuit. Quand j'ai signé son bordereau, il tourne son regard vers la mer et dit :

— J'espère ne pas revoir de sitôt cette saleté de paysage.

Mercredi 12 novembre, 9h45.

Arrivée de Sarah Jane Hutchinson.

Excellente journée. Rien de meilleur pour le moral que de regarder de beaux vêtements. Nous sommes l'une et l'autre en pleine forme.

— Sarah Jane, je vois des chaises à toile rayée, je sens l'air marin, j'entends le cri des mouettes...

— Moi aussi, Lola. Moi aussi.

Pour chaque journée, je note en détail les tenues que Sarah Jane devra porter au petit déjeuner, au bord de la piscine, au dîner et à la soirée du nouvel an.

Elle tente de refuser ma liste.

— Je serai en vacances. J'aurai bien le droit d'improviser quelques mélanges à ma façon.

— Non ! Ne commettez pas cette erreur ! Et surtout n'oubliez pas : vous pouvez porter le maillot de bain Missoni avec le sarong Missoni, mais jamais, au grand jamais, avec les sandales ou le chapeau de soleil Missoni.

— Pourquoi pas ? rétorque une Sarah Jane un peu rebelle.

— Il s'agit d'une règle tacite que je ne peux vous expliquer. Je sais seulement que vous serez la risée de tous si vous osez l'enfreindre.

Ce dernier argument semble avoir porté. Pour rien au monde Sarah Jane ne voudrait être la risée de tous. Elle a déjà eu son compte quand son mari s'est fait la belle avec leur domestique philippin.

Vendredi 14 novembre, 10h14.

Virée à Ennistymon en compagnie de Boss et Moss pour pointer au chômage. J'ai tenté de refuser. Avec tout ce que j'ai gagné au black, grâce à Blanche et à Sarah Jane, j'ai de quoi voir venir, mais Boss n'a rien voulu savoir.

— Tu as droit à cet argent, Lola, m'a-t-il dit.

C'est jour de marché à Ennistymon. Partout, on ne voit que bétaillères crottées ; vaches qui meuglent, lambinent et lâchent leurs bouses en pleine rue ; fermiers en chapeaux de feutre, endimanchés dans des costumes d'un autre âge, qui crachent dans leur paume et scellent des ventes par une poignée de main. C'est un spectacle dégoûtant. Un de ces bouseux s'avance vers moi en plastronnant. Quand nos regards se croisent, je le reconnais. Mais oui, c'est bien elle. C'est Blanche !

12h23.

Boss et Moss me déposent à la maison dans leur fourgonnette crasseuse.

19h01.

Noel et Blanche arrivent et vont directement à la cuisine se changer.

19h47.

On frappe. C'est sûrement Oussama.

Mais, sur le pas de ma porte, je trouve une femme enveloppée des pieds à la tête dans un vêtement noir. Je ne vois même pas son visage. Halloween est pourtant passé depuis une semaine. Qu'est-ce que ça signifie ?

— Bonjour, dis-je.

— Lola, c'est moi, me fait la femme. Ibrahim !

— Ibrahim ? Mais… Oh, je comprends, vous êtes en burqa.

— Ce sont les seuls vêtements de femme que j'ai pu trouver. À vrai dire, ce n'est pas vraiment un vêtement mais un morceau d'une bâche de protection qui restait de la fois où on a repeint le pub.

— Mais entrez, je vous en prie.

Il s'avance dans les plis de sa robe noire et salue d'un geste du menton mes travelos en falbalas. Il décline le petit verre que lui propose Noel et regarde fixement l'écran du téléviseur, visiblement impatient de voir le film commencer.

19h54.

Noel tente de convaincre Ibrahim d'essayer un fin eye-liner noir. « C'est du khôl. Ça vient d'Égypte. C'est votre culture. » Mais Ibrahim ne veut rien savoir.

Je fais démarrer le film.

20h13.

On frappe à ma porte. Nous retenons notre souffle. L'air est électrique. Si nous étions des bêtes à fourrure, notre toison se hérisserait.

— Montez, dépêchez-vous, dis-je à mes trois compagnons. Et pas un bruit.

Lorsqu'ils se sont éclipsés (autre mot curieux, mais passons), je me ressaisis et vais ouvrir. Une belle femme se tient devant moi.

— C'est une soirée privée ? me demande-t-elle d'une voix rauque et infiniment sexy. Est-ce que vous acceptez d'autres filles ?

Interdite, j'ouvre la porte en grand pour la laisser entrer. La visiteuse est superbe. Grande, élégante, chevelure d'ébène, robe de cocktail en satin noir, gants vénitiens, étole en taffetas et ras-du-cou qui pourrait bien être du Swarovski.

Et puis soudain, sans doute mise sur la voie par une légère gaucherie dans sa façon de marcher sur ses fins escarpins à talons hauts, je réalise que ma visiteuse est un homme. Pourtant, je ne suis pas au bout de mes surprises.

Elle pose sur moi un regard bleu et m'adresse un sourire au charme irrésistible. Le trait de son eye-liner est absolument parfait, bien mieux que je ne l'aurais fait moi-même.

— Je m'appelle Chloe, me dit-elle.

Je nage dans un océan de perplexité.

— Vous ne m'en voudrez pas pour cette arrivée impromptue, j'espère.

— Non, non, plus on est de fous... (Cette fois, Noel a dépassé les bornes.) J'appelle les autres. Ohé, les filles, vous pouvez descendre !

Chloe éclipse tout le monde. En comparaison de cette créature à la beauté sophistiquée, les autres ont l'air de travailleurs de force en perruque.

Les présentations faites, Noel m'attrape par la manche et m'entraîne à l'écart.

— Vous ne m'aviez pas parlé d'une autre participante, me glisse-t-il entre ses mâchoires crispées.

— Quoi ? Vous voulez dire que vous ne la connaissez pas ?

Après la surprise, je suis gagnée par la terreur. Qui est cette Chloe ? D'où vient-elle et que fait-elle ici ? La case de l'oncle Tom serait-elle devenue un sanctuaire pour travelos ? Poussés par une force irrépressible, vont-ils échouer ici par colonies entières ? La maison sera-t-elle assez grande pour les accueillir tous ?

— Laissez-moi vous expliquer, me dit Chloe.

— Oui, je crois qu'une explication s'impose.

— Cela fait plusieurs semaines que j'observe ce qui se passe ici. J'ai vu les filles se changer dans la cuisine.

— Mais comment ? La cuisine se trouve à l'arrière de la maison.

D'un geste gracieux de son bras, elle me montre la maison de Rossa Considine.

— Vous connaissez mon voisin ?

Long silence. Puis, d'une voix infiniment douce, Chloe me lâche :

— Lola, je suis Rossa Considine.

20h17.

Je suis abasourdie. Incrédule, je dévisage la belle inconnue et, maintenant que je sais, je crois reconnaître un je-ne-sais-quoi de Rossa Considine dans ses traits.

— Ça alors ! Vous êtes la mariée en robe Vera Wang !

— Ce n'était qu'une copie d'un modèle de Vera Wang, mais oui, c'est moi. Je croyais que vous étiez au courant de mon petit secret.

— Moi, mais comment aurais-je pu deviner ?

— Vous aviez toujours cet air narquois quand je vous croisais. Et puis vous m'avez vu, cette nuit-là, brûler des vêtements.

— Pourquoi les brûliez-vous, d'ailleurs ?

— À cause de la purge.

Noel et Blanche opinent du chef d'un air entendu et émettent un petit rire désabusé.

— Vous pouvez être plus clair ?

— La purge, c'est quand nous décidons de renoncer à nous travestir. Nous brûlons tous nos accessoires féminins.

— Ça vous prend souvent ?

Autre petit rire.

— Oh oui. Je le regrette toujours ensuite, mais je ne peux pas m'en empêcher. Je me dégoûte et me promets de ne plus recommencer. Quand j'ai vu les filles se changer dans votre cuisine, j'ai cru que mon rêve se réalisait enfin. Je suis désolé, j'aurais dû attendre d'être invité, mais j'étais si content.

— Mais vous avez une petite amie, lui dis-je d'un ton accusateur.

— C'est vrai, admet-il.

— Et vous pratiquez la spéléo. Je vous ai vu l'autre jour avec tout votre attirail.

— Je suis un homme, m'explique-t-il avec un sourire. Et, la plupart du temps, j'aime pratiquer des activités d'homme.

Je crois que je commence à comprendre.

— Mais parfois j'aime aussi porter de jolies choses.

S'engage alors une passionnante conversation sur la mode. Je découvre que Chloe et moi avons beaucoup de choses en commun. Toutes les deux, nous aimons Alexander McQueen, la cuisine thaïe, la maroquinerie signée Smythson, les comprimés de Nurofen, les sycomores et la série New York Police judiciaire.

Quand je lui explique que je n'ai pas suivi la série depuis septembre, Chloe m'invite à venir regarder la télévision chez lui.

— Marché conclu, jeudi soir à 22 heures précises. Je vous attendrai.

— Qui m'invite, Chloe ou Rossa ?

— Rossa, bien sûr. Je ne suis Chloe que le week-end. En semaine, j'ai trop de travail.

Mais j'hésite. Rossa et moi n'avons pas fait très bon ménage jusqu'à présent. Chloe est forcée de reconnaître que mes objections sont fondées.

— Eh bien, tentons le coup quand même, me propose-t-elle. Si nous voyons que ça ne marche pas, chacun pourra donner son préavis.

— Dans ces conditions, j'accepte.

Comme les autres insistent pour connaître toute l'histoire de Chloe, je lui laisse la parole. Et vous savez quoi ? Je passe une merveilleuse soirée à discuter chiffons avec mes nouvelles copines. La seule ombre au tableau est Oussama, qui n'a pas l'air à la fête. Il essaie de suivre le film et n'arrête pas de nous faire « chut », mais sans beaucoup de succès.

22h13.

Les copines sont parties. Je songe aux étranges révélations de cette soirée. Rossa Considine, un travelo ! À le voir, on ne devinerait jamais. Quand il est en homme, on dirait qu'il n'a jamais touché un peigne de sa vie.

— Je ne suis qu'une pauvre conne et je n'ai que ce que je mérite. (Hors d'haleine, il se tient au-dessus d'elle.) *Répète : Je ne suis qu'une pauvre conne et je n'ai que ce que je mérite. Vas-y, dis-le.*

Elle est roulée en boule par terre. La pointe d'une botte lui heurte violemment le ventre. Elle est secouée d'un haut-le-cœur, mais plus rien ne vient que de la bile.

— Dis-le !

— Je ne suis qu'une conne, murmure-t-elle, tandis que les larmes inondent son visage. Et je n'ai que ce que je mérite.

— J'ai dit : « une pauvre conne ». T'es bouchée, ou quoi ?

Grace

— Oh, voilà Paddy ! s'est exclamée Dee Rossini. Je dois avoir une petite conversation avec lui et je l'ai invité à venir prendre un verre.

J'ai d'abord cru à une plaisanterie, mais quand j'ai levé les yeux, la gorge nouée par l'angoisse, je l'ai vu à l'entrée du pub, emplissant tout l'espace de son imposante silhouette.

Dans un accès de panique, j'ai voulu fuir, mais j'étais prise au piège. Il n'y avait qu'une seule issue, et il me la bloquait. Mon cerveau réfléchissait à toute allure. Les toilettes. Il y avait sans doute une fenêtre par où m'échapper. Au pire, je pourrais m'y cacher jusqu'à ce qu'il parte.

— Dee, je viens de me souvenir d'un rendez-vous...

Mais elle ne m'a pas entendue, elle faisait signe à Paddy.

Le faisceau de son regard bleu a balayé la salle. Il a aperçu Dee, puis il m'a vue, assise à côté d'elle, tétanisée comme un lapin pris dans les phares d'une voiture. Il m'a observée un moment, puis il a plaqué sur ses lèvres son sourire ravageur.

Dee se trouvait au cœur d'un nouveau scandale. Mais celui-ci surpassait tous les autres. Son petit ami... (Oui, elle avait un petit ami caché pendant tout ce temps, et je n'en avais rien su. J'étais vraiment une piètre journaliste.) Donc son petit ami avait vendu leur histoire au *Sunday Globe*, la plus nauséabonde de toutes les feuilles de chou à scandale. Et je dois dire qu'il n'avait pas lésiné sur les détails croustillants. Selon Christopher Holland (c'était son nom, et il clamait haut et fort s'être confié à la presse parce qu'il était fatigué de « vivre dans le mensonge »), Dee était obsédée par le sexe. Elle voulait faire ça partout et à toute heure. (Partout, parce qu'une fois le couple s'était envoyé en l'air dans le jardin.) Elle aimait particulièrement la position de la levrette, avait précisé Christopher.

Le titre à la une la qualifiait de « nympho » et, pour prévenir tout risque que Dee soit perçue comme une sympathique coquine, le journal avait cru bon d'ajouter à son brouet des ingrédients encore moins ragoûtants : Dee ne se rasait les jambes que deux fois par mois, ses sous-vêtements n'étaient pas coordonnés, elle avait de la cellulite sur le ventre et tellement de corne aux talons qu'elle réussirait à faire jaillir une étincelle rien qu'en frottant ses pieds l'un contre l'autre. Bref, rien que de très normal pour une femme de quarante ans et plus.

J'avais découvert le pot aux roses chez mon marchand de journaux, tandis que je parcourais les gros titres de la presse dominicale. « Mes nuits torrides avec Dee la nympho. » Hypnotisée, j'avais attrapé un exemplaire du journal sur le présentoir. Un rapide coup d'œil avait suffi à me convaincre que l'affaire était sérieuse. Ils avaient dû payer ce traître de Christopher une fortune pour qu'il consente à exposer son intimité avec cette abondance de détails. J'ai ressenti une immense pitié pour Dee et de la honte à faire partie de la corporation des journalistes. Comble de l'horreur, je connaissais même le type qui avait signé ce torchon. Scott Holmes, un Australien avec qui j'étais sortie.

Rien que de m'imaginer être personnellement l'objet d'un tel déballage de linge sale, j'en avais les intestins noués. Qui pourrait supporter de voir les détails les plus intimes de sa vie sexuelle – et je parle des détails les plus crus, pas de machins un peu olé olé – ainsi étalés à la une des journaux ? Franchement, il y avait de quoi en mourir.

Quand j'ai ouvert la première page du journal, mon estomac s'est révulsé. En page trois, un photomontage en grand format montrait la tête de Dee collée sur le corps d'une femme aux chairs flasques, à l'entrejambe broussailleux, aux sous-vêtements dépareillés. C'était le coup de grâce. Désormais, quand les gens entendraient parler de Dee Rossini, voilà l'image qui leur viendrait immédiatement à l'esprit.

Cette histoire était excessivement dommageable, incroyablement plus dommageable que les affaires de prétendue corruption. Certes, en tant que femme célibataire, Dee avait le droit de coucher avec qui bon lui semblait. Mais, en la voyant à la télé échanger des poignées de main avec des hauts dignitaires, qui ne se demanderait pas si son slip était coordonné à son soutien-gorge ?

— On n'est pas à la bibliothèque municipale, m'a dit une voix.

J'ai tourné la tête. Derrière son comptoir, le marchand de journaux me montrait l'exemplaire du *Sunday Globe* que j'avais entre les mains.

— Vous allez me le payer ?

— Oui, mais…

Je ne pouvais plus lâcher le journal, même pas le temps d'aller jusqu'au comptoir. Cette histoire m'avait littéralement happée. Sans m'arrêter de lire, j'ai plongé la main dans ma poche et déposé quelques pièces de monnaie près de la caisse enregistreuse.

— Tenez, servez-vous.

— Merci, m'a sèchement répondu l'homme.

Il se montrait beaucoup plus aimable avec moi du temps où je fumais. J'avais été pour lui une source de revenus substantiels, mais depuis que Damien et moi avions arrêté, même si nous lui laissions des fortunes en friandises de substitution, notre marchand de journaux avait sans doute dû dire adieu à sa villa au Portugal pour ses vieux jours.

J'ai poursuivi ma lecture, estomaquée par la précision des détails. Le jour où elle avait été nommée au poste de ministre de l'Éducation, Dee aurait « exigé » de faire l'amour à quatre reprises. Elle aimait être dominée et n'appréciait pas les pratiques orales, qu'elle jugeait ennuyeuses.

Je me disais que Dee allait avoir beaucoup de mal à se remettre de ce nouveau coup du sort. Son image de femme forte et indépendante était sérieusement écornée. À présent, elle n'était plus qu'une personne ordinaire et, qui plus est, dénuée de discernement au point d'avoir pris pour amant un type pareil.

(Le pire, à mon avis, était l'histoire de la cellulite sur le ventre.

J'avais honte de l'admettre, mais ce détail ternissait quelque peu l'image que j'avais d'elle, et pourtant je faisais partie des fans inconditionnels de Dee Rossini. Je n'osais même pas imaginer l'effet que cette révélation aurait sur des gens plus ambivalents par rapport à son personnage.)

Depuis que je l'avais interviewée, nous étions devenues un peu des amies. Nous n'arrêtions pas de nous croiser chez le marchand de vins du quartier. À une ou deux reprises, nous avions pris un verre ensemble au pub local. Pas plus tard que la semaine passée, elle nous avait invités à dîner, Damien et moi, et nous avait préparé pour l'occasion un plat de ses pâtes aux formes bizarroïdes. (Pas meilleures que des pâtes ordinaires, si vous voulez mon avis, mais j'avais été touchée que Dee fasse si grand cas de notre visite.)

Dans le froid glacial d'une journée de novembre, j'ai marqué une halte devant la boutique du marchand de journaux et appelé Dee.

— C'est Grace Gildee. Je sais que vous filtrez vos appels, mais je voulais juste vous dire...

Elle a décroché.

— Bonjour, Grace.

— Comment allez-vous ?

— Pas très fort. Mais j'ai connu pire.

— Ce sont des ordures. Vous aviez vu venir le coup ?

— Absolument pas. Je tombe des nues. J'étais avec Christopher encore vendredi soir. Il n'en a pas dit un mot. Mais il n'allait pas m'en parler, a-t-elle ajouté avec un petit rire amer.

— S'il y a quoi que ce soit que je puisse faire pour vous.

— Merci, Grace. Vous n'êtes donc pas rebutée par mon ventre plein de cellulite ?

— Non, ai-je répondu (pieux mensonge). Toutes les femmes ont de la cellulite. Elles seront soulagées d'apprendre que la fabuleuse Dee Rossini en a aussi.

— Oui, mais sur le ventre, Grace. Ce n'est pas comme sur les cuisses. Sur le ventre, c'est aussi terrible que d'en avoir sur les paupières, ou je ne sais pas... sur les oreilles.

— Écoutez-moi, Dee, vous avez survécu aux coups d'un mari violent, vous avez aidé des centaines de femmes, vous avez fondé un parti politique et vous vous êtes imposée comme une force avec laquelle il faut compter. Ne laissez pas un peu de cellulite occulter un tel bilan personnel.

Elle a pris une profonde inspiration.

— Oui, vous avez raison. De toute façon, il n'y en a pas tant que ça. Il faut pincer la peau pour qu'elle apparaisse.

— Voulez-vous que je passe vous voir ?

Le sens de ma question était clair. Je lui proposais mon soutien en tant qu'amie, mais aussi en tant que journaliste. Je lui offrais une oreille bienveillante à qui confier sa propre version de l'histoire.

— J'aimerais beaucoup vous rencontrer, mais ne venez pas ici. Retrouvons-nous plutôt chez Kenny's. Après tout, je peux me montrer en public, je n'ai rien fait de mal.

— Comme vous voulez.

Bon sang, cette femme était géniale, une vraie dure à cuire.

— J'y serai dans cinq minutes.

J'ai appelé Damien.

— Qu'est-ce que tu fiches ? m'a-t-il demandé. Tu es partie depuis des plombes.

— Je suis sur un coup.

— Quoi ? Mais tu es seulement sortie acheter des bonbons chez le marchand de journaux.

Je lui ai fait un bref topo de la situation. J'étais surprise qu'il ne soit pas déjà au courant. Damien est un vrai limier, toujours à surfer sur Internet à l'affût du dernier scoop.

— Il faut que ça arrive justement le matin où je fais la grasse mat'.

Nous avions projeté une journée de repos à traîner au lit en lisant les journaux.

— Je retrouve Dee chez Kenny's. Ensuite je fonce au journal.

— Et moi, qu'est-ce que je deviens dans tout ça ? a rouspété Damien. Qui va m'apporter mes nounours acidulés ?

— Tu devras t'en passer. Désolée. Prends ça comme une épreuve d'endurance.

Pendant que je parlais à Damien, Jacinta Kinsella m'avait laissé un message. Je l'ai aussitôt rappelée. Jacinta avait toujours méprisé mon amitié avec Dee, mais, aujourd'hui que tous les journaux du pays se battaient pour décrocher une interview, j'étais la mieux placée pour recueillir les confidences de la ministre.

— Fais-la cracher tout ce qu'elle sait, m'a dit Jacinta par-dessus un brouhaha de braillements d'enfants à l'arrière-plan. Je vais consulter Grand-papa pour la une.

En temps ordinaire, un journal sérieux, même s'il n'était que de milieu de gamme comme le *Spokesman*, n'aurait pas consacré sa une à une histoire somme toute frivole concernant la vie privée d'un politicien, mais l'affaire d'aujourd'hui ne pouvait être passée sous silence.

— On te verra au journal plus tard ? ai-je demandé à Jacinta.

— Moi ? m'a-t-elle répondu, presque choquée. Enfin, Grace, tu es une journaliste confirmée. Je ne peux quand même pas te tenir la main éternellement.

Quelle sale flemmarde !

L'entrée de Dee chez Kenny's a provoqué une vague de murmures dans la salle. Un dimanche et à seulement midi passé de dix minutes, les clients n'étaient heureusement pas nombreux. Il n'y avait là que quelques piliers de bar.

— ... En levrette, je te dis...

— ... Comme les chiens...

— ... Tu crois qu'elle aboie ? ...

— ... Bien sûr, elle mâchonne aussi les pantoufles et rapporte le bâton. À ton avis, gros crétin ?

Jean noir, chemisier blanc, cardigan à col châle et rouge à lèvres mat. Dee avait une tenue très soignée. Si elle a entendu les commentaires sur son passage, en vieille routarde de la politique, elle a choisi d'y rester sourde.

Elle a commandé un café.

— Il vaut mieux qu'on ne me voie pas consommer de l'alcool, m'a-t-elle dit, et pourtant Dieu sait que j'en aurais besoin. Bon, voilà le topo.

Sur ce, elle m'a expliqué que Sidney Brolly, l'attaché de presse du New Ireland, avait décrété qu'elle n'accorderait qu'une unique interview. À moi, et à moi seule. J'étais flattée. Je n'aurais souhaité à personne de se retrouver dans la situation de

Dee, mais, puisque le mal était fait, je pouvais au moins contribuer à limiter les dégâts. L'idée générale était de n'apporter aucun démenti sur les histoires de cellulite et de corne aux pieds, de passer sous silence Christopher Holland et de rester concentré sur les nombreuses qualités de Dee Rossini. Calme et dignité, tel était le mot d'ordre.

— Demain, à la Chambre, certains vont réclamer ma démission, m'a-t-elle dit, la mine sombre.

— Pour quel motif ? Pour avoir du poil aux pattes ?

— Pour avoir perdu la confiance du peuple, pour avoir eu un comportement incompatible avec ma fonction d'élue. En bref, pour avoir eu une vie sexuelle.

— Mais vous n'êtes pas mariée, et je crois savoir que ce Christopher ne l'est pas non plus. Vous n'avez donc rien fait de mal.

— Rien, en théorie, mais en pratique... (Elle s'est tue, puis s'est exclamée :) Oh, Grace, je ne veux pas quitter mon poste ! Il y a déjà si peu de femmes en politique. J'aimerais que vous voyiez notre nouveau programme. Sur la question des femmes, nous avons des propositions très audacieuses : prolongement du congé de maternité, structures d'accueil pour la petite enfance...

— Qu'arriverait-il si vous étiez contrainte à la démission ?

— Au pire, la chute du gouvernement. Le New Ireland serait discrédité par ma conduite sexuelle et le Panade obligé de dissoudre la coalition qu'il forme avec nous avant les élections législatives de l'année prochaine.

— Mais c'est dégueulasse ! Ne démissionnez pas, tenez bon. Continuez à vous répéter que vous n'avez rien fait de mal.

Son portable a sonné à ce moment-là, et elle a lu le numéro.

— C'est Sidney, je ferais bien de prendre cet appel. Allô ? (Elle a écouté en silence avec une irritation grandissante.) Eh bien, si c'est vraiment indispensable. (Elle a refermé son téléphone d'un geste sec.) Sidney veut que je me prête à une séance de photos, a-t-elle fulminé. Pour les suppléments du week-end. Il dit qu'il est impératif d'opposer une autre image à l'affreux montage qu'ils ont fait paraître de moi.

— Il a raison.

J'avais peur qu'elle ne déverse sa colère sur moi, mais, plus peinée que furieuse, elle m'a dit :

— Je ne suis pas une idole de la pop, je suis une femme politique, et les gens devraient s'en foutre que j'aie trois têtes ou de la cellulite partout, du moment que je m'acquitte correctement de la mission qu'ils m'ont confiée. Une histoire pareille n'arriverait jamais à un homme.

C'est alors qu'elle a lâché :

— Oh, voilà Paddy !

Il était là, emplissant de sa carrure l'encadrement de la porte, tout à son avantage dans son costume, tandis que je cédais à la panique. J'étais sortie de mon lit ce matin en pensant n'affronter le monde que pendant les cinq minutes qu'il me faudrait pour aller chez le marchand de journaux du coin et je ne m'étais même pas coiffée. En temps ordinaire, c'était Damien qui descendait acheter le journal le dimanche. Si j'avais pris sa place ce matin, c'était parce qu'il s'était fait mal au genou en disputant un match de foot vendredi soir.

Je me suis tassée sur mon siège. Paddy a traversé la salle, et le parfum de son eau de toilette s'est répandu dans l'air chargé de vapeurs alcoolisées. Je me méprisais d'être là à me soucier de ce qu'il allait penser de moi. Je n'avais pas besoin de Paddy de Courcy pour me sentir attirante, mais je ne voulais pas me trouver face à lui en position de vulnérabilité.

Il a donné une brève accolade à Dee. Il émanait de lui une telle présence, comme s'il concentrait en lui deux fois plus de force vitale que n'importe qui.

— Merci d'être venu, Paddy. Tu connais Grace Gildee ?

Pendant un terrible moment de flottement, nous avons chacun attendu que l'autre se décide à sortir les platitudes d'usage.

— Bien sûr que nous nous connaissons, a finalement lâché Paddy, très affable. Bonjour, Grace, ravi de te revoir.

Il s'est penché pour m'embrasser. J'ai retenu ma respiration, parce que je répugnais à renifler son odeur. Quand ses lèvres ont touché ma joue, j'ai peut-être rêvé mais il m'a semblé qu'il avait doucement soufflé dessus. Pouvait-il réellement avoir un tel culot ? J'ai vu briller un sourire dans son regard. Son contact sur ma peau était comme une insupportable démangeaison.

— La situation n'est pas bonne, lui a annoncé Dee sans préambule.

— Prends ça comme un compliment, lui a-t-il répondu. C'est la preuve qu'ils te craignent et qu'ils te prennent au sérieux.

— Mais qui se cache derrière tout ça ? Christopher n'aurait jamais eu assez de jugeote pour orchestrer seul un coup pareil. Il est grand temps de prendre le problème à bras-le-corps.

J'ai appuyé ma joue dans le creux de ma main, tiré sur ma manche et discrètement frotté l'endroit où Paddy avait posé ses lèvres. Il m'a regardée faire. Il a compris.

Dee est allée aux toilettes, me laissant seule avec lui. Il avait l'air d'un géant sur son tabouret trop petit pour lui. D'un rapide coup d'œil par-dessus son épaule, il s'est assuré que Dee était hors de portée de voix, puis d'un ton pressant il a murmuré :

— Grace, je...

Je ne l'ai pas laissé finir.

— Où en sont tes projets de mariage ?

— Grace, est-ce que nous ne pouvons pas...

— Non ! (J'avais légèrement haussé le ton, faisant sursauter deux ivrognes qui dodelinaient de la tête au bar.) Contente-toi de répondre à ma question.

— Tu ne prends jamais mes appels, m'a-t-il dit. Pourquoi refuses-tu de me parler ?

C'était lui tout craché. Il ne m'avait pas appelée depuis des semaines.

Il gardait son regard sur ma bouche, et ça me déplaisait.

— Je renifle ton parfum, Grace. Et tu sais ce que tu sens ?

Je savais déjà ce qu'il allait dire.

— Tu sens le sexe.

Un frisson m'a parcourue des pieds à la tête, et j'ai senti la pointe de mes seins se durcir.

— Ferme-la, lui ai-je susurré.

— Comme tu voudras, a-t-il répondu d'un ton badin. Tes désirs sont des ordres.

— Tu aurais dit la même chose que j'empeste le curry d'agneau ou le décapant à peinture.

Il a haussé ses superbes épaules.

Je me suis ressaisie et j'ai répété ma question :

— Alors dis-moi, Paddy, où en sont tes projets de mariage ?

— Ils avancent, mais je laisse à Alicia le soin de tout organiser.

Les cigarettes ponctuaient ma vie. Elles marquaient le commencement et la fin des choses. Quand je m'asseyais pour écrire un article, j'avais l'habitude d'allumer une clope. Depuis mon sevrage, je n'avais pas pu taper une seule ligne sans être tenaillée par l'impression d'avoir démarré la course avant le coup de feu du starter. Puis, mon papier terminé, je n'avais pas de sentiment d'accomplissement, parce qu'il me manquait la cigarette qui disait que j'étais arrivée au bout de ma tâche. Pendant mes sept longues semaines d'abstinence, tout ce que je faisais avait eu ce goût d'inachevé. Mais, si dur que ce soit, je ne pouvais pas renoncer. Je ne suis pas d'un naturel superstitieux. Pourtant, je vivais dans la terreur que Bid meure si je me remettais à fumer.

Après avoir bouclé mon papier sur Dee, j'ai fait un arrêt dans une salle de cinéma pour acheter à Damien un grand sachet de bonbons au poids (bouteilles de coca, fraises Tagada et dinosaures gélifiés). Je voulais me faire pardonner de l'avoir abandonné un dimanche avec un genou endommagé, un gros manque de nicotine et pas de sucreries de substitution.

Je l'ai trouvé couché sur le canapé, sa jambe sur une chaise. L'air bougon, il regardait une chaîne d'histoire qui semble ne diffuser que des documentaires sur le procès de Nuremberg et le bombardement de Dresde.

Damien s'est détourné d'images d'archives du débarquement en Normandie.

— J'ai essayé de t'appeler, m'a-t-il dit.

— J'avais éteint mon portable. Désolée. Mais j'avais besoin de me concentrer.

— Tu as quelque chose pour moi ?

J'ai lancé le sachet de bonbons sur ses genoux.
— Tiens, cadeau.
Il s'est un peu déridé.
— C'est vraiment pour moi ? Je te vannais, tu ne me rapportes jamais rien.
— Pas étonnant, quand je vois ton ingratitude.
Il a fourré sa main dans le sachet.
— Des cochons acidulés, bravo, Grace. Ceux-là sont pratiquement introuvables.
— Comment va ton genou ?
— Je morfle, a-t-il répondu, la bouche pleine de bonbons. On a de la glace à mettre dessus ? Tiens, attrape.
Il m'a lancé une fraise. J'ai plongé et réussi à la rattraper entre les dents.
Damien a semblé très impressionné par mon exploit. Mais brusquement son regard sur moi a changé. Il avait retrouvé une expression concupiscente que je ne lui avais plus vue depuis longtemps. J'en ai été toute retournée, et soulagée aussi.
— Approche, m'a-t-il dit.
Au lieu de l'envoyer bouler comme je le fais d'habitude, je me suis avancée. L'air entre nous s'était chargé de désir, et puis Damien a tout gâché.
— Tant que j'y pense, on a quelque chose de prévu vendredi soir.
— Quoi donc ? ai-je demandé, soupçonneuse.
— Un dîner avec Juno et son mari.
Juno, son ex-femme, il ne manquait plus qu'elle.
— Vendredi soir, tu dis ? Tu seras en Hongrie pour couvrir les élections.
— Non, je serai rentré. Je prends l'avion dans l'après-midi.
Zut !
Damien a tapoté le canapé.
— Tu n'as pas l'air dans ton assiette. Viens donc t'asseoir ici et partager quelques bouteilles de coca avec moi. Tu as le choix, j'en ai qui piquent et d'autres qui piquent pas.
Finalement, j'ai décidé de prendre ça avec le sourire. Je me faisais des idées. Je n'étais pas encline à la paranoïa (sauf dans les jours qui précédaient mes règles). Je me suis repassé le film

de ma journée à la recherche de l'origine de ma mauvaise humeur. Paddy de Courcy. En sa présence, j'étais immanquablement infectée par le sentiment que le monde entier n'est que mensonge et corruption.

— Et pendant que tu absorberas ta dose de glucides et de colorants alimentaires, puis-je te suggérer un peu d'activité sexuelle ?

Il m'a donné un baiser qui sentait l'arôme artificiel de fraise. Une étincelle en moi s'est allumée. J'ai été submergée par une vague de désir et j'ai senti s'éveiller chez Damien le même appétit charnel.

Il a marqué un temps d'arrêt et m'a regardée dans les yeux.

— Oh là là ! mais qu'est-ce qui nous arrive ?

Il m'a encore embrassée, et nous avons commencé à nous peloter comme des ados en chaleur, roulant l'un sur l'autre, arrachant nos vêtements.

Il a défait son ceinturon. Son sexe était déjà dressé. J'ai ôté mon sweat-shirt, dégrafé mon soutien-gorge. Il m'a empoigné la poitrine et s'est écrié :

— Merde ! mon genou !

— Ne bouge pas, je monte sur toi.

— Comment font les gens pour baiser quand ils sont dans le plâtre ? a-t-il gémi.

Je me suis levée et j'ai retiré mon pantalon de jogging et ma culotte.

— Il y en a que ça excite, au contraire. Tu te rappelles ? J'ai écrit un papier sur les gens qui se font plâtrer le corps tout entier.

Je ne sais pas pourquoi je lui racontais ça, je m'en fichais totalement.

Il m'a attrapée par la taille et m'a attirée contre lui.

— Nous aussi, on pourrait faire dans le fétichisme.

Le souffle haletant, je me suis assise à califourchon sur son ventre.

— Oui, quel genre ?

Je suis entrée en contact avec la pointe de son sexe.

— Je ne sais pas, faut que j'y réfléchisse.

Il m'a pénétrée. Je me suis laissée glisser jusqu'à lui,

éprouvant juste assez de résistance pour me sentir entièrement emplie. Les mains sur mes hanches, il s'est mis à coulisser en moi avec un gémissement de plaisir.

— Préviens-moi quand tu auras trouvé quelque chose.

— Où tu vas ? m'a demandé Damien alors que je quittais notre chambre à pas de loup. Pourquoi tu ne dors pas ?

— Je vais chercher un patch à la nicotine.

Le salon était plongé dans le noir. À tâtons, j'ai fouillé dans mon sac et allumé mon téléphone. Je savais qu'il m'appellerait. C'est pour ça que j'avais gardé mon portable éteint toute la journée. J'avais trois messages vocaux. J'ai approché le combiné de mon oreille. Les deux premiers étaient de Damien, qui se demandait où j'étais passée. Et puis j'ai entendu sa voix. Il n'avait prononcé que quelques mots : « Appelle-moi, je t'en prie. »

Par certains côtés, les jours au sac à main vert étaient sans doute les pires. Le noir (expression d'un désespoir sans fond) était mauvais, le rouge (symbole d'une rage incoercible) également, mais au moins avec eux on savait exactement à quoi s'en tenir. Si on va par là, le beige n'était pas non plus de très bon augure, car cette couleur, bien que neutre, avait tendance à la rendre un peu trop gaie et tranchante. Mais, avec le vert, nous étions en terrain mouvant. Le vert nous promettait des propos abscons, des raisonnements marmonnés, de brusques retournements d'opinion et de perpétuels changements de repères. Les jours au sac vert, elle pouvait vous encenser et puis, sans crier gare, vous balancer à la figure : « Et si tu as gobé ce que je viens de te dire, c'est que tu crois encore au père Noël. » Ce n'était pas encore trop grave quand elle s'en prenait à moi ou à TC – nous pouvions encaisser –, mais le jour où elle avait crié ces mêmes mots à Oscar, son petit garçon de cinq ans qu'elle avait amené au bureau, je m'étais sentie franchement mal à l'aise.

Nous étions lundi matin, et mon nom était en première page du *Spokesman* (certes, je partageais cet honneur avec Jonno Fido, mais ça ne diminuait en rien mon exploit). Avoir sa signature à la une, c'est un peu comme décrocher une première place au Top 50. Pour les types du desk, c'est pas compliqué. Ils sont dans l'actu et donc presque sûrs d'être publiés à la une, mais, pour une journaliste des pages froides comme moi, l'événement est rarissime. Je n'en avais donc que plus de mérite.

Cerise sur le gâteau, j'avais en page deux et en page trois mon portrait de Dee Rossini et en page cinq une chronique que j'avais intitulée : « Ça ne serait jamais arrivé à un homme ».

Comme je marchais vers mon bureau, TC a lancé :

— Édition spéciale du *Spokesman* sous la direction de Grace Gildee.

— Tu es la vedette du jour, a ajouté Lorraine. Jacinta va te porter aux nues.

« Pff », avons-nous tous fait pour exprimer notre incrédulité. Mais, Jacinta ou pas, rien n'aurait pu m'abattre. J'adorais mon boulot, j'adorais cette ambiance : l'incessante sonnerie des téléphones, le cliquetis des claviers d'ordinateur, le brouhaha des voix. J'aurais presque pu sentir cette effervescence courir dans mes veines.

— De quelle couleur est son sac ? m'a demandé TC.

— On parie du pognon, a voulu savoir Lorraine, ou c'est juste pour rigoler ?

— Pour rigoler.

— Moi, je dis vert, a répondu Lorraine.

— Vert moi aussi, a annoncé Tara.

— Noir, a lâché Clara.

— Non, a gémi TC. Bon sang, elle est notre chef. Le succès de Grace est une victoire pour son service.

— Oui, mais ça la tue de devoir reconnaître la réussite de quelqu'un, même si ce quelqu'un fait partie de son équipe, a objecté Clara. Mais je ne veux pas dire par là qu'elle est foncièrement mauvaise.

— Non, bien sûr que non, a répondu Tara. Mais tu devrais t'entendre chez Dinnegans le vendredi soir quand tu as deux ou trois verres de vodka tonic dans le nez.

— Je parie sur le vert, a répété Lorraine.

— Moi aussi, a fait Tara.

— Moi itou, a renchéri TC.

— Moi pareil, ai-je dit.

— Moi, je reste sur le noir, a annoncé Clara.

— Et moi, je crois que vous déraillez tous, a fait Joanne. Ce n'est jamais qu'un sac à main.

Tout le monde a semblé imperceptiblement s'écarter d'elle. Joanne n'a jamais réussi à vraiment s'intégrer à l'équipe.

— 22, v'là Jacinta, nous a annoncé TC.

— Je n'arrive pas à voir son sac, la photocopieuse me gêne.

— De toute façon, elle a son manteau par-dessus.

— Je crois qu'il est vert.

— Non, il est noir.

— Non, vert.

Il était effectivement vert.

— Bravo pour le papier sur Dee Rossini, a-t-elle claironné.

Silencieuse, j'ai attendu la petite pique.

— Qu'est-ce que tu as ? Tu as perdu ta langue ?

— Non, ai-je répondu.

— Dans ce cas, tu pourrais au moins me remercier.

— Merci.

— Mais ne t'imagine pas que tu vas pouvoir te reposer sur tes lauriers. Tu n'as pas encore décroché le Pulitzer. Qu'est-ce que tu as à me proposer ?

— Les histoires d'amour entre collègues à la fête de Noël du bur…

— Nous ne sommes qu'à la mi-novembre !

— Le montant moyen que dépense un foyer pour ses cadeaux de N…

— Non !

— Le Noël des SDF.

— C'est une histoire drôle ?

— Euh… non, ils sont sans abri.

— Et nous ne sommes que le 17 novembre. Voilà précisément ce que je veux dire.

Son regard m'a traversée, et ce qu'elle a vu à ce moment-là l'a laissée médusée, comme si elle venait de se transformer sous nos yeux en statue de sel.

Je me suis retournée. Casey Kaplan venait de débarquer, le cheveu hirsute et la cuisse moulée dans un jean noir.

— Qu'est-ce que tu viens faire ici ? a balbutié Jacinta, sous le coup de l'émotion.

— Je travaille ici, tu te rappelles ? a-t-il répondu avec un sourire goguenard.

— Je te croyais allergique à la lumière du jour. Nous n'avons jamais eu le plaisir de te voir si tôt de bon matin.

Casey apportait avec lui une brise chargée d'effluves de tabac froid, d'alcool et de débauche. À l'évidence, il sortait tout droit d'une fête ou d'un *after*.

Quand son parfum, se répandant dans l'air, a atteint Jacinta, elle a bondi.

— Dégage, tu pues.

Casey a rigolé.

— On dirait que quelqu'un s'est levé du pied gauche, a-t-il plaisanté en s'éloignant.

— Merci beaucoup, lui a glissé TC. Elle va être encore plus imbuvable, maintenant.

De l'autre bout du bureau, j'ai entendu Casey lâcher :

— Salut, Rose. Coleman est dans la maison ?

— Oui, a répondu Rose, secrétaire de Grand-papa et gardienne du sérail. Mais il ne veut pas qu'on le dérange.

— Te bile pas, il vient de m'envoyer un SMS. Il m'attend.

Je descendais chez Chomps chercher un sandwich pour mon déjeuner. Il était à peine 11h10, mais je ne tenais plus. Juste au moment où les portes se refermaient, Casey Kaplan s'est glissé dans l'ascenseur.

— Dis-moi un truc. C'est vrai, ce que raconte Jacinta ? Je pue ?

— Oui.

— Je pue quoi ?

J'ai humé l'air et, après un instant de réflexion, j'ai répondu :

— Le stupre.

Ma réponse a paru le satisfaire.

— Joli boulot avec Dee Rossini. Chiadé, ton portrait.

Les portes de l'ascenseur se sont ouvertes.

— Mais je m'explique pas ce qui a pu arriver à Chris. (Puis

il a ajouté d'un air songeur :) J'ai toujours cru que c'était un mec réglo.

— Chris ?

— Christopher Holland, le copain de Dee.

— Tu le connais ? ai-je prononcé d'une voix étranglée.

Il a haussé les épaules, sa façon de me signifier qu'il n'y avait pas de quoi en faire un plat.

— Ben, ouais.

— Tu savais qu'il sortait avec elle ?

Le monde entier ignorait même qu'il y avait un homme dans la vie de Dee.

— Ouais, il m'est arrivé de dîner avec eux une ou deux fois. J'ai toujours pensé qu'ils formaient un couple d'enfer. (Là-dessus il a poussé un gros soupir.) Mais le *Globe* lui a mis sous le nez un gros paquet de fric et, avec ses dettes de jeu, il n'a pas résisté. Quand le pognon parle…

J'en avais assez entendu. Je n'aurais pas pu supporter une seconde de plus de ce show. J'ai laissé Casey en plan et foncé vers la sortie sous le regard de Mme Farrell et de Youssouf, qui se poussaient du coude en ricanant.

C'était le gros titre du journal télévisé du soir.

Dans la matinée, à la Chambre des députés, Brian Brady (surnommé « Vieux tacot », parce qu'il dirigeait un empire de la bagnole d'occasion et parce que les politiciens irlandais encourageaient les sobriquets supposés montrer combien ils étaient proches du peuple), leader de la démocratie chrétienne, s'était levé en pleine séance et avait déclaré : « Si je puis me permettre de donner un conseil à mon honorable consœur du New Ireland… » Là-dessus, il s'était penché sur son siège et emparé d'un objet de couleur rose. Les cous s'étaient dévissés pour mieux voir, après quoi des rires avaient fusé dans la salle.

Brady avait alors brandi l'objet au-dessus de sa tête, et l'hilarité avait gagné toute l'assemblée.

— Cette chose, mesdames, messieurs, est un épilateur. (Puis il avait lu la notice.) Il nous promet des « jambes douces comme la soie ».

L'assistance s'était esclaffée. Une vraie bande de macaques.

Brady avait incliné la tête d'un air solennel avant d'ajouter :

— Je vous l'offre, madame la ministre, et j'espère que ce cadeau de la démocratie chrétienne vous sera de la plus grande utilité.

Damien se trouvait sur place, dans la galerie réservée à la presse.

— C'était écœurant, m'a-t-il rapporté ensuite. On aurait dit des petits caïds dans une cour de récréation. Mais attends, tu n'as pas encore tout vu.

Le chef du parti travailliste a alors pris la parole.

— C'était un coup bas de la part du leader de la démocratie chrétienne, a-t-il déclaré. Le parti travailliste aimerait offrir son soutien à Mme Rossini sous la forme de ce précieux accessoire.

L'homme a extirpé quelque chose de sa poche.

— C'est quoi ? ai-je demandé à Damien.

— Une crème exfoliante pour les pieds.

Même les verts s'y étaient mis. Ils avaient offert à Dee un flacon d'huile essentielle de lavande contre la cellulite.

— Le parti ouvrier socialiste s'est abstenu, ai-je fait remarquer.

Touchée par leur retenue, je me suis demandé si je n'allais pas voter pour eux aux prochaines élections.

— Sans doute qu'ils n'avaient pas les fonds nécessaires, m'a répondu Damien. S'ils avaient pu acheter un tube de crème pour les pieds en se cotisant tous, ils ne se seraient pas gênés.

Pendant tout ce temps, les yeux de Dee brillaient d'un éclat étrange, mais elle a essuyé ce feu roulant sans broncher. Elle a même réussi à esquisser un sourire et, ce faisant, a sauvé le gouvernement.

— Mais elle est sur un siège éjectable, a commenté Damien. Encore un scandale, et elle dégage. Et le gouvernement avec elle. Combien de paires de chaussettes je mets dans mon sac ?

— Tu pars combien de jours ?

— Mardi, mercredi, jeudi. Trois.

— Alors dis-moi de combien de paires tu as besoin.

— De trois.

— Bravo. Attrape.

J'ai envoyé trois paires de chaussettes roulées en boule à

travers la chambre. Damien les a rattrapées au vol et rangées dans son sac.

— Pauvre Dee, a-t-il dit.

— Qui peut lui en vouloir à ce point ?

— Cherche pas. Les démocrates-chrétiens. Ce sont les seuls qui auraient à y gagner.

— Mais tu as des noms précis ? Tu crois que ça vient de tout en haut, de Brady, par exemple ?

— J'en sais rien.

— Mais, si tu le savais, tu ne m'en dirais rien.

— Eh oui, protection des sources.

— Pourquoi s'en prennent-ils à Dee ?

— Parce qu'ils ont déjà essayé de dégommer le Panade avec l'affaire des prêts de Teddy.

Le leader du parti nationaliste d'Irlande avait été impliqué dans une affaire de pots-de-vin. Il avait prétendument touché des dizaines de milliers d'euros sous la forme de « prêts ». Seulement, depuis dix ans qu'il avait souscrit ces fameux emprunts, il n'avait jamais remboursé le moindre sou. Mais le bonhomme avait tenu bon et refusé de démissionner. Dans un discours mensonger et larmoyant, il avait pratiqué un honteux chantage affectif sur le peuple irlandais.

— Le Panade et Teddy sont indéboulonnables. Le seul moyen dont dispose l'opposition pour les atteindre est de s'attaquer à la coalition qu'ils forment avec le New Ireland. À la différence de tous les autres, Dee est une personne intègre. En y mettant la dose, ils la pousseront à démissionner. Tu crois qu'il fait froid en Hongrie ?

— Tu me prends pour qui ? Madame météo ?

— Bon sang, ce que tu peux être susceptible, a-t-il fait non sans un soupçon de fierté.

— Tu es le vieux singe avec qui j'ai appris à faire la grimace, lui ai-je rétorqué.

Nous avons éclaté de rire.

— Nous sommes en novembre, oublie les bermudas.

— Grace, nom de Dieu, regarde.

Il fixait l'écran de la télévision avec de grands yeux.

Un poids lourd transportant un chargement de cigarettes avait été attaqué. Les deux voleurs avaient expulsé le chauffeur de sa cabine et pris sa place au volant. Leur forfait accompli, ils s'étaient enfuis en direction du nord, sans doute en riant de ce joli coup.

— Ç'aurait pu être nous, a fait Damien, rêveur. Toute une cargaison, t'imagines ? Dès qu'on aurait été certains de les avoir semés, on aurait grimpé à l'arrière du camion et on aurait clopé à s'en rendre malades.

— On aurait pu ouvrir des centaines de paquets ! me suis-je écriée. On aurait pris un bain de cigarettes.

— On en aurait allumé plein, sans les fumer jusqu'au bout. On en aurait fumé six en même temps.

— On aurait fait l'amour comme des bêtes en se roulant sur un lit de clopes...

Je me suis tue et j'ai poussé un gros soupir.

Damien a soupiré aussi et, résigné, est retourné à la préparation de son sac de voyage. C'était comme dans *La Petite Fille aux allumettes*, quand la flamme s'éteint et que les visions disparaissent.

J'ai placé une réserve de bonbons dans le sac de Damien, en cas d'urgence. Un instant, j'ai songé à y ajouter un mot doux, mais je me suis dit que ça ne me ressemblait pas et que ça risquerait de le faire flipper.

Marnie et Paddy s'étaient connus par mon intermédiaire. C'est moi qui les avais présentés l'un à l'autre. C'était l'été de mes dix-sept ans et j'avais trouvé un job saisonnier au Boatman, où Paddy travaillait comme barman.

Nous fêtions ce jour-là mon anniversaire (et celui de Marnie). Nous avions prévu une soirée de beuverie, et Marnie était passée me chercher avec Leechy à la sortie du travail.

— Venez que je vous présente Paddy, leur avais-je dit, fiérote.

Un peu plus âgé que nous, Paddy avait déjà terminé ses études. Il avait travaillé sur un chantier de construction à Édimbourg pendant un an et devait entrer à l'université pour étudier le droit, à la fin septembre.

Marnie et Leechy avaient beaucoup entendu parler de lui

(maman, papa et Bid également). Parce que Paddy était le seul des barmen à me témoigner un peu de sympathie. Dès qu'ils avaient su que je vivais dans Yeoman Road, tous les autres m'étaient devenus hostiles. Ils s'imaginaient que je venais d'une famille aisée, et mon bizutage avait commencé dès le premier soir quand Micko, le patron, m'avait dit : « Il y a un appel pour M. Edmond Con. Va te renseigner pour savoir si quelqu'un l'a vu. » Je devais à l'intervention de Paddy de ne pas avoir traversé la salle du pub en criant : « Un appel pour Ed Moncon, quelqu'un a vu Ed Moncon ? »

— Ne le prends pas mal, ils font le coup à toutes les nouvelles, m'avait-il expliqué. Ils parient sur le temps que vous tiendrez avant de fondre en larmes.

— Ils n'arriveront pas à me faire pleurer, avais-je répondu.

Mais ma détermination avait vite flanché. Cinq minutes plus tard, je décidais de rendre mon tablier et d'aller chercher un boulot ailleurs.

— Tu leur fais peur, m'avait dit mon père. Parce que tu es différente, parce que tu as de l'instruction. Toi, tu ne fais que passer, mais eux vont végéter toute leur vie dans ce pub. Sois indulgente.

— N'abandonne pas, avait ajouté ma mère. Le mépris des autres forge le caractère. Pense à Gandhi.

— Envoie-les tous se faire voir, ces pedzouilles, avait pesté Bid. Va plutôt te faire embaucher chez McLibels, comme ça tu nous auras des réductions.

Finalement, comme les pourboires étaient généreux et que le pub se trouvait à deux pas de chez moi, j'ai décidé de rester. Que serait-il arrivé si j'avais fait un autre choix ?

Ce soir-là, donc, j'ai interpellé Paddy, qui chargeait des verres dans le lave-vaisselle.

— Je te présente mon amie Leechy et ma sœur jumelle Marnie.

Il a salué Leechy, puis j'ai attendu qu'il exprime sa surprise en voyant Marnie. Comment ça, ta jumelle ? Vous ne vous ressemblez pas du tout !

Mais il n'a rien dit. Pendant un moment, je me suis demandé ce qui n'allait pas, puis j'ai levé les yeux et je les ai vus qui se regardaient bouche bée. J'ai aussitôt senti qu'il venait de se passer quelque chose entre ces deux-là. J'en avais de drôles de frissons sur le cuir chevelu. Micko, occupé à faire du boucan avec une barrique métallique, a relevé la tête, l'air ahuri, parce qu'il ne comprenait visiblement pas ce qui l'avait arrêté dans son élan. Enlacé dans un box, un couple passablement éméché a interrompu ses bavardages d'ivrogne pour nous observer.

Moins de quatorze heures plus tard, Marnie avait déposé son préavis à la pizzeria où Leechy et elle travaillaient et dégoté un boulot au Boatman, où à force de charme elle avait obtenu de Micko qu'il cale ses horaires sur ceux de Paddy.

Bien que vivant elle aussi dans Yeoman Road, Marnie n'avait pas eu droit au même traitement que moi. C'était l'effet qu'elle avait sur les hommes. En outre, elle était la chasse gardée de Paddy. Or, bien qu'instruit et ambitieux, celui-ci avait le don de se faire aimer de tous.

Marnie se confondait en remerciements.

— Grace, c'est toi qui l'as trouvé pour moi.

Je ne l'avais jamais vue aussi heureuse, et c'était pour moi un soulagement, parce que le bonheur de Marnie comptait énormément à mes yeux. Mais, du jour au lendemain, je suis devenue la cinquième roue du carrosse. L'une et l'autre, nous avions déjà eu des petits copains, mais là c'était différent. Heureusement, il me restait Leechy, qui était presque comme une sœur pour moi. Elle habitait dans notre rue et passait sa vie chez nous. Et puis il y avait Sheridan, le meilleur copain de Paddy. C'était comme si ces deux-là s'étaient choisis dès la maternelle, en sachant que, quand ils seraient grands, ils pourraient sortir draguer ensemble. Même taille, même stature (qualité indispensable pour un duo de dragueurs, parce qu'on ne vous prendra jamais au sérieux si l'un des deux fait vingt centimètres de moins que l'autre), et tous les deux très jolis garçons. Mais, pour être parfaitement juste, si Sheridan était très beau dans le style nordique, Paddy avait un je-ne-sais-quoi en plus.

Paddy nous avait collé son copain dans les pattes en nous recommandant de prendre soin de lui. C'est ainsi que Sheridan,

Leechy et moi avons fini par former un trio de laissés-pour-compte.

Le plus drôle, c'est que je voyais Paddy aussi souvent que s'il avait été mon petit ami. Je travaillais avec lui au Boatman et je le voyais tous les jours à la maison. Il était impossible d'entrer dans une pièce sans le trouver vautré sur Marnie, une main glissée sous son tee-shirt.

— Je descends à la cuisine me découper une tranche de gâteau, et voilà que je les trouve à fricoter, fulminait mon père.

— Fricoter ? s'inquiétait ma mère.

Elle avait beau avoir les idées larges, il y avait quand même des limites.

— Rassure-toi, c'est encore pas bien méchant, mais ils passent leur temps à se lécher le museau, « à se rouler des pelles », comme on dit de nos jours. Ce garçon est fourré chez nous en permanence. Et quand par miracle il regagne ses pénates, Marnie passe sa soirée pendue au téléphone avec lui. Qu'est-ce qu'ils peuvent bien trouver encore à se dire ? Et puis, il me hérisse le poil à déployer tant d'efforts pour se faire aimer.

— C'est pas vrai, nous sommes-nous récriées en chœur.

— Il est jeune, a objecté ma mère. Tu ne peux pas lui prêter des visées machiavéliques.

— Il a dix-neuf ans, il est beaucoup trop vieux pour elle.

— De deux ans, c'est pas la mer à boire.

— Deux ans, c'est beaucoup à cet âge. Et puis ils sont tout le temps ensemble. Ce n'est pas sain.

Mais maman avait pris Paddy sous son aile. Elle était du genre à recueillir tous les chiens perdus, et Paddy était parfait dans ce rôle, avec sa mère décédée, son père rarement présent et son foyer au frigo éternellement vide. Le moins qu'elle puisse faire était de nourrir ce pauvre petit.

— Attends un peu qu'il entre à l'université à l'automne, avait prédit Bid à mon père. Il n'aura plus une minute à consacrer à notre petite Marnie.

« Notre petite Marnie » devait partager le même pressentiment, parce que dès que septembre pointa le bout de son nez nous dûmes essuyer plusieurs grosses tempêtes émotionnelles, prélude à ce qui nous attendait les trois prochaines années.

— C'est la fin, entendis-je ma sœur geindre à travers la cloison. Cet été aura été le moment le plus parfait de toute ma vie. Maintenant je dois retourner au lycée et toi tu entres à la fac. N'y va pas !

Maman grimaça.

— Elle n'aurait pas dû lui dire ça.

Maman, papa, Bid, Sheridan et moi-même étions assis à la cuisine, à écouter la scène qui se déroulait dans la pièce adjacente. Avec la meilleure volonté du monde, nous n'aurions pas pu ne pas entendre leurs cris. Au début, nous avions poursuivi notre conversation comme si de rien n'était, mais au bout d'un moment nous avions renoncé à faire semblant.

— Mais il faut que j'y aille, répliqua Paddy. Il s'agit de mon avenir, de ma vie.

— Je pensais être toute ta vie.

— Tu l'es, mais je dois obtenir un diplôme si je veux pouvoir subvenir à nos besoins.

— Tu vas rencontrer d'autres filles, et je ne compterai plus autant pour toi. Tu finiras par m'oublier.

— Elle a raison, décréta Bid. Je ne l'ai jamais trouvée très futée, mais je constate qu'elle n'est pas si sotte.

— C'est faux, s'emporta Paddy. Je t'aime, je n'aime que toi et je n'en aimerai jamais une autre.

— Peuh, si j'avais reçu un billet de cent chaque fois qu'un homme m'a dit ça, grommela Bid.

— Chut, j'entends rien, rouspéta Bid.

— C'est quoi, cette fois ? s'enquit mon père.

— Je sais pas trop.

— « Disputons-nous jusqu'à six heures et ensuite nous prendrons le thé », *Alice au pays des merveilles*, page quatre-vingt-quatre.

— Chut !

— Paddy, qu'est-ce qui ne va pas ? prononça Marnie d'une voix suppliante.

— Tu le sais très bien, ne fais pas l'innocente.

Il avait débarqué chez nous drapé dans une rage froide, et Marnie, anxieuse, s'était promptement enfermée avec lui au salon.

— J'ai essayé de t'appeler hier soir, et ça sonnait sans arrêt occupé. Tu dois t'arranger pour que la ligne soit libre entre vingt heures et minuit tous les soirs, tu n'as pas oublié ?

— Enfin, Paddy, je ne suis pas seule à vivre dans cette maison. Les autres aussi reçoivent des appels.

— Mais hier ce n'était pas les autres, c'était toi. Je le sais, Marnie, inutile de me mentir.

— Je ne mens pas.

— Je sais aussi avec qui tu parlais au téléphone.

— Qui c'était ? demanda ma mère.

— Graham Higgins, répondit Leechy. Sa mère a peur qu'il échoue à son examen d'anglais, alors elle lui a dit d'appeler Marnie pour se faire expliquer la poésie de Yeats.

— Ce grand gaillard qui joue au rugby ? s'étonna Bid. Comment Paddy a-t-il pu savoir qu'elle lui avait parlé ?

— Leechy me l'a dit, gronda Paddy. Je suis au courant de tout.

Choqués, maman, papa, Bid, Sheridan et moi-même avons tourné la tête d'un même élan. Face à nos regards accusateurs, Leechy s'est défendue :

— J'ignorais qu'il ne savait pas. Il m'a appelée et m'a tiré les vers du nez.

— Comment il s'y est pris ?

— Fermez vos clapets, j'entends plus rien.

— Mais Graham n'est rien pour moi, protesta Marnie.

— Tu lui plais.

— Pas du tout.

— Et toi aussi tu dois craquer pour lui. Sinon tu n'aurais pas parlé avec lui pendant au moins dix-sept minutes pendant que je me les gelais dans la cabine téléphonique à attendre d'appeler la fille que j'aime. Mais visiblement tu t'en fiches. Si c'est comme ça, je préfère encore me casser.

— Paddy, non, ne t'en va pas !

— Oh, c'est tellement romantique, soupira Leechy.

— Quelle cruche tu fais, lui dit Bid.

— Est-ce que c'est Paddy que j'entends pleurer ? s'inquiéta mon père.

On entendait très distinctement quelqu'un sangloter à fendre l'âme.

— Je crois qu'ils pleurent tous les deux, répondit ma mère.

C'est ainsi que se terminaient toutes leurs disputes. Quand ils ne pleuraient pas, l'un d'eux partait en claquant la porte. Paddy, le plus souvent, mais parfois Marnie, alors qu'elle vivait dans cette maison. Quoi qu'il en soit, celui qui partait n'allait jamais très loin. Quelques minutes plus tard, il sonnait à la porte. L'un d'entre nous devait alors sortir de la cuisine et aller lui ouvrir afin que la scène de ménage puisse reprendre de plus belle.

Les sanglots finirent par se taire. On n'entendait plus rien. C'était donc qu'ils se bécotaient et se réconciliaient sur l'oreiller.

— C'est tout pour aujourd'hui, déclara mon père en se levant.

— Certains jours, c'est aussi palpitant qu'un feuilleton à la télé, fit Bid. À ce propos, j'espère qu'ils sont présentables, parce que mon émission va commencer, et j'ai bien l'intention de la regarder au salon.

— Tout est fini entre nous, m'annonça Marnie. Cette fois, c'est différent.

Effectivement, quelque chose avait changé. Marnie était calme, elle ne s'arrachait plus les cheveux de douleur.

— Mais vous vous aimez, s'indigna Leechy.

Marnie secoua la tête.

— Nous nous aimons trop. Nous nous déchirons. Il est temps que ça s'arrête.

Quelque chose dans son attitude nous incita à la prendre au sérieux.

— Tu as peut-être raison, dit Leechy. Il t'aime, mais votre relation fait ressortir ce qu'il y a de pire en chacun de vous. Toute cette jalousie… Tu as peut-être besoin d'un autre genre de garçon et lui d'un autre genre de fille.

Nous n'avons pas capté sur le moment que Leechy se proposait pour reprendre le poste.

Marnie se plia en deux en se tenant le ventre.

— Arrête, rien que de l'imaginer avec une autre...

— Mais toi aussi tu rencontreras quelqu'un, lui objecta Leechy.

Marnie secoua la tête. Elle sortit une bouteille d'un breuvage couleur d'anis et en but une grande lampée. L'absinthe de papa. Il serait fou quand il saurait.

— Jamais, dit-elle.

— Mais si.

— Je ne veux pas. Paddy était l'homme de ma vie. Tout est fini pour moi, je n'ai plus qu'à mourir.

— Ne dis pas de bêtises, protesta Leechy, apeurée.

— Des gens se tuent tous les jours. Et moi aussi je vais me tuer.

— Je vais chercher maman.

— J'ai toujours su que je mourrais jeune, prononça Marnie, roulée en boule sur son lit.

— Elle nous refait le coup des sœurs Brontë, susurra papa, très énervé. Quoi ? mais c'est mon absinthe qu'elle est en train de siffler !

— Ne le prenez pas mal, dit Marnie à mes parents. Mais j'aimerais n'être jamais venue au monde. Tout n'est que souffrance pour moi, je ressens les choses avec trop d'intensité.

— Comment as-tu l'intention de te supprimer ? lui demanda ma mère.

Elle suivait scrupuleusement les recommandations d'une brochure qui conseillait aux parents de mettre les adolescents suicidaires face à la réalité de leur acte.

— Je me trancherai les veines.

— Avec quoi ?

— Avec ça.

Marnie sortit un scalpel de la poche de son jean.

— Donne-moi ça ! Donne-moi ça tout de suite !

Marnie obéit à contrecœur.

— Tiens, prends-le. Mais il y a des lames de rasoir dans la salle de bains, des couteaux à la cuisine et des cutters dans ma trousse. Et, même si tu arrives à tout cacher, je pourrai encore grimper sur le toit et me jeter dans le vide ou bien aller sur la digue et me noyer dans la mer.

Mes parents engagèrent un conciliabule en vue de trouver un plan d'action.

— Laissons-la comme ça pour ce soir, proposa ma mère, même si nous devons rester éveillés toute la nuit. Et, à la première heure demain matin, nous nous mettrons en quête d'un bon psy.

— J'aurais préféré avoir des garçons, soupira mon père. Avec des garçons, nous n'aurions pas tous ces tracas.

Maman se tourna vers Leechy.

— Tu devrais rentrer chez toi, ma grande.

— Mais, madame Gildee, je me fais du souci pour elle. Et si jamais...

— Tout va bien se passer. Mais tu dois rentrer dormir, tu as cours demain matin.

— D'accord. Il pleut dehors, je peux vous emprunter un parapluie ?

— Non, malheureusement.

Nous n'étions pas ce genre de foyer. Quand d'aventure il traînait un parapluie dans la maison, c'est parce que quelqu'un l'avait trouvé dans le bus.

— Cours, lui dit ma mère. Tu n'es pas très loin. Tu veux un sac en plastique pour te couvrir la tête ?

— Oui, je ne voudrais pas attraper un rhume.

— La pluie ne nous enrhume pas, prononça sentencieusement mon père. Les rhumes sont provoqués par des virus.

— Oh, ferme-la, le rabroua ma mère. Tu crois que c'est le moment ? Va chercher un sac en plastique pour Leechy et reviens ici immédiatement.

L'absinthe est réputée rendre les gens zinzin. Pourtant, ce soir-là, assise sur son lit, Marnie me parut extrêmement censée quand elle expliqua qu'elle n'avait pas les armes pour affronter des sentiments que tous les autres gens parvenaient à contrôler.

— Je suis incapable de survivre à la douleur d'être séparée de Paddy, nous assena-t-elle.

— Mais tout le monde, un jour ou l'autre, a eu le cœur brisé, lui expliqua ma mère. C'est dans la nature humaine. Je me rappelle avoir pensé à quinze ans que je ne connaîtrais plus jamais le bonheur.

— Pourtant certaines personnes ne peuvent pas supporter la souffrance de vivre. Pourquoi les gens mettent-ils fin à leurs jours ?

— Oui, mais…

— Il me manque une pièce que Grace possède. Un bouton d'arrêt. Grace est un être complet, alors que je ne suis qu'un rebut fabriqué avec des restes.

— Non, je t'interdis de dire ça.

— J'aurais aimé qu'on me laisse le choix de venir au monde. Tu crois qu'il existe un endroit où sont parquées les âmes des enfants qui ne sont pas nés, de ceux qui étaient trop défectueux pour vivre ?

— Tu n'es pas défectueuse, tu es parfaite.

— Tu ne sais pas ce que c'est que d'être moi.

Maman, papa et moi avons fait de notre mieux. Mais, à tous les arguments que nous lui opposions, elle réussissait à nous démontrer qu'elle serait mieux morte. Finalement, à court de mots, nous nous sommes tus et nous avons écouté le bruit déprimant de la pluie sur le toit. Papa commençait à piquer du nez quand un hurlement a retenti dehors.

— Qu'est-ce que c'était ? s'alarma ma mère.

— J'en sais rien, répondit-il.

Nous restâmes tétanisés, l'oreille aux aguets. Puis la plainte retentit de nouveau.

— Maaarnie !

Nous nous sommes tous rués vers la fenêtre. Sous une pluie battante, Paddy se tenait planté au beau milieu de la route, dans sa capote de l'armée russe. Sa chemise blanche n'avait plus un seul bouton, et son ancien pantalon noir de barman était déchiré aux genoux.

Il déploya ses bras, offrant son torse nu aux regards.

— Maaarnie ! je t'aime !

Ni une ni deux, Marnie dévala l'escalier, ouvrit la porte et courut vers lui. Il l'attrapa, la fit tournoyer en l'air, puis la reposa par terre et l'embrassa. Dans un baiser enflammé, ils tombèrent à genoux, mêlant leurs larmes aux gouttes de l'averse.

— Je suppose que nous pouvons aller nous coucher, maintenant, dit papa.

— C'était la scène la plus romantique que j'aie jamais vue, s'enthousiasma Leechy le lendemain.

Elle avait assisté au spectacle depuis la fenêtre de sa chambre comme presque tous les habitants de Yeoman Road.

— C'était comme dans *Les Hauts de Hurlevent.*

— Des inepties de la littérature gothique, fit mon père avec dédain. Le personnage d'Heathcliff est un psychopathe qui zigouille le chien d'Isabelle.

Enlacés l'un à l'autre, ils dormaient paisiblement dans le lit de Marnie, comme des enfants récupérant d'un choc. Nous autres étions fatigués, sur les nerfs, vidés par le rodéo émotionnel de la nuit.

— Excuse-moi de poser cette question qui témoigne d'un esprit petit-bourgeois, dit ma mère. Mais ce qui s'est passé hier soir, est-ce que c'est normal ?

— Non, répondit mon père. Grace n'a pas ce genre de comportement.

— Parce que je n'ai pas de petit ami, rétorquai-je, prenant la défense de ma sœur.

— Et pourquoi ça ? me demanda Bid. Qu'est-ce qui ne va pas chez toi ?

— Rien...

— Tu es trop exigeante, voilà ton problème. Tu n'as pas encore perdu ta virginité ?

— Arrête !

— Je prends ça pour un non. Et Sheridan ? C'est un beau mec, pas aussi sexy que Paddy, mais bien balancé tout de même. Tu n'aurais pas envie de sortir avec lui ?

— Non !

Sheridan était drôle et d'un physique plutôt attrayant, mais je n'étais pas attirée par lui. Et cette non-attirance était réciproque. Sheridan en pinçait pour Marnie, j'en étais convaincue.

— Quand bien même Grace aurait un copain, il n'y aurait pas toutes ces scènes, affirma Bid. Grace a toujours été terne. Pour la passion et le drame, il faut s'adresser à Marnie.

— Tu as vu cette photo de Kaplan les yeux dans les yeux avec Zara Kaletski dans l'*Independent* ? m'a balancé TC.

— Tu veux parler de Zara Kaletski la top-modèle ?

— L'actrice. Je l'ai adorée dans *Les Rives de la Liffey*. Depuis, elle a quitté l'Irlande pour embrasser une carrière internationale.

— Elle est rentrée au pays ?

— Oui, pour des vacances.

— Il ne peut rien y avoir de sérieux entre cette fille et Kaplan.

— Quand même, il avait la main sur son magnifique petit cul. Bon sang, ce que cette fille est canon ! Je me demande ce qu'elle peut bien trouver à ce bourrin de Kaplan.

À : gracegildee@spokesman.ie
De : pattilavazzo@oracle.com
Objet : Interview de Madonna
Nous vous remercions de votre intérêt, mais nous sommes au regret de vous informer que nous avons décidé d'accorder notre interview à un autre journaliste.

L'*Irish Times*, sans doute. La déception était terrible, je me suis sentie couler par le fond. Abattue, j'ai posé mon front sur mes mains.

C'était profondément irritant. Je savais que je ferais un bien meilleur boulot que le *Times*, pour la bonne et simple raison que j'aimais Madonna. J'avais grandi avec elle, elle faisait partie de moi.

J'ai attendu. Au bout d'un moment, comme mon dépit ne se dissipait pas, j'ai décidé de passer à l'action. J'allais appeler Patti Lavazzo et faire une dernière tentative. À ce stade, je n'avais plus rien à perdre. En me montrant assez convaincante, je l'amènerais peut-être à changer d'avis.

— Patti Lavazzo.

À sa façon de répondre au téléphone, on aurait cru que quelqu'un à côté d'elle était en train de la chronométrer.

— Bonjour, Patti, Grace Gildee du *Spokesman*, Dublin. (Je débitais à toute blinde, de peur d'être coupée.) Je vous demande de reconsidérer votre choix. Nous ferions un papier d'enfer sur Madonna. Nous sommes le quotidien le mieux diffusé en Irlande. Nous sommes un journal sérieux, et je vous garantis un portrait sensible et intelligent. Mais nous avons également un excellent sens commercial…

— Attendez, je vous arrête. Vous travaillez pour qui ?

— Pour le *Spokesman.*

— Oui, mais… nous accordons notre interview à votre journal.

Un rayon de soleil a transpercé les nuages, et j'ai vu briller une lueur d'espoir dans les ténèbres.

— Ah bon, mais je viens de recevoir un mail.

— Oui, un instant je vous prie, le temps que je vous affiche sur mon écran. Nous y voilà. Irlande. Le *Spokesman.* Casey Kaplan. Est-ce que c'est vous ?

J'ai couru aux toilettes et j'ai pleuré. Puis j'ai appelé Damien et j'ai pleuré encore.

— Je suis coincé à la Chambre, m'a-t-il dit. Mais je pourrai filer dans une heure.

— Non, non, fais ton boulot. Je vais voir si un fêtard de la boîte accepte de descendre au pub avec moi. Dans l'état où je suis, soit je bois, soit je fume. Et je crois que boire est encore la meilleure option.

— Ne bouge pas, j'arrive. Je pense pouvoir être là dans moins d'une heure.

J'étais touchée par son empressement à me porter secours.

— Non, ne t'inquiète pas, je vais m'en remettre.

Je n'ai pas eu à chercher longtemps un compagnon de beuverie. Il n'était que trois heures de l'après-midi, mais Dickie McGuinness était prêt à tout laisser en plan pour m'accompagner chez Dinnegans.

— Pourquoi t'as pleuré ? m'a-t-il demandé en déposant un gin tonic devant moi.

— Qui t'a dit que j'avais pleuré ?

— Mme Farrell. Elle a appelé tout le monde pour faire circuler la nouvelle.

En temps normal, j'aurais nié en bloc, mais j'étais décidément trop déprimée.

— Kaplan m'a couillonnée. Il m'a piqué mon interview de Madonna, alors qu'il savait à quel point je la voulais.

— Tu es sûre qu'il le savait ?

— Tout le monde le savait. J'aurais déjà mal pris de me la faire souffler par un autre journal, mais par quelqu'un de la boîte… Je le déteste.

— Tu n'es pas la seule. Nous autres, on a enquêté pour savoir combien ils le paient.

J'ai pris le temps de la réflexion. Je n'étais pas sûre d'être capable d'encaisser ce nouveau coup.

— Combien ? ai-je quand même fini par demander.

— Tu es sûre de vouloir savoir ?

— Allez, crache le morceau !

— Le triple de ton salaire.

J'ai digéré la nouvelle, puis j'ai demandé :

— Comment tu sais combien je gagne ?

— Tu me connais, Grace. Rien ne m'échappe.

J'ai soupiré, accablée que j'étais par l'injustice du monde.

— Raconte-moi une histoire, Dickie.

— Qu'est-ce qui te ferait plaisir ?

— Ta première décapitation.

J'avais besoin de réconfort et de me réfugier dans un univers familier.

— D'accord. (Dickie se carra dans son siège et convoqua ses souvenirs.) J'avais dix-neuf ans, j'étais un journaliste tout frais émoulu. À l'époque, je couvrais les trophées canins et les concours hippiques pour le *Limerick Leader*, quand la nouvelle est tombée qu'un corps avait été découvert.

Mais le reporter des faits divers se trouvait à ce moment-là à l'hôpital, où il était soigné pour un coup de feu qu'il avait pris dans le postérieur.

— Mais le reporter des faits divers se trouvait à ce moment-là à l'hôpital, où il était soigné pour un coup de feu qu'il avait pris dans le postérieur. Alors Theo Fitzgibbon, le rédacteur en chef, m'a dit : « McGuinness, c'est à vous de jouer ! » J'ai pris mon bloc et mon stylo. Je me suis rengorgé comme un jeune coq et j'ai claironné : « J'écoute, Theo, que pouvez-vous me dire de cette affaire ? » « Pour vous, c'est monsieur Fitzgibbon », qu'il m'a fait. Il était de la vieille école.

Avec lui, pas de familiarités. Je ne l'ai jamais vu sans sa cravate.

— Avec lui, pas de familiarités. Je ne l'ai jamais vu sans sa cravate. « Le corps est celui d'un homme jeune. Il a été découvert dans un congélateur. Et dernier point : il lui manque la tête. » « La tête, mais où est-elle ? » ai-je demandé comme un couillon.

Je n'en sais rien, puisqu'on la lui a coupée.

— « Je n'en sais rien, puisqu'on la lui a coupée, qu'il m'a répondu. Faites-nous honneur, McGuinness. » Il voulait dire par là…

— « Ne vomissez pas vos tripes devant les flics », ai-je complété aussitôt.

— … où qu'elle aille, il la retrouvait. Chaque fois, il remontait sa trace. Sa maison était une forteresse équipée de tous les systèmes de sécurité. Elle avait même une pièce spécialement conçue pour servir de refuge en cas d'urgence. Mais elle n'avait pas pensé à condamner la chatière sur la porte du jardin.

Je me trouvais dans les locaux de l'association SOS Femmes, assise face à sa directrice, Laura Venn. Non sans réticence, Jacinta avait consenti à me laisser écrire un papier sur les violences conjugales, sans toutefois s'engager à le publier. Elle le garderait sous le coude pour un jour sans, m'avait-elle dit.

— Et alors, que s'est-il passé ? ai-je demandé d'une voix anxieuse.

— La chatière n'était pas reliée au système d'alarme. C'était le seul accès non protégé de la maison.

— Une chatière est trop petite pour le corps d'un homme.

— Oui, mais un week-end où elle s'était absentée avec ses enfants, il est venu avec ses outils et a agrandi l'ouverture. Juste assez pour lui permettre d'entrer, mais pas trop pour que ce ne soit pas visible.

— Et alors ?

— Alors il est entré et s'est caché au grenier.

J'étais assise au bord de ma chaise, le cœur battant.

— Et alors ?
— Alors il l'a tuée.
— Comment ça, il l'a tuée ?
Laura a esquissé un sourire.
— Désolée, c'était une question idiote.
Bêtement, j'avais espéré un revirement de dernière minute, un dénouement heureux comme dans un téléfilm.
— Le jour où elle l'avait quitté, il avait juré de la retrouver et de la tuer. C'est ce qu'il a fait, devant leurs enfants.
— Et c'est tout ? Elle est morte ?
— Oui, elle est morte. (J'ai éprouvé une curieuse sensation de vide.) Et ses enfants sont restés sans mère.
— Ni père, parce que je suppose qu'il a fini en prison, ai-je ajouté.
— Non, il n'a pas été emprisonné. Le juge a eu pitié de lui. Il est ressorti libre du tribunal et n'a écopé que d'une simple peine avec sursis.
— Pas possible !
— Oh si, et ça arrive très souvent.
— Mais pourquoi les femmes épousent-elles ces dingues ?
Je connaissais déjà la réponse. Du moins, en théorie.
— Parce que ces hommes ne se présentent pas comme des psychopathes, a dit Laura avec un petit rire amer. La plupart du temps, ils sont même charmants. Le processus de la violence est très subtil. Leur désir de contrôle peut paraître très romantique au début. Vous savez : « Ne sortons pas ce soir, restons ensemble, rien que toi et moi. Je t'aime tellement que je ne peux pas supporter de te partager. » Jusqu'au jour où la femme se réveille et constate qu'elle s'est coupée de tout le monde, de ses amis, de sa famille.
— Pourquoi n'appelle-t-elle pas la police ?
Là encore, je connaissais la réponse.
— Parce qu'à chaque fois il lui promet qu'il va changer, qu'il ne recommencera plus jamais. Les statistiques disent qu'en moyenne une femme se laisse cogner trente-cinq fois avant de se décider à appeler la police.
— Trente-cinq fois, je ne peux pas le croire !
— C'est pourtant la triste vérité.

— Grace, bébé, je suis sincèrement désolé. Crois-moi.

Casey Kaplan s'est planté devant mon bureau. Je n'ai même pas eu besoin de lever le nez. Je l'ai reconnu à l'odeur de vieux bouge qu'il promenait partout avec lui.

J'ai continué à taper sur mon clavier.

— Désolé pour quoi ?

— Pour l'interview de Madonna. Je n'ai rien fait pour l'obtenir. Ce sont eux qui me l'ont proposée. Je ne savais même pas que tu étais dans la course.

— C'est pas grave, ai-je répondu toujours sans lever les yeux.

Je ne voyais de lui que son entrejambe et l'aigle en argent de son gros ceinturon de plouc.

— Je ne savais même pas, a-t-il répété.

Il a haussé les épaules. Je l'ai su parce que ses mains sont brièvement apparues dans mon champ de vision, le temps pour moi de voir ses doigts ornés d'immondes bagouses.

— Je te dois une faveur, bébé. Si je peux me rattraper d'une façon ou d'une autre.

— C'est noté. Encore une chose, Kaplan. (J'ai arrêté de taper et je l'ai regardé.) Tu serais gentil de ne plus m'appeler bébé.

— La curiosité est un vilain défaut, a murmuré McGuinness entre ses dents. Mais sans elle on meurt idiot.

— Qu'est-ce que tu marmonnes ?

— Je me suis rancardé. J'ai des infos pour toi.

— Oh, arrête ça, par pitié, Dickie. Parle normalement. Si tu as quelque chose à dire, accouche !

— D'accord. (Il a approché une chaise de mon bureau et repris son expression habituelle.) Je sais qui t'a cramé ta voiture.

Je l'ai regardé d'un air interdit.

— Erek Boyarski et Lek Klimek.

Ces noms ne me disaient rien.

— Et tu sais pourquoi ils ont fait ça ? a-t-il enchaîné.

— Euh, non…

— Parce qu'on les a payés. Deux cents euros chacun.

Je n'en croyais pas mes oreilles. Je pensais jusque-là avoir été victime d'un banal acte de vandalisme.

— Eh oui, Grace. Tu étais visée. Cet accident n'avait rien d'un hasard.

Un étau de glace a enserré mon cœur.

— Qui les a payés ? ai-je prononcé d'une voix blanche.

— Ah ça, j'en sais rien.

— Pourquoi tu ne leur as pas posé la question ?

— Je ne les ai pas rencontrés personnellement. C'est juste une info que j'ai obtenue en enquêtant sur une autre affaire. Qui pourrait t'en vouloir, Grace ?

— Mais je n'en ai pas la moindre idée.

Cette fois, j'avais vraiment la frousse.

— Allons, Grace, fais marcher tes neurones.

— Dickie, je te jure.

Mon téléphone a sonné. Machinalement, j'ai lu le numéro. C'était Marnie. Saisie par une autre forme d'angoisse, j'ai dit à Dickie :

— Il faut que je réponde, mais ne bouge pas d'ici.

J'ai décroché le combiné.

— Allô, Marnie.

— Non, c'est moi, Nick.

— Nick ?

Cette fois, j'avais un très mauvais pressentiment.

C'est à peine si j'ai entendu Dickie se débiner sur la pointe des pieds. Il a articulé un message inaudible et m'a montré la porte tout en tapotant sa montre.

— Ça recommence ? ai-je demandé à Nick.

— Oui.

— Je croyais qu'après ce qui était arrivé la dernière fois... C'est grave ?

— Oui, très. Elle est à l'hôpital.

— Oh non !

— Trois côtes cassées, une commotion cérébrale et une hémorragie interne.

— Mon Dieu, et il s'est écoulé quoi ? six semaines depuis la dernière fois.

La culpabilité m'a envahie. J'aurais dû aller à Londres quand c'était arrivé.

— Les épisodes sont de plus en plus rapprochés, et c'est

chaque fois un peu plus grave, a dit Nick. Ils m'avaient prévenu. Je te l'ai dit, Grace.

— Nick, tu dois faire quelque chose. Elle doit être prise en charge par des professionnels.

— J'ai fait tout ce que j'ai pu.

— Ça ne peut pas continuer comme ça.

— Je le sais. J'ai essayé de la faire aider.

Nous n'avons pas réussi à nous mettre d'accord sur ce qu'il fallait faire, et j'ai fini par raccrocher. Après quoi je suis restée assise, ramassée sur moi-même, les mains coincées entre mes cuisses. Fallait-il en parler à papa et maman ? Non, ils avaient déjà assez de soucis avec Bid et sa chimio. Il fallait que j'aille à Londres et que je règle le problème toute seule.

Il a sorti son sac de la voiture et, prévenant, l'a aidée à marcher jusqu'à la porte.

— Qu'est-ce que tu aimerais faire, maintenant ?

— J'ai seulement envie d'aller me coucher.

Il a souri.

— Comme tu voudras. Ça t'ennuie si je dors avec toi ?

— Euh... (Elle n'était pas sûre d'avoir compris.) J'avais l'intention de dormir tout de suite.

Il l'a poussée vers la chambre pendant que d'une main il défaisait sa braguette.

— Allez, tu peux bien rester éveillée une petite demi-heure. Enlève ta culotte.

— Non ! Je viens juste de subir un avortement.

— Des excuses, toujours des excuses.

Il l'a poussée sur le lit et, de son genou, l'a maintenue immobile le temps de lui arracher son pantalon et sa culotte.

— Je t'en supplie, arrête. Je risque une infection. Je ne dois pas avoir de rapports pendant trois semaines.

— Ta gueule.

Il était déjà sur elle et la pénétrait, dans le sang qui s'écoulait d'elle. Ses mouvements de va-et-vient frénétiques lui mettaient les chairs à vif. Soudain, il s'est soulevé sur ses bras tendus et lui a décoché une violente gifle.

— Putain, tu peux pas faire au moins semblant de prendre ton pied !

Marnie

Grace allait venir. Debout dans l'encadrement de la porte, Nick venait de lui annoncer froidement la nouvelle.

— Elle sera là demain matin.

D'une voix qui s'était radoucie, il lui demanda :

— Tu as besoin de quelque chose ?

Elle aurait voulu savoir si Grace était très en colère, mais ne pouvait se résoudre à poser la question. Sans le regarder, elle fit non de la tête.

Nick la laissa seule avec son insupportable douleur. Dès que la porte se referma, tout ce que contenait la chambre se transforma en arme potentielle : elle pouvait briser le miroir et se trancher les veines avec un éclat de verre, boire l'eau de Javel de la salle de bains, se jeter par la fenêtre…

Mais elle n'avait pas le droit de se supprimer. Ses filles innocentes, son pauvre mari, elle leur en avait déjà tellement fait baver. Sa punition serait de rester en vie.

Je ne boirai plus, je ne boirai plus, je ne boirai plus.

L'horreur quand elle était revenue à elle avait été comparable à une entrée aux enfers. Cette fois elle avait fini à l'hôpital, avec des mains qui l'empoignaient sans ménagement et un horrible breuvage à base de charbon qu'on lui faisait ingurgiter de force pour la « désintoxiquer », comme disait l'infirmière.

— Je suis où ?

— À l'hôpital Royal Free. Trois côtes cassées, une commotion cérébrale et une hémorragie interne. Une sacrée nouba !

À l'hôpital ? Non ! Elle devait sortir de là avant que Nick apprenne où elle était.

Mais Nick savait déjà et il était en route. À présent, elle aurait voulu n'en être jamais partie, parce que tant qu'elle était hospitalisée, même par sa propre faute, les gens, et Nick en particulier, lui avaient témoigné une certaine considération. L'hospitalisation avait différé la colère de son mari et aurait peut-être eu le même effet sur Grace.

Mais son brancard avait été réquisitionné pour un malade, un vrai, pas une de ces cloches qui se soûlent à la vodka au point de croire qu'elles peuvent traverser au feu vert et qui finissent sous les roues d'une moto. Après six heures d'observation, ils l'avaient renvoyée dans ses foyers. Dès qu'elle s'était retrouvée chez elle, dans son propre lit, sa condition d'hospitalisée avait cessé de la protéger, et Nick avait enfin pu donner libre cours à sa rage froide et silencieuse.

Pire encore, le médecin avait revu à la baisse son premier diagnostic. Contrairement à ce qu'il avait d'abord cru, Marnie n'était pas commotionnée. Après l'accident, elle était tout simplement trop hébétée par l'alcool pour pouvoir dire quel jour de la semaine on était. L'expression employée par le docteur, lorsqu'il avait parlé à Nick, ne cessait de tourner dans sa tête : hébétée par l'alcool, hébétée par l'alcool.

Curieusement, pourtant, elle n'avait jamais eu l'intention de s'enivrer. Sa journée de travail n'avait pas été plus mauvaise que d'habitude, et, quand Rico avait proposé de boire un verre au pub du coin, elle avait d'abord refusé. Chaque fois qu'elle sortait prendre un verre avec lui, les choses dégénéraient.

— Nous avons une mauvaise influence l'un sur l'autre, lui avait-elle dit, comme une réplique de série B.

— Non, nous sommes juste des incompris, avait-il déclaré à la façon d'un mauvais acteur.

Il la fixait de ses yeux de jeune chiot, et Marnie avait pris peur.

— Guy me conseille de garder mes distances avec toi.

— Guy n'est pas là.

— Et s'il me fichait à la porte ? S'il nous virait tous les deux ?

Rico n'y croyait pas.

— Il est jaloux, parce que tu me préfères à lui. Et puis je suis le meilleur courtier de sa boîte. Tu n'as rien à craindre, il ne te licenciera pas.

Elle hésitait, maintenant. Non, il ne fallait pas.

— Un seul petit verre, Marnie. C'est bientôt Noël.

Ils n'étaient que le 1er décembre.

— Ça ne peut pas te faire de mal.

Il l'embobinait, et l'indécision la paralysait. Elle devait rester forte, alors qu'il aurait été si simple de se laisser aller, tout simplement.

— D'accord, mais un seul, avait-elle fini par dire.

Peut-être deux, mais pas plus de trois, en tout cas.

Au quatrième verre, elle avait cessé de compter. Elle se sentait joyeuse et volubile, en paix avec le monde entier et libérée de tous ses problèmes. Nick serait vert de rage quand il saurait qu'elle avait recommencé à boire, et qui plus est avec Rico, mais quelle importance ? Guy aussi serait furieux, mais ça lui était égal.

Au pub, ils avaient engagé la conversation avec des gens assis à la table voisine. Un homme en jogging bleu et trois femmes très apprêtées. Ou peut-être qu'il n'y en avait que deux, elle n'en était plus très sûre. Elle se rappelait vaguement avoir demandé à l'une des femmes où était partie sa sœur, et l'autre lui avait répondu : « Non, ma grande, c'était la serveuse. Ma parole, t'es encore plus bourrée que nous. »

Très bronzées et lestées d'une abondante quincaillerie, ces femmes n'étaient pas du genre distingué, mais Marnie les trouvait sympas. Quand l'une d'elles lui a touché la jambe de la pointe d'une chaussure en peau de lézard en disant : « On part en boîte », Marnie a décidé de suivre le mouvement. Rico a essayé de la retenir. Ils se sont engueulés et, même si sa mémoire était pleine de trous, elle se rappelait que leur dispute avait été tiède, parce qu'ils étaient trop soûls l'un et l'autre pour faire ça sérieusement.

— Ce sont des malfrats, l'a prévenue Rico. Ils ont l'air cool comme ça, mais ce sont des truands.

C'est la dernière chose dont elle se souvenait. Ensuite, c'était le trou noir jusqu'à son réveil à l'hôpital. Elle avait perdu huit heures de sa vie. Est-ce qu'elle était allée dans cette boîte ? Dans un autre pub ? Elle n'en avait pas la moindre idée. L'ambulance l'avait ramassée à Cricklewood, à l'autre bout de Londres. Comment avait-elle échoué dans ce quartier ?

La terreur la rendit pantelante.

N'y pense pas.

Son regard rencontra son portable. Elle pouvait envoyer un SMS à Rico et essayer de reconstituer sa nuit, mais cette idée lui répugnait. Rico lui répugnait. Rétablir le contact avec lui signifierait que tout ça était réellement arrivé. La cuite, l'engueulade au pub. Quant à ce qu'elle avait oublié, elle préférait ne rien en savoir.

Au final, tout s'était arrangé. Quoi qu'il se soit passé, elle était maintenant en sécurité dans son foyer. Amochée, certes, mais rien de très grave finalement.

Tout allait bien.

Il lui revint alors que Grace allait débarquer de Dublin. Or sa sœur n'aurait pas pris la peine de venir à Londres si l'affaire n'était pas très sérieuse.

La peur revint avec une force redoublée. Grace était-elle très fâchée ? Elle pouvait l'appeler pour sonder le terrain, mais elle préféra là encore ne rien savoir. Jusqu'à l'arrivée de Grace, elle endurerait la situation en se coupant du monde. Elle n'entendrait rien, ne penserait rien, n'éprouverait rien.

Mais sa tête ne cessait de lui ramener des bribes de conversation saisies au vol.

Hébétée par l'alcool. Trois côtes cassées. Elle aurait pu y rester.

Une nouvelle onde de choc déferla sur elle. Soudain, comme si elle venait tout juste d'entendre ces mots, elle fut horrifiée par la gravité de ses lésions. Cette fois, il ne s'agissait plus de quelques bleus et bosses, elle s'était brisé des os. La situation était plus que préoccupante.

Une chose au moins était claire pour elle. Elle ne boirait plus jamais une goutte d'alcool. Son comportement et ses conséquences avaient largement dépassé les limites de ce qui était acceptable, pardonnable ou même explicable. La peur lui forgeait cette certitude : jamais plus elle ne boirait.

À l'heure du dîner, les filles entrèrent à pas de loup dans sa chambre, toutes fières de lui apporter une coupe de glace à la vanille. Marnie en avala trois cuillerées avant de s'arrêter brusquement. Elle était incapable de manger, elle ne le pouvait jamais après l'une de ses crises. Or celle-ci, elle devait bien l'admettre, avait sans doute été la pire. Elle dormit seule cette nuit-là, Nick ayant refusé de partager son lit. Il n'y avait plus rien pour endiguer le flot de ses pensées. Marche, arrêt, marche, arrêt. Toute la nuit, son esprit continua de tourner en boucle.

Hébétée par l'alcool. Grace arrive. Trois côtes cassées.

De temps en temps, elle s'enfonçait dans un demi-sommeil peuplé d'images confuses. Et puis soudain elle avait la sensation de tomber dans le vide et se réveillait dans son lit, trempée de sueur, en proie à une terreur si grande qu'elle préféra finalement rester éveillée.

Grace entra en coup de vent dans la chambre, mais s'arrêta net à la vue des bandages et des contusions. Marnie vit briller des larmes dans les yeux de sa sœur. Celle-ci n'était donc pas fâchée.

Merci, mon Dieu, merci.

La peur qui avait pesé sur elle comme une énorme pierre s'envola d'un coup, et Marnie se sentit aussitôt plus légère, plus libre et presque joyeuse. Les nuages noirs de la terreur qui s'étaient amoncelés au-dessus de sa tête depuis son réveil à l'hôpital venaient de se dissiper.

— Je peux t'embrasser sans te faire trop mal ? lui demanda Grace.

Si sa sœur avait été fâchée, Marnie aurait été obligée de se laisser embrasser, car elle aurait été prête à tout pour regagner son affection. Mais, en l'occurrence, elle pouvait se permettre d'être franche.

— Je préfère pas, répondit-elle, ça fait trop mal.

Grace grimpa sur le lit.

— Qu'est-ce qui s'est passé ?

— Tu me connais. Il m'arrive toujours des accidents.

— Non, je veux dire… tu t'es soûlée à mort. Pourquoi ?

Pourquoi ? Mais elle ne savait pas pourquoi.

— Tu as appris pour le bonus de Nick ? Il nous a acheté cette immense baraque, et maintenant nous n'avons plus de quoi rembourser les échéances.

Marnie n'avait que faire de la maison et de l'argent, mais il lui fallait trouver un prétexte, pour Grace.

— Mais tu le savais depuis longtemps, rétorqua sa sœur, déconcertée. Je pensais qu'il était arrivé quelque chose de terrible. Quand même, après la dernière fois… c'était quand, il y a six semaines ? Tu avais juré de ne plus jamais toucher une bouteille d'alcool, tu te rappelles ? Tu t'étais salement amochée en dégringolant l'escalier chez Rico.

Grace s'allongea à côté d'elle. Pour couper court aux interrogatoires, Marnie alluma la télévision.

Elles regardèrent ensemble un talk-show et, quand l'émission prit fin, Grace demanda :

— Erek Boyarski, ce nom te dit quelque chose ?

— Non.

— Et Lek Klimek ?

— Non plus, pourquoi ?

— Pour rien. (Elle sauta soudain du lit, pleine d'allant.) Bien, je vois que tu vas déjà mieux. Habille-toi. Où sont tes vêtements ?

— Dans cette penderie.

Grace ouvrit la porte du placard.

Tout le bas de la penderie était tapissé de paires de chaussures et de bottines.

— Tu en as, des fringues et des chaussures ! Regarde-moi ces bottes d'équitation…

Elle se pencha pour les examiner de plus près.

— Non, attends. Ne touche pas à celles-là.

— Elles sont drôles, non ? (Sa voix était étouffée, parce qu'elle avait la moitié du corps à l'intérieur de la penderie.) Elles sont tellement raides, le cuir ressemble presque à du plastique.

— Parce que je ne les ai jamais faites à mon pied.

— Bon sang, t'es une vraie maniaque ! Tu vas jusqu'à mettre des formes dedans pour les faire tenir debout.

— Ne les touche pas. Laisse ces chaussures tranquilles.

Mais Grace venait de fourrer sa main à l'intérieur d'une botte, et l'expression de son visage changea brusquement. Sa main ressortit, tenant quelque chose. Grace la contempla avec un air que Marnie ne lui avait encore jamais vu et, d'une voix très posée, elle demanda :

— Tu peux m'expliquer pourquoi tu gardes une bouteille de vodka dans tes bottes d'équitation ?

— Grace, je... Non, ne fais pas ça.

Grace glissa sa main dans l'autre botte et en ressortit une deuxième bouteille – vide, celle-là. Elle tourna vers sa sœur le même visage à l'expression étrange, comme si quelque chose venait de s'éclaircir soudain. Ni une ni deux, elle se plongea entièrement dans la penderie et se mit à fouiller frénétiquement.

— Grace, arrête !

— La ferme.

Dressée dans son lit, Marnie n'avait d'autre choix que d'assister, horrifiée, au spectacle. Grace y allait des deux mains dans les boîtes à chaussures, les bottes et les sacs à main, elle jetait tout pêle-mêle sur la moquette de la chambre, si bien que les bouteilles sorties de leur cachette atterrissaient un peu partout dans un cliquetis de verre.

Sa fouille terminée, d'un geste emphatique, Grace posa une à une les bouteilles sur la table de la coiffeuse. Neuf au total, d'un litre, d'un demi-litre, qu'un quart de litre. Marnie elle-même était étonnée par leur nombre. Elle croyait n'en avoir qu'une ou deux, qu'elle stockait là le temps de trouver une occasion de s'en débarrasser discrètement. Toutes étaient vides, sauf une.

Le souffle court, Grace dévisageait sa sœur comme si elle la voyait pour la première fois de sa vie.

— Est-ce que tu as bu depuis ta sortie de l'hôpital ?

— Non, je te jure.

Elle disait vrai. Elle avait eu envie de boire, surtout lorsqu'elle avait appris que Grace allait débarquer, mais son organisme aurait été incapable d'absorber la plus petite dose d'alcool. Elle connaissait assez son corps pour savoir que la moindre goutte déclencherait une crise de vomissement qui pourrait durer des jours.

Marnie vit alors l'expression de Grace changer et comprit. Sa sœur sortit en trombe de la chambre. Marnie s'extirpa précipitamment de son lit, ignorant la douleur aiguë qui lui déchirait les côtes. « Non, je t'en supplie. Non ! » Cette fois, elle devait arrêter Grace. Elle la suivit jusqu'à la chambre rose de Daisy.

Mais Grace en avait déjà trouvé une. Elle lui brandit la bouteille vide sous le nez.

— Dans le placard de ta fille. Bon sang, Marnie !

— Elle ne l'aurait pas trouvée.

— Il ne m'a pas fallu longtemps.

Sur ce, elle gagna la chambre de Verity et trouva trois autres bouteilles sous le lit.

— Ne dis rien à Nick, je t'en supplie.

— Comment oses-tu me demander ça ? Comment peux-tu être si égoïste ?

— Je ne comprends pas, prononça Grace d'une voix faible.

Elle semblait anéantie. Marnie ne l'avait jamais vue si abattue.

— Tu avais réussi à arrêter la dernière fois que tu es venue à Dublin, quand tu prenais des antibiotiques.

En vérité, Marnie n'avait jamais été sous antibiotiques, mais le moment était mal choisi pour passer aux aveux.

— Tu n'as rien bu pendant tout le week-end à Dublin, poursuivit Grace. (Puis son regard changea : elle venait sans doute de comprendre que Marnie avait pu boire en secret.) Tu n'as rien bu, n'est-ce pas ?

— Non, je te le jure.

Grace eut un rire caustique.

— Si tu le jures, alors je suis rassurée.

— Je ne te mens pas, Grace. Je peux arrêter quand je veux.

— Je peux arrêter quand je veux, la singea Grace. Tu sais à quoi tu me fais penser ?

— À quoi ?

— À une alcoolique.

— Mais…

Elle n'avait pas menti. Elle n'avait pas bu le temps qu'elle était restée à Dublin, parce que, aussi inexplicable que cela puisse paraître, il était plus facile de s'abstenir complètement que de devoir s'en tenir à deux petits verres. C'était pour cette raison qu'elle avait inventé cette histoire d'antibiotiques. Depuis un an environ, elle savait que, dès qu'elle buvait un seul verre, elle était prise d'un besoin irrépressible de se soûler jusqu'à l'inconscience, jusqu'à éprouver la sensation de quitter son corps, de quitter sa vie, de tout abandonner, d'être libre et de se fondre dans l'oubli. Quand elle commençait à boire, elle ne pouvait jamais prévoir où cela la mènerait, ni ce qu'elle ferait, et elle ne pouvait prendre un tel risque quand elle était loin de chez elle.

— Je suis désolée de t'avoir caché tout ça, dit-elle.

Elle ne pouvait pas supporter de voir Grace fâchée contre elle ou, pire, déçue par elle.

— Il ne s'agit pas de moi, mais de toi et de ton alcoolisme.

— Je ne suis pas alcoolique, juste...

Grace montra l'alignement des bouteilles sur la coiffeuse.

— Marnie, regarde. Regarde-les.

— Ce n'est pas aussi terrible que ça en a l'air. Elles sont là depuis longtemps. Je t'en prie, Grace, laisse-moi t'expliquer.

— Bon, maintenant ça suffit. Tu vas t'inscrire aux alcooliques anonymes.

Quoi, mais elle n'était pas alcoolique !

— Je vais les appeler. Où est ton annuaire ?

— Je n'en ai pas.

D'une voix très calme, Grace la mit en garde :

— Fini de déconner avec moi, Marnie.

— Dans le placard de l'entrée.

Grace sortit et, quand elle revint, elle annonça :

— Il y a une réunion à 13 heures, à la salle municipale de Wimbledon. Habille-toi.

— Grace, je t'en prie. Je vais arrêter, je te le promets. Ne m'oblige pas à aller aux alcooliques anonymes. Je n'en suis pas encore à ce stade. Il suffit que je prenne la résolution d'arrêter. Voilà, je la prends, c'est fait.

Elle vit que Grace faiblissait. Elle montra ses bandages et ses lacérations.

— Et puis je ne peux pas y aller dans cet état.

Après un instant d'hésitation, Grace se ressaisit et déclara :

— Ils n'y verront rien. Ils sont sûrement habitués.

— Et si quelqu'un de mon travail me voit là-bas ?

— Si tu veux mon avis, ils ont déjà deviné. Ils seront sûrement contents de savoir que tu te décides enfin à prendre ton problème à bras-le-corps.

Elle s'habilla sous le regard de Grace. Chaque mouvement lui arrachait une grimace de douleur quelque peu exagérée. Mais le tremblement de ses mains était bien réel. Elle n'arrivait même plus à boutonner son jean. C'était nouveau. Involontairement, elle hasarda un regard vers la penderie abritant une dernière bouteille que Grace n'avait pas trouvée. Une petite gorgée la remettrait d'aplomb. Mais, quand bien même Grace accepterait de la laisser seule quelques secondes, elle ne pouvait pas prendre ce risque aujourd'hui. Outre qu'elle risquait de se mettre à vomir, si elle était prise la main dans le sac, elle serait illico expédiée en cure de désintoxication.

Grace prit le volant. Marnie la laissa s'embarquer dans le dédale des rues à sens unique avec l'espoir de perdre tellement de temps à tourner en rond qu'elles rateraient la réunion. Mais elle avait oublié – comment était-ce possible, vu qu'elle l'avait côtoyée toute sa vie ? – combien sa sœur était débrouillarde.

Les yeux rivés sur un bâtiment à un étage, Grace ralentit et annonça :

— Voilà la rue. Et voilà l'endroit.

Marnie ne s'en faisait pas trop. Elles n'arriveraient jamais à trouver une place où se garer.

— Tu crois qu'ils s'en vont ?

Grace descendit sa vitre et demanda aux occupants de l'autre voiture s'ils partaient. Hochement de tête, petit sourire, pouce levé en signe de remerciement, et Grace se glissa dans la place laissée vacante.

— Descends, dit-elle.

Marnie décrocha sa ceinture et mit le pied à terre. Ses jambes semblaient appartenir à une autre. C'était la première fois qu'elle marchait depuis qu'elle s'était réveillée à l'hôpital.

— Je crois que je vais m'évanouir.

— Respire, lui dit Grace, et appuie-toi sur moi.

— Non, je me sens vraiment…

— Marnie, je me fous que tu tombes raide morte. Tu iras à cette réunion quoi qu'il arrive.

Quand Marnie vit que c'était la même salle que la dernière fois, l'appréhension la cloua sur place.

Une vingtaine de chaises étaient disposées en cercle. Des gens bavardaient gaiement. Du thé et des biscuits étaient servis sur une table.

Grace, un peu nerveuse, la guida dans la salle et la présenta à une femme qui semblait présider la séance.

— Voici Marnie, dit-elle. C'est sa première réunion.

En réalité, c'était sa seconde. Guy, son patron, l'avait déjà obligée à assister à l'une de leurs séances. Mais elle n'allait pas le dire à Grace, parce que sa sœur la prendrait alors vraiment pour une alcoolique. Elle promena un regard furtif autour d'elle en espérant que la femme qui se prénommait Jules, celle qu'elle avait croisée au cinéma l'autre jour, n'était pas dans les parages. Si jamais elle arrivait et lui disait bonjour, Marnie serait grillée aux yeux de Grace.

Les participants – les alcooliques – étaient des gens sympathiques, elle s'en souvenait de la dernière fois. Ils ne l'embarrassèrent pas en l'interrogeant sur ses blessures et, au contraire, l'accueillirent avec de chaleureux sourires. Ils mouraient visiblement d'envie de la voir entrer dans leur bande.

— Du thé ?

Marnie accepta. Elle avait tellement froid, une boisson chaude la réconforterait. Mais, au moment de prendre la tasse, elle vit avec horreur que sa main n'arrivait pas à la tenir. Sous le regard épouvanté de Grace, Marnie vit le thé trembloter et finir par déborder en lui ébouillantant la main. Sans commentaire, l'homme qui l'avait servie lui reprit sa tasse et la reposa sur la table.

Marnie décida de faire comme si de rien n'était.

— Nous sommes tous passés par là, lui dit gentiment l'homme.

Toi, peut-être, pauvre raté d'alcoolo, mais moi jamais.

Un autre homme lui proposa un biscuit. Elle accepta. Son estomac criait famine, mais il lui semblait que ses signaux lui arrivaient d'une autre galaxie. Elle croqua dans le biscuit. Cela faisait une éternité qu'elle n'avait plus eu d'aliment dans la bouche. La sensation lui parut étrange. Elle déglutit. Les morceaux de biscuit se frayèrent un chemin le long de sa gorge nouée, et ses sucs gastriques se préparèrent au festin.

— Asseyons-nous, proposa Grace.

Elles prirent place sur des chaises inconfortables.

Marnie cassa de minuscules morceaux de son biscuit et les laissa fondre dans sa bouche tout en écoutant d'une oreille distraite les lamentations de la gent alcoolique. Ils appelaient ça « communier ». Rien que le mot lui donnait envie de rentrer sous terre. Grace devait détester aussi, c'était évident.

— ... boire était devenu une activité à plein temps. Cacher les bouteilles, faire pénétrer en douce de l'alcool dans la maison, prétexter de sortir le chien pour balancer mes cadavres dans les poubelles des voisins. Puis, un jour, la municipalité a commencé à nous facturer l'enlèvement des ordures, et je me suis fait pincer...

— ... quand je recevais, je cachais une bouteille dans les placards de la cuisine pour pouvoir boire en douce quand je débarrassais les assiettes...

— ... je m'anesthésiais. Je pensais boire parce que j'aimais la boisson, alors qu'en fait je buvais pour endormir des sentiments douloureux...

— ... j'avais des bouteilles cachées partout dans mes penderies.

Ce dernier aveu lui valut de la part de Grace un coup de coude qui semblait dire : « Tu vois, tu es comme eux, ta place est ici. »

— ... je planquais des bouteilles dans les poches de mon manteau, poursuivit la femme...

Marnie sentit le doute s'insinuer en Grace.

— ... le problème, c'est que je pouvais pas arrêter. J'arrivais à tenir une semaine, parfois une dizaine de jours sans boire. Mais j'étais incapable de rester sobre plus longtemps...

— ... j'ai tout perdu. Mon boulot, ma famille, ma maison, ma dignité, et je m'en fichais. Boire était la seule chose qui comptait...

— Marnie ? l'appela discrètement Grace.

Émergeant de sa torpeur, Marnie vit que tous les regards étaient braqués sur sa personne. La femme qui dirigeait la séance lui souriait affectueusement.

— Marnie, souhaitez-vous nous parler ?

— Quoi ? Moi ? (Elle contempla ses pieds.) Non.

— Allez, lance-toi, l'encouragea Grace à voix basse.

— Je m'appelle Marnie...

— Bonjour, Marnie, clama en chœur l'assistance.

— Dis que tu es alcoolique, lui souffla Grace.

Mais Marnie ne le dit pas, parce que c'était faux. Elle n'était pas alcoolique.

— Maintenant tu es fixée, lui dit Grace sur le chemin du retour. Il n'est pas nécessaire de boire tous les jours pour être alcoolique. Certains, comme toi, ont de longues périodes d'abstinence.

Ne l'écoute pas, ne l'écoute pas.

— Qu'est-ce que tu as pensé des gens ? reprit Grace après un moment de silence.

— Ils ont l'air sympas.

Ils me collent les boules.

— Tu vas y retourner ?

— Euh... la semaine prochaine.

— Pourquoi pas demain ?

— Demain, c'est pas un peu... précipité ?

Grace ne répondit pas. Dès qu'elles furent rentrées, elle monta tout droit à la chambre de Marnie, ouvrit en grand les portes de la penderie et entreprit une fouille des profondeurs qu'elle n'avait pas encore explorées. Elle ressortit bientôt, une demi-bouteille de vodka à la main, et brandit l'objet du délit, comme un magicien montrant le lapin blanc qu'il vient de tirer de son chapeau. Elle replongea aussi sec, retourna les poches des manteaux et réapparut avec une autre bouteille.

Quand elle arriva à quatre bouteilles, elle lâcha avec humeur :

— Un peu précipité, tu disais ? Oh non, je crois plutôt qu'il y a urgence.

Elle tomba à genoux, plongea son visage dans ses mains, puis se releva soudain.

— Grace, où vas-tu ?

— À la salle de bains vomir. (À la porte elle s'arrêta, pivota sur ses talons et ajouta :) Drôle, non ? C'est toi qui bois, et c'est moi qui trinque.

Quand elle ressortit de la salle de bains, Grace vint se blottir dans le lit contre Marnie.

Après un long moment de silence, elle demanda :

— Qu'est-ce que tu fichais à Cricklewood ? Nick dit que c'est là que l'ambulance t'a ramassée. Qu'est-ce qui s'est passé cette nuit-là ?

— Rien, je suis juste sortie boire un verre avec Rico après le travail.

— À Cricklewood ?

— Non, à Wimbledon.

— Je ne connais pas bien Londres, dit Grace, peut-être avec sarcasme. Est-ce que Wimbledon se trouve à côté de Cricklewood ?

— Non.

— Alors toi et Rico… ?

— Nous avons pris quelques verres.

— Et ensuite ?

— J'ai rencontré des gens. Ils sortaient en boîte, et je les ai suivis.

Enfin, je crois.

— Où se trouvait cette boîte ? À Cricklewood ?

Oh, par pitié, ferme-la avec ton Cricklewood.

— À Peckham.

Peckham ! Mais où avait-elle la tête ? Peckham est un ghetto.

— C'est à côté de Cricklewood ?

— Non.

— Tu connais quelqu'un qui vit à Cricklewood ?

— Non.

— Dans ce cas, pourquoi t'a-t-on retrouvée à Cricklewood ?

— Grace, si tu prononces encore une fois le nom de Cricklewood, je sors m'acheter une bouteille.

— Cricklewood, Cricklewood, Cricklewood.

Sur ce, Grace lui balança ses jambes en travers du corps et la maintint plaquée au lit.

— Tu ne bougeras pas d'ici.

— Je blaguais.

— Je sais. Tu vois, je suis morte de rire.

Elles s'enfoncèrent dans un silence lugubre, puis Grace dit :

— Tu ne trouves pas que c'est... ?

— Quoi ?

— Eh bien, tu étais seule, couchée sur la route, alcoolisée au dernier degré, dans un coin de Londres que tu ne connais même pas, sans aucun souvenir de la façon dont tu étais arrivée là.

À peine Grace avait-elle commencé sa phrase que Marnie avait cessé d'écouter et ruminait sa réponse. Quand Grace se tut, elle dit :

— Ça ne se reproduira plus jamais.

— Mais...

— Je suis d'accord avec toi. Ça paraît assez glauque quand tu le présentes de cette façon, mais c'était un accident. Et ça n'arrivera plus jamais.

Grace sauta du lit.

— Il est 15 heures, je vais chercher les filles à l'école. Je serai de retour dans une vingtaine de minutes.

— Merci.

Marnie entendit la porte d'entrée se refermer, la voiture démarrer, et se redressa contre ses oreillers. Elle se sentait somnolente, mais les paroles de Grace la hantaient.

Tu étais seule, couchée sur la route, alcoolisée au dernier degré, dans un coin de Londres que tu ne connais même pas, sans aucun souvenir de la façon dont tu étais arrivée là.

Une paroi coulissa, offrant un mince aperçu d'une immense caverne peuplée d'horreurs. La terreur l'envahit.

À 5 heures du matin, elle gisait sur une route, avec trois côtes cassées. Cette femme, c'était elle.

— Je dois rentrer à Dublin, annonça Grace. Il faut que je travaille ce week-end pour rattraper les jours que j'ai perdus cette semaine.

— Je comprends. C'était très gentil à toi de venir.

— Maintenant, un dernier conseil avant mon départ. Je ne veux pas t'alarmer, mais Nick ne va pas supporter tout ça encore longtemps. Et Nick est un homme bien.

— Je sais, bredouilla Marnie.

— Je l'avais mal jugé au départ. À cause de sa façon de se saper, je l'avais pris pour quelqu'un de superficiel. Mais j'ai changé d'avis. Nick est un type génial. En plus, tu as oublié de me dire que la raison pour laquelle il n'a pas eu son bonus cette année, c'est qu'il a manqué beaucoup de journées de travail par ta faute.

Honteuse, Marnie enfouit son visage dans son oreiller.

— Je sais que les devoirs parentaux doivent être partagés, mais je te rappelle quand même que Nick gagne quinze fois plus que toi.

Marnie ne pouvait pas la contredire.

— Écoute-moi bien, reprit Grace. Si vous vous séparez, il aura la garde des filles.

Nick va te quitter. Il va garder les filles. J'ai besoin d'un verre.

— Aucun juge dans tout le pays... Tiens, on sonne à la porte ? (Grace descendit ouvrir et revint quelques instants plus tard.) C'est ton patron.

— Guy ?

— Un grand mec BCBG ? C'est ça. Il t'attend au salon. Enfile un peignoir et donne-toi un coup de peigne.

— Je suis venu te faire une proposition, lui annonça Guy.

Marnie sentit son cœur s'emballer. Une bouffée de chaleur lui monta au visage.

— Je t'apprécie beaucoup, Marnie.

Elle le dévisagea en silence. C'était donc le prix pour garder son job. Est-ce qu'il allait se contenter de la sauter une seule fois, ou bien faudrait-il passer à la casserole deux ou trois fois par semaine ?

— Même si tu es parfois impossible à vivre.

Elle opina de la tête, inutile de nier. Mais ce n'était pas une raison pour consentir à coucher avec lui.

— Je ne l'ai jamais dit à personne de la boîte, mais ma mère était comme toi.

— Comme moi… c'est-à-dire ?

— Une pocharde.

Le mot fit surgir dans l'esprit de Marnie la vision d'infâmes rebuts de l'humanité se disputant une bouteille de gnôle autour d'un brasero.

— Ce mot ne te plaît pas ? fit mine de s'étonner Guy.

— Il est quand même un peu fort.

Il dirigea un regard appuyé vers ses côtes cassées.

— Très bien. Ma mère était une alcoolique, si tu préfères.

— Je suis désolée, Guy. J'ai honte, tu ne peux pas savoir. Je te promets que ça n'arrivera plus jamais.

— Je peux te dire la vérité ?

Elle prit une grande inspiration. Pourquoi fallait-il que tout soit si âpre et douloureux ?

— Eh bien, vas-y, je t'écoute, si ça peut te soulager.

Il l'observa un moment, puis se décida à parler :

— Tu ne te laves plus.

Elle ne ressentait rien. Une autre Marnie était en train de se consumer de honte, mais elle ne ressentait rien.

— C'est faux.

Mais il avait raison. Elle avait cessé de se doucher tous les jours. Parfois, il était déjà tellement pénible de sortir du lit et enfiler des vêtements qu'elle n'avait pas le courage d'affronter la torture de l'eau sur son corps glacé.

Puis Guy ajouta d'un ton plus compréhensif :

— Mais c'est un effet de l'alcoolisme. C'est arrivé à ma mère aussi. Je connais la dépression, les mensonges, le laisser-aller. Tu t'apitoies constamment sur toi-même. Tu te trompes quand tu crois que la vodka ne sent pas. Et si tu veux un dernier conseil : tiens-toi à distance de Rico. Ou bien vous serez virés tous les deux.

— Écoute-moi bien, Guy. Je suis une adulte, et ce que je fais avec Rico ne te regarde pas.

Il secoua la tête.

— Non, Marnie. Je suis ton employeur, et ça me regarde. (Il soupira.) Tu ne comprends pas que Rico est un poivrot, tout comme toi ?

Marnie fut révulsée par cette affirmation de Guy. Rico aimait boire, mais il n'était pas alcoolique.

— Si ce que tu dis est vrai, protesta-t-elle, pourquoi t'obstines-tu à employer des ivrognes ?

— Je ne sais pas, admit-il. Ce n'est pas conscient chez moi. Un psy dirait que j'essaie de les aider, comme j'ai voulu aider ma mère. De même, il existe une dynamique qui pousse les gens comme Rico et toi les uns vers les autres. Je suppose que vous faites peur aux buveurs occasionnels, alors vous ne pouvez plus picoler qu'avec vos semblables.

Non, Rico en pinçait pour elle. Voilà pourquoi il la faisait boire.

— Quoi qu'il en soit, Rico ne t'embêtera plus. J'ai eu une discussion avec lui. Tu ne devrais pas non plus avoir de problèmes avec les autres gars. Ils ne veulent plus aller au pub avec toi, parce que tu les mets dans l'embarras.

Le visage de Marnie s'empourpra. Elle avait bien remarqué qu'ils semblaient l'éviter.

— Ce qui m'amène à la proposition suivante : tu gardes ton poste à condition que tu t'inscrives aux alcooliques anonymes et que tu arrêtes de boire.

— C'est ta dernière chance, lui dit Nick.

— Je n'ai pas besoin des alcooliques anonymes, je peux me débrouiller toute seule. Je t'assure.

— Sache que je ferai tout pour t'aider, mais tu dois t'arrêter. Je te préviens : si tu recommences, je te quitte et j'emmène les filles.

— Maman ?

— Quoi, chérie ?

Daisy entra dans la chambre et grimpa sur le lit.

— Il s'est passé une chose horrible.

Le front sur les genoux, Daisy se mit à sangloter. Marnie prit peur. Sa fille mettait un point d'honneur à ne jamais pleurer.

— J'ai fait pipi au lit, avoua Daisy dans un hoquet.

Marnie fut suffoquée par la culpabilité.

— J'ai presque sept ans, sanglota Daisy, son minois de porcelaine déformé par le chagrin. Et je fais pipi au lit.

Marnie regarda sa fille et sut que le moment fatidique était venu. Ce moment qui resterait à jamais gravé dans sa mémoire. L'instant de la révélation, quand elle aurait enfin compris qu'elle devait arrêter.

Elle avait levé le coude avec des malfrats, elle s'était cassé des côtes, elle avait été poussée aux réunions des alcooliques anonymes, mais ce signal de sa fille était le sursaut salutaire dont elle avait besoin.

Elle aimait ses enfants avec une passion douloureuse, et son alcoolisme leur portait préjudice. Elle aimait ses enfants plus qu'elle n'aimait boire. La vérité n'était pas plus compliquée que ça.

Il avait fallu des années pour en arriver là. Pourtant, sa décision fut prise en une seconde. L'esprit clair et apaisé, elle se fit le serment de ne plus jamais boire.

Le lundi suivant, elle arriva au bureau la tête haute. Elle ne se sentait plus mortifiée comme lorsqu'elle revenait d'un de ses congés pour cause de gueule de bois. Elle se sentait une nouvelle personne, entamant une nouvelle vie, et elle était d'excellente humeur. Elle était propre et nette, mère dévouée, épouse attentionnée, employée laborieuse.

Tout le monde la salua, et personne ne fit la moindre remarque sur ses bleus ni sur son absence d'une semaine, ce qui signifiait qu'ils étaient tous au courant. Guy avait dû leur recommander la discrétion. La situation n'avait rien d'agréable, mais au moins Marnie avait la satisfaction de savoir que ce serait le dernier matin de malaise.

Rico était là. Il lui adressa un sourire penaud. À sa vue, Marnie sentit son estomac se révulser. Rico lui avait envoyé de nombreux SMS pendant sa convalescence. Elle n'avait répondu qu'une fois, un message lapidaire pour lui dire qu'elle était en vie.

Elle avait probablement couché avec ce type. Est-ce que ça

comptait comme une infidélité quand on ne se souvenait de rien ?

À 12h45, Guy s'approcha.

— C'est l'heure de ta réunion.

Toute la matinée, elle s'était demandé s'il mettrait sa menace à exécution.

— Écoute, Guy, lui répondit-elle d'un ton très posé. Je n'ai pas besoin de ces séances. J'ai pris la résolution de ne plus jamais boire et je m'y tiendrai. Pour mes filles, parce que j'ai pris conscience du mal que je leur fais.

— J'en suis ravi. Les réunions t'aideront à tenir.

— Mais, si j'ai renoncé à boire, je ne suis plus une alcoolique, je n'ai donc plus besoin d'y aller.

Guy n'en démordit pas.

— Allez, en route. Et ne te dépêche pas pour rentrer. Tu peux rester jusqu'à la fin.

— Nous sommes ravis de te revoir parmi nous, lui dit l'homme qui présidait la séance. Aimerais-tu prendre la parole ?

Elle secoua la tête.

— Comment t'appelles-tu ?

Nom de Dieu !

— Marnie.

— Bonjour, Marnie.

Il y eut un silence, pendant lequel elle était censée ajouter « et je suis une alcoolique ». Mais elle n'était pas alcoolique, alors elle ne dit rien.

À 13h50, elle s'éclipsa. Les discours larmoyants dans la salle continuaient, mais elle avait eu sa dose. Elle avait tellement hâte d'échapper à tout ce cirque qu'elle traversa le couloir en courant pour gagner la porte de sortie.

Puis elle entendit qu'on l'appelait et tourna la tête. Une femme l'avait suivie. Elle portait un sweat rose à capuche et une queue-de-cheval qui se balançait gracieusement sur sa nuque.

— Je ne sais pas si tu te souviens de moi, dit-elle, tout sourire. Je m'appelle Jules, nous nous sommes déjà rencontrées.

— Euh... oui.

— Comment ça va pour toi ?

— Super.

Elle apercevait la lumière du jour à travers les interstices de la porte. Et dire qu'elle était si près du but.

— Voici mon numéro, lui dit Jules. Si tu as envie de boire, tu peux m'appeler, à n'importe quelle heure du jour ou de la nuit. (Son sourire se fit encore plus chaleureux.) Est-ce que tu accepterais de me donner le tien ?

Marnie ne savait pas comment refuser poliment. À contrecœur, elle le dicta à Jules, qui le saisit dans la mémoire de son téléphone portable.

Son corps tout entier était habité par le manque, chaque cellule consumée par un besoin irrépressible. Elle était en nage, son sang bouillait dans ses veines et sa tête n'était plus que calculs. Si je vais acheter une bouteille et si je bois dans les toilettes des femmes, mon mal-être disparaîtra.

J'en ai besoin. Maintenant.

Daisy et Verity, qu'adviendrait-il d'elles ? Mais son esprit glissa sur la question.

— Je sors faire une course, annonça-t-elle d'une voix fausse.

— Où ça ? s'enquit Guy, d'un air méfiant.

— À la pharmacie.

— Pour quoi faire ?

Elle le fixa droit dans les yeux.

— Pour acheter des tampons.

— Tu as du travail. Ces documents doivent partir avant ce soir.

— Je n'en aurai que pour cinq minutes.

— J'ai des tampons, lui dit Lindka. Ça t'évitera de sortir.

— Je préfère ceux de ma marque.

— Tu ne sais pas de quelle marque sont les miens.

Le bureau tout entier avait les yeux braqués sur elle.

— Je ne me sens pas bien, je crois que je vais rentrer.

Elle allait partir et elle se fichait de ce que les autres penseraient. Qu'ils me virent, je m'en balance.

— Il n'est que 15h30, lui dit Guy. Essaie de tenir encore deux heures.

— D'accord, dit-elle.

Elle retourna s'asseoir. La tête courbée, elle essaya de se concentrer sur son travail, mais elle n'arrivait plus à lire. Soudain, elle bondit et attrapa son sac.

À tous les visages qui se tournaient vers elle, elle annonça :

— Je vais au pipi-room.

Elle se retrouva à courir dehors, sans manteau, avec le vent glacé qui la mordait au visage. Le magasin d'alcools se trouvait au bout de la rue. Ses jambes étaient lourdes. Des enfants se mettaient constamment sur son chemin. Elle se cogna la hanche dans une poussette. Des chants de Noël s'échappaient des magasins. Des gens la regardaient et l'invectivaient.

Puis, devant elle, elle vit un pub, comme tombé du ciel. Elle entra et fonça tout droit vers le bar.

— Une vodka tonic, bien tassée, commanda-t-elle d'une voix pâteuse.

Elle était en nage, et ses mains tremblaient. Des glaçons dans un seau transpirant des gouttes de condensation, une pince à glace qui les prend, un à un. Son monde était réduit au cliquetis de quelques glaçons dans un verre.

La vodka, passe-moi cette vodka. Magne.

Elle s'empara du verre. Il était dans sa main, la vodka descendait dans sa gorge, sa chaleur se diffusait à tout son corps et enfin l'effet magique l'inondait. Un instant de pure félicité, quand un rideau se levait sur un monde plus beau, plus propre, plus excitant.

Elle but le deuxième verre au comptoir et alla s'asseoir avec le troisième. Enfin elle pouvait respirer et réfléchir en toute quiétude.

Elle aurait encore pu retourner au bureau. Elle n'était partie que depuis quelques minutes, son absence serait sans conséquence. Mais non, ça ne lui disait rien. La torture du manque avait disparu. Elle se sentait bien, très bien même. Mais elle aimait cet endroit et préférait continuer de boire. Après tout, pourquoi pas ? C'était vendredi et à moins de deux semaines de Noël.

Tout était parfait, sauf qu'il lui manquait quelqu'un à qui parler. Rico ? Elle avait terriblement envie de le voir.

Elle fouilla dans son sac à la recherche de son portable.

— Comme s'appelle ce pub ? cria-t-elle à travers la salle.

— Le Wellington.

Elle tapa un texto et attendit la réponse.

« J T REJO1 DS 5 MN. A + »

Cinq minutes ! Génial. Elle commanda un autre verre pour lui et guetta l'entrée. Soudain il apparut et s'avança avec un large sourire.

— Je n'ai pas le droit de te parler.

Elle s'esclaffa.

— Moi non plus. Tiens, ton verre.

Il le vida d'un trait, ce qui les plongea tous deux dans une grande hilarité.

— Toi aussi, il t'oblige à aller aux alcooliques anonymes ?

— Oui, mais le soir, pour qu'on ne se croise pas. C'est complètement dingue. Guy est givré.

Il fit signe au barman.

— Remettez-nous la même chose.

Elle avait oublié combien Rico était canon.

— Tu m'as manqué, dit-elle en lui titillant le cou du bout du nez.

— Toi aussi.

Il colla sa bouche à la sienne.

— Quelle heure il est ?

— 17h10. Tu ne vas pas m'abandonner ?

Elle aurait dû rentrer, mais après tout elle avait un mari et une nounou pour s'occuper des enfants.

Quand même, sa conscience la taraudait. Elle devait appeler, sinon ils s'inquiéteraient. Mais ils la sermonneraient, et elle se sentait si bien. Jamais elle ne s'était sentie mieux.

Soudain, Guy se matérialisa devant elle. Elle avait beau être anesthésiée, cette apparition fut un choc.

Elle chercha une explication convaincante, mais rien ne vint.

Il s'approcha et lui tendit une enveloppe.

— Tiens, j'en ai une pour toi aussi, dit-il à Rico.

Quand il fut parti, ils échangèrent un regard interdit.

— Comment il nous a retrouvés ?

Elle décacheta l'enveloppe, et les mots leur sautèrent au visage. « Ébriété... avertissements répétés... licenciement sans préavis. »

Marnie fut prise d'un fou rire.

— Il nous vire.

— Putain, j'y crois pas. Moi aussi.

— Normal, s'il me virait, il te virait aussi.

— Mais pourquoi ? Je suis leur meilleur élément.

— Et pas moi ?

— Non, pas toi.

— Conard !

— Conasse toi-même. Putain, à cause de toi, je perds mon job.

— À cause de moi ?

— Si Guy craquait pas pour toi, il en aurait rien à foutre.

Elle posa sa main sur la cuisse de Rico, à deux doigts de son entrejambe.

— T'en fais pas, il est pas sérieux. Il a juste voulu nous faire peur.

— Tu crois ?

— Oui.

Discrètement, à travers l'étoffe de son pantalon, elle promena ses doigts le long de son membre en érection. En réponse, Rico lui donna un baiser profond, tandis que sa propre main remontait sous sa jupe. Il s'insinua sous son collant puis sa culotte et lui pétrit les fesses.

Au bout d'un moment de ce manège, le barman s'approcha de leur table. Ils crurent qu'il venait ramasser les verres vides, mais il se pencha vers eux et dit :

— Je vous prie de bien vouloir partir.

Marnie piqua un fard. Rico voulut se défendre, mais elle le retint. Gênés, ils finirent leurs verres et ramassèrent leurs affaires. En arrivant à la porte, Rico se retourna et cria par-dessus son épaule :

— Allez tous vous faire foutre ! Je ne remettrai plus jamais les pieds dans votre bar de merde !

Quand ils arrivèrent à l'appartement de Rico, Marnie trébucha dans l'entrée. Dans sa chute, elle entraîna son compagnon, qui se cogna le coude.

— Putain, fais gaffe, Marnie. Et arrête de te marrer. Allez, lève-toi et désape-toi.

Il la poussa vers la chambre tout en tirant sur sa jupe.

Renversée sur le lit, elle hurla à la cantonade :

— Je veux boire un verre !

— Y a rien à boire ici.

Les yeux de Rico étaient mi-clos, sa bouche pendait. Être soûl ne lui allait pas.

— Faut que je sorte en acheter, dit-il.

— Comment ça, t'as rien ?

— J'ai tout sifflé.

— Pochetron, va !

— Marnie, si tu n'arrêtes pas de ricaner bêtement, je te jure que je vais te coller une fessée.

Il s'allongea sur elle et pressa son sexe rigide contre son ventre. Elle le regarda. Son visage n'avait plus de contours, c'était comme si ses traits s'effaçaient.

Il lui enfonça sa langue dans la gorge. Elle ne prenait aucun plaisir à tout ça et ne comprenait pas pourquoi.

Elle n'était pas encore assez ivre. Voilà l'explication.

Elle le repoussa.

— Arrête !

— Quoi ?

— Je suis mariée.

Il s'écarta et la contempla d'un air interdit.

Ça ne t'a pourtant jamais arrêtée.

Elle voulait partir. Ce type la dégoûtait.

— Rico, je m'en vais.

— C'est ça, casse-toi.

Dehors, un taxi ralentit puis redémarra après l'avoir examinée de plus près. Sans son manteau, elle grelottait, dehors. Beaucoup de taxis circulaient dans le quartier, mais tous étaient déjà occupés par des employés qui quittaient la fête de Noël de leur entreprise.

Elle n'avait pas le choix. Elle allait devoir retourner à pied au bureau et reprendre sa voiture au garage. Il n'y avait pas beaucoup à marcher, un peu plus d'un kilomètre, mais avec les gens qui circulaient partout sur les trottoirs, braillant, chantant à tue-tête et chahutant, le trajet lui prit une éternité.

En arrivant au parking, elle se demanda un instant si elle était en état de conduire et décida que oui. Elle égratigna légèrement la peinture contre un pilier en sortant du parking, ce qu'elle interpréta comme un signe l'incitant à la prudence.

Les rues étaient bondées, comme toujours dans les semaines avant Noël. Les gens conduisaient comme des chauffards, et les piétons se jetaient sous ses roues. À un moment, elle se retrouva à rouler devant une voiture de police avec gyrophare et sirène. Elle n'arrivait plus à se concentrer avec ce hurlement dans ses oreilles. Elle se gara à un arrêt d'autobus, le temps de les laisser la dépasser.

Mais, quand ils s'arrêtèrent derrière elle et que la lumière bleutée de leur gyrophare l'aveugla, Marnie comprit avec horreur que c'était elle qu'ils avaient prise en chasse.

Les deux hommes s'approchèrent. Elle baissa sa vitre.

— Veuillez descendre de votre véhicule, madame. (Les flics échangèrent un regard.) Est-ce que vous avez bu ?

Elle fut ramenée chez elle par une voiture de police. Elle avait grillé un feu rouge, et les flics l'avaient arrêtée pour conduite en état d'ivresse. Il était 23 heures, et Nick allait piquer une crise.

Les lumières étaient éteintes. Dieu merci. Ils étaient tous déjà couchés. Elle allait peut-être pouvoir s'en sortir. Tout doucement, elle entra et se dirigea tout droit vers le placard sous l'évier de la cuisine. Quelques mois plus tôt, elle avait transvasé le contenu d'une bouteille de vodka dans un flacon d'eau de Javel. En cas d'urgence. Il y en avait d'autres là-haut, dans la chambre, que Grace n'avait pas trouvées. Mais elle allait réveiller Nick si elle se mettait à fouiller dans la penderie.

Pendant qu'elle prenait un verre et une bouteille de tonic, elle remarqua l'enveloppe adossée au moulin à poivre, mais c'est seulement après s'être assise à la table qu'elle s'en saisit. Elle ne portait pas d'adresse, juste son nom tracé en lettres noires.

Peut-être un mot de Guy qui la réintégrait dans ses fonctions ?

Le souvenir de sa haute stature devant elle au pub passa sur elle comme un nuage obscurcissant le soleil.

Elle ouvrit l'enveloppe. La lettre était tapée sur un papier blanc cassé à grain épais. Elle n'était pas de Guy, mais du cabinet Dewey, Screed et Hathaway, avocats à la cour. Elle se concentra de toutes ses forces afin de déchiffrer les mots qui se dédoublaient devant ses yeux.

Nick la quittait, il prenait les enfants et mettait la maison en vente. Maintenant elle s'expliquait mieux cette drôle de sensation qu'elle avait eue en franchissant la porte. La maison était déserte.

Elle grimpa l'escalier quatre à quatre et fonça dans la chambre de Verity. Personne. Elle ouvrit en grand la porte de l'armoire, où ne pendaient plus que des cintres vides. Le lit n'avait pas été défait. Elle gagna ensuite sa propre chambre, grimpa sur une chaise et ouvrit le placard du haut. Tous les cadeaux de Noël des filles avaient disparu.

Le salaud, il était parti en prenant les filles.

La bouche sèche, elle s'assit sur les premières marches de l'escalier et avala sa salive. Ils allaient revenir. Ils voulaient juste lui faire peur. Si c'était une farce, elle était de très mauvais goût.

Elle entendit son propre hurlement et, par réflexe, dégagea son bras.

Une cigarette. Il venait de lui écraser une cigarette dans le creux de la main. Il lui avait saisi le poignet à lui broyer les os puis avait écrasé une cigarette dans sa paume.

Sa vue se brouilla. Un voile rouge se forma devant ses yeux.

Il regardait fixement le cercle rouge de la brûlure et les cendres encore collées autour de la plaie. Un filet de fumée s'en dégageait, répandant dans l'air une odeur étrange.

— Pourquoi tu as fait ça ? demanda-t-elle d'une voix tremblante.

— C'était un accident, répondit-il, l'air interdit. Je l'avais confondue avec le cendrier.

La douleur était insupportable. Elle ne pouvait plus tenir en place. Il fallait passer la blessure sous l'eau froide. Elle se leva et fut prise de vertige.

— J'ai des pansements et du désinfectant, dit-il.

Il nettoya et banda sa blessure, lui fit prendre de la codéine, lui servit à dîner au lit et la fit manger. Jamais il n'avait été plus tendre avec elle.

Lola

Jeudi 11 décembre, 21h56.

Je me contorsionne pour passer sous la clôture en fil barbelé et frappe à la porte de Rossa Considine.

— Pile à l'heure, entrez.

Nous sirotons une bière en attendant que commence New York Police judiciaire. Histoire d'engager la conversation, je lui dis :

— Vous êtes prêt pour la soirée travelos de demain ?

Cela me vaut une mise au point de mon voisin :

— Les travelos sont gays, m'explique-t-il. Moi, je suis hétéro et je pratique ce qu'on appelle l'habillement croisé.

Je comprends maintenant pourquoi Noel me corrige tout le temps quand je le traite de travesti.

— Pour être franche, lui dis-je, je croyais que c'était deux mots pour désigner la même chose.

Tout à coup, l'ambiance devient très tendue. Rossa Considine fixe l'écran de la télévision. La coupure publicitaire n'en finit pas, et le générique de la série se fait attendre.

Il y a de cela quatre semaines, quand Considine est apparu chez moi sous les traits de Chloe, j'ai été subjuguée et j'ai accepté son invitation à venir regarder la télévision chez lui, à la condition que notre arrangement puisse être rompu à tout moment par simple envoi d'un texto à l'autre partie.

Mais le jeudi suivant, quand il m'a ouvert sa porte puis débarrassée de mon sachet de tortillas et de mes canettes de bière, j'ai trouvé la situation très étrange. J'avais été invitée par l'adorable Chloe, et c'était l'homme des bois Rossa Considine qui me recevait. La sensation était bizarre, comme d'aller à un rendez-vous amoureux organisé par une entremetteuse. Mais j'ai décidé de ne pas trop y réfléchir. J'avais d'autres choses en tête. (J'y viens. Si, si, j'y viens.)

En dépit de certaines tensions, cette première soirée s'est plutôt bien passée. Nous avons savouré ensemble un épisode de New York Police judiciaire, et la conversation a été plaisante.

Le jeudi suivant a également été une réussite. Ainsi que le troisième. C'était ce soir notre quatrième jeudi. Peut-être commençait-il à y avoir du relâchement de part et d'autre. Toujours est-il que je craignais un dérapage.

— Vous boudez ? ai-je demandé.

— Pourquoi je bouderais ?

— Parce que c'est dans votre nature, enfin quand vous êtes un homme. Parce que, en femme, vous êtes extrêmement charmante. Vous devriez rester une femme tout le temps.

— Je ne peux pas pratiquer la spéléo en talons hauts.

23h01, fin de New York Police judiciaire.

Excellent épisode. Nous sommes tous les deux du même avis. Sombre et prenant à souhait.

Je me lève, époussette les miettes de tortillas qui couvrent ma robe et les regarde tomber en pluie sur le tapis. Du coin de l'œil, j'observe Rossa Considine, qui regarde lui aussi les miettes tomber sur son tapis.

— Il va falloir que je le nettoie, dit-il.

Je le savais, je savais qu'il était mal luné ce soir.

— Je suis désolée, passez-moi un balai, je vais le faire.

— Non, vous êtes mon invitée.

— Mais vous avez l'air contrarié.

— Je ne suis pas contrarié.

— Alors, vous boudez.

— La ferme, Lola.

— Merci pour la télé, et toutes mes excuses pour les miettes. À demain soir, chez moi, en Chloe.

— Vous n'avez pas besoin de partir si vite.

Oh, si. Ne jouons pas avec le feu.

23h04, de retour dans mon chez-moi.

Je suis en train de me passer de la lotion sur le visage quand la sonnerie du téléphone me fait sursauter. Mes pauvres nerfs doivent être fatigués d'être sans cesse tendus à se rompre. Je lis le numéro affiché. Ce n'est pas celui de Paddy. Je décroche. Sarah Jane Hutchinson. Pourquoi appelle-t-elle si tard ?

— J'ai une excellente nouvelle, Lola. Zara Kaletski accepte d'être l'invitée d'honneur de mon gala de bienfaisance. Je sais ce que vous pensez, Lola. Vous vous dites que Zara Kaletski n'est pas une célébrité.

Tout juste. Zara est une très chic fille, mais zéro en terme de notoriété.

— Seulement j'ai un scoop. Zara va tourner dans le prochain film de Spielberg. Elle y tient le premier rôle. Jermond (le nouveau galant de Sarah Jane, je précise) finance en partie la production. J'aurai Zara à mon gala avant que le communiqué de presse soit diffusé. Je viens de lui parler à Hollywood. Cette fille est la nouvelle star, et je me la réserve. Toutes les autres garces vont devoir s'aplatir devant moi.

Je suis contente, pour Sarah Jane, et pour Zara.

— Elle vit à Hollywood, maintenant ? Je croyais qu'elle s'était exilée en Afrique du Sud.

— À Hollywood, parfaitement. Et même à Beverly Hills. Lola, il ne nous reste que dix semaines. Vous devez nous habiller. Je veux quelque chose de spécial et de fabuleux. Alors je compte sur votre créativité.

Vendredi 12 décembre, 12h19, le Oak.

— Bonjour, Lola, me salue Oussama. La pêche ?

— Oui, super, et vous ?

— Génial, merci.

— Excellent, excellent.

Nous échangeons un sourire rayonnant.

Mes relations avec M. Pruneau ont pris un tour étrange depuis qu'il s'est joint à notre soirée travelos. Il n'y a assisté qu'une seule fois et n'a pas voulu revenir sous prétexte que les films n'étaient pas d'assez bonne qualité. Il a repris ses sorties en solitaire au cinéma d'Ennis, le vendredi. Cependant, il est resté d'une grande courtoisie avec moi et continue même de rire quand je lui demande si la soupe du jour a des grumeaux. Quoique son rire ne soit peut-être plus aussi sincère qu'avant.

Je cherche des yeux une place où m'asseoir. Les seules personnes présentes dans la salle sont Rossa Considine et la fille à tête de fouine. Je suis étonnée de les voir là, car Considine travaille généralement le vendredi. Sa copine et lui sont engagés dans une intense discussion.

Quand il m'aperçoit, Considine m'invite à me joindre à eux. J'hésite. Ce type me met mal à l'aise, et je n'ai encore jamais été présentée à Gillian.

Mais je suis bien obligée de m'asseoir avec eux et de serrer la main de Gillian, qui a tout d'une fouine de dessin animé. Ces dessinateurs sont décidément des gens très talentueux. Ils prennent un animal, n'importe lequel, et, en n'en gardant que les traits distinctifs, ils arrivent à nous le rendre adorable. Gillian est très jolie, mais il est indéniable qu'elle a une tête de fouine.

— Comment ça va, Lola ? s'enquiert Considine.

— Du tonnerre, dis-je.

Je ne sais pas pourquoi, mais ce type a le don de me rendre sarcastique.

— Et vous ?

— Ça boume, me répond-il du même ton goguenard.

Gillian prend alors la parole :

— Rossa voudrait vous demander un service.

Oh, sainte Marie mère de la miséricorde ! Qu'est-ce qu'ils me veulent encore ? Ça ne suffit plus que je laisse une bande de travelos occuper mon logis tous les vendredis ? Que veulent-ils de plus ?

— Vas-y, Rossa, l'encourage Gillian.

— Je peux vous emprunter votre ventouse ? demande-t-il.

— Ma ventouse ?

— Oui, j'ai des problèmes de plomberie, précise Gillian.

— C'est un euphémisme pour parler d'un problème féminin ?

— Oh non ! Je veux parler de vraie plomberie.

(Là-dessus, Gillian se lance dans une histoire de tuyau d'évacuation. Impossible d'en dire plus : dès que j'entends prononcer le mot « tuyau », mon esprit se débranche aussi sec.)

— La ventouse se trouve sous votre évier, précise Considine. Je l'ai déjà empruntée à Tom Twoomey.

Je lui tends les clés de la maison.

— Allez et prenez ce qu'il vous faut. Remettez tout en place quand vous aurez fini, mais, par pitié, ne m'impliquez pas dans votre histoire, sinon je vais tourner de l'œil.

Considine décampe aussitôt en me laissant seule avec Gillian.

— Il devrait être à son travail, m'explique-t-elle. Il a pris sa journée pour me donner un coup de main.

— C'est gentil à lui.

Silence, puis Gillian dit :

— C'est formidable ce que vous faites.

Je ne suis pas tout à fait sûre de comprendre. Parle-t-elle de la ventouse ou des soirées travelos ?

— C'est un précieux exutoire pour Rossa, ou devrais-je dire Chloe.

— Ah oui. Et ça ne vous dérange pas.

— Il pourrait faire pire.

Cette fille fait preuve d'un flegme impressionnant.

— Le problème, poursuit-elle, c'est que je ne peux pas l'aider. Je ne m'habille qu'en jean et je ne me maquille presque pas.

— C'est drôle, dis-je, il est bien plus beau en femme qu'en homme.

Gillian cesse immédiatement de sourire.

— Vous trouvez que Rossa n'est pas un bel homme ?

Aïe, je l'ai vexée !

— Bien sûr que si. Je voulais simplement dire qu'il est plus soigné en femme. Désolée, je dois partir, j'ai un rendez-vous urgent à Galway.

Par chance, j'ai effectivement un rendez-vous à Galway, parce que je n'aurais pas parcouru près de cent vingt kilomètres juste pour me sortir d'une situation embarrassante.

14h30, grande banque américaine rutilante, Galway.

De petits boulots de stylisme m'arrivent de temps en temps. Celui-ci me vient d'une source inattendue, j'ai nommé Nkechi. Elle ne voulait pas faire la route depuis Dublin et, heureuse coïncidence, j'étais justement dans la région. Chacune y trouvait son compte. La P.-D.G. de la banque doit se faire photographier pour un prospectus institutionnel. Le briefing précise qu'il faut renvoyer l'image d'une femme chaleureuse et énergique, efficace et proche des gens, acharnée au travail et pleine d'humour.

Fastoche, tout est dans les accessoires.

18h39, coincée dans un embouteillage d'enfer.

L'exode du vendredi soir à la sortie de Galway. Je vais être en retard pour la soirée travelos.

Enfin j'arrive. Je saute de ma voiture pour m'apercevoir que je n'ai pas la clé de la maison. Je me contorsionne pour franchir la clôture de Rossa Considine.

— Votre clé, dit-il en m'agitant mon trousseau sous le nez. J'ai remis la ventouse sous votre évier. Je vous suis très obligé.

19h27.

J'ai remarqué que, depuis l'apparition de Chloe à nos petites réunions, la soirée ne démarre vraiment qu'avec son arrivée.

Pendant que Natacha, Blanche et Sue (une nouvelle) se changent dans la cuisine, je tourne en rond comme une âme en peine.

Sue est un petit propriétaire fermier, célibataire. Quand je l'interroge, il me répond qu'il vit « à quelques bornes de là » (comme si c'était une adresse postale). Son véritable nom est Pats Conlon. Je suppute qu'en vérité il ne se prénomme pas Pats, mais je m'abstiens de l'interroger à ce sujet. J'imagine qu'il a hérité de ce sobriquet parce que 1) il mange beaucoup de patates, 2) il fait pousser des patates, 3) euh… pas de 3.

C'est un type décharné, aux jambes torses, qui n'a presque plus une dent dans la bouche. Il m'a fallu du temps pour le convaincre d'ôter sa casquette plate. Il me fait penser à un de ces poulets du tiers-monde (pardon, du monde en voie de développement) qui picorent au bord d'une route de terre tandis que vous passez à fond la caisse dans votre jeep climatisée. Il ne ressemble en rien à un poulet bien dodu d'Irlande, mais à une volaille sur laquelle notre fourchette chercherait désespérément un morceau de viande à piquer.

— Où est Chloe ? braille Noel depuis la cuisine. J'ai besoin qu'elle me fasse les ongles.

Là-dessus, l'intéressée débarque en grande forme. Volubile, l'œil pétillant, le sourire aux lèvres, le compliment à la bouche. Elle est toujours prête à aider les autres filles. Si elle était réellement une femme, elle serait l'amie rêvée.

— J'adore tes cheveux, Chloe.

Elle porte une perruque à longs cheveux noirs, qu'elle coiffe en arrière et attache sur le sommet de la tête.

— J'étais dans l'esprit Jacqueline Susann.

Maintenant qu'elle vient de citer ce nom, je comprends que je suis moi-même dans l'esprit Jacqueline Susann. (Il est déstabilisant pour une styliste, c'est-à-dire quelqu'un qui prétend gagner sa vie en flairant les nouvelles tendances, d'être prise de vitesse par un homme travesti en femme.)

À la différence des autres membres de ma bande de travelos, qui ont chacun leur style et qui s'y tiennent (Natacha en peau de panthère, Blanche en tailleur classique), Chloe débarque chaque vendredi avec un look différent. Cette semaine, c'est collant sans pied noir et ballerines couleur étain assorties à une robe en maille qui lui découvre une épaule.

Dans le monde extérieur, elle pourrait certainement passer pour une vraie femme. Certes un peu grande et bien enrobée, mais quand même pas un boudin (à la différence de cette pauvre Blanche).

La jambe est galbée (bien qu'un tantinet trop musclée) et les traits sont harmonieux. Elle a de magnifiques yeux noirs, mis en valeur par des cils recourbés et un maquillage très étudié.

Une clameur s'élève dans la cuisine.

— Chloe est là ! Entre, Chloe, j'ai besoin de toi pour m'épiler les sourcils.

Chloe s'affaire à assister les autres filles. Elle est très informée, parce qu'elle a passé un an à étudier les sciences environnementales à Édimbourg, ville dotée d'une importante population de travestis. Par exemple, elle a découvert une base de maquillage pour hommes, une pâte épaisse comme du ciment, qui comble les plis et dissimule toute trace de barbe en donnant au visage un aspect très naturel. Elle sait aussi prodiguer des conseils pour s'épiler le torse à la cire, se raser le dos des mains et se poser des faux ongles.

Elle partage son savoir avec largesse, mais au final, comparée aux autres, elle reste la belle princesse parmi ses vilaines sœurs.

Ce soir, nous avons prévu de regarder ensemble Le diable s'habille en Prada (perle d'un nouveau stock réceptionné par Brandon et Kelly) ; après quoi je leur donnerai une leçon de maintien pour leur apprendre à marcher comme des femmes (j'ai compulsé un bouquin sur la question).

19h57.

La main sur la télécommande, je demande à l'assistance :

— Prêtes pour le film ?

— Je dois faire un petit pipi d'abord.

— Il faut que je retouche mon rouge à lèvres.

— Attends que je prenne mes lunettes dans mon sac à main.

Quand leur babillage se tait, j'appuie sur le bouton de la télécommande. C'est à ce moment-là que nous entendons frapper à la porte d'entrée.

— Qui ça peut bien être ? Un nouveau travelo ?

— Dites-moi, les filles, est-ce que l'une de vous a invité une copine sans m'avertir ?

Toutes secouent la tête, l'air effarouché.

— Vous en êtes sûres ? Parce que, si j'ouvre cette porte et si je trouve dehors un travelo en quête d'un asile, je serai très fâchée.

— Non, promis juré.

— Dans ce cas, courez vous cacher.

Quand elles ont décampé au premier étage, je vais ouvrir. Sur le seuil se tient un policier en uniforme de serge bleu marine à boutons de cuivre. La rigolade est terminée. Face à la stature impressionnante de cet homme, j'éprouve des émotions contradictoires. D'un côté, le soulagement de ne plus avoir à supporter la responsabilité de nos soirées ; de l'autre, la tristesse pour ces pauvres travelos. J'ai peur qu'ils n'aient des ennuis, que leurs noms ne soient publiés dans la gazette locale et qu'ils ne deviennent la risée de tout le comté.

De dessous la visière de sa casquette, le policier tonne d'une voix de stentor :

— Agent Lyons. Je peux entrer ?

— Pourquoi ?

— J'ai des raisons de croire que vous organisez sous votre toit des soirées de travestis.

À moitié aveuglée par l'éclat de ses énormes croquenots cirés, j'essaie de me défendre d'une voix chevrotante :

— Ce n'est pas illégal. Nous ne faisons rien de mal. Tom Twoomey est au courant.

(J'ai continué à demander l'approbation de Tom chaque fois qu'une nouvelle fille s'est présentée. Sa réponse a toujours été la même : il s'en moquait, pourvu que personne ne lui bousille son nouveau grille-pain.)

— Personne n'a dit que c'était illégal. Je peux entrer ?

— Non ! Mes amies sont là, et je dois protéger leur anonymat.

— Je voudrais me joindre à vous, m'explique mon visiteur d'une voix nettement moins tonitruante.

Jésus, Marie, Joseph ! Pincez-moi, je rêve. Qui aurait pu deviner que le comté de Clare, voire le territoire de l'Irlande, abritait une si grande population de travelos ?

— Vous êtes un travesti ?

— Je ne suis pas gay. Mais oui, j'aime m'habiller en femme.

Découragée, je l'invite à entrer.

20h03.

Je monte à l'étage. Mes copines se sont réfugiées dans ma chambre. L'angoisse est peinte sur leurs minois.

— Non, non, non, gémit Noel. La police ! Je suis perdu !

— Rassurez-vous, il fait partie du club. C'est un travelo, comme vous.

Les bouches peinturlurées se figent dans une expression de surprise. Les mâchoires tartinées de fond de teint restent pendantes.

Cliquetis de talons tandis que la petite troupe redescend l'escalier et fait cercle autour de l'agent Lyons, telle une meute de hyènes aux cils charbonneux. Je me charge des présentations.

— Comment avez-vous su ? l'interroge Noel.

— Pur hasard, Natacha. Simple concours de circonstances.

L'agent Lyons s'exprime d'une voix neutre, comme s'il témoignait dans une affaire de vol à l'étalage.

— Veuillez vous expliquer, insiste Noel d'un ton peu aimable.

L'homme s'éclaircit la voix puis débite d'un trait :

— Le mardi 2 décembre au matin, une mère de famille, que nous appellerons Mme X, domiciliée dans la ville de Kilfenora, dans le comté de North Clare, réceptionnait par erreur un colis délivré par la poste.

— Je vous en prie, asseyez-vous, lui dis-je, nous ne sommes pas au tribunal. Vous autres, asseyez-vous aussi et finissez vos verres. Je vous en prie, agent Lyons, poursuivez.

— Mère de trois enfants de moins de quatre ans, Mme X est une femme fort occupée. Sur le moment, elle n'a pas remarqué que ledit colis ne lui était pas adressé, mais qu'il avait été envoyé à une demoiselle Lola Daly, habitant dans la bourgade de Knockavoy.

— Foutue commère, peste Noel.

— Et, ainsi qu'elle nous l'a expliqué, « elle a ouvert le paquet par inadvertance ».

— Foutue commère.

— À l'ouverture du colis susmentionné, Mme X a trouvé de curieux sous-vêtements au nombre de quatre. « Des saletés », c'est ainsi que Mme X les a qualifiés. En état de grande détresse, elle a fait venir le prêtre de la paroisse, lequel a purifié lesdits articles et recommandé de prévenir les forces de l'ordre, dont il se trouve que je suis le représentant.

(J'avais effectivement noté qu'une de mes commandes de lingerie ne m'avait pas été livrée. Mais je recevais chaque jour tellement de colis de vêtements que je ne m'étais pas préoccupée outre mesure de cette commande manquante.)

— Fort de mon expertise en la matière, reprend l'agent Lyons, j'ai rapidement déduit que les articles reçus par Mme X n'étaient pas des saletés, mais des sous-vêtements renforcés. Sans faire part de mes conclusions à l'intéressée, j'ai emporté le colis adressé à Mlle Daly en vue de le ranger en lieu sûr et fait promettre à Mme X de garder le secret.

— Comment pouvez-vous être sûr qu'elle ne va pas parler ? a demandé Noel.

— Parce que je la tiens. Tout le monde a ses petits secrets, Natacha. Mme X saura tenir sa langue.

— Dans ce cas...

— J'ai ensuite enquêté sur la dénommée Lola Daly et découvert que des réunions avaient lieu à son domicile tous les vendredis, à 19 heures. J'en ai déduit qu'il existait un lien entre lesdites réunions et les sous-vêtements renforcés. Mon intuition ne m'avait pas trompé.

— Est-ce que ce n'est pas incroyable ! s'émerveille Noel, dans une volte-face époustouflante. Ça fait maintenant trois personnes qui sont arrivées chez vous par hasard, Lola. Moi, Chloe et maintenant...

— Dolores, prononce l'agent Lyons.

— Bienvenue parmi nous, Dolores !

— C'est bien joli tout ça ! dis-je. Mais qu'est-ce que je fais avec ma commande de lingerie renforcée ?

— Elle est sous scellés. Passez-la par pertes et profits et mettez ça sur le dos de la poste.

20h32.

Dolores Lyons est gigantesque. Elle mesure un mètre quatre-vingt-dix ou dans ces eaux-là. Elle est charpentée comme un bûcheron et plutôt dodue, mais elle le porte bien. En déboutonnant sa vareuse, elle libère une énorme bedaine rattachée à une ample cage thoracique. Je la regarde faire en pensant que je suis face à mon plus gros défi.

22h07.

Tout le monde est parti, sauf Chloe, qui m'aide à ranger.

Elle dépose des verres à vin dans l'évier et me fait :

— Et une de plus au club. On dirait que c'est une vocation chez toi, Lola.

— Je me passerais bien de ce genre de vocation.

Chloe semble beaucoup s'amuser de mon calvaire.

— C'est le problème avec les vocations, ce sont elles qui nous choisissent, et non le contraire. Pense à mère Teresa. Quand la conseillère d'orientation lui a demandé ce qu'elle voulait faire plus tard, elle a peut-être répondu qu'elle rêvait de devenir hôtesse de l'air. Je doute qu'elle ait annoncé d'emblée que son unique ambition dans la vie était de devenir la petite sœur des lépreux.

— Je suis contente de voir que ça t'amuse.

— Quand on y pense, peut-être qu'elle n'aimait même pas les lépreux. Peut-être qu'elle ne pouvait pas les voir en peinture, mais qu'ils n'en avaient rien à battre et continuaient de venir à elle quoi qu'elle fasse.

Chloe est d'humeur joueuse. J'aligne les bouteilles vides pour le jour où j'irai à la benne avec Rossa Considine.

— Tout comme les travestis viennent à toi, Lola.

… à la benne avec Rossa Considine…

— Sainte Lola, patronne des travelos.

Mais Chloe est Rossa Considine. La vie est parfois bien curieuse.

Samedi 13 décembre, 11h22, appel de Bridie.

— J'ai mal aux cheveux, m'annonce-t-elle d'une voix éraillée. C'était l'arbre de Noël de la boîte, hier. Tu sais que t'as de la chance de bosser à ton compte.

— De ne pas bosser…

— Tu peux couper aux festivités d'entreprise. J'ai plus les yeux en face des trous. Tu sais, je réfléchissais à Dee Rossini et au scandale dans lequel elle est mouillée. Elle a bien failli perdre son poste, dans cette affaire. Et je me disais comme ça que Paddy de Courcy aurait beaucoup à perdre si tu parlais à la presse de ses petites turpitudes.

— Il ne s'agissait pas de turpitudes.

Je peux me permettre de lui clouer le bec, parce que Bridie m'a récemment avoué un honteux secret. Depuis qu'elle est mariée, sa vie sexuelle bat de l'aile. Barry, qui travaille dans les ressources humaines, a dressé un bilan annuel de leur couple et comptabilisé en tout et pour tout quinze rapports intimes au cours de l'année civile écoulée, ce qui nous fait un rapport par mois, plus trois extras, le jour de leurs anniversaires respectifs et le soir de la victoire de Kildare au championnat national de football. (Bizarre, dans la mesure où ils ne sont ni l'un ni l'autre supporters de Kildare. Y aurait-il un lien avec la rocade ?)

— Oh que si, Lola. J'admets que, sur le moment, je me suis fait l'effet d'un bonnet de nuit comparée à toi. Mais avec le recul… Il n'y a pas beaucoup de place pour l'amour dans les jeux sexuels auxquels te soumettait Paddy. Et je serais prête à parier que tu ne m'en as pas raconté la moitié.

Je suis bluffée. Bridie aurait-elle récemment développé un don de télépathie ?

— Tu n'y comprends rien, il s'agissait d'érotisme.

— De perversion.

— D'érotisme.

— De perversion.

Bridie est la pire tête de mule que je connaisse.

15h27, retour à la maison après un passage en ville.

Je trouve Rossa Considine devant chez lui, occupé à bricoler sa voiture.

— Salut !

— Salut !

— Pourquoi vous n'êtes pas au fond d'une grotte à faire votre numéro de mec bizarre ?

— Parce que j'ai décidé d'y aller plutôt demain.

— Je vois. Vous savez, j'ai réfléchi à un truc.

— Quoi donc ?

Il lève le nez de son capot et marche vers moi.

— On devrait organiser un réveillon de Noël avec les filles du vendredi.

— Qu'est-ce qui vous prend ? Je croyais que tous ces travelos vous bassinaient.

— C'est vrai, mais je viens de parler avec mon amie Bridie. Elle a fêté Noël avec les gens de son bureau, hier soir. Ça m'a donné envie.

— Vous n'avez pas besoin de cette excuse pour vous soûler.

— Si, parce que, si je commence à picoler sans avoir de prétexte, je finirai alcoolique.

— Vous prévoyez de faire ça quand ?

— Mardi en quinze, ce sera la veille de Noël.

— Qu'est-ce que vous faites le jour de Noël ?

— Je pars quatre jours à Birmingham voir mon père. Puis je monte à Édimbourg fêter le nouvel an avec mes amies Bridie et Treese. Je ne rentrerai pas à Knockavoy avant le 4 janvier ; le mardi 23 est donc la seule date possible. Je peux me charger du vin chaud et des mince pies.

— Ça va vous donner du boulot. Laissez-moi en discuter avec les autres.

Mes copines du vendredi ont tissé une sorte de réseau informel et se contactent par messagerie électronique durant la semaine. Je n'ai pas été invitée à en faire partie et, franchement, ça me laisse froide.

— Zut ! Je ferais bien de rentrer, je ne sens plus mes pieds.

Ça fait un moment que nous sommes là à bavarder dans un froid glacial.

— Vous voulez entrer prendre un thé ?

— Oh non, dis-je, soudain intimidée.

Lundi 15 décembre, 19h29, chez Mme Butterly.

Grâce à Mme Butterly, je viens d'apprendre une nouvelle qui me réchauffe le cœur. Oussama n'ira plus seul au cinéma à Ennis le vendredi soir. Gillian Kilbert l'accompagnera. Comme elle a une voiture, M. Pruneau n'aura plus à prendre le bus. En plus, ça donnera à Gillian une occupation pendant que son petit ami se travestit en femme. (Ce dernier commentaire est bien sûr de mon cru.)

Émergence d'un esprit communautaire à Knockavoy.

Mardi 16 décembre, 23h22.

Couchée dans mon lit, je rêvasse. Si j'étais un homme, je serais amoureux de Chloe.

Mercredi 17 décembre, 19h07.

Au moment où je sors dîner en ville, j'aperçois Rossa Considine qui rentre du travail. Il m'interpelle pour m'annoncer que l'opération Noël des travelos est lancée.

Excellent !

Vendredi 19 décembre.

Rossa Considine m'a menti. Notre opération n'est pas en bonne voie. Elle a été sabotée par Natacha.

— Pas question que je passe mon réveillon de Noël à regarder des variétés à la télé en mangeant du pudding, a-t-elle décrété. Je veux sortir danser.

J'ai imploré sa petite face chafouine.

— Soyez raisonnable, Natacha. Nous nous ferons lyncher si nous nous montrons au Baccara (la discothèque locale).

Mais Natacha ne veut pas en démordre :

— Je connais à Limerick un endroit qui accepte les gens comme nous.

— Oui, mais... ?

— Mais nous avons besoin d'un minibus et de quelqu'un pour faire le chauffeur.

— Je m'en charge, dit Chloe.

(Cette semaine, elle porte une robe dos nu d'une coupe incroyablement stylée. Dans un petit 38 de chez Topshop !)

— Non, pas question que tu conduises, s'emporte Natacha. Lola sera notre chauffeur si elle ne veut pas perdre ses allocations.

Chloe est outrée.

— C'est du chantage ! Je te rappelle que c'est Lola qui a lancé cette idée de réveillon.

Mais Natacha a déjà fait miroiter aux autres filles la vision d'une boîte où elles pourront danser librement en compagnie d'autres gens de leur monde.

— S'il te plaît, Lola, me supplie Blanche.

— Oui, j'ai très envie d'y aller, insiste Sue.

— Oh oui, Lola, m'implore l'agent Dolores Lyons.

— D'accord, finis-je par accepter à contrecœur.

— Non, proteste Chloe.

— Ne vous en faites pas pour moi, je ne fais que suivre ma vocation.

22h13.

Tout le monde est parti, sauf Chloe. Elle a pris l'habitude de rester pour m'aider à ranger.

Tandis que je reverse dans leur sachet des biscuits apéritifs que j'ai bien l'intention de resservir la semaine prochaine, je demande à Chloe :

— Tu penses vraiment que la femme de Noel le croit au pub avec ses copains quand il vient ici le vendredi soir ?

— Je ne sais pas. C'est peut-être plus facile pour elle de faire semblant d'y croire.

— Tu as de la chance. Gillian est au courant et ne semble pas s'en formaliser.

— Oui, j'ai beaucoup de chance, reconnaît Chloe. Gillian est très tolérante. Elle me dit que, si elle avait le choix, elle préférerait que je renonce à la spéléo, parce que c'est très risqué.

Chloe m'a suivie à la cuisine. Tout en versant du liquide vaisselle sur les verres, elle me demande à brûle-pourpoint :

— Tu as déjà eu un petit ami qui se travestissait en femme ?

Long silence, beaucoup trop long quand on connaît la réponse.

— Non… mais…

— Mais ?

— Mais j'ai eu un amant qui avait d'autres lubies.

Chloe coupe le robinet d'eau chaude.

— C'est-à-dire ?

— Eh bien, des fantaisies sexuelles.

Son expression reste impénétrable.

— Si tu y as pris plaisir, je ne vois aucun mal à ça.

— C'était… disons… intéressant. Il faut parfois repousser ses limites, tu ne trouves pas ?

— Oui, si vous y trouviez tous les deux votre compte.

Soudain, une image me revient de ce week-end où Paddy m'avait emmenée à Cannes. Jet privé. Limousine à l'aéroport. Suite luxueuse à l'hôtel Martinique.

À notre arrivée, le lit était entièrement recouvert de sacs au nom des plus prestigieuses boutiques de la Croisette. Je gambadais d'une chambre à l'autre en poussant des cris d'extase quand, soudain, je me suis trouvée nez à nez avec une jeune Russe en tailleur Chanel qui attendait dans le living. Que faisait-elle là ? Je l'ai d'abord prise pour une secrétaire, pensant que Paddy aurait besoin de travailler pendant ces deux jours.

Puis il s'est approché.

— Je te présente Alexia. Elle va nous tenir compagnie pendant notre séjour à Cannes.

J'avais peur de comprendre.

Avec un œil lubrique, il a ajouté :

— Ça va te plaire.

À ce souvenir, je sens mon estomac se révulser et mes bras se couvrir de frissons.

— Lola, ça va ? s'inquiète Chloe.

— Oui, oui, c'est juste que cet ami…

— Oui ?

— Il m'a obligée à coucher avec une prostituée russe et à le regarder pendant qu'il lui faisait l'amour.

— Ça t'a plu ?

— Sur le moment, j'ai cru que oui.

— Et maintenant ?

J'ai la gorge nouée et je tremble de partout.

— Maintenant, non. Maintenant, cette scène m'apparaît effroyable et honteuse. Je n'arrive pas à croire que j'aie pu faire un truc pareil. Il ne s'agissait pas de repousser ses limites. Il ne s'agissait pas d'audace sexuelle. Mais d'humiliation. Je me suis laissé rabaisser.

Ma voix grimpe dans les aigus, et j'ai de plus en plus de mal à respirer.

— Viens t'asseoir.

Au salon, Chloe me prend sur ses genoux comme une mère son enfant et me serre étroitement contre elle. Peu à peu, mes tremblements se calment. J'avale de petites goulées d'air et finis par retrouver une respiration normale. Je me laisse aller contre elle et trouve un immense réconfort dans sa façon de porter mon poids. Puis je pense : comme ses mains sont grandes et belles.

— J'aurais pu refuser, dis-je d'une voix étranglée.

— Non, parce que, si tu avais pu refuser, tu l'aurais fait.

Je lui suis tellement reconnaissante de si bien me comprendre.

— C'est vrai, j'avais peur qu'il se moque de moi. Qu'il cesse de m'aimer. J'avais peur, tout simplement peur.

Il y a eu d'autres scènes, tout aussi terribles. J'ignore pourquoi celle-ci, plus que les autres, m'est revenue ce soir.

0h44, au lit.

Impossible de dormir. Je n'arrête pas de penser à ce que je viens de confesser à Chloe, au fait que j'aie pu considérer comme normale une partie à trois avec une prostituée.

À présent, ça ne me semble plus normal du tout, mais, au contraire, malsain et bizarre.

Il m'apparaît clairement que, dès le tout début, la sexualité avec Paddy a été une affaire malsaine et bizarre. Comment ai-je pu trouver érotique d'être conduite dans un sex-shop pour un premier rendez-vous galant ? C'était une mise à l'épreuve. Il me sondait pour savoir ce que j'étais prête à accepter. Et il en a conclu que j'accepterais n'importe quoi.

Bien que je me sois prêtée à sa petite comédie à Cannes, au fond de moi je devais savoir que c'était mal, parce que je n'en avais jamais parlé à personne. À une époque, je m'étais vantée de mes expériences érotiques avec Paddy de Courcy. Mais à un moment j'avais cessé d'en parler à Bridie et aux autres, car j'avais décelé un changement dans leur attitude. Ils n'étaient plus impressionnés ni jaloux, c'était autre chose. De l'inquiétude, peut-être.

Samedi 20 décembre, 8h33.

Je suis en route pour Tipperary, où j'ai une mission de stylisme pour une fête de Noël.

Rossa Considine est penché sur le coffre de sa voiture, d'où il extrait des cordes et d'autres machins du même ordre.

Il marche jusqu'à la clôture qui nous sépare et prend de mes nouvelles. Je me demande ce qui me vaut cette soudaine sollicitude. J'ai oublié que je lui ai raconté mon week-end à Cannes avec Paddy et Alexia. Parce que en fait ce n'est pas à Rossa, mais à Chloe que j'ai confié cette histoire.

Je suis agacée qu'il soit dans la confidence, comme si Chloe avait trahi ma confiance.

— Ça va. Faut que j'y aille.

Sa sympathie, il peut se la mettre où je pense. Si j'avais attendu de la gentillesse de la part de Rossa Considine, je me serais confiée à Rossa Considine.

19h17.

Comme je passe devant le Dungeon, Boss m'interpelle :

— Lola Daly, j'ai deux mots à te dire.

J'entre et accepte un verre vite fait.

— C'est vrai que Gillian Face de fouine tient compagnie à Oussama le vendredi soir pendant que vous autres vous vous promenez en tenue de bonne femme ?

J'en reste comme deux ronds de flan.

— Comment vous savez ? C'était censé rester secret.

— Rien ne reste secret longtemps dans cette ville, ma grande. J'avais du mal à gober ton histoire de club du film de mode et de vengeance, alors hier soir on vous a espionnées. On s'est cachés tous les trois dehors. Franchement, je m'étonne que vous nous ayez pas entendus nous marrer comme des baleines.

— Je rigolais tellement que j'ai failli me faire un lumbago, me dit le Maître.

Enfer et damnation !

— Je suis peiné que tu ne nous aies pas fait confiance, Lola. Nous pensions être tes amis.

— Mais vous êtes mes amis, fais-je, contrite.

(Boss a été un vrai père pour moi. Il m'a poussée à m'inscrire au chômage, il m'a payé des tournées.)

Mais je n'avais pas le droit de trahir les autres.

— Je connais l'identité de chacune de tes copines. J'ai vérifié avec leurs plaques minéralogiques.

D'un geste du menton, il me désigne Moss, dont les « relations » leur auraient permis de découvrir le nom et l'adresse des propriétaires des véhicules.

Catastrophe ! Si Noel apprend que son secret est éventé, il va nous faire un coup de sang. En plus, une de mes copines est quand même un représentant des forces de l'ordre.

Je pose ma main sur le bras de Boss, un geste dont je m'abstiendrais en temps ordinaire, mais qui s'impose en cette période de crise.

— Il ne faut en parler à personne, je vous en supplie. Ces pauvres hommes… je suis leur seul refuge.

— À qui j'en parlerais ?

— À qui ? Mais à tout le monde, pardi !

— Ouais, mais quel mal vous faites, quand on y pense ? C'est pas comme si vous torturiez des gens. Et puis vous nous avez donné une belle occasion de rigoler.

— Je vous interdis de rire des travelos !

— En fait, commence le Maître sur le ton sentencieux qu'il emprunte généralement pour nous assener une de ses leçons, le terme est inapproprié. Ce ne sont pas des travelos, car aucun d'eux n'est homosexuel.

— Pats Conlon l'est.

— Non.

— Si.

— Une aventure d'un soir sur une plage de Singapour après une soirée trop arrosée, ça ne compte pas.

Nous avons ensuite droit à une longue conférence du Maître sur la pratique de l'habillement croisé et les mœurs sexuelles qui l'accompagnent.

Dimanche 21 décembre, 20h47, le Oak.

L'endroit est bondé, bien que nous soyons dimanche soir. Encore un effet de la période des fêtes. Je dois attendre des plombes qu'on me serve ma soupe du jour sans grumeaux. Le pauvre Oussama court d'une table à l'autre sur ses jambes d'Égyptien.

Je repère Considine au milieu d'une bande de vrais mecs en bottes crottées. Ils sont assis, leurs cuisses musclées largement écartées, des bocks de bière dans leurs grosses paluches. Ses potes de la spéléo, sans doute. S'ils savaient à quoi s'occupe leur copain le vendredi soir… Mais peut-être qu'ils savent. Après tout, Gillian est bien au courant.

Lundi 22 décembre, 5h05.

Impossible de fermer l'œil. J'attends que le jour se lève.

Mes souvenirs de Paddy me hantent. En fait, ce sont eux qui m'ont réveillée.

J'essaie de penser à des sujets plus gais. L'opération Noël des travelos est en bonne voie. Nous avons réservé un minibus chez Gregan's, à Ennistymon (« À votre service pour vos funérailles, vos préparations pharmaceutiques et votre location de véhicule », tel était leur slogan affiché à leur devanture). Chloe a tout organisé.

Mais rien n'arrive à me remonter le moral. Dans l'obscurité qui précède l'aube, je me sens atrocement seule et j'aimerais me confier à Chloe. Quand je lui ai parlé de Paddy, elle m'a comprise, sans porter de jugement, et ne m'a témoigné que de la gentillesse.

La situation est quand même très étrange. Car Chloe n'existe pour moi qu'un soir par semaine. Le reste du temps, je ne peux pas l'appeler, ni rien. Je ferme les yeux et tente de me rendormir, mais je n'arrive pas à me débarrasser d'un sentiment de profonde tristesse.

J'appelle ma mère :

— Maman ?

Mais, au lieu d'entendre sa voix, c'est le souvenir d'une autre scène avec Paddy qui resurgit.

J'avais attrapé une sale grippe. J'étais si mal que j'avais décidé de rester chez lui pendant quelques jours, en attendant d'aller mieux. Le matin, avant de partir travailler, il m'administrait une dose de médicaments avec du Sprite sans bulles. Puis remettait ça quand il rentrait le soir.

Une nuit, à son retour, il a allumé la lumière et m'a tirée d'un sommeil fiévreux. J'étais en nage. Au moment où je m'étais réveillée, je rêvais que je marchais dans une immense maison à la recherche de la salle de bains. Encore comateuse, j'ai compris que j'avais besoin de faire pipi et je me suis obligée à sortir de mes draps brûlants.

J'étais assise sur les toilettes, le front contre le carrelage mural dont la fraîcheur me faisait du bien, quand j'ai vu que Paddy m'avait suivie.

Je n'étais pas choquée. Dès le premier jour de notre relation, il avait décrété que la porte de la salle de bains devait rester ouverte. Je ne m'y étais jamais vraiment habituée, mais, quand je comparais ça à toutes les autres choses que nous faisions ensemble, il me semblait un peu dérisoire d'insister pour préserver mon intimité au petit coin.

— Comment ça va ? m'a-t-il demandé.

— Je suis malade comme un chien. Et toi, ta journée ?

— Bah, tu sais.

Je me suis levée, j'ai tiré la chasse d'eau, puis passé mes mains sous le robinet d'eau froide, mais, quand j'ai voulu retourner dans la chambre, Paddy s'est mis en travers de mon chemin.

— Qu'est-ce qu'il y a ? lui ai-je demandé.

Il m'a repoussée contre le bord du lavabo. Dans l'état où j'étais, il n'allait pas... Mais j'ai alors senti la rigidité de son sexe sous l'étoffe de son pantalon. Il avait envie de faire l'amour, alors que je pouvais à peine tenir debout.

Il avait ses mains sur mes épaules et m'embrassait dans le cou.

— Non, Paddy, je ne suis pas en état.

Il a glissé ses mains sous la veste de mon pyjama et touché le bout de mes seins dressés au garde-à-vous. J'ai ravalé le cri qui me montait à la gorge.

J'ai entendu le bruit sec de sa braguette qui s'ouvrait. Il a tiré sur le bas de mon pyjama. Mes mamelons en érection frottaient contre le tissu de mon pyjama, et cette sensation me donnait envie de m'arracher la peau.

— Non, Paddy, ai-je protesté un peu plus fort. Je ne me sens vraiment pas bien.

J'ai essayé d'échapper à ses bras qui me tenaient fermement, mais il était beaucoup plus fort que moi.

— Non, Paddy, je ne veux pas.

Le pantalon de mon pyjama était déjà sur mes genoux, et mes cuisses frissonnaient au contact de l'air froid. Paddy cherchait un passage pour s'introduire en moi. Ma résistance sèche décuplait ses efforts. J'avais mal. Il m'a pénétrée à grands coups violents ponctués de grognements.

— Paddy.

— Ferme la, m'a-t-il dit entre ses mâchoires serrées.

J'ai aussitôt cessé de me débattre et l'ai laissé me trousser brutalement contre le rebord du lavabo qui me broyait le dos.

Les grognements sont devenus de plus en plus forts, les poussées de plus en plus douloureuses. Enfin un long tremblement et un râle. Il s'est laissé mollement retomber sur moi. J'avais le visage enfoui contre son torse. Je pouvais à peine respirer, mais je ne me suis pas plainte. J'ai attendu. Au bout d'un moment, il s'est retiré et m'a souri tendrement.

— Viens, je te ramène dans ton lit.

Deux jours plus tard, j'en étais arrivée à la conclusion que son comportement de cette nuit-là n'avait rien d'anormal. Comme j'étais toujours partante, il devait me prendre pour une bête de sexe et penser qu'une petite grippe n'allait pas diminuer ma libido.

Mardi 23 décembre, 19h30.

Chloe arrive et me serre dans ses bras. Depuis que j'ai vidé mon sac à propos de Paddy et de la prostituée russe, ce geste d'affection de sa part me semble tout à fait naturel.

— Je suis en avance, me dit-elle, j'espère que ça ne t'embête pas. Je voulais m'assurer que tu étais toujours d'accord pour faire le chauffeur, ce soir. Tu connais la route ? Si tu veux, je peux repartir et revenir avec les autres à 20h30.

— Non, entre, je t'en prie.

— Comment te sens-tu après ce que tu m'as confié vendredi dernier ? J'espère que tu n'as pas regretté de m'en avoir parlé.

— Non, rassure-toi. En fait, ça a même fait resurgir d'autres souvenirs.

Je lui raconte alors ce qui s'est passé cette nuit où j'avais la grippe. Et pas seulement ça, d'autres occasions aussi. Chloe est gentille, elle ne me demande pas pourquoi je ne l'ai pas quitté. Elle ne me pose aucune question qui pourrait me mettre dans l'embarras. Elle se contente de m'écouter, de me serrer dans ses bras et de me laisser pleurer.

20h30.

Je suis allongée sur mon lit et j'ai sur les yeux des cotons imbibés de lotion au concombre censés rendre un aspect humain à mes paupières gonflées par les larmes. Des hurlements d'excitation me parviennent du rez-de-chaussée, où ces dames sont en train d'enfiler leurs tenues de bal.

21h15.

Début officiel de l'opération Noël des travelos. Natacha, Blanche, Chloe, Sue et Dolores ont pris place à bord du minibus. Chloe s'assoit avec moi à l'avant. Elles sont toutes en strass et paillettes (sauf Dolores, qui s'est habillée en femme policier, avec menottes et matraque). Je me sens d'excellente humeur. Rien de tel qu'une bonne crise de larmes pour vous requinquer.

22h30, Limerick, Club HQ.

Je gare le minibus, et nous descendons sur le parking. Il y a de l'excitation dans l'air, bien que teintée d'appréhension. Pour toutes, ce sera leur première apparition publique en tant que femmes (sauf pour Chloe, qui l'a déjà fait souvent à Édimbourg). Qu'arrivera-t-il si Natacha a été mal informée et si cet endroit n'est qu'une banale discothèque ? Nous n'en ressortirons pas vivantes.

Mais, si j'en juge par la stature des autres femmes qui traversent le parking pour gagner l'entrée de la boîte, en ajustant qui sa perruque, qui ses parties intimes, et en jurant d'une voix virile quand elles se tordent la cheville sur leurs talons hauts, nous sommes à la bonne adresse.

Chloe et moi ouvrons la route, et notre petite troupe est gracieusement invitée à entrer.

L'endroit est petit et mal éclairé. Une boule à facettes pend au plafond. Des bulles colorées dansent sur les murs. La sono joue à fond. La salle est pleine à craquer de femmes sublimes et d'hommes à la mine bienheureuse.

L'un de ces beaux mâles aborde Natacha :

— Salut, toi. J'adore les rousses. Je parie que t'as un tempérament de braise. Tu danses ?

— Pourquoi pas ? répond-elle.

Et la voilà partie alors que nous venons à peine de franchir la porte.

Il existe un nom pour les hommes qui fantasment sur les travestis, on les appelle des « admirateurs », et le Club HQ en regorge. Dolores est la deuxième à nous quitter pour aller danser. « J'adore les femmes en uniforme », lui a lancé son cavalier avant de nous l'enlever. En un rien de temps, Blanche les suit.

Sue, Chloe et moi trouvons un rebord sur lequel poser nos verres remplis d'un breuvage rose et sirupeux. Nous contemplons la salle. Certains travelos ont l'air de vraies femmes.

— Parce que ce sont de vraies femmes ! me crie Chloe pardessus la musique. Des épouses et des copines qui viennent ici soutenir leurs conjoints.

Je suis fascinée. J'aurais pensé que toutes les femmes seraient révoltées à l'idée que leurs compagnons portent des vêtements de fille. Sans doute parce que moi-même je trouvais ça répugnant. Pas répugnant en soi, mais répugnant chez un homme avec qui on sort. Comment pourrais-je encore être attirée par mon fiancé si je l'avais surpris en culotte de dentelle rose ?

— Homme à l'abordage, dis-je à l'oreille de Chloe. Il va t'inviter à danser.

Mais, à mon grand étonnement, il choisit Sue. Chloe est la seule de mes amies qui n'ait pas encore été invitée ; elle est pourtant la plus belle et la mieux habillée – à la fois sexy et élégante dans une robe portefeuille lie-de-vin taillée dans une étoffe chatoyante, la jambe galbée dans un collant fantaisie et juchée sur des talons vertigineux.

— Tu ne devrais pas rester avec moi ! lui hurlé-je. Ça décourage les prétendants. Va plutôt danser.

— Non, je... Dieu du ciel ! (Elle regarde la piste d'un air éberlué.) Est-ce que c'est bien Sue que je vois ?

Je me dévisse le cou, et le spectacle que je découvre me laisse pantoise. C'est étonnant, les talents que nous gardons cachés en nous. Sue, le terne et taciturne cultivateur de patates, vient de se métamorphoser sous nos yeux en une étoile du disco. Elle se déhanche et fait bouger son corps avec des mouvements parfaitement synchrones, la tête d'un côté, les épaules de l'autre. Ses jambes torses de poulet famélique sont moulées dans un collant voile brillant. Elle produit son petit effet sur la piste.

— Qui aurait pu se douter ? dis-je.

Comme personne n'invite la belle Chloe, à la fin elle me propose une danse.

— Viens, ce sera toujours mieux que de faire tapisserie.

Chloe danse à merveille. Ça faisait longtemps que je ne m'étais pas autant amusée. Deux hommes avancent vers nous, puis battent en retraite quand ils réalisent que je suis une vraie femme.

— Pourquoi pas elle ? fait l'un des gars en désignant Chloe de son pouce.

— Non, c'est un mec.

Le gars zieute mon amie d'un air dubitatif.

— Ouais, t'as raison, barrons-nous.

2h07, retour à la maison à bord du minibus.

Les babillages vont bon train. Il n'est question que d'admirateurs, du plaisir de se montrer en public, des compliments qu'elles ont reçus. Toute la troupe nage dans l'allégresse. En dépit de l'heure tardive, les voitures sont encore nombreuses sur la route. Tous ces gens rentrent sans doute de fêtes de Noël.

Nous avançons à la vitesse d'un escargot et, pour finir, nous nous trouvons bloquées dans un embouteillage monstre. Il y a des voitures partout et des faisceaux de lumière au-dessus de nos têtes.

— Qu'est-ce qui se passe ?

— Barrage de police, nous annonce Dolores. (Elle nous montre son talkie-walkie. C'est idiot de ma part, mais je l'avais pris pour un faux.) Opération Noël sobre.

Un barrage de police ! La panique s'empare de nous. Non que je craigne de souffler dans le ballon, je suis tout ce qu'il y a de sobre. Mais je transporte une bande de travelos, dont un membre de la garde nationale, qui s'est en plus offert le luxe de se déguiser en femme policier (est-ce un délit sanctionné par la loi ?). Je sais ce qu'ils pensent tous. On va nous faire sortir, nous demander de poser nos mains sur le toit du véhicule et procéder à une palpation de nos parties intimes. Nos familles seront mises au courant, le scandale transpirera dans la presse. Nous sommes fichus.

Je me tourne vers Chloe. Nous échangeons un regard, puis d'un même élan nous ramassons une carte routière sur le plancher.

— Je fais demi-tour, dis-je.

Mais Chloe avait déjà compris.

— Je te servirai de copilote.

Je freine, exécute un demi-tour impeccable et reprends la route de Limerick en sens inverse. Mais Dolores nous annonce une autre mauvaise nouvelle.

— Ils ont mis en place un autre barrage devant nous.

Nous sommes prises au piège.

— Non ! se lamente Natacha. Je vais tout perdre.

— Il faut quitter la route, décrète Chloe.

— Tu vas tout perdre, fulmine Dolores. Et moi donc, je fais partie des forces de l'ordre.

Tandis qu'ils se disputent à l'arrière pour savoir qui a le plus à perdre dans cette histoire apparaît au loin la lueur du deuxième barrage. La circulation commence à ralentir.

Je me mets à pester.

— Selon la carte, il devrait y avoir une petite route à gauche, me dit Chloe. Je la vois ! Elle est là !

Aucun panneau n'indiquant la bifurcation, j'arrive dessus trop vite et dois braquer au dernier moment. Je fais crisser mes pneus dans le virage, ce qui a pour effet d'attirer l'attention des flics qui se tiennent au milieu de la chaussée, dans le faisceau de leur lampe à sodium, tels des visiteurs de l'espace surgissant d'une soucoupe volante. Alors même que je m'engage sur la petite route obscure, j'ai conscience de leurs regards braqués sur nous. Des cris retentissent.

— Merde, ils nous ont repérés !

— Continue, t'arrête pas, me dit Chloe sans perdre son calme. À quatre cents mètres, tu verras une autre route sur ta droite.

— Ils nous ont pris en chasse ! s'écrie Dolores. Je viens de l'entendre sur mon talkie-walkie.

Le choc est si grand que je sens mon esprit quitter mon corps et flotter au-dessus de moi. Je suis prise en chasse par une voiture de police. Comment ai-je pu me retrouver dans cette galère ?

— Ils connaissent mieux que nous les routes du coin ! s'exclame Sue. Nous sommes foutus.

Tandis que je file à toute allure dans l'obscurité et sur une route défoncée, Chloe, toujours impassible, me dit :

— Continue à rouler, Lola. (Puis elle se tourne vers l'arrière de la voiture.) Écoutez-moi bien, vous toutes. Dans un court instant, nous allons stopper. Toutes les quatre, vous descendrez de la voiture. Et fissa. Puis vous vous cacherez. Lola et moi, nous continuerons à rouler, et c'est nous que la police poursuivra. (Du moins j'espère, me semble-t-il l'entendre penser.) Nous reviendrons vous chercher aussitôt que possible. Prends à droite ici, Lola.

Je réagis au quart de tour. La panique décuple mes réflexes.

— Chloe, tu descends aussi, dis-je.

Pourquoi devrait-elle prendre le risque de rester avec moi ?

— Pas question que je te laisse seule.

— Oh, mon Dieu, c'est une sirène que j'entends ?

Oui, c'est bien une sirène et, pire que ça, je distingue même les phares de leur voiture qui apparaissent par intermittence dans mon rétro.

— OK, Lola, prépare-toi à piler et, vous autres, préparez-vous à sauter.

La route est trop étroite pour cacher quatre travestis en fuite. Je ne vois pas en quoi le fait de les larguer va pouvoir les aider. Mais j'obéis aux instructions et pile à la hauteur de ce qui ressemble à l'entrée d'un site. Les filles plongent, les portières claquent et nous redémarrons dans une gerbe de gravillons.

— Où mène cette entrée ?

— À une carrière.

— Comment as-tu su qu'elle était là ?

— Je l'ai vue sur la carte.

— Mince alors, quand je pense que la plupart des femmes ne savent même pas tenir une carte à l'endroit. Est-ce que les flics nous suivent toujours ?

Mais je connais déjà la réponse, puisque j'entends hurler leur sirène.

— Il y a un village un peu plus loin. On s'y arrêtera.

— D'ac.

— N'oublie pas que nous n'avons rien fait de répréhensible. Nous y voilà, freine.

J'arrête la voiture devant la porte fermée d'un pub. Le cœur battant, je regarde les policiers descendre de leur voiture. Ils sont deux et n'ont pas l'air contents.

— Sortez de votre véhicule, m'ordonne le plus furibard.

Nous nous exécutons. De ma voix la plus innocente, je leur demande :

— Est-ce qu'il y a un problème, monsieur l'agent ?

— Pourquoi avez-vous cherché à vous soustraire à un contrôle de police ?

— Quel contrôle de police ?

Le type me fixe d'un air sceptique. Il est persuadé de m'épingler pour conduite en état d'ivresse.

— Pourquoi ne vous êtes-vous pas arrêtée quand vous avez entendu la sirène ?

— Je l'ai fait, je me suis arrêtée au premier endroit où ça m'était possible.

Autre regard incrédule.

— Soufflez là-dedans, m'ordonne son collègue.

Ils échangent un sourire méprisant. Ils sont sûrs que je passerai la nuit au poste.

Mais, à leur grande surprise – et à leur grand regret –, mon alcootest est négatif. Or ils ne peuvent pas me coller sur le dos une autre infraction. Mon permis est en règle. Le véhicule n'est pas signalé comme volé. Je ne transporte pas de cadavre dans mon coffre. Pas de drogue non plus. Nous ne sommes que deux filles de retour d'une soirée en boîte.

Un quart d'heure plus tard.

Les flics sont très réticents à nous laisser repartir. Ils savent que nous leur cachons quelque chose, mais ne trouvent pas quoi.

À contrecœur, ils regagnent leur voiture tout en me zieutant d'un air mauvais.

Avant de démarrer, le colérique me lance :

— Arrangez-vous pour ne plus jamais croiser mon chemin, mademoiselle Daly.

— Et joyeux Noël à vous, monsieur l'agent.

Près de moi, j'entends Chloe pouffer de rire. (Je dois avouer que cette dernière boutade de ma part était destinée à me faire mousser à ses yeux. Si j'avais été seule, j'aurais témoigné à ces agents beaucoup plus de respect.)

Leur moteur démarre, leurs feux s'allument, leur pot d'échappement crache un nuage de fumée, et les voilà partis. Le silence s'installe.

— On s'en est sortis !

Je suis étourdie par l'adrénaline, la joie, le soulagement et le plaisir d'avoir roulé ces flics dans la farine.

— Chloe, tu as été géniale. « Tourne à droite, arrête-toi là… »

— Non, c'est toi. Tu n'as pas perdu ton calme.

— On est comme Thelma et Louise !

Je voudrais la prendre dans mes bras et la faire tournoyer en l'air. Mais je me contente de l'embrasser.

Grace

Face au spectacle de Casey Kaplan déchirant un sachet de sucre en poudre avec ses dents, j'ai murmuré :

— Poseur !

J'étais surprise et presque ravie de voir que Kaplan avait trouvé un nouveau truc pour me taper sur les nerfs.

— Quel bouffon, a renchéri TC. Je vois pas ce qu'il y a de mal à se servir de ses mains.

— Tu vas sans doute me prendre pour une dingue, ai-je enchaîné, mais je trouve un côté jouissif à détester ce mec.

— Pareil pour moi.

Le bureau de Kaplan se situait un peu à l'écart, assez loin de nous pour que nous puissions lui baver dessus, mais pas encore assez pour qu'on n'ait pas besoin de baisser la voix. Discrètement, nous l'avons regardé verser le sucre dans son café puis se servir d'un stylo bleu pour mélanger.

— Gros porc, va ! a murmuré TC.

— Ouais, les cuillères c'est pas pour les chiens.

— Il pourrait gueuler à Grand-papa de lui en apporter une. L'autre accourrait et lui proposerait sûrement de touiller son café à sa place.

— Avec son zob.

— Ouais, avec son zob.

Soudain, la face de sorcière de Jacinta s'est interposée entre nous.

— Moi non plus, je peux pas l'encaisser, a-t-elle lâché d'une voix fielleuse. Mais c'est pas une raison pour négliger votre boulot.

D'une manière générale, l'ambiance de la rédaction était plutôt tendue, vu que la moitié des gens avaient pris la résolution d'arrêter de fumer au premier de l'an. Par moments, nous étions même carrément au bord de l'explosion. Comme j'avais arrêté depuis octobre, j'avais passé le cap le plus difficile. Je n'aurais pas dit que les cigarettes ne me manquaient pas, mais, contrairement aux autres, je n'étais pas plongée dans un état permanent de rage sourde.

Je me sentais d'autant moins solidaire de mes camarades abstinents que je savais déjà ce qui allait arriver. Demain, nous serions vendredi. Tout le monde irait chez Dinnegans, et les trois quarts de ceux qui avaient décidé d'arrêter recommenceraient à fumer après leur troisième verre. Le quart restant succomberait pendant le week-end, et lundi matin j'aurais retrouvé ma solitude de non-fumeuse (ou plutôt de fumeuse repentie, parce que notre rédaction abritait deux authentiques non-fumeurs, et je ne m'étais jamais rangée dans la même espèce qu'eux).

— Grace, au travail ! m'a répété Jacinta.

À contrecœur, je suis retournée à mon article et, quand mon portable a sonné, j'ai accueilli cette diversion avec un léger tremblement d'excitation. J'ai reconnu le numéro, c'était celui de Dickie McGuinness.

— Allô, McGuinness.

La ligne était si mauvaise que j'arrivais à peine à l'entendre, on aurait dit qu'il m'appelait de la planète Mars. D'où j'en ai conclu qu'il se trouvait chez Dinnegans, à cinquante mètres de là.

— Dickie, tu nous manques.

Il était soi-disant en reportage sur le terrain depuis le début de la semaine. (Finalement, ça doit être cool de travailler aux Faits divers. Il suffit de sortir deux fois l'an un papier sur les bas-fonds du crime, et le reste du temps on peut se consacrer à ses loisirs.)

— Grace, j'ai un truc pour toi.

— Je n'ose même pas imaginer.

Dickie peut parfois être très vulgaire, surtout quand il a un verre dans le nez.

— Tu veux… (Friture sur la ligne.) Ça te branche ?
— De quoi tu parles ?
— Tu veux ou non ?
— Oui, mais de quoi on parle ?
— Du nom de celui qui a payé deux malfrats polonais pour cramer ta bagnole.
Mon cœur a bondi dans ma poitrine. J'ai appuyé mon téléphone si fort contre mon oreille que j'ai entendu craquer le cartilage. Éternelle commère, TC a arrêté de taper sur son clavier et m'a regardée.
— Tu m'écoutes ? m'a demandé Dickie.
— Oui, je t'écoute.
— Alors, tu le veux ou non ?
— Bien sûr que je le veux !
La moitié du bureau a levé le nez pour me regarder.
— Je… suis… ah… seul… là ?
— Non, Dickie, je suis toujours là, mais c'est la connexion qui est mauvaise. Raconte.
— John Crown.
— Répète.
— John Crown. C.R.O.W.N. Crown comme Clown, mais avec un R. John comme John Lennon.
— Jamais entendu parler.
— Imag… uh… ine ?
— Non, je veux dire John Crown. J'ai jamais entendu ce nom.
Une salve de friture a vrombi sur la ligne, puis tout a été coupé. J'ai rappelé et obtenu une tonalité stridente que je n'avais encore jamais entendue. Peut-être était-il vraiment sur Mars. J'ai réessayé et obtenu la même tonalité. À la troisième tentative, j'ai regardé mon téléphone en me demandant ce qui se passait. Est-ce que je composais un mauvais numéro ? Est-ce que ce larsen était une sorte d'effet Dickie ? McGuinness travaillait dur à créer une aura de mystère autour de sa personne, et je dois reconnaître que ça marchait parfois.
— Qu'est-ce qui se passe ? m'a demandé TC.
— Rien.

J'ai tapé un texto à l'intention de Dickie en lui demandant de me rappeler.

— Je réitère ma question, a insisté TC. Qu'est-ce qui se passe ?

— Rien.

J'avais besoin de calme pour réfléchir. John Crown ? Qui ça pouvait bien être ? Est-ce que je le connaissais ? Avait-il une quelconque raison de m'en vouloir ? J'ai fouillé ma mémoire et passé en revue tous les articles que j'avais écrits, mais aucun John Crown.

Mes jambes tressautaient. Pour faire cesser leur tremblement, j'ai fermement appuyé mes pieds sur les carreaux de la moquette. Apprendre de la bouche de Dickie qu'un individu me haïssait au point de mettre le feu à ma voiture avait été un gros choc pour moi. Cinq semaines s'étaient écoulées, et je n'arrivais toujours pas à y croire. Six jours sur sept, la terreur me tirait du sommeil à 5h30 et puis s'estompait avec le temps. Mais McGuinness, en me révélant le nom de ce type, venait de la réveiller, et j'étais tétanisée.

— Ouais, je vais te croire, m'a fait TC. Tu me prends pour une bille ?

— Il faut reconnaître que t'as pas l'air bien malin quand tu remplis une grille de sudoku en tirant la langue. (J'ai levé les yeux de mon téléphone et contemplé TC d'un air navré.) Désolée.

— Qui est John Crown ? a demandé Tara.

— Ouais, qui c'est ?

Un lieu de travail en sevrage de nicotine se reconnaît à la colère rentrée qui l'habite, mais aussi à son intense besoin de divertissement.

— J'en sais rien.

— C'est pas vrai, ont-ils tous protesté en chœur.

Lorraine est la seule qui n'ait rien dit. Elle avait craqué et recommencé à fumer dès le 3 janvier. Joanne aussi est restée silencieuse, mais il est vrai qu'elle n'a jamais fumé (et comme nous le répétions souvent, elle n'a jamais vraiment fait partie du groupe).

— T'as l'oreille toute rouge, m'a fait remarquer TC. C'est bizarre.

En réalité, mon oreille me faisait très mal. Est-ce qu'elle était cassée ? Est-il possible de se casser une oreille ?

— Au travail ! a hululé Jacinta telle une chouette.

— Est-ce qu'on peut avoir des gâteaux ? a demandé Tara.

— Oh oui, Jacinta. S'il te plaît, des gâteaux.

— Non, non et non.

Je n'arrivais plus à travailler. J'avais la tête en ébullition. John Crown. Qui ça pouvait bien être ? Pourquoi avait-il payé des types pour brûler ma voiture ? Pourquoi un étranger me ferait-il une chose pareille ? Peut-être était-ce une erreur sur la personne ? Mais comment savoir ?

Sans un mot d'explication, je me suis extirpée de ma chaise et j'ai filé vers la sortie de secours. J'avais besoin de calme pour réfléchir, et l'air du dehors rafraîchirait peut-être mon oreille surchauffée. L'endroit était désert, le sol jonché de mégots. Je me suis assise sur les marches métalliques. L'air était glacé et humide. La rumeur de la ville m'encerclait, mais ici au moins je n'entendais plus les braillements de mes collègues.

J'ai respiré profondément, et il m'est venu une idée : Damien saurait peut-être qui était ce John Crown. Pourtant, quelque chose me retenait de l'interroger. Ce même quelque chose qui m'avait empêchée de lui confier ce que Dickie m'avait déjà appris, à savoir que l'incendie de ma voiture était intentionnel. D'ordinaire, je disais tout à Damien. Enfin, pratiquement tout. Par exemple, il ignorait que chaque mois, juste avant mes règles, je devais m'arracher de vilains poils de moustache. Non que ce soit un secret d'État. S'il me posait la question, je ne lui mentirais pas, mais je n'étais pas prête à lâcher l'info de mon propre chef. Bref, j'ignorais pourquoi je ne lui avais pas dit que quelqu'un m'en voulait. Sans doute que j'avais peur, en en parlant, que ça ne devienne réel.

Mais c'était bel et bien réel. J'ai recommencé à trembler, mais maintenant je pouvais au moins croire que c'était de froid.

Bon sang, quelle vie. Comme si ça ne suffisait pas, il y avait Marnie. Peu de temps après ma dernière visite, elle avait traversé la pire période qui soit. Plus de job, Nick parti avec leurs deux filles, et leur belle maison en vente. La maison n'avait pas encore trouvé preneur, parce que nous étions début janvier, mais ce n'était qu'une question de semaines.

Notre Noël avait été lugubre. Bid avait subi sa quatrième séance de chimio le 24 décembre, mais on ne pouvait pas encore se prononcer sur l'efficacité du traitement. Apparemment, la guérison n'était pas graduelle. Jusqu'au scanner prévu après la fin de son traitement, à la fin février, nous ne saurions pas si notre tante allait vivre.

Mes pauvres parents accusaient le coup, et c'était triste à voir parce que d'habitude Noël redonnait à papa du poil de la bête. Il avait échafaudé une théorie du complot sur laquelle il commençait à pérorer dès les premiers jours de décembre. D'une voix rageuse, il clamait à qui voulait bien l'entendre que l'Église, de mèche avec la grande distribution, poussait les gens à dépenser des fortunes pour quelques colifichets et une abondance de victuailles.

Dans d'autres foyers, Noël débute quand on descend les décorations du grenier. Mais, chez nous, c'est quand papa déclenche sa première attaque pour dénoncer une conspiration mondiale.

Pourtant cette année, hormis une tiède sortie contre l'inutilité des pots-pourris, il n'y a mis aucun cœur. Marnie, venue seule de Londres, a traversé la période des fêtes comme une morte vivante. Jusqu'alors, j'avais réussi à cacher à papa et maman son problème de boisson, mais je redoutais le pire. S'il prenait à Marnie la fantaisie de se biturer, il n'y aurait plus aucun moyen de laisser les parents dans l'ignorance. Pourtant, bizarrement, elle n'a pas bu une goutte. D'un autre côté, elle n'a pas non plus mangé, ni dormi ni desserré les dents.

Je me suis surprise à espérer. Elle en avait peut-être fini. Le choc provoqué par le départ de Nick l'avait peut-être guérie.

C'est Damien qui a suggéré que nous appelions Nick.

— Dix jours sans boire ? nous a-t-il répondu. Ce n'est pas assez.

— Enfin, Nick, si elle avait ton soutien.

— Non, Grace, je ne peux pas, pas avec les filles.

Sa réaction ne me faisait pas plaisir, mais je la comprenais en un sens.

Le 30 décembre, Marnie est retournée à Londres. J'ai décidé de l'accompagner pour l'aider à traverser la phase critique du nouvel an.

Damien a proposé de venir avec nous. J'étais tentée d'accepter. J'avais envie d'être avec lui. Il me semblait l'avoir à peine vu au cours des dernières semaines, même si nous avions partagé le même toit. Mais, après l'avoir obligé à renoncer au tabac pour ma tante, je n'allais pas pousser le bouchon trop loin en lui demandant de materner ma sœur un soir de Saint-Sylvestre.

La première chose que j'ai faite en arrivant chez elle a été d'inspecter la maison à la recherche de bouteilles de vodka. J'en ai retrouvé dans les cachettes les plus inattendues.

— Vide-les, m'a dit Marnie. Débarrasse-toi d'elles.

Comme si j'allais lui proposer de les siffler ensemble.

Nous avons passé l'après-midi du 31 décembre avec Daisy et Verity. Nous avons fait de notre mieux, mais bon sang... Daisy avait perdu son éclat. Cette charmante petite fille était devenue du jour au lendemain une créature terne et triste. Quant à cette pauvre Verity, elle n'était plus que manies et tics. Les filles n'ont pas cessé de nous demander pourquoi elles ne vivaient plus avec leur maman et quand elles pourraient rentrer à la maison. « Bientôt, leur promettait Marnie, très bientôt. »

Quand Nick est venu les chercher, elles ont bruyamment protesté, et j'ai cru que leurs cris allaient me faire exploser la tête. Pourtant, leurs larmes n'étaient rien en comparaison de celles que versait Marnie. Elle a pleuré si longtemps et ses sanglots ont été si violents que j'ai songé un instant à appeler les urgences.

— Être mère, voilà tout ce qui comptait pour moi dans la vie, a-t-elle hoqueté. Comment ai-je pu en arriver là ? On m'a retiré mes enfants, et je ne peux m'en prendre qu'à moi-même.

— Il suffit que tu arrêtes de boire et tu les récupéreras.

— Je le sais, Grace. Je le sais et je ne comprends pas pourquoi je m'obstine à... Et le plus horrible, tu sais ce que c'est ?

Le plus horrible, c'est qu'en ce moment même tout ce que je veux, c'est un bon verre.

— Eh bien, tu t'en passeras. Prends plutôt un friand à la saucisse.

Quand l'horloge a sonné les douze coups de minuit, Marnie avait cessé de pleurer et n'avait pas bu une goutte depuis deux semaines.

— Une nouvelle année, un nouveau départ ! ai-je proclamé quand nous avons levé nos verres de soda. Tout va s'arranger.

— Je sais.

Le lendemain, quand j'ai grimpé dans le taxi qui devait me conduire à l'aéroport, elle a tenté de me rassurer :

— Tout va bien se passer.

Son sourire à ce moment-là était d'une telle candeur qu'effectivement j'ai cessé de me ronger les sangs pour elle. J'avais presque oublié combien c'était agréable. Il ne restait plus que Bid sur ma liste de sujets de préoccupation. Et, bien sûr, cet homme qui m'en voulait assez pour cramer ma voiture. Le bonheur, en somme !

Mais une heure plus tard, après m'être enregistrée à l'aéroport, j'ai voulu passer un petit coup de fil à Marnie. Quand elle n'a pas décroché, j'ai su. Plantée au milieu du terminal 1, au milieu de la foule d'un lendemain de fête, j'ai su qu'elle avait replongé.

Je sais que ça pourra sembler un peu excessif, mais j'ai immédiatement fait demi-tour. J'étais aveuglée par la rage.

— Mais qu'est-ce qui t'a pris, enfin ? Tu viens de ruiner tous tes efforts ! ai-je hurlé.

— Je suis désolée, Grace, a-t-elle balbutié dans un torrent de larmes. D'être séparée des filles… la douleur était insupportable.

— La faute à qui ? Tu n'es qu'une sale petite égoïste. Si tu t'en donnais vraiment la peine, tu pourrais arrêter.

Les mâchoires serrées, j'ai pris le téléphone et appelé en tout seize centres de désintoxication – qui aurait pu penser que ce secteur était si florissant ? – et, à mon grand étonnement, j'ai découvert que presque tous étaient complets. « C'est notre plus grosse période d'activité », a ironisé un employé.

J'aurais dû être réconfortée de savoir que je n'étais pas la seule dans mon cas, mais en fait j'ai plutôt été sonnée d'apprendre que le monde était peuplé de tant de sales égoïstes. Quand bien même j'aurais réussi à lui trouver une place, aucun centre ne l'aurait accueillie sans qu'elle admette son alcoolisme. Or Marnie ne voulait rien savoir. Sous son apparente fragilité, elle pouvait être têtue comme une mule.

— Je traverse une mauvaise passe, c'est tout. Je ne peux pas arrêter maintenant. Mais, dès que les choses s'arrangeront pour moi…

— Comment les choses vont-elles pouvoir s'arranger ? Explique.

— Nick et les filles reviendront, et je n'aurai plus autant besoin de boire.

J'en aurais pleuré de rage.

— Mais ils ne reviendront pas. Ils sont partis parce que tu bois. Tu ne t'imagines tout de même pas qu'ils vont revenir alors que tu continues de boire.

— Je vais reprendre des forces et j'arrêterai. Quand la douleur se calmera, je pourrai ralentir.

Mais je n'étais pas si naïve et j'avais appris un ou deux trucs en appelant les centres de désintox.

— Rien ne s'arrangera. Tu vas t'enfoncer toujours plus, parce que tu es une alcoolique.

Elle a secoué la tête.

— Non, je suis simplement malheureuse.

Ma plus terrible crainte était de savoir qu'elle n'avait plus rien à perdre. Qu'est-ce qui pouvait encore la motiver à arrêter ?

J'ai pris un avion dans la soirée. J'étais obligée, je devais reprendre le travail le lendemain.

— Mais je reviendrai passer le week-end avec toi.

— Nous sommes déjà jeudi.

Marnie avait raison. J'avais complètement perdu la notion du temps.

— D'accord, ai-je dit d'un air faussement enjoué. Dans ce cas, je reviens demain soir. (Et j'ai ajouté, en me surprenant moi-même :) Dorénavant, je serai là tous les week-ends.

Mais, le lendemain soir, je l'ai trouvée sans connaissance dans sa cuisine, baignant dans une odeur d'urine. Elle était aussi légère qu'un petit enfant quand je l'ai portée jusqu'à sa chambre. Alors j'ai compris pourquoi j'avais pris cette décision de revenir chaque fin de semaine. J'avais peur qu'elle ne meure. Il pouvait lui arriver n'importe quoi. Elle pouvait dégringoler l'escalier et se briser la nuque. Son corps pouvait ne pas résister à l'absorption de tant d'alcool et de si peu de nourriture. Et puis Marnie avait toujours été candidate au suicide.

Elle se cramponnait à sa pensée magique : elle arrêterait de boire quand les choses iraient mieux.

Pendant ces deux jours que nous avons passés ensemble, mon impuissance face à son égoïsme a failli me rendre folle. Mais le lundi matin, à l'heure de mon départ, il y avait dans son regard une expression nouvelle. C'était de la peur. Pourtant, que pouvait-elle craindre ? Tout allait bien pour elle. Elle se soûlait à mort et nageait dans le bonheur.

Mais cet accès de cynisme passé, j'ai compris que Marnie n'était peut-être pas qu'une égoïste invétérée. Peut-être était-elle incapable d'arrêter de boire. Et, en dépit de toutes ses dénégations, elle aussi le savait.

Quand j'ai commencé à ne plus sentir mes fesses à force d'être assise sur les marches glacées de l'escalier de secours, je me suis dit qu'il était temps de retourner travailler. L'air du dehors n'avait pas calmé la brûlure à mon oreille. Au contraire, elle était plus douloureuse que tout à l'heure.

Quand je suis arrivée à ma place, Tara a levé vers moi un regard plein d'espoir.

— Tu as des gâteaux ?

— Euh… non.

— Quoi ? On te croyait sortie nous acheter des gâteaux, m'a lâché TC d'un ton accusateur. Où tu étais passée ?

Jacinta a reposé son stylo avec fracas.

— Pour l'amour du ciel ! Si c'est tout ce qui vous manque pour vous remettre au travail, je vais aller vous les chercher, ces fichus gâteaux !

Sur ce, elle a attrapé son sac (le noir, évidemment, puisque nous étions en janvier) et marché en trombe vers les portes battantes.

— Ne prends pas ceux à l'orange !

— Ni ceux au café !

Elle a fait volte-face. Les deux pieds écartés dans la posture d'un super héros, elle a lancé par-dessus nos têtes :

— Je prendrai le parfum que je veux et je vous emmerde !

Il y avait un homme qui saurait sûrement qui était John Crown, parce que ce gros malin prétendait tout savoir. Mais je n'avais pas l'intention de l'interroger. J'aurais préféré crever dans mon ignorance plutôt que de m'adresser à lui.

J'aurais normalement dû rester concentrée sur ma part de gâteau (noix et café, le plus mauvais que Jacinta ait pu trouver dans le magasin), mais mes yeux ne m'obéissaient plus. Sans que je puisse les retenir, ils partaient dans la direction de Casey Kaplan, pendu au téléphone. Quand nos regards se sont croisés, il a souri et m'a adressé un clin d'œil.

J'ai détourné la tête et contemplé mon gâteau. Peut-être que si je retirais les noix il serait moins dégueu.

Sur ce, je me suis emparée de mon téléphone et j'ai essayé d'appeler Dickie. Pas de réponse. L'homme était toujours sur Mars.

— Kaplan, tu as deux minutes ?

Il était assis les pieds sur sa table, à la manière d'un shérif dans un western. Ce que ce type pouvait être agaçant ! Aussitôt, il s'est redressé sur sa chaise.

— Tu peux tout me demander, Grace, tu le sais. Ce que tu as à me dire est confidentiel ? Tu veux qu'on descende chez Dinnegans ?

— Oh, écrase. Il paraît que tu connais tout le monde…

— Eh bien, pas tout le monde, mais…

— Pas de fausse modestie, nous savons tous combien tu es fabuleux. J'ai besoin de ton aide.

Il s'est figé. D'une voix dont avait disparu toute trace d'ironie, il m'a assené :

— Tu veux un conseil, Grace ? Quand tu attends un service de quelqu'un, ça ne mange pas de pain de se montrer aimable.

Devant mon expression fermée, il a ajouté :

— Juste un tout petit peu.
— Tu m'as piqué mon interview de Madonna. Tu as une dette envers moi.
Il a penché la tête sur le côté.
— Soit, si ça peut rééquilibrer les comptes.
— John Crown, est-ce que ce nom te dit quelque chose ?
— Ouais.
— Mais encore… qui est-ce ?
— Quoi ? Tu ne sais pas ?
— Je ne te poserais pas la question si je le savais.
— Et moi, je crois que tu le connais.
— Faux !
— Pourquoi tu t'intéresses à lui ?
Désarçonnée, j'ai répondu :
— C'est mes affaires.
— Ouais, je comprends. Excuse-moi. John Crown est le chauffeur d'un homme très en vue.
J'ai continué de le regarder fixement. Il allait falloir m'en donner un peu plus.
— Mais tu le connais sûrement sous son surnom de Spanish John. Il travaille pour Paddy de Courcy.
Soudain, c'était comme si mes veines s'étaient vidées de leur sang, et j'ai ressenti ce curieux picotement aux extrémités de mes membres.
Paddy avait commandité l'incendie de ma voiture. C'était à peine croyable ! J'avais l'impression de me trouver en plein roman policier. Pourtant, tout était bel et bien réel, parce que les dates coïncidaient. Six jours avant ça…
— Grace, ça va ?
— Oui.
J'ai foncé jusqu'aux toilettes, où j'ai rendu mon déjeuner.
Maintenant que je savais, c'était comme si j'avais toujours su. J'aurais dû m'en douter. Je ne suis pas idiote, je sais très bien de quoi Paddy est capable. Il m'avait vue au volant de ma voiture. Il savait combien j'en étais fière.
Je me suis relevée et j'ai marché jusqu'au lavabo sur mes jambes flageolantes. Face à mon reflet décomposé dans le miroir, je me suis demandé : que faire ? Rien. Mieux vaut

oublier. Tout ça fait partie du passé. Tu ne peux plus rien y changer. Le plus sage est d'agir comme si ça n'était jamais arrivé.

Nous avions besoin d'un nouveau canapé, le nôtre étant sur le point de rendre l'âme.

— J'aimerais mieux me couper une jambe que de passer un samedi dans un magasin de meubles pendant la période des soldes, m'a dit Damien. Mais il faut pourtant bien acheter un nouveau canapé ce week-end.

— Impossible. Je dois aller à Londres. Je ne peux pas laisser Marnie toute seule.

Après un bref silence, il m'a répondu :

— Je comprends.

— Je suis vraiment désolée.

— Tu sais quoi ? Je vais t'accompagner.

— C'est une mauvaise idée, tu ne supporteras pas. Je m'en voudrais de te gâcher ton week-end.

— Ça ne pourrait pas être pire que de déambuler dans les allées de Salon Center.

— Si, si, ai-je soupiré.

— Pourquoi tu ne me laisses pas t'aider ? s'est-il emporté. Tu es tellement… indépendante.

J'ai essayé de sourire.

— Je croyais que c'était ce qui te plaisait chez moi.

— Eh bien, ça ne me plaît plus.

— Écoute, Damien, surveiller Marnie en permanence… c'est tellement glauque, tu n'imagines pas.

En plus, j'avais le pressentiment que Marnie n'apprécierait pas de me voir débarquer avec Damien. Son état ne s'était pas amélioré, et il me semblait que la présence de Damien réveillerait sa honte et la pousserait à boire encore plus.

— Je te propose un compromis. Voyons comment se passe ce week-end, et ensuite on avisera.

— D'accord.

Le vendredi soir, en entrant chez Marnie, je me suis félicitée d'avoir découragé Damien de venir. Je l'ai trouvée vautrée dans le vestibule, entièrement nue, tellement soûle que je n'ai pas réussi à lui tirer deux mots d'explication. Je lui ai fait boire de l'eau avec de la vitamine B (un traitement qui m'avait été recommandé quand j'avais appelé SOS Alcool). Elle a dessoûlé et passé la nuit sans recommencer à boire. Je n'ai dormi que d'un œil et le samedi matin, dès la première heure, je la traînais à une réunion des alcooliques anonymes. Dans l'après-midi, je l'ai poussée à faire une promenade, puis j'ai préparé à dîner et passé une autre nuit à ne dormir que d'un œil (pas le même cette fois, histoire de changer un peu).

Mais, le dimanche matin, elle a dû se procurer de l'alcool je ne sais pas comment, parce que nous avions une conversation parfaitement normale à propos des collants de Sienna Miller quand j'ai remarqué que son débit ralentissait et qu'elle avait de plus en plus de mal à articuler. J'étais pourtant certaine d'avoir vidé toutes les bouteilles de la maison. J'ai été tellement déçue que je me serais volontiers couchée par terre et endormie pour toujours.

— Où tu l'as eu ?

— De quoi tu parles ? a-t-elle marmonné. On met de la mzique ?

Je ne sais pas ce qu'elle avait bu, mais ça devait être rudement fort, parce qu'elle est tombée ivre morte avec une étonnante rapidité.

J'ai appelé Damien. Je n'en pouvais plus. J'avais le moral à zéro.

— Comment va-t-elle ?

— Comme quelqu'un dans le coma.

— Mais je pensais qu'elle allait mieux.

— Moi de même. Mais je crois qu'elle a planqué une bouteille dans la salle de bains et je n'arrive pas à mettre la main dessus. J'ai pourtant tout passé au peigne fin.

Il a poussé un gros soupir.

— Rentre, tout ce que tu fais ne l'aide pas.

— Ne dis pas ça. (Après un long silence, je lui ai demandé :) Alors, quel est ton programme, aujourd'hui ?

— Je vais nous acheter un nouveau canapé.

— Non, ai-je protesté dans un fou rire. Surtout pas ! Je n'ose même pas imaginer ce que tu vas nous dégoter. Probablement un énorme machin en cuir noir. Prends leur catalogue et leurs échantillons, mais je te préviens, Damien Stapleton, n'achète rien.

— Tu ne me fais pas confiance ?

— Pour acheter un canapé ? Pas du tout. Appelle-moi ce soir pour me faire ton rapport. Et gare à toi, si tu oses passer commande. Tu t'en repentiras.

Le lundi matin, je me suis réveillée à 5h30 dans le lit de Marnie. Malgré l'heure très matinale, j'ai pris une douche rapide. Pendant que je m'habillais, j'ai essayé de sermonner ma sœur. Mais il était beaucoup trop tôt, et j'avais trop froid pour mobiliser l'énergie nécessaire. J'ai seulement réussi à l'implorer :

— Je t'en supplie, ne bois pas. Je serai de retour vendredi. En attendant, essaie de te retenir.

J'ai pris le vol de 7h45 pour Dublin, puis un taxi pour aller au journal et affronter une journée dominée par le sac à main noir de Jacinta. J'aurais préféré n'importe quelle autre couleur, même le rouge. Le noir est tellement déprimant.

Jacinta irradiait une énergie ténébreuse.

— J'écoute, quelles sont tes idées ? m'a-t-elle demandé.

— La rivalité entre frères et sœurs ?

— Non !

— Le retour en grâce du poker ?

— Non !

— L'alcoolisme chez les femmes trentenaires ?

— Non, retourne plancher.

Dès qu'elle s'est éloignée, j'ai appelé Damien. Il ne m'avait pas téléphoné hier soir comme prévu, et je craignais qu'il n'ait été convaincu par un vendeur pot de colle d'acheter à moitié prix un monstrueux modèle d'exposition.

— Tu ne m'as pas appelée, pourquoi ?

— Parce que.

— Dis-moi que tu n'as pas acheté de canapé.

— Je n'ai pas acheté de canapé. C'était horrible, Grace. Partout, il n'y avait que des couples en pleine scène de ménage.

Il faisait chaud comme en enfer. Enfin, j'ai quand même pris leur catalogue et quelques échantillons.

— On pourra peut-être les regarder ce soir, quand tu rentreras de ton quartier libre avec les potes ?

— Je ne suis pas obligé de sortir. Je pourrais rester à la maison. Je ne t'ai pas vue depuis vendredi.

— Non, tu dois sortir. Quand tout fout le camp, il est important de préserver la routine. De toute façon, je suis vannée, je ne serais pas de très bonne compagnie.

Avec l'aide de beaucoup de café et de sucre, j'ai réussi à me traîner jusqu'au bout de cette journée. Fait inhabituel pour un lundi soir, tout le monde allait chez Dinnegans, mais j'ai préféré rentrer au bercail.

Je luttais pour émerger, mais une vague de fatigue me replongeait chaque fois dans le sommeil. Il fallait pourtant que je me réveille. Pourquoi était-ce si difficile ? Quel jour étions-nous ? Peut-être samedi. Ce serait bien, je pourrais me rendormir. Mais soudain j'ai su que nous étions mardi. Je devais me lever et partir travailler. J'étais vannée. En plus, j'avais mal au nez. Hier soir, je lisais le dernier Ian Rankin quand je m'étais endormie. Le bouquin m'était retombé dessus et ce machin pesait une tonne.

J'ai ouvert les yeux et poussé un grognement.

Damien est sorti de la salle de bains, une serviette nouée autour de la taille, le menton à moitié rasé.

— Tu vas bien ?

— Oui, je suis juste crevée.

— Tu étais comateuse quand je suis rentré cette nuit.

— Avec Marnie, j'ai été à bonne école.

— Tu veux quelque chose ?

— Oui, que ma sœur arrête de boire, que ma tante guérisse de son cancer et que Paddy de Courcy n'ait jamais croisé ma route.

— Que dirais-tu d'un petit café ?

Lola

Vendredi 16 janvier, 10h07.

Mon téléphone sonne. C'est Nkechi. Encore elle. Elle a passé les deux premières semaines de janvier au Nigeria, mais, depuis son retour, elle pète le feu et me donne du fil à retordre, si vous voulez tout savoir. Elle parle d'essaimer en emportant mes clientes. Essaimer, où est-elle allée pêcher ce mot, je vous le demande ?

Comme elle l'a justement prédit, certaines clientes n'ont pas envie d'être « essaimées » et préfèrent rester dans ma ruche. Même un bon nombre, je dois dire. Cette pensée me réchauffe le cœur.

Mais Nkechi, revenant sur sa promesse initiale, essaie de me piquer certaines de mes clientes, parmi les plus grosses dépensières. Elle m'appelle à tout bout de champ et marchande avec moi comme un maquignon.

Je décroche avec humeur.

— Quoi, cette fois ?

— J'ai une autre proposition à te faire, écoute.

J'écoute, curieuse de connaître le nouveau marché de dupes qu'elle a encore imaginé.

— Je te laisse Adele Hostas, Faye Marmion et Drusilla Gallop, à condition que je puisse garder Nixie Van Meer.

Elle ne manque pas d'air ! Adele Hostas ne passera pas Noël. Faye Marmion est une insatisfaite chronique. Quant à Drusilla Gallop, elle appartient à la pire espèce qui soit, celle des clientes qui portent les robes et veulent ensuite les rendre, alors que le tissu empeste le tabac froid et le parfum, et que le col est tout taché de fond de teint. Nixie, au contraire, est une aimable excentrique pétée de thunes.

— Trois clientes pour le prix d'une, insiste Nkechi. Ça te va, là ?

— Non, pas question. Nixie Van Meer n'est pas à vendre.

— C'est ce qu'on verra, profère Nkechi d'un ton menaçant.

Sur ce, elle raccroche.

Je me prends la tête entre les mains. C'est pour mon avenir que je me bats en ce moment, alors qu'est-ce que je fiche encore à Knockavoy (question que je me pose sans cesse) ?

J'ai purgé ma peine. Ma période d'exil est terminée, je suis libre de partir. Or je dois partir si je veux garder mes clientes. J'ai des responsabilités envers elles. Une femme de la haute société sans styliste a autant d'utilité qu'un cul-de-jatte à un concours de coups de pied aux fesses. Mes clientes ont été plus que patientes pendant mon automne sabbatique. Si je ne me montre pas bientôt à Dublin, elles penseront que je ne reviendrai jamais plus et prendront d'autres dispositions.

Nkechi, qui sent ma faiblesse, me tourne autour comme un requin. Or, pour être tout à fait franche, je n'ai aucune envie de quitter Knockavoy.

Suis-je condamnée à finir mes jours dans ce pays de pedzouilles, sans être capable de reprendre ma place dans la grande ville ? Non que Dublin soit à proprement parler une grande ville, si on la compare à São Paulo (vingt millions d'habitants) ou au Grand Moscou (quinze millions d'habitants).

10h19.

Nouvel appel. Je fourbis mes armes en préparation d'un nouvel assaut de Nkechi. Mais ce n'est pas Nkechi, c'est Bunny, la tante de Bridie. (Ai-je déjà mentionné le goût de cette famille pour les noms à coucher dehors ? Le véritable prénom de l'oncle Tom est Coriolanus. C'est lui qui a insisté pour qu'on l'appelle Tom, parce qu'il craignait d'être affublé du diminutif « Anus ». Véridique.) Bunny m'annonce qu'elle veut passer les vacances de Pâques dans la maison de Knockavoy.

— Je m'y prends à l'avance, parce que certaines périodes sont vite réservées, m'explique-t-elle.

— Oui, évidemment. L'endroit est apprécié, même s'il n'y a pas de télé.

Je raccroche et avale ma salive. Je suis assommée par le choc, j'en ai des bourdonnements d'oreilles.

Le message que m'adresse l'univers est sans équivoque. Je dois retourner à Dublin, je n'ai plus le choix.

Certes, je ne me suis jamais imaginé que j'allais rester ici éternellement. Certes, je savais que, dès les premiers beaux jours, la nombreuse famille de Bridie projetterait de revenir ici prendre un grand bol d'air frais et se recharger en ozone. Je ne suis pas idiote, j'ai juste un peu tendance à me bercer d'illusions. Au fil des mois, je m'étais lentement enfoncée dans le déni. Si je faisais comme si, peut-être que je n'aurais jamais besoin de quitter la case de l'oncle Tom.

Mais le déni est un ami déloyal et ne vous protège pas contre la réalité quand elle vous tombe dessus.

Bon, d'accord, je l'admets. J'ai caressé le vain espoir de rester pour toujours à Knockavoy. Étonnant, je sais. J'ai rêvé de réussir, je ne sais trop comment, à conserver mes clientes les plus sympas ou les plus fortunées (les deux vont rarement de pair) et de faire la navette entre ici et Dublin le temps de me constituer un carnet d'adresses dans la région. Je n'avais pas de plan très détaillé en tête, mais je savais que ce ne serait pas une mince affaire. Mon projet impliquait d'avaler des kilomètres de route et de passer des heures à calmer des clientes nerveuses comme des pouliches, qui attendaient de nous un service ouvert vingt-quatre heures sur vingt-quatre. Je savais aussi que je ne gagnerais jamais autant d'argent qu'à Dublin, mais le bonheur méritait bien ça, non ?

Seulement voilà, l'univers a d'autres projets pour moi. Il me chasse de ma jolie chaumière. De son long doigt noueux, il me montre le chemin de la grande ville.

Je suis au désespoir, comme pendant ce sinistre réveillon de Noël passé en compagnie de papa et d'oncle Francis.

Je suis venue à Knockavoy pour échapper au désastre de ma vie, pour m'y cacher le temps d'avoir remis de l'ordre dans ma tête, mais contre toute attente j'ai fini par me plaire ici. Je ne le comprends que maintenant, alors que je suis sur le point de partir. Toujours la même histoire.

11h22.

À travers la fenêtre de la cuisine, je regarde la maison de Considine en me demandant si Chloe passera ce soir.

Elle n'est pas venue la semaine dernière, notre premier vendredi après la coupure de Noël. Je n'ai pas non plus été invitée à venir regarder la télévision. En fait, je ne l'ai pas revue depuis la nuit de la poursuite infernale.

J'ai vraiment peur que mon baiser impromptu n'ait créé des problèmes dans le couple de Rossa Considine et porté un coup fatal à mon amitié avec Chloe.

Ce n'était pas la première fois que j'embrassais une femme – j'avais eu de l'entraînement grâce à Paddy –, mais c'était la première fois que je le faisais sans être matée par un grand type velu en train de se masturber.

Chloe embrasse merveilleusement bien. Son baiser est doux, patient, extrêmement sensuel. Elle embrasse avec toute sa bouche, pas seulement avec la langue, contrairement à l'idée que beaucoup de gens se font d'un bon baiser.

J'avais la tête qui tournait, les jambes en coton, mais soudain elle s'est écartée de moi. L'épouvantable réalité m'est tombée dessus comme un seau de glaçons qu'on m'aurait renversé sur la tête.

— Gillian, ai-je bredouillé.

J'avais oublié cette pauvre Face de fouine qui pensait que son amoureux passait une soirée tranquille à se vêtir de fanfreluches avec ses copines.

— Je suis désolée, Chloe. Sincèrement désolée.

— Non, Lola. C'est aussi ma faute.

— Ça n'arrivera plus. Je me suis laissé emporter.

— Pareil pour moi, sans doute l'effet de l'adrénaline.

Nous avons parcouru le reste du trajet en silence et à une allure plus raisonnable.

Le lendemain matin, je suis partie pour Birmingham pour quatre jours de déprime sévère en compagnie de papa et d'oncle Francis. Je vous le dis, ces deux-là n'arriveraient pas à faire la fête, même avec un revolver pointé sur la tempe. De là je suis montée à Édimbourg avec Bridie, Barry et Treese. Nous avons été reçus par des cousins de la tentaculaire famille de Bridie pour plusieurs jours de beuverie à entonner en chœur The Flower of Scotland.

Je me suis amourachée de Chloe, comme une collégienne. C'est d'autant plus bête que Chloe n'est même pas une vraie femme. Mais le pire dans cette histoire, c'est Gillian. Je suis morte de honte quand je pense à elle. D'un point de vue karmique, fricoter avec une personne déjà engagée par ailleurs est un comportement à proscrire. Ce baiser a certes été plus qu'agréable, mais je voudrais qu'il ne soit jamais arrivé.

Dans une tentative désespérée pour démêler l'écheveau de mes sentiments, je me suis confiée à Bridie et Treese sans recevoir d'elles une once de compassion.

— Ta vie est un roman-photo, m'a déclaré Bridie.

Là-dessus, elle s'est empressée de tout raconter à ses cousins, les cousins l'ont répété à leurs amis, et la rumeur a continué de se propager ainsi dans toute la ville d'Édimbourg et sa banlieue. Partout où j'allais, je surprenais des conversations me concernant. « … Et voilà-t-il pas qu'elle s'entiche de son travelo de voisin. Oui, celui qui sort depuis longtemps avec cette fille à tête de fouine. Mais le meilleur, c'est qu'elle n'en pince pour lui que quand il est déguisé en fille. Ouais, mon vieux. Et elle est même pas lesbienne. »

De retour à Knockavoy le 4 janvier, j'ai attendu avec impatience le vendredi. Mais vendredi est arrivé, et Chloe ne s'est pas montrée. Toutes sont venues, sauf elle.

— Peut-être qu'elle ne sait pas que nous avons repris nos soirées, a lâché Natacha d'un air soucieux.

Je me sentais mal. Chloe n'était pas venue, parce qu'elle était fidèle à Gillian. Mais je voulais justement lui jurer que ce baiser, survenu dans un moment d'égarement, ne se reproduirait plus jamais.

Je devais prendre le taureau par les cornes. (Maintenant que je vis à la campagne, je comprends mieux le sens de cette expression. Les taureaux sont des bêtes terrifiantes.) Pourtant, je ne trouvais pas en moi assez de courage pour traverser la clôture et frapper à la porte de Rossa Considine. J'avais trop peur qu'il m'envoie balader. Il valait mieux s'en remettre au destin, espérer tomber sur lui par hasard dans les prochains jours. J'ai épié sa maison, mais aucun signe de sa présence. Puis j'ai songé qu'il s'était peut-être absenté quelque temps pour explorer je ne sais quelle grotte en terre étrangère, et l'horrible angoisse qui m'étreignait s'est un peu calmée. Mais, le lundi suivant, j'ai été réveillée aux aurores par le claquement de sa porte d'entrée. J'ai immédiatement sauté du lit et je l'ai vu monter dans sa voiture écologique puis partir au travail comme chaque matin. Il n'a pas levé les yeux, et j'ai su avec certitude qu'il y avait un malaise. J'étais au désespoir. Je me détestais.

Je l'ai espionné le mardi, le mercredi, le jeudi suivants et encore ce matin, mais jamais il n'a levé le nez. Il m'évite, c'est sûr. Pourtant, je continue d'espérer que Chloe se montrera ce soir.

16h01.

Je fais un saut au cimetière avant la tombée de la nuit.

— Je ne veux pas retourner à Dublin, maman.

— Nous devons tous faire des choses qui ne nous plaisent pas. Tu crois que je voulais mourir et te laisser ?

— Non, mais...

— Knockavoy n'a jamais été qu'une étape dans ta vie.

— Ouais, ouais...

Après tout, je peux faire comme bon me semble, puisque ce que j'entends n'est probablement qu'une voix dans ma tête.

— Pourquoi me demandes-tu mon avis si tu n'as pas l'intention d'en tenir compte ? s'emporte maman.

Tout bien considéré, cette voix n'existe peut-être pas que dans ma tête...

— Désolée. Tant que j'y suis, tu sais ce qui va se passer avec Chloe ? Elle va venir ce soir ?

Silence.

— Ohé, maman ! tu réponds ?

— L'avenir te le dira.

18h29.

Appel de Bridie.

— Salut, Lola, je me suis laissé dire qu'on te virait de la case de l'oncle Tom. Réjouis-toi, tu vas enfin pouvoir rentrer au bercail.

— Ouais.

— La question est maintenant de savoir si ton état psychologique le permet. Personnellement, je pense que tu es encore plus givrée qu'avant ton départ. Quand tu t'es installée à Knockavoy, tu étais une gentille hétérosexuelle et tu en reviens à moitié lesbienne.

Je lui réponds très fraîchement :

— Est-ce qu'il y a un motif à ton appel ? Ou bien as-tu simplement l'intention de m'asticoter ?

— Allez, je voulais juste te faire marcher. Tu m'as semblé plutôt saine d'esprit à Édimbourg. Quels sont tes sentiments pour de Courcy ?

— J'en sais rien.

— Tu es mieux disposée envers lui ? Tu te crois capable de lancer des confettis à son mariage ? C'est un test imparable. Tu n'es guérie d'un homme que le jour où tu peux t'imaginer lançant des confettis à son mariage.

— Je n'en suis pas encore là.

Mais il est vrai que je ne pense plus à lui à toute heure du jour et que je ne rêve plus de lui chaque nuit. Le temps est révolu où je devenais folle d'être privée de sa présence. En fait, je crois que je n'ai même plus envie de le voir. Plus jamais. Tiens, c'est nouveau.

Mais il y a encore autre chose. De la tristesse ? non. De la rancœur ? non. De la colère ? oui, je me rapproche. De la haine ? hum… peut-être pas exactement de la haine. De la peur ? oui, possible que ce soit de la peur.

19h01.

Arrivée de Blanche et Natacha.

19h15.

Arrivée de Dolores.

19h27.

Arrivée de Sue.

Je suis sur des charbons ardents.

— Où est Chloe ? s'informe Sue.

— Elle ne vient pas ce soir, lui répond Natacha. Oui, Lola, désolée, j'ai oublié de vous le dire. Chloe m'a envoyé un SMS. Elle ne pourra pas venir.

— Pourquoi ? fais-je d'une voix de fausset.

Et puis pourquoi n'est-ce pas à moi qu'elle a envoyé ce message ? Elle a mon numéro.

— Elle n'a pas dit pourquoi. À votre avis, est-ce que mon pénis se voit trop dans ce truc ?

19h56.

Je fais asseoir les filles et leur annonce que notre petit arrangement du vendredi touche à sa fin.

— La famille de Tom Twoomey veut récupérer la maison, et il est grand temps pour moi de retourner travailler à Dublin.

— Je vois, dit Natacha. Quand partez-vous ?

Bonne question.

— Dans deux semaines, tout au plus.

Rien ne m'empêche de partir maintenant. Il me faudrait moins d'un quart d'heure pour boucler mes valises. Mais je sais que j'ai besoin de temps pour m'habituer à cette idée.

Les filles échangent un regard, haussent les épaules, et l'une d'elles lâche :

— J'ai toujours su que ça ne pourrait pas durer éternellement.

Leur réaction me laisse pantoise. J'avais imaginé des cris et des larmes. Je pensais qu'elles allaient me supplier de rester et je suis face à une calme résignation. Je subodore que notre sortie en boîte n'y est pas étrangère. Elle leur a montré qu'il existe un monde pour elles au-delà des quatre murs de cette maison. Elles n'ont plus besoin de moi désormais.

Je fonds en larmes et leur crie :

— Vous avez grandi ! Vous étiez de fragiles oisillons et maintenant vous voilà déjà prêtes à quitter le nid !

— Je pensais que vous seriez contente, me lâche Natacha d'un ton acide. Vous n'avez jamais fait que vous plaindre.

Samedi 17 janvier, 10h15.

Je me lève, m'habille et sors. Après une nuit sans sommeil, j'ai pris une décision et je sais que c'est la bonne. Je vais parler à Rossa Considine.

Sa voiture est garée dans l'allée. Il est donc chez lui et non au fond de quelque obscure caverne. J'espère qu'il n'est pas non plus au lit avec Gillian. Bien que ce ne soit pas leur style de flemmarder toute la journée. Ils seraient plutôt du genre activités de plein air.

Considine m'ouvre sa porte comme s'il m'attendait. Il me fait entrer au salon. L'air triste et emprunté, nous posons chacun une fesse sur le bord du canapé. Il flotte dans l'air un étrange parfum de nostalgie. Nous sommes comme deux vieux amants dont la passion s'est éteinte.

— Vous n'êtes pas venu, hier soir ?

— Non, j'ai demandé à Noel de vous prévenir.

— Il l'a fait. Écoutez, Rossa, mon comportement cette nuit-là, je vous jure que ça ne se reproduira plus jamais.

— C'est entendu.

— Je vous présente toutes mes excuses. Et à Gillian aussi. Du fond du cœur. J'ai tellement honte. Je n'étais pas dans mon état normal. Je vous en prie, revenez. Chloe nous manque.

— Désolé, Lola, mais Chloe est partie pour un certain temps.

— Je vous jure que je ne la toucherai plus jamais.

— Ça n'a rien à voir avec vous, Lola. Ce n'est pas votre faute. C'est sans doute mieux comme ça.

— Mais…

Les larmes me montent aux yeux. Je pleure une créature qui n'existe même pas.

— Je suis navré, Lola, me dit Considine très tendrement. Je sais combien vous teniez à elle. Je vous en prie, ne pleurez pas. Venez.

Il me prend sur ses genoux comme Chloe avait l'habitude de le faire, et je sanglote contre sa chemise.

— Elle reviendra ?

— Oui, sans doute. Tôt ou tard. Mais… enfin vous savez…

Je ne sais rien du tout. Le problème vient sans doute de

Gillian. Elle a peut-être finalement décidé qu'elle n'aimait pas que son homme se déguise en fille.

— D'ici à ce que Chloe revienne, je serai partie.

— Quoi ?

Considine se redresse d'un coup et manque de m'envoyer à terre. Il s'est raidi, et je ne sens plus rien de réconfortant à m'appuyer contre lui.

— Oui, je dois rentrer à Dublin. La famille de Tom Twoomey veut réinvestir la maison, et puis je dois reprendre mon travail.

La pensée de mon prochain départ redouble mes sanglots.

— Quand partez-vous ?

— J'en sais rien, je n'ai pas encore décidé. C'est trop dur. Dans deux semaines, peut-être moins.

— Parfait.

Le corps de Considine se détend et, bien qu'il ait retrouvé son côté réconfortant, quelque chose a changé. Il n'est plus douillet comme un vieux canapé affaissé par l'âge. Je sens le poids de sa tête contre la mienne. L'ambiance est tristounette, comme si nous pleurions tous deux la mort de Chloe. Je sais que ça peut sembler idiot, mais c'est exactement ce que j'éprouve.

Il me tapote affectueusement le dos, et mes larmes finissent par se tarir. Je ferme les yeux. Je suis bien, apaisée. Une agréable odeur émane du cou de Considine. Un gros, un énorme sanglot monte des profondeurs de mes entrailles. J'exhale un soupir de résignation et je m'écarte de lui.

— Je ferais mieux de me secouer, lui dis-je. Si je reste ici plus longtemps, je vais finir par m'endormir.

— Je suis désolé de vous avoir causé tout ce chagrin.

— C'est pas grave.

De toute façon, je vais quitter Knockavoy et laisser derrière moi toutes ces histoires de travelos.

— Vous voulez venir regarder New York Police judiciaire, mercredi ? me propose Considine. Une dernière fois.

— Je croyais que la série était diffusée le jeudi soir.

— La programmation a changé en début d'année. Alors, vous viendrez ?

Je n'ai pas obtenu ce pour quoi je suis venue, mais j'accepte.

12h16, supermarché de Knockavoy.

Le nouveau numéro de Vogue vient d'arriver ! Kelly l'a commandé tout spécialement pour moi. Je lui avoue que je rentre à Dublin et qu'elle peut arrêter ma commande. Elle exprime sa tristesse de me voir partir, puis reporte toute son attention sur le prix exorbitant de mon magazine.

— Presque dix euros ! Et rien que pour de la pub ! s'exclame-t-elle (Elle dépose la monnaie dans le creux de la main et me demande :) Comment vous vous êtes fait ça ?

— Quoi ?

— Ça. (Elle me montre un petit cercle de peau rose et boursouflée dans ma paume.) C'est une brûlure ? Vous êtes adepte de l'automutilation ?

Kelly est fascinée par la vie des actrices de seconde zone qu'elle lit dans les magazines people. Des gamines boulimiques, affublées d'énormes sacs à main, qui ont à leur actif plusieurs cures de désintox avant même d'avoir atteint leur majorité.

— Ah ça ? Je ne sais pas, c'est une marque de naissance.

Devant sa mine dépitée, j'ajoute :

— Désolée.

13h15, le Dungeon.

— Lola Daly, entre, j'ai deux mots à te dire.

Je m'exécute.

— J'ai des potins pour toi, m'annonce Boss.

— Du corsé, précise Moss.

— Du très corsé, renchérit le Maître.

Je me sens tout émoustillée. Ces trois-là sont au courant de tout. S'ils colportent une rumeur, c'est qu'elle est véridique.

— Tu es prête ? me demande Boss.

J'opine de la tête.

— Gillian Kilbert…

— … alias Face de fouine…

— … et Oussama…

— … fricotent ensemble…

Je suis bluffée. Oussama et Gillian ? C'est horrible. Tout est ma faute. Je suis à l'origine de la brouille avec Rossa Considine qui a poussé Gillian à prendre sa revanche.

— Rossa est au courant ?

— Non.

— Comment l'avez-vous su ?

— On s'y attendait. Ça faisait un moment qu'on les tenait à l'œil. En fait, depuis qu'ils avaient commencé à sortir au cinéma voir des films danois, le vendredi soir.

— Ils étaient mûrs, reprend le Maître. Mon petit doigt m'a dit que Rossa et sa Gillian n'avaient plus fait ce que je pense depuis des semaines. En fait, depuis le soir où ils se sont rabibochés.

Je suis révoltée par cette honteuse intrusion dans l'intimité de mon voisin.

— Comment savez-vous tout ça ?

— C'est une petite ville. Quoi qu'il en soit, au lieu de rentrer directement à la maison à leur retour d'Ennis, Gillian et Oussama ont pris l'habitude de faire un arrêt à une borne d'ici, sur la route, et de se bécoter.

— Hier soir, ils ont même carrément raté le cinéma, ajoute Boss. Ils se sont garés à leur endroit habituel et… tu connais la suite.

Mon indignation est à son comble.

— Vous n'avez rien de mieux à faire que d'espionner les gens ?

Surprise générale devant ma réaction. Boss semble contrarié.

— Qu'est-ce qui te prend, Lola ? On pensait que ça te ferait plaisir d'entendre les derniers potins.

— Je ne trouve pas juste d'être au courant alors que Considine ne l'est pas.

— Quelqu'un se chargera bien de l'avertir, me fait Moss.

J'éprouve une soudaine compassion pour Rossa Considine. Même s'il lui arrive parfois d'avoir un comportement un peu excentrique, c'est un homme fier et quelqu'un de bien. Et puis je sais ce que c'est que d'être délaissé.

Il faut que je lui dise. Mais en ai-je le droit ? J'ai toujours détesté les commères et leur fausse sollicitude. « J'ai pensé que tu aimerais être informé… » Pourtant, dans mon cas, la sympathie n'est pas feinte.

D'un autre côté, si j'annonce la nouvelle à Considine, il va me détester encore plus. Or je viens de me découvrir une certaine affection pour cet homme.

Je descends de mon tabouret. J'ai besoin de réfléchir à tout ça.

— Tu t'en vas ? me demandent en chœur les trois distingués membres du Club des pochetrons.

— Oui.

Tandis que je gagne la sortie, j'entends Boss marmonner dans mon dos :

— Je sais pas quelle mouche la pique.

Zut et zut ! Alors que j'émerge des profondeurs obscures du Dungeon, je tombe nez à nez avec Gillian Kilbert. La stupeur et la honte me clouent sur place.

Gillian s'arrête pour bavarder. Elle a l'air en pleine forme.

— Bonjour, Lola, tous mes vœux pour la nouvelle année.

— Hum…

— Vous allez bien ?

Ah ! Au secours ! Je ne sais plus quoi faire. Elle se trouve pile-poil sur ma route. J'ai du mal à croire à un hasard. Je marche sur des œufs. Primo, je suis très mal placée pour la sermonner, vu que j'ai fait des avances à son copain, même si c'était en réalité à son double féminin. Deuzio, pour la jeune urbaine que je suis, mettre son nez dans les affaires des autres est comme qui dirait un péché mortel.

Je m'éclaircis la voix.

— Ça ne me regarde en rien, et je ne porte aucun jugement, croyez-moi, Gillian, mais… j'ai entendu dire qu'Oussama et vous, enfin, Ibrahim et vous… (Quel terme employer pour ne pas tomber dans le scabreux ?) … enfin, vous voyez où je veux en venir.

Elle me fixe de ses yeux de fouine agrandis par la terreur.

— Certains bruits courent. Rossa finira bien par l'apprendre. Il serait sans doute préférable qu'il l'apprenne de vous.

— Où avez-vous entendu… Là-dedans ?

Livide, elle me désigne du menton la porte du Dungeon.

J'opine, à regret. Ma vie privée alimentant les ragots du Club des pochetrons, je ne souhaiterais pas ça à mon pire ennemi.

— Merde, bredouille-t-elle.

Sur ce, elle secoue la tête de haut en bas à plusieurs reprises puis s'élance en courant dans la rue et s'engouffre à l'intérieur du Oak, sans doute pour consulter M. Pruneau.

15h37.

Je n'espionne pas. Non. C'est un pur hasard si je me trouve à faire mes vitres au moment précis où Gillian et M. Pruneau se dirigent d'un pas résolu vers la maison de Rossa Considine. On se croirait dans Règlement de comptes à OK Corral. Arrivés devant la porte, ils frappent. La porte s'ouvre et se referme derrière eux d'un coup sec. Je tends l'oreille, attendant les cris et les bris de vaisselle. Mais rien ne vient.

16h19.

Réapparition de Face de fouine et de M. Pruneau. Repentants, ils marchent la tête courbée. À part ça, RAS.

18h24.

Je suis occupée à nettoyer le four, bien que je l'aie à peine utilisé pendant mon séjour à Knockavoy, quand j'entends cogner à ma porte.

Je trouve Rossa Considine appuyé au chambranle, quelque peu échevelé.

— Une bonne cuite, ça vous dit ?

— Excellente idée ! Laissez-moi le temps de retirer mon tablier.

C'est par pur altruisme. Considine a besoin d'un prétexte pour sortir s'enivrer et noyer dans l'alcool le chagrin que lui a causé la trahison de Gillian. Quelque part, je suis flattée qu'il m'ait choisie pour cette tournée, de préférence à ses copains de spéléo. Quoique… quand on connaît le machisme de ces types, il y a fort à parier qu'ils se seraient salement moqués de lui. « Ah, ah, ah, t'as appris pour Considine ? Il est si nul au pieu que sa nana s'est tirée avec un terroriste. »

18h37, grande rue de Knockavoy.

— Quel pub ? je lui demande.

— Le Oak.

Le Oak ? Mais j'étais pourtant certaine que l'endroit serait boycotté. C'est noble de sa part. Voilà un homme qui sait pardonner. À moins qu'il n'ait l'intention de casser la gueule à Oussama.

Mais non, pas de violence. Nous commandons un verre au bar, et tout se déroule dans la plus grande cordialité. C'est très impressionnant. Rossa Considine est un saint homme, une espèce de Gandhi. De son côté, Oussama fait moins le fier. Il garde les yeux baissés, la mine piteuse. Pas de sourires dans les yeux noirs de M. Pruneau, ce soir.

Après deux verres, Considine craque et me déballe tout. Je fais comme si j'entendais cette histoire pour la première fois.

— C'est tragique, dis-je.

Je suis tout ce qu'il y a de plus sincère. Les ruptures des autres me font souffrir autant que si j'étais directement concernée.

— Comment vous sentez-vous ?

— Comme à la fin d'une histoire, mais ça devait arriver. Nous n'aurions jamais dû nous remettre ensemble après notre rupture. Les raisons qui nous avaient poussés à nous séparer étaient toujours là. Je ne m'intéressais pas à ses films déprimants, et elle ne s'intéressait pas à mes passions : travestissement et spéléo. Ils se sont bien trouvés, ces deux-là. Ils seront heureux ensemble.

Agacée de voir les hommes toujours nier leurs sentiments, je lâche :

— Ce n'est jamais agréable de se faire larguer.

— Oui, ça fait mal. Mais je m'en remettrai.

— Pas la peine de jouer les braves avec moi. Porter des cornes (autre expression puisée chez Margery Allingham) est une expérience humiliante.

Il tourne la tête vers moi et me demande d'un air étonné :

— Vous voudriez que je sois abattu ?

— Non, je voudrais que vous soyez honnête.

— Mais je suis honnête.

— Non.

— Je vous jure que je le suis. Gillian et moi, c'était fini depuis longtemps. Et moi, j'étais trop... trop... pour tenter de remédier à la situation. J'espérais que les choses s'arrangeraient d'elles-mêmes. Ou plutôt, j'espérais ne pas avoir à assumer la responsabilité de la rupture.

— Ne me dites pas que vous êtes soulagé ?

— Non, ce n'est pas si simple. Mais une décision devait être prise, et voilà, c'est fait. D'ailleurs, maintenant que vous en parlez, oui, je crois que je suis soulagé.

20h49, toujours au Oak.

— Comment ça va, maintenant, Rossa Considine ?

— Je suis rond comme une queue de pelle.

Son sourire étonnamment séduisant me rappelle celui de Chloe.

21h17, toujours au Oak.

Brandon et Kelly viennent prendre un verre après leur journée de travail. Leur expression se décompose quand ils m'aperçoivent en compagnie de Rossa Considine. À l'évidence, l'histoire du cocu a fait le tour de la ville.

— Lola, Rossa, comment ça va ?

— On est ronds comme des queues de pelle.

21h40, chez Mme Butterly.

— Bonsoir, Lola, bonsoir, Rossa, comment ça va ?

— On est ronds comme des queues de pelle, madame Butterly.

— Surveillez votre langage et parlez moins fort.

D'un air presque inquiet, elle nous regarde grimper sur les tabourets du bar et ricaner bêtement.

— Est-ce que j'ai le droit de connaître la raison de cette hilarité ?

J'essaie de lui expliquer, mais impossible avec le fou rire. En plus, il n'y a vraiment rien de drôle à répéter cinquante fois qu'on est ronds comme des queues de pelle. Mme Butterly renonce à comprendre et secoue la tête d'un air réprobateur.

Mme Butterly en a assez et nous chasse.

22h01, grande rue de Knockavoy.

Nous titubons le long de la route, plus hilares que soûls. Nous progressons très lentement, parce qu'il faut s'arrêter toutes les trois secondes pour se tenir les côtes.

— Ohé, Lola, Rossa, il paraît que vous avez décidé de faire la fête ?

Nous sommes ainsi apostrophés depuis les entrailles sulfureuses du Dungeon. Nous entrons.

On nous paie un max de tournées. Une sacrée soirée !

Dimanche 18 janvier, 10h03.

Il n'y a qu'une image assez évocatrice pour décrire ce que j'éprouve en ce moment : j'ai mal aux cheveux. La pire gueule de bois que j'aie connue depuis des lustres.

Je m'inquiète pour Considine. L'effet euphorisant de l'alcool se dissipant, il doit être en proie aux affres d'un lendemain de cuite se mêlant à l'humiliation de se savoir cocu. Il n'y a rien de pire que ce moment du réveil après s'être fait jeter. Surtout si vous avez pris une biture pour oublier votre chagrin.

Je lui envoie un texto. Je sais que ça peut sembler débile et surtout très urbain. Vu que nous sommes voisins, je n'aurais qu'à me lever et aller lui parler, mais je ne veux pas faire irruption chez lui dans un moment pareil.

En plus, j'ai peur de me mettre à vomir si je pose le pied par terre.

« BJR. G LA CASKET GRAV. E VS ? »

La réponse ne se fait pas attendre.

« CASKET OSSI. »

J'aime encore mieux me rendormir.

15h10.

Bip. Tirée du sommeil par le bip m'annonçant l'arrivée d'un SMS. J'attrape mon téléphone. Le message est de Considine. Il me propose une promenade sur la plage pour se remettre les idées en place.

Pour toute personne normale, le traitement d'une gueule de bois se résume à un mélange de paracétamol, de coca et de chips que l'on absorbe couché sous une couette, sur le canapé. Mais je réponds :

« DAC. XCELEN. DS 20 MN DEHORS. A +. »

15h30.

Il est à l'heure au rendez-vous, avec une sobre laine polaire et ses gros croquenots. Il a les cheveux en bataille, comme s'il sortait tout droit du lit, et je le trouve très pâle. Dès que j'aperçois sa face livide, je suis prise d'un fou rire. Je n'arrive même plus à marcher tellement je ris. À son tour, il s'esclaffe.

Un de ces lendemains de cuite où tout vous semble hilarant.

16h27, fin de la promenade. Dieu Merci !

— Je me sens requinqué, me dit Considine. Et vous ?

— Non, j'ai mal aux oreilles à cause du vent, et rien ne peut calmer ma gueule de bois, à part une assiette de frites et un Fanta.

— On va au Oak ?

— Pourquoi ne pas essayer un autre endroit ?

Je veux lui épargner de faire le matamore devant Oussama.

— Pourquoi pas le Hole in One ?

— Plutôt me couper les deux jambes.

Grace

— J'ai à te parler, m'a lâché Damien.

Mon sang s'est glacé.

La soirée s'annonçait pourtant très romantique. J'étais rentrée le matin de Londres, et Damien avait tenu à annuler son poker du lundi soir afin que nous puissions être ensemble.

J'avais allumé ma précieuse bougie parfumée au jasmin, et nous avions descendu une bouteille de vin, mais mon humeur n'était pas à la romance. J'étais épuisée. Comme le canapé n'avait toujours pas été remplacé, j'occupais notre unique fauteuil, tandis que Damien était inconfortablement assis sur une de nos chaises de cuisine.

Par un accord tacite, nous avions renoncé à faire un effort de conversation. La télé diffusait un reportage d'une grande violence sur les gangs opérant dans les prisons brésiliennes. D'ordinaire nous aurions adoré, mais ce soir-là aucun de nous ne regardait avec attention.

Je pensais à Marnie, qui devenait de plus en plus déphasée, même quand elle n'avait pas bu, et je ne pouvais pas me défaire du pressentiment qu'un drame se préparait.

Damien aussi semblait plongé dans ses pensées. Sans doute était-ce la fatigue, mais, au lieu de le harceler de questions comme je le faisais d'habitude, je l'avais laissé ruminer en toute quiétude.

— Grace, il faut que je te dise quelque chose, a-t-il insisté.

Son ton résolu m'a effrayée.

— C'est une autre femme ?

Il a froncé les sourcils.

— Non.
— Alors quoi, qu'est-ce que c'est ?
— J'ai découvert ça par hasard...
— Découvert quoi, bon sang !
— C'est à propos de Dee.
La surprise m'a laissée sans voix.
— Tu veux parler de Dee Rossini ?
— Oui, ils préparent un papier sur elle au journal. Il s'avère qu'elle aurait hébergé des immigrés clandestins.
Ils n'allaient pas l'épargner. Cette fois, elle ne s'en remettrait pas.
J'ai scruté son visage à la recherche de cette chose qu'il me cachait, de ce qu'il me taisait.
— Quoi ? c'est tout ce que tu avais à me dire ?
— Je te rappelle que je risque ma carrière en t'en parlant. À quoi tu t'attendais ?
— Oh, à rien.
— Ce n'est pas encore cette idée fixe à propos de mon ex ? a-t-il lâché d'un air exaspéré.
— Je sais que tu m'aimes, mais...
— Oui, je t'aime. Mais même si ce n'était pas le cas, après ce que Juno m'a fait, je ne pourrais plus jamais lui accorder ma confiance.
Il m'a fusillée du regard, je lui ai rendu la pareille, et finalement nous avons éclaté de rire.
— Alors tu veux l'entendre, mon histoire ? m'a-t-il demandé.
— Oui, Oui, bien sûr.
Son journal avait appris d'une de ses sources que Dee Rossini appartenait à un petit réseau clandestin qui venait en aide à des jeunes femmes, principalement moldaves, entrées illégalement en Irlande. Ces femmes étaient réduites en esclavage, battues, affamées et exploitées sexuellement par les hommes qui les avaient fait venir dans le pays. Elles ne pouvaient attendre aucune aide des autorités, puisqu'elles n'avaient aucune existence au regard de la loi.
— Alors Dee et sa petite bande de bons Samaritains ont décidé de leur venir en aide, m'a expliqué Damien. Les jeunes femmes reçoivent des soins médicaux, de nouveaux papiers, et

sont hébergées par un membre du réseau jusqu'à ce que les choses se tassent.

— Et ensuite, elles retournent chez elles ?

L'affaire ne serait pas si grave si Dee aidait des immigrants clandestins à quitter le pays.

Mais Damien a fait non de la tête.

— Ils ne les renvoient pas chez elles, parce que leur situation n'est guère plus enviable là-bas. Ils leur procurent de petits boulots de garde d'enfants, ce genre de truc. Ils s'arrangent pour faire partir certaines d'entre elles au Royaume-Uni. Ce qui sans nul doute va beaucoup améliorer les relations diplomatiques entre nos deux pays. Un ministre du gouvernement irlandais qui fait entrer des immigrés clandestins en Grande-Bretagne. J'aime beaucoup Dee, parce que c'est une femme sincère et une idéaliste, mais parfois…

— Qui s'occupe de l'affaire au journal ?

— Angus Sprott et Charlie Haslett, du service politique. C'est un code noir, dossier hautement confidentiel.

— Vous avez des codes de couleur ! Non mais quelle bande de machos ! Comment tu as su, puisque le dossier était confidentiel ?

— Charlie a consulté mes fichiers sans me demander la permission. C'est là que j'ai flairé qu'il était sur un truc pas très net. (Il a haussé les épaules.) La tentation était trop forte, j'ai pas pu résister.

— À quoi sert d'avoir un code noir, si tu as pu entrer comme tu voulais dans les fichiers de Charlie ?

— Son dernier-né fait ses dents. Avec le manque de sommeil, il a oublié de verrouiller son dossier.

— Où ils en sont ? Ils comptent sortir bientôt leur papier ?

— Oui, dès qu'ils auront les photos.

— Et ils les auront quand ?

— La prochaine fois qu'une de ces femmes sera introduite dans la maison de Dee. Des photographes sont en planque devant chez elle vingt-quatre heures sur vingt-quatre.

J'étais choquée d'apprendre que Dee pouvait être surveillée comme une terroriste.

La question qui me taraudait chaque fois qu'un nouveau coup était porté à Dee a resurgi :

— Qui orchestre tout ça ? Tu as l'identité de cette source ?

Damien a feint l'innocence, mais j'ai capté son message. On ne révèle jamais l'identité d'une source.

— C'est bon, laisse tomber. Pas la peine de te déculotter.

— Ouais, désolé. En dehors des démocrates-chrétiens, je ne vois pas. En dégommant Dee, ils déstabilisent tout le New Ireland et la coalition gouvernementale. Des élections législatives doivent se tenir au mois de mars. Sans les sièges du New Ireland, le parti nationaliste ne peut pas remporter la majorité au Parlement. La victoire reviendra donc aux démocrates-chrétiens.

— Damien, je dois en parler à Dee.

— Pourquoi crois-tu que je t'ai tout raconté ?

— Oui, mais si quelqu'un découvre que la fuite vient de toi ? Il perdrait son boulot.

— J'y ai bien réfléchi et je prends le risque.

— Damien, tu es mon héros !

— Dee, dites-moi qui est au courant.

J'ai réussi à l'intercepter de bon matin, avant sa journée de travail. Je l'ai fait asseoir dans son bureau à Leinster House et lui ai déballé tout ce que m'avait confié Damien. J'ai vu son beau visage blêmir et se décomposer.

— Mais comment... ? a-t-elle balbutié.

— C'est précisément la question que je vous pose. Qui est au courant ?

Elle a défait son chignon, passé sa main dans ses boucles épaisses, puis rassemblé ses cheveux sur le sommet de sa tête et rattaché plus étroitement ses mèches folles.

— Parlez-moi des autres. Damien dit qu'il y a un médecin et une personne qui se charge des papiers. Pourrait-il s'agir de l'un d'eux ?

— Ils ont autant à y perdre que moi.

— Qui aurait pu être mis au courant par inadvertance ? Qui vient chez vous ? Vous fréquentez quelqu'un ?

Elle a vivement secoué la tête.

— C'est ce que vous m'avez dit la dernière fois, et vous aviez quelqu'un dans votre vie.

— J'en suis désolée, mais cette fois c'est bien vrai. Je n'ai personne.

— Votre fille ?

— Elle vit à Milan.

— Une femme de ménage ?

— Vous êtes venue chez moi. Avez-vous eu l'impression que je me paie les services d'une femme de ménage ?

— Un ami, alors ? Vous en invitez parfois pour déguster vos pâtes bizarroïdes. Vous nous avez bien invités, Damien et moi.

Elle a plaqué la paume de ses mains sur son bureau. (Encore une fois, je n'ai pu m'empêcher de remarquer la jolie teinte de son vernis à ongles.)

— Je vous explique, Grace. Tout est minutieusement organisé. Aider une fille à s'échapper n'est pas une mince affaire, et nous devons choisir avec soin le moment d'intervenir. Je suis prévenue quelques jours à l'avance quand une de ces jeunes femmes doit venir chez moi. Alors je fais le vide, je m'arrange pour que personne d'autre ne soit présent dans la maison à ce moment-là.

— Mais Elena…

— Elena était un cas d'urgence. Nous n'en avons pas souvent.

— Le fait est que quelqu'un sait et que ce quelqu'un a parlé.

— Ce ne sont que des gamines, a-t-elle prononcé d'un air triste. Elles sont si jeunes. Vous n'imaginez pas ce qu'on leur fait subir. Elles sont violées, tabassées, affamées. Elles ont les os fracturés, le vagin brûlé avec des cigarettes.

— Arrêtez. Stop !

— Et je n'ai pas pu les aider.

— Dee, je suis de votre côté, mais vous agissez hors du cadre de la loi. Je ne nie pas qu'une telle loi soit cruelle, mais vous êtes un membre du gouvernement. Si vous ne voulez pas perdre votre poste, ruiner votre carrière et l'avenir de votre parti, vous feriez mieux de trouver qui est derrière tout ça. Et vite, parce que le *Press* s'apprête à publier votre histoire.

— C'est forcément Bangers Brady et ses démocrates-chrétiens.

— Oui, ça paraît évident. Mais qui exactement dans le parti ?

— Ils sont nombreux, ça pourrait être n'importe qui.

— Non, Dee, concentrez-vous bien. Quelqu'un vous en veut personnellement.

Elle a levé les yeux au ciel.

— Si vous saviez combien de gens m'en veulent personnellement !

— À force d'être poignardée de tous côtés, vous semblez avoir oublié que le mal n'est pas une force mystérieuse venue on ne sait d'où, mais bien plus souvent la conséquence d'actes commis par des êtres humains.

Un beau discours. L'avait-elle apprécié ?

Mais je l'ai vue réprimer un sourire. Il n'y avait pourtant pas matière à se réjouir. Pendant une fraction de seconde, je me suis demandé si Dee elle-même n'était pas cette source, et j'ai alors traversé un de ces moments de paranoïa totale, quand tous ceux qui vous entourent se transforment en traîtres et en ennemis potentiels. C'était comme de voir double, mais à l'intérieur de mon cerveau.

— Dee ?

— Non, Grace, je ne ris pas, je vous suis très reconnaissante, au contraire. Je vais tout éplucher, parler aux autres, et je découvrirai qui tire les ficelles.

— Oui, mais il faut trouver vite et stopper la publication. D'ici là, vous ne devez recevoir aucune de ces filles chez vous. Le *Press* n'attend plus que les photos pour sortir son histoire.

— Bonjour, tout le monde.

J'ai salué TC, Lorraine, Clara, Tara et même Joanne.

— Ça caille toujours, dehors ? m'a demandé TC, râleur chronique qui a trouvé en moi une complice dévouée.

— Ouais, vachement, ai-je répondu, tout en passant en revue les centaines de communiqués de presse accumulés dans ma boîte à lettres électronique.

Sans perdre de temps à séparer le bon grain de l'ivraie, j'ai choisi cinq sujets à soumettre à Jacinta quand elle viendrait me demander mes prochains articles. Après quoi, sous le regard intrigué de TC, je me suis emparée de mon bloc-notes et j'ai griffonné plusieurs noms : Dee Rossini, Tori Rossini, Bangers Brady, mari de Tori Rossini (identité inconnue), Christopher Holland, moi-même, Damien, Paddy de Courcy, Sidney Brolly, Angus Sprott, Scott Holmes (auteur du papier ordurier sur Dee et ses frasques avec Christopher Holland).

Bref, tous ceux que je pouvais rapprocher de Dee depuis six mois.

— Qu'est-ce que tu fabriques ? m'a demandé TC.

J'ai caché mon bloc avec mon bras.

— Rien du tout.

J'appliquais une technique empruntée aux détectives des romans de Val McDermid. Ils notent tout ce qu'ils savent d'une affaire, sans omettre les pistes déroutantes qui ne mènent nulle part, et cherchent un point commun qui permettrait de relier entre eux tous ces éléments. Mais peut-être que cette technique ne marche pas dans la vraie vie. Pas plus que celle qui consiste à s'introduire chez les gens en forçant la serrure avec une carte de crédit. Peut-être que les vrais détectives ne disent jamais de trucs du genre : « Bon sang, mais c'est bien sûr ! »

Seulement, je n'avais rien de mieux. J'ai tapoté mon stylo sur mon bloc. Réfléchissons : qui d'autre ? L'ex-mari de Dee, bien sûr. Tandis que je laissais errer mon regard autour de moi, cherchant l'inspiration, j'ai vu David Thornberry se lever de sa place et prendre son paquet de cigarettes. Je l'ai inscrit sur ma liste. Il venait de me revenir que Thornberry avait eu une « exclu » sur le mariage de la fille de Dee et que Grand-papa avait refusé de publier son papier. Tant que j'y étais, j'ai aussi noté le nom de notre rédacteur en chef.

Puis j'ai gribouillé une série de questions au hasard, sans les approfondir : qui a effectué les travaux de peinture chez Dee ? qui a organisé le mariage de sa fille ? qui a recommandé l'hôtel ? dans quelles circonstances Dee a-t-elle rencontré Christopher Holland ? avec qui est-il sorti avant Dee ? qui Dee fréquentait-elle avant lui ? comment Dee a-t-elle su pour les filles battues ? qui leur procure leurs faux papiers ? quel est le lien entre ces filles et les démocrates-chrétiens ? entre elles et Christopher Holland ?

Ma feuille était presque entièrement noircie. J'allais devoir prendre des fiches bristol dans l'armoire à fournitures, y noter tous mes noms, puis les disposer par terre pour voir quelle histoire elles me raconteraient. Mais peut-être que les vrais détectives ne faisaient pas non plus comme ça.

J'ai regardé attentivement ma feuille. À supposer que j'aie noté là tous les éléments de l'affaire, j'avais quelque part sous les yeux le nom de celui ou de ceux qui cherchaient à abattre Dee.

J'ai tracé des flèches ici et là en m'efforçant de garder l'esprit ouvert, de me laisser guider par d'autres formes d'énergie.

Mais le hic, c'est que je ne crois pas aux énergies, ni aux intuitions et encore moins aux pressentiments.

Je ne suis pas ce genre de journaliste. Moi, ma technique consiste à avoir les gens à l'usure, à les harceler jusqu'à ce qu'ils craquent et consentent à me lâcher n'importe quoi, une phrase, une histoire, rien que pour se débarrasser de moi. J'ai contemplé le résultat de ma cogitation. Pas très encourageant. Si j'en croyais mes flèches, Bangers Brady avait repeint la maison de Dee, Christopher Holland était sa propre ex-petite amie, et la fille de Dee était mariée avec moi.

TC s'est penché sur ma feuille comme pour m'aider à remplir une grille de sudoku :

— Tu as un lien ici, m'a-t-il dit, son doigt pointé sur mes gribouillis. Tu peux tracer une flèche entre Paddy de Courcy et « qui a recommandé les peintres ? ». Ce serait logique. Ça pourrait très bien être lui.

— Vingt-deux, v'là Jacinta, nous a prévenus Lorraine. Merde, elle a son sac rouge !

Les trois semaines de noir que nous venions de traverser avaient été éprouvantes, mais ce qui s'annonçait avec le rouge était encore bien plus redoutable. Le rouge nous annonçait cris et fureur et, plus grave encore, une pénurie de gâteaux.

J'ai fourré mon papier dans ma poche et me suis préparée à essuyer la tempête.

Jacinta voulait que je couvre la dernière semaine des soldes d'hiver. Quel bilan ? Quelle fin pour les invendus ? Le pilon, le retour aux fabricants, l'envoi dans une solderie permanente ?

— Renseigne-toi au sujet de Missoni, m'a-t-elle dit. Il y a des tonnes d'invendus chez Brown Thomas, mais ils ne démarqueront pas à plus de quarante pour cent.

Quelque chose me disait que Jacinta s'intéressait personnellement à cette histoire.

Tout en hantant des boutiques de fringues qui bradaient les restes des tenues de réveillon, je n'arrêtais pas de penser à Dee et à son amant Christopher Holland. Pour citer Hercule Poirot, il avait le mobile, les moyens et l'occasion. Comme il avait déjà trahi Dee bien au-delà du pardonnable, rien ne l'empêchait de la balancer pour assistance à des étrangères en situation irrégulière. D'après Casey Kaplan, ce type était criblé de dettes de jeu. On pouvait donc supposer qu'il avait besoin de fric.

Quoi que Dee puisse prétendre sur sa façon de compartimenter sa vie, Holland pouvait parfaitement avoir croisé l'une des filles chez elle. Aucune vie n'était jamais parfaitement étanche. La preuve, c'est que j'avais découvert le pot aux roses, moi, la petite journaliste qui avait débarqué par hasard précisément le jour où Dee hébergeait dans sa chambre une jeune femme salement amochée. Par chance, j'avais de la sympathie pour Dee. Mais, ce jour-là, quelqu'un d'autre aurait pu être reçu dans sa cuisine, manger ses macarons et monter à l'étage et… quoi ? Qu'est-ce que c'était ? Dans ma tête, un détail venait de faire tilt. J'avais soudain l'esprit très clair. J'ai stoppé net sur le trottoir, si bien qu'un homme qui marchait derrière moi m'a percuté. « Je suis désolée », ai-je bredouillé, tandis qu'il fulminait contre tous ces cons qui n'ont aucun respect pour les autres.

Je me suis mise à l'écart du flot des passants et me suis repassé à rebours le fil de ma réflexion.

Les macarons : il était là, le lien. Je n'y avais pas goûté, mais Dee m'avait dit que ça ne faisait rien, parce que Paddy et Alicia venaient dîner et les mangeraient.

Donc, si Dee n'avait pas annulé son invitation et si Elena n'avait pas été déplacée ailleurs avant leur arrivée, Paddy et Alicia s'étaient trouvés dans la maison en même temps que la jeune rescapée. Si Paddy avait appris son existence, qui d'autre pouvait être au courant ?

J'ai décroché mon téléphone.

— Dee, vous vous rappelez le jour où je vous ai interviewée ? Paddy de Courcy et Alicia devaient venir dîner ce soir-là. Paddy aurait pu voir Elena. Il aurait parfaitement pu faire ce que j'ai fait, entrer dans votre chambre et la voir dans votre lit. Est-ce qu'il est venu ?

— Pourquoi ?

— Répondez à ma question.

Après un long silence, elle a répondu :

— Oui.

— Dee, parlons maintenant de l'affaire des décorateurs qui ont repeint votre maison. J'aimerais éclaircir certains détails. (Je l'ai entendue soupirer, signe qu'elle se résignait.) Reprenons tout depuis le début. Vous avez fait effectuer les travaux, mais l'entrepreneur ne vous a jamais adressé sa facture. Et quand, de votre propre chef, vous lui avez envoyé un chèque, celui-là n'a jamais été encaissé, ce qui revient à dire que vous avez fait repeindre votre maison gratuitement. Donc, ceux qui cherchent à vous nuire ont dû avoir affaire à cet entrepreneur après que vous avez utilisé ses services. Ou bien cette personne était déjà en affaire avec cette société et vous l'a recommandée. Vous m'avez dit qu'elle vous avait été conseillée par un ami. Qui était-ce ? (Autre silence interminable.) Était-ce Paddy de Courcy ?

Soupir.

— Oui.

— Inutile de chercher plus loin. C'est lui, Dee.

— Ça ne peut pas être lui, ne dites pas de bêtises. À travers moi, c'est tout le parti qui est attaqué, et lui-même également.

— Écoutez, je ne prétends pas que son plan soit imparable.

Je m'emportais tellement que la moitié des clients du pub avaient les yeux tournés vers moi. Il aurait été préférable d'avoir cette conversation dans un endroit plus intime, mais j'avais refusé d'aller chez Dee, au cas où les photographes en planque me confondraient avec une immigrée moldave, et je n'avais pas voulu que Dee vienne chez moi afin de ne pas attirer l'attention sur Damien.

— De la frappe chirurgicale, ai-je repris en baissant la voix. Voilà ce qu'il essaie de faire. Vous éjecter, sans créer de dommage au parti.

— De la frappe chirurgicale ? a-t-elle répété.

Et aussitôt elle a eu un petit rire ironique.

Je mesurais en quoi ma théorie pouvait sembler abracadabrante.

— Non, c'est beaucoup trop risqué pour lui, a-t-elle finalement déclaré.

— Paddy adore le risque.

— Comment le savez-vous ?

J'ai ravalé mes paroles.

— Je vous raconterai ça un autre jour. Je suis désolée de vous ôter vos illusions, mais de Courcy n'est pas l'homme charmant que vous voyez en lui.

— Je ne l'ai jamais pris pour un homme charmant, m'a-t-elle rétorqué.

— Ah bon, dans ce cas…

— Paddy de Courcy est un personnage cruel, perfide, avide et machiavélique. Il vendrait sa propre grand-mère à un vide-grenier s'il pensait que cela pouvait lui rapporter quelques voix, et je sais qu'il est prêt à tout pour prendre un jour la tête de ce pays.

J'en suis restée baba. Son opinion sur lui était encore plus sévère que la mienne. Pourtant, elle n'en avait jamais rien laissé paraître. Quelle fine politicienne !

— Dans ce cas, pourquoi le gardez-vous dans votre parti ?

— Parce que ceux qui se méfient de la virulente féministe que je suis sont rassurés de voir à mes côtés cet homme beau et charismatique.

— Vous admettez donc qu'il veut devenir Premier ministre ?

— Oh oui, évidemment. Il a toujours lorgné de ce côté, mais je n'ai jamais cru qu'il penserait y arriver en prenant la tête du New Ireland. Il nous utilise parce que nous sommes un petit parti qui a le vent en poupe. Il a réussi à se faire connaître grâce à nous, mais nous ne sommes qu'une étape sur sa route. Son ambition maintenant est de mettre le pied au Panade.

Je n'en revenais pas de la lucidité de cette femme.

— Et moi qui vous croyais comme cul et chemise avec lui.

— Maintenant, vous êtes fixée.

— Toutefois, je crois que vous vous trompez dans votre analyse. Paddy de Courcy a bien l'intention de prendre la tête du New Ireland. Parce que ça lui garantirait au bas mot un portefeuille ministériel.

— Qu'est-ce qu'il vous a fait ? m'a-t-elle demandé à brûle-pourpoint. (Devant mon silence, elle a ajouté :) Je devine qu'il vous a fait du mal, mais ce n'est pas une raison pour instruire à charge contre lui.

Disait-elle vrai ? Est-ce que je laissais mes griefs personnels troubler mon analyse ? Est-ce que j'étais en train de rendre Paddy coupable de tous les fléaux de la terre ? Du réchauffement climatique, de la déforestation et des attaques contre Dee Rossini ? Peut-être bien. J'admettais que c'était une possibilité.

Pourtant, dès que j'essayais de l'oublier un instant et de me concentrer sur quelqu'un d'autre – Christopher Holland, par exemple –, mon cerveau refusait de coopérer.

J'avais besoin d'un seul élément de plus pour relier Paddy aux attaques contre Dee. À qui m'adresser ? Inutile d'appeler Angus Sprott au *Press* afin de lui demander si de Courcy était sa source. Primo, il ne me répondrait pas ; secundo, il saurait que la fuite venait de Damien ; tertio, Paddy n'était pas assez bête pour s'impliquer personnellement. Tel que je le connaissais, il avait dû demander à Spanish John de payer quelqu'un pour que ce quelqu'un à son tour paie un sbire, qui s'était chargé du sale boulot. En agissant ainsi, il s'assurait que personne ne pourrait remonter jusqu'à lui.

— Je réfléchissais au mariage de votre fille qui s'est si mal passé, ai-je repris. Pensez-vous qu'un employé de l'hôtel aurait pu être soudoyé pour saboter la réception, perdre le gâteau et semer la pagaille en cuisine ?

— En théorie, oui, mais ce sera difficile à prouver.

Peut-être pas si difficile. Il suffisait que je questionne tous les gens qui travaillaient à l'hôtel ce jour-là. Certes, cinq mois s'étaient écoulés, et dans ce secteur le taux de renouvellement du personnel est plutôt élevé, mais ça valait quand même le coup d'essayer.

— Ce n'est pas Paddy, a déclaré Dee, mais ça pourrait bien être Christopher.

— D'accord, parlons de lui, ai-je répondu, résolue à explorer toutes les pistes. Pour quelle raison a-t-il vendu l'histoire de votre relation à la presse ?

— J'imagine que le *Globe* l'a grassement payé.

— Vous imaginez. Vous ne lui avez donc pas posé la question ?

Elle m'a regardée comme si j'avais perdu la raison.

— Je ne lui ai pas reparlé depuis la parution de cet article. En fait, depuis deux jours avant ça.

— Rien, pas un mot ? Vous n'avez pas été tentée de prendre votre téléphone pour l'insulter ?

— Non.

— Ou pour obtenir des réponses à vos questions ?

— Non.

— Pas même un soir où vous aviez un peu trop bu ?

— Je bois toujours modérément.

— Tiens donc.

— Bon, j'admets qu'il m'arrive d'être pompette, mais pourquoi gâcher un bon moment d'ivresse à l'appeler ? Il m'avait laissée tomber. J'avais toujours su qu'il le ferait. Les hommes finissent toujours par me quitter.

— Dans ce cas pourquoi l'avoir mis dans votre lit ?

— Parce qu'il était bien monté et qu'il me faisait l'amour trois fois par nuit.

— Oh… euh…

— Oui, et parfois quatre.

Vraiment impressionnant ! Mais il est vrai que cette femme est fabuleuse.

— Pour ainsi dire, personne n'était au courant de votre liaison. Alors comment le *Globe* a-t-il pu savoir à qui proposer de l'argent ? Quelqu'un les a forcément mis sur la voie.

— Oui, mais je pensais que nous avions écarté Paddy de Courcy, a-t-elle prononcé d'une voix plus hésitante.

— Moi de même.

Poussée par la curiosité, j'ai osé la question qui me brûlait les lèvres :

— Casey Kaplan dit connaître Christopher et avoir dîné avec lui une ou deux fois. C'est vrai ? Ou bien ce type est-il aussi bidon que je le crois ?

— C'est vrai. (Dee a ri devant ma mine dépitée.) Christopher et Casey sont des amis très proches. Ils sont allés ensemble à l'école. Casey connaît tout le monde, je le confirme. Il a un don pour ça.

— Il pourrait être notre homme.

Elle a catégoriquement rejeté cette hypothèse.

— Non, Casey n'aurait pas offert cette histoire sur un plateau à Scott Holmes, il l'aurait exploitée lui-même. Quoi qu'il en soit, ça ne peut pas être lui parce qu'il est bien trop adorable.

— Vous êtes sûre que nous parlons du même Casey Kaplan ?

— Je sais, sa façon de s'habiller laisse à désirer, et son baratin de rock star aussi, mais je vous assure qu'il est la gentillesse incarnée. C'est la raison pour laquelle son carnet d'adresses est si bien garni, tout le monde adore Casey Kaplan.

— Moi non.

— Excepté vous, dans ce cas.

— Je vais appeler Scott Holmes, ai-je dit. On ne sait jamais, il pourrait me lâcher une info utile.

— J'en doute.

— Essayons toujours.

Aussitôt dit, aussitôt fait, j'ai pris mon portable en espérant que j'avais conservé le numéro d'Holmes.

— Scott ? C'est Grace Gildee.

— Gracie !

Après les quelques minutes réglementaires de bavardage insipide, j'ai annoncé la couleur :

— Scott, j'ai besoin de ton aide.

(Excellente entrée en matière. Jouer la fille désemparée est toujours très efficace. Je sais, c'est un désespérant constat de l'état de nos relations hommes-femmes, mais je dis les choses comme elles sont.)

— Je vois, ma grande, tu m'appelles seulement quand tu as besoin de moi.

— En novembre dernier, tu as publié un papier sur Christopher Holland, tu t'en souviens ?

— Ben oui, évidemment.

— Qui t'a rancardé sur l'affaire ? C'était Christopher lui-même ou quelqu'un d'autre ?

— Voyons, Gracie, tu sais bien que je ne peux pas te révéler mes sources.

— Nous ne sommes pas en train de parler des pourparlers de cessez-le-feu avec l'IRA. Est-ce que c'était Paddy de Courcy ?

— Quoi ? Tu dérailles !

— John Crown, alors ?

— Le chauffeur de Paddy de Courcy ? Non. (Silence pesant sur la ligne.) Écoute, Grace, je ne peux te dire qu'une seule chose. J'ai bien été tuyauté, mais je n'ai jamais su l'identité de ma source. Je ne l'ai même jamais rencontrée.

La poisse !

— Comment as-tu été contacté ? Elle t'est apparue dans un rêve ?

— Un appel passé d'un portable, a-t-il dit en riant.

— Tu aurais conservé le numéro, par hasard ?

— Il n'est sûrement plus en service. En général, la ligne est ouverte juste le temps de conclure l'affaire.

— Merci, Scott, mais je suis journaliste moi aussi, je te le rappelle. Je n'ignore rien de tes petites magouilles, mais file-moi ce numéro quand même.

— Avec les mises en garde habituelles, alors. Tu ne l'as pas eu par moi, blablabla. Laisse-moi une minute pour le retrouver.

Après quelques cliquetis et bruissements, Scott m'a dicté le numéro.

— Merci, t'es un chic type.

— Sortons ensemble un soir ?

— Oui, bonne idée, ai-je répondu.

Puis j'ai raccroché.

Ce n'était pas que je ne l'aimais pas, mais Scott avait tout du Néo-Zélandais sportif. La raison pour laquelle j'avais rompu avec lui, en dehors du fait que j'étais raide dingue de Damien, c'était qu'il voulait toujours m'entraîner à crapahuter sur des sommets enneigés.

— Vous avez de la monnaie ? ai-je demandé à Dee. J'ai besoin de passer un coup de fil. (Elle m'a tendu son portable.) Non, je dois utiliser une cabine. Il ne faut pas qu'on puisse retracer mon appel.

— Je vois, nous sommes dans *Mission impossible.*

Elle m'a donné une pièce de cinquante centimes, et je me suis dirigée vers le sombre recoin qui abritait le téléphone public du pub. J'ai composé le numéro donné par Scott et attendu, le cœur battant la chamade.

Au bout de trois sonneries, on a décroché. J'ai entendu une voix d'homme.

— Ted Sheridan.

J'ai immédiatement raccroché d'une main tremblante.

Ted Sheridan. J'avais maintenant la preuve que j'espérais.

Je suis revenue vers Dee.

— C'était Paddy ? m'a-t-elle demandé.

— Non.

— Je vous l'avais bien dit.

— Venez, sortons faire un tour.

— Qu'est-ce que c'est, maintenant ? *Le Parrain* ? *Les Affranchis* ?

En chemin, j'ai appelé ma mère.

— J'aimerais que tu retrouves pour moi une vieille photo de l'époque où Marnie sortait avec Paddy de Courcy. (Dee, assise à côté de moi à la place du passager, m'a lancé un regard noir.) Pas une photo d'eux, ai-je précisé. Une de Sheridan. Je sais qu'il en traîne une quelque part.

Il ne faudrait pas longtemps à maman pour mettre la main dessus. Mes parents avaient toujours trouvé très petit-bourgeois de conserver des photos de toutes les occasions de la vie. Ils ne possédaient pas d'appareil, et les rares photos qu'ils avaient de Marnie et de moi quand nous étions adolescentes avaient été offertes à la famille par Leechy.

— Où allons-nous ? m'a demandé Dee.

— Récupérer une photo de Ted Sheridan, un vieil ami de

Paddy de Courcy. Nous irons la montrer à Christopher pour savoir si c'est bien l'homme qui l'a persuadé de vous trahir.

— Pas question, je refuse de parler à Chris…

— Vous n'aurez pas à lui parler, mais il faut que vous soyez présente. Autrement, comment aurez-vous la preuve que Paddy de Courcy est derrière tout ça ?

Vu l'heure tardive, les rues étaient désertes. En dix minutes, nous étions arrivées à Yeoman Road. Dès que je suis entrée, Bingo a aboyé sa joie de me revoir. Ma mère avait retrouvé la photo. Un portrait de groupe qui nous montrait tous les cinq souriant à l'objectif. Il y avait Marnie, Paddy, Leechy, Sheridan et moi-même.

— Merci, maman, tu es la meilleure. Désolée, mais je ne peux pas rester.

J'ai repoussé Bingo, qui s'était accroché à ma jambe.

— Allons, Bingo, laisse-la tranquille, a dit ma mère.

J'ai enfin réussi à me libérer de cette étreinte passionnée. De retour à la voiture, j'ai tendu la photo à Dee.

— Maintenant, dites-moi où habite Christopher.

Elle m'a regardée. J'ai cru qu'elle allait refuser de me donner l'adresse, mais elle a cédé :

— À Inchicore.

Dee était subjuguée par la photo.

— Paddy a l'air si jeune. Il est mieux maintenant. Mais vous, vous n'avez pas du tout changé ! Qui sont ces gens avec vous ? (Elle examinait Leechy sur la photo.) Est-ce que… Non, ça ne peut pas être…

— Qui ça ? Montrez-moi. Oh, si.

— J'ignorais que vous la connaissiez.

— Nous ne nous fréquentons plus. Écoutez, j'aimerais que vous appeliez Christopher, histoire de vérifier qu'il est bien chez lui. Dites-lui que vous voulez le rencontrer.

— Mais je ne veux pas le rencontrer.

— Eh bien, faites semblant. J'essaie de sauver votre carrière, au cas où vous ne l'auriez pas encore remarqué.

— Et s'il refuse ?

— Dites-lui qu'il vous doit bien ça. Mettez-lui le nez dans le caca.

Elle a sorti son téléphone de son sac, mais ensuite elle est restée là, la tête courbée.

— Allez, appelez-le !

Elle m'a obéi à contrecœur, et je l'ai entendue dire :

— C'est Dee. J'ai besoin de te parler. Maintenant. Dix minutes.

Elle a raccroché avec un grand frisson de tout son corps.

— Haut les cœurs ! ai-je dit. Vous serez dans ses meubles. Une occasion unique de casser un objet auquel il tient beaucoup.

Sa porte s'est ouverte dès notre arrivée. Christopher Holland était l'image même de la contrition.

— Dee, je suis désolé, je...

Puis il m'a vue et a esquissé un mouvement de recul.

Ce type était incroyablement sexy. Avec ce que je savais maintenant de ses mensurations et du cœur qu'il mettait à l'ouvrage, j'aurais facilement succombé (mais seulement en théorie, vu que j'étais déjà avec Damien, etc., etc.).

Dee a fait les présentations d'un ton laconique. Christopher nous a introduites dans son salon.

D'un geste, Dee a coupé court au mea-culpa de son ex.

— Je ne suis pas venue ici pour entendre tes excuses, mais pour savoir si tu as agi de ton propre chef ou à l'instigation de quelqu'un.

Visiblement désireux de se disculper, il a répondu :

— Ça ne venait pas de moi, bien sûr, mais la somme qu'on m'offrait était énorme, Dee. J'ai d'abord refusé, alors ils ont augmenté leur offre. J'ai encore dit non, et ils ont encore renchéri. J'étais devant un affreux dilemme.

— Comme c'est triste, a fait Dee. Grace, montrez-lui la photo.

J'ai collé la photo sous le nez de Christopher.

— Elle ne date pas d'hier, mais est-ce que par hasard vous reconnaîtriez là-dessus votre généreux donateur ?

Ça faisait un bail que je n'avais pas vu Sheridan. Il ne restait plus qu'à espérer qu'il n'avait pas trop changé avec l'âge et n'était pas passé sous le bistouri d'un chirurgien esthétique.

— C'est Paddy de Courcy que je vois ? a dit Christopher en ricanant. Quelle tronche il a, là-dessus ! Vous avez vu sa coupe disco ?

— Oubliez Paddy de Courcy.

— Et là, c'est vous ? (Il m'a toisée de haut en bas.) Vous n'avez pas tellement changé.

— S'il vous plaît, concentrez-vous.

Il a longuement examiné la photo qu'il tenait dans le creux de sa main. J'ai commencé à en avoir des sueurs froides.

— Non, désolé, a-t-il fini par répondre, l'air sincèrement navré.

— Je sais que la photo date, ai-je insisté d'une voix quelque peu désespérée. Essayez de vous les représenter avec une autre coupe de cheveux et des traits un peu plus empâtés.

Il a rapproché le cliché de son visage, fermé un œil, puis l'autre.

— Ouais, peut-être bien. Ça pourrait bien être elle, mais elle est beaucoup plus classe, maintenant.

Elle ? avais-je bien entendu ? Je lui ai arraché la photo.

— De qui parlez-vous ?

Il a désigné Leechy.

— D'elle. C'est pas elle que vous cherchiez ?

Je me suis tournée vers Dee. L'effarement que j'ai lu sur ses traits n'avait d'égal que le mien.

— C'est donc bien Paddy, a déclaré Dee. (Nous étions dans la voiture, devant l'immeuble de Christopher Holland, et littéralement en transe. Elle a tourné sa tête vers moi.) Vous confirmez, Grace ?

— Eh bien… oui, on dirait bien.

— Vous êtes sûre que ça va ?

— Euh, oui.

Mais en réalité je n'allais pas bien du tout et je nourrissais de gros doutes quant à notre entreprise. Jusque-là, je n'y avais vu qu'un jeu. À cause de ce que Paddy m'avait fait subir, je trouvais amusant d'aller pêcher de nouvelles preuves de sa dépravation. Mais, confrontée à l'évidence que de Courcy était impliqué dans un jeu politique à haut risque, j'avais brusquement retrouvé ma lucidité. Qu'est-ce qui m'avait pris de me lancer dans cette histoire ? Il ne s'agissait plus d'un jeu, mais de la réalité, et je savais de quoi Paddy était capable.

Dans ma voiture à l'arrêt, j'ai pris ma décision. Ici s'arrêtait mon rôle, Dee allait devoir prendre le relais. Après tout, c'était elle, la politicienne. Elle était plus rompue que moi aux manœuvres machiavéliques. Moi, je n'étais qu'une citoyenne lambda et j'avais les pétoches.

— Il ne me reste plus qu'à l'affronter. (Les yeux plissés, Dee se jouait la scène dans sa tête.) Mais il me faut de quoi négocier. Qu'est-ce que vous avez sur lui, Grace ? Quel squelette gardez-vous caché dans son placard ?

— Rien, rien du tout.

Elle a vivement tourné son visage vers moi.

— Quoi ? Mais je pensais... ? Non, Grace, vous ne pouvez pas.

— Je ne suis pas ce genre de fille, Dee. Je croyais l'être, mais je me trompais. Désolée.

— Vous avez donc si peur de lui ?

— Eh bien, oui.

— Ça ne ressemble pas à la Grace que je connais.

— Je confirme, ai-je prononcé d'un air sombre.

— Vous êtes mon seul espoir, m'a-t-elle implorée. Ma carrière politique dépend entièrement de vous. Sans vous, je suis finie.

J'ai laissé tomber ma tête sur le volant.

— Je vous en prie, a-t-elle ajouté.

Puis sa voix s'est mise à enfler.

— Regardez-moi bien, Grace, a-t-elle enchaîné d'un ton emphatique. Qui suis-je, sinon un symbole d'espoir pour des dizaines de milliers d'Irlandaises ? Des femmes qui vivent dans la crainte. Des femmes qui n'ont personne pour parler en leur nom. Des femmes qui n'ont personne pour exprimer les espoirs qu'elles cachent dans leur cœur. Personne d'autre que moi !

J'étais tiraillée entre la peur, la culpabilité et le désir de me lever pour applaudir.

Dee m'a serré le bras d'une poigne de fer.

— Dites-moi ce que vous savez sur Paddy. (Puis elle s'est approchée de mon oreille.) À nous deux, nous trouverons un moyen de le faire payer.

Marnie

La chaîne Sky News était sa seule et unique amie. Une amie légèrement radoteuse, qui se répétait tous les quarts d'heure, et aujourd'hui cette amie reprenait en boucle l'actualité du mercredi 21 janvier.

Quand la sonnerie du téléphone retentit, Marnie contempla l'appareil d'un air apeuré. À un moment donné, le téléphone était devenu un messager qui n'apportait que de mauvaises nouvelles, et elle avait cessé de décrocher.

Le répondeur s'enclencha, puis elle entendit la voix de Grace.

— Marnie, c'est moi. Tu es là ?

Elle s'empara du combiné.

— Oui, je suis là.

— Tu as les idées claires ?

— Oui.

Mais seulement parce qu'il était encore tôt et que le magasin d'alcools n'avait pas ouvert ses portes. Il n'y avait plus une goutte de vodka dans toute la maison, et elle ne s'expliquait pas comment elle avait pu laisser une telle situation se produire.

— Tu es sûre de n'avoir rien bu ? insista Grace. C'est très important.

— Je te le jure.

Le cœur de Marnie se serra, mais elle ne pouvait pas en vouloir à Grace de se montrer soupçonneuse.

— Écoute, j'ai un service à te demander. Accroche-toi bien. Il s'agit de Paddy de Courcy.

Marnie frissonna à l'évocation de ce nom, même après toutes ces années.

Grace enchaîna :

Sache que rien ne t'y oblige. Je ne fais ça que pour rendre service à quelqu'un. Tu peux donc refuser sans craindre de me laisser tomber.

— Quoi ? Tu veux que j'aide Paddy ? demanda Marnie, déroutée.

— Oh non, surtout pas. C'est même tout le contraire.

Paddy n'avait pas besoin de son aide. Curieusement, elle en fut déçue.

— Paddy est mouillé jusqu'au cou dans des magouilles politiques pas jolies jolies, poursuivit Grace. Et j'essaie d'aider une personne qu'il a trahie.

Marnie prit peur. Tout cela était très mélodramatique et presque inquiétant.

— Tu es mon arme contre lui, Marnie.

— Moi ?

— Tout ce qu'il t'a fait, les coups et le reste, je pense qu'il l'a fait à d'autres. Si je retrouvais certaines de ces femmes, accepterais-tu de te joindre à elles afin de faire pression sur Paddy ?

Marnie trouvait toute cette histoire très étrange. Paddy de Courcy, après tout ce temps.

— Le plan, c'est de le menacer de tout balancer à la presse s'il s'obstine dans ses attaques.

— La presse ?

— Nous n'en arriverons sûrement pas là. La menace suffira.

Il était exclu que son histoire soit étalée à la une des journaux.

— Je vois, dit Marnie. Mais qu'est-ce qui te rend si sûre qu'il y a d'autres femmes ?

— Des indices. Je dois encore vérifier un ou deux trucs, mais, avant d'aller plus loin, je voulais savoir si tu me suivrais. (Après une courte pause, elle ajouta :) Je te répète que tu n'es pas obligée, Marnie. Je comprends que la vie n'a pas été simple pour toi depuis quelque temps, et c'est peut-être la dernière chose…

— Quoi ? Tu ne veux pas de moi ?

— En un sens, non, pour être franche. Je te pose la question seulement parce que je l'ai promis à quelqu'un.

— Arrête de t'excuser, fit Marnie d'un ton presque enjoué. Je te suis.

Sa décision était prise. Même après toutes ces années, ses sentiments pour lui n'étaient pas tout à fait morts. Dieu qu'elle était pathétique.

— Tu es sûre ? Tu n'as pas peur que ça te rende les choses encore plus difficiles ?

Grace voulait parler de son alcoolisme. Marnie avait compris.

— En fait, je crois au contraire que ça pourrait m'aider.

— Possible, dit Grace.

Mais il y avait du scepticisme dans sa voix. Elle ajouta d'un ton plus affectueux :

— Le problème, c'est qu'il te faudra probablement venir à Dublin. Tu devras prendre l'avion.

Grace craignait qu'elle ne soit trop soûle pour faire le voyage, pensa tristement Marnie. Mais pouvait-elle lui en vouloir ?

— Ne t'inquiète pas, tout ira bien. Quand veux-tu que je vienne ?

— Bientôt. Dans un jour ou deux, si tout se passe comme prévu. Tu as bien réfléchi, tu es sûre ?

— Oui, sûre et certaine.

Paddy de Courcy ? Elle n'avait plus pensé à lui depuis très longtemps. À l'occasion, peut-être une fois par an, elle entendait son nom dans la bouche de son père, de sa mère ou de tante Bid, mais jamais elle ne se laissait aller à remuer le passé. Il suffisait qu'elle entende ce nom pour qu'aussitôt une barrière s'abatte, telle une guillotine, coupant court à toute incursion dans les méandres de la mémoire.

Mais, ce matin, elle n'avait plus de défense contre les souvenirs douloureux. Ils étaient là, encore tout frais, et elle retrouva cette sensation d'étourdissement qu'elle avait éprouvée en rencontrant Paddy, comme si elle venait de retrouver une partie d'elle-même perdue depuis toujours.

Jusqu'à ce jour, elle avait vécu avec un sentiment d'incomplétude. Paddy avait perdu une mère qu'il adorait. Quant à son père, il était trop absent pour lui donner l'amour dont il avait besoin. En découvrant qu'il était aussi vide et assoiffé qu'elle, Marnie s'était tout de suite attachée à cet être solitaire avec une tendresse à peine supportable.

C'était comme s'ils vivaient l'un et l'autre sur une fréquence qu'ils étaient seuls à capter. Sa vie durant, elle avait été aux prises avec de terribles peurs et d'insoutenables accès de tristesse. Elle ne pouvait pas se rappeler un seul instant où elle n'avait été soumise à la puissante houle de ses émotions. Personne d'autre – et certainement pas Grace avec qui on la comparait inévitablement – n'affrontait la vie avec la même douloureuse intensité qu'elle. Ses parents la regardaient parfois d'un air désemparé, comme s'ils ne comprenaient pas d'où cette fille leur était venue.

Ce sentiment d'être différente était une honte pour elle. Les autres semblaient être munis d'un interrupteur ou bien d'une sorte de zone tampon où s'arrêtaient leurs émotions. Mais Paddy était pareil à elle. Il traversait l'existence avec les mêmes emportements amoureux et les mêmes accès de désespoir. Avec lui à ses côtés, elle ne se voyait plus comme un monstre de foire.

Dès le premier instant, leur relation avait été intense. Le temps qu'ils passaient loin l'un de l'autre leur était insupportable. Même quand ils étaient restés ensemble toute la journée, la première chose qu'ils faisaient en rentrant chez eux était de se téléphoner.

« J'aimerais me glisser sous ta peau, disait-il. Te faire rentrer dans la mienne et ne former plus qu'un avec toi. »

La première fois qu'il l'avait fait venir chez lui, elle avait été bouleversée en voyant cette maison si froide. On aurait dit un vaisseau fantôme. Il n'y avait rien à manger et pas de chauffage. La cuisine était glaciale, les plans de travail étaient recouverts d'une saleté poisseuse, et la poubelle débordait. Il était clair que personne n'y cuisinait, que personne ne s'y attablait pour manger. Le lait y était bu au goulot, et des sandwichs à la confiture étaient préparés à même la table puis engloutis à la va-vite au-dessus de l'évier.

À la vue de ce foyer sans amour, Marnie avait été frappée par l'une de ses visions – or ses visions, surtout quand elles étaient pénibles, étaient toujours d'une grande clairvoyance. Elle avait compris que, sans le décès de sa mère, Paddy ne serait jamais tombé amoureux d'elle. Avant ce tragique événement, il était différent, il le lui avait dit. Or Marnie savait – même si lui l'ignorait – que cette épreuve avait fait de lui l'être fragile qui avait tant besoin d'elle.

De là, elle en était venue à penser qu'elle abusait de lui, en un sens, et qu'elle n'était pas assez bien pour être aimée d'un homme sans problèmes. Seul un garçon brisé pouvait s'intéresser à elle, parce qu'elle-même était brisée. Et sa pire terreur était de penser que Paddy pourrait un jour guérir de sa blessure, tandis que la sienne était irréversible.

Elle avait essayé d'en parler à Grace. Celle-ci avait levé les yeux au ciel en disant : « Il faut toujours que tu te compliques la vie. On se fout de savoir pourquoi il t'aime. Il t'aime, point barre. Je crois que tu ne mesures pas ta chance. »

Honteuse, Marnie avait fait de gros efforts pour apprécier son bonheur. Grace avait raison, l'amour qu'elle partageait avec Paddy était une chose rare.

Couchés dans l'herbe des champs, ils contemplaient les nuages ou bien admiraient les étoiles en rêvant de leur avenir.

— Nous serons toujours ensemble, lui promettait Paddy. Rien d'autre ne doit compter.

Le sombre revers de son amour était sa jalousie féroce. Même si elle lui jurait de l'aimer éternellement, Paddy voyait en chaque homme une menace. Il ne se passait pas une semaine sans qu'il l'accuse de flirter avec Sheridan, d'avoir regardé un autre garçon à une soirée ou de ne pas lui consacrer assez de temps.

Un jour, elle avait fait l'erreur de dire qu'elle trouvait Nick Cave sexy. Il était devenu fou de rage et avait mis en pièces les photos du magazine qui avaient provoqué cette remarque. Après, pendant des mois, il avait continué de se lever et de quitter la pièce dès qu'on jouait un morceau des Bad Seeds, le groupe du chanteur. Sa paranoïa avait fini par déteindre sur elle. Avec le temps, Marnie était devenue aussi soupçonneuse que lui, ce qui ne semblait pas déplaire à Paddy. Les disputes étaient quotidiennes et presque obligatoires. C'était un jeu, un rituel d'accusations mélodramatiques, suivies par des réconciliations larmoyantes. C'était leur façon de se montrer combien ils tenaient l'un à l'autre.

Souvent, elle lui reprochait d'avoir des vues sur Grace, ou sur Leechy. Leechy n'était pas exactement une beauté, avec ses traits chevalins. Mais elle était gentille. Petit à petit, elle s'était imposée comme la bonne âme qui conseillait et consolait Paddy après ses fréquentes altercations avec Marnie. Marnie s'était étonnée du culot de Leechy, mais, face à ses attaques, celle-ci avait invoqué la compassion :

— Il était contrarié. Il t'aime tellement et il n'a personne à qui parler.

— Il a Sheridan.

— Mais Sheridan n'est encore qu'un gosse.

Il arrivait de temps en temps que le jeu des émotions déborde un peu et devienne physique. Un jour il la bousculait, un autre il la giflait, et puis un soir particulièrement tumultueux il y avait eu ce coup de poing au visage.

Quand Grace s'était inquiétée, Marnie l'avait tranquillisée : « Ce n'est pas aussi terrible que ça en a l'air. Ses sentiments sont si forts que c'est parfois la seule façon qu'il a de les exprimer. » Elle avait une explication à tout, jusqu'à la brûlure de cigarette dans le creux de sa main. « Il m'a laissé sa marque, un peu comme un tatouage. » Puis elle avait ajouté : « Surtout, pas un mot à maman. »

Paddy avait grandi et fini par se sentir à l'étroit dans leur relation, c'était aussi simple que ça. Avec le recul, tout était parfaitement clair. Le lent pourrissement de leurs trois années passées ensemble pouvait être réduit aux cinq derniers mois, période qui avait coïncidé pour lui avec son dernier semestre de fac. Vu sous un angle objectif, tout prenait un sens : il allait mettre le pied dans la vraie vie, il n'était plus un jeune sauvageon délaissé, mais un homme promis à une brillante carrière d'avocat.

Il était temps de laisser son enfance derrière lui, comme aurait dit leur père.

Au cours de ce printemps, leurs disputes déjà nombreuses avaient atteint leur paroxysme. Sentant inconsciemment qu'il lui échappait, Marnie s'était accrochée à lui comme jamais. Et comme Paddy aspirait à être libre, il cachait de moins en moins son mépris pour elle.

Il lui avait dit qu'il ne l'aimait plus. Chaque fois qu'ils se disputaient, il lui lançait au visage qu'il la haïssait.

« Cette fois, c'est vrai », ajoutait-il. Mais c'était ce qu'il disait toujours.

Au mois de mai, pendant qu'il passait ses examens, Marnie avait fait taire sa jalousie pour ne pas lui gâcher ses chances de réussite.

Bien qu'elle eût appris par Sheridan que Leechy rendait visite à Paddy, elle n'avait pas desserré les dents.

Mais, le lendemain de sa dernière épreuve, elle lâcha tout ce qu'elle avait sur le cœur.

— Qu'est-ce que tu fricotes avec Leechy quand elle vient chez toi ? lui lança-t-elle. Avoue que tu couches avec elle.

Ce n'était rien de plus qu'une méthode cent fois éprouvée pour obtenir de lui une déclaration d'amour – une méthode à laquelle il l'avait initiée –, et en son for intérieur elle savait bien que ses accusations étaient fausses.

— Oui, c'est vrai, répondit-il.

— Arrête, dis-moi la vérité. Qu'est-ce que vous faisiez ?

— Je viens de te le dire.

Elle crut à une plaisanterie.

— Je ne te fais pas marcher, c'est vrai. J'ai baisé avec elle tous les jours depuis le début de mes exams. Toi et moi, c'est terminé. Quand vas-tu te décider à comprendre ?

Elle reçut cette révélation comme un coup de poing à l'estomac. Pliée en deux, elle se mit à hurler comme un animal. Elle n'arrivait toujours pas à accepter que tout était fini entre eux. Elle protesta d'un air éperdu :

— Mais tu disais que tu m'aimerais pour toujours.

— Je mentais. Ce n'était qu'une aventure sans lendemain.

Non, c'était faux. Il était son grand amour, celui qu'on peut attendre toute une vie sans jamais le rencontrer.

Comme un animal traqué, elle se demanda quoi faire, et coucher avec le meilleur ami de Paddy lui sembla sur le moment une réaction logique.

À sa surprise, elle n'eut aucun mal à séduire Sheridan, mais sitôt après, rongé par le remords, il l'implora de ne rien dire à Paddy. Ne rien dire à Paddy ? pensa-t-elle. Mais pourquoi croyait-il qu'elle avait couché avec lui ?

— Paddy, demande-moi où j'étais hier soir.

— J'en ai rien à battre.

— Demande quand même.

— D'accord, où étais-tu hier soir ?

— Au lit, avec Sheridan.

Elle était certaine que la jalousie lui ramènerait Paddy, plus dévoué que jamais. Mais la vérité était qu'il se fichait de savoir qu'elle avait couché avec un autre. Ce qu'il n'appréciait pas, c'était qu'elle l'ait fait avec Sheridan.

— Sheridan ? hurla-t-il. C'est le seul être au monde en qui j'aie confiance, et tu l'as corrompu !

Elle ne fut pas étonnée quand il la frappa. En titubant, elle recula contre le mur, et là il la frappa encore. Elle s'effondra. Quand il lui décocha un coup de pied dans le ventre, elle comprit qu'elle était allée trop loin.

Pris de frénésie, il la cogna, encore et encore, dans les côtes, dans la poitrine et au visage. Elle essaya de se protéger la tête à l'aide de ses bras, mais il les lui écarta de force et lui piétina la main droite.

— Tu n'es qu'une pauvre conne et tu n'as que ce que tu mérites. (Hors d'haleine, il se tenait au-dessus d'elle, roulée en boule sur le sol.) Répète : « Je ne suis qu'une pauvre conne et je n'ai que ce que je mérite. »

Il prenait déjà son élan pour lui envoyer un autre coup de pied. Non ! Elle ne survivrait pas à celui-là, elle le savait. La pointe d'une botte écrasa son estomac contre ses vertèbres. Secouée de spasmes violents, elle vomit tout ce qu'elle avait dans le ventre.

— Dis-le !

— Je ne suis qu'une conne, prononça-t-elle d'une voix agonisante, des larmes dans les yeux. Et je n'ai que ce que je mérite.

— Une *pauvre* conne. T'es bouchée, ou quoi ?

Quand elle revint à elle à l'hôpital et se vit branchée à toutes sortes d'instruments, elle s'attendit à trouver Paddy à son chevet. Mais il n'y avait que Grace.

— Où est Paddy ? articula-t-elle péniblement.

— Je ne sais pas.

Marnie pensa qu'il était sorti fumer une cigarette ou boire un café.

Un funeste pressentiment l'habitait. Ils auraient beaucoup de mal à surmonter ça. Paddy allait devoir consulter un psy, suivre une thérapie, afin qu'une telle chose ne se reproduise plus.

Puis elle comprit que Paddy n'était pas dans l'hôpital. Qu'il n'y avait même jamais mis les pieds.

— Il ne sait pas que je suis là ?

— Je suis sûre qu'il le sait, lui répondit Grace. Tu ne pourrais pas être ailleurs qu'à l'hôpital, à moins d'être morte.

Mais Marnie ne comprenait toujours pas.

— Il n'a pas téléphoné ?

— Non.

Il avait trop honte de ce qu'il avait fait. Ce serait à elle de faire le premier pas, mais elle en était physiquement incapable. La liste de ses traumatismes occupait deux pages entières. Grace l'obligea à la lire : une phalange broyée, des contusions au foie, une hémorragie de la rate, d'importants hématomes au niveau des côtes et de la clavicule.

Soudain, une pensée terrible lui vint.

— Papa et maman sont au courant ?

— Non, je n'ai pas réussi à les joindre.

— Merci, mon Dieu !

Leurs parents passaient des vacances en France avec tante Bid.

— Grace, je t'en supplie, ne leur dis rien.

— T'es dingue ou quoi ? Bien sûr que je vais leur dire.

— Je te l'interdis ! Ils essaieront de m'empêcher de le voir. (Puis une autre pensée encore plus effrayante lui traversa l'esprit.) Tu n'en as pas parlé à la police, au moins ?

— Non, mais…

— Non, Grace, ne fais pas ça !

Des larmes de frustration et de panique jaillirent.

— Mais les infirmières disent qu'il pourrait recommencer.

— Il ne le refera plus. Grace, tu ne comprends pas. C'est une affaire entre lui et moi. C'est comme ça que nous fonctionnons.

— Mais regarde dans quel état tu es ! C'est à cause de lui que tu es dans ce lit d'hôpital.

— Je t'en supplie, jure-moi que tu ne leur diras rien. Ce serait comme dénoncer un membre de la famille. Paddy est l'un des nôtres.

— Mais tu as vu ce qu'il t'a fait !

— Grace, promets-moi, promets que tu n'en parleras à personne. Tout va s'arranger. Ça n'arrivera plus, je te le jure.

Au bout du compte, Grace finit par céder, mais elle refusa catégoriquement d'aider Marnie à se lever et à traverser le couloir jusqu'à la cabine téléphonique.

— Tu as une hémorragie interne, tu ne dois pas te lever.

Dès que Grace fut partie, Marnie, traînant sur le lino du couloir sa perfusion pendue à sa potence, transporta son corps meurtri jusqu'au téléphone. Quand elle n'obtint pas de réponse de Paddy, elle fut prise de vertige, comme si elle tombait du toit d'un immeuble et sentait le vent siffler à ses oreilles.

Le lendemain, elle dit à Grace :

— Il ne répond pas au téléphone. Je t'en prie, va chez lui.

— Pas question.

— Mais il faut que je le voie.

— Non, Marnie. Je ne dirai pas aux parents ce qu'il t'a fait, mais je refuse d'aller chez lui.

Marnie réussit à tenir encore vingt-neuf heures. Quand le désir finit par devenir irrépressible, elle arracha la perfusion de son bras, quitta l'hôpital en catimini et prit un taxi pour aller chez Paddy. Quand il lui ouvrit la porte, le père de Paddy fut frappé de stupeur en voyant le visage tuméfié de Marnie et ses bandages. À ses questions pressantes, il répondit que son fils était parti depuis mercredi.

— Depuis quatre jours !

— Oui, il a fait sa valise et il a fichu le camp.

— Vous l'avez vu faire et vous n'avez pas tenté de le retenir ?

— Il est adulte.

— Où est-il parti ?

— Je n'en ai pas la moindre idée.

— Mais vous devez bien savoir !

— Il ne m'a rien dit.

— Je dois inspecter sa chambre.

Elle grimpa l'escalier en claudiquant.

L'odeur de Paddy flottait toujours dans l'air, mais tous ses livres et ses vêtements avaient disparu.

— À ton avis, Grace, nous devrions prévenir la police ?

— Bonne idée, comme ça ils l'arrêteraient.

— Non, je veux parler de sa disparition. Tu penses que nous devrions la signaler ?

— Il n'a pas disparu, il est parti, comme te l'a dit son père.

— Mais où peut-il être ?

— Où que ce soit, ce ne sera jamais assez loin.

— Il est peut-être à Londres.

Marnie songeait déjà à l'y rejoindre.

— Non, la raisonna Grace. Tu ne peux pas aller à sa recherche. Il a failli te tuer et ne s'est même pas préoccupé de savoir si tu étais encore en vie.

— Il a peur, c'est pour ça qu'il est parti. Je dois voir Sheridan. Il saura.

Mais Sheridan, s'il savait quelque chose, resta muet comme une tombe. Même si cette idée lui paraissait inconcevable, il était possible que Leechy ait des informations. Marnie ravala sa fierté, mais en vain. Leechy non plus ne savait rien et, par-dessus le marché, elle eut le toupet de se montrer aussi inquiète et désespérée que Marnie.

Paddy ne réapparut pas. Des jours, des semaines passèrent. Pendant tout l'été, Marnie resta en état d'alerte, attendant à chaque instant son retour. Octobre était son horizon. Où qu'il soit, il faudrait qu'il rentre en octobre pour commencer son stage au barreau.

Jusqu'à cette échéance, elle devrait prendre son mal en patience. En juillet et en août, les journées ensoleillées et les longues soirées lui parurent interminables. Chaque matin, le soleil qui brillait était comme une insulte à sa douleur. Mais elle savait que les frimas de l'automne finiraient par arriver. La lumière changerait, et Paddy reviendrait.

Dans la rue, il essaya de l'ignorer.

— Ne t'approche pas de moi, tu me dégoûtes.

Il continua de marcher à grandes enjambées, tandis qu'elle s'efforçait de ne pas se laisser distancer.

— C'est bon, Paddy, je te pardonne.

— De quoi ?

— De m'avoir frappée.

— Mais c'était de ta faute ! lui rétorqua-t-il.

Était-ce vraiment sa faute ? Elle n'eut pas le temps de réfléchir à la question ; Paddy avançait très vite.

— Où étais-tu pendant tout l'été ?

— À New York.

— Qu'est-ce que tu y faisais ?

— Je m'éclatais.

À son ton, elle n'eut aucun mal à comprendre qu'il parlait de sexe.

— Pourquoi tu ne m'as pas dit où tu partais ?

Il s'arrêta net et la toisa de toute sa hauteur.

— Parce que je ne voulais plus te voir et parce que je n'ai pas changé d'avis.

Le vertige la saisit, cette impression de tomber sans fin dans le vide. Il ne s'agissait plus de joutes amoureuses. Il avait réussi à tenir quatre mois sans elle. Il était donc sérieux quand il disait qu'il ne voulait plus la voir.

— Il va falloir l'oublier, décréta Grace, comme si c'était facile.

— Si je le pouvais, je le ferais.

Elle se serait volontiers coupé un bras si cela avait pu mettre fin à sa souffrance. Mais face à sa terrible force elle était sans défense. Pendant l'été, elle avait eu l'espoir que cette douleur aurait une fin. À présent, elle comprenait qu'elle durerait éternellement et que rien ne viendrait l'interrompre.

— Allons, un peu de dignité, déclara Grace.

— Si seulement je savais où trouver l'estime de soi, j'y serais déjà, répondit très calmement Marnie.

— Ce n'est qu'une affaire de volonté.

Elle secoua la tête.

— Il n'y a rien de plus terrifiant, de plus humiliant qu'un homme qui ne vous aime plus.

— Tout le monde passe par là un jour ou l'autre, lui dit Grace, toujours très terre à terre.

— Mais je ne suis pas comme tout le monde.

Elle souffrait d'hémophilie affective. Un mal incurable. Elle portait en elle, comme une plaie béante, chaque blessure de sa vie, à commencer par son premier jour d'école, quand elle avait été séparée de Grace. Elle ne surmontait jamais rien.

— Regardons la réalité en face. Même si je n'étais pas totalement branque, ajouta-t-elle avec un petit rire. Même si j'étais bien dans ma peau, même si j'étais la personne la plus équilibrée de la terre, il ne me serait pas facile d'oublier Paddy de Courcy.

Elle traversa sa dernière année de lycée comme un zombie. C'est à peine si elle remarqua qu'elle avait obtenu son diplôme.

Un an, deux ans, trois ans passèrent, et la douleur de l'absence restait aussi forte qu'au premier jour. Elle était comme endormie, attendant le retour de Paddy pour recommencer à vivre.

Bien des années plus tard, quand elle se retournerait sur cette période, elle se demanderait ce qui l'avait empêchée de mettre fin à ses jours. Sans doute était-elle trop assommée par la douleur pour seulement avoir ce désir.

Quand elle apprit que Paddy et Sheridan partageaient une maison, elle en fut mortifiée. Il avait pardonné à Sheridan, mais pas à elle.

Sa seule consolation dans cet océan de souffrance était de savoir qu'il n'était pas avec Leechy.

C'est Grace qui lui conseilla de changer d'horizon et de s'installer dans une autre ville. Ce projet l'emballa. Quitter Dublin, recommencer ailleurs une nouvelle vie et faire table rase du passé. Elle envisagea San Francisco puis Melbourne, mais, rebutée par les problèmes de visas, elle perdit peu à peu son enthousiasme et s'estima heureuse d'échouer à Londres où, encore secouée par la perte de Paddy, elle passa d'homme en homme à la recherche d'un réconfort qu'elle ne trouvait pas.

Elle se mit à lire des ouvrages de psychologie et de développement personnel, à consulter des thérapeutes, à écouter des cassettes à messages subliminaux et alla même jusqu'à pratiquer la méthode Coué devant sa glace. Elle voulait désespérément guérir, recouvrer son estime de soi et parvenir à ignorer ses blessures. Mais, en dépit de ses efforts, ses plaies restaient visibles à tous ceux – surtout aux hommes – à qui elle essayait de les cacher.

Avec le temps, elle finit par accepter l'idée qu'elle allait passer le restant de sa vie sans Paddy. Pourtant, une infime et méprisable partie d'elle continuait d'espérer.

Grace

J'ai appelé Damien :

— Marnie accepte, à condition qu'elle ne soit pas la seule à parler.

Ma voix devait trahir mon désarroi, parce qu'il m'a dit :

— Tu n'es pas obligée de le faire, tu sais.

— J'ai donné ma parole à Dee.

Elle m'avait culpabilisée au point que j'avais fini par accepter de tenter quelque chose. Et quand j'avais pris un engagement, je m'y tenais, que ça me plaise ou non.

— Je n'aurais jamais dû te parler de cet article sur Dee, a-t-il prononcé d'une voix éteinte. Je pensais que tu te contenterais de lui passer le mot. Je n'aime pas que tu t'embarques dans cette histoire avec Paddy de Courcy.

— Qui sait, je n'arriverai peut-être pas à retrouver Lola Daly. Alors je pourrai me retirer de la partie sans avoir trop mauvaise conscience.

— Tiens-moi au courant.

— Promis.

Après avoir raccroché, je me suis approchée bien à contrecœur du bureau de Kaplan.

— Tu sais, Casey, j'ai beaucoup apprécié que tu me révèles qui est John Crown.

— Ah ouais ? Tu m'as pourtant pas remercié très chaleureusement.

— Tu m'avais piqué mon interview de Madonna, je te le rappelle. À ce propos, tu crois que tu pourrais me rendre un autre service ?

— Dis toujours.

— Je dois retrouver quelqu'un. Elle s'appelle Lola Daly et elle est styliste.

— Je la connais.

— Tu sais où elle est en ce moment ?

— Non.

— On l'a vue pour la dernière fois à Dublin en octobre dernier, ai-je précisé. Depuis, elle semble avoir disparu de la surface du monde. Elle ne répond pas sur son portable, mais son numéro est toujours en service. Voilà tout ce que je sais. Je reconnais que ce n'est pas grand-chose, mais est-ce que tu pourrais faire circuler l'info dans le monde de la mode, parmi les tops et les femmes de la haute ? Quelqu'un a peut-être fait appel à elle depuis octobre.

Seuls les yeux de Casey bougeaient. Des yeux qui fouillaient mon visage avec un air de perspicacité censé passer pour irrésistible. Lentement, il a hoché la tête.

— Entendu.

Est-ce qu'il était vraiment capable de la trouver ou bien était-ce du flan ? Je penchais pour le flan.

Il s'est renversé dans son fauteuil.

— Ça risque de prendre du temps. Je suis doué, mais je ne peux quand même pas faire l'impossible.

Je suis retournée à mon poste. J'ai décroché mon téléphone, mais j'ai raccroché en voyant Kaplan s'approcher.

— Quoi ? ai-je lâché avec impatience. Je ne peux pas te fournir d'autres infos. Je t'ai dit tout ce que je savais.

Il a déposé un papier sur mon bureau.

— Elle est dans le comté de Clare, dans un trou perdu du nom de Knockavoy.

Dix secondes de pure horreur se sont écoulées avant que je parvienne à articuler :

— Tu sais ? Déjà ?

— Premier appel. Coup de bol. Il y a des jours comme ça. Il se trouve que j'ai croisé Sarah Jane Hutchinson hier soir. En grande forme. Elle m'a dit en passant que sa styliste séjournait en ce moment dans le comté de Clare. J'en ai déduit que c'était la fille que tu recherchais. Alors, heureuse ?

— Aux anges, ai-je répondu d'une voix étranglée.

J'étais persuadée que Daly serait impossible à localiser. Même dans mes pires cauchemars, je n'aurais pu imaginer que Kaplan la retrouverait sur un simple coup de fil.

Foutu Casey Kaplan, monsieur Je-connais-tout-le-monde. Pourquoi Grand-papa s'était-il mis en tête que nous avions besoin d'un « angle plus sexy » ? Qu'est-ce qui lui avait pris d'embaucher ce type ? Pourquoi le destin avait-il voulu que Casey Kaplan croise mon chemin ? Ce type m'avait conduite au désastre. À cause de lui, j'allais maintenant devoir faire le trajet jusqu'au comté de Clare. Et Dieu seul savait quelle tuile allait encore me tomber dessus.

J'ai posé mon front sur le bureau, le temps de surmonter l'épreuve, puis je me suis redressée en m'aidant de mes mains plaquées de part et d'autre de ma tête. Mon crâne pesait une tonne.

— Ça va ? m'a demandé Kaplan.

— Combien de temps… (Ma voix n'était plus qu'un coassement, alors j'ai répété :) Combien de temps pour aller dans ce bled ? Knockavoy ?

— Pas la moindre idée, m'a-t-il répondu. Les rares fois où je suis allé dans le comté de Clare, c'était en hélicoptère.

J'avais le vague souvenir d'avoir passé là-bas un week-end dans un lointain passé. Le trajet m'avait pris sept heures.

— T'en fais pas une montagne, a déclaré Lorraine. Depuis qu'ils ont ouvert la rocade de Kildare, on y est en un rien de temps.

— Cette rocade est l'invention du siècle, a confirmé Tara.

— Un cadeau du ciel, a approuvé Clara.

— Je ne suis pas sûre que ça fasse une si grande différence, a objecté Joanne.

— TC ? ai-je appelé.

Je m'étonnais que l'homme qu'était TC n'ait pas encore ajouté son grain de sel à notre discussion. Il aurait normalement dû nous fournir force détails assommants sur les différents itinéraires possibles et sur l'état des routes.

Mais TC ne nous écoutait pas. Il fredonnait, tout en alignant sur sa table des feuillets imprimés qu'il perforait de jolis trous bien nets. Tout absorbé par ce travail, il semblait coupé du reste du monde.

— Laisse-le tranquille, m'a soufflé Lorraine. Il se prépare pour sa grande interview de vendredi. Tu n'en tireras rien.

— Ça ne change pas beaucoup de d'habitude, ai-je dit. Mais TC n'a même pas relevé cette provocation.

Il était maintenant occupé à ranger ses feuilles dans un beau classeur rouge.

— Où as-tu dégoté ce joli classeur ? lui ai-je demandé, histoire de faire diversion. Je n'en ai jamais vu de pareil dans l'armoire aux fournitures.

Il a levé vers moi un regard rayonnant.

— Forcément, puisque je l'ai acheté avec mes propres deniers, m'a-t-il répondu en passant amoureusement sa main sur la couverture de son classeur.

— Tu te donnes beaucoup de mal. Qui dois-tu interviewer ?

— La plus belle fille du monde.

— Oui, mais encore ?

— Zara Kaletski.

Il a continué à caresser son classeur en chantonnant d'un air rêveur. Lorraine avait dit vrai. Je ne pourrais rien tirer de sensé de celui-là aujourd'hui. J'ai laissé mon regard s'attarder sur lui encore un instant, agacée de n'avoir pas réussi à le distraire. Mais TC était hors d'atteinte. Je me suis détournée de lui et j'ai fixé mon écran d'un œil morne. J'avais une grosse journée de travail devant moi. En admettant que j'arrive à puiser en moi le courage nécessaire, comment trouverais-je un créneau dans mon emploi du temps pour une escapade dans le comté de Clare ? Je pouvais partir après le boulot, mais, même avec la miraculeuse rocade de Kildare, le trajet me prendrait encore quatre heures au bas mot. Soit huit heures pour l'aller-retour. Une fois sur place, Dieu seul savait combien de temps il me faudrait pour convaincre Lola Daly de me cracher le morceau. À considérer qu'il y ait bien un morceau à cracher. À considérer que je la trouve effectivement là-bas.

J'ai continué à regarder fixement mon écran jusqu'à ce que le choc ressenti en apprenant où se cachait Lola Daly s'estompe et que s'installe la résignation. J'étais la digne fille de ma mère et je n'avais pas d'autre choix que de faire ce qui me semblait juste. J'allais me battre pour une bonne cause. À moins que je ne me leurre complètement. À moins que ce ne soit pour moi une affaire personnelle.

J'avais besoin de me mettre quelque chose sous la dent. Il fallait que je reprenne des forces en prévision de l'épreuve qui m'attendait. Je me suis dirigée vers le minuscule réduit qui nous sert de cuisine, mais il n'y avait rien à grignoter. « Bande de goinfres », ai-je maugréé. J'ai ouvert un tiroir. Comme si je les avais réveillés de leur sieste, des couverts ont fait entendre un cliquetis indigné. Un autre tiroir ne contenait que quelques miettes, preuve indiscutable que des biscuits s'étaient trouvés là mais qu'ils avaient disparu. J'allais devoir descendre au magasin. En me retournant, je suis tombée nez à nez avec Kaplan.

— Je ne fais pas exprès de la ramener, m'a-t-il dit.

— C'est quoi, alors ? Un tic ? Une manie incontrôlable ?

Il a fermé les yeux et poussé un soupir. En fixant le mur derrière moi, il m'a lâché :

— Franchement, je ne sais pas pourquoi je me casse la nénette. Je venais te dire que j'ai un ami… Il a une Alouette… et je peux m'en servir quand je veux.

Une alouette ? Pendant un instant, j'ai cru que Casey Kaplan avait pété un câble.

— Une alouette ?

— Ouais, un hélico, si tu préfères.

— Ah oui, ai-je fait. Ça me serait très utile.

Cette fois, je n'ai pas oublié de dire merci.

Lola

Mercredi 21 janvier, 12h15.

Je m'organise petit à petit. Au final, avec ses viles manœuvres d'extorsion, Nkechi m'a laissé treize clientes. C'est peu, mais ce sont de bonnes clientes. Mieux que ça, j'ai réussi à refiler à mon ex-assistante les plus imbuvables et les plus frappadingues du lot. Je n'aurais plus eu la patience de les supporter.

Je veux reprendre à Dublin une vie plus sereine que celle que j'ai quittée. Plus pauvre aussi, mais avec le temps j'aurai plus de travail.

Mon plus gros souci à mon retour sera bien sûr la raison même qui m'a fait quitter Dublin. Comment vais-je réagir si je tombe sur lui par hasard ? La ville n'est pas si grande, cela arrivera tôt ou tard. Est-ce que je vais encore courir vomir aux toilettes ou bien saccager de belles robes à une séance photo ?

Aucun moyen de le savoir.

12h33.

Un hélicoptère passe en vrombissant devant mes fenêtres. Il va au terrain de golf. À la longue, je me suis habituée à voir ces appareils débarquer leur cargaison d'hommes bedonnants et rougeauds, visière sur la tête, prêts pour leurs dix-huit trous. Y a des jours, on se croirait dans Apocalypse Now.

Quelques minutes plus tard, un affreux pressentiment s'empare de moi. Impossible de décrire au juste ce que c'est, mais je me lève d'un bond et cours vers la porte d'entrée. Je l'ouvre à la volée et reconnais avec horreur et stupéfaction la silhouette de Grace Gildee, qui se dirige vers moi d'un pas résolu. De sa position, elle a une vue directe sur la case de l'oncle Tom et ne peut pas ne pas me voir plantée sur le pas de ma porte.

Pourquoi débarque-t-elle à Knockavoy en hélico ?

Le ciel s'assombrit, comme s'il s'était soudain empli de gros nuages gris. Toute lumière a disparu, et une terrible appréhension m'envahit.

Elle m'aperçoit, tandis que je suis pétrifiée sur le seuil de la maison, et me salue de la main, comme si nous étions de vieilles copines.

Je n'aime pas beaucoup son air. Tignasse ébouriffée, belle couleur miel mais indiscutablement mal coiffée, peut-être à cause du vent soulevé par les hélices, mais j'en doute. À mon avis, cette fille est toujours coiffée comme l'as de pique. Elle porte un jean, des bottines à talons plats, une besace et une doudoune kaki (on se croirait définitivement revenu à l'époque de la guerre du Viêtnam). Quand j'y pense, je pourrais faire des miracles sur cette fille.

À présent, elle traverse la route de terre, un sourire plaqué sur les lèvres.

— Lola, dit-elle en me tendant la main. Grace Gildee, c'est un plaisir de vous revoir.

— Qu'est-ce que vous me voulez ? fais-je d'une voix étranglée.

— Je veux vous parler.

— De Paddy ?

— Je peux entrer ?

Je la laisse faire sans réagir.

12h47.

— Je sais que vous avez peur de Paddy.

Je tente de me défendre sans me montrer très convaincante.

— Je n'ai pas peur de lui. Je ne veux rien révéler sur lui, c'est tout.

— Il vous a frappée souvent ?

— Frappée ?

— Je sais qu'il vous a frappée, parce qu'il frappe toutes ses compagnes.

— Je vais vous demander de partir.

— Il a tabassé ma sœur Marnie.

— Partez, s'il vous plaît.

— Sous ses tailleurs Armani, je parierais qu'Alicia Thornton est pleine d'ecchymoses.

— Ses tailleurs sont de Louise Kennedy. Allez-vous-en, je vous en prie.

— Vous pensez que, parce qu'il vous battait, vous comptiez davantage à ses yeux. Mais vous vous trompez.

C'est cette femme qui se trompe. Je ne crois pas compter plus que les autres aux yeux de Paddy. Je n'y crois plus. À une époque, c'est vrai, j'ai été assez bête pour m'imaginer que ses coups étaient une preuve de la passion qu'il éprouvait pour moi.

— Est-ce que vous avez eu droit à la brûlure de cigarette, me demande Gildee. Vous savez, dans le creux de la main ?

Je ne peux cacher ma surprise. Comment a-t-elle su ? J'ouvre la bouche pour nier, mais je parviens seulement à faire entendre un « ah ».

Sans crier gare, elle se saisit de ma main droite. Il est là, au milieu de ma paume, ce petit cercle de peau rose et légèrement luisante.

Elle le regarde. Son visage est si radieux que j'en viens à m'interroger sur l'assurance qu'elle affichait en arrivant, quand elle m'a affirmé savoir que Paddy me battait. Je soupçonne maintenant qu'elle bluffait. Mais son bluff a payé.

— C'est sa marque, me déclare-t-elle. Il marque ses femmes, comme d'autres leur bétail.

— Vous mentez !

Protestation idiote face à l'évidence. Mais je voudrais désespérément que rien de tout ça ne soit réel.

— Si ce n'était pas vrai, comment pourrais-je savoir ?

Je reste longtemps silencieuse. Tout tourne dans ma tête. Je croyais être la seule et unique.

— Vous jurez qu'il l'a fait à d'autres ?

— Je le jure.

— Je ne m'engage à rien, mais j'aimerais savoir ce que vous attendez de moi.

— Venez avec moi et témoignez avec les autres femmes.

— Pourquoi je ferais ça ?

— Parce qu'il est en train de manigancer contre Dee Rossini, le leader de son parti, et parce qu'il faut l'arrêter.

— Je sais qui est Dee Rossini, dis-je avec hargne, vexée d'être prise pour une ignorante.

— Nous le menacerons de balancer l'histoire aux journaux s'il s'entête dans ses attaques contre elle.

— Mais Dee Rossini n'est rien pour moi.

— Oui, rien qu'une femme intègre qui tente d'aider les gens. Et puis ça vous soulagerait de cracher ce que vous savez sur Paddy.

— Combien sommes-nous ?

— Trois, au moins.

À l'idée de me trouver face à face avec Paddy de Courcy, en chair et en os, je suis tétanisée. J'en gémirais presque. Un jour, j'ai lu l'histoire d'un type qui avait été enfermé dans une camionnette avec trois pitbulls affamés.

L'éventualité de me retrouver dans la même pièce que Paddy de Courcy m'emplit d'une terreur très comparable.

— J'ai peur de lui, finis-je par avouer honteusement.

— Raison de plus pour parler.

Facile à dire. Cette fille ne prend même pas la peine de se mettre du brillant à lèvres. La peur, elle connaît pas.

— Vous ne comprenez pas, dis-je d'une voix blanche. J'ai tellement peur de lui que j'en… j'en tremble de partout, rien que d'y penser. Je vous souhaite bonne chance, mais maintenant je vous demande de partir.

Il faut que cette fille s'en aille avant que j'implose complètement.

— Pour que le mal soit victorieux, il suffit que les hommes de bien n'entreprennent rien, me dit-elle.

— Oui, vous avez raison, et encore bonne chance.

Je me lève, marche vers la porte en espérant qu'elle va me suivre. Mais elle me fixe droit dans les yeux et déclare :

— Il n'y a rien à craindre que la peur.

À mon tour, je plante mon regard dans le sien.

— Oui, mais la peur est foutrement terrifiante. Au revoir.

La première fois, c'était après cet horrible dîner chez Treese et Vincent. Nous avons roulé en silence. Spanish John était en congé ce soir-là, et je me suis souvent demandé ce qui serait arrivé s'il avait été là.

La route était déserte. Paddy a soudain garé la voiture sur le bas-côté. Je pensais qu'il s'arrêtait pour un câlin. Mais il s'est tourné vers moi, m'a agrippée d'une main par l'épaule et de l'autre m'a frappée au visage.

— Ne me refais plus jamais un coup pareil, m'a-t-il dit.

Je me rappelle la douleur, le choc et la nausée. Mais je comprenais sa réaction. La soirée avait été atroce. Je n'aurais rien souhaité de tel à mon pire ennemi.

Un instant plus tard, il était redevenu charmant. Il m'a tendu son mouchoir pour essuyer mon nez qui pissait le sang. Arrivé chez lui, il a appliqué un antiseptique sur ma lèvre fendue.

— Je suis désolé, Lola. Je ne sais pas ce qui m'a pris. Le stress au travail, le stress de ce dîner. Mon Dieu, je n'arrive pas à croire que j'aie pu te frapper, Lola, ma petite fleur. Je ne suis qu'une bête. (Il a levé vers moi des yeux pleins de désespoir.) Je t'en supplie, pardonne-moi. Je te jure sur la tête de ma mère que ça n'arrivera jamais plus. Tu me pardonnes, dis ?

Bien sûr que je lui pardonnais. Tout le monde a droit à l'erreur. Devant son désarroi, j'ai pensé qu'il m'aimait vraiment.

Nous n'avons pas fait l'amour cette nuit-là. Nous nous sommes tendrement endormis dans les bras l'un de l'autre. Enfin, lui a dormi, parce que moi, avec mon nez tuméfié, j'avais l'impression de respirer des lames de rasoir.

Le lendemain, il me faisait livrer deux cents roses.

La deuxième fois a été différente. J'arrivais chez lui. Il m'a ouvert sa porte, et soudain j'ai été projetée contre le mur. Ma tête a heurté les lattes du parquet et j'ai vu trente-six chandelles. Je suis restée allongée par terre un moment, trop sonnée pour bouger. Paddy se tenait au-dessus de moi et soufflait comme un bœuf.

Il m'a aidée à me relever et m'a poussée jusqu'au salon.

— Je t'interdis de modifier les réglages de la télé.

— Quoi ? ai-je protesté. Mais je n'y ai pas touché.

C'était à peine si je savais où j'étais.

— Si. J'avais tout réglé pour enregistrer mon passage à PrimeTime, et tu as tout annulé.

J'ai senti un filet de sang chaud couler le long de ma joue.

— Je n'y ai pas touché. Pourquoi j'aurais fait ça ?

— Par jalousie. Parce que tu es jalouse du temps que je consacre à mon travail.

Il n'avait pas tort pour la jalousie, mais je n'avais pas touché à sa télé. J'ai essuyé le sang avec ma manche. J'avais mal partout, mais surtout dans l'épaule.

— Tu as peut-être oublié de le programmer ?

Ça l'a mis en rogne.

— Comment pourrais-je oublier un truc aussi important ?

— Tu m'as frappée, ai-je dit, prenant soudain conscience de ce qui venait de se passer.

— Nom de Dieu, il ne manquait plus que ça. Tu me dérègles ma télé et maintenant tu m'accuses. Tu as fait une chute. Une chute, pigé ?

C'est à ce moment qu'on a sonné en bas. Paddy a foncé vers l'interphone. Quand il est revenu dans la pièce, sa fureur avait redoublé.

— C'est la police, a-t-il dit. Toi, tu ne bouges pas d'ici.

Il est ressorti, et j'ai entendu s'ouvrir la porte de l'appartement.

— Bonsoir, que puis-je faire pour vous ?

— Des voisins ont signalé un problème de tapage nocturne, a fait un type d'un air important. Pouvons-nous entrer ?

J'étais sûre que, avec son charme et son don de persuasion, Paddy s'en débarrasserait en moins de deux. J'ai donc été surprise quand je les ai vus entrer. Un homme et une femme, en uniforme et gilet fluorescent, les pieds chaussés d'horribles croquenots.

La femme était gentille.

— Comment vous appelez-vous ? Qu'avez-vous au visage ?

J'ai vu se profiler la haute silhouette de Paddy derrière eux.

— S'il vous plaît, pourriez-vous me laisser seul un instant avec mon amie ?

Les deux flics ont échangé un regard, mais Paddy a insisté d'un ton d'autorité.

— D'accord, a dit la femme, mais pas plus d'une minute.

Sur ce, elle et son coéquipier ont quitté la pièce.

Les mâchoires serrées, le regard noir, Paddy m'a lâché :

— Tu vois ce que tu as fait ? Tu es contente ?

— Je n'ai rien fait du tout.

— C'est très grave, Lola. Un mot de toi, et ces deux flics m'embarquent. Je serai jugé, envoyé en prison. Notre vie sera étalée dans tous les journaux.

Je ne pouvais pas envoyer en prison l'homme que j'aimais.

Si ça ne m'était pas arrivé, si c'était arrivé à une autre femme dont j'aurais entendu l'histoire racontée à la radio, j'aurais pensé : mais pourquoi n'a-t-elle rien dit à la police ? Pourquoi a-t-elle laissé son mec la cogner ?

Mais, quand on se trouve soi-même dans cette situation, tout change. J'aimais Paddy. La plupart du temps, il était gentil avec moi, et l'idée de le voir derrière les barreaux était inconcevable. C'était à moi de le convaincre d'arrêter de me frapper, mais sans mêler à ça la police.

Il a fait un pas vers moi, m'a pris la main et l'a embrassée.

— Je suis désolé, Lola.

— Je ne leur dirai rien, mais promets-moi que ça n'arrivera plus.

— Je te le promets. Je m'en veux tellement, ma chérie. Tu ne méritais pas ça. Tu dois me pardonner, je t'en supplie, je ne supporterais pas de te perdre.

— C'est ta dernière chance, Paddy. Tu me touches encore une fois, et je m'en vais.

Les deux flics sont revenus. Paddy leur a raconté que j'étais montée sur une chaise pour attraper un objet sur une étagère et que j'étais tombée la tête la première.

Les policiers savaient que nous mentions. Le type était plutôt jovial en nous disant au revoir, mais la femme semblait soucieuse et réticente à partir.

Le lendemain, des centaines de fleurs étaient livrées chez moi.

J'étais bien décidée à quitter Paddy s'il levait encore la main sur moi. Puis il y a eu l'incident de la salle de bains, le jour où j'avais la grippe. Mais c'était peut-être ma faute s'il avait insisté pour faire l'amour, parce que après tout j'étais toujours partante.

Ensuite, il y a eu la brûlure de cigarette, une histoire encore plus trouble. Comment Paddy avait-il pu confondre ma main avec un cendrier ? Mais il était si affirmatif que j'ai fini par le croire.

Mais la fois suivante n'a pas laissé la moindre place au doute. Il avait ce soir-là une séance au Dail, et je l'attendais à son appartement. Dès que j'ai entendu sa clé dans la serrure, j'ai su que j'allais y avoir droit. Il est entré en trombe en hurlant : « Où tu te caches ? » Quand il m'a trouvée dans la chambre à coucher, il m'a sortie du lit et projetée contre le mur. J'ai glissé sur le sol. Il m'a envoyé un violent coup de pied dans le ventre, et j'ai vomi sous l'impact.

Plus tard, j'ai appris qu'une proposition de loi présentée par son parti avait été rejetée par les députés. C'était ma faute, j'aurais dû me tenir au courant.

Cette fois il n'y a pas eu de fleurs, la fois d'après non plus.

J'étais désemparée. J'avais besoin de me confier à quelqu'un, Bridie peut-être, mais j'aurais eu le sentiment de trahir Paddy.

De toute façon, Bridie m'aurait conseillé de le quitter, et je n'étais pas prête. Tout est simple dans le monde de Bridie : un homme te frappe, tu t'en vas. Mais la situation était complexe. Je l'aimais et il m'aimait. Nous pouvions régler ce problème nous-mêmes, sans l'aide de personne.

Du reste, j'étais en partie responsable de ce qui nous arrivait. J'aurais dû le soutenir davantage dans son boulot. Et puis j'avais tellement honte de rester avec lui alors qu'il me battait que je n'arrivais pas à en parler.

Ensuite il y a eu une période d'accalmie. Paddy était de nouveau l'homme charmant et attentionné que j'avais connu. C'est à cette époque que nous avons passé ce week-end à Cannes en compagnie de la prostituée russe.

Le New Ireland a perdu les élections, pourtant je n'ai pas dérouillé. Nous avions connu un moment d'égarement, mais tout était rentré dans l'ordre.

Un soir où nous faisions l'amour, Paddy, dressé au-dessus de moi, les yeux fixés sur le point de contact entre nos deux corps, s'est écrié soudain :

— Tu as tes règles ?

Je n'en savais rien. Je ne les attendais pas avant plusieurs jours. Et qu'est-ce que ça changeait ?

— Saleté ! Ordure !

Il m'a saisie à la gorge, et j'ai perdu connaissance. Ensuite, je n'ai pas pu avaler pendant deux semaines. Mais il avait raison, je n'aurais pas dû lui imposer ça. C'était inconvenant.

Cet incident a marqué la reprise des hostilités. Les coups sont devenus de plus en plus fréquents. Mais je ne songeais même plus à en parler à Bridie ou à qui que ce soit. J'avais changé. Je ne me révoltais plus. L'époque où j'avais en moi encore assez de force pour le quitter était révolue.

Je faisais de gros efforts pour paraître plus séduisante à ses yeux, pour anticiper ses désirs, ses humeurs, pour mieux m'informer sur les questions politiques et être disponible pour lui nuit et jour. J'ai délaissé mes amis.

Je cherchais à contrôler le monde entier, afin que rien ne puisse le contrarier. Mais le plus infime détail pouvait déclencher sa fureur. Un feu rouge sur la route, une arête dans son poisson, une petite chose que j'avais négligée.

Puis tout s'est arrêté brutalement avec la nouvelle de son prochain mariage. J'aurais dû me réjouir d'être enfin débarrassée de lui, mais c'était tout le contraire. Sans lui, je n'étais plus rien et j'ai cru que je ne m'en remettrais jamais

18h11.

Texto de Considine. Il me propose de dîner chez lui.

20h39, cuisine de Rossa Considine.

Le dernier mystère entourant Rossa Considine vient de s'éclaircir. Le bonnet de douche et les lunettes de plongée, il s'en sert quand il fait la cuisine. Les lunettes pour se protéger les yeux quand il épluche les oignons, le bonnet pour éviter que les odeurs n'imprègnent ses cheveux. (S'il est tellement soucieux de ses cheveux, il ferait mieux de les peigner de temps en temps. Mais puis-je dire ça à un homme qui a eu la gentillesse de me cuisiner un bon dîner ?)

— Votre ragoût est excellent, Rossa.

— Bien, fait-il, toujours laconique.

— J'ai eu de la visite aujourd'hui. Une journaliste.

Il lève aussitôt les yeux de son assiette.

— Grace Gildee, c'était elle ?

— Elle voulait... L'homme dont je vous ai parlé... dont j'ai parlé à Chloe. Elle prétend que je ne suis pas la seule femme qu'il ait... vous savez... frappée. Elle veut que j'aille à Dublin pour une confrontation avec lui et les autres.

— Excellente nouvelle !

— Non, c'est une terrible nouvelle !

— Mais pourquoi ?

— Parce que j'ai peur de lui.

— Mais vous ne serez pas seule avec lui, puisque les autres femmes seront là aussi.

— Vous pensez que je devrais accepter ? dis-je après un long silence.

— Évidemment. Qu'est-ce que vous redoutez le plus ?

— Ce que je redoute le plus ? Qu'il me frappe ? non. Que je retombe amoureuse de lui ? non. Qu'il me laisse consumée de désir ? non. Qu'il se moque de moi.

— Ce serait vraiment si terrible ?

— Oui, terrible. Cet homme a réussi à me convaincre que je ne valais rien. Mais je ne ressens plus ça aujourd'hui. Je n'en suis pas encore à me croire exceptionnelle, mais je ne veux pas redevenir la femme anéantie que j'étais quand je le voyais et quand il m'a quittée ensuite.

— Ça vous aiderait si je vous accompagnais ?

Quelle offre généreuse ! Qui aurait cru ça de cet ours de Rossa Considine ?

— Vous savez ce que j'aimerais ? J'aimerais que Chloe vienne avec moi.

Il réfléchit un moment, puis me répond :

— Si ça peut vous convaincre d'accepter, alors Chloe viendra avec vous.

— Non, fais-je. Oubliez ce que j'ai dit, c'était idiot. Mais j'aimerais que vous m'expliquiez pourquoi Chloe s'est éclipsée. Je croyais que c'était à cause de Gillian.

— Non, Gillian n'y est pour rien. C'est juste que Chloe me semble appartenir au passé. Parfois je me sens très à l'aise avec elle, mais à d'autres moments je n'arrive pas à croire qu'un homme puisse s'amuser à s'habiller en femme.

— Personnellement, je ne vois pas ce qu'il y a de mal, mais je comprends. Quoi qu'il en soit, votre offre est très généreuse.

— Vous devez aller à Dublin. Vous ne serez pas seule, il y aura ces autres femmes. Si vous ne saisissez pas cette chance, vous continuerez de raser les murs, de craindre à chaque instant de le rencontrer par hasard. Il n'est pas bon de vivre dans la peur. Il vaut mieux affronter les choses.

Ah, les hommes et leur pragmatisme.

Je commence à reconsidérer mon refus. Si Considine est prêt à remettre des habits de femme, alors qu'il a renoncé à se travestir, c'est qu'il est convaincu que je dois accepter cette confrontation avec Paddy.

— D'accord, dis-je, j'entends bien vos arguments. Surtout ne le prenez pas mal, mais j'ai besoin d'un deuxième avis.

À qui demander cet avis ? Bridie ? Treese ? Jem ?

Non, aucun d'eux n'est au courant de ce qui s'est réellement passé avec Paddy. Il faudrait tout leur expliquer. Ça durerait des plombes.

— Ma mère. D'habitude, quand j'ai besoin de son avis, je vais au cimetière, mais ça prendrait beaucoup trop de temps.

— Je vois, fait Considine, la mine impassible. Si je comprends bien, il vous faut un signe d'elle.

Que de perspicacité chez cet homme !

— Eh bien, pourquoi ne pas le jouer à pile ou face ? me propose-t-il en sortant une pièce de sa poche. Face, elle est d'accord. Pile, elle est contre.

— Excellente idée ! Mais laissez-moi d'abord un moment.

Je marche jusqu'à la fenêtre située à l'arrière de la maison. À travers l'obscurité, je contemple les flots écumants de l'Océan et demande : « Maman, dis-moi ce que je dois faire. » Puis je me retourne vers l'intérieur de la pièce. Considine s'est rangé contre la porte d'entrée, comme s'il cherchait à établir une distance respectueuse.

— Allez-y, dis-je.

Il lance sa pièce en l'air. Elle tourne plusieurs fois sur elle-même et finit par retomber sur le dos de sa main. Il claque la paume de son autre main sur elle, tandis que je retiens mon souffle.

Il retire sa main, et je demande :

— Alors ?

— Alors c'est face.

— Eh bien, on dirait que je vais à Dublin. Merci de votre offre, Rossa, mais je préfère être seule. Il faut que je parte tout de suite, tant que j'en ai encore le courage. Pas d'épisode de New York Police judiciaire pour moi ce soir, hélas.

20h59.

Considine m'accompagne à ma voiture et me souhaite bonne route. Il m'a préparé du café dans un thermos. Gentille attention.

— Conduisez prudemment, me dit-il. Et bottez le train à ce type. Un bon coup de pied au cul, voilà tout ce qu'il mérite.

Je me tiens près de la voiture. Ma portière est ouverte, mais je ne bouge pas. Il manque un je-ne-sais-quoi à nos adieux.

— Envoyez-moi un SMS pour me tenir au courant, me dit-il.

— Promis. Au revoir, Rossa. Maintenant rentrez, il gèle.

Il s'éloigne, puis s'arrête et se retourne.

— Attendez une minute.

Il revient vers moi, comme s'il venait d'apercevoir une poussière sur mon col ou une plume de duvet dans mes cheveux. Arrivé devant moi, il place sa main sur mon cou.

Son front est tout près de mon visage, à tel point que je distingue très nettement la ligne d'implantation de ses cheveux. Je commence à loucher. Puis, sans crier gare, il plonge la tête et colle sa bouche à la mienne. Ses lèvres chaudes contrastent avec la fraîcheur de la nuit.

Rossa Considine embrasse à merveille ! Ses baisers sont doux, lents et incroyablement sensuels. Il embrasse avec toute la bouche et ne se contente pas de ferrailler avec la langue, comme le font beaucoup d'hommes. Ma tête commence à tourner, mes jambes deviennent toutes molles et… Minute papillon, j'ai déjà vu jouer ça quelque part. J'ai déjà vécu ce baiser. La dernière fois, il s'est interrompu brusquement, mais ce soir il dure et dure encore. Et tout mon corps est maintenant en éveil.

Enfin nos lèvres se séparent. Considine titube presque.

— Partez, me dit-il, d'une voix profonde et chaude.

— Vous embrassez comme Chloe.

Il rit puis traverse la clairière pour regagner sa maison (en faisant montre d'un incroyable sens de l'équilibre sur terrain accidenté).

— Revenez vite, me lance-t-il de loin. Mais pas d'imprudence au volant.

22h12.

J'appelle Grace Gildee de ma voiture (oui, je sais c'est interdit par la loi).

— Ici, Lola Daly. J'accepte la rencontre avec Paddy à une condition.

— Laquelle ?

— Vous me laissez vous habiller. Juste pour cette fois.

— Quoi ? Vous voulez me faire porter des talons ?

— C'est ça.

— Et une robe ?

— Parfaitement.

— Mais pourquoi ?

Parce qu'une jeune femme aussi jolie qu'elle, c'est un véritable gâchis.

— Vous ne m'en voudrez pas, j'espère, lui dis-je. Mais vous ne savez pas vous mettre en valeur.

Elle s'esclaffe. Visiblement, elle s'en fout complètement. Il faut de tout pour faire un monde, comme disait ma mère.

— C'est d'accord. Quand venez-vous à Dublin ?

— Je suis déjà en route.

Grace

Marnie venait de l'apercevoir qui attendait sur le trottoir.

— C'est elle ? a-t-elle demandé.

— Oui, c'est bien elle.

Je me suis arrêtée à sa hauteur.

— Lola, c'est moi. Montez.

Elle s'est installée sur la banquette arrière.

— Vous disiez qu'il y aurait au moins trois femmes, a-t-elle prononcé d'une voix nerveuse.

— Et elles seront là.

Sur ce, je suis passée aux présentations. Quand Marnie s'est retournée vers Lola pour la saluer, j'en ai eu des sueurs froides. Enfin, je dis ça, mais toute la journée j'avais eu d'amples motifs d'inquiétude. D'abord, j'avais craint que Marnie n'arrive complètement torchée. Mais elle n'avait pas bu. Toutefois c'était peut-être un effet de mon imagination, mais elle paraissait s'intéresser d'un peu trop près à la nouvelle venue. Seigneur, avais-je ouvert la boîte de Pandore ?

— Il faut juste que je fasse un détour pour prendre Dee, ai-je expliqué.

— Est-ce qu'il l'a frappée elle aussi ? a demandé Lola, l'air horrifié.

— Non, elle nous accompagne juste pour nous permettre d'entrer chez lui. Mais elle ne viendra pas avec nous.

Dee et moi avions longuement discuté de la meilleure tactique à adopter. À contrecœur, elle avait consenti à rester à l'écart. Les choses pouvaient très mal tourner, et sa présence ne ferait qu'envenimer la situation.

De sa petite voix, Lola m'a interpellée depuis la banquette arrière.

— Grace, il y aura bien trois femmes au moins ? Parce que je refuse d'aller plus loin s'il n'y a que Marnie et moi. J'ai beaucoup trop peur.

— Faites-moi confiance, Lola, l'ai-je rassurée.

Je ne pouvais pas me permettre de la voir craquer maintenant.

J'ai fait halte devant son bureau et prévenu Dee de notre arrivée par un texto. Elle est apparue quelques instants plus tard et s'est installée près de Lola sur la banquette arrière.

Après notre visite à Christopher Holland, elle avait perdu de sa superbe assurance. Ce soir-là, quand je lui avais raconté ce que je savais de Paddy, je l'avais vue anéantie. Elle se balançait d'avant en arrière, et on aurait dit qu'elle pleurait, mais sans larmes.

— Oh, mon Dieu, je savais que Paddy était un.... Je savais qu'il n'avait de loyauté qu'envers lui-même et qu'il était dévoré par l'ambition, mais je composais avec lui parce qu'il était si populaire auprès des électeurs. Je me disais que c'était le prix à payer. Mais enfin, Grace, j'ai moi-même été une femme battue et je n'ai rien deviné. (Elle a baissé la tête et respiré à travers ses mains jointes.) Il était mon bras droit, et je n'ai rien vu. (Elle a levé vers moi des yeux agrandis par l'effroi.) Certains prétendent que nous reproduisons sans cesse les mêmes schémas. Est-ce mon cas ? Suis-je attirée par les hommes violents ?

— Sincèrement, Dee, je n'en sais rien.

Elle est restée un moment silencieuse, puis m'a dit :

— Que vais-je faire ? Je suis dans une impasse. Si je n'agis pas, Angus Sprott publie son papier, ma carrière est ruinée, et je ne peux plus aider personne. Si je livre Paddy à la presse, je tombe avec lui et je ne peux plus aider personne. Mais, si je le vire sans rendre publiques les raisons de son renvoi, le parti perd la confiance des électeurs, et je ne peux plus aider personne. Dernier cas de figure, j'arrive à le convaincre d'arrêter de me savonner la planche et je continue de travailler avec lui, mais dans ce cas je protège en toute connaissance de cause un homme qui est violent avec les femmes. Ma situation n'est-elle pas tragique ?

Les yeux clos, elle s'est renversée contre l'appuie-tête. J'aurais presque cru entendre son cerveau turbiner tandis qu'elle pesait le pour et le contre des différentes options qui s'offraient à elle.

— La politique est un sale business, a-t-elle murmuré. Tout ce que je veux, c'est venir en aide aux gens. Mais, même quand vous vous croyez incorruptible, même quand vous croyez n'être animé que par les motivations les plus pures, vous finissez par être souillé.

Elle a soudain rouvert les yeux. Dans son regard, j'ai lu une détermination nouvelle.

— Je ne suis pas de celles qui baissent les bras, Grace.

J'ai ressenti comme un malaise. Quelque chose me disait que je n'allais pas en sortir indemne.

— Quelle serait la moins mauvaise des options, dans ma situation ? Ce serait de mettre de côté mes scrupules et de passer un marché avec Paddy.

— Quelle sorte de marché ?

— S'il met fin à sa campagne de calomnie contre moi, je m'engage à ce que les femmes qu'il a battues ne divulguent pas leur histoire à la presse.

— Mais il faudra persuader ces femmes de vous suivre.

Elle m'a contemplée d'un air surpris.

— Pas moi, vous. C'est vous qui les persuaderez.

C'était maintenant officiel. J'étais dans la merde jusqu'au cou.

— Enfin, Grace, vous connaissez ces femmes. Votre sœur et puis cette styliste…

— Je vais essayer, mais je ne vous promets rien.

— Mais vous allez faire de votre mieux, vous me le promettez ?

— Oui.

À peine m'avait-elle arraché cet engagement solennel qu'elle est retombée dans sa prostration.

— Dieu, que je suis déprimée.

Eh bien, elle n'était pas la seule.

Le plus drôle, c'est que, de nous quatre, trois connaissaient le code du portail. Dee, parce qu'elle travaillait avec Paddy ; Lola, du temps où elle couchait avec lui ; et moi, du jour où j'étais venue ici interviewer Alicia.

Une fois à l'intérieur de la résidence, j'ai garé ma voiture à trois immeubles du sien, de l'autre côté de la rue. Paddy et Alicia étaient sortis à un pince-fesses. Dee, qui était au courant de leur emploi du temps, avait estimé l'heure de leur retour aux environs de 22h15.

Il était maintenant 22h38.

— Je crois que nous sommes trop près, a dit Lola, de plus en plus nerveuse. Il pourrait nous voir.

J'ai avancé la voiture d'une dizaine de mètres.

— Et là, ça va mieux ?

— Non, a protesté Marnie. Maintenant on ne voit plus rien.

J'ai ravalé un soupir et reculé la voiture jusqu'à son premier emplacement.

— Il y a quelqu'un ! s'est exclamée Marnie.

Un véhicule venait de s'arrêter devant l'immeuble de Paddy. Un homme en est descendu.

— C'est lui ? a demandé Lola d'une voix tremblante. C'est Paddy ?

— Non, a répondu Dee. Ce n'est que Sidney Brolly qui dépose les journaux de demain matin.

— Regardez… Oh, bon sang, les voilà !

Il était 22h47.

Instinctivement, nous nous sommes toutes tassées dans nos sièges, comme dans une série policière des années 1970, et nous avons regardé se garer la Saab conduite par Spanish John.

Nous avons tendu l'oreille, crispées et les mains moites (enfin les miennes l'étaient, mais je ne peux pas parler au nom des autres). Des portières ont claqué, Spanish John a été remercié. Il est passé devant nous sans nous voir.

À couvert, nous avons regardé Paddy et Alicia disparaître à l'intérieur de l'immeuble.

— Attendons dix minutes, ai-je dit. Ensuite on entre.

— Dix, c'est trop évident, a objecté Marnie. Disons neuf.

— Ou plutôt onze, a enchaîné Dee.

— D'accord, onze, a répondu Marnie.

Lola n'a rien dit. J'avais peur qu'elle ne se mette à vomir.

Je l'entendais régurgiter et respirer bruyamment. Chaque fois que mes yeux se posaient sur elle, j'étais prise de remords de l'embarquer dans cette histoire.

— Pourquoi fait-il ça ? s'est-elle soudain exclamée. Pourquoi est-il si cruel ?

— Sa mère est morte quand il avait quinze ans, lui a expliqué Marnie. Peut-être éprouve-t-il le besoin de punir toutes les femmes pour cet abandon.

— Ça arrive, que des gens perdent leur mère à un jeune âge, a lâché Dee avec mépris. Ils ne deviennent pas pour autant des sadiques épris de pouvoir.

— Moi aussi, j'ai perdu ma mère quand j'avais quinze ans, a dit Lola. Pourtant je n'ai jamais frappé personne.

Pauvre Lola, on ne l'imaginait pas faire du mal à une mouche.

Quand le délai de onze minutes démocratiquement voté a été écoulé, j'ai donné le signal du départ.

Comme un seul homme, nous sommes sorties de la voiture et avons gagné l'immeuble de Paddy. Dee a placé son visage devant la caméra de l'interphone et sonné.

— C'est Dee. Je passais dans le coin et j'aimerais te dire deux mots à propos de demain.

(Un texte de loi devait être examiné à la Chambre le lendemain.)

— Bien sûr, monte.

La porte s'est ouverte avec un déclic, et nous nous sommes engouffrées toutes les quatre dans le hall. Dee nous a souhaité bonne chance pendant que Lola, Marnie et moi-même nous engagions dans l'escalier.

Je n'avais pas peur, c'était pire que ça. J'avais perdu ma foi en notre entreprise. Notre trio n'aurait pas fait peur au plus poltron des roquets.

— Paddy va peut-être refuser de nous laisser entrer quand il nous verra, les ai-je mises en garde.

Mais mon petit doigt me disait que ce ne serait pas le cas.

Il a ouvert la porte. Dès qu'il nous a reconnues, il a senti le danger, et ses pupilles se sont dilatées. Mais le premier instant de surprise passé, il a retrouvé son sourire affable.

— Grace Gildee, je n'en crois pas mes yeux ! (Il m'a pris la main et s'est penché vers moi pour me faire la bise tout en m'attirant à l'intérieur de l'appartement.) Et tu es venue avec Marnie. Comme je suis content de te revoir après toutes ces années !

Bise sur la joue pour Marnie, idem pour Lola. Il nous a invitées à entrer et m'a semblé se réjouir sincèrement de notre visite. J'aurais préféré qu'il nous claque la porte au nez en nous obligeant à l'enfoncer à coups d'épaule. Au moins nous aurions eu dans les veines une dose minimale d'adrénaline pour affronter l'épreuve qui nous attendait.

— Je vous en prie, prenez place, nous a-t-il dit. Je vais appeler Alicia, qui doit être en train de se démaquiller. Elle s'en voudrait terriblement de vous rater.

Il a disparu dans un couloir, tandis que notre trio restait sagement à l'attendre au salon. Marnie dans un fauteuil, Lola et moi assises au bord d'un canapé.

— Il cherche à nous déstabiliser avec sa gentillesse, leur ai-je rappelé. Mais souvenez-vous de ce qu'il a fait. Ne perdez jamais ça de vue.

J'ai pris la main de Lola, dont les genoux s'entrechoquaient.

— Vous vous en sortez très bien.

— Je suis désolée, a-t-elle murmuré. J'aurais dû mettre un jean. Je n'avais pas prévu que j'aurais si peur.

— Surtout n'oubliez pas que c'est moi qui parle.

J'avais répété mon speech avec Dee, encore et encore. Elle tenait mon rôle et moi celui de Paddy, puis nous permutions. J'avais peur maintenant que Lola ne fiche en l'air tout mon scénario bien huilé en se jetant aux pieds de Paddy pour l'implorer de la reprendre.

Il est revenu dans la pièce.

— Alicia sera là d'une minute à l'autre. Qu'est-ce que je vous sers en attendant ?

— Rien, merci, ai-je répondu d'une voix étudiée. Il est tard, et nous ne voudrions pas abuser de votre temps. Je suppose que tu te demandes ce que nous faisons là toutes les trois.

— Je suis toujours ravi d'accueillir chez moi de jolies femmes, a-t-il lâché d'un ton badin.

Lentement et avec juste ce qu'il fallait de menace dans la voix, j'ai déclaré :

— Nous sommes là pour te demander de renoncer à ta campagne de diffamation contre Dee Rossini.

Dans un monde parfait, il aurait normalement répondu :

— Pourquoi ça ?

Et j'aurais rétorqué :

— Si tu renonces à rendre publique l'affaire des immigrées clandestines hébergées par Dee, nous renonçons à la nôtre.

Mais il m'a rétorqué en riant :

— Je ne vois absolument pas de quoi tu parles.

— Laisse tomber l'affaire, ai-je répété pour m'en tenir à mon scénario. Et nous laisserons tomber la nôtre.

Il était supposé nous demander ce que nous avions contre lui, mais il s'est contenté de déplier une jambe devant lui et de se renverser dans son fauteuil en me souriant, les paupières mi-closes. Il avait l'air content de lui et promenait un regard concupiscent sur mon corps, de la pointe de mes seins à mon entrejambe.

Un silence interminable s'est installé.

Du coin de l'œil, je voyais les genoux de Lola s'entrechoquer avec une force renouvelée.

Puis la porte du salon s'est ouverte. Alicia est entrée, et son charmant sourire s'est figé sur ses lèvres.

— Que se passe-t-il ? a-t-elle demandé d'une voix anxieuse.

— J'expliquais juste à Paddy que, s'il renonce à ses attaques contre Dee dans la presse, nous renoncerons à mettre notre histoire sur la place publique.

— De quelle histoire s'agit-il ? a encore demandé Alicia.

Dieu merci, certains personnages s'en tenaient encore au script.

— Paddy est violent avec les femmes. Il les torture à coups de poing, de pied et de brûlures de cigarette. Mais tu dois bien savoir de quoi je parle, Alicia.

Elle a blêmi. Elle croyait être la seule. Je savais maintenant que notre plan allait fonctionner.

— Quelles femmes ? a-t-elle demandé.

J'ai montré Lola et Marnie.

Paddy a ricané.

— Qui croira une *fashion victim* aux cheveux violets ?

— Pourquoi es-tu si cruel ? s'est écriée l'intéressée d'une voix tremblante.

— Enfin, Lola, soyons sérieux un instant, a-t-il enchaîné d'un ton presque tendre. Je suis un personnage public. Mais, quand même, on a bien rigolé ensemble, non ?

— Rigolé ? Je suis un être humain, Paddy, pas un jouet.

— Alors pourquoi te comportes-tu comme un jouet ?

Je venais de perdre Lola. Dégommée à la première cartouche.

Puis Paddy a reporté son attention sur Marnie.

— Marnie Gildee, toujours aussi dérangée, j'imagine.

— Euh… je…

— Tu as frappé ma sœur, ai-je dit.

— N'importe qui frapperait Marnie, a-t-il répliqué dans un soupir. Elle me rendait dingue avec ses scènes, ses larmes, ses visites incessantes à toute heure du jour ou de la nuit.

— Mais c'est toi qui l'avais rendue comme ça.

— Et puis elle a couché avec mon meilleur ami, qui était pour moi comme un frère.

— En tout cas, ça n'a pas trop compromis votre amitié, vu que Sheridan est encore prêt à jouer pour toi les intermédiaires avec les tabloïds.

Pendant que je prononçais cette phrase, Marnie s'est exclamée :

— Mais toi, tu as bien couché avec Leechy ! C'est toi qui as commencé !

Paddy a levé les yeux au ciel et m'a regardée, comme si nous étions les deux seuls adultes sensés dans cette pièce.

— Tout ça s'est passé il y a des années, Grace. Nous n'étions que des gosses paumés. Tu vas droit dans le mur. Tu n'as vraiment que ces deux-là dans ta manche ?

Le moment était venu de dégainer mon arme secrète.

J'ai bondi, et tout le monde, y compris Paddy (ce que j'ai trouvé plutôt réconfortant), a paru surpris. Ni une ni deux, j'ai attrapé les mains d'Alicia et les ai ouvertes, la paume tournée vers le ciel. J'étais sûre et certaine d'y trouver la fameuse cicatrice. Mais rien, ses paumes étaient intactes. J'ai attrapé son bras et remonté sa manche. Pas un seul bleu. Merde ! Merde ! Merde !

Vivement, je me suis écartée comme si de rien n'était, comme si ce geste qui avait consisté à prendre les mains d'Alicia n'avait été que la manifestation d'une soudaine envie de lui dire la bonne aventure.

Tous les yeux étaient rivés sur moi, mon cœur battait si fort que j'en avais mal aux côtes. J'étais pourtant sûre pour Alicia. À présent, je n'avais plus rien à quoi me raccrocher. Ma vision s'est troublée. Je vivais un cauchemar.

J'ai promené un regard éperdu autour de moi, cherchant une issue. Ma dernière botte secrète, si je l'utilisais, ferait autant de mal que de bien. Cette ultime cartouche aurait un effet dévastateur, et je ne pouvais pas m'en servir. Après tout, Dee n'était rien pour moi. Certes, je l'admirais, mais je ne voulais pas fiche en l'air ma vie pour elle.

Les autres me dévisageaient. Ils étaient tous dans l'expectative. Comme dans un roman d'Agatha Christie, ils attendaient de moi la clé de l'affaire. Dans un moment de pure panique, j'ai envisagé de prendre Marnie et Lola par le bras et de les entraîner vers la sortie. Elles seraient déboussolées et sans doutes fumasses, mais, pour me faire pardonner, je les emmènerais dîner à la pizzeria. Ensuite je leur expliquerais, peut-être pas tout, mais presque tout. Sans révéler l'essentiel. Et si elles recommençaient à chouiner après la pizza, je leur commanderais un tiramisu.

Mais il fallait agir, et vite.

J'ai soupiré, et tout le monde a semblé animé d'un regain d'intérêt.

— Il y a encore quelqu'un d'autre, ai-je dit.

Les mots pesaient comme des pierres sur ma langue.

— Une troisième femme qui est maintenant prête à raconter son histoire.

— Qui ça ? ont demandé Marnie puis Lola.

Les pauvres, elles attendaient de moi un véritable tour de passe-passe. Elles croyaient dur comme fer qu'une troisième femme allait franchir cette porte et déclarer d'une voix suave :

— Alors, Paddy, tu n'as quand même pas oublié ce jour où tu m'as tabassée ?

— Oui, qui ? a encore demandé Alicia.

Paddy n'a rien dit et s'est contenté de m'observer avec un sourire narquois.

— Moi, ai-je dit

— Toi ?

— Mais pourquoi t'aurait-il battue ? s'est étonnée Marnie.

— Parce que... (Je n'avais plus le choix. Il fallait que ça sorte.) Parce que je refusais de coucher avec lui.

Mes paroles ont provoqué la stupéfaction générale. Dans le silence, Paddy a fermé les yeux et souri.

— Paddy voulait coucher avec toi ? a articulé Marnie très lentement.

Il a rouvert les yeux et lâché d'une voix lascive :

— Oh, que oui !

Le visage de Marnie a pris une teinte cadavérique.

— Tu as toujours voulu coucher avec elle ? Même quand tu étais avec moi ?

Il s'est étiré paresseusement dans son fauteuil.

— Oui, toujours, même quand je baisais avec toi.

— Non, c'est pas vrai. Ne l'écoute pas, il essaie juste de nous monter les unes contre les autres. (Bordel, ça faisait quinze ans qu'ils avaient rompu ! Quand Marnie cesserait-elle d'agir comme s'ils s'étaient quittés la veille ?) C'est arrivé quand je travaillais sur sa biographie. Il a tenté sa chance avec moi, comme il le fait avec toutes les femmes. Quand j'ai refusé, il m'a frappée et m'a brûlé la main avec une cigarette. Puis, comme ça ne suffisait pas, il a chargé Spanish John d'incendier ma voiture.

— Allons, Grace, tu ne m'as pas repoussé avec beaucoup de conviction.

— Quand est-ce que ça s'est passé ? a demandé Marnie d'une voix blanche.

— L'été dernier, et ça a duré jusqu'en septembre.

— Septembre ? s'est écriée Lola. Mais tu t'es fiancé à Alicia en août !

Marnie s'est tournée vers Alicia.

— Qu'est-ce que tu penses de ça, Leechy ?

— Rien du tout, parce que je n'en crois pas un mot. Et ne m'appelle pas Leechy, j'ai toujours détesté ça.

— Mais il vient de reconnaître lui-même qu'il voulait coucher avec Grace, a insisté Lola.

— Tout le monde t'a toujours appelée Leechy, a rétorqué Marnie.

— Mon vrai nom est Alicia.

— Oui, mais Leechy te va tellement mieux. Parce que tu es une spécialiste de la lèche, avec Paddy surtout.

Nous étions en train de perdre de vue notre objectif. Je devais recadrer le débat.

— Marnie, arrête, s'il te plaît.

— Vous ne m'avez jamais aimée, a poursuivi Alicia. Il n'y en avait toujours que pour Grace et toi. Moi, je restais sur la touche.

C'était totalement faux, mais, avant que j'aie le temps de répliquer, Paddy s'est levé.

— Je vais me coucher.

Je l'ai arrêté à la porte.

— Attends un peu, nous n'en avons pas fini, tous les deux. Je suis venue passer un marché avec toi. Tu abandonnes ton histoire, et nous abandonnons la nôtre.

Il a ri et secoué la tête, pas en signe de refus, mais pour déplorer une situation qui échappait à tout contrôle. Je ne pouvais que lui donner raison. Nous nous étions bel et bien plantées.

Défaites, nous sommes reparties en silence. Il fallait maintenant annoncer la mauvaise nouvelle à Dee.

L'humiliation peinte sur son visage fermé, Marnie a refusé de monter dans la voiture.

— Cette relation a tellement compté pour moi. Tu imagines ce que j'ai pu ressentir en apprenant qu'il voulait coucher avec toi ?

— C'est arrivé beaucoup plus tard. Il t'aimait quand il était avec toi. Je t'en supplie, Marnie, grimpe dans cette voiture. Il est tard, on ne va pas déambuler dans les rues toute la nuit. C'est dangereux.

— Je refuse de dormir chez toi.

— Alors laisse-moi te déposer à Yeoman Road. Je t'en prie, Marnie.

Enfin elle a consenti à monter dans la voiture, où elle s'est assise toute raide. Au bout de dix minutes de mutisme, elle a froidement déclaré :

— Damien est au courant pour toi et Paddy ?

— Je n'ai pas couché avec lui. Damien n'a pas besoin de savoir.

— Oui, mais il s'est quand même passé quelque chose entre vous. Est-ce qu'à un moment tu as été tentée de céder à ses avances ?

Mon silence a répondu à sa question.

— Je parie que Damien n'a rien su de cette histoire.

— Ne lui dis rien, je t'en supplie.

Quand elle s'est tue, j'ai su qu'elle risquait de révéler mon secret. Je n'aurais jamais cru me retrouver dans cette situation. La loyauté que nous avions toujours eue l'une envers l'autre venait de voler en éclats. Marnie était une femme blessée. Ajoutez à ça son alcoolisme, et elle devenait une tête de missile incontrôlable. Décidément, Paddy de Courcy avait le don de salir tout ce qu'il touchait. Quand nous sommes arrivées à Yeoman Road, elle a monté les marches du perron sans même un au revoir.

Je l'ai appelée. J'ai voulu la supplier encore de ne rien dire à Damien, mais j'ai jugé plus sage de m'abstenir pour ne pas lui mettre des idées dans la tête.

Elle s'est retournée vers moi.

— Quoi ?

— Je t'en prie, Marnie. Essaie de ne pas boire. Papa et maman ne sont plus tout jeunes et, avec Bid, ils ont assez de soucis comme ça.

Elle m'a toisée, puis m'a lâché des mots que je n'aurais jamais cru entendre dans sa bouche :

— Va te faire foutre, Grace.

Damien attendait impatiemment notre retour.

— Où est Marnie ? m'a-t-il demandé d'une voix tendue. Que s'est-il passé avec Paddy de Courcy ?

Je ne savais plus par où commencer. Ni surtout quoi dire sans être obligée de tout déballer.

Je me suis blottie contre lui. Ma peur de le perdre était telle que j'éprouvais le besoin physique de me cramponner à lui de toutes mes forces.

Il m'a serrée dans ses bras et a posé sa tête sur la mienne.

— Un désastre ?

J'ai opiné contre son épaule.

— Oui, un vrai fiasco. Mais il ne devrait pas deviner que la fuite vient de toi. Est-ce qu'on peut aller se coucher ?

— Viens.

Il m'a aidée à gravir l'escalier comme si j'étais convalescente. Arrivée dans la chambre, je me suis déshabillée en abandonnant mes vêtements sur place et glissée dans les draps. Quand Damien m'a rejointe, je me suis agrippée à son corps ferme et chaud. Les yeux clos, j'ai cessé de bouger. J'aurais voulu faire durer cet instant éternellement.

Au bout d'un moment, Damien s'est écarté de moi et m'a regardée.

— Alors, tu vas enfin te décider à me raconter ce qui s'est passé ?

— Pas ce soir, s'il te plaît… Je suis tellement… (Devant son air déçu et même vexé, je me suis ravisée.) Désolée, à quoi je pensais ? Bien sûr que je vais te raconter.

Après tout ce qu'il avait fait pour nous aider, c'était la moindre des choses. Pourtant, je ne pouvais lui donner qu'une version expurgée et j'en éprouvais un affreux mélange de tristesse et de peur.

— Non, oublie. Tu es crevée. Voyons ça demain matin.

— Le plus curieux, c'est qu'il n'y a rien à raconter, au fond. Il a traité par le mépris Marnie et Lola, qui se sont littéralement décomposées sous nos yeux. Quant à Alicia, il n'a apparemment jamais levé la main sur elle. Nous nous sommes lamentablement plantées. Ce type n'a peur de rien.

Damien a éteint la lampe et soupiré dans le noir.

— C'était une erreur de s'attaquer à Paddy de Courcy.

— Oui, ai-je dit.

J'en savais quelque chose.

Quand je me repasse le film dans ma tête, et ça ne m'arrive pas souvent, la BO est toujours un orchestre symphonique dont le crescendo de cordes culmine au moment où mes yeux se posent pour la première fois sur lui.

Je n'avais pas encore dix-sept ans. C'était ma première journée de travail et Micko, le patron du Boatman, me présentait les barmen.

— Voilà Jonzer, m'a-t-il annoncé. Jonzer, dis bonjour à Grace.

Les poings serrés au bout de ses bras ballants, le Jonzer en question m'a dévisagée de ses petits yeux malveillants qui louchaient légèrement.

— Et voilà Whacker, a continué Micko. Whacker, voici Grace, qui va travailler avec nous. Elle habite dans Yeoman Road.

Whacker m'a regardée avec un sourire carnassier.

— Et pour finir, Paddy, a ajouté Micko.

Ma respiration jusque-là parfaitement normale s'est subitement emballée. Je suis restée frappée de stupeur devant la beauté, la vigueur et le sourire dévastateur de Paddy. (Maman m'aurait démontré que Paddy, venant après les deux autres monstres, ne pouvait que me paraître séduisant.)

Mais, quelle qu'en soit la cause, c'est arrivé.

Pour dire si j'étais subjuguée, j'ai pensé que Paddy aurait dû être le patron et qu'il était contraire à l'ordre naturel des choses qu'il ne soit que barman. Il était visiblement si supérieur en tout à cet affreux nabot de Micko.

Grâce à des années d'endoctrinement de ma mère, je ne croyais pas au coup de foudre et trouvais beaucoup de choses à critiquer chez les hommes. Pas seulement leur stupidité ou leur attachement quasi autiste à de petits objets métalliques, mais aussi leurs avances et leur façon de nous courtiser.

Il avait pourtant suffi que je pose les yeux sur Paddy pour être métamorphosée en une midinette encore plus sentimentale que Leechy (qui détenait pourtant le titre officiel de la fille la plus sentimentale que Marnie et moi ayons jamais rencontrée).

Je le désirais comme jamais je n'avais rien désiré et j'étais terrifiée à l'idée de ne pas pouvoir l'avoir.

La réaction normale aurait été d'en parler aux autres, mais je voulais d'abord analyser le cataclysme que Paddy avait provoqué en moi. À ce stade, je ne me voyais pas passer des heures couchée sur mon lit, avec Marnie et Leechy, à imaginer ensemble des subterfuges pour que Paddy s'intéresse à moi. Mon désir pour lui était bien plus viscéral et adulte que toutes les tocades que j'avais pu connaître, et j'étais sûre d'une chose : le mascara ultra-brillance n'était pas la réponse à mon problème.

Si j'ai gardé mon secret, c'est aussi parce que j'avais peur de me faire chambrer par Bid et mes parents. Marnie avait reçu à la naissance une double dose de fragilité. Moi, j'étais la grande gigue qui ne se maquillait jamais. Tout le monde me croyait solide comme un roc et, quand d'aventure il m'arrivait de montrer une petite faiblesse, la seule réaction que j'obtenais était un rire bon enfant. Avec le temps, j'avais appris à ne plus pleurer parce que ça ne me valait que des moqueries : « Non mais regarde-toi, plantée là à pleurnicher comme une bécasse. »

Pourtant, ma passion pour Paddy a bien failli être découverte quand j'ai demandé à ma mère et à ma tante :

— Comment fait-on pour qu'un homme nous remarque ?

— Reste toi-même, m'a conseillé ma mère.

— Ne porte pas de soutien-gorge, m'a conseillé Bid.

Être moi-même. Oui, mais qui étais-je ? J'étais la fille robuste et pas compliquée. J'ai donc décidé de jouer là-dessus. Pas de ruses féminines avec moi. Quand Paddy posait dix pintes de bière sur un plateau et me demandait si je voulais un coup de main, je répondais : « Merci, ça va aller », même si mes bras tremblaient sous la charge.

(Par la suite, j'ai vu Marnie refuser de porter un plateau avec plus de quatre verres et les hommes se battre pour l'aider.)

J'acceptais toutes les heures qu'on me demandait dans le seul espoir que mon service coïnciderait avec celui de Paddy. J'avais presque peur de me l'avouer, mais je crois que je ne lui déplaisais pas. C'est devenu une certitude le soir où il m'a glissé un glaçon dans le dos. Il s'est ensuivi une bagarre dont je suis ressortie pantelante et tout étourdie.

Avant toute chose, je devais savoir s'il avait une petite amie. Couchée sur mon lit, le soir, je préparais mon plan de bataille. Je pouvais demander à Jonzer, à Whacker ou à n'importe lequel des garçons hideux qui travaillaient derrière le bar. Ou bien je pouvais tout simplement poser la question à l'intéressé.

J'ai fait sauter la capsule d'une bouteille de tonic, l'ai rattrapée au vol et lancée par-dessus mon épaule directement dans la poubelle.

— Dis-moi, Paddy, t'as une copine ?

— Bien visé, m'a-t-il fait. Une copine ? Non. Pourquoi ? Tu te portes volontaire ?

J'ai ramassé mon plateau sur le comptoir.

— Tu rêves, ai-je lâché en passant à sa hauteur.

— Grace, tu me brises le cœur ! m'a-t-il crié au moment où je m'éloignais.

Plus tard ce soir-là, seule dans ma chambre, j'ai déballé ces mots comme de précieux joyaux et je me les suis repassés encore et encore.

Nous avions lui et moi beaucoup de choses en commun. Il s'intéressait à la politique, je m'intéressais à la politique (enfin pas vraiment, mais j'en avais quelques notions). Physiquement, nous étions parfaitement assortis. Peu de filles mesuraient un mètre soixante-quinze. (Quand, par la suite, il m'a préféré une fille d'un mètre cinquante, j'ai eu l'impression d'être une déménageuse aux épaules trop larges pour passer les portes.)

Le soir de mes dix-sept ans (et ceux de Marnie), j'ai proposé à Paddy de le présenter à la personne qui comptait le plus dans ma vie.

— Ma jumelle va passer plus tard, lui ai-je dit. C'est notre anniversaire, aujourd'hui.

— Comment ? Tu as une jumelle ? Il y en a deux comme toi ? Comme si une Grace Gildee ne suffisait pas !

Je l'avais éclaboussé avec de l'eau qui coulait du robinet. Il avait reculé en riant.

— Vous sortez fêter ça ? Je suis invité ?

— Pourquoi on inviterait un idiot comme toi ?

— S'il te plaît, Grace.

— Non.

— Allez, sois gentille.

— Qu'est-ce que tu ne comprends pas dans le mot « non » ? (J'étais très fière de cette réplique que je considérais comme le comble du raffinement dans le flirt.)

Sur ce, Marnie est entrée et d'un regard a fichu par terre tout l'édifice que j'avais patiemment construit.

Pendant un temps, j'ai cru que j'avais le choix, que, si je me battais, j'avais encore ma chance. Puis j'ai dû regarder la réalité en face. Paddy voulait Marnie. Et, même si ça n'avait pas été le cas, Marnie voulait Paddy, et je n'avais jamais rien su lui refuser.

Ça n'a pas été facile. Je les voyais au travail, je les voyais à la maison, je ne pouvais pas leur échapper. Je devais rester là quand Paddy l'embrassait, quand il la tenait par la main et pouffait de rire avec elle. Je devais écouter le compte rendu détaillé de leurs fabuleuses parties de jambes en l'air : « … et alors il a enroulé mes cuisses autour de sa taille et, Grace, je jure devant Dieu… » Finalement, je me suis habituée à les voir ensemble. De temps en temps, quand je repensais au lien que j'avais cru sentir entre Paddy et moi, je me disais que ça n'avait été qu'une illusion.

Ils sont restés ensemble pendant près de trois ans, et j'ai su que Paddy avait cessé de l'aimer bien avant que Marnie le découvre. C'était l'année de nos vingt ans. Paddy terminait la fac et commencerait en octobre son stage au barreau. Il était clair, au moins pour moi, qu'il s'apprêtait à entamer une nouvelle vie.

Il a essayé de prévenir Marnie, mais elle n'a rien voulu savoir. D'une certaine façon, c'était aussi douloureux que s'il s'était détourné de moi. Elle et moi partagions la même souffrance. Puis Sheridan m'a appris qu'entre Paddy et Leechy il y avait plus que des séances de réconfort platonique. Je n'arrivais pas à le croire, Leechy avait toujours été comme une sœur pour nous. Mais Sheridan jurait ses grands dieux que c'était vrai. Et même si ça ne me regardait pas, je suis allée trouver Leechy pour lui demander de rester à distance de Paddy.

Leechy voulait toujours faire plaisir à tout le monde, mais ce jour-là sa réponse a été très ferme :

— Pas question. Je suis sa nouvelle copine.

J'étais suffoquée. Je l'ai regardée, et la vérité crue m'a sauté au visage.

— Quoi ? Tu couches avec lui ?

Elle a rougi.

— Non.

— Ne me mens pas, tu couches avec lui.

Je n'osais même pas imaginer la réaction de Marnie.

— Je t'en supplie, Leechy. Qu'est devenue ta loyauté ?

— Dans d'autres circonstances je serais loyale, m'a-t-elle répondu. Je ne volerais pas son homme à une autre fille.

J'ai eu envie de lui répondre qu'en temps normal elle n'aurait pas cette chance, parce que franchement elle n'était pas Kate Moss.

— Pense à Marnie, ai-je insisté. Elle est ton amie depuis que vous avez cinq ans.

— Marnie et Paddy, c'est terminé, a-t-elle déclaré avec une calme assurance. Je suis la fille qu'il lui faut. Je suis stable, raisonnable, et j'aime la musique des Carpenters. Marnie n'a été qu'une histoire de jeunesse.

— Tout ça, c'est dans ta tête, Leechy.

J'aurais voulu pouvoir lui dire comment j'avais cru que le type de Paddy était les grandes filles robustes et fortes en gueule. J'étais certaine qu'il l'utilisait seulement pour se débarrasser de Marnie.

— Je l'aime, Grace.

Après un tel aveu, je n'ai rien trouvé à ajouter.

J'en voulais à Paddy, mais plus encore à Leechy. Si elle n'avait pas couché avec lui, Marnie ne se serait pas jetée dans les bras de Sheridan. Et si Marnie n'avait pas couché avec Sheridan, Paddy ne l'aurait pas laissée sur le carreau en lui infligeant des blessures que je croyais irréversibles.

Quatre ans s'étaient écoulés quand je l'ai revu. C'était dans le salon bondé d'un hôtel, pour le lancement de je ne sais plus quel truc. Soudain, je l'ai vu devant moi, dominant l'assistance de toute sa hauteur. Il avait perdu son air de sauvageon. Ses vêtements flambant neufs respiraient le luxe, mais c'était bien lui. Mon regard est resté sur lui moins d'une seconde, mais ce temps a suffi pour qu'il me repère. J'ai lu la stupeur sur son visage et je me suis détournée.

— Je dois y aller, ai-je dit aux gens qui m'accompagnaient.

— Déjà ?

J'ai abandonné mon verre sur un plateau qui passait par là et, jouant des coudes dans la foule, j'ai gagné la sortie. Comme j'arrivais à la porte, Paddy s'est placé en travers de mon chemin.

— Grace.

J'ai essayé de le contourner, mais il a continué à me bloquer l'accès à la porte.

— Grace, c'est bien toi ?

J'ai voulu lui échapper, sans succès.

— C'est comme ça que tu traites un vieil ami ?

J'ai redressé vivement la tête.

— Un ami, tu veux rire ? Je ne te connais pas. Après ce que tu as fait à Marnie.

C'était une erreur. Je n'aurais pas dû lever les yeux et regarder son visage suppliant.

Mon ton indigné avait attiré sur nous quelques regards. Voyant que nous nous étions fait remarquer, Paddy m'a entraînée à l'écart.

— Pouvons-nous parler ? a-t-il demandé d'une voix calme.

J'ai croisé les bras sur ma poitrine.

— Vas-y, je t'écoute.

— Pas ici, dans un endroit plus intime, où j'aurai la chance de m'expliquer.

Il n'y avait rien à expliquer. Mais la curiosité a toujours été mon plus vilain défaut. J'ai pensé qu'il y avait peut-être une cause rationnelle à ce qui s'était passé.

— M'accorderais-tu dix minutes de ton temps ? Retrouvons-nous au bar de l'hôtel.

Il avait bien combiné son coup. Si j'avais dû aller dans un autre endroit avec lui, j'aurais catégoriquement refusé. Mais le bar était dans l'hôtel. Et qu'est-ce que c'était que dix minutes, après tout ?

Dans l'intérieur lambrissé du bar, il a placé un verre devant moi.

— Tu n'as plus que six minutes, lui ai-je déclaré.

— Alors je me dépêche. OK… j'étais jeune… à côté de mes pompes et révolté. Ma mère était morte, et je n'avais plus que mon dingue de père.

— Ce n'est pas une excuse.

— Je ne cherche pas à me disculper, mais à m'expliquer.

Il a incliné la tête. Après un silence, il a ajouté :

— Quand j'ai rencontré Marnie, j'ai retrouvé une famille. Vous tous, tes parents, Bid, toi, vous étiez ma famille. Puis, quand j'ai compris que je n'aimais plus Marnie, j'ai rejeté la faute sur elle. Je croyais que c'était à cause de sa faiblesse. Si elle avait été différente, j'aurais continué à l'aimer. Mais elle était ce qu'elle était, et une fois de plus je me retrouvais sans famille.

Je me suis surprise à le plaindre, puis je me suis rappelé le visage tuméfié de Marnie, et toute ma compassion pour lui a disparu.

— La honte m'a longtemps poursuivi, a-t-il dit.

— Encore heureux. Pourquoi tu m'expliques tout ça ? C'est à Marnie que tu devrais parler.

— J'y ai pensé, a-t-il répondu d'une voix hésitante. J'y pense toujours, mais, connaissant Marnie comme je la connais, j'ai peur de rouvrir de vieilles blessures et d'aggraver les choses.

Le plus agaçant, c'est qu'il avait raison. Si Marnie entendait parler de Paddy, elle serait ramenée des années en arrière.

J'ai vidé le fond de mon verre et me suis levée.

— Voilà, sur cette note fascinante prennent fin tes dix minutes.

— Comment va-t-elle ?

— Marnie ? Très bien. Elle se porte bien mieux sans toi. Tu l'as traitée comme de la merde.

— Il le fallait. Je n'avais pas le choix. Elle n'aurait jamais accepté notre séparation.

Je dois admettre qu'une fois de plus il avait raison.

— Marnie compte toujours beaucoup pour moi. Si tu restais encore un peu, le temps de boire un autre verre et de me raconter ce qu'elle devient ?

— Non.

— S'il te plaît.

— Bon, d'accord.

Je n'avais rien d'autre à faire. C'est l'excuse que je me suis donnée.

Paddy nous a commandé d'autres verres, puis m'a parlé avec tendresse de Marnie et de sa sensibilité à fleur de peau. Là encore je n'ai pu que tomber d'accord avec tout ce qu'il disait.

Le cliquetis d'une barrique métallique a résonné dans le bar.

— Tiens, ça fait remonter des souvenirs, a dit Paddy. Tu te rappelles cette époque ?

Oh que oui, je m'en souvenais et je me souvenais avec honte des lourdes charges que je transportais à travers la salle du Boatman afin de l'impressionner.

— Tu étais la seule fille capable de changer un tonneau de bière. Tu étais une amazone, rien ne te faisait peur.

J'étais bluffée. Moi qui avais toujours cru que mes manières de culturiste étaient ce qui l'avait rebuté chez moi.

— Je n'avais encore jamais rencontré une fille comme toi.

Je n'arrivais plus à le regarder. J'ai dégluti si bruyamment que lui aussi l'a entendu.

— Et je n'en ai pas rencontré depuis.

J'ai coulé un regard dans sa direction. Quand nos yeux se sont rencontrés, un puissant courant d'émotion est passé entre nous. En dépit de toutes mes résistances (et pour résister il me suffisait de penser au visage meurtri de Marnie), je sentais entre nous une intimité. Nous nous comprenions, comme avant sa rencontre avec Marnie.

— Un autre verre ? m'a-t-il proposé.

— Non, je dois y aller.

— Tu es sûre ? Allons, un de plus.

En revenant du comptoir, il a déposé nos verres sur la table, puis s'est tourné vers moi et m'a dit :

— J'ai quelque chose à t'avouer. Si je ne le fais pas maintenant, je n'en aurai peut-être plus jamais l'occasion.

J'avais une petite idée de ce qu'il allait m'annoncer.

— Je me suis trompé. Je n'ai pas choisi la sœur qu'il me fallait.

J'ai fermé les yeux.

— Arrête, s'il te plaît.

Même s'il n'avait pas fait ces choses terribles à Marnie, j'aurais brisé un tabou. Paddy était le petit ami de ma sœur. Certes, ils n'étaient plus ensemble, mais à mes yeux il serait toujours l'amoureux de Marnie.

— Viens chez moi.

Je brûlais d'un feu intérieur. J'aurais tout donné pour une seule nuit avec lui. Une nuit contre son corps nu, à faire l'amour comme des fous, dans toutes les positions imaginables, une nuit à le sentir en moi, à contempler son visage en sueur éperdu de désir pour moi, moi, moi…

— Non, ai-je répondu.

Le souvenir de Marnie sur son lit d'hôpital refusait de s'effacer. J'ai attrapé mon sac et je me suis levée.

— Tu changeras d'avis, m'a-t-il lancé. Je saurai te convaincre.

Mais rien n'est arrivé. Je n'ai plus entendu parler de lui pendant onze longues années. Largement le temps de ressasser mon refus.

Puis, l'été dernier, j'ai reçu un appel d'Annette Babcock, directrice de collection chez Palladian, une maison d'édition spécialisée dans les biographies de célébrités. Ils employaient des nègres, et j'avais déjà écrit pour eux deux bouquins. (La vie d'une sportive de haut niveau et les tribulations d'une ancienne miss Irlande qui avait subi vingt-huit opérations de chirurgie esthétique pour pouvoir poursuivre sa carrière de mannequin.) Un job alimentaire pour journalistes fauchés et un bon filon quand on sait que les sportifs et les mannequins, mais aussi les hommes politiques, sont pour la plupart illettrés. C'était un travail de titan, parce qu'il fallait transcrire les petites anecdotes d'une vie médiocre en une prose agréable à lire. Mais ça payait bien.

— J'ai un travail à vous proposer, m'a dit Annette. Vous pouvez passer me voir ?

Quand je me suis trouvée assise face à elle, dans son bureau, elle m'a annoncé qu'ils allaient publier le livre de Paddy de Courcy.

— Nous avons pensé à vous. Il faudra bien sûr passer pas mal de temps avec lui dans les prochaines semaines, mais qui s'en plaindrait, n'est-ce pas ?

Devant mon silence, elle a répété :

— N'est-ce pas ?

— Quoi ! oh, pardon. J'étais en train de réfléchir.

Je me posais des questions. La plus importante étant bien sûr de savoir pourquoi j'avais été choisie.

— Il ne faut pas que ça vous monte à la tête, m'a-t-elle sèchement répondu.

(D'où j'en ai conclu qu'elle en pinçait pour lui.)

— Il ne vous a pas spécifiquement demandée. Nous lui avons soumis une liste d'auteurs à qui nous faisons régulièrement appel. Il a dit qu'il avait aimé *Trente secondes chrono* (la bio de la sportive) et qu'il appréciait votre travail.

Tiens donc...

J'avais oublié Paddy de Courcy. Enfin pas complètement. Je ne vois pas comment j'aurais pu, vu qu'il était au journal télévisé presque tous les soirs et que son sourire rayonnant s'affichait dans les pages mondaines de tous les magazines. Parfois, il m'arrivait d'éprouver une drôle de sensation dans le ventre quand je le voyais, mais la plupart du temps il ne me faisait plus aucun effet.

— Eh bien, m'a demandé Annette. Vous êtes partante ?

— J'en sais trop rien...

— Comment ?

Je ne savais pas quoi penser. Est-ce que ce n'était pas un peu risqué pour Paddy ? Je savais sur lui des choses que les autres journalistes ignoraient. C'était peut-être ce qui l'avait décidé à me choisir. Il savait qu'il aurait à inclure l'épisode de Marnie dans son bouquin (ou tout au moins une version expurgée de l'histoire) et que je ne serais pas choquée en apprenant qu'il avait envoyé une femme à l'hôpital. Mais je me faisais peut-être un film. Peut-être Marnie appartenait-elle pour lui à un passé si lointain qu'il en avait tout oublié. Peut-être appréciait-il réellement mon travail.

— Vous serez très bien rémunérée, m'a précisé Annette, un peu anxieuse. (Là-dessus, elle m'a annoncé un chiffre qui m'a laissée rêveuse.) Et je peux essayer de vous obtenir deux mille de plus.

— Oui, mais...

Pourquoi aiderais-je Paddy ? Je me sentais mal à l'aise à l'idée de mettre mes compétences à son service. Et puis la redresseuse de torts en moi a pris le dessus. Je tenais peut-être l'occasion de rendre justice à Marnie, quinze ans après les faits. Plus j'y réfléchissais, plus se renforçait chez moi le sentiment que quelque chose de bon pouvait sortir de cette histoire.

— D'accord, ai-je dit à Annette. J'accepte.

— Quel enthousiasme ! Personnellement, je hurlerais de joie à l'idée de passer tant de temps en compagnie de Paddy de Courcy. À présent, j'aimerais préciser un dernier point. Il s'agit d'un projet hautement confidentiel. Nous ne voulons pas qu'un des hommes politiques cités nous attaque en diffamation avant la sortie du bouquin. Donc, motus.

À la minute où je suis arrivée chez moi, j'ai tout raconté à Damien.

— Son autobiographie ? m'a-t-il lâché d'un air soupçonneux. À part sauter des top-modèles, ce type n'a jamais rien fait de sa vie. Il n'a jamais été ministre, il n'est même pas à la tête de son parti.

— Le monde change, ai-je rétorqué avec un haussement d'épaules. Pour être célèbre de nos jours, il n'est plus nécessaire d'accomplir quoi que ce soit, il suffit d'avoir une belle gueule.

Damien m'a observée froidement.

— Pourquoi as-tu accepté, après ce qu'il a fait à Marnie ?

— C'est précisément pour elle que j'ai accepté. J'espère que je pourrai obtenir des excuses, qui sait ?

— Beaucoup d'eau a coulé sous les ponts, a-t-il répondu. Marnie est mariée et mère de deux enfants. Elle n'a peut-être pas envie que son histoire soit mise sur la place publique. Elle n'attend peut-être plus rien de lui. Je crois que tu devrais lui en parler avant d'aller plus loin.

— J'ai déjà donné mon accord.

— Tu peux encore changer d'avis. Tu n'as rien signé, non ?

— Non, mais je crois que je dois accepter, ai-je ajouté. Tu ne peux pas comprendre, parce que tu n'as pas traversé ça avec nous, mais je crois que c'est une chance de… de réparer un tort.

Mes paroles ont résonné dans le silence. Damien ne pouvait pas comprendre. Cette blessure était dans ma chair. En dépit de mes doutes et de mes craintes d'être déloyale envers Marnie, j'avais le devoir de le faire.

— Ne prends pas cet air triste, ai-je dit.

Il a ricané. Il n'ignorait rien de ma passion d'adolescente pour Paddy.

— Écoute, si tu ne veux vraiment pas que je le fasse, dis-le.

— Grace...

Aussitôt j'ai eu honte. Damien n'exigerait jamais rien de tel, il n'était pas ce genre d'homme.

Il s'est éloigné en secouant la tête.

— C'est très bien payé ! lui ai-je lancé.

— Génial ! On pourra s'acheter tout plein de trucs.

Notre première séance de travail a eu lieu au bureau de Paddy. J'avais oublié ce qu'on pouvait ressentir à son contact. Sa stature, son regard, son magnétisme. Cet homme avait une présence hors du commun. Comme un café bien tassé ou un chocolat très noir, il était un concentré de force, à la limite du supportable.

À mon arrivée, il a pris ma main et déposé sur ma joue un petit baiser.

— Je suis enchanté de travailler avec toi.

— Tu ferais un bon politicien, tu sais. Où je m'assois ?

— Où tu veux. Pourquoi pas sur le canapé ?

J'ai pris une chaise en marmonnant que c'était sans doute plus sûr. Paddy s'est installé derrière son bureau, et j'ai ouvert mon bloc-notes.

— Commençons par le début, ai-je dit d'un air bravache. Allons-nous parler de l'épisode où tu as tabassé ma sœur ?

— Je vois que tu n'as pas changé, a-t-il répondu sans rancœur. Grace, la redresseuse de torts. Mais, pour répondre à ta question, je crois qu'il est préférable de passer sous silence cet épisode de ma jeunesse.

— Je vois, c'est pour ça que tu m'as demandée. Si tu crois que je vais te couvrir, tu peux te brosser.

Sur ce, je me suis levée pour partir.

— Rassieds-toi, s'il te plaît. Je ne te demande pas de me

couvrir, mais de protéger Marnie. Tu crois qu'elle a envie de voir ce passé imprimé dans un livre ?

C'était exactement ce que Damien avait dit.

Lentement je me suis rassise. Je n'avais pas consulté Marnie, mais, si je ne faisais pas ce boulot pour elle, alors pour quoi ?

Comme s'il avait lu dans mes pensées, Paddy a ajouté :

— C'est un boulot très bien rémunéré. Allons, Grace, mettons-nous au travail.

Je venais de m'acheter une voiture et j'avais les traites à payer. Cet argent serait le bienvenu.

J'ai repris mon stylo.

Nous avons travaillé pendant trois heures d'affilée, ce jour-là, et nous avons bien avancé.

Ce n'est qu'un boulot comme un autre, me répétais-je, et tout va très bien se passer.

La deuxième séance a eu lieu cinq jours plus tard. Là encore, elle a été très productive. Nous avions déjà traité son enfance, jusqu'au décès de sa mère, quand soudain Paddy s'est tu. Il a penché la tête en avant, et lorsqu'il s'est redressé, j'ai vu ses yeux pleins de larmes. Dans d'autres circonstances, j'aurais trouvé drôle de voir un homme pleurer. Mais, peut-être parce que je connaissais Paddy depuis cette époque, je savais combien la perte de sa mère l'avait atteint, et j'ai compati à sa tristesse.

Je lui ai passé une serviette en papier qui traînait au fond de mon sac. Il s'en est épongé les yeux. Un instant plus tard, il s'était repris.

— Un peu embarrassant, m'a-t-il dit en riant. (Il a contemplé la serviette en papier.) Grace Gildee compatissante, il faudra publier ça en première page.

— Mais je suis compatissante, me suis-je défendue. Envers ceux qui le méritent.

Il m'a enveloppée de son regard bleu.

— Je sais que tu l'es, Grace. Si j'ai choisi Palladian, c'est pour toi. J'ai suivi de très près ta carrière. J'ai toujours su pour quel journal tu travaillais. J'ai lu tous tes articles.

— Pourquoi me racontes-tu tout ça ?

— Parce que pendant toutes ces années je n'ai jamais cessé de penser à toi.

Un frisson m'a parcourue.

— Tu es la seule femme capable de te mesurer à moi.

Je n'avais pas très envie d'être cette femme, mais quand même j'étais flattée. Et émoustillée aussi. L'adolescente en moi venait de se réveiller. J'étais de nouveau cette fille rêveuse, tête en l'air et aveuglée de désir pour Paddy. Cette nuit-là, je n'ai pas fermé l'œil. Inutile de se voiler la face. Mon attirance pour cet homme était dangereuse et avilissante. Certes, après toutes ces années, il avait peut-être changé, mais Damien, que devenait-il dans tout ça ? Ma relation avec lui était ce que j'avais de plus cher. J'ai pris ma décision. J'allais me retirer du projet.

Mais, quand j'ai vu Paddy pour lui annoncer qu'il devait chercher un autre auteur, c'était comme s'il avait prévu ma réaction. Avant même que j'ouvre la bouche, il a refermé la porte de son bureau en disant :

— Grace, ne m'abandonne pas. Tu es la seule à qui je puisse me confier. J'ai besoin de toi.

Il avait gagné. Je ne pouvais plus le lâcher maintenant.

Cette journée-là et la séance suivante, deux jours plus tard, se déroulèrent dans une atmosphère de tension sexuelle telle que je n'arrivais plus à aligner deux idées cohérentes. Après nos rapides progrès du début, nous n'avancions plus. Pourtant, ça ne me faisait ni chaud ni froid. Toute mon énergie mentale était absorbée par mes négociations avec moi-même. Je ne voulais qu'une nuit, une seule nuit avec lui. Au bout de dix-huit ans, elle était mon dû le plus absolu. Ça ne signifiait pas que je n'aimais plus Damien.

À la maison, Damien m'observait sans mot dire, et j'étais parvenue à me convaincre qu'il n'avait rien remarqué. Jusqu'à cette fameuse soirée. Nous étions en train de discuter quand, sans crier gare, il m'a lâché :

— Je n'ai qu'un truc à te dire, Grace. Si l'un de nous deux venait à tromper l'autre, notre couple y survivrait peut-être, mais rien ne serait plus comme avant. La confiance et l'innocence seraient perdues à jamais.

En toute logique, j'aurais dû lui demander ce qui avait déclenché cette déclaration impromptue, mais je ne pouvais pas chercher à nier, même s'il ne m'accusait pas, même si je n'avais pas encore commis l'irréparable.

— Je sais, Damien, je le sais parfaitement.

— Bien, parce que je ne voudrais pas penser… (Il allait ajouter autre chose, et je n'avais pas envie d'entendre ça.) Parce que je t'aime, tu le sais.

Quand il me disait qu'il m'aimait, j'avais pour habitude de lui demander ce qu'il avait derrière la tête, mais cette fois je me suis contentée de répondre :

— Oui, je sais. Et je t'aime aussi.

— Attention, nous risquons la noyade dans la guimauve.

Nous avons ri, mais d'un rire un peu crispé.

Le lendemain, j'avais une autre séance prévue avec Paddy. C'était une belle journée ensoleillée. Il m'a attendue dehors, le temps que je me gare sur la place qui m'était allouée.

— Beau travail, m'a-t-il dit en me voyant exécuter ma manœuvre avec maestria.

— C'est une voiture très maniable.

— Tu aimes ta voiture, n'est-ce pas ?

— Oui, je l'adore.

Quand nous sommes arrivés dans son bureau, je me suis assise, prête à me mettre au travail. Soudain il m'a demandé :

— Comment ça va entre toi et Damien ? Toujours amoureux ?

— Oui, ai-je répondu, un peu sur mes gardes.

— Tu n'envisages pas de rompre ?

— Pourquoi je romprais ?

— Pour devenir ma compagne. Nous formerions un couple fabuleux. Tiens. (Il a noté un numéro sur un bout de papier.) C'est mon portable privé. Mon entraîneur personnel est le seul à l'avoir. Réfléchis à la proposition que je viens de te faire. Si tu changes d'avis, appelle-moi, à n'importe quelle heure du jour ou de la nuit.

J'en suis restée sans voix. Ce type avait un aplomb ! En même temps j'étais flattée, et circonspecte aussi.

— Je suis très sérieux, Grace. Je sais que tu doutes de moi, mais je te le répéterai jusqu'à ce que tu acceptes de l'entendre : tu es la seule femme qui compte pour moi.

J'étais écartelée entre la honte et le désir.

Trois jours plus tard, la nouvelle de son mariage tombait. Je dois reconnaître que sur le coup j'ai été sonnée. Il ne m'avait fait aucune promesse, pourtant tout son comportement m'avait laissé entendre qu'il…

J'ai été deux fois plus assommée quand j'ai appris que l'heureuse élue n'était autre que Leechy.

J'avais cru compter à ses yeux et j'étais blessée dans mon ego.

Il m'a téléphoné.

— Est-ce que c'est vrai ?

— Oui, mais… Grace…

J'ai raccroché.

Et puis j'ai découvert l'existence de Lola. Un jour où j'interviewais la patronne d'industrie Marcia Fitzgibbon, cellc-ci s'est plainte que sa styliste était une droguée qui négligeait son travail et prétendait sortir avec Paddy de Courcy.

— Si vous voyiez sa tête, avait raillé Marcia. Cette fille a les cheveux violets !

Je n'ai eu aucun mal à retrouver cette Lola. Son entêtement à refuser de parler de Paddy ne faisait que confirmer qu'elle était bien sa maîtresse.

Je me sentais idiote. J'ai appelé Palladian pour leur annoncer que j'abandonnais le projet. Ils n'ont pas apprécié, mais, le contrat n'ayant pas encore été signé, ils n'avaient aucun moyen de pression sur moi.

Ensuite, pendant deux ou trois semaines, Paddy a continué à m'appeler. Je ne répondais jamais, mais un jour, je ne sais pas pourquoi je l'ai fait.

Je crois que j'étais curieuse de voir comment il allait essayer de s'en sortir.

— Je veux juste avoir une chance de m'expliquer. Retrouve-moi à mon bureau.

— D'accord.

— Je t'envoie Spanish John.
— Non, je préfère marcher.

L'assistante de Paddy m'a fait entrer. Il n'était même pas là pour m'attendre. J'ai regretté d'avoir accepté de venir. J'ai allumé une cigarette d'une main maladroite et décidé de compter jusqu'à seize (pourquoi seize ? aucune idée). Un, deux...

Soudain il est entré, a refermé la porte derrière lui, et sa présence a empli toute la pièce.

Je me suis levée en disant :

— Mes félicitations pour ton mariage.

— Écoute, Grace, ça ne change rien entre nous. Je ne l'aime même pas.

Je n'avais jamais eu beaucoup d'estime pour Leechy, mais dans la goujaterie on ne pouvait guère faire mieux.

— Je suis un homme politique et j'ai besoin d'une épouse pour donner le change. Je suis désolé de ne pas t'en avoir parlé. Il se trouve que je suis allé chez un joaillier regarder des bagues et qu'il y a eu une fuite. La presse a annoncé mon mariage, et je n'ai rien pu empêcher.

Il s'est approché, m'a pris ma cigarette, l'a posée dans le cendrier, puis m'a susurré :

— Rien n'est changé entre nous. Mon désir pour toi est une torture de chaque instant. Je te veux. Grace. Sois à moi.

Il m'a prise par les hanches et a légèrement plié les jambes pour mieux plaquer contre moi son sexe rigide.

— Voilà l'effet que tu as sur moi, m'a-t-il murmuré à l'oreille. Imagine-nous dans un lit, Grace.

Comme si j'avais pu penser à autre chose depuis des jours.

J'étais dans un état second. J'allais faire l'amour avec Paddy. C'était maintenant une certitude. Ce moment dont je rêvais depuis de longues années était enfin venu. Mais pourquoi maintenant, alors que je savais qu'il en épousait une autre ? Aussi curieux que ça puisse paraître, la raison était justement là. Le choc provoqué par cette nouvelle m'avait permis de comprendre combien j'avais envie de lui.

Nous nous sommes encore rapprochés l'un de l'autre. Le

souffle de Paddy était sur ma bouche. Il allait m'embrasser... mais Damien ? Tout mon corps s'ouvrait en réponse au regard lascif de Paddy. J'ai fermé les yeux, tout étourdie. Sa langue a pénétré ma bouche, nous nous sommes embrassés... Mais Damien... La main de Paddy était sur ma poitrine, son corps contre moi était ferme et brûlant... Damien... Mes jambes m'abandonnaient... Et puis soudain j'ai vu les traits défigurés de Marnie sur son lit d'hôpital.

J'ai rouvert les yeux et me suis arrachée à ses bras.

— Non, Paddy, je ne veux pas.

C'est arrivé tout à coup. Une gifle appliquée de toute la largeur de sa main. Sa chevalière a heurté mon arcade sourcilière, et la force du coup m'a projetée au sol. J'ai senti un liquide couler de mon œil gauche et pendant un moment humiliant j'ai cru que je pleurais. C'est avec soulagement qu'en essuyant ma joue j'ai vu que c'était du sang.

— Tu n'auras probablement pas besoin de points de suture, m'a-t-il lâché en guise d'excuses.

— Comment tu le sais ? Tu as l'air de t'y connaître. Ça t'arrive donc si souvent ?

J'avais voulu faire de l'ironie, mais à sa façon de m'examiner du regard, comme s'il cherchait à estimer l'étendue des dégâts, j'ai compris qu'effectivement cela lui arrivait souvent. Marnie avait peut-être été la première, mais depuis il y en avait eu d'autres. J'ai jugé plus prudent de baisser les yeux.

— Si tu en parles à qui que ce soit, je te tue. Compris ?

J'ai épongé le sang qui coulait sur mon visage, tout étonnée qu'il y en ait tant et qu'il soit si rouge.

— Compris ? a-t-il répété en haussant le ton.

Il s'est agenouillé. J'ai cru qu'il allait m'aider à me relever et je m'apprêtais à le repousser. Mais il a pris ma cigarette qui se consumait encore dans le cendrier et, de sa main libre, a saisi mon poignet.

J'ai croisé son regard et j'ai su ce qu'il allait faire.

— Non !

J'ai tenté de ramper pour lui échapper. Mais il m'a immobilisée. D'un genou il a plaqué mon avant-bras au sol, tandis qu'il enfonçait le bout incandescent dans ma paume. La douleur a été fulgurante et bien plus intense que ce que j'avais imaginé. Mais le pire, c'était l'humiliation de me savoir marquée par lui à jamais.

Je ne me rappelle pas comment je suis sortie de son bureau. Une fois dehors, j'ai erré sans but dans la foule de Kildare Street. Arrivée à Stephen's Green, je me suis laissée tomber sur un banc. J'étais en état de choc.

Le sang continuait de couler sur mon visage. Le jet n'était plus aussi abondant, mais encore assez pour souiller plusieurs mouchoirs en papier.

C'est drôle que j'aie justement un paquet de mouchoirs dans mon sac, ai-je pensé comme dans un rêve cotonneux. Ça ne me ressemble pas du tout.

La douleur dans ma main était si violente que j'en avais la nausée. Puis la colère m'a envahie, une colère bouillonnante, rouge, épaisse comme un magma. Le salaud, l'ordure. C'était lui qui m'avait mise dans cet état. L'humiliation était insupportable. Cet homme avait utilisé sa supériorité physique contre moi, et j'avais été incapable de me défendre.

Mais il était fini. Dès que j'en aurais la force, j'arrêterais un taxi et je me ferais conduire au poste de police le plus proche. Je le ferais arrêter pour coups et blessures. Il allait regretter de s'être attaqué à moi. Il avait cru pouvoir me maltraiter, mais j'allais le lui faire payer. Je n'étais pas une des filles trop subjuguées par lui pour oser l'ouvrir.

Toutes ces conneries qu'il m'avait sorties pour m'endormir quand je travaillais sur son livre. Il m'avait tout simplement dit ce que je voulais entendre. Ça n'avait plus rien de flatteur, c'était sinistre au contraire.

À l'époque de notre adolescence, je n'avais probablement pas compté pour lui, mais, après notre rencontre dans le bar de cet hôtel, mon refus de lui céder avait dû rester planté en lui comme un dard pendant onze longues années. Paddy de Courcy n'était pas homme à être éconduit. Depuis ce temps-là, il devait me voir comme un dossier qu'il n'aurait pas bouclé. Pas une priorité, mais une affaire à régler, un affront à venger si l'occasion s'en présentait.

Quand je suis arrivée à mon dernier mouchoir, j'ai compris

que je ne pouvais pas rester plus longtemps sur ce banc et que je devais me rendre au poste de police. Je me suis levée. Sans doute était-ce l'effet de ce passage à l'action, mais j'ai immédiatement su qu'il ne servirait à rien de dénoncer Paddy. Mes idées de vengeance n'étaient que rodomontades. J'imaginais déjà la conversation que j'aurais avec le flic de l'accueil :

— Pour quelle raison M. de Courcy vous a-t-il agressée ?

— Il était furieux parce que je refusais de coucher avec lui.

— Avez-vous donné à M. de Courcy des raisons de croire que vous consentiriez à des rapports intimes avec lui ?

— Oui, c'est probable.

Je ne pouvais pas. Non pas parce que je pensais que Paddy avait une raison d'agir comme il l'avait fait, mais parce que Damien apprendrait ce qui s'était passé, et je le perdrais. J'étais coincée, condamnée à garder le silence.

Je me suis rassise. Sous l'effet conjugué du désarroi et de la frustration, j'allais imploser. J'ai plaqué ma main – celle qui n'était pas brûlée – contre ma bouche et hurlé de toutes mes forces jusqu'à ce que des larmes me montent aux yeux. Soudain, j'ai su très clairement ce que je devais faire. Pas de taxi, pas de poste de police, pas de plainte. J'allais retourner au journal et reprendre une vie normale.

Mais qu'est-ce que j'allais raconter aux gens pour expliquer mes blessures ? Quoi dire à Damien ?

J'ai réfléchi à un scénario plausible. Quelqu'un m'avait bousculée par-derrière dans la rue, et j'étais tombée face contre terre. Oui, mais ça n'expliquerait pas la brûlure dans ma main.

J'ai cherché longtemps et enfin j'ai trouvé la solution. J'avais trébuché sur un pavé descellé et je m'étais blessée au visage en tombant. Dans ma chute, j'avais laissé échapper ma cigarette et, en voulant me relever, j'avais malencontreusement posé la main dessus.

C'était tiré par les cheveux, mais il faudrait s'en contenter.

J'ai testé mon histoire sur la gentille pharmacienne de Leeson Street.

— Ces trottoirs sont dans un état déplorable, et vous vous êtes salement amochée, m'a-t-elle dit. Vous auriez peut-être besoin d'un point de suture sur cette vilaine blessure que vous avez à l'œil. Vous devriez aller aux urgences.

Non, ce n'était pas si grave. Je ne le permettrais pas.

— J'ai juste besoin d'un pansement, lui ai-je répondu. Un peu d'antiseptique et un pansement pour arrêter le sang.

— C'est à vous de voir. Si je vous dis ça, c'est parce qu'une jolie fille comme vous, ce serait bête que vous finissiez avec une cicatrice.

J'aurais pleuré devant tant de sollicitude si j'avais été ce genre de femme.

— Vous êtes bien courageuse, m'a-t-elle dit en nettoyant ma plaie avec une lotion désinfectante. Ça ne vous pique pas ?

Si, ça piquait, mais je me disais bêtement qu'en me plaignant j'offrirais une autre victoire à Paddy.

— Vous avez pris un sacré coup sur la pommette, m'a encore dit la pharmacienne. Vous risquez d'avoir une ecchymose.

Au journal, TC, Jacinta et les autres ne m'ont pas témoigné beaucoup de sympathie. Ils ont juste trouvé mon histoire rigolote et accepté l'explication du pavé mal scellé. Quand j'ai retrouvé Damien dans la soirée, j'avais eu le temps de roder mon scénario. J'ai dû être convaincante, parce qu'il a préparé le dîner, après quoi il est sorti nous louer un DVD. À son retour, il a débouché une bouteille de vin et, après deux verres, j'ai enfin commencé à me détendre.

Tout irait bien. J'avais sauvé mon couple. Je m'étais conduite comme une idiote. Contaminée par le virus de Courcy, j'avais risqué gros, mais à présent tout était fini. Damien et moi étions tirés d'affaire.

Je ne devais plus penser à ce que Paddy de Courcy m'avait fait, je devais refouler la colère et ne conserver que le soulagement d'avoir réussi à garder Damien.

Le réveil a sonné, j'ai ouvert les yeux et replongé aussi sec dans l'horreur de la nuit précédente. Le fiasco de notre confrontation avec Paddy, la colère froide de Marnie, les questions de Damien...

Courbatue de partout, je me suis péniblement appuyée sur un

coude. Du côté de Damien, le lit était vide et même pas chaud. Il devait être parti depuis des heures.

Dans la froide lumière du jour, j'ai su que Damien allait apprendre ce qui s'était passé entre Paddy et moi. Je m'en doutais déjà la nuit dernière, mais maintenant c'était une certitude.

Marnie m'en voulait tellement qu'elle allait tout lui balancer. Peut-être l'avait-elle déjà appelé à son travail.

Mon cœur s'est serré à cette pensée. De toute façon, si Marnie ne parlait pas, de Courcy le ferait. Si ça se trouve, il l'avait déjà fait. Après ce qui s'était passé hier, les choses n'allaient pas en rester là. De Courcy trouverait un moyen de me punir. Et quelle meilleure vengeance que de me prendre l'être auquel je tenais le plus ?

J'imaginais la peine de Damien en apprenant ma trahison. Il ne me le pardonnerait pas. Il avait tellement de mal à accorder sa confiance. Une fois que ce lien fragile était rompu, il ne pouvait plus être réparé.

La peur m'oppressait.

Je devais tout faire pour empêcher que ça ne se produise. Je devais supplier Marnie de ne rien dire. Mais je n'arriverais pas à convaincre de Courcy de se taire. Je ne voulais même pas lui faire le cadeau de lui en parler, car il se délecterait de me voir à sa merci. Lui en parler suffirait à le persuader de le faire. Or, de tous les scénarios d'horreur, le pire serait que Damien soit informé par quelqu'un d'autre que moi. Je devais tout lui avouer.

Ce soir, peut-être. J'en frémissais d'avance.

Le plus rageant, c'est que je m'étais fourrée toute seule dans ce pétrin. En plus de l'histoire avec Paddy, rien ne m'obligeait à m'impliquer quand j'avais appris que le *Press* préparait une nouvelle attaque contre Dee Rossini. Personne ne m'obligeait à devenir son détective privé. Personne ne m'obligeait à fourrer mon nez dans les tractations secrètes de la presse. Personne ne m'obligeait à me lancer sur la trace des anciennes compagnes de Paddy.

Pourtant je m'y étais fourrée, et jusqu'au cou. J'avais une grande affection pour Dee, mais au fond qu'était-elle pour moi ?

Un lien avec Paddy, voilà ce qu'elle était. C'était sans doute la raison qui m'avait poussée à lui demander une interview quelques mois plus tôt. Je n'arrivais tout simplement pas à lâcher le morceau, à passer l'éponge et à laisser Paddy s'en sortir impunément.

Qu'est-ce qui ne tournait pas rond chez moi ? Je reprochais à Marnie son attachement à Paddy après toutes ces années, mais je ne valais pas mieux.

Et maintenant ma vie m'explosait à la figure.

La veille, Dee s'était efforcée de rester positive. Elle disait que nous devions tirer des enseignements de nos erreurs. Mais je ne croyais pas à ces balivernes. Pour moi, le mieux était de ne pas commettre d'erreur et, s'il m'arrivait d'en faire une, de la dissimuler et de prétendre qu'elle ne s'était jamais produite.

Je m'étais plantée sur toute la ligne avec Leechy. J'étais certaine qu'elle aussi porterait la marque de Paddy à la main. C'était elle qui avait persuadé Christopher Holland de vendre son histoire sur Dee à la presse, et bêtement j'avais cru qu'elle n'était qu'une autre de ces créatures serviles qui gravitaient autour de Paddy, comme Sheridan ou Spanish John.

Mais peut-être Paddy la traitait-il en égale. Peut-être avaient-ils tout manigancé ensemble. Peut-être Paddy avait-il trouvé en elle une femme qui ne déchaînait pas sa violence. Peut-être l'aimait-il sincèrement. Il arrive que les gens changent. Il était peut-être guéri.

Je me suis assise, et ma tête s'est mise à tourner. Impossible que j'aille travailler aujourd'hui. J'allais appeler pour dire que j'étais malade. Non, je ne pouvais pas rester seule avec mes sombres pensées. Je me suis extirpée de mon lit et traînée jusqu'à la douche.

J'avais presque une heure de retard et je me demandais quelle excuse je pourrais bien inventer. Mais, quand je suis arrivée à mon bureau, Jacinta était en grande discussion avec TC.

Parfait, j'allais m'asseoir à mon poste en espérant qu'elle n'aurait pas remarqué mon absence.

— Non, je ne peux pas, a protesté TC, l'air paniqué.

— Si, il le faut, lui a répondu Jacinta d'une voix calme mais ferme.

TC m'a aperçue, et son visage s'est éclairé.

— Grace !

Merci pour la discrétion.

— Toi, fais-le. S'il te plaît, Grace !

— Faire quoi ?

— L'interview de Zara Kaletski. Cette femme me plaît trop, elle me fait perdre tous mes moyens.

Jacinta l'a rappelé à l'ordre avec hauteur.

— Tu as demandé à faire cette interview, maintenant tu la fais.

TC m'a lancé son beau classeur rouge.

— S'il te plaît, Grace. Je ferai ton boulot, je resterai tard, je coucherai avec Damien. Je ferai tout ce que tu me demanderas.

— Où étais-tu passée ? m'a demandé Jacinta. (Sans attendre ma réponse, elle a reporté son attention sur TC et s'est mise à hurler :) Pourquoi Grace devrait-elle faire ton boulot ? (Une occasion d'incendier deux de ses collaborateurs en même temps, elle devait nager dans le bonheur.) Pour l'amour du ciel, TC ! Conduis-toi en homme !

Cette dernière phrase m'a décidée. Tout ce mépris n'était vraiment pas nécessaire. Cette femme était une terroriste, et j'en avais ma claque des gens de son espèce.

— Dans quel hôtel dois-tu la rencontrer ? ai-je demandé à TC.

— Au Shelbourne.

Ils avaient de bons biscuits. Je n'avais pas pris de petit déjeuner, et mon organisme avait besoin de sucre.

J'ai pris sous mon bras le joli classeur et me suis dirigée vers la sortie.

— Je m'en charge.

— C'est moi qui décide de qui fait quoi ! ai-je entendu vociférer Jacinta.

Mais j'étais déjà dehors.

Un morne couloir d'hôtel, des journalistes maussades alignés le long des murs, l'incontournable et impénétrable procédure de sélection. Rien de nouveau sous le soleil. J'ai carré mon postérieur dans un siège en plastique et pris mon mal en patience. Personne ne parlait. Les secondes s'égrenaient interminablement. L'antichambre de l'enfer n'aurait pas été plus sinistre.

TC avait compilé des notes en quantité suffisante pour rivaliser avec un tome de *Guerre et paix*, mais tout était si futile que j'ai à peine survolé son dossier rempli de détails sans intérêt. La vie de cette femme était un cliché à la limite de la parodie.

Ancien mannequin, elle s'était lancée dans la carrière d'actrice. Quelques années plus tôt, en s'installant à LA, elle avait disparu du même coup des radars de la presse locale. On ne s'était plus guère intéressé à elle, jusqu'au jour où elle avait décroché un rôle dans un film de Spielberg. Désormais, tous les médias irlandais se battaient pour obtenir une interview.

Mes déboires de la soirée passée m'avaient emplie du sentiment que notre vie sur terre n'est qu'une affaire méprisable, que le bien est toujours terrassé par le mal, que ceux qui détiennent le pouvoir n'en cèdent jamais la moindre parcelle, que le pot de terre sera toujours vaincu par le pot de fer, et que tous ceux qui tentent de s'opposer au système finissent broyés. Forte de ce savoir, il me semblait immoral de rendre hommage à une femme qui gagnait des sommes exorbitantes pour une activité frivole consistant à se mettre dans la peau d'autres gens.

— Grace Gildee du *Spokesman* !

Je me suis levée. Je n'avais attendu que deux heures et dix-sept minutes. Un record à homologuer.

Comme j'entrais dans le saint des saints, une attachée de presse à l'air malveillant m'a glissé :

— Vous avez trente minutes, pas une seconde de plus.

Zara était une créature diaphane aux cheveux courts et brillants, aux yeux noirs et profonds. Elle s'est levée et m'a souri. Un mètre quatre-vingts, et pas un gramme de mauvaise graisse.

Je lui ai fait signe de se rasseoir, après quoi j'ai pris mon bloc-notes et disposé mon dictaphone sur la table.

— Je n'ai pas entendu votre nom, m'a-t-elle dit.

— Mon nom ? Grace. Mais ça ne fait rien. Nous ne sommes pas appelées à nous revoir. N'ayez crainte, je ne vous demande pas de terminer toutes vos phrases par mon petit nom pour me convaincre de votre sincérité. Je suis déjà très convaincue.

Elle m'a regardée d'un air effarouché.

— Bien, personne pour nous écouter et surveiller la moindre de vos paroles ? me suis-je informée.

— Non, euh... j'ai pensé que ça mettrait tout le monde plus à l'aise.

Parfait. Cette fille n'était donc pas une de ces célébrités de premier plan affligées d'un tas de perversions inavouables.

— OK, Zara, j'imagine que vous en avez marre de répondre à des questions, et moi je ne suis pas d'humeur à vous interviewer. On va donc expédier tout ça. Vous êtes allergique au gluten ?

— Euh... non.

J'ai griffonné quelques mots sur la page de mon bloc.

— Au lactose, peut-être. Oui ? Non ? Si je peux me permettre, il va falloir arranger ça. Le yoga vous a sauvé la vie ?

— La méditation, plutôt.

— Bonnet blanc et blanc bonnet. (J'ai repris les notes de TC. Benjamine de la famille.) Laissez-moi deviner. Vos parents s'occupaient davantage de vos frères et sœurs, alors vous avez commencé à danser et chanter pour retenir leur attention. Affirmatif ? Brave fille. Voyons voir. Un mètre quatre-vingts à l'âge de douze ans. Le vilain petit canard s'est transformé en beau cygne. Miss Kildare, bon début dans la vie. Problème d'anorexie, peut-être ?

— Hum...

— Phase d'anorexie, donc. À l'adolescence ? Oui ? (J'ai opiné du chef avec elle.) Mais regardez comme vous êtes magnifique aujourd'hui. Vous avez un bon coup de fourchette. En réalité, vous mangez comme un ogre, mais c'est une question de métabolisme. Le vôtre est très rapide. (Mon regard a fait un saut de puce jusqu'au bas de la page.) Voyons ce que nous avons là. Un rôle dans un soap irlandais. Gros succès commercial. Blabla. Vous aviez fait tout ce qu'il était possible de faire en Irlande, oui ? Ouais, parfait. De là vous vous envolez pour LA. Vous tirez le diable par la queue, blablabla, et puis le miracle. Spielberg vous repère dans un bout d'essai. (Franchement je me demande bien pourquoi ces gens s'emmerdent à vivre, quand leur CV est totalement dénué d'originalité, quand tous leurs actes ont déjà été scénarisés dans les pages de *Hello* !) Oups, machine arrière, j'avais failli manquer ça. Vous êtes allée en Afrique du Sud et de là à LA. Pourquoi l'Afrique du Sud ? Depuis quand ont-ils une industrie cinématographique dans ce patelin ?

— J'avais besoin de changer de décor, me répond-elle d'une voix tendue.

— Super. Ne me dites rien, je m'en contrefiche. Quelle que soit la raison, faillite, escapade pour cause de chirurgie esthétique, votre secret sera bien gardé avec moi. Voyons voir... De quels sujets n'avons-nous pas encore parlé ? Les hommes. Laissez-moi deviner. Il n'y a personne dans votre vie en ce moment. Vous voulez vous éclater, mais vous projetez de vous fixer quand vous atteindrez l'âge canonique de trente ans. C'est ça ?

— J'ai déjà trente-trois ans.

Trente-trois ans ? La vache, elle les faisait pas. C'était sans doute à cause de toutes ces cochonneries qu'elle s'injectait dans les rides du front.

— Vous voulez deux enfants, un garçon et une fille. Vous vivez et travaillez à LA pour le moment, mais l'Irlande restera à jamais votre port d'attache. Oui ? Oui. Excellent ! Eh bien, je crois que nous en avons fini. (Sur ce, je me suis levée et lui ai tendu la main.) Ce fut un plaisir, mademoiselle Kaletski.

Mais madame a fait sa diva et refusé de me serrer la pince.

— Allez, sans rancune.

Rebelote, je lui ai tendu la main. Elle l'a regardée mais ne l'a pas prise. Elle voulait sans doute me coller la honte.

— Comme vous voudrez, ai-je dit. J'ai été ravie...

— Comment vous êtes-vous fait cette marque ?

— Quelle marque ?

J'ai alors compris. Elle ne refusait pas de me serrer la pince. Son attention était captivée par autre chose. Elle s'est emparée de ma main droite et a déplié mes doigts.

— Cette marque-là, a-t-elle dit.

Nous avons contemplé le petit cercle de chair rose et

boursouflée dans ma paume, puis échangé un regard. Sans même que son nom ait été prononcé, nous avons su.

D'un mouvement vif, elle a ouvert sa main droite et m'a exhibé sa cicatrice comme une plaque d'identité.

J'en suis restée bouche bée.

— Voyons voir, a enchaîné Zara. Vous vous êtes toujours considérée comme une espèce de provocatrice. Oui ? Oui. Rédactrice en chef du journal du lycée. Une ou deux pétitions à votre actif. Rien de trop séditieux. Vous décidez de ne pas poursuivre vos études à la fac, mais de faire vos universités dans la vraie vie. Oui ? Oui. Vous vous lancez dans le journalisme d'investigation, mais un beau jour vous comprenez que vous n'avez pas la trempe nécessaire. Sur votre parcours, vous croisez la route de Paddy de Courcy. Vous vous dites que vous serez la femme qui le fera changer et vous finissez avec des bleus au visage et une brûlure dans la main pour prix de votre présomption. Je me trompe ?

J'ai ouvert la bouche. Des phrases se formaient dans ma tête, mais je n'arrivais plus à émettre un son.

— C'est pour cette raison que vous avez quitté l'Irlande, ai-je fini par articuler.

— J'ai commis l'erreur d'alerter la police. Il était dans un tel état de rage que j'ai cru qu'il allait me tuer.

— Est-ce qu'il a été condamné ?

Je me demandais comment il avait pu cacher une histoire pareille à la presse.

— Vous rigolez. Deux types bedonnants se sont amenés dans leurs vestes jaune fluo. Quand ils ont vu qu'ils avaient affaire à une « simple » dispute conjugale, ils nous ont dit de nous embrasser et de faire la paix. Sur ce, ils sont repartis s'acheter une portion de frites et de poisson pané au coin de la rue. J'aurais pu faire appel à un avocat, mais les moindres démarches auraient pris des semaines. J'ai préféré quitter le pays.

— Mais pourquoi l'Afrique du Sud ?

— Parce que je voulais aller le plus loin possible.

Pourquoi n'avais-je pas pensé à elle ? Peut-être avais-je supposé que Paddy ne frappait pas les femmes d'une certaine notoriété.

J'ai retrouvé mon enthousiasme. Une idée venait de germer dans mon esprit.

— Il n'y a pas que vous et moi, a ajouté Zara.

— Je sais.

— Il y a aussi Selma Teeley.

— Quoi ? La célèbre alpiniste ?

— Retraite forcée. Il lui a cassé un os de la main, et la fracture ne s'est jamais vraiment consolidée. Selma m'a appelée quand j'ai commencé à sortir avec lui. Elle a essayé de me mettre en garde. Le temps que je comprenne qu'elle n'était pas une ex obsessionnelle et hystérique, il avait réussi à me convaincre d'arrêter la pilule. Je suis tombée enceinte, il m'a obligée à avorter et violée à ma sortie de la clinique. Entre autres choses. Mais c'est cet épisode qui me hante le plus.

Mon Dieu !

— Êtes-vous allée trouver la police ? m'a-t-elle demandé.

Honteuse, j'ai fait non de la tête.

— De toute façon, ils ne vous auraient pas crue. (Elle a levé les yeux au ciel.) C'est déjà difficile quand vous êtes tabassée par le citoyen lambda, mais s'il s'agit de Paddy de Courcy, le chouchou de ces dames, vous n'avez aucune chance. Je ne sais même pas ce qui m'a pris de les appeler ce jour-là. C'était ma parole contre la sienne. Qui m'aurait crue, moi, petite actrice dans un soap de seconde zone ?

— Oui, mais vous n'êtes plus cette femme-là, ai-je dit. Vous êtes maintenant une star à Hollywood.

— Oui, présenté de cette façon, vous avez sans doute raison.

— Vous êtes puissante aujourd'hui, Zara. Plus que lui.

— Oui, présenté de cette façon…

Marnie

Elle était allongée sur le lit de ce qui avait été sa chambre d'adolescente, écoutant le disque de Leonard Cohen qu'elle écoutait quand elle avait quinze ans. Un vinyle original. Des types débiles en tee-shirt noir remueraient ciel et terre pour avoir un disque pareil.

Quelqu'un frappait à la porte, sa chambre se situait juste au-dessus du porche d'entrée, et elle ne perdait pas une miette de ce qui se disait là.

— Grace ! s'exclama sa mère. Quelle bonne surprise ! En pleine journée, alors que tu travailles !

Marnie s'était attendue à cette visite de conciliation. En fait, elle commençait à se demander ce qui pouvait bien retenir Grace si longtemps.

— Où est Marnie ? demanda Grace d'une voix anxieuse.

— Là-haut, dans son ancienne chambre. Elle se passe ce maudit disque de Leonard Cohen. J'aurais dû le briser en mille morceaux le jour où elle a quitté cette maison.

Une minute plus tard, Grace frappait doucement à sa porte.

— Marnie, je peux entrer ?

Marnie songea à refuser, mais elle n'avait pas fermé l'œil de la nuit. Son imagination ne lui avait pas laissé un instant de répit. Que s'était-il passé au juste entre Grace et Paddy ? Elle devait savoir.

— La porte est ouverte, tu peux entrer.

Grace se faufila à l'intérieur. Elle avait l'air gênée, mais il émanait d'elle une espèce d'énergie ou d'enthousiasme qu'elle semblait vouloir contenir.

— Nous devons parler, Marnie.

— De quoi ? Du fait que Damien n'est pas au courant de ton aventure avec Paddy ? Tu viens me rappeler de me taire ?

— Il n'y a jamais eu d'aventure, Marnie. Ce n'était qu'un stupide… et c'est vrai, Damien n'en sait encore rien, mais je vais le mettre au courant.

— Sauf si quelqu'un le fait avant toi.

— Tu me menaces ? demanda Grace d'un air peiné.

Bonne question. Elle n'était pas sûre de connaître la réponse. Elle n'était pas habituée à menacer les gens. Toutefois, elle éprouva une curieuse délectation à voir Grace trembler, à savoir qu'elle pouvait la faire souffrir et lui rendre la monnaie de sa pièce.

Grace semblait vouloir transiger.

— Écoute, j'ai beaucoup de choses à t'expliquer et, crois-moi, je le ferai. Mais il vient de se produire un nouvel événement, et nous n'avons pas de temps à perdre.

— Je m'en fiche, déclara Marnie. Peu importe ce qui s'est passé, il faudra patienter, parce que je veux savoir toute la vérité sur Paddy et toi. (D'une voix chargée de toute l'hostilité dont elle était capable, elle ajouta :) Et ne me sers pas la version expurgée de crainte que je replonge dans la bouteille.

Grace hésita puis rétorqua :

— Tu n'as pas bu, j'espère, parce que je ne vais pas te raconter mon histoire si tu es trop bourrée pour t'en souvenir.

— Je n'ai pas bu, articula froidement Marnie.

Elle dévisagea Grace en espérant que toute sa rancœur se lisait sur ses traits. Grace la regarda. Elles restèrent un moment à s'observer en silence, et finalement Grace baissa les yeux.

— Tu n'as pas bu ? Après ce qui vient de se passer ? dit-elle.

— J'ai voulu épargner papa et maman.

Mais à la vérité elle ne s'expliquait pas pourquoi elle n'avait pas bu, en dépit de l'humiliation, du mépris de soi, du sentiment de sa propre nullité – les ingrédients du cocktail affectif qu'elle avait pour habitude de noyer dans l'alcool. En ajoutant à cela une terrible colère contre Grace et Paddy, les conditions étaient réunies pour une cuite mémorable. Mais, au lieu de se soûler à mort, elle était restée à la cuisine à bavarder avec sa mère, devant une tasse de chocolat chaud et une assiette de gâteaux aux graines de pavot.

— J'ai peut-être grandi la nuit dernière, dit-elle d'un ton acerbe. J'ai peut-être brusquement perdu ma foi juvénile dans les gens. (Ou peut-être qu'elle ne pouvait pas boire l'infecte liqueur d'ortie de leur père.) Alors, Grace, j'attends. Raconte-moi ta grande histoire d'amour avec Paddy. Et n'essaie pas de me mentir.

Parmi ses discutables talents, Marnie avait celui de sentir quand les gens tentaient de la ménager.

— D'accord.

Grace se laissa lourdement tomber sur le lit et déballa tout, depuis le soir de sa première rencontre avec Paddy au Boatman. Elle s'arrêtait parfois, le temps de choisir ses mots avec tact, peut-être dans le souci d'adoucir les passages les plus violents. Quand elle eut fini, elle était livide, et Marnie sut d'instinct qu'elle ne lui avait rien caché.

— Tu ne peux pas savoir comme j'ai honte, dit Grace. J'ai toujours voulu te protéger, et à présent c'est moi qui te fais souffrir.

Mais Marnie ne la laissa pas finir, elle ne voulait pas en entendre davantage.

— Est-ce que tu vas enfin me laisser te raconter ce qui vient de se passer ?

Les yeux clos, Marnie opina de la tête.

— Il y a deux autres femmes, et il est possible qu'il y en ait encore plus. Nous retournons chez Paddy ce soir. Tu viendras ?

Pourquoi aiderait-elle Grace ? Pourquoi retournerait-elle sur les lieux de son humiliation ? Mais, au fond, elle était heureuse que cette nouvelle chance lui soit offerte. Ce n'était peut-être que pur masochisme de sa part, mais il y avait eu trop de cris et de confusion la veille. Peut-être était-ce une occasion de rejouer la scène, plus sobrement cette fois.

— Chacune de nous va faire une déclaration sous serment dans laquelle elle racontera en détail tout ce que Paddy lui a fait subir, expliqua Grace. Dee se charge de nous procurer un avocat. Tu es avec nous ?

Marnie acquiesça.

— Maintenant j'aimerais t'expliquer comment nous allons procéder ce soir.

— Non, fit Marnie.

Elle était épuisée. Elle voulait que Grace s'en aille.

C'était comme une redite de la veille, sauf que ce soir il y avait deux voitures. Dans l'une attendaient Marnie, Zara et Selma, dans l'autre Grace, Dee et Lola.

Il était 22h50. Paddy allait bientôt rentrer en compagnie d'Alicia.

Selma laissa errer son regard de Zara à Marnie et déclara :

— Le moins qu'on puisse dire, c'est que Paddy n'a pas de type de femme.

Marnie ne put que l'approuver. Elle observa ses voisines avec fascination. Zara avait un visage à la beauté irréelle. Sa silhouette longiligne semblait avoir été étirée au maximum de ce que le squelette humain peut supporter. À l'inverse, Selma avait un petit corps athlétique et des cheveux blonds ondulés. Ses mollets étaient bien trop musclés pour les chaussures à talons aiguilles qu'elle portait.

Elles avaient aussi des personnalités très différentes. Zara, détachée et sarcastique ; Selma sûre d'elle et forte en gueule.

Tout en patientant dans la voiture, les deux femmes s'échangèrent leurs souvenirs de guerre.

Zara était sortie avec Paddy pendant deux ans et demi, Selma pendant cinq ans, dont trois ans et demi de cohabitation. Zara avait été violée par lui le jour où elle venait de se faire avorter. Selma avait dû renoncer à sa carrière de sportive, car il lui avait broyé une main.

— C'est terrible, Selma ! s'exclama Marnie. Pourquoi n'avez-vous pas prévenu la police ?

Le temps qu'elle mesure ce qu'elle venait de dire, les mots étaient déjà sortis de sa bouche.

Selma la regarda durement.

— Et vous, pourquoi ne l'avez-vous pas appelée ? Parce que vous l'aimiez, parce que vous ne vouliez pas lui créer de problèmes.

— Selma, je suis désolée, c'était une question idiote... C'est juste que j'étais horrifiée.

— Moi aussi je l'aimais, poursuivit Selma. Ou du moins je le croyais. Une chose est sûre, j'étais à côté de mes pompes. Mais je suis allée trouver les flics. À quatre reprises.

— Quatre fois ? Et vous avez survécu ? s'exclama Zara. Comment s'y est-il pris pour échapper à la justice ?

— Peuh, vous le connaissez, répondit Selma. À chaque fois il m'a persuadée de retirer ma plainte. Il jurait sur la tombe de sa défunte mère qu'il ne lèverait plus jamais la main sur moi. Il disait que c'était à cause du stress de son travail. Et pauvre gourde, je l'ai cru. Je pensais que les choses allaient s'arranger. L'espoir fait vivre, n'est-ce pas ? (Elle eut un petit rire, puis ajouta :) Au lieu de ça, il m'a larguée. À ce moment-là, j'aurais pu le balancer, mais... disons que je n'étais plus moi-même.

— Vous aviez perdu toute confiance en vous, devina Zara.

— J'étais anéantie, enchaîna Selma. Il m'a fallu un an avant de pouvoir de nouveau manger des petits pois.

— Pourquoi des petits pois ? s'enquit innocemment Marnie.

— Parce que ma main tremblait si fort que les petits pois tombaient de la fourchette avant d'avoir atteint ma bouche.

— Comment est-il possible que les journaux n'aient jamais rien publié contre lui ? s'étonna Marnie.

— Tant qu'aucune plainte n'est déposée, il n'y a pas d'information à publier.

— Ils pourraient se contenter de rapporter que la police a été appelée chez lui pour un problème de tapage nocturne.

Zara et Selma la contemplèrent d'un air affligé.

— Comment ? Des allégations infondées ? ironisa Zara.

— Il les poursuivrait en diffamation, déclara Selma.

— De toute façon, il a tous les journalistes dans sa poche, renchérit Zara. Paddy de Courcy est la coqueluche de la presse.

— Tu m'étonnes, lâcha Selma d'un ton sarcastique.

— Je vis à Londres, se défendit Marnie. Comment le saurais-je ? Oh, mon Dieu, voilà sa voiture !

Toutes trois se tassèrent sur leur siège, bien que garées trop loin pour être aperçues de l'immeuble de Paddy. Selma ne résista pas à la tentation de redresser la tête et d'oser un coup d'œil.

— Regardez-moi ce salaud, proféra-t-elle dans un murmure rageur.

Cette fois, sur les conseils de Dee, elles avaient décidé de ne pas attendre plus de trois minutes.

— Il faut une attaque éclair, avait-elle décrété. Ne lui laissez même pas le temps de pisser. Il faut le prendre par surprise.

Alors qu'elles sortaient des voitures et se rassemblaient, Marnie vit Selma marcher comme un tank vers Grace.

— Après votre plantage d'hier soir, vous croyez qu'il va vous laisser entrer ? demanda-t-elle.

— Oui, répondit Grace. Parce qu'il n'a pas peur de nous.

Dee les accompagna jusque dans le hall d'entrée de l'immeuble.

— Courage, mes braves, leur dit-elle quand elles s'engagèrent dans l'escalier. Mes pensées sont avec vous.

Grace en tête, elles marquèrent un temps d'arrêt sur le palier, devant la porte de Paddy. Marnie fermait la marche sur ses jambes flageolantes.

— Frappez, commanda Selma à Grace.

— Il attend Dee, il va ouvrir d'un instant à l'autre.

— Frappez, insista Selma. C'est à vous de prendre les devants.

Mais il était déjà trop tard. Quand Paddy ouvrit la porte et les vit toutes réunies, il s'esclaffa.

Son rire n'a rien d'affecté, pensa Marnie. Il n'est pas destiné à déstabiliser l'adversaire. Nous avons attendu trop longtemps. Il a eu le temps de pisser.

— Bon sang, mais qu'est-ce que c'est encore ? dit-il.

— Pouvons-nous entrer ? demanda Grace.

— Pas longtemps, alors, répondit-il avec exaspération. Je ne voudrais pas que ça devienne une habitude.

— Ce sera la dernière fois, lui assura Grace.

Elles entrèrent l'une après l'autre, accueillies par les compliments de Paddy.

— Lola, toujours aussi belle ! Selma, tu as l'air en pleine forme ! (Mais en reconnaissant Zara il commença à perdre son aplomb.) La muse de Spielberg, quel honneur ! Et Marnie, bien sûr.

Au salon, même décor que la veille. Toutes s'assirent, sauf Grace. Paddy aussi préféra rester debout. Marnie se retrouva dans le même fauteuil, ce qu'elle interpréta comme un mauvais présage.

Elle vit Grace tendre à Paddy une épaisse enveloppe blanche.

— Dois-je aller chercher Alicia ? demanda-t-il, ignorant l'enveloppe. As-tu l'intention de lui remonter les bretelles, comme hier soir ?

Le visage de Grace s'empourpra.

— Nous n'aurons pas besoin d'elle, répondit-elle sèchement.

De nouveau, elle lui tendit l'enveloppe et cette fois, au grand soulagement de Marnie, il la prit.

— Un petit cadeau pour toi, déclara Grace. Des copies des déclarations dans lesquelles nous racontons par le détail ce que tu nous as fait subir. Les originaux sont déposés dans un coffre.

Paddy s'assit, décacheta l'enveloppe, puis feuilleta rapidement les documents avant de les reposer dédaigneusement comme des objets sans valeur.

— Une seule femme qui t'accuse, reprit Grace, tu peux encore la faire passer pour une cinglée. Deux, à la rigueur. Mais, à partir de trois, le rapport de force commence à s'inverser. À cinq, tu es fait comme un rat, surtout quand l'une de ces femmes est la nouvelle star d'Hollywood.

Paddy s'esclaffa de plus belle.

— Nous ne tarderons pas à retrouver d'autres de tes ex, menaça Grace.

Paddy la contempla avec un sourire amusé.

— Ma pauvre Grace Gildee, ça ne tourne pas rond chez toi. (Il regarda Zara.) Zara Kaletski ! Quel honneur de te recevoir dans mon humble demeure. Parle-moi de Los Angeles. C'est vrai ce qu'on dit, que personne ne mange là-bas ?

— Je ne suis pas ici pour parler de Los Angeles avec toi, répondit froidement Zara.

— Remarque, s'ils ne mangent pas, ça devrait t'arranger, poursuivit-il avec un clin d'œil complice. Toi et ton… comment dire… petit problème ?

Marnie gardait le vague souvenir d'avoir lu quelque part que Zara avait souffert d'anorexie à l'adolescence. Paddy ne perdait pas de temps, il vous sautait directement à la gorge. Il allait les décrédibiliser l'une après l'autre jusqu'à ce qu'elles se dégonflent.

Il s'adressa ensuite à Selma :

— Et toi, Selma, comment va ta carrière d'entraîneur sportif ? Oh, j'oubliais, ça n'a pas marché pour toi. Ça n'a pas dû être facile, sans rentrées d'argent...

Il promena un visage rayonnant autour de lui et déclara :

— Eh bien, mesdames, ce fut un plaisir de vous revoir, mais j'ai eu une longue journée. Alors si vous voulez bien m'excuser...

— Il ne s'agit pas d'une plaisanterie, Paddy, reprit Grace. Nous sommes très sérieuses.

Il étira ses bras au-dessus de sa tête et bâilla ostensiblement.

— À propos de quoi ?

— Nous irons trouver la presse.

— Tiens donc.

— Sauf si...

— Si...

Grace prit une grande inspiration. Toute l'assistance retint son souffle. Marnie nota que Paddy aussi, en dépit de ses efforts pour paraître détaché, écoutait avec intérêt.

— Sauf si, un, tu démissionnes du New Ireland ; deux, tu annonces publiquement que tu te retires de la carrière politique ; et trois, tu te dégotes un poste de maître de conférences dans une université américaine et tu t'exiles pour au moins cinq ans...

Paddy recommença à rire.

— ... quatre, tu présentes individuellement des excuses à chacune d'entre nous ; cinq, tu arrêtes le *Press* sur l'histoire des Moldaves et tu mets fin à tes manigances contre Dee.

— Tu as terminé ? lui demanda Paddy, hilare.

— Oui, répondit Grace.

Marnie crut percevoir un léger tremblement dans sa voix.

— Tu n'exiges pas grand-chose, rétorqua Paddy d'un ton ironique.

— C'est le choix que nous t'offrons, poursuivit Grace. Soit tu acceptes nos conditions, soit nous allons raconter notre histoire aux médias, et tu es un homme mort.

— Ce sera ma parole contre la vôtre.

— Cinq contre un, et peut-être davantage. Quelles sont tes chances, à ton avis ?

Paddy se renversa contre le dossier de son fauteuil. Du regard, il fit le tour de la pièce, s'arrêtant sur chacune d'elles.

La tension était à son comble. Marnie crut que sa poitrine allait exploser.

Enfin il prit une inspiration et dit :

— Je refuse.

Marnie s'enfonça les ongles dans le creux de la main. Nouveau fiasco, encore plus désastreux que la veille.

— Démissionner ? lâcha dédaigneusement Paddy. Abandonner la politique et m'exiler ? Vous êtes toutes cinglées, ou quoi ?

— Y a-t-il quoi que ce soit que tu sois prêt à faire pour te racheter auprès de nous ? demanda Grace.

Cette fois, le tremblement de sa voix était clairement audible. Paddy aussi devait l'entendre. Marnie aurait voulu qu'elle se taise. Grace les humiliait toutes.

— Non, rien du tout, répondit-il en ricanant.

— Même pas retirer ton histoire sur les femmes moldaves ? Si tu la retires, nous retirons la nôtre.

— D'accord, d'accord, continua Paddy d'un air suave. Je ne sais pas ce qui t'a mis en tête qu'un humble député pouvait avoir tant d'influence sur la presse. Mais je peux en parler autour de moi et voir si j'arrive à faire reculer certains journalistes acharnés contre Dee.

Avec un autre éclat de rire, il ajouta :

— Et j'accepte aussi de présenter des excuses. (Pour ce que ça vaut, aurait-il pu ajouter.) Mais c'est tout ce que vous obtiendrez de moi.

— Tu renonces à tes attaques contre Dee et tu nous présentes des excuses, c'est ton dernier mot ? prononça Grace d'une voix morne.

— Oui, c'est à prendre ou à laisser.

— Acceptez, suggéra Selma à mi-voix.

— Non, dit Zara.

— Tic tac, l'horloge tourne, plaisanta Paddy.

— Acceptez, répéta Selma.

— Non, dit Zara, nous pouvons obtenir plus.

— Mais il dit qu'il ne donnera pas plus, ajouta Grace.

— C'est tout ce que nous obtiendrons, lâcha Selma.

— Non, décréta Zara, furieuse. C'est nous qui contrôlons la situation.

Marnie regarda Paddy observer cet échange d'un air rayonnant. Il semblait être à la fête.

— Le délai est bientôt écoulé, les filles, leur rappela-t-il.

— Qu'est-ce que vous en pensez, Lola ? demanda Selma.

— Il faut exiger plus, sa démission au minimum.

— Et vous, Marnie ?

Marnie fut étonnée d'être consultée et répondit :

— Acceptons.

Elle aimait l'idée d'obtenir des excuses.

— Trois, décompta Paddy. Deux...

— Acceptez !

— Non, répéta Zara. Il faut obtenir plus.

— ... un !

Avec un gros soupir, Grace se tourna vers Paddy.

— C'est bon, nous acceptons.

— Sage décision.

Marnie n'en revenait pas. Il semblait franchement s'amuser de la situation et même y prendre plaisir.

— Oui, et en échange j'exige de récupérer les originaux de vos déclarations. Je les veux demain.

— D'accord, dit Grace.

Elle paraissait au bord des larmes, et pourtant Marnie était bien placée pour savoir que Grace ne pleurait jamais.

— Bien, maintenant nous attendons tes excuses, ajouta-t-elle.

— Quoi, tu les veux maintenant ?

— Oui, bien sûr, qu'est-ce que tu croyais ? Profite du fait que nous soyons toutes réunies.

Il se tortilla sur son siège.

— Nous n'avons pas besoin de faire ça maintenant, dit-il.

— Si, insista Grace. Vas-y, nous t'écoutons. Commence par Lola.

Paddy regarda Lola et bégaya :

— Lola, je suis...

— Désolé, lui souffla Grace.

— … désolé si je t'ai fait du mal.

— Et pour avoir dit que mes cheveux sont violets, ajouta Lola de sa petite voix flûtée. Ils ne sont pas violets, ils sont prune.

— Prune, répéta Paddy.

La suivante était Zara.

— Zara, je suis désolé si je t'ai fait du mal.

Elle lui répondit par un sourire narquois, et il passa à Selma :

— Selma, je suis désolé si je t'ai fait du mal.

— Marnie, je suis désolé si je t'ai fait du mal.

C'était trop rapide, pensa Marnie. Elle avait espéré des paroles qui ne se seraient adressées qu'à elle, mais déjà c'était au tour de Grace.

— Grace, je suis désolé si je t'ai fait du mal.

Ses dernières excuses prononcées, il souffla avec un soulagement visible. Une seconde plus tard, toutes les femmes éclatèrent de rire. Toutes, sauf Marnie, qui ne comprenait pas la raison de cette soudaine hilarité.

— Qu'est-ce qu'il y a de drôle ? leur demanda Paddy, désorienté.

— Toi, c'est toi qui es drôle, dit Zara.

— Pourquoi ? fit-il d'un air méfiant.

— « Je suis désolé si je t'ai fait du mal », l'imita Selma. Tu crois que ça fait mal, une main broyée ?

— Et une rate perforée, tu crois que ça fait mal ? enchaîna Zara.

— Et une épaule démise !

— Tu as vraiment cru que nous voulions ta démission et ton exil aux États-Unis ? lui demanda gaiement Grace.

— Mais pourquoi ? Tu as bien dit… ? balbutia Paddy.

Marnie venait soudain de comprendre. Et, à voir sa mine défaite, Paddy aussi avait compris.

— La plus vieille astuce du monde, reprit Grace. Quand on négocie, toujours exiger plus que ce qu'on attend. Tu es tombé dans le panneau parce que tu nous as prises pour une bande de stupides bonnes femmes. Tout ce que nous voulions, c'était ta parole que tu mettrais fin à ton travail de sape contre Dee.

— Mais les excuses…

— C'était juste pour se payer ta tête.

— Tu as vraiment cru que tes excuses pourraient y changer

quelque chose ? fit Zara, plus méprisante que jamais. Tu as vraiment cru que nous pourrions te pardonner ce que tu nous as fait ?

— Nous savions que ça t'écorcherait la bouche, dit Grace. Les manipulateurs dominateurs comme toi ne s'excusent jamais.

Paddy se leva, les poings serrés.

— Oh là là ! s'exclamèrent-elles en chœur.

— Attention, Paddy, tu ne connais pas ta force, dit Grace en ricanant. Tu pourrais faire mal à quelqu'un.

— Ne le laissez pas prendre une cigarette, s'esclaffa Lola, provoquant un fou rire général.

Lentement Paddy se laissa retomber dans son fauteuil, regardant tour à tour ces cinq femmes qui se moquaient de lui. Il ne s'était pas attendu à une telle conclusion. Marnie, qui l'observait, lui trouva même l'air effrayé.

— Nous t'avons obligé à t'excuser pour t'humilier, expliqua Grace. Et regarde-toi, tu es décomposé.

D'humeur joyeuse, elles ressortirent retrouver Dee qui était restée en bas à les attendre.

— Un triomphe ! lui déclara Grace.

Tout le monde parlait en même temps. Marnie était la seule qui ne disait rien.

— … Et alors Grace a fait semblant de perdre contenance…

— … Et Paddy qui souriait d'un air supérieur parce qu'il était certain de l'emporter…

— … Et à la fin il s'est pris une telle honte…

— Tout le monde chez moi pour fêter ça, clama Dee. Grace, appelez votre homme. Il a bien mérité de se joindre à nous. Sans son intervention, rien de tout ça ne serait arrivé.

Grace regarda Marnie d'un air anxieux.

— Merci, Dee, mais il est tard, il est sans doute déjà couché.

— Eh bien, tirons-le du lit. Nous avons une victoire à célébrer.

Marnie comprit. Grace avait peur qu'elle ne parle à Damien.

— Appelle-le, je ne lui dirai rien.

Ce n'était pas par loyauté, mais parce qu'elle avait déjà causé tellement de dégâts dans son entourage, surtout sur Verity et Daisy. Il y avait déjà tellement de souffrance dans le monde, à quoi bon en créer davantage ? Pour autant, elle n'avait pas pardonné à sa sœur. Peut-être ne lui pardonnerait-elle jamais, et cette pensée la dérouta.

Grace l'avait peut-être senti, parce qu'elle fit semblant de ne pas réussir à joindre Damien. Elle brandit son portable en disant :

— Rien à faire, il ne répond pas.

Marnie monta en voiture avec Selma, mais demanda qu'on la dépose à une station de taxis.

— Vous ne venez pas célébrer avec nous la chute de Paddy de Courcy ? s'étonnèrent Zara et Selma.

Marnie fit non de la tête. Elle voulait seulement prendre la fuite. Elle aurait voulu pouvoir rentrer à Londres sur l'heure, mais le dernier vol de la journée avait déjà décollé.

— Comme vous voudrez, dit Selma.

Marnie monta dans un taxi et rentra chez ses parents à Yeoman Road.

Peu à peu, les événements de la soirée se décantaient dans son esprit. Il fallait bien regarder la vérité en face, elle n'avait pas compté pour Paddy. Elle n'avait été pour lui qu'une histoire de jeunesse depuis longtemps tombée dans les oubliettes. Beaucoup d'autres femmes étaient venues ensuite, y compris sa sœur. Certaines d'entre elles avaient vécu avec lui pendant des années.

Marnie sentit une chaleur cuisante lui monter aux joues quand elle comprit. Elle avait espéré que Paddy agirait comme s'ils étaient restés unis par un lien transcendant les années. Leur amour était trop follement passionné pour survivre, mais Marnie s'était persuadée qu'ils avaient continué à compter l'un pour l'autre, bien qu'en suivant des chemins séparés.

Or elle venait de comprendre que ce grand amour n'avait existé que dans son propre esprit perturbé. Paddy l'avait rejointe un moment dans sa névrose, mais à la longue il avait préféré redevenir normal.

Elle se sentait blessée et furieuse, mais contre qui ? contre Grace ? contre Paddy ? contre elle-même ?

Elle ne savait pas. Elle savait seulement qu'elle voulait rentrer à Londres par le premier vol et qu'elle n'était pas seule. La bouteille était là pour elle. Une amie fidèle qui ne la laisserait jamais tomber.

Lola

Samedi 24 janvier, 10h06.

Je rentre à Knockavoy pour y boucler mes valises et retourner à Dublin. J'ai maintenant hâte d'en finir.

Les idées se bousculent dans ma tête, et je découvre que je suis heureuse d'avoir fait ce voyage à Dublin. Pas après la première confrontation avec Paddy, bien sûr. Quand il a dit : « Qui croira une fashion victim aux cheveux violets ? », j'en suis restée baba. Enfin, j'y voyais clair. Je n'avais été pour lui qu'une jolie poupée pour ses expérimentations érotiques. Un objet sexuel. Douloureuse prise de conscience. Comment ai-je pu le laisser me traiter si mal ?

Parce qu'il aimait sa défunte mère, j'ai toujours pensé qu'il était sensible, mais je viens de comprendre qu'on peut être sensible et mauvais à la fois. Les gens peuvent posséder différents visages.

Bon à savoir pour la suite.

La deuxième soirée, en revanche, a été une vraie libération. Il ne me faisait plus peur. Et bizarrement il ne me semblait plus si beau. Cette touffe bouffante qu'il a sur la tête est décidément rédhibitoire.

Ça m'a aussi beaucoup aidée d'apprendre qu'il avait frappé d'autres femmes. Entendons-nous bien, je ne souhaiterais pas ça à ma pire ennemie (j'ai nommé Sybil O'Sullivan, même si je n'arrive pas à me rappeler la raison de notre brouille), mais maintenant je sais que ce n'était pas ma faute. Avant lui, aucun homme n'avait levé la main sur moi (et il n'y en aura pas d'autre après lui). Alors que chez lui c'est un schéma répétitif. Le problème vient donc de lui.

Il s'est insinué dans ma vie à un moment où j'étais particulièrement vulnérable. Ma mère morte, tous mes amis casés, et pas de figure paternelle. Quand j'y réfléchis, j'ai été aussi mal lotie que Paddy, mais je n'utilise pas ça comme une excuse pour brutaliser les gens.

12h29, arrivée à Knockavoy.

À peine ai-je garé ma voiture que la porte de Considine s'ouvre. Je traverse la clôture et entre chez lui.

— Un thé ? me propose-t-il.

— Oui, merci. Maintenant ouvrez toutes grandes vos oreilles : j'ai des choses à vous dire.

Je lui ai déjà envoyé un texto très bref, sans entrer dans les détails.

— J'étais tellement impatient que j'ai renoncé à la spéléo pour aujourd'hui, me dit-il.

Un immense sacrifice.

— Ça fait maintenant trois heures que je guette le bruit de votre voiture.

— Comme un pauvre gars esseulé dans sa campagne ?

— Oui, comme un pauvre gars esseulé dans sa campagne.

Nous sommes sur la même longueur d'onde.

— J'aime autant vous prévenir que mon rôle n'a pas été particulièrement glorieux. Je ne me suis pas plantée devant Paddy pour lui jeter au visage : « Oui, autrefois j'ai été folle de toi, mais aujourd'hui je te vois comme la brute choucroutée que tu es vraiment. »

— Dommage d'avoir laissé passer une bonne occasion. Mais j'espère quand même que vous lui avez dit : « J'ai tourné la page et repris ma vie en main. » Non ? Je vois, trop Feux de l'amour ?

— Oui, trop Feux de l'amour. C'est exactement ça.

— Pourtant, c'est vrai, vous avez tourné la page.

— Oui, mais il ne faut pas le dire.

— Parce que, en le disant, c'est comme si vous n'aviez pas tourné la page. Je vois, c'est un paradoxe.

— Oui, un paradoxe. Maintenant, voilà toute l'histoire.

Sur ce, je lui déballe tout, y compris les détails les moins ragoûtants.

— Le premier soir, mes genoux jouaient des castagnettes, et je n'ai pas ouvert la bouche, mais, le deuxième soir, je me suis lâchée. (Je me vante un peu, je sais.) Je lui ai fait ravaler ce qu'il avait osé dire à propos de mes cheveux violets. Ils sont prune, que je lui ai fait, et je l'ai obligé à le répéter après moi.

— Vous avez eu raison de l'affronter. Vous n'avez plus peur de le croiser à Dublin ?

— Non.

Pour être franche, cette perspective ne me réjouit pas particulièrement, mais autant rester positive.

Dimanche 25 janvier.

Mes bagages sont faits, j'ai remis la maison en ordre, fait mes adieux à tout le monde. Quel chemin parcouru ! Quand j'ai débarqué là il y a cinq mois, j'étais une loque et maintenant je retourne à mon ancienne vie comme un être neuf. Enfin pas tout à fait neuf, car mon histoire avec Paddy a laissé quelques traces, mais je peux quand même affirmer être dans un état globalement satisfaisant.

Rossa Considine m'aide à porter mes sacs jusqu'à la voiture. L'opération ne nous prend que quelques minutes.

— Tout y est ? dit-il avant de refermer le coffre.

— Ouais.

La mine réjouie, nous restons là, les bras ballants.

— Vous reviendrez ? me demande Considine.

— Oui, un week-end peut-être, pour un enterrement de vie de jeune fille.

Il hoche la tête avec un drôle d'air. Nous balançons nos bras d'avant en arrière en silence, puis je dis :

— Merci pour votre gentillesse. Vous m'avez laissée regarder votre télé et conseillée à propos de Paddy.

— Vous aussi, vous avez été généreuse avec moi. Vous m'avez reçu à vos soirées travelos, prêté votre ventouse et tenu compagnie quand j'ai rompu avec Gillian.

Autre silence, puis je demande :

— Il vous arrive de temps en temps de passer à Dublin pour votre écoboulot ?

— Non.

— Je vois. Pour rendre visite à des amis, alors ?

— Non plus.

— Je vois.

— Je n'ai pas d'amis à Dublin.

— Mais, moi, je suis votre amie et je vis à Dublin.

— Dans ce cas, peut-être que je vous rendrai visite.

— Super ! on se soûlera et on sera ronds comme des queues de pelle.

— Ça me ferait très plaisir. Au revoir, Lola.

Je regarde ses yeux noirs, sa crinière hirsute, et vous savez quoi ?

Je fais un pas vers lui, il fait un pas vers moi. Je renverse la tête en arrière. Il m'enlace d'un bras viril et pose ses lèvres sur les miennes. Nous restons ainsi quelques instants, lèvres contre lèvres, frissonnants de désir, comme dans les films, et puis nos deux bouches se fondent dans un baiser langoureux et sensuel. J'ai les jambes en coton. Rossa Considine embrasse mieux que quiconque sur cette planète.

18h44, chez moi, à Dublin.

Bridie, Barry, Treese et Jem m'ont préparé un comité d'accueil.

— Tu as fait tes adieux à tous tes potes de Knockavoy ? me demande Bridie.

— Oui.

— Tu es triste ?

— Oui.

— Nous y retournerons un jour, me promet-elle. La case de l'oncle Tom devrait être libre pour un week-end dans sept ans environ.

Grace

J'ai laissé passer la journée de samedi sans trouver le courage de parler à Damien. Et sans que de Courcy me dénonce non plus. J'ai aussi laissé passer dimanche. Puis lundi Damien m'a appelée du journal.

— Charlie et Angus enterrent leur sujet sur Dee, m'a-t-il annoncé avec un tremblement d'excitation dans la voix.

Paddy avait tenu parole. C'était peut-être la seule chose bien qu'il ait faite de toute sa vie. Je commençais seulement à y croire. Pendant tout le week-end, j'avais continué de craindre que l'affaire de Dee ne soit divulguée dans la presse.

— Tu lui as sauvé sa carrière, m'a dit Damien.

— Tu y as beaucoup contribué.

— Des élections vont être annoncées d'un jour à l'autre. Si Paddy avait réussi à renverser Dee, il aurait fait campagne en tant que numéro un du New Ireland.

— Oui, mais tu as risqué ton boulot, je te le rappelle. À propos, on ne t'a pas encore viré ?

— Non, m'a-t-il répondu en riant. Il n'a même pas été question de fuite. Des sujets sont abandonnés tous les jours, et personne n'en fait un plat. Tranquillise-toi, il n'y aura pas de retombées pour moi.

J'avais envie de le croire.

Les six derniers mois avaient été éprouvants. L'épouvantable épisode Paddy de Courcy était peut-être enfin terminé. Peut-être allions-nous pouvoir retrouver une vie normale. Je reprenais espoir, mais retenais mon souffle. Lundi a passé sans que de Courcy bousille ma vie.

Mardi itou. Mercredi itou.

Jeudi, Teddy Tuff, notre Premier ministre, a annoncé la tenue des prochaines élections législatives.

C'était pour moi une excellente nouvelle. Paddy serait tout occupé à faire campagne. Et, avec son mariage prévu dans cinq semaines, il aurait d'autres chats à fouetter qu'une obscure journaliste comme moi.

J'ai enfin recommencé à respirer librement.

Quand maman m'a annoncé le diagnostic définitif de Bid, j'aurais pu appeler Damien au journal, mais j'ai préféré attendre pour lui dire la bonne nouvelle lorsqu'il serait en face de moi. À cause de la campagne électorale, il sillonnait le pays en autocar et travaillait en moyenne quatorze heures par jour.

Il était 23h50 quand il est rentré à la maison ce soir-là.

— Je suis là ! l'ai-je appelé depuis le salon. (Dès qu'il a poussé la porte, j'ai claironné :) Devine quoi ?

Le teint grisâtre, il s'est lentement assis par terre (nous n'avions toujours pas commandé de nouveau canapé).

— Vas-y, je t'écoute.

Il semblait s'attendre à une mauvaise nouvelle. Pourtant j'avais pris un ton enjoué. Puis j'ai vu l'expression anxieuse de son visage, et la réalité m'est apparue dans toute son horreur. Entre lui et moi, rien ne serait plus jamais comme avant. Ma soirée de triomphe chez Paddy aurait dû normalement arranger la situation, mais rien n'allait plus entre Damien et moi. Nous n'étions plus en phase.

— C'est Bid, ai-je dit. Elle a reçu ses derniers résultats. Elle est guérie !

Ce n'était pas la nouvelle à laquelle il s'attendait. J'ai cru voir se dissiper autour de lui un brouillard d'appréhension, et il a retrouvé son sourire.

— C'est vrai ? Bon sang, quelle femme incroyable ! Elle est increvable.

— Cette vieille carne nous enterrera tous.

— J'ai vraiment cru qu'elle allait y rester.

— Moi, je ne sais pas ce que j'ai cru, ai-je reconnu.

Mais je pense plutôt que je m'étais interdit de réfléchir au problème.

— C'est une nouvelle formidable, s'est réjoui Damien.

— Et la cerise sur le gâteau, c'est que nous pouvons recommencer à fumer. Six mois sans clope, je n'aurais pas surmonté cette épreuve sans toi. (Sur quoi j'ai ajouté pompeusement :) Notre sacrifice l'a gardée en vie.

Mais, au lieu du rire attendu, Damien s'est soudain rembruni.

— J'ai un aveu à te faire, m'a-t-il alors annoncé d'un air particulièrement las.

Une peur abjecte m'a retourné l'estomac.

— Je n'ai pas voulu en rajouter alors que tu t'inquiétais pour ta tante, mais je t'ai trompée.

Non, faites que ça ne m'arrive pas, à moi.

Bourrelé de remords, il a poursuivi :

— J'ai pourtant lutté de toutes mes forces, je te le jure. Mais la tentation était trop forte.

— Avec Juno, ton ex ?

Pourquoi poser la question quand je connaissais déjà la réponse ? Je l'avais toujours su, mais j'avais voulu croire Damien quand il me jurait ses grands dieux qu'il n'y avait plus rien entre eux.

— Oui, parfois avec Juno.

J'ai eu l'impression de recevoir un coup de massue sur la tête. C'était encore pire que je ne l'avais imaginé.

— Parce qu'il y en a eu d'autres ?

— Grace, minute. De quoi on parle ?

— C'est à toi de me le dire.

— J'ai fumé, Grace, pendant que tu étais à Londres au chevet de Marnie.

Il a fallu plusieurs secondes pour que l'information atteigne mon cerveau.

— Tu as fumé.

Il a opiné de la tête.

— C'est tout ?

— Nous avions un pacte, a-t-il répondu. Et je n'ai pas respecté ma part du contrat.

— C'est pas grave.

— Oui, mais je t'ai menti.

— Quelques clopes fumées en douce, je n'appelle pas ça une trahison. Tu es sûr que tu ne m'as pas trompée ?

— Bien sûr que non, Grace ! Tu es folle ?

— Oh, Damien, tu n'imagines pas comme je suis soulagée.

J'aurais dû être soulagée, en effet, mais quelque chose me turlupinait. Et depuis longtemps.

J'avais une expression coupable et je sentais sur moi le regard insistant de Damien. Nous avions cessé de parler. Il était urgent de dissiper cette ambiance plombée.

J'ai pris mon élan pour me relever, mais il m'a arrêtée.

— Je suis au courant, tu sais. Pour toi et de Courcy.

J'en suis restée médusée. La peur que j'avais ressentie quelques minutes plus tôt, quand j'avais cru que Damien m'avait trompée avec Juno, n'était rien en comparaison de la terreur qui venait de s'emparer de moi.

— Comment as-tu su ? ai-je balbutié.

— Quand tu travaillais avec lui sur son autobiographie. Il aurait fallu être aveugle pour ne pas voir.

J'ai cru mourir sur place. Déjà je ne sentais plus mes jambes.

J'aurais voulu lui dire qu'il se trompait, que rien ne s'était passé entre de Courcy et moi, mais j'aurais menti et j'avais trop de respect pour Damien pour jouer sur les mots avec lui.

— Ensuite, quand tu es revenue avec un coquard et une brûlure à la main en prétendant que tu avais trébuché sur un pavé mal scellé.

Il a ri doucement en secouant la tête.

J'étais abasourdie. J'étais persuadée qu'il avait avalé mon histoire. Comment avais-je pu être aussi stupide ?

— Pourquoi n'as-tu rien dit ? ai-je prononcé d'une voix étranglée.

— Parce que tu m'aurais menti. À quoi ça m'aurait avancé ?

La honte s'est abattue sur moi, mais je n'ai pas ressenti cet emportement violent qui m'aurait poussée à hurler pour me défendre. Je n'étais que trop consciente de ma faute. À quoi bon protester de mon innocence ? Damien n'accordait pas facilement sa confiance. Or j'avais traité ce bien rare et précieux comme un de ces vieux chiffons dont on se sert pour nettoyer les vitres. Il ne me le pardonnerait jamais.

— C'est arrivé il y a six mois. Comment as-tu réussi à vivre pendant tout ce temps sans jamais m'en parler ?

— Parce que je t'aimais et que je voulais rester avec toi. Parce que j'espérais arranger les choses si c'était possible.

Ma honte a encore grandi quand j'ai compris comment Damien avait tenté de réparer les dommages que j'avais causés. Il avait obtenu un crédit pour remplacer ma voiture incendiée par Paddy. Il m'avait soutenue, il était allé jusqu'à renoncer à fumer pour moi.

Je me dégoûtais.

— Tu n'es pas furieux contre moi ?

Il m'a regardée, d'abord surpris, puis presque suffisant.

— Mais je t'en ai voulu et je t'en veux encore.

Au timbre de sa voix, j'ai pris la mesure exacte de sa rage. Il ne cherchait plus à la cacher, et je découvrais soudain un autre Damien.

— Tu n'as pas à te reprocher de n'avoir pas réussi à dissimuler ton attirance pour lui, m'a-t-il froidement lâché. Et puis de Courcy a pris soin de m'ouvrir les yeux.

La stupeur m'a laissée sans voix.

— Le deuxième soir où vous êtes allées le trouver avec Selma et Zara, il m'a téléphoné avant même que tu rentres.

Voilà pourquoi Damien n'avait pas pris mes appels cette nuit-là.

Des larmes ont commencé à ruisseler le long de mes joues. J'aurais voulu lui dire que c'était un moment d'égarement et que je m'étais ressaisie depuis. J'aurais voulu l'implorer de me pardonner, mais je savais que ce serait peine perdue.

Le pire, c'est que Damien avait essayé de me mettre en garde l'été dernier, quand j'étais en plein dans ma folie de Courcy. Si l'un de nous avait une aventure, nous nous en remettrions peut-être, m'avait-il dit, mais l'innocence et la confiance seraient à jamais perdues.

— J'ai tout gâché, n'est-ce pas ?

Ce n'était pas de la cruauté de sa part, mais ma question n'appelait qu'une seule réponse.

— Oui.

C'est maman qui m'a ouvert.

— Grace, qu'est-ce que tu fais ici ? Tu n'as pas ta clé ?

— Je ne la retrouve pas et j'ai besoin de seize euros pour payer mon taxi, ai-je dit en montrant la voiture en stationnement le long du trottoir.

— Pourquoi es-tu venue en taxi ? Et pourquoi ne peux-tu pas payer ta course ?

— Parce que je n'arrive pas à mettre la main sur mes clés de voiture, ni sur mon portefeuille.

— Où allons-nous trouver seize euros ? Il va falloir les prendre dans le pot de ton père.

Papa collectionnait les centimes d'euro dans un vieux pot de confiture.

— J'y vais. Préviens ton taxi que nous allons en avoir pour un moment.

J'ai jeté mon sac à dos sur le pas de la porte et redescendu les marches du perron.

— Tu es sûre que ça va, Grace ? Tu as l'air un peu…

— Tu te rappelles le jour où tu m'as dit qu'il y aurait toujours un lit pour moi ici ?

Le visage de maman s'est lentement décomposé.

— Je t'ai prise au mot.

— Que t'est-il arrivé ? a-t-elle demandé à mi-voix.

— Paddy de Courcy, voilà ce qui m'est arrivé.

Paddy avait gagné.

Lola

Samedi 7 mars.

C'est officiel, Paddy vient de se marier. Les journaux télévisés ne parlent que de ça. Je ne peux pas dire que je saute de joie comme si j'avais gagné l'Euro Millions, mais pas de rechute non plus. Ma journée se passe dans un état de relative sérénité.

Dimanche 8 mars, 17h05.

Appel de Bridie.

— Ça te dirait d'aller à Knockavoy le week-end prochain pour la Saint-Patrick ?

— Mais je croyais que la case de l'oncle Tom était réservée par ton cousin Fonchy ?

(Encore un parent de Bridie affublé d'un nom à coucher dehors.)

— Oui, mais il est tombé d'une échelle. Il est atteint de cécité temporaire et ne peut plus conduire. Alors, c'est d'accord ?

17h08.

J'envoie des SMS à tous mes copains de Knockavoy pour les prévenir de mon arrivée prochaine.

Samedi 14 mars, 18h59.

Arrivée à la case de l'oncle Tom avec Bridie, Barry, Treese, Jem et Gwen (la nouvelle petite amie de Jem). Nous nous sommes tous tassés dans le 4 x 4 de Treese (un présent de Vincent, mais Vincent pas présent).

19h03.

Nous débouchons une bonne bouteille.

20h08.

Coups frappés à la porte. Ce doit être Considine. Mais, quand j'ouvre, qui je vois ? Chloe, oui, Chloe, l'œil pétillant, la chevelure soyeuse, dans une tenue plus hype que jamais.

Chaleureuses embrassades. Présentations fièrement claironnées. Vif intérêt de la part de Bridie, Barry, Jem et Gwen. Réaction plus mitigée chez Treese.

Soirée fortement alcoolisée. Sortie en ville. Grosse fréquentation touristique à Knockavoy. Rues bondées.

Chloe se fait illico des amis. Personne ne soupçonne chez elle un travesti. Ils pensent juste avoir affaire à une fille de Dublin un peu grande et baraquée.

— Une sacrée gaie luronne, me glisse Bridie. (Bridie a le chic pour sortir de drôles d'expressions.) Ce n'est pas qu'elle m'attire. Contrairement à toi, je n'ai pas de tendances homosexuelles, mais quand même elle me plaît.

Bridie très allumée. Toute la bande très allumée.

Soirée absolument géniale.

Dimanche 15 mars, 12h09.

Gros mal de tête. Jem et Gwen transportent pour moi un canapé à l'arrière de la maison. Je m'y couche, lovée sous une grosse couette. Je ne perds pas de vue la maison de Considine. J'espère l'apercevoir et lui adresser un petit coucou, mais il ne se montre pas. J'imagine qu'il doit crapahuter au fond d'une grotte quelque part.

14h14.

Treese se lève.

14h22.

Treese retourne se coucher.

17h01.

Aidée par Barry, Bridie se traîne jusqu'au bas de l'escalier. Elle a vomi ses tripes toute la journée.

— Un toast, articule-t-elle d'une voix mourante.

20h27.

Jem et Gwen préparent le dîner. On débouche une bonne bouteille. Chacun goûte du bout des lèvres. Tout d'un coup les langues se délient, et les joues livides reprennent des couleurs.

21h19.

Coups frappés à la porte. Ce doit être Considine. Mais, quand j'ouvre, qui je vois ? Chloe, oui, Chloe. La tenue n'est pas la même qu'hier soir, mais toujours aussi époustouflante. Hyper contente de la revoir. Mais vague déception dont je ne m'explique pas la cause.

Soirée fortement alcoolisée. Sortie en ville. Grosse fréquentation touristique à Knockavoy. Rues bondées.

Chloe se fait illico des amis. Personne ne soupçonne chez elle un travesti. Ils pensent juste avoir affaire à une fille de Dublin un peu grande et baraquée.

— Une sacrée gaie luronne, me glisse Bridie.

Je décide de compter combien de fois elle nous ressert cette expression. Quarante-huit.

Bridie très allumée. Toute la bande très allumée.

Soirée absolument géniale. Pourtant je ne l'apprécie pas vraiment.

Lundi 16 mars, 6h14.

Je n'ai dormi que deux heures à peine, pourtant je suis tout à fait réveillée. Je pense à Considine. J'ai envie de le voir. Très envie. Je dois réussir à le voir avant qu'il se pose ses faux ongles, ses faux seins, et redevienne Chloe. Pourquoi pas maintenant ? Je sors du lit et traverse en pyjama le pré qui mène à sa maison.

Je frappe à la porte. Pas de réponse. Je frappe plus fort. Pas de réponse. Je frappe beaucoup plus fort, tellement fort que c'est à peine si je l'entends ronchonner.

— Bon sang, qu'est-ce que c'est que ce raffut au beau milieu de la nuit ?

— C'est moi, c'est Lola !

Il ouvre, et je m'engouffre. Les cheveux en bataille, les traits gonflés par le sommeil, il porte un tee-shirt gris informe sur un pantalon de jogging bleu. (Je constate avec soulagement que toute trace de Chloe a été effacée.)

— Gueule de bois ? je lui demande.

— Gueule de bois, confirme-t-il. Et vous ?

— Pareil.

— Un thé ?

— Non.

— Autre chose ?

— Non.

— Sit-in avec moi sur le canapé ?

Je m'avance vers lui.

— Ma tête sur votre épaule ?

— Oui.

— Mon bras autour de vous ?

— Oui.

Nous restons assis côte à côte dans un silence de lendemain de cuite. Agréable moment.

— Considine, finis-je par dire. Je ne pensais pas prononcer cette phrase un jour, mais je suis heureuse de vous voir. Je commençais à croire que je ne vous verrais pas de tout le week-end.

— Mais je croyais que vous aimiez Chloe. Elle a quitté sa retraite tout spécialement pour vous.

— J'aime beaucoup Chloe, et c'est gentil à elle de se donner tout ce mal pour moi, mais je vous aime bien aussi.

Il frotte sa main contre son menton mal rasé. D'une voix rauque et très sexy, il me répond :

— Je vous aime bien aussi, Lola. (Silence.) Je vous aime vraiment beaucoup. (Autre silence, mais pas ordinaire. Un silence chargé de plein d'émotion.) Oui, beaucoup. Et vous m'avez manqué depuis votre départ.

Je prends le temps de la réflexion et puis je dis :

— Vous m'avez manqué aussi.

— Je pensais à vous tout le temps.

Autre temps de réflexion.

— Moi aussi.

Il bâille. Je bâille.

— On ferait bien de retourner dormir, dit-il.

Sur ce, il tourne son visage vers moi et me demande :

— Ça vous dirait de dormir avec moi ?

Je le regarde dans les yeux.

— Euh… oui.

— Parfait.

Sourire très inhabituel chez Considine. Sans crier gare, il me soulève de terre. Je suis morte de honte.

— Reposez-moi, lui dis-je. Vous allez vous faire mal au dos à porter mon gros derrière.

— Votre derrière est parfait.

Il grimpe aisément l'escalier sans même s'essouffler.

— Comment ça se fait que vous êtes si fort ?

— C'est la spéléo.

D'un coup de pied, il ouvre la porte de la chambre et me dépose au milieu du lit encore chaud.

Je sens que je me dégonfle. Tout va beaucoup trop vite pour moi.

— Nous n'avons pas fermé l'œil, Considine. Que diriez-vous de dormir un peu ?

— Comme vous voudrez.

Je me glisse sous la couette, mais je garde mon pyjama. Considine aussi a gardé son tee-shirt et son jogging.

Il me presse contre lui et nous enveloppe étroitement dans la couette. Je commence à m'assoupir, mais j'ai l'impression d'être dans un four.

— J'ai trop chaud.

— Moi aussi.

— J'enlève le haut.

— Moi aussi.

Je déboutonne la veste de mon pyjama. Il retire son tee-shirt. Sa peau lisse contre la mienne. Ses muscles puissants, son ventre plat. Oh, délice !

Je ferme les yeux et m'installe pour dormir.

— J'ai encore trop chaud, Considine.

— Moi aussi.

Mais, dès que nous avons ôté tous nos vêtements, la température grimpe encore de quelques degrés. Mes jambes nues s'emmêlent aux siennes. Je change de position et soudain je sens son sexe tendu contre ma cuisse.

— Désolé, ne vous en occupez pas.

— En fait, j'aimerais bien m'en occuper, si ça vous va.

— OK, ça me va, dit-il, amusé.

Moment fabuleux. Sans pornographie, sans prostituée russe. Simple, une seule position.

Concentré, il se tient sans effort au-dessus de moi sur ses bras tendus, comme s'il faisait des pompes, et lentement il va et vient en moi tout en me fixant d'un regard intense. Il me semble que je vais mourir.

15h01.

Réveillée par un double bip sur mon portable.

Considine me passe le combiné.

— C'est pour toi.

« LOLA, AMN TOI. ON SE KAS. TREESE VEUT ÉVIT LÉ BOUCHONS. »

— Je dois y aller, dis-je à Considine.

— Reste.

— Je peux pas. J'ai un job important demain.

— Demain, mais je... (Il ne termine pas sa phrase et enchaîne sur autre chose :) Tu es toujours débordée ?

— Oui.

C'est vrai que j'ai beaucoup de boulot, mais j'exagère sans doute en prétendant être surbookée.

— Tu ne prévois pas d'accalmie ?

— Non.

— Et tu vas bien ?

— Très bien.

— Tu es contente de rentrer à Dublin ?

— Hyper contente.

— Eh bien, je voudrais te dire quelque chose, Lola.

— Oui ?

— Chloe sera là quand tu auras envie de la voir.

— Chloe ?

(Ce n'est pas ce que je m'attendais à entendre.)

— C'est gentil à elle, dis-je sèchement. Maintenant, je vais y aller.

15h38, dans la voiture.

— Alors comme ça, me fait Bridie, toi et le travelo…

— C'est juste une aventure d'un soir, dis-je avec humeur.

— Il viendra te voir à Dublin ?

Je m'abstiens de répondre. Considine n'a pas parlé de me rendre visite à Dublin, et moi non plus.

— Ça va pas ? me demande Bridie.

— Si, ça va.

Mais, en réalité, je suis vexée comme un pou que Considine n'ait parlé que de Chloe. Il n'a pas dit : « Je serai toujours là pour toi. » Il est prêt à m'offrir son double féminin, mais pas à s'engager lui-même.

Grace

Le 19 mars, jour des élections législatives, maman m'a annoncé :

— Le parti de Dee Rossini est en très bonne position.

— Bien, bien.

À vrai dire, ça me laissait froide. Je ne voulais plus jamais entendre parler de Dee Rossini et du New Ireland.

— Damien a appelé, il te cherche, a ajouté ma mère.

Mon cœur a fait un bond olympique. Damien devait sûrement vouloir parler du partage de la maison.

— Je lui ai dit que tu le rappellerais.

La discussion promettait d'être pénible, et je préférais la différer aussi longtemps que cela me serait possible. Avec les élections, Damien devait travailler jour et nuit. Ce serait mon excuse.

Le lendemain, j'ai été réveillée à 7h30 par la radio qui hurlait dans la cuisine.

— Merde, vous pouvez pas baisser le son, ai-je râlé.

Comme personne ne réagissait, j'ai dévalé l'escalier en trombe.

— C'est un vrai bain de sang, m'a dit mon père, assis à la table. Ton amie Dee Rossini est en train d'écraser tous les grands partis. Même le Panade a perdu des sièges face à elle. On dirait bien que le New Ireland va doubler le nombre de ses représentants au Dail.

— Tu m'en vois ravie.

J'ai tourné le bouton du volume avec une telle force que je m'en suis fait mal au poignet, après quoi je me suis grillé un toast et suis retournée me coucher. J'ai replongé dans un demi-sommeil peuplé de rêves, dont j'ai été tirée par des coups frappés à la porte de ma chambre.

— Tu as de la visite, m'a annoncé maman.

Le cœur gonflé d'espoir, je me suis mise sur mon séant.

— Non, ce n'est pas Damien, a-t-elle précisé.

Je me suis laissée retomber sur le lit.

— Vas-tu te lever, enfin. C'est Dee Rossini qui vient te voir.

Oh non, il allait falloir jouer la comédie du bonheur.

— Dis-lui que je ne peux pas.

Mais maman était déjà repartie. Un instant plus tard, elle faisait presque des courbettes quand elle a escorté Dee jusqu'à ma chambre.

— Elle vient d'être nommée ministre des Finances et vice-Premier ministre, a-t-elle fièrement annoncé. An Taoiseach vient justement de l'appeler sur son portable.

Qu'est-ce qui lui prenait ? Ma mère avait Teddy Tuff en horreur. Elle lui bavait dessus tant qu'elle pouvait et ne ratait jamais une occasion de le traiter de voyou. Et voilà maintenant qu'elle lui donnait du « An Taoiseach », comme à une altesse.

— Dee ne s'est pas encore couchée, a poursuivi ma mère, admirative.

Dee s'est approchée.

— Mon Dieu, Grace, mais vous n'avez pas l'air bien du tout. Vous n'êtes pas malade, au moins ?

— Non, ma mère m'a traînée de force chez le docteur, et je vais très bien.

S'apercevant qu'elle n'avait pas quitté ma chambre, maman a alors lâché une exclamation avant de s'éclipser à regret.

— J'imagine que vous avez des choses à vous dire en privé. Je vous laisse.

J'ai fait un effort pour me montrer aimable avec ma visiteuse.

— Félicitations, Dee. Mon père me dit que vous avez cassé la baraque.

— Si vous n'aviez pas été là, Grace, à l'heure qu'il est je ne serais même plus à la tête de mon parti. Et je suis désolée que ça vous ait tant coûté.

Je n'ai pas su quoi lui répondre.

— Nous fêtons notre victoire ce soir, a enchaîné Dee. Nous convions tous nos militants. C'est organisé un peu à la hâte, mais je tiens à ce que vous soyez des nôtres.

— Dee, je suis désolée, mais…

— J'aurai une surprise pour vous.

Je ne voulais plus de surprise. Je ne me sentais plus capable d'être surprise par quoi que ce soit en ce monde.

— Ça concerne Paddy.

J'ai levé la main devant moi comme pour conjurer un esprit malin. Je ne supportais même plus d'entendre prononcer ce nom.

— Venez, j'insiste. Vous ne le regretterez pas.

Marnie

Marnie se réveilla dans sa propre chambre, dans son propre lit, et se sentit merveilleusement bien. Elle avait dormi toute la nuit d'une seule traite, sans être une seule fois arrachée au sommeil par un affreux cauchemar. Elle n'était pas emberlificotée dans ses draps trempés de sueur, et ses angoisses coutumières avaient cédé la place à un frémissement d'espérance.

Cela faisait quatre jours qu'elle n'avait pas bu une goutte. Cette fois, elle était bien décidée à arrêter.

Elle sauta du lit avec énergie et commença par passer l'aspirateur. La maison était poussiéreuse, et les filles venaient cet après-midi pour la première fois depuis trois semaines. Tout devait être parfait pour elles.

Arrivée dans le vestibule, elle remarqua la lumière clignotante sur le répondeur. Peu à peu, elle avait développé une phobie de cette machine, de même que pour le courrier qui s'empilait sans jamais être ouvert. Elle éteignit l'aspirateur et, s'armant de courage, appuya sur le bouton de lecture des messages. Il y en avait quatre.

Le premier était de son dentiste. Elle avait raté son contrôle annuel et devait prendre un autre rendez-vous. Le deuxième d'une pauvre créature qui essayait de lui vendre une police d'assurance pour sa voiture. Le troisième de Jules, des alcooliques anonymes, qui prenait des nouvelles, et le quatrième également de Jules. Marnie l'effaça sans prendre la peine de l'écouter jusqu'au bout, puis rembobina la bande pour effacer aussi le message précédent. Elle se sentait mal et presque souillée d'entendre qu'un membre des alcooliques anonymes l'avait appelée à son domicile.

Elle entreprit ensuite de s'occuper du ravitaillement. Dans tous les placards, il ne restait plus qu'une boîte de céréales vide. Il lui fallait du lait, du pain, d'autres denrées de base, des douceurs pour les filles et de quoi leur préparer un bon dîner ce soir. Nick resterait peut-être. Elle constata avec bonheur que son mari lui manquait. C'était le signe qu'elle redevenait normale et que tout allait s'arranger.

Elle composa une courte liste de courses et fut toute contente de voir combien elle s'acquittait bien de son rôle de ménagère. Cela fait, elle s'habilla et prit sa voiture pour aller au supermarché.

Quelques minutes plus tard, elle se retrouvait garée devant le magasin d'alcools. Le moteur de la voiture était coupé. Que faisait-elle là ? Allez, démarre, va-t'en d'ici. Elle contempla sa clé de contact. Va-t'en. Pars. Elle ouvrit sa portière et sortit de la voiture. Elle entendit tinter le carillon quand elle poussa la porte du magasin.

— Eh bien, ça faisait longtemps, lui dit Ben.

Elle déposa deux bouteilles de vodka et une douzaine de barres de chocolat pour les filles sur le comptoir.

— Seulement deux, aujourd'hui ? fit Ben, histoire de bavarder un peu.

Elle retourna à sa voiture et posa négligemment ses sacs sur la banquette. Son regard se porta sur les deux bouteilles. Elle ne voulait pas boire, surtout pas aujourd'hui. Elle ne voulait pas être ivre quand Verity et Daisy arriveraient. Elle voulait que tout soit parfait pour elles et pour Nick. Elle aimait Nick et ne voulait pas le décevoir encore une fois. Elle ne voulait plus se réveiller en nage en se demandant quel jour on était et ce qui s'était passé la veille. Mais elle savait ce qui se produirait. Elle allait prendre l'une de ces bouteilles et boire, boire, jusqu'à la perdition.

Je ne veux pas, se révolta-t-elle. Non, pitié, je ne veux pas.

Elle pleurait à présent. Des larmes de peur et d'impuissance coulaient sur son visage. Elle n'avait plus personne sur qui reporter la faute. Plus de Paddy à blâmer. Alors pourquoi faisait-elle ça, contre sa propre volonté ?

Grace

— Ce soir même, a annoncé Dee, juste avant que nous montions sur cette estrade, j'ai eu le triste devoir d'accepter la démission de Paddy de Courcy.

Que se passait-il ? Est-ce que Paddy était au courant ?

— Notre camarade a souhaité quitter son poste au sein de notre parti.

Tassé sur une chaise, l'intéressé affichait un sourire niais.

Soudain, les gouttes de sueur qui perlaient à ses tempes apparurent en gros plan sur les écrans de retransmission. De Courcy clignait des yeux comme un animal pris au piège.

Puis les caméras revinrent sur Dee.

— Pendant toutes ces années, poursuivit Dee, tu as été un ami sincère et un fidèle compagnon de route. En ta qualité de député, tu as apporté à l'Irlande des transformations réelles et durables. Paddy, tu quittes le New Ireland avec ton intégrité intacte.

Il n'était pas au courant. Dee Rossini venait de le virer publiquement, devant les médias du monde entier. Et Paddy, qui se vantait d'être toujours informé de tout, n'en avait rien su.

Soufflée, j'ai regardé l'estrade. Dee venait non seulement de le virer, mais, en parlant de l'intégrité intacte de Paddy, elle avait aussi laissé entendre qu'il avait trempé dans des affaires louches. C'était si déconcertant et réjouissant que j'en aurais ri.

Paddy n'avait rien vu venir, mais moi non plus. Pourtant j'aurais dû. Dee était une battante. Elle avait survécu à la violence conjugale. Elle avait fondé son propre parti et l'avait porté très haut. Cette femme avait du caractère. Il était clair à présent qu'elle ne pouvait accepter de partager le pouvoir avec un homme qui l'avait poignardée dans le dos. Un homme, de surcroît, qui maltraitait les femmes.

Toutefois, la brutalité dont elle avait fait preuve me laissait pantoise. Je la découvrais en politicienne aguerrie aux mœurs rudes de son milieu.

Dee avait vu juste, je ne regrettais pas de m'être déplacée. J'avais failli ne pas venir, mais ma mère m'avait tellement pris la tête que j'avais décidé de sortir pour lui échapper.

Les applaudissements se sont tus. Paddy n'avait même pas eu droit à une ovation debout. Il devait être dans une rage noire, et je me demandais s'il y aurait des représailles. Mais je me sentais à l'abri. Paddy venait de se faire rogner les ailes et se trouvait dépossédé de presque tout son pouvoir. Et quand bien même, il ne pouvait plus m'atteindre.

Enfin, en théorie, il pouvait encore incendier ma voiture et avait sans doute le bras assez long pour me faire virer de mon emploi. Mais le pire, il me l'avait déjà fait. En comparaison de la perte de Damien, tout me semblerait indolore.

La joie que j'avais ressentie à le voir à terre n'avait été que de courte durée. Qu'importe ce qui arrivait à Paddy de Courcy, puisque j'avais perdu Damien. À nouveau mon corps pesait une tonne, et la douleur m'a étreint la poitrine.

Les gens se levaient. J'ai décidé de partir aussi. J'avais envie de rentrer chez moi. Par chance, comme j'étais arrivée en retard, je me trouvais au fond de la salle.

Quand je me suis tournée vers la sortie, j'ai aperçu derrière moi Damien qui m'attendait. La rencontre était si inattendue que j'ai trébuché.

Il était inévitable que nos routes se croisent tôt ou tard. Je pensais m'y être préparée, mais, à en juger par mon trouble, je ne l'étais pas.

— Sidney Brolly m'a dit que je te trouverais ici.

Damien avait l'avantage. Mais son large sourire s'est figé sur ses lèvres quand il a vu ma tête de plus près.

— Mince, Grace, tu as une mine de déterrée.

— Tu as toujours su parler aux femmes, lui ai-je répondu.

Après un silence, il a ajouté :

— C'est tout, tu n'as rien d'autre à me dire ?

Quelle réplique attendait-il de moi ?

— Et toi, tu as un teint de papier mâché, ai-je hasardé.

— C'est mieux. Tu m'as fait peur pendant un moment. Tu as été malade ?

— Non, pas malade, juste anéantie. Tu vois de quoi je parle ?

— Ouais, je sais.

C'était vrai qu'il avait un teint de papier mâché. On aurait dit qu'il n'avait pas dormi depuis des siècles.

— Je t'ai appelée, a-t-il enchaîné.

— Oui, maman m'en a parlé. J'ai préféré attendre que les élections soient passées. Je pensais que tu serais très occupé.

— Je t'en prie, Grace, ne pleure pas.

Est-ce que je pleurais ? J'ai passé ma main sur mon visage. Il était mouillé.

— On sort s'en griller une ? m'a-t-il proposé.

— Je n'ai toujours pas recommencé.

— T'es sérieuse ? J'en suis à quatre paquets par jour depuis que tu es partie. Comment tu fais pour t'en sortir si bien, alors que je suis dans le trente-sixième dessous ?

— Je ne m'en sors pas si bien, ai-je répondu d'une voix étranglée. (Mes larmes coulaient à flots. Des gens nous regardaient, et je m'en fichais.) Je suis ravagée. Je vais si mal que même Bid se croit obligée de me ménager.

J'ai laissé retomber ma tête et essuyé mes larmes du revers de la main. Je devais me ressaisir et décamper. Je ne supportais pas de me retrouver en sa présence.

— Je ferais bien d'y aller.

— Reviens, Grace.

Après un long silence, j'ai répondu :

— Tu ne le penses pas.

— Depuis quand je dis des trucs que je ne pense pas ?

— Depuis le jour où tu m'as affirmé que mon jean ne me faisait pas de grosses fesses.

— Un pieux mensonge. (D'une voix douce, il a ajouté :) Je suis désolé, Grace, excuse-moi.

— T'excuser de quoi ? C'est moi qui ai tout bousillé entre nous.

— Je n'aurais pas dû t'obliger à partir.

— Je ne pouvais plus rester. Je ne le méritais pas.

— Maintenant tu me fous les jetons. Je t'en supplie, Grace, reviens, et essayons de repartir à zéro. On pourrait essayer une thérapie de couple ?

Malgré mon désarroi, je n'ai pas pu m'empêcher de sourire.

— Oui, tu as raison. La thérapie ne s'impose pas.

— Tu n'arriveras jamais à me pardonner. Ce sera toujours là entre nous. J'ai détruit tout ce qu'il y avait de beau entre nous.

— Mais je t'ai pardonné.

— Comment ?

— Franchement, j'en sais rien.

Mais il était vrai qu'on pouvait pardonner. J'avais bien pardonné à cette pauvre Marnie. Je savais que parfois la colère la plus virulente peut soudain fondre comme neige au soleil. Damien avait-il vécu la même chose ?

— Et puis je t'aime. Je crois que ça a beaucoup aidé.

J'ai scruté son visage. Ce n'était peut-être que des paroles creuses qui seraient contredites par les actes. Je ne supporterais pas un nouvel échec. Je préférais encore ne rien tenter.

— Je ne dis pas que j'aimerais coucher avec lui, a repris Damien. Mais je crois comprendre ce qui t'a fait craquer chez de Courcy. Ce type a tellement de charisme qu'il en devient presque inhumain. Un peu comme Hitler, quand j'y pense.

Je me suis esclaffée. J'étais encore capable de rire.

— Alors, tu rentres à la maison ? (Comme j'hésitais, il a ajouté :) Tu n'auras pas de meilleure offre.

Cette réplique, c'était du Damien tout craché. Alors j'ai su que tout irait bien.

— J'accepte, je n'ai pas le choix. Qui d'autre que moi serait capable de te supporter ?

Il a eu ce sourire timide que je lui connaissais si bien.

— Enfin je te retrouve, ma Grace.

Il m'a ouvert ses bras, et je m'y suis blottie.

Marnie

Les jérémiades allaient bon train quand Marnie fit son entrée sous la houlette de Jules.

« Je suis tellement reconnaissant pour la vie droite et saine que je mène aujourd'hui. Je pensais être un rebelle, un esprit libre. Pas de boulot, pas d'attache, l'alcool, la baston. Mais j'étais asservi à la bouteille. J'aurais tout aussi bien pu avoir le pavillon de banlieue avec les deux gosses et le chien. »

Steve, le skinhead, leur désigna deux chaises vides. Les gens saluèrent Marnie, à voix basse.

Ulla lui apporta discrètement une tasse de thé.

— Trois sucres, c'est ça ?

Marnie la remercia d'un signe de tête. Elle trempa ses lèvres dans la tasse et promena son regard dans la salle. Elle reconnut Des, l'Australien, qui lui souriait. La respectable Maureen. La séduisante Charlotte, qui pointa du doigt les chaussures de Marnie et articula silencieusement « Superbes » avec une expression d'angoisse presque comique.

Marnie s'adossa à sa chaise et écouta, réconfortée par la chaleur de la tasse dans sa main.

Comme d'habitude, au bout d'un moment, on lui demanda si elle souhaitait prendre la parole. Tous se tournèrent vers elle, souriant déjà. Elle avait toujours droit à leur chaleur, alors même qu'elle gardait résolument ses distances avec tous ces gens.

— Regarde, chérie, vite. Relève-toi, l'appela Nick.

Elle remua sur sa serviette et ronchonna :

— J'allais m'endormir.

— Tu vas voir, ça vaut la peine. Regarde Verity.

Marnie s'assit au bord de la rivière et porta sa main en visière pour se protéger du soleil. Verity, dans son maillot de bain de sirène, battait l'eau vigoureusement.

— Maman, papa, regardez, je sais nager !

— Vas-y, ma fille, l'encouragea Nick, fier comme un paon.

Marnie adressa un coucou à Verity. La fillette cessa de barboter le temps de lui répondre et commença à couler.

— Ouille, crachota-t-elle en riant. J'ai avalé de la rivière.

Verity était désormais si différente de la petite créature nerveuse qu'elle était encore il y a quelque temps.

— Vite, maman, la serviette.

Daisy accourut, son petit corps d'enfant dégoulinant.

— Tu as vu Verity ? Elle n'a plus du tout peur.

— Oui, j'ai vu, dit Marnie. Approche.

Elle déplia une serviette ornée d'une Minnie en grand format. Daisy l'attrapa à un bout puis s'enroula dedans. Saucissonnée dans sa serviette, elle trépigna en exagérant ses grelottements.

— Vite, maman, sèche-moi. Je gèle.

— Quelle comédienne tu fais ! s'exclama Marnie.

— Je me demande bien de qui elle tient ça, plaisanta Nick.

Marnie ouvrit de grands yeux innocents.

— Certainement pas de moi, mon cher.

Elle frotta énergiquement le corps de sa fille. Ses omoplates, son dos menu, ses jambes longues et fines.

— Mon Dieu, Daisy, comme tu es belle.

— Toi aussi, maman, tu es belle.

— Oh oui, toi aussi, maman, singea Nick.

Il l'attrapa par le cordon de son bikini. Marnie se retourna vers lui. Ils échangèrent un regard langoureux.

— Arrêtez, c'est dégoûtant ! finit par s'écrier Daisy.

Marnie était de retour à la réunion des alcooliques anonymes, mais l'éclat qu'avait laissé ce souvenir continuait d'illuminer ses traits. Elle tourna la tête et adressa un sourire à Jules, assise près d'elle. Jules avait été si gentille. Elle avait accouru dès que Marnie l'avait appelée, ce matin-là, du parking situé devant le magasin d'alcools.

Marnie ferma les yeux. Un reste de l'ambiance de cette journée au bord de la rivière s'était déposé sur ses épaules comme une étoffe légère. Cet instant avait été merveilleux. Amour, action, considération, il synthétisait tout ce qu'elle avait toujours désiré dans la vie.

Mais où était-ce ? Tandis que le souvenir désertait son esprit, Marnie prit conscience qu'elle ne reconnaissait pas cet endroit au bord de la rivière. En réalité, elle était certaine de n'y avoir jamais mis les pieds. Les filles semblaient plus âgées. Daisy avait perdu deux dents de lait, et Verity n'avait plus son strabisme. Nick aussi était différent. Ses cheveux grisonnaient. Quant à elle, elle avait pris du poids, et ses cheveux étaient plus longs. Qu'est-ce que ça pouvait vouloir dire ?

Mais c'était arrivé, elle en était sûre. Ce n'était pas un rêve, ni un effet de son imagination. Puis elle comprit. Oui, c'était un souvenir, évidemment. C'était réel, sauf que ça ne s'était pas encore produit.

Elle rouvrit les yeux. Toutes les personnes dans la salle continuaient de l'observer en souriant.

— Je m'appelle Marnie.

Les sourires s'élargirent.

— Bonjour, Marnie.

— Et je suis alcoolique.

Lola

Samedi 21 mars, 7h01.

Sonnerie de l'interphone à une heure indue. Encore une bonne blague de ces petits voyous qui traînent dans le quartier. « Ouais, les mecs, on va réveiller la meuf aux cheveux violets. » D'habitude, je prends tout ça avec philosophie, mais ce matin je ne suis vraiment pas d'humeur. Je suis trop crevée. Je n'ai pas fermé l'œil depuis mon retour de Knockavoy. Mon histoire avec Considine, alias Chloe, m'a tourneboulée. J'ai broyé du noir toute la semaine.

Nouvelle sonnerie de l'interphone. Je m'enterre sous ma couette.

Mais ça continue de sonner. D'un ample geste, j'envoie valser ma couette dans un coin et fonce tête baissée vers cette saleté d'interphone.

— Allez voir ailleurs si j'y suis, bande de petits cons, et laissez-moi roupiller !

(Il faut savoir utiliser un langage un peu vert avec ces mômes.)

— Désolé de te réveiller, me dit une voix qui n'est pas celle d'un des sales gosses du quartier.

Mais plutôt une voix grave et diablement sexy. Considine !

— Qu'est-ce que tu fiches ici ? Tu trouves Dublin ennuyeux à mourir.

— Mais je maintiens ce que j'ai dit. Dublin est un mouroir.

— Dans ce cas, qu'est-ce que tu fiches ici ?

— Ne m'oblige pas à te le dire dans la rue, murmure-t-il de sa voix chaude. Devant cette bande de gosses en sweat à capuche qui se gondolent en regardant ma voiture.

— T'obliger à dire quoi ?

Silence, gros soupir, puis chuchotement craquant.

— Lola Daly, je t'aime.

Cet aveu, bref et sans détour, déclenche aussi sec une salve de rires gras et de sifflements. J'entends une voix désincarnée s'exclamer :

— Eh, les mecs, le péquenaud avec sa caisse de bouffon, il croit qu'il peut se taper Lola !

— C'est vrai ?

À cette heure matinale, avec la surprise, le manque de sommeil, j'ai une vision déformée de la réalité. C'est peut-être une merveilleuse nouvelle, mais j'ai peur de faire confiance à mes sens.

— Ouais, elle craint trop, sa bagnole.

Ras le bol de cette conversation triangulaire. En voilà assez. Les gamins de mon quartier sont de sales mômes. Je dois sauver ce pauvre péquenaud de Considine de leur cruauté.

— Considine, dis-je avec fermeté. Je te laisse entrer. Quand tu entendras la sonnerie, pousse la porte. J'ai bien dit « pousser » et pas « tirer ».

— Merci, Lola, mais je sais comment ça marche. Je l'ai lu dans un livre, répond-il avec humour.

Un instant plus tard, Considine apparaît sur le pas de ma porte. Hirsute, viril et terriblement sexy. Il me serre contre son torse musclé.

Je le regarde. Nos bouches sont sur le point de se toucher.

— Ce que tu viens de me dire, tu ne pourrais pas le répéter ?

— Dublin est un vrai mouroir.

Il rit. Il est si beau quand il rit.

— Tu veux dire quand je t'ai dit que je t'aimais ?

— Oui, ce moment-là.

— Je t'aime, Lola Daly.

— Mais Chloe...

— C'était un malentendu. J'espérais me servir de Chloe pour te ramener à Knockavoy. Je croyais que tu aimais Chloe.

— J'aime Chloe, c'est vrai, mais je t'aime plus qu'elle. Si tu peux comprendre ça.

Nous sommes l'un et l'autre un peu désorientés. Nous nous regardons d'un air éberlué.

— Je ne voudrais pas te faire peur, finit-il par dire, mais il me semble que tu viens de parler d'amour. Tu étais sérieuse ?

Il m'a tellement manqué depuis que j'ai quitté Knockavoy en janvier. Je repense à la façon dont tout me le rappelait à chaque instant. Et je réponds :

— Oui, Considine, j'étais sérieuse.

Il m'enlace plus étroitement.

— Lola, murmure-t-il, comme soulagé. Tu n'as aucune idée... Je ne pouvais plus te sortir de ma tête depuis ton départ lundi dernier. Rien de bien nouveau, je pense à toi constamment, le jour, la nuit.

J'aime la façon dont le mot « nuit » dans sa bouche devient incroyablement sexy.

— Je savais que j'avais commis une maladresse, reprend-il. J'avais mal interprété ce que tu voulais. J'ai cru devenir dingue. Je ne pouvais plus fermer l'œil. Alors hier soir j'ai décidé que j'en avais assez. Je suis monté dans ma voiture et me voilà. J'ai roulé toute la nuit.

« J'ai roulé toute la nuit. » Une phrase tellement sexy.

— Si tu as roulé toute la nuit, c'est que tu as fait un détour par le Maroc. Le trajet ne prend pas plus de trois heures et demie.

Il rit. Encore. Ma parole, c'est comme le festival de la comédie, ici.

— Tu es sérieux ? lui dis-je.

— Plus sérieux que... J'essaie de penser à un truc vraiment très sérieux...

— Le cancer du côlon ? Anna Wintour ? Le réchauffement climatique ?

— Oui, plus sérieux que tout ça réuni.

Je suis fortement impressionnée. Pour ce que j'en sais, Anna Wintour, la rédactrice en chef de Vogue, n'est pas une rigolote. Je m'empare des clés de ma voiture.

— Viens, dis-je.

— Où allons-nous ?

— Rendre visite à ma mère.

— Je ne devrais pas porter une cravate ?

Je détaille sa tenue : jean, laine polaire noire, croquenots.
— Non, tu as ton look. Il te va bien.

Au cimetière, trois gosses qui jouent au football autour d'une tombe font un boucan de tous les diables. Quel manque de respect. Puis je comprends que c'est leur petit frère qui est mort et qu'ils lui ont donné la place du gardien de but. La vie est un bien si précieux.

Nous nous frayons un chemin à travers les sépultures jusqu'à celle de ma mère.

— Maman, je te présente Considine.

— C'est un honneur, dit Considine à sa stèle.

— Ravie de faire votre connaissance, répond ma mère.

Enfin c'est ce que je crois, parce que, avec le raffut que font ces mômes, on ne s'entend plus.

— Elle est ravie de te rencontrer. (C'est de toute façon probablement ce qu'elle a dit, vu que ma mère est d'une politesse irréprochable.) Maintenant, si tu veux bien, je dois avoir une conversation avec elle en privé.

— Tu veux que je m'en aille ?

— Non, reste. Nous communiquons elle et moi en silence.

Nous nous asseyons sur une petite bordure de pierre, et dans ma tête je dis :

— Regarde-le bien, maman. Je sais que ce n'est pas ta faute si tu es morte en m'abandonnant, mais aujourd'hui j'ai vraiment besoin d'un conseil. Je ne fais plus confiance à mon propre jugement après de Courcy. Franchement, que penses-tu de ce travelo bizarroïde qui vit à l'autre bout du pays ?

Une voix me répond :

— Il n'a rien de bizarroïde.

— Oui, mais quand même…

— Ce n'est pas non plus un travelo.

— Oui, c'est vrai.

— Certes, il vit à l'autre bout du pays, mais l'Irlande est une petite île.

— Je t'en supplie, ne me parle pas de la rocade de Kildare.

— Tu l'aimes ?

— Oui, maman.

— Alors, lance-toi.

J'ai un moment de doute. Ne suis-je pas en train de me dire ce que j'ai envie d'entendre ?

— Maman, c'est vraiment toi ?

— Oui, braille à ce moment-là l'un des gosses qui jouent au foot.

Mes doutes se dissipent. Cette voix est bien réelle, je ne l'ai pas inventée. Au même instant, un rayon de soleil transperce les nuages et vient nous éclairer.

— Maman, dis-moi franchement, ça va marcher ?

— Oui, braille encore le môme.

— Tu en es sûre et certaine ?

— Oui, oui, oui.

Remerciements

Je le confesse, l'écriture de ce livre m'a pris une éternité. Ma mémoire immédiate n'est plus ce qu'elle était. À ce qu'on dit, c'est courant en phase de pré-ménopause (pas encore en ménopause, je le souligne, nous en sommes encore très loin et, quand cela se produira, je serai de nouveau au top de ma forme et de mes facultés intellectuelles). Il y a donc de fortes chances que quelqu'un m'ait aidée au début de ce livre et que je l'aie depuis complètement oublié. Si vous êtes cette personne, je vous présente toutes mes excuses.

Je remercie Louise Moore, mon extraordinaire et visionnaire éditrice, ainsi que tous les membres de l'équipe de Michael Joseph pour leur amitié, leur enthousiasme et le travail colossal qu'ils accomplissent sur mes livres. Je suis bénie entre tous les auteurs.

De même, je remercie le légendaire Jonathan Lloyd et le personnel de Curtis Brown pour leur indéfectible soutien. Louise, Jonathan et moi-même travaillons ensemble depuis dix ans, et c'est un vrai bonheur.

Merci à Bob Holt et à ses fils, Bobby, Billy et Jamie. Bob a fait don d'une grosse somme d'argent à la branche anglaise du fonds Bobby Moore pour la recherche contre le cancer ; le personnage de sa femme, Marilyn Holt, apparaît dans ce livre.

Merci également à Angus Sprott, qui, lui aussi, a offert une somme conséquente à la Breast Cancer Campaign.

Comme pour mes précédents livres, plusieurs personnes m'ont servi de cobayes et ont lu les épreuves à mesure que je les écrivais en me suggérant changements et améliorations. De nombreuses améliorations, ajouterai-je. Sur le moment, j'en aurais pleuré, mais j'aimerais leur dire ici toute ma reconnaissance. Merci donc à Chris Baines, Suzanne Benson, Jenny Boland, Ailish Connolly, Debbie Deegan, Susan Dillon, Caron Freeborn, Gai Griffin, Gwen Hollingsworth, Cathy Kelly, Mammy Keyes, Ljiljana Keyes, Rita-Anne Keyes, Eileen Prendergast, Kate Thompson et Louise Voss.

Une mention spéciale à Anne-Marie Scanlon, qui m'a aidée dans mes recherches et n'a pas hésité à poser les questions que je n'avais pas le courage de poser. Autre mention spéciale à ma sœur Caitríona Keyes. Au fil des ans, elle m'a fourni un tas d'anecdotes et d'expressions marrantes que je lui ai piquées sans vergogne. J'ai voulu rendre hommage à sa contribution en lui dédiant ce livre.

Comme toujours, je remercie mon cher mari Tony, sans qui rien de tout ça ne serait possible.

Petite note explicative : une partie de ce roman a pour toile de fond le milieu couperosé et pas très glamour de la politique irlandaise. J'ai pris la liberté de changer le nom des deux grands partis nationaux, le Fianna Fáil et le Fine Gael, en parti nationaliste d'Irlande et démocratie chrétienne. Ce faisant, je ne cherchais pas à éviter des poursuites en diffamation – je pense sincèrement que les hommes politiques irlandais sont aussi moches que je les dépeins ici, et même pires encore –, mais j'ai voulu faciliter un peu les choses aux lecteurs non irlandais. Je précise également que l'acronyme TD (pour Teachta Dála) désigne un membre du Parlement (le Dáil), qui a son siège à Leinster House, et que les gouvernements irlandais sont la plupart du temps issus de coalitions. Voilà à peu près tout ce que vous devez savoir.

Pour écrire ce livre, j'ai dû effectuer de très nombreuses recherches, un travail que j'ai en horreur, mais les gens sont incroyablement généreux de leur temps et de leur patience. Si des erreurs se sont glissées dans ces pages, elles sont de mon seul fait. Merci à Martina Devlin, Mary O'Sullivan, Madeleine Keane, Barry Andrews TD (vous savez maintenant ce que signifie cet acronyme), toute l'équipe de LHW Property

Finance (et tout particulièrement Niall Coughlan), Ben Power, « Amanda », « Chloe », Natalie et toutes les autres filles.

Merci aussi aux membres des antennes irlandaise et anglaise de Women's Aid. Et, pour finir, je tiens à remercier toutes les survivantes de la violence conjugale qui, sous le couvert de l'anonymat, m'ont raconté leur histoire. En écrivant ce livre, mon humble intention était de leur rendre hommage.

MILLE COMÉDIES

Tout pour être heureuse ? de Maria BEAUMONT, 2008

Dans la veine de Jennifer Weiner et Marian Keyes, une comédie à la fois émouvante et chaleureuse sur les difficultés d'une jeune mère qui trouve un peu trop souvent le réconfort dans le chardonnay.
Mariée et mère de deux enfants, Maria Beaumont vit à Londres. Tout pour être heureuse ? *est son troisième roman, le premier à paraître en France.*

Cerises givrées d'Emma FORREST, 2007

Une jeune femme rencontre l'homme de ses rêves. Problème, l'homme en question a déjà une femme dans sa vie : sa fille de huit ans. Une comédie très impertinente sur l'amour, la jalousie et le maquillage.
D'origine anglaise, Emma Forrest est à la fois journaliste, scénariste pour la télévision et auteur de romans, dont Cerises givrées, *le premier à paraître en France.*

Chez les anges de Marian KEYES, 2004

Les pérégrinations d'une jeune Irlandaise dans le monde merveilleux de la Cité des Anges. Un endroit magique où la manucure est un art majeur, où toute marque de bronzage est formellement proscrite et où même les palmiers sont sveltissimes…

Réponds, si tu m'entends de Marian KEYES, 2008

Quand il s'agit de reprendre contact avec celui qu'on aime le plus au monde, tous les moyens sont bons, même les plus extravagants…

Née en Irlande en 1963, Marian Keyes vit à Dublin. Après Les Vacances de Rachel *(2000),* Le Club de la dernière chance *(2001),* Une vie de rêve *(2003) et* Chez les anges *(2004),* Réponds, si tu m'entends *est son cinquième roman à paraître chez Belfond.*

Confessions d'une accro du shopping de Sophie KINSELLA, 2002, rééd. 2004

Votre job vous ennuie à mourir ? Vos amours laissent à désirer ? Rien de tel que le shopping pour se remonter le moral… Telle est la devise de Becky Bloomwood. Et ce n'est pas son découvert abyssal qui l'en fera démordre.

Becky à Manhattan de Sophie KINSELLA, 2003

Après une légère rémission, l'accro du shopping est à nouveau soumise à la fièvre acheteuse. Destination : New York, sa Cinquième Avenue, ses boutiques…

L'accro du shopping dit oui de Sophie KINSELLA, 2004

Luke Brandon vient de demander Becky en mariage. Pour une accro du shopping, c'est la consécration… ou le début du cauchemar !

L'accro du shopping a une sœur de Sophie KINSELLA, 2006

De retour d'un très long voyage de noces, Becky Bloomwood-Brandon découvre qu'elle a une demi-sœur. Et quelle sœur !

L'accro du shopping attend un bébé de Sophie KINSELLA, 2008

L'accro du shopping est enceinte ! Neuf mois bénis pendant lesquels elle va pouvoir se livrer à un shopping effréné, pour la bonne cause...

Les Petits Secrets d'Emma de Sophie KINSELLA, 2005

Ce n'est pas qu'Emma soit menteuse, c'est plutôt qu'elle a ses petits secrets. Rien de bien méchant, mais plutôt mourir que de l'avouer...
Quiproquos, coups de théâtre et douce mythomanie, une nouvelle héroïne, par l'auteur de *L'Accro du shopping.*

Samantha, bonne à rien faire de Sophie KINSELLA, 2007

Le nouveau Kinsella est arrivé ! Une comédie follement rafraîchis sante qui démontre qu'on peut être une star du droit financier et ne pas savoir faire cuire un œuf...

Un week-end entre amis de Madeleine WICKHAM *alias* Sophie KINSELLA, 2007

La redécouverte du premier roman d'une jeune romancière plus connue aujourd'hui sous le nom de Sophie Kinsella. Un régal de comédie à l'anglaise, caustique et hilarante, pour une vision décapante des relations au sein de la jeune bourgeoisie britannique.

Une maison de rêve de Madeleine WICKHAM *alias* Sophie KINSELLA, 2007

Entre désordres professionnels et démêlés conjugaux, une comédie aussi féroce que réjouissante sur trois couples au bord de l'explosion.

La Madone des enterrements de Madeleine WICKHAM *alias* Sophie KINSELLA, 2008

Aussi charmante que vénale, Fleur séduit les hommes pour mieux mettre la main sur leur fortune. Mais, à ce petit jeu, telle est prise qui croyait un peu trop prendre...

Drôle de mariage de Madeleine WICKHAM *alias* Sophie KINSELLA, 2008

Quoi de plus naturel que rendre service à un ami dans le besoin ? Sauf quand cela peut ruiner le plus beau jour de votre vie et vous coûter l'homme de vos rêves...
Madeleine Wickham alias *Sophie Kinsella est une romancière anglaise à succès qui a exercé la profession de journaliste financière.*

Sœurs mais pas trop d'Anna MAXTED, 2008

Cassie, la cadette, est mince, vive, charismatique et ambitieuse ; Lizbet, l'aînée, est ronde, un peu paresseuse, souvent gaffeuse et très désordonnée. Malgré leurs différences, les deux sœurs s'adorent... jusqu'au jour où Lizbet annonce qu'elle est enceinte. Une situation explosive !
Mariée et mère de deux garçons, Anna Maxted vit à Londres. Sœurs mais pas trop *est son premier roman traduit en français.*

Cul et chemise de Robyn SISMAN, 2002

Comme cul et chemise, Jack et Freya le sont depuis bien longtemps : c'est simple, ils se connaissent par cœur. Du moins le pensent-ils...
Née aux États-Unis, Robyn Sisman vit en Angleterre. Après le succès de Nuits blanches à Manhattan, Cul et chemise *est son deuxième roman publié chez Belfond.*

Le Prochain Truc sur ma liste de Jill SMOLINSKI, 2007

Une comédie chaleureuse et pleine de charme sur une jeune femme qui donne irrésistiblement envie de profiter des petits bonheurs de tous les jours.
Jill Smolinski a été journaliste pour de nombreux magazines féminins, avant de se consacrer à l'écriture. Le Prochain Truc sur ma liste *est son premier roman traduit en français.*

Alors, heureuse ? de Jennifer WEINER, 2002

Comment vivre heureuse quand on a trop de rondeurs et qu'on découvre sa vie sexuelle relatée par le menu dans un grand mensuel féminin ?

Chaussure à son pied de Jennifer WEINER, 2004

Rose et Maggie ont beau être sœurs, elles n'ont rien en commun. Rien, à part l'ADN, leur pointure, un drame familial et une revanche à prendre sur la vie...

Envies de fraises de Jennifer WEINER, 2005

Fous rires, petites contrariétés et envies de fraises... Une tendre comédie, sincère et émouvante, sur trois jeunes femmes lancées dans l'aventure de la maternité.

Crime et couches-culottes de Jennifer WEINER, 2006

Quand une mère de famille mène l'enquête sur la mort mystérieuse de sa voisine... Entre couches et biberons, lessives et goûters, difficile de s'improviser détective !
Jennifer Weiner est née en 1970 en Louisiane. Après Alors, heureuse ? *(2002),* Chaussure à son pied *(2004) – adapté au cinéma en 2005 – et* Envies de fraises *(2005),* Crime et couches-culottes *est son quatrième roman publié chez Belfond.*

Composition et mise en pages : FACOMPO, LISIEUX

Cet ouvrage a été imprimé en France par

CPI
Bussière

à Saint-Amand-Montrond (Cher)
en décembre 2008

N° d'édition : 4511. — N° d'impression : 083857/1.
Dépôt légal : janvier 2009.